Aileen P. Roberts

Der letzte Drache

Weltennebel

Band 1

Roman

GOLDMANN

Dieses Buch ist auch als E-Book erhältlich.

Verlagsgruppe Random House FSC® N001967
Das FSC®-zertifizierte Papier *Super Snowbright* für dieses Buch
liefert Hellefoss AS, Hokksund, Norwegen.

2. Auflage
Originalausgabe Oktober 2014
Copyright © 2014 by Claudia Lössl
Copyright © dieser Ausgabe 2014
by Wilhelm Goldmann Verlag, München,
in der Verlagsgruppe Random House GmbH
Umschlaggestaltung: UNO Werbeagentur, München
Umschlagmotiv: FinePic®, München
Umschlaginnenseiten: FinePic®, München
Lektorat: Kerstin von Dobschütz
Karte S. 7: © Andreas Hancock
Th · Herstellung: Str.
Satz: DTP Service Apel, Hannover
Druck und Bindung: GGP Media GmbH, Pößneck
Printed in Germany
ISBN: 978-3-442-48044-9
www.goldmann-verlag.de

Besuchen Sie den Goldmann Verlag im Netz

Für Mara und Stephan
und unsere magische Nebelinsel

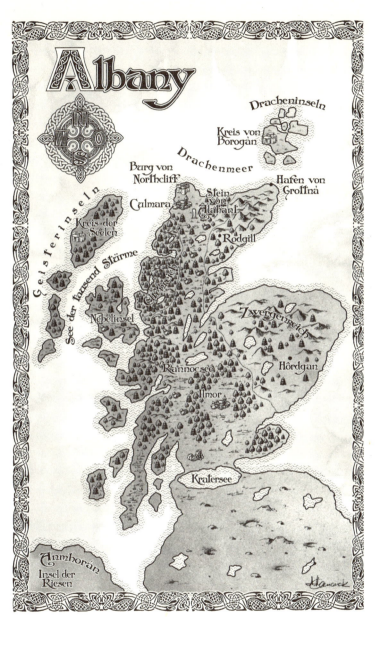

PROLOG

Sanft umhüllte ihn die Nacht. Wie ein Mantel aus dunkler Seide schützte sie ihn vor denen, die er vor dem Vergehen bewahrte, die das jedoch nie verstehen, ja nicht einmal ahnen würden. Der Nebel war sein Freund, sein Begleiter, sein Schutz. Tief unter ihm lagen die mächtigen Berge, zerklüftete Schluchten und Seen. Er breitete seine Schwingen aus, wurde eins mit dem Ostwind, dessen eisiger Atem ihn noch niemals schrecken konnte, war er doch Teil von ihm. Glitzernd im Mondlicht wogte der Ozean unter ihm, und er spürte, wie ihn ein Gefühl von Freiheit durchdrang. Freiheit, nach der er sich so häufig sehnte. Von Menschenohren ungehört schallte sein Schrei über das Meer, vermischte sich mit dem Donnern der Wellen. Ein Schrei, der alles in sich vereinte: Trauer, Zorn, seinen unbändigen Freiheitsdrang. Vieles hatte er verloren, zurücklassen müssen, was er liebte, und das schon vor unendlich langer Zeit. Doch niemals würde er vergessen – niemals! Und vielleicht war das seine größte Strafe.

Das erste Licht des heranbrechenden Morgens zwang ihn, nach Osten abzudrehen. Er war ein Ausgestoßener, nur Mond und Sterne kannten sein wahres Wesen.

Kapitel I

Das Erbe der Väter

Die letzten Frühlingsstürme tobten sich über der Burg von Northcliff aus. Pechschwarze Wolken hingen über dem nördlichen Meer, doch überall brachen Lichtstrahlen hervor und ließen die Schaumkronen auf den Wellen in allen Farben des Regenbogens funkeln. Der Wind riss an Kaynes dunklen Haaren, als er an der östlichen Mauer stand und dem Donnern der Wogen lauschte, die gegen die Klippen brandeten; eine ewige Schlacht von Wasser und Land. In seinem Inneren tobte ein ähnlicher Kampf. Eine schicksalhafte Zeit war angebrochen, denn morgen würde er zu den Geisterinseln aufbrechen und sich in wenigen Tagen, wenn der erste Sommermond aufgegangen war, dem Urteil der Drachen stellen. Lange hatte er seinen fünfundzwanzigsten Geburtstag herbeigesehnt, doch jetzt, da es bald so weit war, fürchtete er ihn.

»Kayne! Ich suche dich bereits den halben Morgen«, riss ihn eine schrille Stimme aus seinen Überlegungen.

Raschen Schrittes kam seine Mutter herbeigeeilt. Das lange Gewand aus blauer Seide mit den goldenen Borten wehte wild um Elysias auffallend schlanken Körper. Einige blonde Haarsträhnen, in denen sich seit geraumer Zeit auch zahlreiche weiße Haare gemogelt hatten, lösten sich aus den kunstvoll geschlungenen Zöpfen.

Voller Missbilligung verzog sich Elysias schmaler Mund, ihr Gesicht legte sich in Falten, wie sie so vor ihm stand, und wenngleich sie ihm nur bis zum Kinn reichte, trat Kayne einen Schritt zurück, als sie kopfschüttelnd an seinem Leinenhemd herumzupfte.

»Du hast dich nicht einmal umgezogen«, rügte sie ihn. »Dein Vater und seine ...« Sie räusperte sich, und Kayne wusste genau, welche Worte sie sich verkniff: *seine Brut*.

»Nun gut, die Abordnung von der Nebelinsel wird sicher bald eintreffen.« Elysia schnaufte. »Und im Namen der Könige von Northcliff, rasier dir dieses fürchterliche Gestrüpp aus dem Gesicht!«

Kayne lächelte bitter. »Damit ich nicht aussehe wie Samukal?«

»Du bist Darians Sohn«, behauptete Elysia mal wieder im Brustton der Überzeugung. »Und in wenigen Tagen werden wir das ganz Albany beweisen, Kayne!«

Die Frage, ob Kayne der Sohn von Darian, dem jüngsten Erben von Northcliff, war oder, durch eine heimtückische List eingefädelt, der Nachfahre des Zauberers Samukal, verfolgte Kayne schon sein ganzes Leben lang.

»Der Bart wird nichts ändern, Mutter«, knurrte Kayne.

»Dennoch müssen wir Kayas Gefolgsleuten nicht noch Öl ins Feuer gießen«, giftete Elysia.

Seit er denken konnte, herrschte zwischen Königin Kaya, Frau des verstorbenen Atorian von Northcliff, und seiner Mutter ein ständiger Streit.

»Mein Junge«, zärtlich strich sie ihm über die Wange, »du wärst ein so guter König von Northcliff.«

Unwirsch schob er ihre Hand weg. »Ich werde niemals König von Northcliff sein! Toran ist Atorians Nachfahre. Außerdem könnte niemand mit magischen Fähigkeiten König der Menschen werden.«

Die Nasenflügel seiner Mutter blähten sich, dann zuckte sie mit einer Schulter. »Vieles kann sich ändern. Bei den Elfen beispielsweise ist die Begabung zur Magie kein Hinderungsgrund. Außerdem ist Toran der einzige Nachfahre von Atorian. Wenn du erst als Darians Sohn bestätigt bist ...«

»Mutter!« Hart fasste er sie an den Schultern. »Toran ist wie ein Bruder für mich. Wage nicht, irgendwelche Intrigen gegen ihn zu spinnen!«

»Wie sprichst du denn mit mir?«, keifte sie und rieb sich beleidigt den Arm, nachdem er sie losgelassen hatte. »Ich spinne keine Intrigen, aber einem jungen, heißblütigen Mann kann viel zustoßen, wenn er seine Männlichkeit im Kampf beweisen will.«

»Vergiss nicht den Fluch der Northcliffs«, warnte Kayne sie, woraufhin seine Mutter zurückzuckte. »Wer einen von ihnen ermordet, ist selbst des Todes.«

»Ich kenne diese Legende.« Ungeduldig strich sich Elysia eine Haarsträhne hinter das Ohr. »Und ich hatte auch nicht die Absicht, den Jungen zu ermorden. Nur sollten wir unseren Herrschaftsanspruch nicht vorzeitig aufgeben und uns für den Fall der Fälle bereithalten.«

Unseren Herrschaftsanspruch, dachte Kayne, schüttelte den Kopf und wandte sich ab. »Ich gehe mich jetzt umziehen.«

»Vergiss den Bart nicht!«, flötete seine Mutter ihm hinterher.

Voller Zorn eilte er an der Mauer entlang, sprang die Stufen zum Vorhof der Burg hinab und hielt auf die breite Steintreppe zu, die zum Eingang der mächtigen Festung führte. Neben einer alten Eberesche blieb er jedoch stehen und betrachtete schmunzelnd die Szene, die sich ihm bot.

Auf einem imposanten graubraunen Hengst, dessen Hals von weißem Schaum bedeckt war, sprengte eine Reiterin in den Hof. Ihr schwarzer Zopf peitschte hinter ihr her. Lady Ruvelia, die gerade über den Burghof flanierte, sprang im letzten Moment kreischend zur Seite. Der Versuch ihres Gemahls, Lord Vrugen, die beleibte Rothaarige zu stützen, endete für die beiden Adligen aus Rodgill kläglich in einer Pfütze.

»Verzeihung!«, schrie die junge Frau, kämpfte mit dem rebellierenden Pferd, denn dieses stieg auf die Hinterbeine, anstatt stehen zu bleiben.

»Leána, solltest du dir nicht lieber ein Pferd aussuchen, das besser zu einer Prinzessin von Northcliff passt?« Mit einem breiten Lachen im Gesicht kam Toran die Treppen hinabgeeilt.

Kayne bemerkte, wie sich die jungen Hofdamen, teils waren sie aus Culmara auf die Burg gekommen, teils stammten sie aus Adelshäusern von ganz Albany, tuschelnd nach Toran umdrehten. In dem blauen Umhang, dem weißen Hemd und der schwarzen Hose gab der Thronerbe in der Tat ein beeindruckendes Bild ab. Aufgrund seiner Jugend, Toran hatte erst neunzehn Sommer gesehen und war somit sechs Sommer jünger als Kayne, machte der Prinz noch einen etwas schlaksigen Eindruck. Dennoch würde er sicher mit zunehmendem Alter noch mehr seinem Vater Atorian gleichen, den Kayne nur sehr dunkel in Erinnerung hatte.

Endlich hatte Leána ihren tobenden Hengst unter Kontrolle gebracht. Sie sprang elegant aus dem Sattel, knuffte das Pferd freundschaftlich in die Nüstern und ließ sich anschließend von ihrem Cousin umarmen.

»Ich bin eine Nebelhexe«, schallte Leánas fröhliche Stimme zu Kayne herüber. »Als Prinzessin betrachten mich die wenigsten.«

Mit arrogant erhobenen Köpfen stolzierten die beiden Adligen nun an Leána und Toran vorbei, straften die junge Frau mit Missachtung, verneigten sich jedoch tief vor dem Prinzen.

Toran erwiderte den Gruß, brach allerdings gemeinsam mit Leána in Gelächter aus, nachdem die beiden durch das große Eingangstor verschwunden waren.

Toran bedeutete einem der Bediensteten, zu ihnen zu kommen. Der junge Bursche zog erschrocken die Schultern ein, als Toran befahl: »Bring Prinzessin Leánas Hengst in den Stall.«

»Das mache ich lieber selbst«, widersprach Leána. Mit einem Klaps auf den Hals rief sie das Pferd zur Ordnung, als es an ihrem blauen Umhang herumzupfte. »Mein Freund hier könnte deine armen Bediensteten verschrecken.«

Tatsächlich suchte besagter Bediensteter sogleich das Weite, während Toran mit wenigen großen Schritten die steinernen Stufen emporsprang. »Wie du möchtest, dann komm doch später in den Thronsaal. Wann werden deine Eltern eintreffen?«

»Ich bin mir nicht sicher, aber ich vermute, es dauert noch eine Weile.«

Damit stapfte Leána los und hielt auf die Stallungen an der Ostmauer zu. Ihre hohen, vorne geschnürten Lederstiefel knarrten, und ihre gesamte Erscheinung sprach von einem rasanten Ritt, wie Kayne auffiel, als sie dicht an ihm vorbeiging. Dreckspritzer zierten ihren Umhang ebenso wie die braune Lederhose.

Kayne löste sich aus dem Schatten des Baumes. Das Pferd machte einen Satz zur Seite und brachte Leána dazu, äußerst undamenhaft zu fluchen. Doch sofort erhellte sich ihr Gesichtsausdruck wieder, und ein Grübchen zeigte sich an ihrer rechten Wange.

»Kayne, wie schön!« Sie breitete die Arme aus, und Kayne drückte sie sogleich an sich, wobei er das Pferd gut im Blick behielt. »Endlich sehen wir uns wieder, kleiner Bruder!«

»*Kleiner* Bruder?« Er hielt sie ein Stück von sich weg und betrachtete sie von oben herab, wobei er eine Augenbraue in die Höhe zog. Leána war nicht klein für eine Frau, aber an seine etwas über sechs Fuß Körpergröße reichte sie nicht heran. Ihr Kopf ragte nur eine knappe Handbreite über seine Schulter.

»Du bist nun mal jünger als ich, ob es dir gefällt oder nicht«, zog sie ihn auf und boxte ihm spaßhaft gegen die Schulter. Kein Außenstehender hätte Leána für älter als Kayne gehalten. Neunundzwanzig Sommer hatte sie gesehen, dennoch ließ ihre zierliche Erscheinung, das jugendliche Gesicht mit der Stupsnase und den fröhlichen blauen Augen sie nicht älter als neunzehn oder zwanzig wirken. Doch das lag an ihrem Dunkelelfenblut – diese Rasse alterte einfach sehr viel langsamer. Zudem hatte Leána jede Menge Flausen im Kopf, was ihre Jugendlichkeit noch unterstrich.

»Nicht einmal ganz vier Sommer«, knurrte Kayne, »und ob ich tatsächlich dein Halbbruder bin ...«

»Ach, Kayne, du wirst immer mein Bruder bleiben.« Liebevoll verstrubbelte sie ihm die Haare. Dann legte sie den Kopf schief. »Wie geht es dir denn?«

Er hob seine Schultern. »Ich bin froh, wenn endlich alles vorbei ist, gleichgültig wie es ausgeht.«

Gemeinsam schlenderten sie über den Hof, und der Hengst ließ es sich nicht nehmen, einer Magd einen Apfel aus ihrem Korb zu stibitzen.

»Du bist unmöglich, Maros«, schimpfte Leána. »Er hat erst seinen vierten Sommer vor sich«, entschuldigte sie sich dann noch.

»Ein prachtvolles Tier«, stellte Kayne fest und musterte ihn nun eingehender. »Stammt er von einem von Menhirs Nachkommen ab?«

»Nein, von Menhir selbst.«

»Das kann doch gar nicht sein!«, rief Kayne aus. »Der alte Hengst müsste schon weit über dreißig Sommer gesehen haben.« Menhir, das Kriegsross von Darian von Northcliff, war eine Art Legende in Albany. Beinahe all seine Nachkommen hatten dieses ungewöhnliche graubraune Fell und die schwarze Mähne und galten als ausgesprochen ausdauernd und zäh.

»Menhir stammt von einem Elfenpferd ab«, erklärte Leána, »und die werden älter als normale Pferde. Auf der Nebelinsel genießt er das saftige Gras und sorgt für seine Stutenherde. Wegen der Verletzung, die er sich im Dämonenkrieg zugezogen hat, reitet Vater keine weiten Strecken mehr mit ihm, aber einen gemütlichen Ausritt an der Küste entlang lassen sich die beiden hin und wieder nicht nehmen.«

»Ach so.« Er betrachtete Leána schmunzelnd. »Und du musstest dir natürlich das wildeste Pferd aussuchen. Zudem einen Hengst – die Ladys von Culmara fänden das ausgesprochen unpassend.«

Sie rümpfte ihre zierliche Nase. »Die Ladys von Culmara finden so ziemlich alles an mir unpassend. Das würde sich erst ändern, wenn …« Sie unterbrach sich selbst, räusperte sich und blickte verschämt zu Kayne auf.

»Wenn sich herausstellt, dass Mutter Darian mit Samukal betrogen hat«, beendete Kayne gelassen den Satz. »Womit *ich* unpassend und ein Bastard wäre.«

»Ach Kayne …«

»Nein, Leána, lass uns nichts schönreden. Zumindest würde man in diesem Fall endlich Darians Verbindung mit Aramia tolerieren.«

»Hör auf damit, wir sollten uns diesen schönen Tag nicht mit Spekulationen vermiesen lassen«, schlug Leána vor, hakte sich bei Kayne ein, und gemeinsam brachten sie den Hengst in den Stall, wo sie ihn absattelte und sein verschwitztes Fell striegelte. Dabei plauderte sie unbeschwert vor sich hin. Manchmal beneidete Kayne sie um diese fröhliche Art. Viele Adlige bezeichneten Leána seit ihrer Kindheit als Bastard, als Schande für einen Northclifferben. Selbstverständlich nur hinter vorgehaltener Hand, denn grundsätzlich wurde Darian durchaus geachtet, hatte er sich doch während des Dämonenkrieges als Retter von Albany hervorgetan, und noch heute rühmte man ihn als »Dämonenbann«. Auch wenn sich seit der Herrschaft von Kaya vieles in Bezug auf die Nebelhexen – Mischlinge verschiedener Rassen – geändert hatte, so gab es im Volk nach wie vor unterschwellige Vorurteile. Hunderte von Sommern voller Hass und Furcht vor den Abkömmlingen, die teilweise sogar das Resultat von Schändungen gewesen waren, hatte auch eine neue Generation nicht völlig ausräumen können. Nur die weiblichen Nachkommen aus verschiedenen Rassen besaßen magische Fähigkeiten. Besonders die Heilerinnen unter ihnen waren hoch geschätzt. Männliche Halbtrolle, Halbelfen oder auch Gnomenmischlinge und andere aus ungewöhnlichen Verbindungen hervorgegangene männliche Wesen hingegen zeigten keine Begabung zur Magie und wurden meist äußerst argwöhnisch beäugt.

»Selbstverständlich wollte Torgal auf seinem eigenen Pony reiten, was die Reise für meine Eltern etwas langwieriger gestaltet hat«, erzählte Leána gerade. »Über den Eichenpfad erreichten wir das Festland sehr schnell, aber dann mussten sie auf das Pony und Torgal Rücksicht nehmen.«

»Torgal, wie geht es ihm?«

Ein strahlendes Lächeln erhellte Leánas Gesicht. Kayne wusste, wie abgöttisch sie ihren kleinen Bruder liebte. Vor fünf Wintern waren Darian und Aramia noch einmal Eltern geworden und hatten den Kleinen nach Torgal, dem verstorbenen Hauptmann und guten Freund von Darian, benannt.

»Er ist so niedlich«, rief Leána aus, dann kicherte sie. »Während der ersten Zeit waren meine Eltern verwundert, wie gehorsam und ruhig er ist. Aber seitdem er mit den beiden Halbkoboldzwillingen Urs und Frinn spielt, hat er so einiges an Blödsinn gelernt!«

»Womit er eher nach dir schlägt.«

Sie widersprach nicht, grinste nur vor sich hin und verließ die Pferdebox. »Nun gut, Maros, dann friss bitte keine Stallburschen«, sie zwinkerte Kayne zu, als ein halbwüchsiger Knecht sich erschrocken an die Wand drückte, »oder lass zumindest einen von ihnen übrig.« Übertrieben aufrecht stolzierte sie hinaus. »Wir Adligen wollen ja schließlich nicht selbst ausmisten!«

»Du bist unmöglich, Leána«, lachte Kayne, »dieses Pferd passt hervorragend zu dir.«

»Sag ich doch.« Sie hielt auf das mächtige Gebäude aus grauem Gestein zu. »Ich gehe mich umziehen«, erklärte sie, »dann kann zumindest niemand Anstoß an meinem Äußeren nehmen.«

»Ich war auch gerade auf dem Weg zu meiner Kammer, um mich umzukleiden.«

»Warum das?« Ihre blauen Augen wanderten über seine Erscheinung. »Dieses dunkelgrüne Hemd steht dir hervorragend.« Sie neigte den Kopf und lächelte ihn an, wobei sich erneut das Grübchen zeigte. »Es passt sogar zur Farbe deiner Augen!«

»Das sieht meine Mutter anders. Ich soll mich in den Farben von Northcliff kleiden.«

Leána ersparte sich eine Antwort, schnaubte lediglich, drückte Kayne einen Kuss auf die Wange und rannte die steinernen Stufen hinauf. »Ich mag dich so, wie du bist.«

»Es wäre schön, wenn alle das so sehen würden wie du«, murmelte Kayne in den Wind, bevor auch er die Burg von Northcliff betrat und sich zu seinen Räumen im Südflügel aufmachte, den er und seine Mutter bewohnten.

Leider gelang es Kayne nicht, den zahlreichen Adligen aus dem Weg zu gehen, die dieser Tage in der Königsburg wohnten. Und so musste er neugierige Blicke, Getuschel und scheinheilige Glückwünsche über sich ergehen lassen. Normalerweise lebten hier nur wenige zumeist junge Hofdamen oder Krieger, Kinder von Adligen, die sich von Kayas Kriegern ausbilden ließen und sich entweder der Armee von Northcliff anschlossen oder nach ihrer Lehrzeit nach Hause zurückgingen. Das Menschenreich teilte sich in zahlreiche Distrikte, zu denen kleinere Siedlungen, Städte und Ländereien gehörten. Jene Adlige, die ihre Ländereien verwalteten, mussten einen Teil der Steuern an Northcliff abführen, konnten aber im Gegenzug auch auf die Unterstützung der Königsarmee zählen, sollte diese nötig sein. Zudem durften sie bei wichtigen Belangen, die entweder das gesamte Menschenreich oder ihre Ländereien betrafen, mitentscheiden.

Das letzte Wort hatte natürlich Kaya, und später würde es Toran haben, und Kayne wusste, wie sehr es Kaya hasste, wenn die Adligen manchmal aus lächerlichen Gründen große Ratssitzungen einberiefen; etwas, das ihm Torans Mutter beinahe schon sympathisch machte, auch wenn er ihr sonst nicht sehr nahe stand. Natürlich war aber auch ihm mit dem Erwachsenwerden klar geworden, dass selbst ein König nicht vollkommen allein regieren konnte, wenn seine Herrschaft nicht auf purer Gewalt und Schrecken basieren sollte.

Zu Anlässen wie einer Weihe platzte Northcliff beinahe aus allen Nähten. Als Kayne endlich in seinen Gemächern angekommen war, atmete er auf, doch er wusste, das Schlimmste stand ihm noch bevor.

Kapitel 2

Vergangenheit und Zukunft

Der Anblick der Burg von Northcliff faszinierte Darian jedes Mal aufs Neue. Generationen seiner Ahnen hatten in dieser imposanten Festung, die auf den nordwestlichsten Klippen des Reiches thronte, gelebt, gekämpft, geliebt und waren gestorben. Hätten die grauen Steine sprechen können, Geschichten von Leidenschaft, Verrat und Betrug wären dem Zuhörer sicher gewesen. Schon vor dreißig Sommern und Wintern, als Darian das erste Mal über diesen Hügel geritten war, hatten ihn gemischte Gefühle geplagt. Das Empfinden, endlich nach Hause zu kommen, breitete sich in ihm aus, war aber zugleich gepaart mit der Angst vor der Verantwortung, ein Erbe von Northcliff zu sein. Auch heute war das nicht anders. Selbst wenn Kaya gut und meist gerecht über Albany herrschte, so war Darian doch der älteste lebende Northcliffsohn und trug somit einen Anteil an allen Entscheidungen, die das Menschenreich betrafen. So vieles war in dieser Burg geschehen, deren vier von Zinnen geschützte Türme sich mächtig gegen den blauen Himmel des Nordmeeres abhoben. Die letzten Sturmwolken hatten sich während des Tages verzogen, und die untergehende Sonne tauchte Albany in dieses rotgoldene Zwielicht, das Darian stets geliebt hatte.

»Komm, Darian, Torgal schläft so fest, wir sollten ihn wirklich ins Bett bringen.«

Darian war gar nicht bewusst gewesen, dass er die graubraune Stute angehalten hatte. Jetzt blickte er lächelnd zu Aramia hinüber, die ihren kleinen Sohn vor sich im Sattel sitzen hatte. Torgal schlummerte selig an der Schulter seiner Mutter. Sein Pony hatten sie – trotz seines lautstarken Protestes – bereits im knapp vier Meilen entfernten Culmara zurückgelassen, da der Kleine vor Müdigkeit beinahe aus dem Sattel gefallen war.

Voller Bewunderung beobachtete Darian, wie das letzte Licht des Tages auf Aramias rabenschwarzen Haaren tanzte. Noch immer konnte er kaum fassen, dass sie schon zweihunderteinundfünfzig Sommer und Winter erlebt hatte und kaum älter wirkte als ein Mensch mit Ende zwanzig; ein Umstand, den Aramia ihrem Dunkelelfenblut zu verdanken hatte. Doch bei ihm verhielt es sich ähnlich. Als legitimer Sohn von Jarredh von Northcliff entstammte er einer Linie von Menschen, die ein Alter von bis zu fünfhundert Sommern erreichen konnten, von den gewöhnlichen Menschen als »die Unsterblichen« bezeichnet. Behutsam drückte er seine Schenkel an den Bauch seiner Stute, und sie ritten weiter auf die Burg zu. Bald vernahm er das beständige Donnern der Wogen, die sich gegen die Klippen warfen. Tosend strömte Meerwasser in den Burggraben, den ersten Verteidigungsring der Festung. Die Hufe der Pferde klapperten, als sie über die hölzerne Zugbrücke ritten, den inneren Verteidigungsring hinter sich ließen und endlich im Burghof anhielten. Sofort eilten einige Diener herbei und nahmen ihnen die Pferde ab. Sicher hatte man bereits auf sie gewartet.

»Ich vermute, du möchtest Kaya gleich sehen«, sagte Aramia. »Ich bringe zuerst Torgal ins Bett und geselle mich später zu euch.«

Darian wusste, dass seine Gefährtin sich nicht sehr gern in der Burg aufhielt. Sie verstand sich gut mit Kaya, und auch Toran mochte seine Tante, doch die teils eingebildeten Adligen, die Aramia als Nebelhexe und illegitime Geliebte von Darian verachteten, waren ihr zuwider. Angst verspürte seine Gefährtin nicht vor diesen missgünstigen Menschen, das wusste er genau. Vielmehr fiel es ihr schwer, in kritischen Situationen ihr aufwallendes Dunkelelfenblut zu beherrschen, deshalb war sie während der letzten Sommer und Winter nur sehr selten mit ihm nach Northcliff gereist.

»Lässt du bitte das Gepäck in unsere Gemächer bringen?«, rief Darian einem der Stallburschen zu.

»Selbstverständlich, Prinz Darian.«

Voller Vorfreude, einige alte Bekannte wiederzusehen, machte sich Darian auf den Weg. Er grüßte die Wachen an der Eingangstür, durchquerte die große Halle mit den zahlreichen Gemälden längst vergangener Schlachten und verstorbener Northcliffbewohner und wandte sich dann an eine der Dienerinnen.

»Wo ist Kaya?«

Die blonde junge Frau errötete leicht, knickste und deutete die Steintreppe hinauf. »Die Königin befindet sich in ihrem Arbeitszimmer. Möchtet Ihr mir folgen oder im Thronsaal auf sie warten?«

»Das Arbeitszimmer war mir immer lieber als der Thronsaal«, entgegnete Darian mit einem Augenzwinkern.

Geschäftig tippelte die Magd die breite Steintreppe hinauf und stolperte dabei beinahe über ihr langes blaues Kleid mit der weißen Schürze. Am Ende des Ganges hielt sie an, verbeugte sich kurz vor Darian und klopfte an die mächtige Eichenholztür. Sie trat ein, während Darian wartete und das Bild seines Großvaters Isarius betrachtete. Dieser saß auf einem imposanten Schimmelhengst und versenkte gerade sein Schwert in einem Bergtroll.

»Die Königin erwartet Euch«, verkündete da die Magd, und er betrat das Turmzimmer.

»Darian, ich freue mich, dich zu sehen.« Kaya kam auf ihn zu, und er schloss sie in seine Arme, danach drückte er ihr einen Kuss auf die linke Wange.

»Wie war eure Reise?«

»Sehr angenehm und ohne Schwierigkeiten.«

»Das ist schön.« Kaya schob ihn ein Stück von sich weg und betrachtete ihn kopfschüttelnd. »Es ist ernüchternd – wir haben beide eine Lebensspanne von annähernd fünfundfünfzig Sommern hinter uns, trotzdem siehst du nicht einen Tag älter aus als zu der Zeit, als wir durch Albany gereist sind und um den Thron von Northcliff gekämpft haben.«

»Ach, Kaya.« Liebevoll streichelte er über ihr geflochtenes Haar, in das sich seit einer Weile mehr und mehr graue Strähnen schlichen. »Du bist noch immer eine faszinierende Frau, und das sage ich nicht, weil du zu meinen besten Freunden zählst, sondern weil es wahr ist.«

Ein müdes Lächeln zeigte sich auf ihrem herzförmigen Gesicht. Auch wenn er nicht gelogen hatte, denn Kaya war trotz ihres Alters eine attraktive Frau, so kam er doch nicht umhin, die Kummerfalten zu bemerken, die sich um ihren Mund eingegraben hatten.

»Ich bin eine normale Sterbliche, daran lässt sich nichts ändern.« Sie atmete tief durch. »Vielleicht sollte ich sogar froh sein, dass Atorian nicht mehr sieht, wie ich langsam, aber sicher verwelke.«

Noch einmal drückte Darian sie an sich. »Er hätte dich bis zu deinem letzten Tag geliebt, und das weißt du.«

Kaya nickte stumm, und ihm fiel das feuchte Schimmern in ihren Augenwinkeln auf, als sie zu dem Gemälde an der Wand sah, das den letzten König von Northcliff zeigte.

Stolz und aufrecht, den Königsring aus silbernen und bronzefarbenen Strängen, genannt Torc, um den Hals und ein Schwert in der Hand, stand Atorian auf einer Klippe. Der dunkelblaue Umhang der Northcliffs, auf dem ein über der Festung schwebendes Schwert aufgestickt war, wehte um seinen muskulösen Körper. Der Maler hatte Atorian gut getroffen, sein kantiges, ausdrucksstarkes Gesicht und den herrischen Blick, den Darian nur zu gut kannte. Sie hatten ihre Schwierigkeiten miteinander gehabt, waren eine Zeit lang sogar beide in Aramia verliebt gewesen, bis Atorian Kaya getroffen hatte, dennoch vermisste auch er seinen älteren Bruder schmerzlich.

»Toran ähnelt ihm. Wenn er erst ein paar Sommer mehr Kampferfahrung hat und sich vielleicht eines Tages einen Bart wachsen lässt, wird man ihn für Atorian halten.«

Ruckartig wandte sich Kaya ab, dem Fenster zu, unter dem beständig die Wellen des Nordmeers gegen die Klippen brandeten. »Ich hoffe, er wird nicht viele Kämpfe austragen müssen.«

»Kaya«, Darian legte ihr eine Hand auf die Schulter, »er ist jung, er will sich beweisen. Du kannst ihn nicht ewig in der Burg einsperren.«

»Ich will ihn nicht auch noch verlieren«, entgegnete sie heiser.

Behutsam drehte Darian sie zu sich um und wischte ihr eine Träne von der Wange. »Wo ist die Kaya Eshwood geblieben, die sich ohne Furcht zwischen die Schurken und Gesetzlosen von Ilmor gewagt und gegen Dunkelelfen und Bergtrolle gekämpft hat? Jene Kaya, die völlig auf sich gestellt und als junge Frau durch ein sehr viel gefährlicheres Albany gezogen ist?«

»Ich weiß, Darian, ich bin eine entsetzliche Glucke«, gab sie zu, schnitt eine Grimasse und deutete auf einen der Stühle.

Darian setzte sich, ließ sie dabei aber nicht aus den Augen.

»Mir ist klar, ich muss Toran ziehen lassen, und ich bin mir sicher, in diesem Moment sitzt er mit Leána in seinem Gemach und schmiedet die wildesten Pläne. Aber es gibt noch immer Anhänger der 'Ahbrac, die sich mit dem Tod ihres Anführers nicht abfinden können und die Oberfläche mit ihren Gräueltaten überziehen.«

»Die Dunkelelfen jagen Kaz'Ahbracs fanatische Gefolgsleute«, versicherte Darian. »Du hast die Freundschaft und Unterstützung des Herrscherpaares von Kyrâstin, und seitdem Murk König ist, gibt es keine Trollüberfälle mehr. Niemals war Albany friedlicher.«

»Das weiß ich, Darian.« Aus einem Wandschrank, der neben den hohen Bücherregalen aus dunklem Holz stand, holte sie einen Krug und zwei tönerne Becher. Sie goss Darian Rotwein ein und nahm selbst einen Schluck.

»Lass Toran eine Weile mit seinen Freunden umherziehen«, sagte Darian und drehte den Kelch in der Hand. »In seinem Leben hat er nicht viel mehr von seinem Reich gesehen als die Nebelinsel und die Städte des Nordens.«

»Er war im Dunkelelfenreich«, widersprach sie, was Darian dazu veranlasste, seine Augenbrauen in die Höhe zu ziehen.

»Mit einer Eskorte von einhundert Soldaten aus Northcliff«, entgegnete er mit einem Schmunzeln.

Missmutig starrte Kaya in ihren Weinbecher, so als würde sie auf dem Grund des Kelches eine Antwort auf ihre Befürchtungen finden.

»Für dich und Aramia ist es einfacher, Leána loszulassen. Ihr habt euch und den kleinen Torgal.«

»Und meinst du, für uns wäre es weniger schlimm, würde Leána etwas zustoßen?«, fragte er herausfordernd.

»Natürlich nicht. Nur ist Leána zehn Sommer älter, sie hat Dunkelelfenblut und …«

»Kaya!«, lachte Darian. »Leána hatte ihren ersten – zugegebenermaßen nicht erlaubten – Streifzug durch Albany hinter sich, als sie vierzehn war. Selbstverständlich haben wir uns Sorgen gemacht, nur ist uns eines klar geworden: Du musst deine Kinder ihre eigenen Wege gehen lassen, wenn du sie nicht verlieren möchtest.« Er legte eine Hand auf seine Brust. »Zumindest, wenn du nicht willst, dass sie nur aus Pflichtgefühl zu dir zurückkommen, sondern mit Freude und aus freien Stücken. Junge Leute müssen ihre eigenen Erfahrungen machen, Abenteuer bestehen, an überstandenen Gefahren wachsen. Toran soll ja nicht gleich nach Ilmor reiten und mit den zwielichtigen Gestalten dort unten im Süden einen Streit beginnen. Auch soll er keine 'Ahbrac jagen oder den Zwergenkönig Hafran zum Zweikampf herausfordern.«

»Die Zwerge!«, stöhnte Kaya. »Die bereiten mir ebenfalls schlaflose Nächte. Ich habe den Eindruck, sie planen etwas.«

»Wie meinst du das?«, hakte er nach. Zwischen den Menschen und den Zwergen des Ostens herrschte keine direkte Feindschaft, nur hatten sich die Zwerge, die unter König Hafran dienten, dem Kampf gegen die Dämonen und Dal'Ahbrac nicht angeschlossen, was ihnen viele noch immer übel nahmen. So schwelte ein unterschwelliger Streit zwischen den Völkern. Die Zwerge des Nordens hingegen, eine kleine Gruppe, die größtenteils nahe der Hafenstatt Grottná lebte, waren den Menschen verbunden. Besonders der Zwerg Edur, einer von Darians besten und ältesten Freunden, tat sich immer wieder durch Bemühungen um gute und faire Handelsbeziehungen hervor.

»Sie streiten wegen der Grenze, sie fordern mehr und mehr Gold im Tausch für größtenteils minderwertiges Eisen …«

»Wir sind nicht auf die Zwerge angewiesen«, unterbrach er sie. »Die Dunkelelfen liefern uns hervorragende Waffen. Bessere, als Northcliff jemals gesehen hat.«

»Selbstverständlich«, stimmte Kaya zu, doch ihre Stimme nahm einen zynischen Tonfall an. »Nur wenn ich Hafran sage, er kann sein Eisen behalten, wird ihn das beleidigen, und er könnte es zum Anlass nehmen, sein Volk weiter gegen die Menschen aufzuhetzen.«

Bedächtig strich sich Darian über sein Kinn, spürte ein paar Stoppeln von der mehrtägigen Reise. »Das mag sein. Die Zwerge sind kein einfaches Volk.«

»Nein, da sind mir die Dunkelelfen lieber. Sie mögen ein für viele Menschen seltsames Verhalten an den Tag legen, aber sie haben ihre Prinzipien, stehen bedingungslos zu ihrem Wort und sind auf ihre eigene Art leichter einzuschätzen.«

»Du hast es nicht einfach, Kaya.«

»Nein.« Sie stellte ihren Kelch mit einem lauten Scheppern auf den Schreibtisch aus dunklem Eichenholz. Dann zog sie wahllos Papiere und Schriftrollen aus einem beachtlichen Stapel. »Ein Bauer beschwert sich, weil sein Nachbar angeblich sein Land mit Korn bestellt. Eine Adlige besteht auf einen eigenen Hofzauberer, weil sie der Kobolde nicht Herr wird.«

Darian kratzte sich am Kopf und setzte zu einer Antwort an, aber Kaya fuhr damit fort, Blätter herauszufischen. »Die Bewohner von Morotia fühlen sich bedroht, weil die Dunkelelfen einen neuen Zugang zur Oberfläche in der Nähe ihrer Stadt schaffen wollen.«

»Warte, Kaya«, er hob eine Hand, »du meinst, die neue Siedlung nördlich des Kratersees?«

»Richtig.« Sichtlich gereizt rieb sich die Königin ihre Schläfen. »Die Stadt wächst und gedeiht, sie sind sehr erfolgreich in der Herstellung von Wein und im Anbau von Getreide. Selbst die Fischerei floriert, seitdem die meisten ihre Furcht vor den angeblichen Monstern des Kratersees überwunden haben.«

»Weshalb wollen die Dunkelelfen neue Tunnel an die Oberfläche graben?«

»Wie du weißt, haben sich mittlerweile einige Dunkelelfenfamilien an der Oberfläche angesiedelt.«

Darian nickte. Seitdem die meisten Elfen und Dunkelelfen ihren jahrtausendealten Streit beigelegt und alle Völker vereint gegen die Dämonen gekämpft hatten, waren einige Vertreter des Unterreiches an die Oberfläche zurückgekehrt, so wie es in alten Tagen der Fall gewesen war. Elfen als Wesen des Lichts und der Sonne und Dunkelelfen, Jäger der Nacht, hatten Seite an Seite gelebt, und so würde es vielleicht bald wieder sein. Viele hatten sich an der Grenze zum Zwergenreich angesiedelt, andere in dem rauen und von Menschen und Zwergen unbeachteten Waldgebiet der Halbinsel östlich des Kratersees. »Bislang haben uns die Bewohner des Unterreiches keinen Anlass zur Klage gegeben«, erzählte Kaya weiter. »Wie es ihre Art ist, zeigen sie sich kaum bei Tage, jagen nachts und behalten sogar das Zwergenreich im Auge. Das ist alles wunderbar. Nur wollen sie mit ihren Familien in Kyrâstin und den anderen Dunkelelfenstädten in Verbindung bleiben und nicht immer den langen Umweg über den Zugang in Ilmor in Kauf nehmen. Auch wenn die meisten Menschen froh darum sind, dank der Lehrstunden durch die

Dunkelelfen nun eine so schlagkräftige Menschenarmee wie die von Northcliff zu haben, fürchten gerade die, die in der Nähe von Morotia leben, eine Invasion aus dem Unterreich.«

Kopfschüttelnd lachte Darian auf. »Eine Invasion der Dunkelelfen könnte ohnehin niemand verhindern, würde das in deren Interesse liegen. Die Dunkelelfen bilden unsere Männer und Frauen aus, und das ohne eine wirkliche Gegenleistung zu erwarten. Auch wenn es Dun'Righal nie offen ausgesprochen hat, denke ich nicht, dass er uns so bereitwillig seine Krieger zur Verfügung gestellt hätte, wären Northcliff und die Dunkelelfen durch Mia, Leána und Torgal nicht direkt blutsverwandt. Sowohl Mias Vater Zir'Avan als auch ihr Urgroßvater Ray sind hoch angesehen bei der Herrscherfamilie und ganz Kyrâstin. Für die Dunkelelfen herrscht nun eine familiäre Bindung zu Northcliff, deshalb würde eine Invasion sie entehren. Familienbande sind ihnen heilig.«

»Mir ist das klar, Darian.« Sie lächelte müde. »Nur habe ich gegen Dämonen und 'Ahbrac gekämpft, und ich weiß, wie viel schlechter es um die Kampfkunst der Northcliffkrieger bestellt war, bevor uns die Dunkelelfen ihre Kampfkünste lehrten. Doch die Menschen vergessen rasch. Die Alten sterben nach und nach, und die neue Generation nimmt als gegeben hin, worum wir hart gekämpft haben. Darum, die – zugegebenermaßen häufig schwer nachvollziehbaren – Wert- und Ehrvorstellungen der Dunkelelfen zu begreifen, bemüht sich kaum ein Adliger, geschweige denn das einfache Volk.« Sie verbarg ihr Gesicht in den Händen. »Manchmal wünschte ich, Toran würde die Herrschaft übernehmen. Gleichzeitig möchte ich ihn davor bewahren.«

»Du weißt, du kannst mich jederzeit um Rat fragen«, erinnerte sie Darian, dann grinste er. »Ob dieser Rat weise ist, sei dahingestellt.«

Kaya deutete ein Lächeln an, wenn auch ein recht halbherziges. »In den ersten Sommern und Wintern nach Atorians Ermordung hast du mir sehr geholfen, Darian, und das werde ich dir niemals vergessen. Aber ich bin Königin von Northcliff und kann dich nicht jedes Mal wegen ein paar grantiger Zwerge oder Adliger, die sich wegen der Dunkelelfen in ihr Gewand pissen, von deiner Nebelinsel holen.«

Lachend prostete er ihr zu. »Na siehst du, da ist sie wieder, die alte Kaya Eshwood. Ich verspreche dir, ich kümmere mich um die Dunkelelfen im Süden. Bei Kaynes …«, er unterbrach sich selbst, »… Weihe werden Dun'Righal und seine Gemahlin Xin zugegen sein und sicher auch ein Vertreter aus Morotia.«

»Kaynes Weihe!« Voller Hohn lachte Kaya auf. »Das ist lächerlich. Wir hätten Elysia und ihre Brut schon längst aus Northcliff verbannen sollen. Das einzig Erfreuliche an dieser Farce ist, dass ich ihr in wenigen Tagen ihre Truhe vor das Burgtor stellen kann.«

»Mach nicht Kayne für die Taten seines Vaters verantwortlich!«, wies Darian sie scharf zurecht. Sosehr er Kaya mochte und ihre Wut auf Samukal verstand, ihr teils sehr unfaires Verhalten Kayne gegenüber hatte ihn schon immer gestört. »Er hat sich trotz Samukals anfänglichem Einfluss zu einem liebenswerten jungen Mann entwickelt und ist zudem mit Toran befreundet.«

Darauf ging Kaya nicht weiter ein, aber sie knirschte mit den Zähnen. »Du musst nicht Tag für Tag Elysias Intrigen und ihr Gezeter ertragen, Darian. Und gleichgültig, was ihr alle sagt – Kayne ist eine Gefahr. Vielleicht keine unmittelbare, aber etwas Düsteres lauert in ihm.«

»Nordhalan persönlich hat ihn unterrichtet«, widersprach Darian. »Wir haben ihm Samukals Fehler nur allzu deutlich vor Augen geführt. Ich bin mir sicher, er wird sie nicht wiederholen. Kaya, sobald sich diese leidige Geschichte um Kaynes Herkunft geklärt hat, bringe ich Elysia dazu, Northcliff zu verlassen.« Er atmete tief durch. »Kayne hingegen möchte ich nicht vor die Tür setzen. Auch wenn er nicht mein Sohn ist, habe ich ihn immer so behandelt und …«

»Du hast Samukal versprochen, dich um ihn zu kümmern.«

»Nicht alles an Samukal war schlecht und verdorben«, entgegnete er leise. »Am Ende hat er mich sogar gerettet, und inzwischen glaube ich seinen Beteuerungen, dass er mich auf seine Weise geliebt hat.«

»Ohne ihn wäre Dal'Ahbrac und seine Sippe niemals derart erstarkt. Er hat Dämonen aus dem Zwischenreich zwischen den Welten beschworen. Er trägt die Schuld an Atorians Tod!«

»Kaz'Ahbrac hat Atorian getötet, nicht Samukal. Und ganz sicher trägt Kayne keine Schuld daran, denn er war damals noch ein kleiner Junge.«

Kaya schloss die Augen, schluckte lautstark und gab dann zu: »Doch er gleicht Samukal so sehr. Manchmal schrecke ich regelrecht zusammen, wenn er mir im Halbdunkel begegnet.«

Energisch fasste Darian sie an den Schultern und drehte sie zu sich, sodass sie ihm in die Augen sehen musste. »Kaya, für die Ähnlichkeit mit seinem Vater kann Kayne ebenso wenig wie Toran, dass er Atorian ähnelt!«

Kaya blickte ihn an, dann seufzte sie. »Ich weiß, Darian.« Die Anspannung fiel von ihr ab, und nun lächelte sie wieder. »Ich sollte dich doch öfters von deiner Nebelinsel holen, damit du mich wieder zurück auf den richtigen Pfad bringst.«

Kapitel 3

Freundschaft und Feindschaft

»Kürzlich habe ich Jel'Akir überredet, mit an die Oberfläche zu kommen«, erzählte Leána, während sie mit Toran auf der Mauer zum westlichen Burghof saß, wo jeden Abend bei Anbruch der Dämmerung das Training der Soldaten von Northcliff mit den Dunkelelfen stattfand. Gemeinsam beobachteten sie die Schwertkampfübungen.

»Ist dir eigentlich schon mal aufgefallen, wie viele Männer in Northcliff mittlerweile einen Kinnbart tragen?«, fragte sie ihren Cousin amüsiert.

»Das liegt wohl daran, dass Hauptmann Sared einen trägt«, vermutete Toran. »Er ist ein herausragender Krieger, viele wollen ihm nacheifern.«

»Du nicht?«

Übertrieben hochnäsig reckte er sein Kinn empor. »Ich bin der Prinz von Northcliff, ich muss mich vom gemeinen Volk abheben!«

»Angeber«, kicherte sie und stieß ihn in die Seite. »Wahrscheinlich wächst dir einfach kein vernünftiger Bart.«

Toran seufzte ertappt auf und fuhr sich über sein glattes Kinn. Schon immer war seine Gesichtsbehaarung sehr spärlich ausgefallen. »Jel'Akir ist doch die Schwester von Bas'Akir, der Onkel Darian damals im Dunkelelfenreich das Leben gerettet hat«, lenkte er dann ab.

»Richtig«, Leána wackelte mit den Beinen, »seitdem steht seine Familie wieder in der Gunst der Herrscherfamilie und lebt in

Kyrâstin. Jel hat es sogar geschafft, bei den Kriegern der Mhragâr aufgenommen zu werden und wird während des Sommers einige junge Menschen aus dem Norden ausbilden, die sich für die Kriegskunst interessieren.«

»Ihr habt euch angefreundet, nicht wahr?«

»Ja.« Leána lächelte. »Jel fühlt sich an der Oberfläche wohl, auch wenn sie die Sonne nicht sonderlich mag. Aber ich denke, sie wird früher oder später in eine der Höhlen ziehen, die die Dunkelelfen jetzt im ganzen Land bewohnen.«

»Im Gegensatz zu mir kann sie gehen, wohin sie mag«, entgegnete Toran, und seine dunklen Augenbrauen zogen sich düster zusammen.

»Vielleicht, aber stell dir nur vor, sie schämt sich noch immer dafür, es nicht geschafft zu haben, in die Còmhragâr aufgenommen zu werden.«

Er schnitt eine Grimasse. »Niemand von uns wäre gut genug, der Garde der Dunkelelfen beizutreten. Na ja, vielleicht wenn wir vierhundert Sommer und Winter ununterbrochen üben würden. Also kein Grund, sich zu schämen.«

»Die Dunkelelfen haben eben ein eigenartiges Verständnis von Ehre und Ansehen. Trotzdem mag ich sie.«

Ein äußerst jungenhaftes Grinsen erhellte Torans schmales Gesicht, als er hinab in die Tiefe deutete, wo gerade ein ungewöhnlich breitschultriger Dunkelelf mit annähernd schwarzem Haar den Hof betrat. Sofort stieß er knappe und herrische Befehle hervor und korrigierte auch die kleinsten Haltungsfehler der menschlichen Soldaten. »Was ist eigentlich mit dir und diesem Nal'Righal?«

Erschrocken zog sich Leána von der Mauer zurück. »Nal!«, stöhnte sie und rieb sich verlegen die Nase. Sie hatte einige Zeit ihres Lebens in Kyrâstin zugebracht, die Lebensgewohnheiten der väterlichen Linie ihrer Mutter studiert, ihre Kampfkunst erlernt und war stets ganz begeistert von der Ästhetik des Unterreiches gewesen. Von seinen Palästen, den schimmernden, unterirdischen Seen und ganz besonders den Feuern von Kyrâstin, der Feuerquelle, die wie ein Herz im Untergrund von Albany pulsierte. Die Fremdartigkeit dieses Reiches hatte sie ebenso fasziniert wie ihre Bewohner, und vor einigen Sommern hatte sie – eher unbeabsichtigt – die Gunst eines Còmhragâr-Kriegers gewonnen. Natürlich hatte sie sich geschmeichelt gefühlt und zugegebenermaßen auch seine Aufmerksamkeit genossen. Doch sie hatte ihn schnell vergessen, und als er dann nach beinahe acht Sommern und Wintern an die Oberfläche gekommen war, um die Soldaten von Northcliff zu unterrichten, hatte er ihr sehr deutlich gemacht, dass er sie als seine zukünftige Gemahlin auserkoren hatte. Dunkelelfen besaßen ein anderes Zeitgefühl als Menschen, und für ihn war es kein Problem gewesen, sie eine so lange Zeit nicht zu sehen.

»Verdammt, Toran, ich wusste wirklich nicht, wie ich Nal loswerden sollte, ohne seine Dunkelelfenehre zu beleidigen!«

»Und wie ist es dir gelungen?«

»Ich bin mir nicht sicher, ob es mir wirklich gelungen ist«, jammerte sie. »Ich habe behauptet, uns Nebelhexen sei es nicht gestattet, uns vor unserem fünfzigsten Sommer fest zu binden oder sich auf einen Mann festzulegen. Er dürfe nicht bei meinen Eltern vorsprechen, da das sonst meine Ehre beleidigen würde. Jetzt muss ich nur allen Nebelhexen eintrichtern, dass sie meine Aussage bestätigen.«

»Leána!«, lachte Toran. »Das ist aber schon ein Spiel mit dem Feuer. Was ist, wenn eine von euch sich bindet, bevor sie fünfzig ist und dieser Nal bekommt das mit?«

»Ich hoffe, er kehrt bald ins Unterreich zurück und findet eine Dunkelelfe, die besser zu ihm passt.«

Grinsend lehnte sich Toran gegen die Mauer und verschränkte die Arme vor der Brust. »Ich sehe den Skandal schon vor mir: Leána verursacht einen Krieg zwischen Kyrâstin und Northcliff, weil sie ein Mitglied der Herrscherfamilie entehrt hat.«

»Hör auf, Toran«, schimpfte Leána. »Ich hätte niemals gedacht, dass Nal unsere Liebelei so ernst nimmt. Verdammt, ich war damals noch ein halbes Kind!«

»Du warst so alt wie ich.«

»Eben, sag ich doch.«

»Du unmögliche, freche Nebelhexe«, knurrte Toran, zwickte sie, aber Leána sprang kichernd zurück.

»Das ist keine Beleidigung für mich. Und wenn du dir einbildest, mich inzwischen fangen zu können, muss ich dich enttäuschen.« Sie spurtete los, und Toran verfolgte sie mit einem: »Das werden wir ja gleich sehen!«

Wie früher als Kinder rannten sie auf dem Wehrgang der Burgmauer entlang. Leána hätte beinahe einen wachhabenden Soldaten gerammt, schlug einen Bogen und lief unverhofft Kayne in die Arme.

Der fing sie lachend auf. »Was ist denn mit dir los? Wirst du von einer Horde abtrünniger Trolle verfolgt?«

Schwer atmend strich sie sich eine Haarsträhne aus dem Gesicht, und nur einen Augenblick später hatte auch Toran aufgeholt.

»Kayne, was ist mit deinem Bart geschehen?«

Leána bemerkte, wie sich Kayne verlegen über das Gesicht strich. Nun war er glatt rasiert, trug die traditionellen Kleider der Northcliffs, das dunkelbraune Haar war ordentlich gekämmt.

»Ich habe ihn abrasiert, was soll ich sonst damit getan haben?«, antwortete er patzig.

»Du hättest ihn wegzaubern können«, meinte sie.

»Kayne kann zaubern?« Übertrieben riss Toran seine Augen auf. »Wenn die gute Elysia das hört, stürzt sie sich glatt ins Drachenmeer.«

»Toran!« Leána knuffte ihren Cousin, denn Kaynes Miene verdüsterte sich bedrohlich.

Eigentlich verstanden sich die beiden jungen Männer gut miteinander, zumindest, wenn sie sich außerhalb von Northcliff befanden. Doch je näher der Tag von Kaynes Weihe gerückt war, umso mehr hatte sich ihr Zwist verstärkt. Beide standen unter dem Einfluss ihrer verfeindeten Mütter, auch wenn sie das stets vehement abstritten.

»Wenigstens wir sollten zusammenhalten«, drängte Leána, nahm die Hand eines jeden und nickte ihnen zu. »Und nun kommt, ich freue mich darauf, Kaya zu sehen, und vielleicht ist sogar Nordhalan schon eingetroffen.«

»Er kam gestern an«, brummelte Kayne, bedachte Toran noch mit einem kritischen Blick, dann hob er eine Augenbraue.

»Dieses grüne Kleid steht dir hervorragend, Leána von der Nebelinsel. Man könnte dich glatt für die Prinzessin halten, die du ja eigentlich bist.« Behutsam strich Kayne ihr eine schwarze Locke hinter das Ohr. »Selbst wenn du durch diese wilde Jagd deine Frisur ruiniert hast.«

Fröhlich drehte sich Leána im Kreis, woraufhin der bodenlange Rock mit den filigranen Silbernähten um sie herumschwang. »Normalerweise bevorzuge ich Reitkleidung, aber zu besonderen Anlässen bereitet es mir durchaus Freude, mich hübsch zu machen.« Als sie bemerkte, wie Kayne sich schon wieder versteifte, drückte sie seine Hand. »An besonderen Tagen, wenn ich alte Freunde und meine Verwandten wiedersehe.«

»Nun gut, aber Nal'Righal solltest du in diesem Aufzug nicht über den Weg laufen, sonst steht sein Dunkelelfenblut gleich wieder in Flammen«, prophezeite Toran theatralisch. »Übrigens wird Leána nicht vor ihrem fünfzigsten Sommer heiraten«, erklärte er an Kayne gewandt.

»Weshalb nicht?«, fragte dieser verdutzt.

»Sei still, Toran«, zischte Leána.

»Warum denn? Der gute Kayne sollte ebenfalls in die verborgenen Geheimnisse der Nebelhexen eingeweiht werden.«

Widerstrebend erzählte Leána daher auch Kayne von ihrer kleinen Notlüge. Kayne jedoch zuckte nur geistesabwesend mit der Schulter, denn ganz sicher war er in Gedanken bereits bei seiner Weihe, die unmittelbar bevorstand.

Das Abendessen im Thronsaal verlief zu Leánas großer Freude entspannt. Elysia saß am anderen Ende der langen Tafel, und auch wenn ihre biestige Miene und ihr Getuschel mit einigen Adligen nichts Gutes verhieß, so sorgte sie zumindest für keinen offenen Streit. Kayne tat Leána leid. Sie hätte sich gerne mit ihm unterhalten, doch er blieb an der Seite seiner Mutter, so wie man es von ihm erwartete. Angespannt wirkte er, den Mund verkniffen, die Augen starr auf seinen Teller gerichtet. Aber so scherzte Leána mit ihrem Cousin, ließ die gutmütige Schelte ihrer Eltern über sich ergehen, weil sie mit ihrem ungestümen Hengst allein vorausgeritten war, und sprang sehr undamenhaft auf, als sich die große Tür zum Thronsaal öffnete.

»Nordhalan!« Freudig rannte sie dem hochgewachsenen, kräftigen Zauberer mit dem schwarzgrauen Bart und den langen Haaren entgegen. Stets war er für sie wie ein Großvater gewesen, und auch jetzt umarmte sie ihn stürmisch.

»Leána, du ruinierst mir meine Robe«, schalt er sie, doch ein Lächeln blitzte in seinen blaugrauen Augen.

»Verzeih.« Sie trat von seinem hellgrauen Gewand, dessen Ränder verschlungene schwarze Muster zierten. »Ich habe dich so lange nicht mehr gesehen.«

»Komm, lass einen alten Mann sich hinsetzen.« Er verneigte sich vor einigen Adligen und nahm neben Darian Platz.

»Darian, Aramia, wie schön, dass ihr wohlbehalten nach Northcliff gelangt seid.«

»Seitdem Leána mehr und mehr Eichenpfade entdeckt, werden die Reisen weniger beschwerlich und beinahe frei von Gefahr«, erklärte Leánas Mutter mit Stolz in der Stimme.

»Ich hörte gerade eben, Anhänger der 'Ahbrac hätten an der Grenze zum Elfenreich ein Dorf überfallen«, wusste der Zauberer zu berichten.

»Hat Kaya …« Darian neigte sich nach vorne, doch die Königin war im Augenblick in ein Gespräch mit Dimitan, dem Hofzauberer, vertieft.

»Ja, sie hat Soldaten und einige Dunkelelfen ausgesandt«, bestätigte Nordhalan sogleich.

»Gut«, sagte Darian erleichtert.

»Ich verstehe nicht, weshalb die 'Ahbrac nicht endlich aufgeben«, regte sich Leána auf. »Schließlich war ihr Anführer Dal'Ahbrac von einem Dämon besessen und wollte sicher nicht wirklich, dass das Menschenreich zerstört wird.«

Bedächtig wiegte der Zauberer seinen Kopf. »Soweit ich verstanden habe, waren die Dunkelelfen der 'Ahbrac stets bestrebt, zurück an die Oberfläche zu gehen, sich an den Elfen zu rächen und ein neues Reich zu gründen. Sicher sind viele Dinge geschehen, die Dal'Ahbrac in diesem Ausmaße nicht beabsichtigt hatte, aber viele haben sich in die Vorstellung hineingesteigert, Dal'Ahbracs dämonische Besessenheit sei eine Lüge, von Menschen und den Herrschern von Kyrâstin lediglich in die Welt gesetzt, um ihre gnadenlose Jagd auf die 'Ahbrac zu rechtfertigen. Viele wollen Kaz und seinen Vater Dal rächen.«

»Zumindest sind ihnen die menschlichen Krieger aus Northcliff jetzt ebenbürtig.« Leána machte eine ausladende Handbewegung. »Wir alle könnten es mit einem 'Ahbrac aufnehmen. Sie würden es nicht einmal schaffen, bei den Kriegern der Mhragâr aufgenommen zu werden, sagt Nal'Righal.«

»Na, wenn er das sagt«, griente Toran und fing sich damit unter dem Tisch einen Fußtritt von Leána ein, woraufhin er unterdrückt aufstöhnte.

»Richtig, Leána«, stimmte Nordhalan zu, »nur wird es auch immer Bauernfamilien, Händler und andere einfache Leute geben, die weder Interesse noch das Talent dazu haben, sich derart in der Kriegskunst zu üben. Und genau diese Menschen werden auch weiterhin ein Angriffsziel der geächteten Dunkelelfenfamilie und ihrer Anhänger sein.«

»Das bringt ihnen nur noch mehr Verachtung durch ihr Volk ein. Sich an Wehrlosen zu vergreifen ist das Ehrloseste, was es für einen Dunkelelfen gibt.« Wütend rammte Leána ihr Messer in eine Fasanenkeule. »Mögen ihre Gedärme in der Sonne verrotten!«

Ein paar Stühle weiter ertönte ein empörtes »Huh!« Lady Ruvelia blinzelte anklagend herüber und tuschelte anschließend mit einer Adligen, deren Landsitz in der Nähe von Rodgill lag.

»Etwas drastisch ausgedrückt«, bemerkte Aramia amüsiert, »aber sowohl dein Großvater als auch dein Ururgroßvater wären stolz auf dich.«

»Ururgroßvater Ray'Avan!« Eine Welle der Zuneigung erfasste Leána, wenn sie an den greisen Dunkelelfen dachte. »Glaubt ihr, er kommt ebenfalls zum Kreis der Seelen? Ich möchte ihn so gerne wiedertreffen!«

»Wenn, dann wagt er sich nur für dich aus dem Unterreich.« Liebevoll streichelte Darian ihr über die Wange.

»Sofern er den Tag der Weihe nicht vergisst«, stellte Aramia realistisch fest und brachte Leána damit zum Kichern.

Postwendend zog sie jemand am Ohr. »Was soll das?«, schimpfte sie.

»Über alte Leute macht man sich nicht lustig«, krächzte da ein Mann hinter ihr. Seine dünnen grauen Haare trug er mit einem Lederband zusammengebunden. Über seine rechte Wange zog sich eine auffällige Narbe, und seine Haut war so runzelig, dass sie wie gegerbtes Leder wirkte.

»Nassàr«, freute sich Leána, sprang auf und stellte sich vor den ehemaligen Hauptmann von Northcliff. Trotz seines Alters von über neunzig Sommern hielt er sich noch erstaunlich aufrecht, seine Augen waren wach und klar, nur seine Stimme war mit der Zeit kauzig geworden.

»Mein Freund, wie geht es dir?« Darian fasste ihn am Unterarm, und Leána glaubte zu erahnen, was in ihrem Vater vor sich ging. Er hatte Nassàr kennengelernt, als dieser bereits über sechzig gewesen war. Dennoch musste er damals ein starker Mann und ein herausragender Krieger gewesen sein. Jetzt stand ein Greis vor ihm.

»Hast wohl gedacht, ich habe den letzten Winter nicht überlebt«, kicherte Nassàr. »Aber einer von Torgals alter Truppe muss ja noch eine Weile die Stellung halten, oder nicht? Da ich gerade Torgal erwähne – wie geht es denn dem kleinen Namensvetter unseres alten Hauptmanns?« Zu Ehren von Torgal Elamànn, der Hauptmann unter Darians Vater und bis zu seinem Tode auch unter Darian und Atorian gewesen war, verneigte er sich nach Westen. »Möge seine Seele im Reich des Lichts in den Hallen der Ahnen ihren Frieden gefunden haben.«

»Das hat sie sicher.« Darian rückte dem alten Krieger einen Stuhl zurecht. »Unserem Kleinen geht es ausgezeichnet. Er schlummert jetzt friedlich in seiner Kammer und wird morgen vermutlich die Burg auf den Kopf stellen.«

Nassàrs arthritische Hand strich über Leánas Haare. »Dem sehe ich gelassen entgegen, denn mehr Unsinn als diese junge Dame wird er kaum anstellen. Ich erinnere mich nur zu gut an den vergammelten Fisch in meinen besten Reitstiefeln.«

Leána begann zu glucksen, und auch Nordhalan musterte sie strafend. »Zumindest bist du nicht eines Morgens aufgewacht und hast sowohl deinen Bart als auch dein Haupthaar zu Zöpfen verknotet an deinem Bettpfosten vorgefunden.«

»Jetzt hört doch bitte mit den peinlichen Geschichten aus meiner Kinderzeit auf«, verlangte Leána.

»An die Sache mit dem Fisch kann ich mich gar nicht erinnern«, wunderte sich Toran.

»Du warst damals noch nicht einmal geboren. Das habe ich gemeinsam mit Kayne angestellt.«

»Kayne!« Leise vor sich hinbrummelnd sah Nassàr hinüber zum anderen Ende der Tafel, und Leána wusste genau, dass sich alle hier Gedanken über die kommenden Tage machten.

Kapitel 4

Der Weg zu den Geisterinseln

Eine große Anzahl Burgbewohner machte sich am nächsten Morgen auf den Weg zu den Geisterinseln. Einige waren bereits vor Tagen aufgebrochen, wie Leána wusste. Die meisten nahmen den Weg über das Meer. Mit Zwergenschiffen segelten sie von Grottná aus an der Nordküste entlang, um auf die geheimnisumwitterten Inseln zu gelangen. Dank der Zauberer hätten sie auch auf den magischen Eichenpfaden reisen können, die Magiekundige innerhalb kürzester Zeit von einem Ort zum anderen brachten. Viele Stätten in Albany waren durch diese Pfade miteinander verbunden und durch Eichen gekennzeichnet, was ihnen auch zu ihrem Namen verhalf. Aber den meisten Menschen war Zauberei nicht ganz geheuer, daher bevorzugten sie den traditionellen Seeweg. Auch Elysia und die übrigen Adligen, die sich noch in der Burg aufhielten, würden heute mit dem Schiff abreisen. Ihr Ausgangspunkt allerdings war der kleine und wenig benutzte Hafen südlich von Culmara. Lharina, die junge Elfenkönigin, gewährte unbehelligte Passage durch das Elfenreich, um den Menschen eine kürzere Reise zu den Geisterinseln zu ermöglichen. Zu wichtigen Anlässen wie diesem steuerten nun erfahrene Seeleute ein von den Zwergen des Nordlands erbautes Schiff nach Westen. Im Gegensatz zu früher war die Reise über die See der tausend Stürme heute deutlich sicherer als in alten Tagen. Natürlich tobten sich weiterhin Sturmgeister über dem Meer aus, und auch die Geister des Meeres verlangten selbst erfahrenen Seeleuten all ihr Können ab. Doch die Zauberer der Geisterinseln hatten gelernt, die Elementargeister, die über Tausende von Sommern und Wintern Menschen und andere Wesen von den Geisterinseln ferngehalten hatten, zu besänftigen, und machten es somit Normalsterblichen möglich, zumindest zu besonderen Anlässen Zutritt zu erlangen.

Herausgeputzt und mit zahlreichem Reisegepäck standen die Adligen im Hof und warteten auf die sich nähernde Kutsche. Leána war schon früh am Morgen gemeinsam mit Toran ausgeritten und befand sich gerade auf dem Weg zurück zur Burg.

Kayne kam mit seiner Mutter die Treppe hinab, und Leána freute sich, sich noch von ihm verabschieden zu können. Da stieß Elysia einen spitzen Schrei aus, rutschte auf ihrem Hinterteil die letzten zwei Stufen hinab, wo ihr sogleich zwei Edelmänner aufhalfen.

»Komm sofort her!«, schrie sie eine Küchenmagd an. Diese hielt zwei Eimer in den Händen und stellte sich mit hochgezogenen Schultern vor Elysia.

»Hatte ich dich nicht erst vorhin angewiesen, neuen Honig zu holen?«, fuhr Kaynes Mutter die Unglückliche an.

»Ja, Lady Elysia, das habe ich getan.«

»Und weshalb vergießt du dummes Stück den Honig dann auf den Treppen und wischst ihn nicht auf?« Elysias Stimme überschlug sich beinahe, während sie der Magd zwei Finger mit einer klebrigen gelben Masse unter die Nase hielt.

»Aber Lady ...«, begann sie.

»Jetzt muss ich mich noch einmal umziehen«, heulte Elysia auf. »Zudem kann ich erst die nächste Kutsche nehmen – und das nur, weil du nicht aufpassen kannst.« Sie verpasste der Magd eine schallende Ohrfeige. »Ich werde dich der Burg verweisen lassen.«

Da trat Leána hinzu. »Ein Missgeschick kann immer passieren. Das ist kein Grund, jemanden zu schlagen.«

Elysias spitzes Gesicht verzog sich zu zahllosen Runzeln und ließ sie älter erscheinen, als sie eigentlich war. »Das sagt ausgerechnet eine Dunkelelfe!«

»Mutter! Lass es gut sein!« Peinlich berührt sah Kayne zu Leána.

»Ich bin stolz auf mein Erbe«, betonte Leána und drehte sich zu der Magd um. »Wie ist dein Name?«, fragte sie.

»Betti«, antwortete die Magd kleinlaut.

»Also, Betti, ein ruiniertes Kleid ist keine Katastrophe. Am besten wischst du den verschütteten Honig weg, und damit ist alles gut.«

»Natürlich werde ich das wegwischen«, versicherte die junge Magd, »aber … ich habe keinen Honig verschüttet.«

»Da siehst du es«, kreischte Elysia, während sie die Stufen hinaufhastete und dabei den dicken gelben Fleck tunlichst umging, »sie kann es nicht einmal zugeben. Wenn das hier kein Honig ist, dann …« Demonstrativ leckte Elysia an ihrem Finger, stockte jedoch und verzog das Gesicht. Ohne ein weiteres Wort rauschte sie durch das Eingangstor.

»Was auch immer es ist, mach es weg«, schlug Leána vor, dann wandte sie sich an Kayne. »Weshalb reist du eigentlich nicht durch das Eichentor?«

»Mutter möchte, dass ich sie auf dem Schiff begleite.«

An seinem Gesichtsausdruck erkannte sie, dass ihm das gar nicht behagte. Aber Leána verkniff sich jeglichen Kommentar, streckte sich und drückte ihm einen Kuss auf die Wange. »Wir sehen uns am Kreis der Seelen.«

Die Adligen hatten inzwischen in der Kutsche Platz genommen. Kayne stand allein am Fuße der Treppe, und Leána hielt auf die Türöffnung zu. Diese wurde jedoch urplötzlich von einer äußerst massigen Gestalt, doppelt so breit wie ein kräftiger Mann, versperrt.

»Murk, wann bist du denn angekommen?« Leána machte sich schon auf eine Umarmung nach Trollart gefasst, aber da entdeckte sie ein Bündel auf dem Arm des Halbtrolls.

Sofort verzog sich Murks derbes Gesicht mit der lederartigen, bräunlichgrünen Haut zu einem Lächeln.

»Heut ganz früh. Freu mich, Leána.«

»Ich auch, aber sag, wer ist das denn?« Sie beugte sich vor und blickte in das runzelige Gesicht eines Trollsäuglings.

»Kleiner Murk«, erklärte Murk voller Stolz, und seine Pranke strich für seine Verhältnisse sehr zärtlich über die Wange des Kleinen. »Urgha hat kleinen Murk bekommen, vor zwei Tagen, deshalb sind wir spät!« Dabei hielt er fünf Finger in die Höhe. So wie die meisten Trolle konnte Murk nicht gut zählen, und es war ohnehin ein Wunder, dass er überhaupt halbwegs pünktlich in Northcliff eingetroffen war.

»Herzlichen Glückwunsch, Murk! Aber wer im Namen aller Nebelhexen ist Urgha, und weshalb bist du so plötzlich Vater geworden?«

»Murk und Urgha haben kleinen Murk gemacht«, wusste der Halbtroll zu berichten. »Jetzt ist Urgha Trollkönigin.«

»Und weshalb hast du uns nichts davon erzählt?«, warf Leána ihm vor, boxte ihm gegen den Arm, der den Umfang eines kleinen Baumes hatte.

Die zahlreichen Knochenketten um Murks Hals, die ihn als Trollkönig auszeichneten, klapperten, als er lachte. Sein ganzer Oberkörper bebte. »Hab'n nicht gewusst, dass wir kleinen Murk gemacht haben. Urgha war schon immer schön fett. Überall.« Er machte eine eindeutige Geste vor der Brust, was Leána zum Prusten brachte. Von dem Gewackel wachte der kleine Murk auf, brach in ohrenbetäubendes Gebrüll aus, und als Murk ihn über die Schulter nahm und ihm kräftig auf den Rücken klopfte, nieste er. Ein Batzen gelblicher Schleim landete auf dem Boden der Eingangshalle. »Schnupfen hat«, erklärte Murk bedauernd und verwischte mit seinem Fuß, der in derben Lederschuhen steckte, betreten die Hinterlassenschaft seines Nachwuchses.

Plötzlich fing Leána an zu kichern. »Sag, hat der kleine Murk vorhin auf der Treppe auch schon geniest?«

Murk kratzte sich an den kurzen Stoppeln, die seinen Kopf bedeckten. »Hm. Glaub schon.«

Gerade kam Elysia in einem neuen Kleid herbeigeeilt.

»Trolle in Northcliff«, plapperte sie schnippisch vor sich hin. »Schöne Zeiten sind das.«

Sie quetschte sich an Murk und Leána vorbei, doch diese konnte es sich nicht verkneifen, ihr hinterherzurufen: »Elysia, warte. Es war tatsächlich kein Honig auf der Treppe, die Magd ist unschuldig. Aber Murk weiß, was es war.«

Ungeduldig drehte sich Elysia um. »Und, um was handelte es sich?«

»War nur Trollrotz von kleinem Murk«, erklärte Murk unschuldig.

Mit einiger Genugtuung erkannte Leána, wie Elysias Gesicht zuerst sämtliche Farbe verlor und dann grün wurde. Die Adlige presste eine Hand vor den Mund und stürzte abermals zurück in die Burg.

Während Murk verwirrt blinzelte, brach Leána in Gelächter aus. »Wenn sie Pech hat, muss sie sich noch einmal umziehen!«

»Hm?«

»Schon gut, Murk. Aber sag, wo ist denn deine Urgha abgeblieben?«

»Urgha wartet im Wald. Hätt in der Burg nur alles kaputt gemacht, dann wär Darian sauer. Urgha ist Bergtroll«, fügte er erklärend hinzu.

»Ich verstehe!« Bergtrolle wurden meist über zehn Fuß groß, wohingegen Waldtrolle einen hochgewachsenen Menschen selten überragten. Doch die überaus kräftige Statur war allen Trollen gemein – und die Tatsache, dass sie sich kaum vorsichtig bewegen konnten.

»Nun gut, kleiner Murk«, Leána nahm das bereits beachtlich kräftige Händchen des Trollsäuglings in ihre Hand, »ich freue mich, deine Bekanntschaft gemacht zu haben. Du wirst deinen Vater sicher stolz machen!«

»Murk ist stolz!«, bestätigte der Halbtroll.

Vor sich hinkichernd beeilte Leána sich, in den Thronsaal zu gelangen, um endlich ihr Frühstück einzunehmen. Sie freute sich schon jetzt darauf, Toran von Elysias Trollrotzunfall zu erzählen.

Nachdem alle abgefahren waren, die nicht über die Eichenpfade zu den Geisterinseln reisen wollten, wurde es recht ruhig auf der Burg. Leána verbrachte viel Zeit mit Toran, spielte mit ihrem kleinen Bruder und zeigte ihm die besten Verstecke in der Burg. Weder Darian noch Aramia störte es, wenn Torgal mit den Kindern der Dienstboten spielte. Leána konnte sich noch daran erinnern, wie sehr Kayne darunter gelitten hatte, dass Elysia das stets zu verhindern versucht hatte. Toran hingegen war in dieser Beziehung deutlich freier aufgewachsen.

Während der nächsten zwei Tage kreisten Leánas Gedanken sehr häufig um Kayne, und sie fragte sich, wie er sich jetzt fühlen mochte. Sicher war es für ihn nicht angenehm gewesen, mit den anderen Adligen zur Küste zu reisen, das Schiff zu besteigen und die lange Kutschfahrt über die Geisterinsel bis zum Kreis der Seelen hinter sich zu bringen.

An diesem stürmischen, kühlen Morgen machte sich auch Leána mit einer Gruppe aus zwanzig Freunden und Burgbewohnern auf den Weg, begleitet wurden sie von einer dreißig Mann starken Soldateneskorte. Auf dem mit Steinen befestigten Weg ritten sie zunächst nach Culmara und bogen schließlich in Richtung der Küste ab. Wie viele Male zuvor hatte Leána ihre liebe Mühe, den stürmischen Hengst unter Kontrolle zu halten. Sicher hätte Maros es jetzt vorgezogen, am endlosen Nordstrand entlangzugaloppieren, anstatt brav in der Reihe zu bleiben.

Toran befand sich mit seiner Mutter an der Spitze, Sared, der Hauptmann von Northcliff, ritt mit seinen Männern ständig auf und ab und behielt die von Felsen und Wald bedeckte Umgebung genau im Blick. Leánas Bruder Torgal saß vor Nordhalan im Sattel, und sie konnte selbst auf die Entfernung von zwei Pferdelängen hören, wie er mit seiner hellen Kinderstimme aufgeregt auf den Zauberer einredete.

Die alte Eiche, die einen der magischen Punkte markierte, von denen aus man zu vielen Stellen innerhalb von Albany reisen konnte, war nicht mehr weit entfernt, als Maros sich plötzlich weigerte weiterzugehen. Er bockte auf der Stelle, stieg mehrfach auf die Hinterbeine und schüttelte dabei wild den Kopf.

»Leána, was ist denn los?«, rief ihr Vater über die Schulter nach hinten.

»Ich weiß nicht!« Energisch presste sie ihre Schenkel an die Seiten des Hengstes und wollte ihn zwingen, wieder auf den Pfad zu treten. Suchend blickte sich Leána um und entdeckte zu ihrer Rechten ein Stück halbwegs ebener Wiese. »Ich glaube, ich muss ihn einfach mal laufen lassen!« Unter einigen Mühen und ohne auf den Protest ihres Vaters zu achten, gelang es ihr, das tänzelnde Pferd in die gewünschte Richtung zu lenken. »So, jetzt lauf, du Verrückter.« Noch ein Bocksprung, dann schoss das Pferd wie von einem Katapult geschleudert davon. Leána spürte, wie die mächtigen Muskeln des Hengstes zwischen ihren Beinen arbeiteten, das Gras flog nur so unter seinen Hufen davon. Einen kleinen Bachlauf überquerte Maros mit einem Satz und stürmte auf das Pinienwäldchen zu, wobei er einen Schwarm Heidefeen aus den ersten Sommerblumen aufscheuchte. Die winzig kleinen Frauengestalten schwirrten einen Moment lang empört um Leána und ihr Pferd herum, dann ließen sie und Maros die Feenwesen hinter sich, und nur wenig später raste der Hengst in das Wäldchen hinein. Zum Glück standen die Bäume recht weit auseinander, dennoch versuchte Leána, das Pferd durchzuparieren.

»Langsam, Maros, sonst landen wir gleich an einem Baumstamm«, schimpfte sie.

Widerwillig verkürzte der Hengst seine Galoppsprünge, und

Leána suchte nach einer Möglichkeit, ihn gefahrlos wieder in die Gegenrichtung zu lenken. Nach einem weiteren rasanten Ritt über die Wiese würde das Tier vielleicht endlich seine überschüssigen Kräfte abgebaut haben.

Ein schaurig hoher Heulton ertönte. Ruckartig blieb Maros stehen. Leána wurde nach vorne geschleudert, denn sie hatte nicht mit einem derartig heftigen Bremsmanöver gerechnet. Nur einen Atemzug später sprang das Pferd nach rechts – und das war selbst für ihre Reitkünste zu viel. Der Boden kam rasend schnell näher. Sie schaffte es noch, sich auf die linke Seite abzurollen, doch der Knauf ihres Schwertes, das in dem Schwertgurt um ihre Hüfte steckte, bohrte sich schmerzhaft in ihre Rippen.

Leána schnappte nach Luft. Bäume und Himmel verschwammen kurz vor ihren Augen, sie glaubte noch, eine durchscheinende Gestalt mit langem Silberhaar zu entdecken, vernahm abermals dieses schaurige Heulen, aber dann schwanden ihr die Sinne. Irgendetwas kitzelte an ihrer Nase, und nachdem sie wieder klar sehen konnte, entdeckte sie ein winziges grünes Wesen. Seine Blätter raschelten leise, als es um sie herumschwebte – es war ein Baumgeist. Schwarze Knopfaugen blickten sie an, und Leána konnte sich des Eindrucks nicht erwehren, dass der Baumgeist ihr etwas sagen wollte. Leider war ihre Gabe, mit Elementarwesen zu kommunizieren, nicht derart ausgeprägt wie bei ihrer Mutter, daher konnte sie lediglich versuchen, die aufgeregten Gesten zu interpretieren. Mühsam erhob sie sich, ertastete zahlreiche Prellungen an ihrer Seite.

Plötzlich zuckte Leána zurück und wusste mit einem Mal auch, was Maros derart erschreckt hatte. Nur wenige Schritte von ihr entfernt lagen drei übel entstellte Leichen: die einer jungen Frau – ganz offensichtlich war sie geschändet worden –, eines Elfen und eines Waldtrolls. Wie wild zischte der Baumgeist um Leána herum, doch schlagartig war er verschwunden. Hatte er nur erreichen wollen, dass sie aufstand? Elementargeister waren wankelmütig, das wusste sie. Selten verfolgten sie langfristige Ziele und ein Windstoss, ein Geruch, und sie waren abgelenkt. Vielleicht hatte er sie auch nur vor der Banshee warnen wollen, die vermutlich gerade erst die Seelen der Toten mit sich genommen hatte. Diesen Todesfeen sollte man besser aus dem Weg gehen, denn manchmal nahmen sie einen Unwissenden, der sie erblickte, mit in ihr Reich, eine Berührung war in jedem Fall tödlich.

Etwas schnaubte plötzlich direkt hinter Leána.

Blitzartig hatte sie ihre Waffe in der Hand, fuhr herum, doch dann entspannte sie sich.

»Maros«, schimpfte sie gutmütig.

Das Pferd trat vorsichtig näher, beinahe hatte Leána den Eindruck, es würde ein betretenes Gesicht machen, als es sie vorsichtig mit seinen weichen Nüstern anstupste.

»Bist ja doch ein guter Kerl. Hast dich nur erschreckt und wolltest mich vor der Banshee retten.« Kopfschüttelnd betrachtete sie die Leichname. Was mochte wohl hier geschehen sein?

»Ich denke, Maros, wir sollten zu den anderen zurückreiten«, überlegte Leána laut.

Gerade wollte sie aufsteigen, doch irgendetwas liess sie innehalten. War es ein Geräusch gewesen? Ein Rascheln im Gebüsch? Vielleicht war es auch mehr eine Ahnung, ein unangenehmes Ziehen im Nacken. Beobachtete sie jemand? Leána bemerkte, wie angespannt Maros in die Richtung starrte, der sie selbst den Rücken zugewandt hatte.

Ihre Hand schloss sich fester um den Schwertgriff. Sollte sie in den Sattel springen und schnell davonreiten? Andererseits wusste sie nicht, wer oder was sie da belauerte. Ein Pfeil aus dem Hinterhalt könnte sie tödlich treffen.

Mit einem Satz sprang Leána in den Schutz des nächsten Felsens. »Komm heraus!«, verlangte sie mit fester Stimme.

Sie lugte hinter dem Felsen hervor, fixierte das Gebüsch. Zunächst rührte sich nichts, nur ein leichter Wind bewegte die Blätter. Hatte sie sich etwa geirrt? Doch die feinen Sinne, die ihr das Dunkelelfenblut bescherte, hatten sie selten getrogen, und auch Maros hielt seinen Kopf noch immer hoch erhoben, seine Ohren bewegten sich nervös.

Ehe sich Leána dazu entscheiden konnte, doch noch wegzureiten, traten plötzlich zwei Gestalten in dunkelgrauen Umhängen hinter einem dicken Buchenstamm hervor. Feingliedrig, hochgewachsen, silbergraues Haar umrahmte fein geschnittene Gesichter mit dunkler Haut. In den Händen hielten sie lange, ungewöhnlich schlanke Schwerter.

»Sie wird diese kleine Sammlung hervorragend ergänzen«, zischte der eine seinem Gefährten zu, der daraufhin in boshaftes Gelächter ausbrach.

»Wo bleibt Leána denn so lange?« Unruhig warf Darian einen Blick zurück.

»Du kennst doch diesen jungen Hengst«, versuchte Aramia ihn zu beruhigen. »Bevor er sich nicht ausgetobt hat, wird er keine Ruhe geben.«

»Trotzdem, Leána ist schon eine ganze Weile fort.«

»Darf ich mit Nordhalan Leána suchen?« Torgals dunkler Haarschopf drehte sich zu ihnen. Seine Augen, die ein ähnliches Grün wie die seiner Mutter zeigten, blitzten freudig auf.

»Nein, Torgal, Leána wird sicher bald zurück sein.«

Etwas Grünes schoss direkt an Darian vorbei, landete jedoch auf Aramias Schulter. Er bemerkte, wie seine Gefährtin sich versteifte. Sie hielt ihr Pferd abrupt an. »Darian, der Baumgeist hat mich gewarnt. Leána ist in Schwierigkeiten!«

»Wusste ich es doch!« Auf der Stelle wendete Darian seine graubraune Stute. »Nordhalan ...«

Der Zauberer nickte verstehend. »Ich sage Kaya Bescheid und achte auf Torgal.«

»Ich will aber mit!«, hörte Darian noch, wie sich Torgal beschwerte, galoppierte jedoch sogleich Seite an Seite mit Aramia los. Deren anmutige Gesichtszüge waren angespannt. Mit einer Hand hielt sie die Zügel, in der anderen ihr Schwert. Gemeinsam jagten sie über die Wiese, über die zuvor Maros galoppiert war. Auf dem weichen Wiesengrund konnten sie seine Spur gut verfolgen. Im Wald parierten sie die Pferde durch, denn hier war es schwieriger, die Hufabdrücke auszumachen.

»Hat der Baumgeist dir gesagt, was geschehen ist?«

Aramia schüttelte den Kopf. »Nein, er hat mich nur gewarnt.«

Dunkelelfen – der nachlässigen, teils schmutzigen und zerrissenen Kleidung nach Anhänger der 'Ahbrac – kamen mit den geschmeidigen, katzengleichen Bewegungen, die ihrem Volk eigen waren, auf Leána zu.

Angestrengt betrachtete sie die Umgebung. Vielleicht waren noch weitere Dunkelelfen in der Nähe, das musste sie beachten.

»Ich gedenke nicht, mich zu diesen armen Seelen zu gesellen!« Leána trat hinter dem Felsen hervor, angespannt, doch Angst zeigte sie keine.

»Du sprichst unsere Sprache«, zischte der Größere. Sein Blick wanderte über sie. »Eine ansehnliche junge Frau, eine Klinge aus dem Unterreich; bist du am Ende eine Nebelhexe?«

Mit beiden Händen umfasste sie ihre Waffe. Diese – in der Tat eines der grazilen Schwerter, welche die Dunkelelfen herstellten – war ein Geschenk ihres Ururgroßvaters Ray'Avan gewesen. Leicht zu führen, messerscharf und vollkommen ausbalanciert.

Die Dunkelelfen verharrten in wenigen Schritten Entfernung.

»Vielleicht habe ich meine Klinge ja auch einfach dem letzten 'Ahbrac-Verräter abgenommen.« Mit diesen Worten sprang sie auf die beiden zu, konnte für einen Moment Verwunderung in ihren Gesichtern aufblitzen sehen. Und genau diese Verwirrung wusste sie für sich auszunutzen. Bestimmt hielten sie eine einzelne junge Frau für unterlegen. Leána attackierte den einen mit gezielten Schlägen, wirbelte herum und wehrte die Waffe des anderen ab. Sie war von Kriegern der Còmraghâr ausgebildet worden, und auch wenn diese Ausbildung noch lange nicht abgeschlossen war, so wähnte sie sich diesen beiden zumindest ebenbürtig. Schnell täuschte sie einen Schlag auf den Kopf des kleineren Dunkelelfen an. Im letzten Augenblick änderte sie jedoch ihre Schlagrichtung und traf ihren Gegner an der Schulter. Der Dunkelelf schrie auf, stolperte und ging zu Boden. Der andere griff nun deutlich überlegter an, versuchte, mit seinen geschmeidigen Bewegungen und wirbelnden Schlägen Leána zu verwirren. Doch sie hatte gegen genügend Dunkelelfen gekämpft, und dieser hier fuchtelte eher wild durch die Gegend, als gezielt zu attackieren. Aus dem Augenwinkel bemerkte sie, wie der Gefallene sich mühsam aufzurappeln versuchte, doch da stand plötzlich Maros vor ihm. Die Ohren flach an den Kopf gelegt schlug er drohend mit seinem Vorderhuf nach dem Feind. Eine Welle der Zuneigung zu diesem Pferd durchflutete Leána, dennoch konzentrierte sie sich rasch wieder auf ihren Gegner. Sie wich zurück, täuschte ein Stolpern vor und erkannte das triumphierende Grinsen des Dunkelelfen, doch sie sprang geduckt nach rechts und rammte ihm blitzschnell ihr Schwert in die Seite. Lautlos sackte ihr Gegner zu Boden.

Sofort eilte Leána zu dem zweiten, tätschelte Maros beiläufig den Hals und hielt dem Verletzten ihr Schwert an die Kehle.

»Weshalb habt ihr ...?«, setzte Leána an, doch das Geräusch von Pferdehufen ließ sie innehalten.

Wenige Augenblicke später standen Leánas Eltern auf dem Kampfplatz.

»Ist alles in Ordnung?« Mit erschrocken geweiteten Augen deutete Darian auf die vier Leichen.

»Was ist geschehen?« Aramia glitt geschmeidig aus dem Sattel und stellte sich neben ihre Tochter. Eiskalt glitt ihr Blick über den Dunkelelfen.

»Maros ist erschrocken, hat mich abgeworfen, und da habe ich die tote Frau, den Troll und den Elfen entdeckt. Kurz darauf kamen diese beiden aus dem Gebüsch.«

»Weshalb vergreift ihr euch noch immer an Unschuldigen, ihr Abschaum?«, fuhr Aramia den Dunkelelfen an.

Dieser zeigte ein boshaftes Lächeln. »Wer sagt dir, dass wir uns an ihnen vergriffen haben? Vielleicht wurden wir nur Zeugen, wie der Elf das Mädchen geschändet hat, der Troll hingegen griff den Elfen an, wollte sie beide fressen. Wir kamen hinzu, töteten beide, nur kam leider für die Kleine jede Hilfe zu spät.« Seine Stimme troff geradezu vor Hohn.

In diesem Augenblick schnellte Aramia nach vorne, schob Leánas Schwert zur Seite und hielt dem unglückseligen Dunkelelfen selbst ihren Dolch an die Kehle.

»Nicht, Mia!«, stieß Darian hervor.

»Der Spott wird ihm gleich vergehen«, drohte Aramia, ohne auf Darians Worte zu achten.

»Mia, du weißt, sie sprechen nicht, egal ob man sie einsperrt oder foltert.«

»Vielleicht wird er nicht sprechen, aber ich kann ihn Dun'Righal übergeben.«

Das dunkelhäutige Gesicht des 'Ahbrac-Kriegers nahm eine seltsam fahle Farbe an, in seinen eben noch so verächtlichen Blick schlich sich Panik. Es gab ein Übereinkommen zwischen Menschen und Dunkelelfen, ihnen alle 'Ahbrac-Anhänger auszuliefern. Diese Abtrünnigen stellten die größte Schande des dunklen Kriegervolkes dar, und niemand wusste, was Dun'Righal tatsächlich mit ihnen machte. Vermutlich starben sie eines grausamen Todes, und ganz sicher wurden sie nicht verbrannt, so wie es Tradition im Dunkelelfenreich war.

»Sprich, denn sonst wird Dun'Righal dein Fleisch an der Oberfläche verfaulen lassen und du wirst niemals an der Tafel von Marvachân speisen!«

»Was weißt du schon von unserem Gott?«, schleuderte der Dunkelelf ihr entgegen.

Entsetzt hielt Leána die Luft an, als der Dunkelelf mit seinem Kopf nach vorne ruckte und sich geradewegs mit der Kehle in den Dolch ihrer Mutter stürzte. Er sackte zusammen, Blut sprudelte aus seinem Mund.

»Diese Fanatiker werde ich niemals verstehen«, seufzte Darian.

»Durch die Klinge eines Feindes zu sterben ist in den Augen der 'Ahbrac ehrenvoll«, bemühte sich Aramia um eine Erklärung, und Leána nickte vorsichtig.

Durch ihre Zeit in Kyrâstin hatte sie einiges über die Wertvorstellungen und Ansichten der Dunkelelfen gelernt, und sie wusste, auch wenn die 'Ahbrac Abtrünnige waren, so besaßen sie doch trotz allem diese den Dunkelelfen eigenen Wertvorstellungen. Selbstmord war für sie allemal ehrenvoller, als durch Folter ihr Ende zu finden. Viele Dinge konnte sie nicht wirklich begreifen, vielleicht war es auch nur ein instinktives Verstehen bestimmter Handlungsweisen, das ihr Dunkelelfenblut mit sich brachte.

»Willst du ihn verbrennen?«, erkundigte sich Darian. Leána wusste, dass, sosehr sich ihr Vater auch bemühte, er dieses Verständnis niemals aufbringen würde.

»Nein.« Aramia säuberte ihren Dolch am Umhang des Toten. »Vermutlich hat er selbst das Mädchen geschändet – oder es zumindest nicht verhindert. Wir …« Sie wurde unterbrochen, als sich Soldaten und auch Kaya näherten.

Eilig erklärten sie, was vorgefallen war.

»Leána, dir gebührt mal wieder mein größter Respekt«, bemerkte die Königin, drehte sich zu ihrem Hauptmann um und deutete auf die Toten. »Bitte veranlasse, dass der Troll ein Steingrab bekommt. Ich denke, das ist im Sinne von Murk. Die Elfen sollen benachrichtigt werden, und versucht auch herauszufinden, woher die junge Frau kam. Die Dunkelelfen …«

»Die Männer sollen sie ebenfalls begraben, denn du weißt, das entehrt sie ausreichend«, schlug Aramia vor.

Die Königin nickte grimmig. »Kommt ihr? Toran war kaum zu halten, als er hörte, Leána sei in Gefahr.« Damit wendete Kaya ihr Pferd, und Leána folgte mit ihren Eltern. Auf dem Weg zu der alten Eiche dachte sie noch lange darüber nach, was der Vorfall im Wald zu bedeuten hatte, doch bald wurde sie abgelenkt, denn Toran kam ihr sofort entgegengaloppiert.

Sie erzählte ihm alles in Kurzfassung, denn Murk, in Begleitung einer gewaltigen Bergtrollfrau, wartete bereits mit zwei weiteren Trollen an einer knorrigen Eiche, deren Wurzeln sich um einen flachen Felsen gekrallt hatten. Umgeben von weiteren alten Bäumen würde dieser Baum dem Unwissenden nicht sonderlich auffallen, doch Leána spürte schon von Weitem seine Magie. Die große Herausforderung in der Benutzung der Eichenpfade lag darin, dass der Magiekundige sich sehr genau auf den Ort konzentrieren musste, den er erreichen wollte, und man konnte auch nur an Stellen reisen, die man bereits einmal gesehen hatte. Auf den Geisterinseln waren alle Zauberer und Nebelhexen schon mehrfach gewesen, und so sollte diese Reise ohne Probleme vonstattengehen können. Sie sattelten ihre Pferde ab, denn die wollten sie nicht mit auf die Inseln nehmen. Hier gab es genügend Gras, an dem sich die Tiere bis zum nächsten Morgen würden sattfressen können. Nordhalan brachte als ältester Zauberer zunächst die Trollfamilie und fünf Northcliffsoldaten auf die Inseln. Aramia folgte mit Toran, Kaya und weiteren Soldaten. Auch den kleinen Torgal nahm sie mit sich. Darian und Leána bildeten gemeinsam mit den restlichen Kriegern das Schlusslicht.

Augenzwinkernd kniff Darian Leána in die Nase. »Schön konzentrieren, mein Schatz, nicht dass wir wieder auf einer der Dracheninseln landen, wie damals, als du dieses Kaninchen unbedingt wiedersehen wolltest.«

In Erinnerung an einen weiteren ihrer Kindheitsscherze musste Leána schmunzeln. Doch dann dachte sie an die sturmumtosten Inseln westlich von Albany, das raue, baumlose Land, den Kreis der Seelen. Ein Kribbeln erfasste sie und füllte jede Faser ihres Körpers mit Magie.

Kapitel 5

Im Kreis der Seelen

Eine Windböe riss an Leánas Haaren, und postwendend wirbelten ihr die aus dem Zopf entfleuchten Haare ums Gesicht. Auch heute, nachdem sie die Eichenpfade so viele Male benutzt hatte, war sie noch immer fasziniert von diesen magischen Wegen. Eben noch hatten sie sich auf dem Festland von Albany befunden, jetzt standen sie in einer Senke auf dieser sturmumtosten Insel im Westen. Der winzige Eichenschössling, der den Eingang zum Eichenpfad markierte, war völlig unscheinbar. Sicher hatte hier vor langer Zeit einmal eine mächtige Eiche gestanden, doch der beständige Sturmwind, der über die Geisterinseln fegte, stellte für jegliche Vegetation eine Herausforderung dar.

Die Soldaten wirkten noch ein wenig verdutzt. Manch einer hielt sich an seinem Kameraden oder an einem Felsbrocken fest, denn wer nicht mit Magie vertraut war, konnte diesen raschen Ortswechsel nur schwer verkraften.

»Wollen wir uns auf den Weg machen?« Torgals Augen blitzten unternehmungslustig, und schon rannte Leánas kleiner Bruder los.

Nach einem kurzen Fußmarsch erklommen sie einen mit Heidekraut überzogenen Hügel. Oben überwältigte Leána – so wie jedes Mal – ein Gefühl von Ehrfurcht, wenn sie den Kreis der Seelen erblickte. Unmittelbar auf einer Klippe am westlichen Ozean gelegen erhoben sich dreiundfünfzig gewaltige Monolithen. Sternförmig führten Reihen aus weiteren Steinen zu dem größten Felsen im Zentrum des Kreises. Selbst auf die Entfernung konnte Leána die Energie wahrnehmen, die dieser Steinkreis verströmte. Ein Relikt aus uralter Zeit, das selbst den Zorn der Götter überdauert hatte. Flammende Steine waren vor Tausenden von Sommern auf die Erde niedergeschleudert worden und hatten das Leben auf dieser Welt beinahe vernichtet. Viele fürchteten sich noch heute davor, dass dieser Zorn Albany abermals treffen könnte. Darian hingegen hatte Leána erklärt, es wäre aller Wahrscheinlichkeit nach lediglich eine Naturkatastrophe gewesen, verursacht durch Meteoriteneinschläge. Eine Vielzahl an verloschenen Sternen sei auf ihre Welt gestürzt. Doch wie auch immer man dieses schicksalhafte Ereignis nennen mochte, die Meere hatten sich erhoben, Feuersbrünste das Land überzogen, und nur hier, im nördlichsten Teil dieser großen Insel hatten Menschen, Elfen, Zwerge und andere Völker unter erheblichen Entbehrungen überlebt.

»Ich war lange nicht hier. Die Diomár haben hervorragende Arbeit geleistet. Ihre Ausbildungsstätte scheint nun vollständig fertiggestellt zu sein«, stellte Kaya bewundernd fest.

Tatsächlich befand sich unweit des Kreises der Seelen ein großes Gehöft. Beinahe konnte man es schon als kleine Burganlage bezeichnen mit den vier runden Türmen, die in alle vier Himmelsrichtungen zeigten. Eine ringförmige Außenmauer schützte den Innenhof vor dem immerwährenden Wind. Als kleines Mädchen hatte Leána das Diomárquartier noch als Ruine gekannt. Lange Zeit hatte der Zaubererbund nur im Geheimen existiert, doch heute stellte dieser Gutshof ein Ausbildungszentrum für Zauberer dar. Besonders talentierte Magier und Magierinnen durften nach einer langen Ausbildung von um die hundert Sommern und Wintern in den Kreis der Diomár, den Bewahrern des geheimsten Wissens, aufsteigen. Auch Leána hatte fünf Sommer und Winter hier verbracht, beim Wiederaufbau der Anlage geholfen und an der ersten Stufe der Grundausbildung junger Magier teilgenommen. Doch da sie, außer ihrer seltenen Gabe, Portale zu finden, über keine besonderen magischen Fähigkeiten verfügte, war sie auf die Nebelinsel zurückgekehrt, denn ein Mitglied der Diomár würde sie nicht werden.

»Die Diomárfeste erfüllt mich mit großem Stolz«, stimmte Nordhalan zu. »Es war eine mühevolle Aufgabe, alles so zu rekonstruieren, wie es einst war. Dank der Trolle war es uns sogar möglich, den Steinkreis wieder in seiner alten Pracht erstrahlen zu lassen. Sie halfen uns, die verschütteten und umgestürzten Monolithen auszugraben, die wir außerhalb des Hauptkreises gefunden haben.«

»Wer hätte gedacht, dass Trolle dem Zaubererbund einmal von Nutzen sind«, lachte Darian.

Auch Leána musste schmunzeln, als sie Murk und seiner gewaltigen Gefährtin nachblickte, die ein gutes Stück vor ihnen in Richtung der Diomárfeste walzten.

In der näheren Umgebung hielten sich zahlreiche Menschengruppen auf, auch Elfen, einige Zwerge und sogar die scheuen Gnome, die sich sonst kaum um die Angelegenheiten der Menschen scherten, waren zu sehen. Viele hatten sich versammelt, denn immerhin stand ein bedeutendes Ereignis bevor: Möglicherweise würde heute ein Prinz von Northcliff im Kreis der Seelen seine Weihe erhalten. Leána hielt Ausschau nach Kayne, konnte ihn jedoch nirgends entdecken. Das mächtige, aus Eberesche gefertigte Tor, das in die Diomárfeste führte, war geöffnet. Der steinerne Torbogen zeigte drei ineinander verschlungene Triskelen. Im Hof fand sich eine bunte Mischung aus verschiedenen Rassen wieder. Die Zauberschüler waren an den schlichten, hellgrauen Roben zu erkennen, unter ihnen junge Elfen ebenso wie Menschen. Dunkelelfen waren nur wenige vertreten, da sich bei diesem Volk die Begabung zur Magie recht selten zeigte. Doch besonders Nebelhexen waren hier zu finden, weibliche Mischlinge aus unterschiedlichsten Verbindungen. Während die Nachkommen von Menschen und Elfen oder

Dunkelelfen meist durch große Schönheit und Anmut hervorstachen, zogen Troll- oder Gnomenmischlinge wegen ihres sonderbaren und häufig hässlichen Aussehens das Betrachterauge auf sich. Doch alle weiblichen Mischlinge besaßen magische Fähigkeiten, während dies bei männlichen Nachkommen noch nie der Fall gewesen war. Auch bei Torgal hatte sich bislang keine derartige Begabung gezeigt. Eine Halbtrollfrau, sie überragte sämtliche Menschen um mehr als zwei Köpfe, kam mit großen Schritten durch die Menge gestapft. Ihr Name war Elora, und niemand hatte sie gekannt, bis sie sich einige Sommer nach dem Sieg gegen die Dämonen auf die Nebelinsel gewagt hatte. Zuvor hatte sie ein einsames Dasein in den Bergen nahe dem Zwergenreich geführt. Wer ihre Eltern waren, wusste sie nicht, und es war ein Wunder, dass sie überlebt hatte, denn schon als kleines Kind war sie ganz allein auf sich gestellt gewesen. Ihr Körperbau sprach für einen Bergtroll, die etwas ausgefeiltere Sprache ließ auf einen Anteil an Menschenblut schließen. Von Menschen und Zwergen war ihr nur Verachtung entgegengeschlagen, auch die Trolle hatten sie nicht in ihre Gemeinschaft aufgenommen, und so hatte sie sich von allem abseits gehalten und lediglich durch heimliches Zuhören einige wenige Worte gelernt.

Mit ihrem massigen Körper, dem derben gräulichen Gesicht mit der dicken, platten Nase und den wulstigen Lippen fanden viele Menschen Elora hässlich. Doch Leána mochte die Halbtrollin sehr und wusste, dass unter ihrer rauen Schale ein herzensgutes Wesen steckte. Vielleicht hatte Leána es etwas einfacher, denn sie war auf der Nebelinsel mit grotesken Wesen aufgewachsen, hatte noch niemals jemanden rein nach seinem Aussehen bewertet. Auch jetzt beobachtete sie gerührt, wie Elora einem Elfenmädchen aufhalf, das von zwei Gnomenmischlingen umgerannt worden war. Zunächst wich die Kleine zurück, aber als Elora sie auf ihre breiten Schultern setzte, jauchzte sie vor Freude.

»Sei gegrüßt, Leána vom Blute der 'Avan«, sprach sie jemand mit dem typischen Dunkelelfenakzent an.

Als sie sich umdrehte, stand Xin'Righal, die Herrscherin von Kyrâstin, vor ihr. Hochgewachsen, mit etwas hellerer Haut als bei den Dunkelelfen üblich und anthrazitfarbenem Haar, in das Perlen und Silberketten eingeflochten waren, strahlte sie wie stets Anmut und Würde aus.

Leána verbeugte sich vor ihr, und Xin'Righals dunkelrote Robe, unter der sie ein silbernes Seidenkleid trug, raschelte leise, als sie diese Geste erwiderte.

»Es ist mir eine Ehre, Euch wiederzutreffen«, sagte Leána. »Ist Euer Gemahl auch aus dem Unterreich gekommen?«

»Nein, wichtige Angelegenheiten mit einigen *ravkadd* aus Veledon hielten ihn ab. Daher werde ich Zeuge dieser Weihe sein – so sie denn stattfindet.«

Ravkadd bedeutete in der Dunkelelfensprache *Verräter*, und Leána fragte besser nicht nach, worum es bei diesen wichtigen Angelegenheiten in der weniger angesehenen Stadt im Norden des Unterreichs ging. Die Dunkelelfen waren ein sehr stolzes Volk, kriegerisch, leicht zu erzürnen und hatten ihre eigenen Wertvorstellungen. Nur die angesehensten Dunkelelfen durften in Kyrâstin, der Herrscherstadt, leben. Einfachere, weniger geachtete Familien wohnten außerhalb von Kyrâstin oder in einer der anderen Städte, die Leána noch nicht kannte. Viele betrieben so etwas wie Landwirtschaft, was sogar unter der Erde möglich war, züchteten Vieh, wie die gehörnten Zugtiere, genannt Râk, oder kümmerten sich um die Vermehrung des glimmenden Mooses, das diese Welt in den Tiefen erhellte. Doch wirklich geehrt wurden nur Krieger, die gegen die Schrecken des Unterreichs kämpften oder Kyrâstin verteidigten. Einmal hatte Leána einen Mhortarra gesehen, eines jener gewaltigen, schlangenartigen Wesen, die sich in den Tunneln der Unterwelt manifestieren und wie Rauch in Felsspalten verschwinden konnten. Gegen sie zu bestehen vermochten lediglich die Krieger der Còmhragâr, und selbst von ihnen fanden viele im Kampf gegen diesen Schrecken des Unterreichs den Tod. Doch so zu sterben galt als größte Ehre und war für einen Dunkelelfen äußerst erstrebenswert. Auch wenn Leána es nicht unbedingt gutheißen konnte, dass die Dunkelelfen nur Krieger als wirklich würdig empfanden, respektierte sie deren Lebensweise. Denn zumindest gegenüber anderen Völkern verhielten sie sich niemals abfällig, auch wenn es sich dabei um keine Krieger handelte.

»Du entschuldigst mich, Leána?« Die Dunkelelfenherrin neigte ihren Kopf. »Ich möchte mich bei Nordhalan erkundigen, wie Tah'Righals Ausbildung voranschreitet. Großer Stolz erfüllt unser Volk, dass sich nach Tev'Alvir erneut einer der Unseren als Magiekundiger herausgestellt hat.«

»Selbstverständlich. Wir sehen uns im Kreis der Seelen.« Leána lächelte der Dunkelelfe zu und beobachtete, wie diese mit beneidenswerter Anmut durch die Menge schritt. Ein jeder machte ihr instinktiv Platz, und Leána war sich sicher, nicht einmal Think und Phred würden es wagen, Xin'Righal einen Streich zu spielen. Gemeinsam mit den rothaarigen Zwillingen Urs und Frinn drückten die beiden sich nämlich gerade auffällig unauffällig am Rand des Brunnens herum. Leána kannte die beiden Zwergenmischlinge von der Nebelinsel und wusste, sie hatten meist jede Menge Unsinn im Kopf. In Begleitung der jungen Halbkobolde konnten sie nur irgendeinen Blödsinn planen, und tatsächlich kam es, wie es kommen musste. Leána presste eine Hand vor den Mund, um nicht laut loszuprusten, als sie beobachtete, wie zwei Edeldamen vom Festland, die gerade eben noch beisammengestanden hatten, das Gewand aufriss, als sie sich voneinander verabschiedeten und in unterschiedliche Richtungen davonstolzierten. Die vier vermeintlichen Übeltäter hatten sich in unmittelbarer Nähe der Damen befunden und stießen sich nun kichernd an. Von den Adligen ertönten empörte Schreie. Lady Elvara aus Rodgill raffte ihr

Kleid zusammen, bevor auch noch ihre zweite Brust enthüllt wurde, die üppige Lady Muren kam glimpflicher davon, denn bei ihr fehlte lediglich ein Streifen am Rücken ihres hellblauen Gewandes.

Da Leána eine zierliche blonde Frau mit einer auffälligen Knollennase durch die Menschen geeilt kommen sah, hastete sie zu den vier Freunden.

»Hast du das gesehen, Phred?«, gluckste Think zu seinem Freund gewandt und machte eine sehr eindeutige Handbewegung vor der Brust. »Die kann ja beinahe mit Murks Urgha konkurrieren und deren …«

Die beiden zuckten zusammen, als Leána sie jeweils an einem Ohr zog, grinsten kurz darauf jedoch erleichtert.

»Ach, du bist es nur, Leána«, seufzte Urs.

»Ja, aber ich an eurer Stelle würde zusehen, dass ich Land gewinne, denn Lilith hat euch entlarvt.«

»Oh, oh«, riefen die knapp vier Fuß messenden Zwillinge wie aus einem Munde, und das ihnen so eigene verschmitzte Grinsen auf dem Gesicht wich einem furchtsamen Ausdruck. So schnell wie vermutlich nur jemand mit Koboldblut verschwinden konnte, waren die beiden fort, aber auch Think und Phred suchten rasch das Weite.

»Wo sind sie hin, diese Halunken?«, rief Lilith Leána schon aus einigen Schritten Entfernung zu. Die kleine Heilerin und Nebelhexe, die sowohl das Blut von Elfen als auch das der Gnome in sich vereinte, hatte eigentlich ein sanftes Wesen. Doch nun funkelten ihre graublauen Augen wütend, und sie stemmte die Hände in die Hüften, als sie schwer atmend vor Leána stand.

»Du hast sie gewarnt!«

»Ich?« Unschuldig blickte Leána zu der kleineren Frau hinab und drehte eine ihrer langen Haarsträhnen um den Finger.

»Mach mir nichts vor, Leána. Ich habe schon deine Windeln gewechselt und weiß genau, dass du deine Freunde niemals verraten würdest.«

»Das hast du mich gelehrt«, entgegnete Leána augenzwinkernd.

Zunächst öffnete Lilith den Mund, rieb sich über ihre dicke Knollennase und schnaubte schließlich: »Ich habe mich an den Blödsinn dieses unsäglichen Quartetts gewöhnt und kann damit leben – zumindest zu Hause auf unserer Insel. Doch im Augenblick sind sie dabei, den mühsam hergestellten guten Ruf der Nebelinselbewohner zu ruinieren.«

Tatsächlich redeten die Adligen empört durcheinander und suchten nach einer Erklärung für das Missgeschick der beiden Damen.

»Ich möchte nur wissen, wie die vier das wieder angestellt haben!« Eine Falte hatte sich zwischen Liliths feinen Augenbrauen gebildet, und Leána wusste aus eigener Erfahrung, dass den vieren eine Standpauke drohte, die sie so schnell nicht vergessen würden.

»Ich gehe davon aus, sie haben die langen Kleider der beiden mit den Enden einer Angelschnur zusammengebunden«, spekulierte sie, nachdem Lord Vrugen, seine ungewöhnlich spitze Nase rümpfend, eine dünne Schnur mit zwei Haken in die Höhe hielt und diese von allen Seiten betrachtete. Seine Gemahlin, die Leána unbeabsichtigt vor wenigen Tagen in die Pfütze befördert hatte, bedauerte die Ladys lautstark und warf ihr einen giftigen Blick zu.

Tadelnd piekste Lilith sie in die Seite. »Nimm dieses Grinsen aus dem Gesicht, sonst verdächtigt man dich!«

»Das hätten sie ohnehin, befürchte ich.«

»Kindsköpfe, allesamt«, beschwerte sich Lilith und eilte geschäftig davon.

»Schön, dich zu sehen, Lilith«, rief Leána ihr noch hinterher und ging dann zu einem der großen Holzöfen, um sich etwas von dem köstlichen Speckbrot zu holen, das eine der Magierschülerinnen hier buk.

Die Gischt der beständig heranwogenden Wellen benetzte Kaynes Gesicht. Tief in seine düsteren Gedanken versunken beobachtete er Wassergeister, die in der beginnenden Abenddämmerung über dem Wasser tanzten und mal Wolkenformationen, mal Räder und dann wieder die Form von Meeresbewohnern bildeten. Ein mächtiger Buckelwal tauchte in der Ferne für einen Moment zwischen den Schaumkronen auf, und Kayne wünschte sich, so wie das Meerestier einfach davonschwimmen zu können. Als Kind hatte er stets davon geträumt, auf den Geisterinseln ausgebildet zu werden, doch seine Mutter hatte das vehement verboten. Lediglich seine magischen Kräfte in die richtigen Bahnen zu lenken hatte sie gestattet, allerdings nur auf der Burg von Northcliff, und so war er von Nordhalan und Dimitan unterrichtet worden. Dennoch war er nach wie vor der Meinung, sie hätten ihm wichtiges Wissen vorenthalten, ihn nicht so gründlich gelehrt wie die Schüler auf den Geisterinseln. Oft war er heimlich mit Leána auf die Nebelinsel gereist und hatte sich auch dort das Wissen der Nebelhexen angeeignet. Mit ihm ohne die Zustimmung der Diomár die Geisterinseln zu betreten hatte jedoch nicht einmal seine selbstbewusste Freundin gewagt. Als Kayne gestern hier eingetroffen war, hatte er sofort die pulsierende Macht dieses Ortes gespürt, geglaubt, Stimmen im Wind zu hören. Zugleich hatte er sich aber auch instinktiv vor alledem verschlossen. Am Hafen war er von einigen Ausbildern und Schülern begrüßt und nach Westen begleitet worden, aber ihre Ablehnung und ihr Misstrauen, gepaart mit unterschwelliger Furcht, hatte er die ganze Zeit über wahrgenommen. Daher war er nicht einmal mit in die Feste gekommen, sosehr es ihn gedrängt hatte, diese zu besichtigen, stellte sie doch ein Zentrum der Macht in Albany dar. Er wollte sich dem Zauber der Geisterinseln nicht öffnen, vielleicht weil er sich selbst davor fürchtete, dass sie etwas Böses, Finsteres in ihm wachrufen konnten, und baute jene Mauer um sich auf, die ihn früher schon vor Anfeindungen geschützt hatte. Wenn die Diomár ihn nicht in ihre Welt lassen wollten, sollten sie es bleiben lassen, und im Augenblick plagten ihn ohnehin andere Sorgen als seine magischen Kräfte.

Sein halbes Leben lang hatte er sich eingeredet, es spiele keine Rolle, wer nun wirklich sein Vater war. Doch jetzt schnürte sich ihm die Kehle zu, wenn er daran dachte, dass er gleich im Kreis der Seelen stehen und sich dem Urteil der Drachen stellen musste. Unaufhaltsam wanderte die Sonne auf den westlichen Horizont zu. Eigentlich hätte sich Kayne längst am Steinkreis einfinden, hätte eine Weile meditieren und sich dann von Nordhalan ins Zentrum des Kreises führen lassen sollen. Doch er war hierhergekommen, denn er hatte das Gefühl, sich nur weit abseits aller anderen überhaupt auf seine Weihe vorbereiten zu können. Sicher warteten bereits alle auf ihn. Doch seine Füße schienen auf der Stelle festgewachsen und er wie gelähmt. Als die Wassergeister – wie zum Hohn – einen Drachen formten, riss sich Kayne gewaltsam los. Zumindest wollte er nicht als Feigling dastehen und heimlich das Weite suchen. Auch wenn eine böse kleine Stimme in seinem Inneren ihm genau das riet, gedachte er jenen, die an das Schlechte in ihm glaubten, nicht auch noch Öl ins Feuer zu gießen. Er zwang sich, die Düne hinaufzusteigen, wanderte an der Küste entlang und entdeckte schon bald die Feuer, die rund um den mächtigen Kreis der Seelen entfacht worden waren. Selbst auf die Entfernung schlug ihm der ätherische Geruch der Calladànzweige entgegen, die stets bei Feierlichkeiten wie diesen zu Ehren der Götter und der Geister des Steinkreises entzündet wurden. Leiser Gesang drang an sein Ohr. Nordhalan und die anderen Zauberer huldigten also bereits jenen, die ins Reich des Lichts gegangen waren. Kayne verneigte sich nach Westen.

Ob sie auch Samukal nennen?, fragte er sich. Doch schließlich atmete er tief durch, denn er hatte die nördliche Gasse aus Monolithen erreicht, die zum Zentrum des Steinkreises führte. Magie, stärker, als er sie jemals wahrgenommen hatte, pulsierte hier, und nur zu gern hätte er sich ihr hingegeben, sich völlig von ihr durchströmen lassen. Doch erneut schirmte er sich ab, ignorierte das seltsame Ziehen in seinem Geist und bemühte sich, Haltung zu bewahren.

Hunderte Vertreter der meisten Rassen von Albany hatten sich am Steinkreis versammelt, und sobald er mit straff gespannten Schultern an ihnen vorbeischritt, verstummte jegliches Geräusch. Kurz bevor er den größten Monolithen in der Mitte erreichte, erkannte er aus dem Augenwinkel seine Mutter, die ihm wilde Zeichen machte und ein äußerst ungehaltenes Gesicht zur Schau stellte. Doch er achtete nicht auf sie und ging stur geradeaus. Seine Zähne waren so fest zusammengepresst, dass es schmerzte, aber er brauchte all seine Beherrschung, um sich nun diesem Ritual zu unterziehen. Es gab kein Zurück.

Darian, Leána und auch Toran und dessen Mutter standen im inneren Kreis, denn sie waren Familienangehörige der Northcliffs.

Nordhalan erwartete ihn vor dem größten Monolithen. Wie immer erinnerte Kayne die Form des Steines an einen alten Zauberer mit Umhang.

»Kayne, heute ist der Tag gekommen.« Nordhalan lächelte väterlich. »Ich gehe davon aus, du hast dich nahe der Küste auf deine Weihe vorbereitet und die Kraft der Wassergeister für dich genutzt?«

Kayne nickte knapp, dankte dem alten Zauberer im Geiste dafür, ihn nicht bloßzustellen. Dieser streckte nun seine Hand aus und bedeutete ihm, sich vor den Monolithen zu knien.

Er tat wie ihm geheißen und lauschte gebannt Nordhalan, wie dieser die Stimme erhob. Laut schallten seine Worte über die Ebene. »Wir haben uns heute versammelt, um Zeugnis darüber abzulegen, wie Kayne von Northcliff sich dem Urteil der Drachen stellt.«

Nur zu gut konnte sich Kayne vorstellen, wie so manch einer verächtlich das Gesicht verzog, als Nordhalan ihn als einen

Northcliff bezeichnete. Aber er drehte seinen Kopf nicht um, starrte nur auf den Monolithen.

»Ich bin kein Hüter der Steine«, fuhr Nordhalan fort. »Ihnen hat es von jeher oblegen, die Drachen zu rufen. Doch wie ihr alle wisst, fielen sie vor Langem einem heimtückischen Dämonenangriff zum Opfer. Deshalb werde ich nun Readonn, das Orakel vom Kreis der Seelen, beschwören, damit er dieser heiligen Handlung nachkommt.«

Nordhalan stimmte einen Singsang an, der Kayne durch Mark und Bein ging. Er hatte das Gefühl, etwas in seinem Inneren würde vibrieren, ebenso wie die Steine um ihn herum. Leána hatte ihm davon berichtet, wie das Orakel gerufen worden war, und selbst wenn ihn die Erzählungen fasziniert hatten, so hätte er sich dieses machtvolle Ritual niemals so intensiv vorstellen können. Zum Ende von Leánas Ausbildung hier auf den Geisterinseln waren zwei ihrer Mitschüler von Readonn in den Stand der *Diener der Steine* erhoben worden. Nach einer weiteren, viele Sommer und Winter andauernden Lehrzeit würden sie *Hüter der Steine* werden und für zukünftige Generationen von Northcliffs die Drachen rufen.

Jetzt erlebte auch Kayne diese einzigartige Magie des Steinkreises und konnte es kaum fassen. Ein Summen ging von den Monolithen aus, und ihm war, als würde alles um ihn herum schwingen, die Steine im Kreis der Seelen alle Magie in sich aufsaugen, nur um sie kurz darauf vielfach verstärkt zurückzugeben. Pulsierend floss sie durch jede Faser seines Körpers, seinen Geist und seine Seele, ohne dass er etwas dagegen tun konnte. Für einen Moment glaubte er, Stimmen in seinem Kopf zu vernehmen, die ihm etwas sagen wollten, doch er drängte sie aus seinem Geist und versuchte, sich auf Nordhalan zu konzentrieren, denn im Augenblick hatte er das Gefühl, er würde jeden Moment das Bewusstsein verlieren. Diese Blöße wollte er sich jedoch nicht geben. Die Sonne hatte den westlichen Horizont beinahe erreicht und tauchte das Land in ein rotgoldenes Licht, während der volle Sommermond im Osten hing.

Beinahe hatte Kayne den Eindruck, als würde sich eine magische Kuppel über den Steinen spannen, und gerade als er befürchtete, innerlich bersten zu müssen, trat eine Lichtgestalt aus dem Monolithen im Zentrum hervor. Sofort knieten sich alle nieder.

»Readonn«, rief Nordhalan aus, »es ist uns eine Ehre, dass du meinem Ruf gefolgt bist!«

Die Lichtgestalt, eben noch war sie so groß wie der Felsen hinter ihm gewesen, schrumpfte regelrecht zusammen und stand kurz darauf als Mensch von recht kräftiger, großer Statur vor ihnen. Die graublauen Augen blieben für einen Augenblick auf Kayne haften, und er erkannte große Weisheit und auch Güte in ihnen. Doch sofort wandte sich Readonn dem Volk zu.

»Erhebt euch, Bewohner von Albany«, sprach er mit angenehm dunkler, kräftiger Stimme. »Ich will die Drachen für euch herbeirufen, damit den Zweifeln in euren Herzen ein Ende bereitet wird.«

Für einen Moment war sich Kayne absolut sicher, Readonn wusste ganz genau, wie dieses Urteil ausfallen würde, glaubte gar, etwas wie Mitleid auf den freundlichen, von einem graubraunen Bart bedeckten Gesicht zu entdecken. Wie Kayne dank seiner Ausbildung wusste, handelte es sich bei Readonn um ein aufgestiegenes Wesen, so zumindest bezeichneten es Zauberer und Magiekundige. Dadurch hatte er Zugang zum Geisterreich und konnte Albanys Bewohnern zu Hilfe eilen, wenn dies nötig war und es in seiner Macht lag. Früher hatte es ein anderes Orakel im Kreis der Seelen gegeben. Die meisten kannten ihn als Merradann, Darian hatte von Merlin gesprochen, einem Zauberer von der Welt jenseits von Alahant, der Atorian den Ersten, den Begründer der Northcliffdynastie, durch das Portal gebracht hatte. Auch das Schwert, welches Readonn nun aus dem pulsierenden Lichtnebel hinter sich hervorholte, stammte von Atorian dem Ersten und war eine rituelle Waffe, die alle Northcliffs in der Hand gehalten hatten. In ihr vereinte sich die Magie des Drachenfeuers und machte den künftigen Northclifferben zu einem der Unsterblichen.

Kayne kannte sich gut mit Waffen aus und bewunderte die formvollendet geschmiedete Klinge, die im rotgoldenen Licht funkelte. Die Parierstange war sanft geschwungen und zeigte verschlungene Gravierungen. Im Zentrum des runden Knaufes war ein weißer Edelstein eingelassen.

»Ganz gleich, wie das Urteil ausfällt«, fuhr Readonn eindringlich fort und reichte Kayne dabei das Schwert. »Ihr alle habt es zu akzeptieren!«

Nach und nach erhoben sich die Gäste, und auch Kayne stand auf, wobei er seine Knie fest durchdrückte, um das Zittern zu vermeiden. Als er das Schwert von Northcliff in den Händen hielt, wünschte er sich plötzlich, tatsächlich zum Erben dieser Dynastie geweiht zu werden. Nicht wegen der fünfhundert Sommer und Winter Lebenszeit, die ihm durch diese Weihe geschenkt werden würden. Er wusste, er besaß Magierblut und würde ohnehin ein sehr viel längeres Leben haben als gewöhnliche Menschen. Nein, er wollte endlich legitim zu den Nachfahren von Atorian gehören.

Readonn hob nun seine Hände in die Höhe, schloss die Augen und erhob die Stimme: »Drachen von Albany, Herren der Lüfte und des Feuers, wir erbitten euer Urteil. Erweist uns die Ehre und fällt die Entscheidung über Kaynes Herkunft hier und jetzt, im Kreis der Seelen.«

Der beständige Wind hatte nachgelassen, nun wehte nur noch eine leichte Brise. Gebannt beobachtete Kayne, wie die Abendsonne den Horizont berührte. Nun musste es gleich so weit sein. Die Drachen würden erscheinen!

Doch nichts geschah.

Verweigern sie mir ihr Urteil, weil ich nicht Darians Sohn bin?, schoss es Kayne durch den Kopf.

Doch gerade als der unterste Rand der flammenden Himmelsscheibe im Meer versank und sich bereits unruhiges Gemurmel erhob, ertönte das peitschende Geräusch von gewaltigen Schwingen und durchschnitt die Luft. Von Norden her näherten sich vier Wesen, zunächst nur schwarze Punkte vor der Sonne, doch als sie nach Westen abdrehten, wurden sie rasch größer, bis die Schatten, die ihre mächtigen Körper warfen, den Kreis der Seelen bedeckten. Schon häufig hatte Kayne Drachen gesehen, seit dem Sieg über die Dämonen waren sogar weitere als die vier, die heute über ihn richten würden, durch das Portal auf der Insel der Riesen gekommen. Doch jetzt, wie sie in Keilformation auf den Steinkreis zuhielten, der weiße Drache bildete die Spitze, erfasste ihn schlichte Ehrfurcht. Einer nach dem anderen ließen sie sich auf jeweils einem Monolithen nieder, jeder stellvertretend für eine der vier Himmelsrichtungen, und falteten ihre Flügel zusammen. Das rote Drachenweibchen Aventura schlang ihren gezackten Schwanz um den Monolithen. Smaragonn, der grüne Drache, fauchte unwillig, als ein Stück Fels unter seinen Klauen abbröckelte. Der blaue Turmalan neigte seinen Kopf in Readonns Richtung, während Davaburion, der kleinste, aber zugleich auch mächtigste Drache und Herr über das Drachenvolk von Albany, Kayne aus seinen geschlitzten Augen musterte.

Sie werden mich nicht weihen, sie werden mich nicht weihen, schwirrten die Gedanken durch seinen Kopf. Sogar ein altes Kindermärchen kam ihm in den Sinn, demzufolge ein unlauterer Anwärter auf den Thron von Northcliff vom Atem der Drachen zu Staub verbrannt worden war.

Readonn wandte sich mit den rituellen Worten an den blauen Drachen. »Turmalan, Herr der westlichen Winde, Bezwinger der Stürme, erkennst du Kayne Darian Jarredh Isarius von Northcliff als den rechtmäßigen Erben von Northcliff an?«

Bei allen Northcliffsöhnen war es Tradition, dass sie die Namen ihrer Väter, Großväter und Urgroßväter trugen, der allerdings nur zu offiziellen Anlässen verwendet wurde.

Kayne presste die Zähne aufeinander. Er hatte Angst, die Anspannung nicht mehr auszuhalten, bohrte seine Fingernägel in seine Handfläche, bis es schmerzte. Wie würden die Drachen entscheiden?

Kapitel 6

Die Entscheidung der Drachen

Der blaue Drache verharrte auf dem Monolithen. Starr, bewegungslos, so als wäre er selbst aus Stein gemeißelt. Endlos blickte er Kayne in die Augen, er hatte den Eindruck, der Drache wolle ihm etwas sagen, doch drangen die Worte nicht zu ihm durch. Schließlich drehte Turmalan seinen Kopf, der einen Kranz aus spitzen Hörnern trug, zu seinen Gefährten, hielt wohl stumme Zwiesprache mit ihnen, dann wandte er sich Readonn zu.

Dieser neigte sein Haupt, sah Kayne voller Mitgefühl an und verkündete mit bedrückter Stimme: »Turmalan verweigert Kayne die Weihe.«

Kayne konnte sich nicht rühren, nicht denken, er bekam mit, wie sich ein Raunen ausbreitete, glaubte gar, die vielen stechenden Blicke im Rücken zu spüren.

Er hat mich nicht anerkannt, ich bin nicht Darians Sohn.

Nur ganz am Rande seiner Wahrnehmung bekam er noch mit, wie Readonn, wohl lediglich um der Tradition Genüge zu leisten und das Ritual zu vervollständigen, auch Smaragonn, dem Herrn des Ostens, Aventura, Herrin des Südens, und zu guter Letzt Davaburion, dem Gebieter über die Drachen, die gleiche Frage stellte. Nacheinander erhoben sie sich in die Lüfte, und als Davaburion, der silberweiße Herr des Nordens, sich in die Lüfte schwang, gab es keinen Zweifel mehr.

Samukal ist mein Vater! Ich bin der Sohn des Mannes, der Albany um ein Haar zerstört hätte.

Eine schrille Stimme machte ihrer Empörung Luft. »Das ist alles eine Lüge! Das ist Betrug! Kayne ist Darians Sohn. Die Drachen haben sich geirrt, sie wollen sich nur rächen, weil der alte weiße Drache damals von Dämonen getötet wurde«, kreischte Elysia wie von Sinnen. Sie wollte sich gar in den Steinkreis drängen, wurde jedoch von Aramia festgehalten.

Mutter, bitte sei still, du machst alles nur noch schlimmer, dachte Kayne beschämt, denn Elysia trat um sich, tobte und beschimpfte Aramia als Nebelhexenhure.

»Kayne, es tut mir leid.« Plötzlich stand Darian vor ihm, und Kayne konnte das Mitleid in den Augen von Leánas Vater nicht ertragen.

Leána ist nicht meine Halbschwester, durchzuckte es Kayne mit einem Mal. Er schloss die Augen, wehrte Darians tröstende Hand ab und drehte sich um. Er musste hier fort, auf der Stelle!

Am liebsten wäre er weggerannt, hätte die teils hämischen, teils bedauernden Mienen gern so schnell wie möglich hinter sich gelassen. Doch er zwang sich dazu, einen Rest an Würde zu bewahren und zumindest nicht kopflos davonzustürmen, sondern mäßigte seinen Schritt. Durch die Steingasse eilte er nach Norden, dorthin, wo er hergekommen war.

Du bist nicht dein Vater, Kayne. Er hat aus seinen Fehlern gelernt, sie bereut. Gehe deinen eigenen Weg und lass dich nicht von denen beirren, die es nicht ehrlich mit dir meinen, ertönte da eine Stimme in seinem Kopf.

Ruckartig fuhr er herum. Kayne hatte den Kreis der Seelen beinahe verlassen. Readonn war wieder zu der gewaltigen Lichtgestalt geworden, zwar weit entfernt, aber auf irgendeine magische Weise konnte Kayne nun direkt in seine weisen Augen sehen. *Das Blut deiner Vorfahren ist nicht alles, was dich ausmacht. Entdecke die Stärke in dir, Kayne, und kämpfe gegen die Finsternis an, die in dir schlummert, die in jedem von uns schlummert und bei manch einem hervorbricht. Du hast eine Gabe, Kayne, du musst sie nur ...*

Kayne wollte nichts mehr hören; ein Kloß bildete sich in seiner Kehle, seine Augen brannten. Eilig drückte er die Fäuste dagegen, und als er sie wieder wegnahm, war die Lichterscheinung verblasst.

Irgendjemand kam in seine Richtung, aber Kayne wollte jetzt niemanden sehen, konnte weder Mitleid noch Trost ertragen. Als er sich außer Sichtweite wähnte, rannte er los, immer an der schroffen Küste entlang, schneller und schneller. Tränen lösten sich aus seinen Augen. Er schob es auf den schneidenden Wind, doch tief in seinem Inneren wusste er, dass es anders war.

Ich bin kein Erbe von Northcliff, Leána ist nicht meine Schwester, Toran nicht mein Cousin. Ich bin ein Nichts, ein Bastard, das Resultat eines gemeinen Betrugs.

Was viele geahnt hatten, was an so manch einem Feuer in den stürmischen, kalten Winternächten diskutiert worden war, war nun eingetreten. Endlich bestand Gewissheit; Kayne war kein Nachfahre der Northcliffs. Auf den Gesichtern ihrer Eltern erkannte Leána große Erleichterung – verständlich, wenn man bedachte, dass die beiden nun offiziell ein Paar sein durften. Aber gleichzeitig zeichnete sich auch Mitgefühl darauf ab.

Leána hätte Kayne gerne getröstet, kannte ihn jedoch gut genug, um zu wissen, dass er jetzt allein sein musste. Ihr selbst wäre es nicht anders ergangen. In Gedanken verloren wandelte sie durch die Menge, die aufgeregt durcheinandersprach, sich aber langsam zerstreute.

»Ich hab doch gleich gesagt, dass das nix wird!«, vernahm sie eine kauzige Stimme von links. »Ohh jeeh! Die ganze weite Reise. Alles umsonst.«

Trotz der Trauer, die sie für ihren Freund empfand, musste Leána schmunzeln, denn bei diesem Miesepeter konnte es sich nur um einen ganz bestimmten Zwerg handeln. Und tatsächlich stand da Horac, Dorfvorsteher und Ältester der Nordzwerge, dicht neben seinem Neffen und Ziehsohn Edur, einem von Darians besten Freunden.

»Onkel Horac, wie oft habe ich dir gesagt, du musst nicht auf die Geisterinseln reisen. Wir hätten dir auch alles berichtet«, versicherte Edur bestimmt nicht zum ersten Mal, wie sein leicht gereizter Unterton vermuten ließ.

»Die lange Fahrt über das Meer, da kommt einem ja das beste Bier wieder hoch«, grummelte der auffallend dünne Zwerg mit dem wirren grauen Haar und struppigen Bart ungeachtet dessen, was sein Neffe von sich gab. »Ohh jeeh, wenn ich nur an die Rückfahrt denke!«

»Die Zauberer meinten, der Wind würde nicht wieder auffrischen.«

»Ach was, sind doch alles Jungspunde, die können sich auch irren!«

»Über die Eichenpfade möchtest du ja auch nicht reisen ...«

Leána entfernte sich und nahm sich vor, später mit Edur und seinem griesgrämigen Onkel einen Plausch zu halten, denn sie hatte beide wirklich sehr gern – ungeachtet dessen, dass niemand so viel Pessimismus verbreiten konnte wie der gute Horac.

Jetzt nickte sie den beiden jedoch nur grüßend zu, denn im Augenblick stand ihr der Sinn nicht nach Gesellschaft. Sogleich wanderten ihre Gedanken zurück zu Kayne und wie er sich fühlen mochte. Die Sonne war endgültig verschwunden, nur noch ein schmaler Streifen rötlichen Lichts erleuchtete den westlichen Horizont. Die Feuer im Kreis der Seelen glommen noch immer, der Weg zum Hof der Druiden war von Fackeln erhellt. Das restliche Land lag in Dunkelheit, der volle Mond spitzte nur hier und da hinter den Wolken hervor. Doch dank ihres Dunkelelfenblutes hatte Leána auch bei Nacht keine Schwierigkeiten, den Weg über dieses raue Land zu finden. Vor ihrem geistigen Auge zog plötzlich noch einmal ihre Kindheit vorüber. Natürlich lag dies an den Ereignissen des heutigen Tages, denn Leána wusste, dass die verweigerte Weihe einen Wendepunkt in Kaynes und, wie sie ahnte, auch in ihrem eigenen Leben markierte. Sie erinnerte sich, wie sie Samukal kennengelernt hatte, durchlebte abermals die vielen Tage, die sie auf der Burg von Northcliff verbracht hatte, und sah, wie sie mit Kayne, später auch mit Toran, gespielt hatte. Nicht alles war unbeschwert und einfach gewesen, aber sie hatten stets zusammengehalten.

Leána trat an den Rand einer Klippe. Die Meeresbrise spielte mit ihren Haaren, ließ das lange Kleid um ihren Körper wehen. Sie sog die klare, salzige Meeresluft ein und wäre schon beinahe umgedreht, denn sie fröstelte in dem dünnen Gewand aus dunkelelfischer Seide. Doch da entdeckte sie wenige Schritte zu ihrer Rechten eine Gestalt. In einer Mulde am Steilhang, der schroff zum Meer abfiel, kauerte jemand. Auch wenn er ihr den Rücken zugedreht hatte, wusste Leána sofort, um wen es sich handelte. Zunächst zögerte sie, kletterte dann aber doch hinab. An der Art, wie er seine Schultern straffte, erkannte Leána, dass Kayne ihre Schritte gehört hatte. Seine Hand fuhr ganz kurz über die Augen. »Ich bin es«, rief sie leise, und da er sie nicht fortschickte, setzte sie sich neben ihn. Wortlos legte sie ihren Arm um ihn, ließ den Kopf auf seine Schulter sinken und beobachtete, wie das westliche Meer im Licht der ersten Sterne zu funkeln begann.

Erst als der Mond hoch am Himmelszelt prangte, räusperte sich Kayne, drehte Leána sein Gesicht zu und lächelte sie traurig an. »Weißt du, was ich immer am meisten an dir geschätzt habe?«

Fröstelnd zupfte sie ihren Ausschnitt etwas höher. Den Umhang hatte sie am Steinkreis liegen lassen, und die Nacht hier am Meer war recht frisch. Offenbar hatte Kayne bemerkt, dass sie fror, denn er löste seinen Umhang und legte ihn ihr über. »Was denn?«

»Du bist das einzige Mädchen, mit dem man eine halbe Nacht lang schweigen kann.« Für einen Augenblick lächelte er, und Leána lachte leise auf. Dann drückte sie seine Hand.

»Manchmal würden Worte mehr schaden als nützen.«

Ein tiefes Seufzen entstieg seiner Kehle. »Ich weiß gar nicht, wie alles weitergehen soll.«

»Du kannst in Northcliff bleiben, das hat Vater mir versichert.«

»Will ich das überhaupt noch?« Kayne lachte bitter auf. »Nun wird mich jeder mit noch mehr Argwohn betrachten. Kayne, der Sohn des Zauberers, der Dämonen aus der Zwischenwelt beschworen hat.«

»Du kannst nichts dafür, hör auf, dich zu quälen!«

»Was meinst du, Leána?«, fuhr er sie an. »Denkst du nicht, sie werden alle hinter meinem Rücken tuscheln, jeden meiner Schritte beobachten?«

»Vermutlich werden sie das«, räumte Leána ein. »Was möchtest du denn tun?«

»Es ist doch vollkommen gleichgültig, was ich will!«, brach es nun aus ihm heraus. »Jeder Fehler, den ich in Zukunft begehe, jede Unachtsamkeit und jedes unbedachte Wort wird dazu führen, dass man das meinem verdorbenen Blut anlastet. Solange es noch im Rahmen des Möglichen lag, dass ich der Nachkomme des *edlen Darian von Northcliff* bin, des *Retters von Albany*, demjenigen, der die Dämonen gebannt hat, hat man mich toleriert. Aber jetzt ist mein Leben doch vorbei!« Mehr und mehr Bitterkeit war seinen Worten zu entnehmen gewesen, jetzt starrte er wütend vor sich hin.

Leána wartete kurz, bevor sie antwortete. »Auch mein Vater war nicht immer unumstritten, das weißt du genau. Er hat Fehler gemacht, sich mit den falschen Leuten eingelassen, und du weißt, auch ich habe ihn erst kennengelernt, als ich fünf war.«

»Dafür hat er dich aber immer geliebt.«

»Dich auch, Kayne«, versicherte sie ihm, drückte noch einmal seine Hand, aber er entriss sie ihr.

»Nicht so sehr wie dich, und das weißt du genau.«

Betrübt biss sich Leána auf die Lippe. Mittlerweile wusste sie, dass Darian stets felsenfest der Meinung gewesen war, Kayne könne nicht von ihm abstammen, und auch wenn er sich nach Samukals Tod um Kayne gekümmert hatte, so hatte es doch Phasen in dessen Leben gegeben, in denen Kayne ohne Darian hatte auskommen müssen.

»Vater hätte dich auch zu uns auf die Nebelinsel geholt, aber deine Mutter wollte das nicht.«

»Mutter!« Kayne schnaubte wütend aus. »Ich möchte nicht wissen, welch einen Aufstand sie gerade in diesem Moment baut.«

Ich ebenfalls nicht, dachte Leána, sagte das jedoch nicht laut. Sie konnte Elysia nicht ausstehen, schon als kleines Mädchen nicht. Doch sie blieb Kaynes Mutter, und daher sah er ihr vieles nach.

»Du hattest Glück, Leána, deine Eltern standen immer hinter dir, haben dich nicht als Mittel zum Zweck benutzt. Samukal, um über Northcliff zu herrschen, auch wenn ihm das misslungen ist, Mutter, um ein komfortables Leben auf der Burg zu führen. Kayne Darakánn, der Bastard eines dunklen Zauberers!«

»Hör auf!«, verlangte Leána.

»Weshalb? Es ist doch die Wahrheit!«

»Erzähl mir nichts davon, als Bastard zu gelten.« Jetzt sprach auch sie etwas schärfer. »Viele haben hinter meinem Rücken gelästert, einige mich ganz offen beschimpft. Ich weiß, wie sich das anfühlt.«

»Mag sein.« Kayne riss einen Grashalm heraus und zerrupfte ihn zwischen den Fingern.

»Ich habe Samukal in guter Erinnerung«, sagte sie leise. »Lange war er ein Großvater für mich. Erst viele Sommer nach seinem Tod haben meine Eltern erzählt, dass er es nicht war. Mich hat er niemals schlecht behandelt. Ich glaube wirklich, dass auch Gutes in ihm gesteckt hat.«

»Ich kann mich kaum an ihn erinnern«, flüsterte Kayne. »Manchmal sehe ich einen großen, bärtigen Mann vor mir, der mit mir Bogenschießen übt oder mich im Schwertkampf unterrichtet. Stets lächelt er mich freundlich an. Aber ich weiß nicht, ob das nicht eine Wunschvorstellung ist.«

»Nein, Kayne«, sagte Leána sanft. »Ich war neun, als er starb, und ich kann mich sehr gut daran erinnern, wie freundlich er zu mir war, als wir nach Anmhoran gereist sind, um das Drachenportal zu suchen. Und Darian hat er auf seine Weise auch geliebt. Kayne«, sie nahm sein Gesicht in ihre Hände, zwang ihn, ihr in die Augen zu sehen, »du bist nicht Samukal. Du bist ein erwachsener Mann und kannst dein Leben selbst bestimmen.«

»Wenn man mich lässt«, entgegnete er heiser.

Aus einem Impuls heraus schloss Leána ihn nun ganz fest in die Arme. »Ich hab dich lieb, ganz gleich, wer deine Eltern sind.«

Gespaltene Stimmung herrschte im Innenhof der Diomárfeste. Während die sensationslustigen Adligen noch immer aufgeregt miteinander tuschelten, waren besonders Darian, Aramia und Nordhalan bedrückt. Sie alle sorgten sich um Kayne. Kaya hatte sich nur insofern zum Urteil der Drachen geäußert, dass sie Darian an sein Versprechen erinnert hatte, Elysia der Burg zu verweisen.

Anschließend hatte sie mit Murk und Lharina über die drei bedauernswerten Mordopfer gesprochen und war gemeinsam mit Toran und ihrer Gefolgschaft abgereist. Die Dunkelelfen hingegen nutzten die Zeit, um sich mit den Zauberern auszutauschen. Murk und sein Volk kümmerte das alles wenig. Sie nahmen es mit stoischer Gelassenheit hin und hatten sich mittlerweile in den Hügeln zum Schlafen gelegt. Elysia hatte sich derart in ihre Hysterie hineingesteigert, dass sie irgendwann ohnmächtig geworden war und nun von Heilkundigen behandelt werden musste. Darian graute vor dem Gespräch mit ihr.

Etwas zupfte an Darians Umhang, und er drehte sich um. Hinter ihm stand eine kleine Frau, kaum fünf Fuß groß mit einem zarten, elfenhaften Gesicht und blonden Haaren.

»Siah, ich hatte dich noch gar nicht gesehen!«, rief Darian erfreut aus.

Die junge Nebelhexe trat unsicher auf der Stelle herum. »Weißt du, wo Leána ist?«

»Nein, leider nicht, aber ich gehe davon aus, sie kümmert sich um Kayne.«

»Ach so.« Schon war die kleine Nebelhexe wieder verschwunden.

»Sie fühlt sich nicht wohl zwischen diesen vielen Menschen«, erklärte Nordhalan. Dann seufzte er schwer. »Ich möchte sie schon lange überzeugen, sich hier bei uns ausbilden zu lassen, denn ich habe das Gefühl, in ihr schlummert ein großes magisches Talent.«

»Bisher hat sich das aber noch nicht gezeigt«, gab Aramia zu bedenken. »Und das, obwohl sie schon älter ist als Leána, selbst wenn man sie auf den ersten Blick für ein junges Mädchen halten würde.«

»Ja, ich wundere mich selbst.« Nordhalan strich sich über seinen imposanten Bart. »Aber alle Nebelhexen besitzen eine besondere Begabung. Weshalb sollte das bei Siah anders sein?«

»Manchmal denke ich, sie verbirgt etwas vor uns«, warf Lilith ein, und Nordhalan nickte sogleich zustimmend.

»Hat Leána euch nichts erzählt?«

»Nordhalan!«, lachte Darian auf. »Die beiden sind eine eingeschworene Gemeinschaft. Wenn Siah von Leána verlangt, nichts zu verraten, würde die sich eher zu Tode foltern lassen, als auch nur ein Wort von sich zu geben.«

Ein Schmunzeln huschte über Nordhalans Gesicht. »Die beiden waren schon immer ein süßes Gespann. Ich weiß noch genau, wie Siah ganz traurig wurde, weil Leána sie so bald an Größe überholt hatte.«

»Ja, sie hat unglaublich lange gebraucht, um zu wachsen, und ist letztendlich nicht viel größer geworden als die meisten Zwerge. Und das, obwohl sie vermutlich Elfenblut in sich trägt«, überlegte Aramia, dann lächelte sie in Erinnerung an die frühe Kindheit der Kleinen, die Darian leider nicht mitbekommen hatte.

»Dafür hat Leána Siah stets um ihre Flügel beneidet, denn als sie noch ganz winzig war, konnte sie sogar ein wenig fliegen.«

»Von einem Zwerg stammt sie aber ganz sicher nicht ab«, murmelte Nordhalan in seinen Bart, »dafür ist sie viel zu filigran gebaut. Wie Siah entstanden ist, darüber können wir leider nur spekulieren. Von einer Verbindung zwischen Feen und Elfen habe ich noch nie gehört und weiß auch nicht, wie diese möglich sein sollte.«

»Dennoch gibt es Siah«, ergänzte Lilith. »Und ich finde, sie ist zu einer ganz wunderbaren jungen Frau herangereift.«

»Möchtest du wirklich nicht mit zum Burghof kommen?«, erkundigte sich Leána bei Kayne. Einträchtig waren sie durch die Nacht bis zum Eichenpfad gewandert.

»Man wird es mir als Feigheit anrechnen, aber ich kann es nicht ertragen, noch einmal dorthin zu gehen.« Flüchtig umarmte Kayne Leána. »Wir sehen uns in Northcliff.«

»Du verschwindest aber nicht einfach ohne ein Wort«, ermahnte sie ihn und zog ihn spielerisch am Ohr.

»Nein, Leána.«

Sie beobachtete, wie er zu der Eiche trat und wenige Augenblicke später einfach verschwunden war.

»Ach, Kayne«, seufzte sie in den Nachthimmel und machte sich auf den Weg zurück zum Kreis der Seelen.

Eigentlich hätten die Feuer dort nun schon heruntergebrannt sein müssen, aber im Zentrum des Steinkreises loderte eine mächtige Feuersäule. Neugierig trat sie näher und musste feststellen, dass sie bis auf eine Person, die direkt vor dem Feuer stand, allein war. Der Mann drehte sich um und hob seinen knorrigen, ebenholzfarbenen Stab, der sowohl als Zauberstab als auch als Gehhilfe fungierte, zum Gruß.

»Ururgroßvater! Was tust du denn hier?« Leána rannte das letzte Stück durch die Steingasse zu ihm und küsste Ray'Avan auf die erschlafften Wangen. So wie meist trug er ein Gewand aus dunklen Fellen, und seine dünnen schlohweißen Haare hingen ihm in Fäden über die Schultern.

»Leána, welch eine Freude!«, krächzte er und sah sich missbilligend um. »Du bist die Erste! Wo bleiben sie denn nur alle? Ich dachte, diese Drachenweihe sei ein wichtiges Ritual für die Menschen. Ich habe schon einmal das Feuer entzündet.« Er lachte, und sein dunkles Gesicht zeigte einen für Dunkelelfen äußerst seltenen, schelmischen Ausdruck. »Ein wenig Brennmaterial aus Zir'Avans Alchemistenkammer habe ich auch mitgenommen. Sieh nur, wie hübsch es brennt.«

Über die beinahe kindliche Freude ihres Ururgroßvaters musste Leána schmunzeln, denn tatsächlich loderte das Feuer ungewöhnlich hoch. »Das ist lieb von dir, aber die Zeremonie ist bereits vorüber.«

»Ach nein!« Entsetzt riss er seine Augen auf. »Der Mond ist doch nicht einmal im Westen versunken ...«

»Ururgroßvater, bei Untergang der *Sonne* fand die Zeremonie statt.«

»Bedauerlich«, brummte der betagte Dunkelelf. »Da muss Zir'Avan mir etwas Falsches berichtet haben. Wo ist er denn?« Suchend drehte sich Ray'Avan herum.

»Er ist doch schon lange gestorben, wurde im Kampf gegen die Dämonen und Dal'Ahbrac getötet.«

Für einen Moment blitzte Verwunderung in Ray'Avans Augen auf, dann sackten seine ohnehin schon gebeugten Schultern nach vorne. »Richtig, ich vergaß. Der Kampf an der Oberfläche.« Er neigte seinen Kopf. »Mein Enkel fand einen ehrenhaften Tod, und Marvachân wird ihn mit Freuden an seiner Tafel aufgenommen haben!«

Erleichtert bemerkte Leána, dass ihr Ururgroßvater nun wieder im Hier und Jetzt angekommen war. Ray'Avan zählte schon mehr als eintausendzweihundertfünfzig Sommer und Winter. Wie alt genau er war, wusste niemand mehr – ihn selbst eingeschlossen –, denn normalerweise währte auch das Leben eines Dunkelelfen nicht länger als eintausend Sommer. Häufig war Ray'Avan verwirrt, lebte mehr in der Vergangenheit als in der Gegenwart, und selbst wenn sein Geist klar war, brachte er einiges durcheinander. Doch seine Verwirrtheit hatte durchaus etwas Liebenswürdiges, und niemand nahm ihm übel, wenn er – so wie heute – wichtige Feierlichkeiten verpasste. Erst seitdem Leána längere Zeit im Dunkelelfenreich verbracht hatte, reiste er überhaupt wieder an die Oberfläche. Darian und Aramia meinten, er hätte einen Narren an seiner Ururenkelin gefressen. Nordhalan und die anderen Zauberer waren froh, denn Ray'Avan zählte zum letzten Mitglied der Dunkelelfen, die den Diomár angehört hatten. Vieles hatte er vergessen, und häufig sprach er von dem Eid, in dem er gelobt hatte, nichts zu verraten. Doch an Tagen, an denen er sich daran erinnern konnte, dass sich die Dinge geändert hatten und die Diomár nun ein offizieller Zaubererbund war, der nicht mehr im Geheimen agierte, hatte er schon einige wertvolle Schriftrollen aus alten Tagen herausgegeben.

»Wurde Kayne geweiht?«, erkundigte er sich gespannt.

»Nein, leider nicht.«

»Armer Junge. Wo ist er? Ich würde ihn gerne sprechen.«

»Er ist verschwunden, Urugroßvater. Ich denke, er möchte jetzt allein sein, um damit fertigzuwerden.«

»Nun gut, das kann ich verstehen.« Ray'Avan kratzte sich am Kopf. »Ein beachtlicher junger Mann, dieser Kayne. Leána, lass uns zu Aramia und Darian gehen«, krächzte der Alte, streckte seinen Stab aus und murmelte einige Worte. Ein Strahl weißen Feuers schoss aus seinem Zauberstab und löschte die Flammen innerhalb weniger Lidschläge.

Auf seinen Stab gestützt schlurfte Ray'Avan an Leánas Seite auf die Diomárfeste zu.

»Bist du mit Xin'Righal hergereist?«, wollte sie wissen.

»Xin'Righal?« Zunächst blinzelte ihr Ururgroßvater verwirrt, dann nickte er jedoch. »Eine große Kriegerin, und ihr Gemahl steht ihr in nichts nach. Es ist eine Ehre, sie als Herrscher über Kyrâstin zu wissen. Ja, ich habe sie begleitet. Wir kamen über diesen magischen Pfad. Welch angenehme Reise!«, freute er sich. »Doch die rote Sonnenkugel, daran kann ich mich einfach nicht gewöhnen.« Er räusperte sich. »Deshalb habe ich wohl auch so lange geschlafen und die Weihe verpasst.«

Fröhlich miteinander plaudernd erreichten Leána und ihr Ururgroßvater die Feste. Mittlerweile waren die meisten Menschen schlafen gegangen. Dunkelelfen sowie Zauberer hingegen unterhielten sich noch am Feuer, und auch Leána gesellte sich zu ihnen. Wo Kayne sich aufhielt, verriet sie nicht, denn sie wollte ihm ein wenig Zeit für sich gönnen.

»Elysia, nun reiß dich zusammen und hör mit dem Geheule auf!«

»Aber mein armer Junge«, schluchzte diese. »Und was soll denn nun aus mir werden?«

»Wenn sie dich aus der Burg werfen, kannst du auch zu mir nach Rodvinn kommen«, versicherte Selfra, Elysias fünf Sommer ältere Schwester. Diese lebte auf dem ehemaligen Landsitz ihrer Eltern, der seit der Hochzeit von Elysia und Darian in neuem Glanz erstrahlt war. Nicht unwesentliche Mengen Goldes waren aus der Schatzkammer dorthin gewandert. Darian hatte das kaum gekümmert, nachdem allerdings Kaya Königin geworden war, hatten sich die Dinge schwieriger gestaltet, was besonders Selfra ärgerte.

»Ich gehöre auf die Burg!« Energisch putzte sich Elysia die Nase und zupfte ihr Gewand zurecht. »Ich bin Darians Gemahlin und eine Adlige.«

»Er wird die Ehe annullieren lassen«, stellte Selfra pragmatisch fest, was bei ihrer Schwester einen neuen Heulkrampf auslöste.

»Bei allen Göttern, Elysia. Noch ist nicht alles verloren. Wir haben vorgesorgt, das weißt du! Zudem kam mir vorhin ein Gedanke.« Ihre Schwester, die ihr, mit den deutlich üppigeren Formen, nur wenig ähnelte, beugte sich zu ihr hinab, und im ersten Moment weiteten sich Elysias Augen vor Empörung.

Kapitel 7

Klare Verhältnisse

Bis spät in die Nacht hatte sich Leána mit Ray'Avan, Nordhalan und all den vielen Menschen und anderen Bewohnern von Albany unterhalten, die sie schon lange nicht mehr gesehen hatte. Auch Siah hatte sie irgendwann gefunden. Ihre Freundin verhielt sich merkwürdig, wollte jedoch nicht mit der Sprache herausrücken. Zwischenzeitlich hatten sich die meisten verabschiedet und waren bereits kurz nach Sonnenaufgang aufgebrochen. Leána stand neben Murk und seiner Familie und stieß den mächtigen Halbtroll in die Seite. »Murk, halt dem kleinen Murk besser die Ohren zu.«

»Warum?« Fragend blinzelte er sie an.

»Na, weil mein Vater Elysia jetzt sagt, dass er ihre Verbindung lösen möchte, und sie zudem aus der Burg von Northcliff wirft, und von deren Gekreische wird jeder Säugling aufwachen!«

»Gut, Murk macht's.« Achselzuckend legte er seine Pranke an jenes Ohr des friedlich schlummernden Säuglings, das nicht auf seinem mächtigen Oberarm ruhte.

»Meine liebe Leána«, rügte Lilith sogleich. »Es scheint dir ein diebisches Vergnügen zu bereiten, dabei zuzusehen.«

Leána grinste, biss herzhaft in einen Apfel und sagte dann mit vollem Mund: »Mach mir nichts vor, Lilith, du kannst Elysia genauso wenig ausstehen wie wir alle, und wenn ich Mutters Gesichtsausdruck richtig deute, hat sie noch sehr viel boshaftere Gedanken als ich.«

Missbilligend zog Lilith ihre feinen Augenbrauen zusammen.

»In der Tat erinnert mich Aramia in diesem Augenblick an einen Mhortarra kurz vor dem Zuschlagen.«

»Falls Elysia auf Vater losgeht, wird Mutter ihr die Augen auskratzen.«

»Dunkelelfen – unmöglich!«, schnaubte Lilith.

Doch entgegen sämtlicher Vermutungen blieb Elysia ruhig, auch nachdem Darian eine ganze Weile auf sie eingeredet hatte.

»Wer hat die denn verhext?«, wunderte sich Leána.

»Ich war's nicht!«, versicherte Murk sogleich überflüssigerweise, denn selbst wenn er Trollkönig war, hatte er doch gehörigen Respekt vor Lilith, die ihn aufgezogen und unterrichtet hatte.

»Kann nicht zaubern.«

»Das weiß ich, Murk.«

Neugierig trat Leána näher, gerade als ihr Vater sagte: »Das Herrenhaus von Fehenius steht leer, seitdem seine Frau gestorben ist. Du kannst dort einziehen.«

Ein biestiger Blick aus Elysias Richtung traf Leána, doch ihr Vater lächelte, legte ihr einen Arm um die Schultern und zog sie zu sich heran.

»Ich verlange fünf Bedienstete und eine Hofdame, die mir ein wenig die Zeit vertreibt.«

»Die sollst du haben«, versicherte Darian.

Die eingebildete Ziege könnte ihre Wäsche schön selbst waschen, dachte Leána, schwieg jedoch ihrem Vater zuliebe.

»Und Kayne bleibt auf der Burg!«

»Das hatte ich dir bereits versichert.« Darian kratzte sich an der Schläfe. »Mir wäre es recht, wenn wir unsere Ehe so bald als möglich auflösen könnten. Wie wäre es mit …«

»Lass es uns sofort hinter uns bringen«, zischte Elysia, was Leána sehr verwunderte, und ihrem Vater ging es ganz offensichtlich nicht anders, denn er blickte äußerst verdutzt drein.

»Gut, umso besser«, sagte er dann trocken.

Elysias schmaler Mund verzog sich zu einer äußerst leidenden Miene. »Großes Unrecht wurde mir und den Meinen angetan. Nur leider weilt der, der alles aufklären könnte, im Reich des Lichts.« Mit einem theatralischen Schniefen verneigte sie sich nach Westen, bevor sie ihre Schultern straffte. »Nun werde ich mich dem fügen, was mir die Götter als Prüfung auferlegt haben.«

»Elysia, das Urteil der Drachen ist unumstößlich.«

»Die Drachen!« Sie lachte hysterisch auf. »Du und deine …« Sie räusperte sich. »Du hast die Drachen nach Albany zurückgeholt, sie haben dein Schwert mit ihrem Atem geweiht, damit du die Dämonen töten kannst. Ihr seid Verbündete. Weshalb sollten sie dir nicht einen Gefallen tun?«

»Weil Drachen nicht käuflich sind«, mischte sich nun Leána ein, auch wenn ihr Vater sie am Arm festhielt. »Sie sind die Hüter großen Wissens, die Träger der Magie unserer Welt. Nicht einer von ihnen würde sich dazu herablassen, einem wahren Northcliferben die Weihe zu verwehren, da ihre Vorfahren sie doch mit diesem langen Leben segneten.«

»Das sagst du.« Elysia betrachtete Leána, als würde sie ein ekelhaftes Insekt vor sich haben. »Ich bin anderer Meinung, doch die zählt ja nicht.«

»Sehr richtig«, murmelte Leána kaum hörbar, aber ihr Vater räusperte sich lautstark.

»Nun gut, Elysia, dann werde ich mich auf die Suche nach Dimitan machen. Er hat unsere Ehe geschlossen und soll sie auch wieder lösen.«

Sie nickte, tupfte sich noch einmal über die Augen, und Darian eilte davon. Leána hingegen begab sich zurück zu ihren Freunden.

»Könnt ihr euch das vorstellen? Elysia hat weder hysterische Anfälle bekommen noch ist sie ohnmächtig zusammengebrochen, als Vater davon gesprochen hat, ihre Ehe zu lösen. Im Gegenteil. Sie will es auf der Stelle tun!«

Aramia stieß einen Schrei aus, küsste Leána stürmisch auf die Wange und rannte Darian hinterher.

»Sie hat so lange darauf gewartet«, flüsterte Lilith, und plötzlich tat sie Leána leid.

Die kleine Heilerin hatte schon einige Männer verlieren müssen, die sie geliebt hatte. Mitfühlend drückte Leána die Hand ihrer Freundin und Mentorin, woraufhin Lilith zaghaft lächelte. Kurz darauf kamen Darian und Aramia zurück, in Begleitung von Ururgroßvater Ray'Avan, dem glatzköpfigen Zauberer Dimitan, Edur und seinem Onkel sowie einer Elfe.

»Lharina!« Leána hatte ihre Freundin bisher nur von Weitem gesehen. Freudig umarmte sie die hochgewachsene Frau mit den feinen blonden Haaren. Schon als Kind hatte Leána sich mit Lharina getroffen, damals noch heimlich und ohne zu wissen, dass sie Tochter des Elfenkönigs war. Nach dem Tod ihrer Eltern war die junge Elfe Königin geworden und regierte nun ihr durch die vergangenen Dämonenangriffe stark dezimiertes Volk. So wie stets war Tahilàn an ihrer Seite, ein schweigsamer Elfenkrieger. Ihr Bewacher und Freund. Auch der weißblonde Elfenmagier Estell, dessen hellgraue Augen Leána als Kind immer unheimlich gefunden hatte, begleitete Lharina.

»Es ist mir eine Ehre, die Auflösung dieser unglücklichen Verbindung von Darian und Elysia zu bezeugen«, verkündete Lharina mit ihrer sanften Stimme. »Darian und Aramia sollen endlich unbeschwert miteinander glücklich sein dürfen.« Sie nahm die Hände der beiden in ihre.

Große Liebe stand in den Augen ihrer Eltern, als sie einander ansahen, und Leána freute sich unsagbar für die beiden. Auch der kleine Torgal kam nun mit den Zwillingen Urs und Frinn angerannt, die allerdings auf dem Absatz kehrtmachten, sobald sie Lilith entdeckten.

Die Annullierung der Ehe von Darian und Elysia ging recht unspektakulär vonstatten.

Gemeinsam mit dem Zauberer, ihrer Familie und Vertretern aller anwesenden Völker begaben sie sich zum Kreis der Seelen.

Darian und die sichtlich angespannte Elysia stellten sich vor Dimitan.

Dieser überragte Darian, der selbst sechs Fuß maß, um einen guten Kopf. Mit seiner Hakennase und den nach vorne gebeugten Schultern erinnerte der hagere Zauberer Leána stets an einen alten Geier. Bevor die Zeremonie begann, trat ein weiterer sehr schlanker Mann zu ihnen. Sein Gesicht war unter einer Kapuze verborgen, einige schwarze Haarsträhnen lugten darunter hervor.

»War ja klar, dass Dimitans Schatten nicht fehlen darf«, stöhnte Leána.

Tadelnd stupste Lharina ihre kleinere Freundin auf die Nase. »Morthas hat sich während der letzten zwanzig Sommer als herausragender Zauberschüler bewiesen.«

»Und wenn schon, ich kann ihn nicht ausstehen. Sieh nur, er geht sogar genauso gebückt wie Dimitan, nur um ihm nachzueifern.«

Lharina lachte leise auf. »Ich glaube kaum, dass er das absichtlich tut. Er ist eben sehr hochgewachsen und mager, dafür kann er nichts.«

»Ich bin mir sicher, er hält sich absichtlich mit dem Essen zurück.«

»Du bist unmöglich! Ich habe Morthas als äußerst höflichen und wissbegierigen jungen Mann erlebt«, sagte die junge Elfenkönigin voller Nachdruck. »Du solltest ihn besser kennenlernen.«

»Nein danke«, Leána rümpfte die Nase. »Morthas – allein sein Name erinnert mich schon an einen Mhortarra. Und dieser junge Mann – auch wenn jung relativ ist, denn er zählt bereits über vierzig Sommer – kommt mir ebenso schlüpfrig und wenig greifbar vor, wie ein Wesen des Unterreichs.«

»Hör auf mit der Lästerei, Leána, nun findet ein wichtiges Ereignis statt!« Sie hob ihren Kopf und nickte Dimitan huldvoll zu, der sie bereits ihrer Tuschelei wegen strafend musterte.

Nun räusperte er sich lautstark und ergriff das Wort.

»Die Ehe von Darian von Northcliff und Elysia, die ich einst geschlossen habe, erkläre ich im Angesicht dieser heiligen Steine für nichtig«, sprach Dimitan mit nüchternen Worten, so wie es für ihn typisch war. Beinahe wirkte er schon gelangweilt, als er fortfuhr: »Durch das Urteil der Drachen ist erwiesen, dass Elysia Darian betrogen hat.« Leána bemerkte, wie Elysia zu einer Entgegnung Luft holte. Doch das Gesicht des Zauberers verzog sich missbilligend, und sein stechender Blick traf sie. »Elysia hat ihn betrogen – wenn auch durch Samukals List. Trotzdem genügt dies den Gesetzen der Könige von Northcliff zufolge, um diese Ehe für nichtig zu erklären. Darian von Northcliff, du bist deinen ehelichen Pflichten entbunden und somit frei.« Kurz wedelte Morthas noch mit einigen qualmenden Zweigen herum, dann wandte sich Dimitan ohne ein weiteres Wort ab und verließ mit langen Schritten den Steinkreis. Auf der Stelle folgte ihm Morthas, und dessen schwarzer Umhang flatterte ebenso heftig um seine ausgemergelte Gestalt wie der blaue von Dimitan, der diesen als Hofzauberer von Northcliff auszeichnete.

Doch rasch wurde Leánas Aufmerksamkeit von dem seltsamen Zauberschüler abgelenkt, denn ihrem Vater sah man seine Erleichterung sofort an. Auch Aramias dunkelgrüne Augen strahlten. Elysia schniefte natürlich abermals theatralisch und ließ sich von ihrer Schwester fortführen.

»Schade, dass Kaya schon abgereist ist«, kicherte Leána ihrer Freundin Siah zu. »Sicher hätte sie das gerne miterlebt.«

»Ist Toran auch schon fort?«, erkundigte sich Siah schüchtern.

»Ja, das ist er. Aber komm doch mit auf die Burg!«

Ein zartes Rot überzog Siahs Wangen. »Ich weiß nicht, ich wollte eigentlich zurück auf die Nebelinsel.«

»Ach was.« Gut gelaunt fasste Leána ihre Freundin am Arm. »Du kommst mit, und wir begleiten Toran auf seiner Reise durch Albany. Die hat er schon seit langer Zeit geplant, nur wollte Kaya nicht so recht zustimmen. Aber Vater hat versprochen, sie zu überreden.«

Mit grüblerischer Miene starrte Siah auf ihre Füße, doch Leána hob ihr Kinn mit einem Finger an. »Toran ist auch dein Freund. Ich bin mir sicher, er hätte dich gerne dabei.«

»In letzter Zeit habe ich ihn kaum gesehen«, murmelte Siah.

»Das macht doch nichts!« Leána zwinkerte ihrer Freundin zu. »Wir treffen uns beim Eichenpfad, ich muss noch kurz mit jemandem sprechen.« Als Siah nickte, rannte sie Edur und Horac hinterher, die auf ihren stämmigen Beinen in Richtung der Diomárfeste stapften.

»Kommt ihr noch mit auf die Burg?«, wollte Leána wissen.

»Wenn das Schiff nicht versinkt«, grollte Horac. »Murk hat gesagt, er will diesmal auf dem Schiff fahren, weil seine Frau … ohh jeeh – das ist ein gewaltiges Weibsstück – die magische Reise nicht gut vertragen hat.«

Leána musste über den dürren Zwerg lachen, der seine Augen bei der Erwähnung von Urgha weit aufriss. Und in der Tat waren Murk und seine Bergtrollgemahlin ein seltsames Paar, wie sie so einträchtig nebeneinander hertrotteten.

»Das Schiff wird nicht sinken«, versicherte Edur und verdrehte mal wieder die Augen. »Kein einziges ist während der letzten fünfzig Sommer und Winter gesunken.«

»Da siehst du's«, triumphierte Horac. »Dann wird es mal wieder Zeit, dass die Geister des Meeres sich ein Opfer holen. Und Urgha wäre in der Tat ein gewaltiges Opfer!« Leise vor sich hinbrabbelnd eilte Horac auf seinen krummen Beinen voran, und Leána schüttete sich vor Lachen aus.

»Ich frage mich wirklich, ob er irgendwann einmal in seinem Leben etwas Gutes prophezeit hat.«

»Ohh jeeh, das hat er nicht!«, machte Edur seinen Onkel nach und stimmte in Leánas Gelächter mit ein. »Natürlich werden wir mit auf die Burg kommen. Ich wollte mit Kaya wegen einer neuen Waffenlieferung sprechen.«

»Das ist schön. Dann lass uns gemeinsam einen Krug Bier leeren, Edur.« Beschwingten Schrittes machte sich Leána mit dem Zwerg zur Diomárfeste auf, um ihre Sachen zu packen.

Auf der Burg von Northcliff herrschte große Aufregung, als Leána mit ihrer Familie eintraf. Es schien, als hätten sich sämtliche Adlige auf der Burg eingefunden, um die Neuigkeiten zu hören. Überall wurde getuschelt, wilde Spekulationen über Elysia und Kayne machten die Runde. Ein weiteres Gesprächsthema, das für Aufregung sorgte, war der seltsame Mord in dem Waldstück. Leána war froh, an den Beratungen von Menschen, Elfen, Dunkelelfen und Zwergen nicht teilnehmen zu müssen. Staatsgeschäfte langweilten sie, und so machte sie sich gemeinsam mit Siah auf die Suche nach Kayne, konnte ihn jedoch in der ganzen Burg nicht finden; auch draußen war er nirgendwo zu sehen gewesen. Gerade eilten Leána und Siah zurück zur Burg und ließen den westlichen Trainingshof, wo die Soldaten von Northcliff sich im Bogen- und Armbrustschießen übten, hinter sich.

»Wenn sich der Kerl einfach ohne ein Wort aus dem Staub gemacht hat, bringe ich ihn um«, knurrte Leána, nachdem ihre Suche erfolglos geblieben war.

»Es ist doch nur verständlich, dass er sich zurückzieht«, verteidigte ihn Siah. Die kleine Nebelhexe fühlte sich sichtlich unwohl hier auf der Burg, und Leána hatte den Eindruck, sie würde unter jedem kritischen Blick eines Adligen schrumpfen. Dabei sah sie in dem hellgrünen Seidenkleid mit den langen Ärmeln und ihren geflochtenen blonden Haaren bezaubernd aus. Doch Siah wollte das nicht wahrhaben und hatte während des ganzen Tages immer wieder über ihre mangelnde Körpergröße und ihre ungewöhnliche Erscheinung gejammert.

Leána setzte zu einer Entgegnung an, aber da kam ihnen durch den kleinen Torbogen, über dem ein steinerner Drache prangte, Toran entgegen. An seiner Seite wandelte eine auffallend hübsche junge Frau, die elegant mit ihrem Fächer vor dem

Gesicht wedelte, selbst wenn es gar nichts zu fächern gab, denn eine leichte Brise kühlte ohnehin angenehm die Haut. Leána überlegte, wo sie das Mädchen schon einmal gesehen hatte, und kam dann zu dem Schluss, dass es sich um Lady Denira handeln musste, die Tochter von Lord Egmont. Leána hatte sie als mageres kleines Ding in Erinnerung. Sie mochte zwei oder drei Sommer jünger als Toran sein und war nun zu einer attraktiven Frau erblüht. Toran hielt seinen Langbogen in der Hand und scherzte mit der jungen Adligen. Siah entwich ein erschrockener Laut.

»Du bleibst hier«, zischte Leána ihr zu, denn sie vermutete, Siah wäre am liebsten auf der Stelle umgedreht.

»Ich werde Euch von den Zinnen aus zusehen«, verkündete Denira gerade und lächelte Toran kokett zu, bevor sie ihren Rock raffte und davonstolzierte.

»Guten Tag, ihr beiden!«, rief Toran ihnen entgegen, als er Leána und Siah endlich bemerkte. Der Wind spielte mit seinen Haaren und wehte ihm eine braune Strähne ins Gesicht.

»Er hat ihr nicht einmal nachgesehen«, raunte Leána ihrer Freundin zu, aber Siah spielte bedrückt an ihrem Ärmel herum.

»Ich wollte gerade ein paar Pfeile abschießen. Möchtet ihr mich begleiten?«

»Ich habe meinen Bogen in meiner Kammer«, erklärte Leána.

»Ich könnte ihn holen«, quietsche Siah mit unnatürlich hoher Stimme.

»Ach was.« Leána hakte sich bei ihrem Cousin ein. »Wir sehen Toran zu und verspotten ihn, wenn er mal wieder nicht trifft.«

»Du bist das frechste Geschöpf von ganz Albany.« Toran kniff sie in die Nase. »Du hast gerade einen Prinzen beleidigt. Ich könnte dich hängen lassen.«

»Dafür müsstest du mich aber erst erwischen.« Lachend rannte Leána davon, stürmte um die Ecke – und prallte prompt gegen die Brust einer kräftigen Gestalt.

Leána hob ihren Kopf und blickte in das Gesicht des Dunkelelfen Nal'Righal. Im ersten Moment zeichnete sich unbändige Wut auf seinen anmutigen Zügen ab, doch als er sie erkannte, versiegte das mordlustige Funkeln seiner Augen.

»Leána vom Blute der 'Avan. Ich begrüße deine Rückkehr.«

Sie zupfte ihre lange Bluse zurecht und verbeugte sich flüchtig. »Ja, danke, schön dich zu sehen, Nal.«

In diesem Augenblick hatten auch Siah und Toran aufgeschlossen, und sie hätte ihren Cousin für dieses breite Grinsen am liebsten erwürgt.

»Ich habe einen Kriegszug angeführt, der gegen jene 'Ahbrac ging, die eine Frau vom Blute der Deinen geschändet haben.« Mit einer einzigen geschmeidigen Bewegung zog er einen abgeschlagenen Dunkelelfenkopf aus dem Beutel, den er in seiner linken Hand trug. »Den Anführer habe ich nur für dich getötet und bringe dir sein von Marvachân verfluchtes Haupt als Zeichen meiner Wertschätzung.«

Aus Torans Richtung vernahm Leána ein unterdrücktes Grunzen, das rasch in ein vorgetäuschtes Hüsteln und ein huldvolles Nicken überging. Sie selbst starrte auf den blutigen Dunkelelfenkopf, dessen Augen sogar im Tode noch großes Entsetzen widerspiegelten.

»Danke, Nal. Das ist sehr …« Sie räusperte sich. »Das ehrt mich.«

Der Dunkelelfenkrieger straffte seine Schultern noch mehr, ein zufriedener Ausdruck zeigte sich auf seinem edlen, beherrschten Gesicht.

Verdammt, was macht man mit einem Kopf, den man von einem Dunkelelfen geschenkt bekommt?, dachte sie.

Zögernd streckte sie die Hand aus, aber jetzt musterte Nal'Righal sie verwirrt. »Möchtest du ihn als Warnung an die Burgzinnen vor deinem Fenster spießen?«, erkundigte er sich, wobei seine Worte eine gewisse Begeisterung bei diesem Gedanken erahnen ließen.

»Was hattest du denn damit vor?«, entgegnete sie vorsichtig.

»Ich wollte ihn auf den Klippen liegen lassen, damit die brennende Himmelsscheibe sein Fleisch verfaulen lässt und die Aasvögel ihn fressen. Aber wenn du möchtest ...«

»Nein!«, unterbrach Leána ihn hektisch. »Das ist eine ... ähm ... hervorragende Idee. Ich danke dir, Nal.«

Der Krieger verneigte sich zackig und marschierte davon.

Leána blies ihre Wangen auf, und Toran trat zu ihr, legte ihr einen Arm um die Schultern und gluckste: »Der Kerl weiß es wirklich, eine Frau zu betören – ein abgeschlagener Kopf! Sehr romantisch!« Grinsend drehte er sich zu Siah um. »Wünschst du dir auch einen 'Ahbrac-Kopf?«

»Nein danke«, lachte die kleine Nebelhexe und warf Toran dabei ein scheues Lächeln zu.

»Toran, Siah«, Leána hakte sich bei den beiden ein, »wie ihr seht, muss ich versuchen, möglichst schnell aus der Burg zu verschwinden, bevor Nal sie noch mit Köpfen zupflastert.«

Kichernd presste Siah eine Hand vor den Mund.

»Ich würde sagen, wir setzen uns heute Abend mit einer Karte von Albany ans Feuer, planen eine kleine Reise und brechen in spätestens drei Tagen auf.« In Torans braunen Augen leuchtete ein unternehmungslustiges Funkeln auf, doch als Leána fortfuhr, verfinsterte sich sein Gesicht. »Wir sollten Kayne mitnehmen. Ihm kann etwas Abwechslung und vor allem Abstand von Northcliff nur guttun.«

»Wenn Kayne uns begleitet, wird Mutter noch mehr Einwände erheben.« Wütend kickte er einen Stein gegen die Burgmauer. »Ich wünschte, ich wäre fünfundzwanzig, dann könnte sie mir nichts mehr vorschreiben.«

Tröstend streichelte Leána ihm über die Wange. Die Nachkommen der Northcliffs galten erst nach dem Urteil der Drachen und ihrer Weihe als erwachsen, und so fieberte Toran seit Langem diesem Ereignis entgegen.

»Kaya muss ja nicht wissen, dass Kayne mit uns kommt. Wir

drei brechen auf, und ein paar Tage später folgt uns Kayne. Schließlich ist er jetzt alt genug, Elysia kann ihm nichts mehr verbieten. Wir treffen uns … sagen wir, am Stein von Alahant!«

»Ich möchte Mutter nicht belügen«, erwiderte Toran missmutig. »Sosehr ich mir diese Reise wünsche – sie hat es nicht einfach ganz ohne meinen Vater, und ich sollte ihr weiteren Kummer ersparen.«

»Du musst sie ja nicht belügen«, wandte Leána ein. »Wir erwähnen einfach nicht, dass wir uns mit Kayne treffen wollen, dann macht sie sich auch keine Sorgen. Schließlich könnte das ja auch rein zufällig geschehen.«

»Ein solcher Plan kann nur aus deinem Munde kommen«, stöhnte Siah.

»Aber er ist nicht der schlechteste.« Ein lausbubenhaftes Grinsen überzog Torans schmales Gesicht. »Abgemacht!«

»Prinz Kayne, Prinz Kayne!« Eine hohe weibliche Stimme, die teilweise vom Wind verzerrt wurde, schallte zu Kayne herüber. Verärgert drehte er sich um und blickte in das gerötete Gesicht von Oria. Die beachtliche Oberweite der Magd hob und senkte sich, als sie schwer atmend vor ihm stehen blieb.

»Was ist?«, herrschte er sie an.

»Prinz Kayne, Eure Mutter lässt Euch in der ganzen Burg suchen.«

»Ich bin kein Prinz, und meine Mutter soll mich in Ruhe lassen.« Er hatte sich hierher zurückgezogen, um allein zu sein und nachzudenken. Doch sein Kopf war leer, er fühlte sich wie ausgebrannt und war unfähig, eine Entscheidung zu treffen.

»Ihr werdet stets mein Prinz bleiben.« Orias herzförmiger Mund näherte sich dem seinen. Hin und wieder vergnügte er sich mit der hübschen blonden Magd, doch heute stand ihm der Sinn nicht nach derartigen Dingen, deshalb hielt er sie sich mit einer Hand vom Leibe. »Lass das!«

»Aber Kayne!« Sie riss ihre Augen weit auf.

»Geh zurück und sag ihr, du hättest mich nicht gefunden.«

»Ich habe Lady Elysia versprochen, Euch zu finden«, jammerte Oria. »Und sie hat ...« Sie biss sich auf die Lippe, woraufhin Kayne höhnisch auflachte.

»Sie hat dir eine Belohnung versprochen, nicht wahr? Wie viel ist es? Ein Goldstück, zwei? Vielleicht ein neues Kleid?« Er sprang auf, zerrte an dem Lederbeutel herum, der an seinem Gürtel hing, und warf drei Goldstücke auf den Boden, dann hastete er mit langen Schritten die Dünen hinauf und ließ Oria in der verborgenen Senke zurück. Ein kurzer Blick über die Schulter zeigte ihm, wie sie hektisch die Goldstücke einsammelte.

Oria war berechnend, aber unkompliziert. Von Anfang an hatte er ihr klargemacht, dass sie nicht auf die große Liebe mit einem potenziellen Northclifferben hoffen durfte, und sie hatte das akzeptiert – etwas, das er durchaus an ihr schätzte.

Kayne überlegte, wohin er gehen sollte, um allein sein zu können. Doch andererseits würde er seiner Mutter nicht ewig aus dem Weg gehen können. Er musste ihr zumindest sagen, dass er die Burg verlassen wollte. Vielleicht würde er einige Zeit im Dunkelelfenreich verbringen. Seltsamerweise brachte ihm das dunkle Volk von jeher weniger Misstrauen oder Verachtung entgegen, als es bei seinesgleichen der Fall war, und das, obwohl Samukal mit Dal'Ahbrac, einem abtrünnigen Dunkelelfenmagier, verbündet gewesen war. Doch Samukal hatte seine Schuld beglichen, war in den Augen von Dun'Righal und seiner Gemahlin Xin ehrenhaft gestorben. Sich für Darian geopfert zu haben hatte ihm den Respekt der Dunkelelfen eingebracht.

In den Tiefen der Erde würde Kayne vielleicht Ablenkung finden, außerdem konnte er seine Kampfkunst mit dem Schwert perfektionieren. Dieser Gedanke gab ihm neuen Mut, und so eilte er den ausgetretenen Pfad an der Küste entlang zur Burg.

Dort ließ Kayne nach seiner Mutter schicken und wartete in deren Gemächern auf sie. Kopfschüttelnd betrachtete er die zahlreichen goldenen Kandelaber, überquellenden Schmuckschatullen und Möbel aus den edelsten Hölzern. Solange er denken konnte, hatte Elysia Wert auf größten Komfort gelegt und sicher nicht zuletzt so viele Reichtümer angesammelt, um für den Fall vorzusorgen, dass die Drachen ihn nicht als Darians Sohn anerkannten.

Vorsichtig ließ er sich auf einem mit Samt überzogenen Hocker nieder, dessen filigrane, vergoldete Beine ihn zweifeln ließen, ob sie seinem Gewicht standhalten würden.

Kurz darauf flog die Tür auf.

»Kayne! Nun reise ich um deinetwillen schon über diesen entsetzlichen Eichenpfad, und dann muss ich dich den ganzen Tag lang suchen lassen«, keifte sie.

»Jetzt hast du mich ja gefunden«, entgegnete er, um Gelassenheit bemüht.

Noch einmal holte Elysia tief Luft, dann stürzte sie zu ihm und drückte ihn an ihre Brust. »Mein armer Junge, was hat man uns nur angetan.«

»Mutter!« Peinlich berührt versuchte er, sich aus Elysias Umklammerung zu befreien, doch sie ließ ihn nicht los, strich ihm über das Haar und schluchzte herzzerreißend. »Ich werde nicht zulassen, dass man uns so behandelt. Fürs Erste müssen wir uns damit abfinden, dass diese Lügen Bestand vor dem Volk haben, aber ...«

»Es sind keine Lügen«, unterbrach Kayne sie harsch, woraufhin Elysia ihn losließ und verdutzt anblinzelte.

»Aber mein Junge ...«

»Ich habe ein Gemälde von Samukal gesehen. Ich ähnle ihm frappierend. Du hast es immer gewusst, auch wenn du es nicht wahrhaben wolltest. Gib es doch zumindest vor mir zu.«

Elysia rang nach Worten, setzte mehrfach zu einer Antwort an, doch dann schlug sie die Hände vor die Augen, und ihre Schultern zuckten. »Es mag sein, dass ich manchmal gezweifelt habe. Du bist mein eigen Fleisch und Blut, dir möchte ich nichts vormachen. Doch dein ... Samukal ... hat uns übel mitgespielt, mich betrogen. Und ich habe Darian rechtmäßig geehelicht. Ich bin der Meinung, man müsste uns beiden zumindest den Platz in der Burg lassen.«

»Mag sein. Allerdings will ich …«

»Mein Junge!« Noch blitzten Tränen in Elysias Augen, doch wie sie so auf ihn zukam, wirkte sie äußerst entschlossen, was Kayne misstrauisch machte. »Es gibt andere Wege, unseren rechtmäßigen Anspruch auf ein Leben hier in Northcliff zu sichern.«

»Ich möchte nicht in Northcliff bleiben.«

»Kayne!«, rief Elysia aus. »Du bist verletzt, gedemütigt, das ist mir klar. Aber du gehörst hierher, bist ein kluger Mann, der die Geschicke von Albany lenken sollte. Außerdem willst du mir doch nicht zumuten, wie eine einfache Frau mein Dasein zu fristen«, klagte sie.

»Mutter, du wirst nicht«, setzte er an, aber wieder ließ sie ihn nicht ausreden, sondern nahm sein Gesicht in ihre Hände, holte so tief Luft, als müsse sie das, was sie nun sagen wollte, gewaltsam herausschleudern.

»Du musst Leána heiraten!«

Kapitel 8

Auf Entdeckerpfaden

Sprachlos und maßlos irritiert starrte Kayne seine Mutter an. Mit allem hatte er gerechnet, aber nicht damit. Nachdem er sich ein wenig gefasst hatte, wich er vor ihr zurück und verschränkte die Arme vor der Brust.

»Bist du von Sinnen? Dein ganzes Leben lang hast du keinen Hehl daraus gemacht, wie sehr du Leána verachtest, und jetzt möchtest du, dass ich sie heirate?«, brach es aus ihm hervor. »Mal abgesehen davon, bis vor Kurzem bin ich noch davon ausgegangen, dass sie meine Halbschwester ist.«

Elysia strich ihr Kleid glatt. »Sie ist nicht deine Schwester, deshalb wäre nichts Verwerfliches an eurer Verbindung. Und man muss Opfer bringen, wenn man in den Kreisen der Mächtigen bleiben möchte.«

»Das ist nicht dein Ernst, da mache ich nicht mit!«, regte sich Kayne auf, wollte schon zur Tür stürmen, aber Elysia stellte sich ihm in den Weg. Wäre sie nicht seine Mutter gewesen, er hätte sie in die nächste Ecke gestoßen, doch so blieb er vor Zorn bebend stehen.

»Selbst wenn es mir zugegebenermaßen nie gefallen hat – du hast Leána immer gemocht, sie sogar verehrt und bewundert. Was soll so falsch daran sein, wenn du nun um ihre Gunst wirbst?«

»Du hast ihr ganzes Leben lang nicht ein einziges gutes Haar an ihr gelassen!«, schrie er sie an.

Beschwichtigend legte sie ihm eine Hand auf die Brust.

»Sprich nicht in diesem Ton mit mir, ein derartiges Benehmen habe ich dir nicht beigebracht.« Ihr schmaler Mund verzog sich beleidigt. »Kayne, unsere Familie soll wieder geachtet sein. Ich wollte deine Tante auf die Burg holen, sobald du als Prinz von Northcliff geweiht bist und …«

»Tante Selfra!«, stieß Kayne höhnisch hervor. »War das am Ende ihr genialer Plan?« Er betrachtete seine Mutter abschätzig. »Sie ist noch machthungriger als du.«

»Womit habe ich das denn jetzt verdient?«, heulte Elysia und klammerte sich an Kayne fest. »So viele Demütigungen musste ich deinetwegen ertragen. Stets habe ich mich schützend vor dich gestellt, und nun willst du mir diese kleine Gunst nicht gewähren.«

Sosehr ihn das Verhalten seiner Mutter abstieß, mit einem Mal bekam er ein schlechtes Gewissen, denn was auch immer man Elysia vorwerfen konnte, sie hatte ihn tatsächlich gegen alles und jeden verteidigt. Daher entspannte er sich, löste sanft die Hände seiner Mutter, woraufhin ihre Tränen versiegten.

»Entschuldige, aber das mit Leána geht einfach zu weit.«

»Denk doch zumindest darüber nach«, schluchzte Elysia. »Verbring etwas Zeit mit ihr, so wie du es stets tun wolltest. Ich habe munkeln gehört, sie wolle mit Toran auf eine Reise durch Albany gehen. Begleite die beiden, und vielleicht entwickelt sich ja tatsächlich eine Liebe zwischen euch. Wenn ihr erst ein Paar wärt, würde man dir sicher manches gewähren, was du dir so sehr wünschst.« Zärtlich streichelte sie ihm über das Gesicht. »Du bist ein attraktiver junger Mann geworden. Sie könnte sich glücklich schätzen …«

»Ich gehe jetzt.« Ruckartig wandte sich Kayne ab, doch der Ruf seiner Mutter verfolgte ihn.

»Handle nicht unbedacht, Kayne!«

Erst gegen Abend, auf dem Weg zum Essen im großen Thronsaal, war Kayne Leána über den Weg gelaufen, doch er hatte sie abgewimmelt und auf ihren Vorschlag, mit Toran und Siah durch Albany zu ziehen, nur abweisend geantwortet: »Ich überlege es mir.« Auch während sie speisten, setzte er sich weit von ihr entfernt an die Tafel und vermied jeglichen Blickkontakt mit ihr.

Leána kam sein ganzes Verhalten ausgesprochen seltsam vor. Toran hingegen erzählte seiner Mutter voller jugendlichem Enthusiasmus von ihren Plänen.

»Wir wollen Edur besuchen, danach ins Elfenreich ziehen und vielleicht noch zum Rannocsee reiten!«, sprudelte der junge Prinz los, nachdem der köstliche Wildbraten verspeist war. Er breitete eine Lederkarte aus und fuhr mit dem Finger über eingezeichnete Orte, Berge und Seen.

»Zum Rannocsee – das ist doch eine gute Idee«, bekräftigte Darian und zwinkerte Kaya zu. »Lass die jungen Leute auf den Spuren unserer Abenteuer reisen.«

»Vielleicht möchten wir ja auch unsere eigenen Spuren hinterlassen«, meinte Leána, woraufhin Aramia zustimmend ihr Glas erhob.

Kayas Lächeln wirkte ein wenig gezwungen, und Leána glaubte zu erahnen, wie schwer es ihr fiel, Torans Wünsche zu respektieren. »Du bist jetzt ein junger Mann, Toran«, sagte sie schließlich. »Es ist tatsächlich an der Zeit, dass du dein Königreich besser kennenlernst.«

Den Stein, der von Torans Seele fallen musste, konnte man förmlich hören. Ein Strahlen überzog sein Gesicht, und bestimmt wäre er am liebsten aufgesprungen und hätte einen Freudentanz aufgeführt. Doch als Prinz von Northcliff gehörte sich das nicht, und so begnügte er sich damit, über beide Ohren zu grinsen.

»Ihr könntet Edur und die anderen Zwerge begleiten, wenn sie in einigen Tagen aufbrechen«, schlug Kaya vor. »Die Trolle werden sicher auch ein Stück weit in die gleiche Richtung gehen. Wenn ihr aus dem Zwergenreich zurück seid, werden euch

Hauptmann Sared und fünf Krieger an der Grenze abholen und zu den Elfen bringen.«

»Mutter!«, rief Toran empört aus, und auch Darian seufzte leise. »Wir wollen keine Eskorte«, presste der junge Prinz mühsam beherrscht zwischen den Zähnen hervor. »Nur Leána, Siah, K…«, er unterbrach sich selbst und warf Leána einen erschrockenen Blick zu, »… keine Wachen!«

»Toran, die Lage in Albany hat sich nicht entschärft.« Kaya senkte ihre Stimme, sodass nur diejenigen sie hören konnten, die unmittelbar neben ihr saßen. »Elysia hat ihre Anhänger. Du hast gesehen, dass die 'Ahbrac noch immer ihr Unwesen treiben. Ihr solltet in jedem Fall zwei Còmhragâr-Krieger mitnehmen. Nal'Righal ist einer der Besten …«

Vor Schreck blieb Leána der letzte Bissen des Nusskuchens im Hals stecken, und sie hustete, bis ihr ihre Mutter kräftig auf den Rücken schlug.

»Alle, aber nicht Nal!«, stieß sie hervor.

Kaya musterte sie verwundert, und auch ihre Eltern machten fragende Gesichter.

»Mutter, wir möchten wirklich unter uns sein«, redete Toran noch einmal auf sie ein.

»Toran hat recht«, schaltete sich Aramia in das Gespräch ein. »Ich weiß, du machst dir Sorgen, Kaya. Aber sie alle wurden hervorragend ausgebildet und werden zurechtkommen.«

»Und Siah kennt sich sehr gut mit Heilkräutern aus!«, fügte Leána hinzu.

Aramia nickte zustimmend und legte Kaya ihre schlanke Hand auf den Arm. »Lass sie eine Weile allein umherziehen. Junge Leute brauchen das. Kaya, du warst doch selbst nicht anders!«

Im Gesicht der Königin zuckte ein Muskel. Sie krallte ihre Hand in die Tischkante und schloss kurz die Augen.

»Vielleicht können wir uns ja auf einen Kompromiss einigen«, schlug Darian vor. Schon immer war er deutlich diplomatischer gewesen als Aramia. »Die drei reisen mit den Zwergen ins nördliche Zwergenreich und dann allein zu den Elfen. Sie lassen uns regelmäßig Nachrichten durch die Postreiter zukommen, und sobald sie sich südlich des Rannocsees begeben wollen, schickst du ihnen eine Eskorte.«

Leána bewegte stumm ihre Lippen: *Danke, Vater*. Denn tatsächlich wiegte Kaya bedächtig ihren Kopf hin und her. »Nun gut, aber spätestens zum letzten Sommermond seid ihr wieder in Northcliff!«

»Danke, Mutter!« Nun sprang Toran doch auf, umarmte seine Mutter stürmisch, was eine ganze Reihe Adliger verdutzt aufblicken ließ.

»Ich bitte darum, dass ihr pünktlich zurück seid«, sagte Darian zu Leána gewandt, die ihren Cousin schmunzelnd beobachtete. Ihr Vater indes nahm Aramias Hand und lächelte sie verliebt an. »Denn zum letzten Vollmond des Sommers wollen wir heiraten.«

»Das ist wundervoll!«, freute sich Leána.

Auch Toran hatte das in seinem Freudentaumel gehört und rief dann durch den Saal: »Heute wird getanzt! Holt die Instrumente hervor.«

Einige Mägde hasteten davon, und kurz darauf erschienen drei Männer und eine Frau mit Harfe, Trommel und Geige.

»Sieh nur, Prinz Toran tanzt zuerst mit dieser Nebelhexe, obwohl die schönsten jungen Frauen von ganz Albany darauf warten, von ihm aufgefordert zu werden«, lästerte Selfra, und einige der anwesenden Adligen in ihrer Nähe schüttelten anklagend die Köpfe.

Pikiert tupfte sich Elysia mit ihrer Serviette den Mund ab. »Was will man auch erwarten, wenn eine Gemeine wie Kaya den zukünftigen König von Northcliff aufzieht!«

»Ihr hättet das sicher sehr viel besser gemacht«, bemerkte Lord Petres süffisant.

»Kayne ist gut erzogen«, fuhr Elysia den schlanken Mann mit

der Adlernase an. »In der Tat würde er einen herausragenden König abgeben.« Sie spürte unter dem Tisch einen schmerzhaften Tritt, der nur von ihrer Schwester kommen konnte, aber Petres prostete ihr ohnehin bereits zu.

»Davon gehe ich aus.« Bis heute wusste Elysia nicht, auf wessen Seite er stand. Petres' Großvater, Lord Rovant, hatte Atorian im Kampf gegen die Dämonen unterstützt, doch sein Enkel, der seit einer Weile in Culmara lebte, galt als undurchsichtig. Man munkelte, er unterhielt dubiose Verbindungen zu dem Zwergenkönig Hafran, und auch Anhänger der 'Ahbrac soll man schon bei ihm gesehen haben, wenn er seinen älteren Bruder Evant auf dem Familiengut im Süden besuchte. Doch ob das alles lediglich böse Verleumdungen waren oder nicht, konnte niemand sagen. Zumindest hatte Kaya ihn noch nicht aus der Burg geworfen, wie sie es sonst mit Leuten zu tun pflegte, die mit den 'Ahbrac verkehrten.

»Kayne, möchtest du nicht tanzen?« Elysia nickte betont zu Leána hinüber, die in ihrem dunkelroten Seidenkleid bestechend hübsch aussah, wie selbst jemand zugeben musste, der die junge Nebelhexe nicht ausstehen konnte.

Kaynes ohnehin düsteres Gesicht verfinsterte sich noch mehr. »Nein, danach steht mir heute nicht der Sinn.«

»Du bist ein brillanter Tänzer, Kayne«, flötete seine Tante und griff nach einem weiteren Sahnetörtchen. »Manch junge Adlige würde sich glücklich schätzen …«

»Tanz doch du mit ihr!« Er knallte sein Messer auf den Tisch und verließ fluchtartig den Raum.

»In der Tat wäre er ein herausragender König geworden. So beherrscht und höflich.« Lord Petres verzog keine Miene, strich sich lediglich über seinen kurzen Kinnbart. Sein Blick hingegen sagte alles.

Elysia holte Luft, doch erneut traf eine Schuhspitze ihr Schienbein, und sie unterdrückte ein Stöhnen. Stattdessen beobachtete sie, wie ihre Schwester sich erhob. Auch wenn Selfra auffallend ausladende Hüften hatte, bewegte sie sich elegant, und Elysia wusste, wie hervorragend ihre Schwester tanzen konnte. Selbst wenn sie nicht zu den begehrtesten Frauen von Albany zählte – ihr Mann war früh verstorben und seitdem lebte sie allein –, genossen doch viele ein Tänzchen mit ihr. Stets gelang es Selfra, ihre üppigen Formen gut zu betonen, ihre Haut war beneidenswert glatt, und ihre Zofe zeigte großes Geschick darin, die grauen Strähnen in Selfras sonst blondem Haar zu verbergen. Als Selfra auf Lord Egmont zusteuerte, spannte sich Elysia an. Sie schnappte sich ihren Weinkelch und schlenderte selbst unauffällig in diese Richtung. An einen Stützpfeiler gelehnt lauschte sie dem Gespräch der beiden.

»Wo habt Ihr denn Eure hübsche Tochter versteckt, werter Lord?«, erkundigte sich Selfra.

So wie stets, wenn der Lord, der einige Meilen östlich von Northcliff lebte, angesprochen wurde, verfärbte sich sein Gesicht krebsrot.

»Sie … sie … macht sich gerade frisch.«

»Ich hoffe, ihr ist nicht der Wein zu Kopfe gestiegen«, gurrte Selfra und kraulte dem verhutzelten Lord seinen Spitzbart.

Egmont schüttelte den Kopf und verkündete: »N…nein, sicher nicht.«

»Nun gut, dann sollte sie sich etwas mehr in Torans Nähe aufhalten. Sicher fordert er sie dann auf. Sie ist eine wahre Schönheit.«

»M…meint Ihr wirklich?« Die Glupschaugen des Lords quollen noch weiter hervor.

»Selbstverständlich.«

»Zum Glück hat sie nichts von Egmont geerbt«, murmelte Elysia in ihren Weinkelch und lauschte, wie Selfra den einfältigen Lord mal wieder um den Finger wickelte.

Die Burg von Northcliff lag in tiefem Schlaf. Das Fest war lange vorüber, und die Bediensteten hatten sich in ihre Kammern zurückgezogen. So wie stets patrouillierten Wachen durch die Gänge, doch Kayne war in dieser Burg aufgewachsen, kannte jede Nische, jeden Vorhang, um ungesehen zu bleiben. Sein Schwert hielt er in der Hand, damit es nicht versehentlich am groben Mauerwerk entlangschrammte. Ein dickes Bündel drückte auf seine Schultern. Selbst ohne Licht kannte er sich in den wenig benutzten Seitengängen aus, tastete sich an der Wand vorwärts – und zuckte zu Tode erschrocken zusammen, als er einen warmen Körper berührte.

»Lass dein Schwert stecken, Kayne, ich wäre ohnehin schneller«, vernahm er eine amüsierte Stimme.

»Leána! Was im Namen eures verfluchten Dunkelelfengottes tust du hier?«, fuhr er sie an.

»Ich bete nicht zu Marvachân, dennoch weiß ich seine Gabe, mich im Dunkeln sehen zu lassen, durchaus zu schätzen.« Ein schabendes Geräusch und schon glomm eine kleine Fackel auf und beleuchtete Leánas Gesicht. »Du wolltest ohne ein Wort verschwinden«, warf sie ihm vor.

Kayne starrte auf seine Füße, dann blickte er trotzig auf. »Ich muss gehen – es ist besser so. Und woher wusstest du, dass ich ausgerechnet diesen Geheimgang nehme?«

»Kayne«, lachte sie, »ich kenne dich, seitdem du so groß warst.« Sie deutete auf die Höhe ihres Knies. »Du willst verschwinden, und dies ist der einzige Gang, der in einem Keller unmittelbar neben den Stallungen endet. Da ich davon ausgehe, dass du Northcliff nicht zu Fuß verlassen möchtest, war dies das Naheliegendste.«

»Hm«, grummelte er. »Und wie konntest du erahnen, dass ich überhaupt gehe, und vor allem heute Nacht?«

Sanft fuhren ihre Finger über seine Wange. »Ich sagte doch, ich kenne dich. Ich habe es dir angesehen, und mein Gefühl war richtig.«

»Dann sollte ich an meiner Mimik arbeiten«, grollte er und schob sie ungeduldig zur Seite. »Gut, du weißt es. Aber im Namen unserer Freundschaft verrate mich nicht und lass mich gehen.«

»Natürlich lasse ich dich gehen«, versicherte sie ihm, woraufhin er erleichtert die Luft ausstieß, doch dann zog sie grinsend ein Bündel hinter ihrem Rücken hervor. »Aber nicht allein.«

»Leána«, stöhnte er, aber sie legte ihm ihren Finger auf die Lippen.

»Ich komme mit dir, und ich habe Siah und Toran Bescheid gesagt. Sie warten bereits an dem Wäldchen südlich von Culmara auf uns.«

»Das ist nicht dein Ernst!«

Ihr Grinsen zog sich von einem Ohr zum anderen. »Und jetzt komm!« Sie betätigte den verborgenen Hebel im Mauerwerk, der den Geheimgang öffnete, und ein Stück der Mauer schob sich lautlos nach innen. Abgestandene, feuchte Luft drang ihnen in die Nase.

»Leána, das geht nicht …« Er wehrte sich, als sie ihn hineinschieben wollte, aber sie unterbrach ihn.

»Möchtest du, dass die Wachen uns entdecken? Sared ist ein verflucht gewissenhafter Hauptmann und lässt zweimal pro Nacht die Seitengänge kontrollieren. Außerdem konnte ich vorhin nur mit Mühe und Not Horac aus dem Weg gehen, denn der schleicht schon seit Mitternacht durch die Gänge und brabbelt vor sich hin: ›Das wird sowieso nix mit dem Schlafen! Das Bier muss verdorben gewesen sein, ohh jeeh!‹«

Gegen seinen Willen musste Kayne lachen, betrat widerstrebend den Geheimgang und wusste nicht, was er jetzt tun sollte. Was gerade geschah, war ganz genau im Sinne seiner Mutter, so verrückt diese Wendung des Schicksals auch erschien.

Hintereinander eilten sie durch die engen Tunnel, in denen sie schon als Kinder gespielt hatten, und traten schließlich durch einen unbenutzten Keller ins Freie. Da die Pferdeställe im gut geschützten Inneren der Burg lagen, waren hier keine Wachen zu befürchten. Leána löschte ihre Fackel und rannte Kayne voran auf das Gebäude zu. Leises Schnauben sowie der Geruch nach Heu und Pferden erwarteten die beiden jungen Leute.

»Brauchst du Licht, Kayne?«, flüsterte sie.

Er schüttelte den Kopf, denn durch die Fenster drang genügend Mondlicht herein. Hastig sattelte er seinen braunen Hengst Tyron und wartete, bis Leána an seiner Box vorbeiging. »Bist du sicher, dass du mit diesem irren Gaul durch den Fluchttunnel willst?«

Leána lachte leise. »Wenn es darauf ankommt, kann ich mich auf Maros verlassen.«

»Möge dein Wort in den Ohren von Eluana Einlass finden.«

»Die Mondgöttin wird uns sicher nicht im Stich lassen.«

Er konnte sich vorstellen, wie sie jetzt verschmitzt schmunzelte, und folgte ihr mit seinem Hengst am Zügel. An der Tür verharrte Leána kurz, dann beeilte sie sich, mit Maros zum gegenüberliegenden Mauerabschnitt zu gelangen. Die Huftritte der Pferde klangen ungewöhnlich laut in Kaynes Ohren. Wenn die Wachen ihre Flucht bemerkten, würde es Ärger geben. Er machte sich ohnehin Gedanken um Toran, und als sie endlich in dem breiten Geheimgang angelangt waren, in dem bequem zwei Pferde nebeneinander geführt werden konnten, wandte er sich an Leána, nachdem diese erneut eine Fackel entzündet hatte.

»Kaya wird mir vorwerfen, ich hätte Toran entführt.«

»Nein, Kayne. Ich habe Murk einen Brief gegeben und ihm eingebläut, ihn erst beim Frühstück meinem Vater zu überreichen.«

»Und wenn er ihn vorher liest?«

»Murk hat nie richtig lesen gelernt. Er kann seinen Namen schreiben, das ist aber auch schon alles!«

»Gut.« Kayne fuhr sich durch die Haare. »Trotzdem wird man mir die Schuld geben.«

»Ich habe geschrieben, Toran, Siah und ich wollten frei von Wachen und sonstigen Aufpassern unsere Reise beginnen«, entgegnete Leána jedoch unbeschwert. »Von dir habe ich nichts erwähnt, und sicher wird man denken, alles wäre auf meinem Mist gewachsen.«

»Ich weiß nicht …«

»Mach dir keine Sorgen, Kayne.«

Er schnitt eine Grimasse und deutete den Gang zurück. »Ich wette, Kaya wird nun auch diese Geheimgänge umbauen lassen, wenn ich sang- und klanglos aus Northcliff verschwinde, schließlich könnte ich mit einer 'Ahbrac-Armee zurückkehren!«

Nachdem die Dunkelelfen, die unter Führung von Dal'Ahbrac die Burg besetzt hatten, besiegt worden waren, waren massive Umbaumaßnahmen der Fluchttunnel dringend notwendig gewesen. Viele waren verschlossen und zerstört und an anderer Stelle neu aufgebaut worden. Dieser hier stellte eine besondere Neuerung dar, da man selbst Pferde und kleine Wagen durchschleusen konnte.

»Hör auf, Kayne, du sollst nicht immer alles so düster sehen.« Leána stieß ihn mit dem Ellbogen an.

»Aua!«

»Ist doch wahr«, schimpfte sie. »Ich werde dich Horac den Zweiten nennen, wenn du so weitermachst.«

»Du weißt, Kaya hasst mich!«

»Nein. Sie hasst Samukal, nur leider schreibt sie all seine Verfehlungen dir zu. Ich glaube, sie weiß sehr wohl, dass sie dir unrecht tut. Wenn Toran erst König ist, wirst du nichts mehr zu befürchten haben.«

»Toran ist noch ein Kind. Bis er auf den Thron steigt, werden viele Sommer vergehen. Außerdem sind wir uns auch nicht immer einig.«

»Nicht immer einig, aber dennoch Freunde.« Das aufmunternde Lächeln von Leána riss ihn ein wenig aus seinen trüben Gedanken, und so beeilten sie sich, dem breiten Tunnel bergab zu folgen. Am Ende versperrte ihnen eine Mauer den Weg, die sich nur durch das Drücken von Steinen in einer bestimmten

Reihenfolge öffnen ließ. Lediglich die Königsfamilie und ausgewählte Zauberer wussten um den geheimen Mechanismus und wie man ihn bedienen musste – Kayne hatte dieses Wissen nur seiner Freundschaft zu Leána und Toran zu verdanken. Zunächst klackte und knirschte es im Mauerwerk, dann schwang die Tür auf. Sofort schlug ihnen eine steife Brise entgegen. Maros scheute, doch Leána redete beruhigend auf ihn ein.

»Ich sagte doch, im Zweifelsfall hört er auf mich.«

Statt einer Antwort verneigte sich Kayne in Richtung des Mondes. »Eluana hat uns ihre Gunst erwiesen, möge sie auch weiterhin mit uns sein. Lass uns verschwinden!«

Sofort schwang sich Kayne in den Sattel, dann donnerten die beiden Hengste über den langen Sandstrand. Hohe Wellen brachen sich an den vorgelagerten Felsen und spülten teilweise bis zu den Hufen ihrer Pferde. Nach einem flotten Ritt am Meeresufer entlang bogen sie ab, galoppierten die Dünen hinauf und schließlich weiter in Richtung des Landesinneren. Während sie im Schritt durch den dichten Mischwald ritten, kreisten Kaynes Gedanken um das, was gerade geschah. War es wirklich richtig, mit den dreien auf diese Reise zu gehen? Hätte er nicht doch besser allein aufbrechen und alles hinter sich lassen sollen? So als hätten die Nachtfeen des Waldes seine wirren Gedanken erspürt, schwirrten die beinahe durchsichtigen schwarzen Wesen um ihn herum. »Verschwindet«, knurrte er und schlug mit der Hand nach ihnen.

»Lass sie doch, Kayne, sie spüren es, wenn Wesen, die über Magie gebieten, in der Nähe sind«, sagte Leána mit sanfter Stimme.

Im Mondlicht erkannte er, wie sie ihre Hand ausstreckte. Eine Nachtfee ließ sich darauf nieder, ein zerbrechliches Geschöpf, das ein Mensch ohne magische Fähigkeiten vermutlich lediglich als Schatten oder eine flüchtige Berührung wahrgenommen hätte.

»Kayne steht heute nicht der Sinn nach euren Spielen«, sprach

Leána zu dem Wesen, das nun sachte mit den durchscheinenden Flügeln schlug und sich in die Lüfte erhob. Kurz darauf stoben auch die anderen Nachtfeen davon.

»Ich dachte, du kannst nicht mit Elementarwesen sprechen«, brummte Kayne.

»Jeder kann mit ihnen sprechen«, belehrte ihn seine Freundin sogleich. »Nur gehorchen sie mir nicht, so wie meiner Mutter. Aber manchmal, wenn sie möchten, dann befolgen sie auch meine Wünsche.«

»Zumindest gehen sie mir jetzt nicht mehr auf die Nerven.«

»Sei doch nicht so griesgrämig, Kayne.« Leána trabte an ihm vorbei. »Wir haben einen wundervollen Sommer vor uns. Darauf solltest du dich freuen!«

»Ich bezweifle, dass er tatsächlich wundervoll wird. Wenn uns erst Kayas Soldaten jagen, ist es vorbei damit.«

»Genau, Horac der Zweite!«, rief Leána amüsiert über die Schulter, woraufhin Kayne widerwillig verstummte.

Nachdem sie eine Weile schweigend geritten waren, hielt Leána ihr Pferd zurück, und Kayne trabte neben sie. »Toran und Siah sind dort vorne.« Tatsächlich vernahm er kurz darauf gedämpfte Stimmen.

»Dann hatte meine kluge Cousine also doch recht, und der werte Herr Zauberer wollte sich ganz allein aus dem Staub machen«, alberte Toran herum.

»Ich bin kein Zauberer, und die Betonung liegt auf – allein! Ich habe niemanden gebeten, mich zu begleiten. Obendrein bin ich noch immer der Meinung, dass ihr nach Hause reiten solltet.« Er warf Leána einen bösen Blick zu, konnte ihre Reaktion jedoch nicht erkennen.

»Manchmal ist es gut, allein zu sein, ein anderes Mal nicht«, entgegnete sie nur.

»Ach, und das möchtest du entscheiden?«, höhnte er.

»Ja.« Mit der flachen Seite ihres Schwertes versetzte Leána Kaynes Hengst einen Klaps, woraufhin dieser mit einem

Schnauben vorwärtssprang. »Los jetzt, wenn wir nicht erwischt werden wollen. Bis zur Morgendämmerung sollten wir reiten und uns bei Tageslicht verstecken.«

Kaynes Hände krampften sich um seine Zügel, und er überlegte, ob er schlicht und einfach nach Northcliff zurückkehren sollte – vielleicht konnte er ja zu einem späteren Zeitpunkt ungesehen verschwinden. Andererseits kannte er Leána zu gut. Sie würde auf ihn achten.

»Leána meint es nur gut mit dir«, erklärte Siah mit sanfter Stimme. »Sie macht sich Sorgen um dich. Sei nicht wütend.«

»Sicher tut sie das«, erwiderte Kayne.

Die kleine Nebelhexe Siah hatte er immer gemocht. Er schätzte ihre besonnene und bescheidene Art und wollte ihr daher auch keine Unverschämtheiten, die ohnehin nur aus seiner eigenen Unsicherheit geboren waren, an den Kopf werfen.

Wie Leána vorgeschlagen hatte, ritten sie, bis die Sonne im Osten einen neuen Tag ankündigte, und ließen sich im dichten Unterholz des Waldes nieder, um sich eine Weile auszuruhen. Doch Kaynes Gedanken kreisten wild umher, und er brauchte lange, bis ihm die Augen zufielen.

Kapitel 9

Intrigen

»Darian, Aramia!« Die aufgeregte Stimme von Kaya, begleitet von ungeduldigem Klopfen, riss Darian aus seinen Träumen. Benommen richtete er sich auf und musste schmunzeln, als er bemerkte, dass seine Gefährtin – vermutlich aus einem Dunkelelfenreflex heraus – bereits ihr Schwert in der Hand hielt. Das lange Haar floss ihr über die Schultern, die grünen Augen funkelten wild. Sie trug lediglich ein dünnes Nachtgewand, und ihre sinnlichen Kurven zeichneten sich verführerisch darunter ab. Manchmal beneidete er sie um diese ausgeprägten Kriegerreflexe, die er sich erst mühsam angeeignet hatte, doch innerhalb der sicheren Mauern von Northcliff schlief er meist tief und fest.

»Was ist denn los, Kaya?« Aramia legte ihr Schwert beiseite, ging zur schweren Eichenholztür und schob den Riegel zurück.

Die Königin stand in der Tür, sichtlich aufgelöst und in Reitkleidung. »Toran ist verschwunden. Ist Leána in ihrer Kammer?«

Darian gähnte lautstark und zuckte die Achseln. »Ich muss gestehen, es ist schon lange her, dass ich kontrolliert habe, ob meine Tochter auch im Bett liegt, bevor ich mich selbst zur Nachtruhe begebe. Als ich es das letzte Mal getan habe, endete es ausgesprochen peinlich für mich, denn da lag ein junger Halbelf neben ihr.«

Grinsend wandte sich Aramia Kaya zu. »Vielleicht ist Toran ja nur ausgeritten.«

»Niemand hat ihn gesehen. Nicht einmal die Stallburschen

oder die Wachen.« Unruhig schritt Kaya im Zimmer auf und ab. »Entweder er wurde entführt oder …«

»Oder?« Darian hob seine Augenbrauen.

»Die jungen Leute haben uns überlistet und sind heimlich aus der Burg verschwunden«, fügte Aramia gelassen hinzu. »In diesem Fall sollten wir irgendwo eine Nachricht finden. Vielleicht in Leánas Kammer.«

Hastig warf sich Aramia ihren Umhang über, gürtete diesen mit einer Kordel und machte sich auf den Weg. Auch Darian zog sich rasch eine Hose an und stopfte das Hemd hinein.

»Kaya, ich könnte sogar verstehen, wenn sie uns ausgetrickst haben«, versuchte er seine Freundin zu beschwichtigen.

»Am Ende ist doch etwas Schlimmes geschehen.«

Aramia war bereits dabei, Leánas Kammer zu durchsuchen. Das Bett war unberührt – oder frisch gemacht –, ihre Festgewänder hingen im Schrank. Schwert, Bogen und Reisekleidung hingegen waren verschwunden.

»Keine Nachricht«, murmelte Aramia und flocht sich geistesabwesend einen Zopf.

»Vielleicht sind sie ja doch nur zusammen ausgeritten«, überlegte Darian.

»Und wozu dann diese Heimlichkeit?« Kaya biss sich auf die Lippe und verließ hastig den Raum. Darian und Aramia folgten ihr. »Ich muss alle Bediensteten befragen.«

»Ich denke, das sollten wir.« Auch wenn Darian das Gefühl hatte, dass die jungen Leute nur der Kontrolle hatten entkommen wollen, machte sich dennoch eine gewisse Unruhe in ihm breit. Ganz ohne ein Wort wäre Leána nicht gegangen, dafür war sie zu verantwortungsbewusst.

Am Ende der Treppe stand Murk, der wie immer viel zu groß für jeden geschlossenen Raum wirkte.

»Morgen, Darian, Aramia, Kaya!« Er verbeugte sich und warf dabei eine Vase von der Balustrade. Als diese scheppernd zerbarst, grinste er verlegen.

»Guten Morgen, Murk.« Aramia strich ihm sachte über den Arm und wollte an ihm vorbeigehen.

»Wartet. Habt ihr schon Frühstück gemacht?«

»Nein, Murk, dafür haben wir keine Zeit. Toran und Leána sind verschwunden.«

»Oh.« Er blickte zu Boden.

»Du kannst bei der Suche helfen«, schlug Darian vor.

Die beiden Frauen waren schon weitergegangen, aber Murk hielt ihn fest. »Warte. Erst Frühstück!«

»Murk, ich habe jetzt keine Zeit.«

»Darian, bitte, mach's!« Der Halbtroll blinzelte ihn derart flehend an, dass Darian misstrauisch wurde.

»Weshalb in aller Welt soll ich denn zuerst frühstücken? Ist Leána am Ende im Thronsaal und wartet dort?«

»Nö.« Entschieden schüttelte Murk sein grüngraues Haupt.

»Was denn dann? Jetzt sprich schon!«

»Darf nicht! Erst nach Frühstück.«

»Sagt wer?« Darian stemmte seine Hände in die Hüften und ließ Murk nicht aus den Augen.

»Hm.« Murk wollte sich abwenden, aber Darian hielt ihn fest.

»Murk, hat Leána dir irgendetwas aufgetragen, das du erst nach dem Frühstück sagen darfst?«

»Nö, ich soll nichts sagen!«

»Das ist schon klar, aber nach dem Frühstück, da darfst du es sagen?« Als Murk erneut verneinte, wunderte sich Darian. Er kannte den Halbtroll schon lange genug, um zu wissen, dass dieser etwas verbarg. Daher fasste er ihn an seiner lederartigen Hand, zerrte ihn mit sich zur Küche und schnappte sich das erstbeste Stück Brot, stopfte dieses in seinen Mund und nickte dann.

»Also, ich habe gegessen. Jetzt sprich!«

Ein tiefes und ausgesprochen erleichtertes Seufzen entstieg Murks Kehle, und er holte ein Blatt Pergament aus seinem Lendenschurz hervor.

»Da, von Leána«, grinste er. »Hat gesagt, ich darf's dir erst nach dem Frühstück geben!«

Darian verdrehte die Augen, entfaltete das Schriftstück und las hastig. Gleich darauf rannte er los und fand Kaya draußen im Burghof, wo sie ihre Wachen zusammenstauchte.

»Was soll ich denn mit einem Haufen Stümper, der nicht einmal verhindern kann, dass der Prinz von Northcliff einfach aus der Burg verschwindet?«, tobte sie.

Mit unbewegten Mienen standen die Männer vor ihr, und gerade trat Sared vor, wohl, um sich der Vorwürfe zu stellen. Ein ernster Zug lag um seinen Mund, dem der Kinnbart und seine Hakennase eine zusätzliche Strenge verlieh.

»Kaya, sie trifft keine Schuld«, rief Darian jedoch von Weitem, und ein leises Seufzen entfuhr den Soldaten. »Leána hat einen Brief geschrieben, und ich gehe davon aus, sie haben die Geheimgänge benutzt.«

Mit einer Handbewegung entließ Kaya die Männer, aber Sared verneigte sich dennoch. »Ihr seid vollkommen im Recht, meine Königin. Ich sollte häufiger die Eingänge kontrollieren.«

»Schon gut, Sared«, sagte Kaya geistesabwesend, während sie den Brief las. »Du bist einer der wenigen, die die Zugänge überhaupt kennen. Du kannst nicht überall sein.«

Der hochgewachsene Mann salutierte und ging aufrecht, wie es sich für einen Soldaten gehörte, davon.

»Mach dir keine Sorgen, Leána hat geschrieben, sie werden regelmäßig Nachrichten durch die Postreiter nach Northcliff senden lassen.«

»Ja«, gab sie widerstrebend zu, trotzdem funkelte sie Darian anklagend an. »Sie hätten sich dennoch an unsere Abmachung halten sollen. Sicher steckt *deine Tochter* dahinter.«

»Das wage ich nicht zu bestreiten.« Darian zwinkerte ihr zu. »Lass ihnen dieses kleine Abenteuer!« Als er Aramia an der Burgmauer entlangeilen sah, winkte er sie herbei. »Murk hat mir eine Nachricht von Leána gegeben.«

Auch seine Gefährtin lächelte nun erleichtert, las kurz und hob die Schultern. »Dann ist alles gut.« Sie legte einen Finger an ihre Nase, dann grinste sie verschmitzt. »Einen kleinen Denkzettel hätten sie allerdings trotzdem verdient.«

»Woran denkst du?«, wollte Darian wissen.

»Wir schicken einige Soldaten, die ihre Spur verfolgen sollen. Lass die drei ruhig ein wenig um ihre neu gewonnene Freiheit bangen. Dann werden sie umso besser auf sich achten und sich so gut verstecken, dass selbst wenn ihnen jemand etwas Böses will, sie niemand aufspüren wird.«

»Also gut!« Kaya blickte in den Himmel. »Mögen die Götter ihre Reise beschützen – und mich von meiner Gluckenhaftigkeit befreien!«

Lachend nahm Darian sie in den Arm. »Toran wird diese Reise sicher niemals vergessen und daran wachsen!«

Nur mühsam konnte Leána ein Kichern unterdrücken, als sie bemerkte, wie sich Kaynes Gesicht im Schlaf unwillig verzog. Selbst wenn er nicht aufwachte, spürte er wohl doch die Tropfen, die ihm auf Nase und Wangen fielen. Ein winziger Kobold mit grünem Gesicht und spitzen Ohren saß über ihm und presste eines der dicken, lederartigen Blätter des Anduranbaumes aus, unter dessen mächtigem Stamm Kayne schlief. Ein Baumgeist, eines der friedlichsten Elementarwesen von Albany, schwirrte um den frechen Kobold herum. Baumgeister galten als Bewahrer der Natur und konnten es nicht leiden, wenn andere Wesen Pflanzen mutwillig beschädigten. Aber der Kobold riss immer neue Blätter ab, um Kaynes Gesicht zu besprenkeln.

»Leána!« Siahs empörte Stimme ließ Kayne nun doch aufschrecken. Die kleine Nebelhexe kam gerade vom nahe gelegenen See und hatte die Wasserbeutel gefüllt, ließ diese aber fallen und warf mit einem Stein nach dem Kobold. Erstaunlich präzise traf sie ihn an der Hand, woraufhin der freche Kerl sofort verschwand.

Als Kayne sich über das Gesicht fuhr, verwischte er den grünen Saft nur noch mehr, und Leána brach in Gelächter aus.

»Warst du das etwa?«, schimpfte er.

»Nein«, gluckste Leána, reichte ihm jedoch mit einer versöhnlichen Geste ein Tuch. »Ein Kobold.«

Kritisch wanderte sein Blick in die Höhe. »Ich sehe keinen.«

»Siah hat ihn verscheucht. Guter Wurf übrigens.« Leána verneigte sich in Richtung ihrer Freundin.

Mit grimmiger Miene versuchte Kayne, sich den klebrigen Saft wegzureiben.

»Jetzt siehst du selbst wie ein Kobold aus«, lachte Leána.

»Der einzige Kobold, den ich hier sehe, hat lockige schwarze Haare und ein unverschämt breites Grinsen im Gesicht«, grollte er und warf das grün verschmierte Tuch nach ihr. »Bist du sicher, dass Darian tatsächlich dein Vater ist? Ich hätte da ja eher einen Kobold in Verdacht.«

Leána ließ sich nicht provozieren. »Ganz sicher – schließlich behaupten alle, ich hätte seine wunderbaren blauen Augen.« Übertrieben klimperte sie mit ihren Wimpern. »Und seine Fähigkeit, die Sprache der meisten anderen Wesen zu verstehen, stammt ebenfalls von ihm.«

»Irgendwo in eurer Familie *muss* sich ein Kobold verbergen.« Kayne nahm einen Wasserbeutel von Siah entgegen und goss sich einen ordentlichen Schwall über das Gesicht, bevor Leána auch nur einen Warnruf ausstoßen konnte. »Nicht!«

»Weshalb nicht?«

Selbst Siah schlug eine Hand vor den Mund und musste lauthals loslachen. Kaynes gesamtes Gesicht hatte eine apfelgrüne Tönung angenommen, sogar die Bartstoppeln glänzten in der Sonne. Jetzt erhob sich auch Toran von seinem Lager, warf den beiden kichernden Mädchen einen verwirrten Blick zu, bevor er Kayne ansah.

»Was ist denn mit dir los?«

»Oh, Kayne«, Leána wischte sich die Tränen aus den Augen,

»wusstest du nicht, dass man den Saft des Anduranbaumes niemals mit Wasser wegwischen darf? Jetzt wirst du mindestens drei Tage lang deine Freude daran haben.« Aus den Zweigen ertönte ein unterdrücktes Lachen, kurz spitzte eine lange Nase hinter dem Stamm hervor, verschwand jedoch eilig wieder.

Beinahe rechnete Leána damit, dass Kayne nun endgültig allein weiterreisen wollte oder zumindest den ganzen Tag über mürrisch sein würde. Doch stattdessen sprang er zu ihr, rieb seine Wange an ihre und drehte sich dann zu den anderen um. »Gut, jetzt wird man uns im Wald zumindest nicht so schnell entdecken!«

»Du bist unmöglich, Kayne«, tadelte Leána ihn.

»Dann befinde ich mich in bester Gesellschaft.«

Toran stellte sich neben Siah und legte ihr eine Hand auf die schmale Schulter, woraufhin sogleich ein zartes Rot ihr Gesicht überzog.

»Und von mir behaupten sie immer, ich sei ein Kindskopf. Auch wenn ich der Jüngste bin, bin ich doch der Vernünftigste.«

Siah lächelte nur, aber Leána ging zu ihrem Cousin und verwuschelte ihm die Haare. »Ja, Toran, ganz sicher!« Eilig drückte sie auch ihm ihre Wange an die Nase, was ihn empört aufschreien ließ.

»Da seht ihr's!«

»Die grüne Farbe bekommt man übrigens halbwegs ab, wenn man sich mit Erde abreibt«, erklärte sie und demonstrierte dies auch sogleich. »Nur für Kaynes Bart sehe ich schwarz – oder eher grün!«

Tatsächlich waren Leána und Toran bald zum größten Teil von der klebrigen Masse befreit, nur Kayne ähnelte im Augenblick eher einem Kobold oder einem Waldtroll, und Leána musste während des Frühstücks immer wieder schmunzeln.

»Gut, wo wollen wir hin?«, fragte sie schließlich.

Toran hob seine Schultern. »Ins nördliche Zwergenreich eher

nicht, denn dorthin hatten wir unsere Reise ja ursprünglich geplant.«

»Weshalb nicht?«, erkundigte sich Leána unternehmungslustig, während sie ihren Hengst sattelte und ihm einen Klaps versetzte, als er nach Kayne schnappte. »Er ist kein grüner Apfel, auch wenn er so aussieht.«

»Na ja«, erläuterte Toran, »dort wird man uns doch zuerst suchen.«

»Eben nicht. Sie werden denken, wir reisen nicht zu Edur, weil wir das verkündet haben. Wenn wir es doch tun, haben wir sie überlistet. Andererseits könnte Mutter ebenfalls zu diesem Schluss kommen. Also müssten wir doch überlegen, eine andere Route zu wählen.«

»Ist das jetzt Dunkelelfenlogik?« Kayne hob fragend seine Augenbrauen.

»Vermutlich«, bestätigte Toran.

»Wo möchtest du denn hin, Siah?«, wollte Leána wissen.

Die blonde junge Frau wirkte beinahe schon erschrocken. Selten tat sich Siah durch Einfälle hervor und schloss sich lieber den anderen an. Aber auf dieser Reise wollte Leána sie endlich mal aus der Reserve locken.

»Ich weiß nicht, ihr kennt euch besser aus. Ich habe die Nebelinsel selten verlassen.«

»Aber du kennst die Karten, hast immer zugehört, wenn wir anderen von unseren Reisen erzählt haben. Also los!«

Unsicher rieb sich Siah ihre zierliche Nase. »Vielleicht nach Süden zum Kratersee?«

»Gut, auf nach Süden!« Leána zog den Sattelgurt fest. »Und jetzt los, ihr Schlafmützen, sonst müssen wir wieder die ganze Nacht hindurchreiten, wenn wir vorankommen wollen.«

»Wir sollten uns zunächst ein wenig östlich halten«, schlug Kayne vor. »Dort sind die Wälder dichter. Es gibt wenig Pfade, und man wird uns nicht so leicht entdecken, sollte Kaya Soldaten nach uns ausgesandt haben.«

»Ich hoffe, das hat sie nicht«, murmelte Toran.

Schon setzten sich die vier in Bewegung, während ein grüner Kobold sich noch immer diebisch über seinen Streich freute.

Mittlerweile hatte auch Elysia mitbekommen, dass Toran, Leána und Siah aus der Burg verschwunden waren. Dass auch Kayne sich nicht mehr in Northcliff aufhielt, war bisher nur ihr aufgefallen. Doch in seiner Kammer fehlten einige Kleidungsstücke, Gold und Silbermünzen hatte er ebenfalls mitgenommen. Der Junge hätte nun wirklich ein Wort sagen können. Oder war er allein verschwunden? Doch nein, daran wollte Elysia nicht denken. Sicher tat er nur das, was sie, seine Mutter, ihm aufgetragen hatte. Hoffentlich würde er eine Nachricht senden, wo er und seine Freunde sich aufhielten.

Jetzt hatte sie aber einen anderen Auftrag zu erfüllen. Nur selten verließ Elysia die Burg, und eine geübte Reiterin war sie auch nicht. Daher ließ sie sich unter dem Vorwand, ihr neues Haus in Culmara sehen zu wollen, von einer Kutsche dorthin bringen. Doch anstatt zu dem alten Herrenhaus von Fehenius, dem ehemaligen Regenten über Northcliff, zu gehen, begab sich Elysia an den Südrand der Stadt und verschwand eilig im Wald. Leise fluchend stapfte sie durch das Unterholz. Ihre Schuhe mit den hohen Absätzen behinderten sie beim Laufen. Dornen zerrten an ihrem Kleid, und bald war sie völlig außer Atem. Sie konnte die Wildnis nicht ausstehen, zudem besaß sie keinen guten Orientierungssinn. Jedes Knacken ließ sie zusammenfahren, hinter jedem Busch vermutete sie einen Waldtroll. Zwar herrschte grundsätzlich Frieden zwischen Trollen und Menschen, aber es war auch gemeinhin bekannt, dass nicht bis zu allen Trollrotten Murks Verbot vorgedrungen war, keine Menschen mehr ausrauben oder töten zu dürfen. Und ob sie in Murks Augen als Freund zählte, den man dem einfachen Trollgesetz – *Mensch Freund, nicht essen!* – nach verschonen musste, war ebenfalls mehr als fraglich.

Baumgeister und einige der kleinen Heidefeen tanzten um Elysia herum. Diese Elementargeister waren ihr ebenfalls suspekt, denn Gerüchten zufolge übermittelten sie Zauberern Botschaften. »Verschwindet!«, kreischte sie daher und hieb wild um sich, wobei sie beinahe über einen abgebrochenen Ast stolperte.

Elysia war den Tränen nahe, doch zumindest verschwanden die lästigen Wesen mit einem Mal, allerdings hielt die Freude nicht lange an, denn hinter dem nächsten Gebüsch ertönte ein grunzendes Geräusch, und etwas Braunes wurde sichtbar.

»Hilfe! Ein Troll!«, schrie Elysia und hastete, ihre Röcke bis zum Knie gerafft, durch Farn und Brombeersträucher. Ihr Hilferuf war umsonst, denn niemand würde sie hier draußen hören, das war ihr schmerzlich bewusst, doch Elysia von Rodvinn gab nicht so rasch auf. Sie würde um ihr Leben rennen!

»Bleib doch stehen, du dummes Geschöpf!«

Diese Stimme kannte sie. Ruckartig drehte sich Elysia um, übersah prompt ein Kaninchenloch und schlug der Länge nach hin. Ihr Knie blutete, das hübsche Kleid war endgültig ruiniert, und wimmernd richtete sie sich wieder auf.

Vor ihr saß ihre Schwester auf einem kräftigen Braunen, eher ein Kutsch- als ein Reitpferd, und musterte sie strafend.

»Was rennst du denn schreiend und heulend durch den Wald? Soll man dich denn auf drei Meilen Entfernung hören?«

»Da war etwas – im Gebüsch«, jammerte Elysia. »Sicher ein Troll.«

»Troll!« Selfra schnaubte abfällig. »Trolle sind unser geringstes Problem, und so weit im Norden sind diese dämlichen Geschöpfe ohnehin friedlich. Wo ist dein Pferd, Elysia?«

»Ich bin zu Fuß hier«, schniefte sie.

»Bei den Göttern des Meeres«, schimpfte Selfra. »Sagte ich nicht, du sollst hierherreiten – in unauffälliger, zweckmäßiger Reisekleidung?«

»Dieses Kleid ist unauffällig«, behauptete Elysia beleidigt. »Es ist grün.«

»Grün, mit Spitzen und Silbernähten.«

Diesen anklagenden, belehrenden und auch abfälligen Tonfall hatte Elysia schon gehasst, als sie noch ganz klein gewesen war. Stets hatte sie im Schatten ihrer älteren Schwester gelebt und war erst mit dem Erblühen ihrer jugendlichen Schönheit daraus hervorgetreten, denn schön war Selfra nie gewesen. Doch dieser Vorteil war von kurzer Dauer gewesen und nun verspielt – jetzt hatte Selfra wieder die Oberhand.

»Wie gut, dass ich vorgesorgt habe.« Sie löste ein Bündel vom Sattel und warf es ihr zu. »Zieh dich um, wir reiten gemeinsam auf meinem Ross.«

»Ich soll mich hier – mitten im Wald – umkleiden?«, empörte sich Elysia. »Ohne Vorhang und Zofe?«

»Du kannst auch den Rest deines Lebens in Fehenius' Ruine versauern – meinetwegen mit Zofe und Vorhang!«

»Ist ja schon gut.« Widerwillig entledigte sich Elysia ihrer hübschen Kleider, die ihr so einiges bedeuteten.

Aus dem Augenwinkel beobachtete sie, wie ihre Schwester sich schwerfällig vom Pferd gleiten ließ.

»Wir müssen uns nun zusammenreißen und anstrengen und vielleicht auch Dinge tun, die uns zunächst nicht behagen«, beschwor Selfra sie und fasste sie an den Schultern. »Wir beide gehören in die Burg. Wir wollen Albany lenken. Nicht diese dahergelaufene Gemeine sollte auf dem Thron sitzen, sondern Kayne, oder etwa nicht?«

»Natürlich sollte er das!« Mit gerümpfter Nase zog sich Elysia einen weiten Rock aus Leinen an, eine unscheinbare graue Bluse sowie einen schwarzen Umhang.

»Gut, Schwester. Wir haben mehrere Optionen, dies zu erreichen. Eine wird zum Erfolg führen. Ich habe mich um Egmont und seine Tochter gekümmert. Gestern hat der junge Prinz einige Male mit Denira getanzt – das ist ein guter Anfang. Nun werde ich nach Süden aufbrechen, um Weiteres in die Wege zu leiten. Aber du musst dich mit jemandem treffen, der unserer Sache äußerst dienlich sein kann! Er wartet im Roten Kessel.«

»Im Roten Kessel?«, rief Elysia aus. »In dieser Spelunke sollen sich Dunkelelfen der 'Ahbrac herumtreiben!«

»Er ist ein 'Ahbrac, Dummchen!«

Kapitel 10

Zwielicht

Leichter Nebel hing zwischen den Laub- und Nadelbäumen. Hier und da brach die Sonne durch die Baumkronen und beleuchtete Moos, Farne und den weichen Waldboden mit diesem besonderen Zwielicht. Schon immer hatte Leána die mystische Stimmung in den uralten Wäldern von Albany geliebt. Große Teile der Nebelinsel waren baumlos, von Heidekraut und Felsen überzogen, auch wenn es manche Haine gab. Durch den beständigen Wind auf ihrer Heimatinsel gedieh vieles nicht so gut. Hier auf dem Festland war der Baumbestand sehr viel älter, die Bäume knorriger, verwachsener. Zahlreiche Lebewesen bevölkerten die dichten Wälder, von Rotwild über Bären und Wölfen bis hin zu Waldtrollen und winzigen Gnomen, die sich nur selten zeigten.

Gerade kreuzte eine Wölfin mit zwei Jungen ihren Weg, verharrte kurz und verschwand dann zwischen zwei hohen Felsen.

»Was ist eigentlich aus dieser Wölfin geworden, die dich so lange begleitet hat?«, erkundigte sich Kayne, nachdem sie eine ganze Weile schweigend nach Süden geritten waren.

»Fenja.« Traurig spielte Leána an der Mähne ihres Pferdes herum. »Sie war schon alt und ist im letzten Winter zu ihren Ahnen gegangen.«

»Das tut mir leid.« Kayne klang wirklich mitfühlend, obwohl Leána wusste, dass ihm ihre wölfische Freundin nie ganz geheuer gewesen war. »Und die Fledermaus?«

»Vhin?« Leána musste schmunzeln. »Der erfreut sich bester

Gesundheit. Nur verlässt er die Nebelinsel nicht mehr gerne, seitdem deine Mutter ihn mit einem Teppichklopfer durch die halbe Burg gejagt hat.«

Kayne räusperte sich verlegen, fuhr sich über seinen grün gefärbten Stoppelbart, der sein Grinsen ausgesprochen koboldhaft erscheinen ließ. »Sie hat ihn für einen geflügelten Dämon gehalten und wollte ihn krampfhaft von mir fernhalten.«

»Mit einem Teppichklopfer.« Kritisch runzelte sie ihre Stirn, aber er zuckte entschuldigend mit den Schultern.

»Das war offenbar das Erstbeste, das sie in die Hände bekam. Und sie konnte ja schließlich nicht wissen, dass eine gewisse Nebelhexe ihr eigenartiges Haustier von der Nebelinsel mit auf die Burg gebracht und es zudem unerlaubterweise in meiner Kammer versteckt hatte.«

»Ja, Elysia und ich hatten schon immer unsere Differenzen.« Als sie den Schatten bemerkte, der über Kaynes Gesicht huschte, wechselte sie rasch das Thema. »Was denkst du, sollen wir diese Nacht wieder im Wald verbringen oder uns in eines der Dörfer wagen?«

»Man könnte uns erkennen, und die Kunde könnte schon bald Northcliff erreichen.«

»Mag sein«, stimmte sie zu. »Andererseits sind wir vier unauffällig gekleidete junge Leute, und mir ist schon oft aufgefallen, dass man Toran oder mich nur dann erkennt, wenn wir auch in den Farben von Northcliff und mit Geleitschutz irgendwo auftauchen.«

»Besonders ich mit meinem grünen Gesicht bin ausgesprochen unauffällig«, stimmte er mit der Selbstironie zu, die Leána an ihm während der letzten Zeit vermisst hatte. Früher war er viel mehr zu Späßen aufgelegt gewesen, während der vergangenen Monde viel zu ernst und verbittert.

»Also gut, dann lass den Wald unser Zuhause sein«, lachte sie, hob beide Hände gen Himmel, was Maros sofort ausnutzte und einen Sprung zur Seite machte.

»Pass auf, Leána, sonst brichst du dir noch das Genick, und das war's dann mit unserer Sommerreise!«, rief Toran von hinten.

»Wie Eure Majestät befiehlt.« Huldvoll neigte Leána ihren Kopf. »Für heute werde ich darauf verzichten, mir das Genick zu brechen und eine Banshee zu bemühen.«

»Du bist und bleibst unmöglich, Leána«, stöhnte Kayne.

Unter fröhlichem Gelächter ritten die vier Freunde weiter, folgten der mittlerweile hoch am Himmel stehenden Sonne nach Süden, und besonders Toran genoss seine neu gewonnene Freiheit.

»Du gehst in die Spelunke, sprichst mit Urs'Ahbrac und kehrst in die Burg zurück, bevor jemand dich vermisst hat«, beschwor Selfra ihre Schwester.

»Und wie erkenne ich diesen 'Ahbrac?«, klagte Elysia. Die ganze Sache war ihr mehr als unangenehm. »Kannst du das nicht für mich erledigen?«

»Verdammt, Elysia, du genießt seit über fünfundzwanzig Sommern die Bequemlichkeit von Northcliff, du kannst auch mal etwas für deinen Herrschaftsanspruch tun – ich habe andere Aufgaben«, polterte Selfra.

»Wie bist du überhaupt an Urs'Ahbrac herangekommen?«, wollte Elysia wissen. Sie hielt die Luft an, als das Pferd stolperte. Krampfhaft klammerte sie sich an der breiten Hüfte ihrer Schwester fest.

»Du schnürst mir ja die Luft ab!« Gereizt drehte sich Selfra zu ihr um. »Ich habe meine Kontakte, oder was glaubst du, weshalb du damals Königin geworden bist?« Höhnisch lachte sie auf. »Unseren einfältigen Eltern hast du das sicher nicht zu verdanken!«

»Sprich nicht schlecht von Mutter und Vater.« Elysia verneigte sich hastig nach Westen. »Sonst werden uns die Götter strafen.«

Die einzige Reaktion von Selfra bestand in einem abfälligen Schnauben.

»Nun sag schon, wie soll ich ihn erkennen?«

»In sein Schwert ist eine Kreatur eingeprägt, die einer Schlange ähnelt. Du weißt doch, diese Unterweltwesen – Mhortarra nennen sie die Dunkelelfen.«

»Mhortarra.« Allein schon der Name dieses Wesens, das sie nur aus Erzählungen kannte, ließ Elysia schaudern.

Bald wurde das Donnern von Wellen hörbar. An einem schmalen Trampelpfad hielt Selfra das Pferd an. »Steig ab. Folge dem Weg eine halbe Meile, dort liegt die Fischerspelunke. Lass dein Gesicht nicht sehen, und sei vorsichtig mit diesem 'Ahbrac.«

»Möchtest du nicht lieber, Selfra ...«

»Nein! Und jetzt geh.«

Am liebsten wäre Elysia in Tränen ausgebrochen, als das dicke Hinterteil des Braunen hinter der nächsten Biegung verschwand. Doch dann wurde sie wütend. »Selfra lässt mich die gefährliche Arbeit ausführen, und wer weiß, ob sie tatsächlich ein weiteres Treffen hat. Wahrscheinlich schlägt sie sich irgendwo in einem zivilisierten Gasthof den Bauch voll«, schimpfte Elysia vor sich hin und bemühte sich, mit den unförmigen Kleidern rasch vorwärtszukommen.

Das niedrige Lehmhaus an der Küste machte schon von außen einen schmuddeligen Eindruck. Karren mit Fisch, Krabben und Muscheln standen davor und verbreiteten einen strengen Geruch. Im Inneren war es nicht besser. Im Gegenteil – das Torffeuer im Kamin qualmte beinahe ebenso penetrant wie die Pfeifen der Fischer und Bauern. Der Boden klebte, und die Tische hatte sicher seit Tagen niemand mehr abgewischt. Düstere Blicke trafen Elysia. Die meisten Gäste sahen aus wie raue Seemänner, sogar zwei Trolle spielten in der Ecke ein Knochenspiel. Von einigen Gästen konnte man nicht einmal sagen, welcher Rasse sie angehörten, denn ihre Gesichter waren unter den Kapuzen ihrer Umhänge verborgen. Mit unsicheren Schritten durchquerte Elysia den Raum und versuchte, das Schwert mit dem eingeprägten Emblem zu entdecken. Doch das stellte sich als schwierig heraus. Nicht jeder trug seine Waffe offen mit sich herum. Nachdem die hölzerne Theke noch am saubersten wirkte, ließ sie sich dort auf einem hohen Schemel nieder, schlug die Beine übereinander und wartete.

»Was willst'n?« Der Wirt musste ein ehemaliger Bewohner der Nebelinsel sein, sein Gesicht sprach eindeutig von Trollblut, die langen Reißzähne bleckten sich zu einer Art Lächeln.

»Einen Kelch Wein«, bestellte Elysia und überlegte im gleichen Augenblick, ob es ratsam wäre, hier überhaupt etwas zu sich zu nehmen.

»Hamm wir nicht. Nur Bier.«

»Dann ein Krug Wasser.«

»Wasser? Was willst'n damit?«, grunzte der Wirt. Die Schultern des grobschlächtigen Wesens bebten, als er sich zu einer Schankmaid wandte, die gerade Brotfladen aus dem Ofen im hinteren Teil der Spelunke zog. »Hast du schon mal gehört, dass hier einer Wasser wollte, Lissi?«

»Dann gib mir eben Bier«, zischte Elysia, denn sie wollte keine Aufmerksamkeit erregen.

Der Wirt brummte zustimmend, knallte einen steinernen Krug auf die Theke und schlurfte zu einem der Tische in der Ecke.

Nervös trommelte Elysia mit den Fingern auf der Theke herum. Selten in ihrem Leben hatte sie sich derart unwohl gefühlt. »Wenn du wüsstest, was ich alles auf mich nehme für dein Wohlergehen, Kayne«, murmelte sie vor sich hin und fügte in Gedanken hinzu: *Wenn alles so läuft, wie Selfra und ich es uns wünschen, muss Kayne diese vorlaute, ungehobelte Nebelhexe nicht einmal heiraten, was mir sehr entgegenkäme. Das wäre nur die letzte unserer Optionen.*

Ungeduldig drehte sie sich nach links und stieß einen unterdrückten Schrei aus, als dort wie aus dem Nichts eine schlanke Gestalt in einem grauen Umhang saß.

»Musst du mich so erschrecken?«, fuhr sie ihn an.

»Die unterentwickelten Sinne der Menschen haben mich schon immer verwundert«, erfolgte die überhebliche Antwort aus den Tiefen der Kapuze heraus. »Eigentlich hättet ihr schon längst aussterben müssen.« Die harte Aussprache ließ einen Dunkelelfen vermuten, der es nicht gewohnt war, häufig die Worte der Oberfläche zu benutzen.

Elysia hielt die Luft an, verrenkte sich, um einen Blick auf die Waffe des Fremden zu erhaschen, doch lediglich eine tödlich scharfe Schwertspitze blitzte unter seinem Umhang hervor. Die feingliedrige, dunkelhäutige Hand, die ein kleines Silberstück auf die Theke legte, bestätigte zumindest ihren Verdacht – hier handelte es sich um einen Dunkelelfen.

Sie zögerte, spielte an ihrem Bierkrug herum und beobachtete, wie ihr Gegenüber bei dem Halbtroll einen Becher Morscôta bestellte. Blitzschnell fuhr seine schlanke Hand zum Hemdskragen des Wirts. »Und gib mir den guten aus dem nördlichen Zwergenreich, nicht diesen Fusel, den Hafrans kleinwüchsige Untertanen über die Grenze karren, weil sie ihn selbst nicht einmal zum Polieren ihrer Rüstungen verwenden wollen.«

»Hm. Hät dir nichts andres gegeben«, versicherte der Halbtroll hastig.

Der Dunkelelf ließ ihn los, lehnte sich mit der seiner Rasse eigenen Eleganz an die Theke und beobachtete scheinbar unbeteiligt den Raum.

Elysia wusste nicht, was sie tun sollte. Außer diesem Dunkelelfen war niemand hier, der sich für sie interessierte, und Selfra hatte diesem 'Ahbrac doch sicher eine Beschreibung von ihr zukommen lassen. Schließlich fasste sie all ihren Mut zusammen.

»Kann ich Euer Schwert sehen?«, flüsterte sie und streckte eine Hand aus.

Blitzschnell umschlangen sie kühle, schlanke Dunkelelfenfinger. »Der Letzte, der sich meinem Schwert genähert hat, hat beide Hände verloren, Lady.«

»Huh!« Eilig beugte sich Elysia zurück, doch der Dunkelelf hielt sie weiterhin fest, Augen, deren Farbe sie nicht erkennen konnte, funkelten sie aus der Kapuze hervor an.

Zumindest hat er mich Lady genannt, dachte sie und wagte einen neuen Vorstoß.

»Seid Ihr ein 'Ahbrac?«, wisperte sie.

Er beugte sich näher zu ihr heran, dämpfte auch seine Stimme. »Und wenn dem so wäre?«

»Dann seid Ihr der, den ich suche!«

»Nun denn.«

»Seid Ihr nun Urs'Ahbrac?«, zischte sie ungehalten.

»Wer seid Ihr denn?«

»Das tut nichts zur Sache!« Die Spielchen dieser dunkelhäutigen Kreatur gingen Elysia gehörig auf die Nerven. Sie wusste wenig über Dunkelelfen, hatte stets Angst vor ihnen gehabt, und auch jetzt rann ihr bereits Schweiß den Rücken herunter.

»Wollt Ihr nun mit mir ins Geschäft kommen?«

»Ein gutes Geschäft sollte man sich niemals entgehen lassen.«

Elysia erhob sich und bedeutete dem Dunkelelfen, ihr zu folgen. Dieser ließ sich aufreizend langsam von seinem Hocker gleiten, trank einen Schluck und nickte anerkennend mit dem Kopf, dann setzte er sich endlich neben Elysia in die dunkelste Nische der Gaststube.

»Ich habe Gold.« Nervös nestelte sie an dem Säckchen herum, das unter ihrem Umhang verborgen war, und legte es vor dem Dunkelelfen auf den Tisch.

»Meinem Volk liegt nur wenig an Gold und Edelsteinen. Für das, was ich tun soll, erwarte ich mehr.«

»Verdammt noch mal …« Elysia zwang sich, leise zu sprechen. »Nun gut, wenn Kaya erst tot ist und die herrschen, die dazu bestimmt sind, werde ich Euch geheime Informationen geben, wie Ihr die letzten Elfen aus ihrem Reich vertreiben könnt.«

Das sollte ihm genügen. Schon immer hatten die 'Ahbrac das Elfenreich für sich beanspruchen und zu ihrem machen wollen.

»Wer einen Northcliff tötet, ist verflucht.«

»Verdammt, Kaya ist keine geborene Northcliff«, presste Elysia hervor. »Der Fluch wird dich nicht treffen. Die Northcliffs haben euch 'Ahbrac übel mitgespielt, also sieh zu, dass du dich an die Abmachung hältst.«

Elysias Gegenüber sprach keinen Ton, sie konnte den durchdringenden Blick nur spüren. Ihr Herz pochte bis zum Hals. Doch da ergriff der Dunkelelf endlich das Goldsäckchen und stand auf. Schlangengleich, wie ein düsterer Schatten. Wenn es irgendjemandem gelingen sollte, Kaya zu ermorden, dann einem Wesen wie diesem.

»Einem jeden soll seine gerechte Strafe zuteilwerden.«

Wenige Lidschläge später war der Dunkelelf aus dem Raum verschwunden, und Elysia ließ sich erleichtert zurücksinken – sie hatte ihre Aufgabe erfüllt.

Die Männer, mit denen sich Selfra traf, hätten gegensätzlicher nicht sein können. Der eine über sechs Fuß groß, schlank und durchtrainiert, das Gesicht in den Tiefen seines Umhangs verborgen. Der andere reichte sogar Selfra gerade einmal bis an die Schulter. Sein grauer Bart stand ihm ein ganzes Stück weit vom Gesicht ab und ließ Mund und Nase lediglich crahnen. Niemand nannte einen Namen – ein stillschweigendes Abkommen, eine Vorsichtsmaßnahme, denn obwohl sie hier in dieser kleinen Grotte am Meer ungestört waren, so gab es doch andere Wesen. Elementargeister, Kobolde oder Gnome, die etwas mithören und weitertratschen konnten, was nicht für fremde Ohren bestimmt war. Selfra ging vorsichtig vor – und handelte damit im Sinne ihrer Begleiter, denn diese Angelegenheit war delikat.

Der Zwerg mit dem buschigen Bart kaute schon die ganze Zeit auf einem Stück Tabak herum und überspielte wohl so seine Nervosität.

»Ich bin mir sicher, Euer König Hafran ist ebenso empört über die Entwicklungen im Menschreich, wie es auch ein

Großteil der Bevölkerung ist. Nebelhexen, die frei unter uns leben, Trolle als gleichberechtigte Handelspartner – ist das nicht ein Skandal?«

»Ich hörte«, bellte der Zwerg, »Kaya sei beim Volk äußerst beliebt.«

Selfra verzog das Gesicht. Niemals hatte sie den Zwerg anders als in diesem militärischen Tonfall sprechen hören. Vielleicht konnte er es nicht besser.

»Das Volk«, höhnte Selfra. »Das Volk liebt den, der ihnen Gutes tut. Natürlich sind sie im Augenblick begeistert. Kaya ist eine aus ihren Reihen.« Sie stieß ein empörtes Schnauben aus. »Eine Gemeine, die sich das Herz von Atorian von Northcliff durch eine Lüge erobert hat.«

»Lüge?«

»Glaubt Ihr im Ernst, Kaya wäre die Wiedergeburt der verstorbenen Lorana von Northcliff?« Sie lachte hell auf. »Ich bitte Euch. Wer glaubt schon diesen Unsinn?«

Der Zwerg grummelte etwas in seinen Bart, dann machte er eine ungeduldige Handbewegung. »Was haben wir davon, wenn Kaya gestürzt wird?«

»Nun, sobald Kayne an der Macht wäre, könnten meine Schwester und ich Euch dabei helfen, dass Eure Verwandten im Norden endlich zurück nach Hôrdgan kommen, so wie es Euer König schon lange will. Sie stünden nicht mehr unter dem Schutz der Soldaten von Northcliff. Ihr könntet deren fruchtbareres Land euer Eigen nennen und würdet auch wieder mit der alleinigen Lieferung von Waffen betraut werden, wenn wir die verfluchten Dunkelelfen in ihr finsteres Reich verbannt haben.« Sie kraulte den Zwerg am Bart, was diesen zunächst irritiert zurückweichen ließ, dennoch blieb er stehen. Misstrauisch, aber durchaus interessiert. »Ihr könntet uns helfen, die Zugänge ins Unterreich ein für alle Mal zu verschließen«, schmeichelte sie. »Das Volk der Zwerge verfügt über großes Wissen, was Fels und Stein betrifft.«

»So ist es«, bellte der Zwerg, und seine mit Eisen beschlagene Lederrüstung knarrte, als er sich streckte. »Dunkelelfen gehören nicht an die Oberfläche, und unsere verweichlichten Verwandten im Norden sind eine Schande für unser Volk!« Er spuckte einen bräunlichen Schleimbrocken auf den Höhlenboden und verfehlte Selfras Schuhe nur um Haaresbreite.

Obwohl sie sich ekelte, blieb sie gelassen. »Dann sind wir uns einig? Ihr werdet Vorkehrungen treffen, damit die Zwerge von Hôrdgan sich gegen Northcliff erheben?«

»Bei Urghan, dem Erdvater!« Der Zwerg schlug seine Hacken zusammen, verneigte sich und stapfte aus der Höhle.

»Nun gut. Wenn er es bei seinem Gott verspricht, sollte uns die Unterstützung der Zwerge gewiss sein.« Der Mann schritt in der Höhle auf und ab. »Wie wollen wir weiter vorgehen?«

»Lasst bei denen, derer Gesinnung Ihr Euch sicher seid, weiterhin Groll gegen die Brut von der Nebelinsel entstehen. Andere werden ihnen folgen, und die guten alten Zeiten ohne Zauberei werden wiederkehren.«

»Der Hass und die Furcht vor den Halbwesen sind im Volk nicht mehr sehr stark vorhanden.«

»Bei den Alten sehr wohl, auch beim Adel.« Sie stellte sich dicht neben den großen Mann, und er streifte die Kapuze ab. »Hier eine Nebelhexenheilerin, die sich – rein zufällig – in ihren Kräutern vergreift. Dort ein Halbtroll, der sich nicht unter Kontrolle hat – und schon vergeht die Loyalität gegen Darians und Aramias Freunde wie Staub im Wind.«

»Ihr seid gerissen.« Das schmale Gesicht ihres Verbündeten zeigte ein zynisches Lächeln. »Nur bin ich mir nicht sicher, ob das genügt, um den Thron von Northcliff zu erobern.«

»Auch hier habe ich Vorkehrungen getroffen«, meinte Selfra gelassen. »Mag sein, dass wir Kaya bald los sind, und Toran ist jung, er wird sich leicht lenken lassen.«

»Ich werde mich bemühen, sie loszuwerden. Jedoch ist sie eine herausragende Kriegerin, gut bewacht und …«

»Sorgt dafür, dass der süße kleine Toran entführt wird. Er ist ohnehin irgendwo in Albany unterwegs, fernab von seinen Soldaten.«

»Wir können ihn nicht ermorden!« Das Gesicht ihres Verbündeten wurde fahl.

»Mein Guter, niemand soll ihn ermorden! Wir wollen nur die liebe Kaya ein wenig aus der Fassung bringen, vielleicht ergibt sich somit eine Gelegenheit, sich ihrer zu entledigen.«

»Und die Nebelhexe?« Die Augen ihres Gegenübers fingen beinahe fanatisch zu funkeln an.

»Ihr könnt sie haben, sobald Toran in unserer Hand und Kaya aus dem Weg ist.« Ihr Verbündeter spielte nervös an seinem Schwertknauf herum. »Ich sollte den Bärtigen wieder öfters zum Einsatz kommen lassen.«

Gespannt beugte sich Selfra zu ihm und lauschte seinen Ausführungen. Als er geendet hatte, war sich Selfra nicht ganz sicher, ob sich seine Pläne auch mit ihren vereinen ließen und ob ihr Partner nicht noch ganz andere Absichten verfolgte, die er vor ihr zu verbergen versuchte. Doch zuverlässige Verbündete waren schwierig zu finden – und dieser hier war ein Geschenk der Götter, denn er konnte sich unauffällig in Kayas Nähe aufhalten.

Kapitel 11

Verfolgt

Die Abenddämmerung hatte sich herabgesenkt, langsam wurde alles stiller, Ruhe legte sich über das Land. Vor den vier Freunden lag eine ausgedehnte Lichtung, hinter der sich ein Eichenhain erstreckte. Leána beobachtete, wie Dutzende von Heidefeen ihren Abendtanz aufführten, bevor sie sich für die Nacht in ihre Feenhügel zurückziehen würden. Sie bemühte sich, nicht zu schmunzeln, als sie bemerkte, wie klein Torans Augen inzwischen waren und er immer wieder verstohlen gähnte. Von ihnen allen war er lange Reisen am wenigsten gewöhnt.

»Ich denke, wir sollten noch bis zu dem Eichenwäldchen dort hinten reiten und uns dann ein Nachtlager suchen«, schlug sie daher vor.

»Unsere Vorräte sind nicht allzu üppig«, meinte Kayne. »Wir sollten jagen gehen.« Sein Blick wanderte zu dem kurzen Reiterbogen, der an Leánas Sattel befestigt war.

»Möchtest du?« Sie wusste, dass Kayne sie schon lange um diese Waffe beneidete, ein Geschenk ihrer Freundin Lharina, gefertigt im Elfenreich.

»Wenn du nichts dagegen hast.«

»Du wirst gut darauf achten.« Normalerweise gab Leána ihren Bogen nicht gern aus der Hand, aber Kayne war etwas anderes, er war ihr bester Freund, und selbst wenn er nicht zu den herausragendsten Bogenschützen von Northcliff zählte – seine Waffe waren Schwert und Magie –, so bereitete ihm die Jagd mit dem Bogen doch Freude.

»Wir treffen uns später.« Leána reichte ihm Bogen und Köcher, woraufhin Kayne sein Pferd wendete und am Waldrand in Richtung Osten davontrabte, während Leána, Toran und Siah im Schritt über die Lichtung ritten. Jetzt, da die Sonne verschwunden war, wurde es deutlich kühler. Bodennebel stieg auf, in der Ferne schnürte ein Fuchs vorbei.

Sie waren gar nicht mehr weit von den ersten Eichen entfernt, als Siah mit einem Mal ihr Pferd anhielt. »Wartet!«

»Was ist denn?«

Die kleine Nebelhexe runzelte die Stirn, blickte starr geradeaus. »Wir dürfen dort nicht hinein.«

»Weshalb denn nicht, dort ist doch …«

Genau in diesem Moment knackte es laut, nur wenige Schritte von ihnen entfernt. Maros warf seinen Kopf in die Höhe, bockte, und Leána bekam nur ganz nebenbei mit, wie Toran sein Schwert zog, Siah einen ihrer kleinen Wurfdolche, mit denen sie äußerst geschickt umgehen konnte.

»Soldaten aus Northcliff«, rief Leána, nachdem ihre scharfen Dunkelelfenaugen einen blauen Umhang erspäht hatten. Sie hörte Toran unterdrückt fluchen, dann preschte er an ihr vorbei am Waldrand entlang.

Ein Blick zurück zeigte ihr, wie nun tatsächlich acht blau bemäntelte Soldaten aus dem Unterholz brachen.

Leána spornte Maros an, und dieser hatte bald zu Torans Pferd aufgeholt. »Wir müssen in den Wald. Auf der Lichtung hängen wir sie niemals ab.«

Toran zügelte sein Pferd, drehte nach rechts ab und trabte in das Eichenwäldchen hinein.

»Nicht!«, schrie Siah von hinten. »Dort drin ist etwas.«

»Woher willst du das denn wissen?«, fragte Leána hektisch.

Die Nebelhexe hob nur ihre Schultern und blickte voller Unruhe in das Gehölz.

»Dann eben dort hinüber.« Leána wollte jetzt nicht diskutieren und lenkte den tänzelnden Maros in die Gegenrichtung auf ein anderes Waldgebiet zu, wo die Bäume etwas weiter auseinander standen. Zum Glück protestierte Siah diesmal nicht.

Das Wurzelwerk, das den Boden dort überzog, behinderte allerdings ihre Flucht. Schließlich zügelte Leána ihr Pferd und deutete vor sich. »Dort vorne ist ein kleiner Bach. Reitet im Bachbett weiter, wir treffen uns flussabwärts. Ich führe die Soldaten auf eine falsche Fährte.«

»Leána«, setzte Toran an, doch Siah legte ihm eine Hand auf den Arm.

»Lass sie. Maros ist wendig und flink, Leána von uns allen die beste Reiterin.«

»Ich hinterlasse absichtlich Spuren, die sich dann irgendwann verlieren«, fügte sie noch hinzu. »Na los, jetzt reitet!«

»Was ist mit Kayne?«, fragte Toran.

Leána hob ihre Schultern. »Ihn können wir nicht mehr warnen. Er muss im Augenblick allein zurechtkommen. Außerdem suchen sie sicher nach dir, Toran. Ich werde ihn schon aufspüren.«

Sie beobachtete, wie die beiden in den trägen kleinen Fluss ritten, stieg rasch ab und verwischte ihre Spuren, dann lenkte sie, zurück im Sattel, Maros absichtlich auf den feuchten Waldboden. Nicht weit entfernt konnte sie Hufschlag und Stimmen hören, deshalb trieb sie ihr Pferd an. Mit einer Wendigkeit, wie sie nur ein Ross haben konnte, in dessen Adern das Blut von Elfenpferden strömte, galoppierte Maros durch die dicht stehenden Bäume. Absichtlich knickte Leána mal hier, mal dort einen Ast ab, um die Soldaten weiter auf ihre Fährte zu locken. Vielleicht hatte sie ja Glück und sie würden in der Düsternis des Abends nicht bemerken, dass es nur noch ein Reiter war, den sie verfolgten. Die Verfolgungsjagd machte Leána sogar Spaß. Während ihrer Kindheit auf der Nebelinsel hatte sie mit ihren Freunden derartige wilde Jagden bis zur totalen Erschöpfung veranstaltet, und ihre Sattelfestigkeit kam ihr nun zugute. Zudem konnte sie sich auf ihren Hengst verlassen. Als Leána ihn über einen Felsgrat lenkte, um die Verfolger nun doch von ihrer Spur abzubringen, klopfte sie ihm dankbar den Hals.

»Sie sind doch direkt auf uns zugekommen«, schimpfte einer der Männer, die sich im Dickicht verborgen hielten.

»Das war in der Tat ein glücklicher Zufall, nur sind sie leider wieder abgedreht«, bemerkte sein Nebenmann und strich sich über seinen stoppeligen Bart. »Aber wir werden sie erneut aufspüren.«

»Das Gold des Bärtigen wäre mir gerade recht gewesen! Der verfluchte Sturm hat mir mein ganzes Korn ruiniert.«

»So leicht fängt man einen Prinzen eben nicht ein, und möglicherweise wären uns die Soldaten aus Northcliff ohnehin in die Quere gekommen.«

Von ihrem Versteck hinter einem hohen Findling aus beobachtete Leána, wie die Soldaten noch ein ganzes Stück weitertrabten. Doch plötzlich hielten sie an. Offenbar hatten sie bemerkt, dass sie in die Irre geführt worden waren. Die Fackeln erleuchteten den Wald, Männer riefen sich leise Befehle zu.

Leána grinste breit, weil ihr das Ablenkungsmanöver gelungen war. Doch kurz darauf schwang sie sich hektisch in den Sattel.

»Gut, es sind Soldaten von Northcliff, da muss ich mir wohl etwas Besseres einfallen lassen.« Einer von ihnen musste ihre Spur den Berghang hinauf gefunden haben, denn er ritt genau in ihre Richtung.

Also lenkte Leána ihr Pferd noch einmal mit sicherer Hand durch den nächtlichen Wald, vermied diesmal feuchten Boden und achtete darauf, keine Äste abzuknicken. Ein paar Nachtfeen führten im Mondlicht ihre Tänze auf, und Leána hielt an, streckte ihre Hand aus und sprach zu den winzigen Wesen.

»Meine Freunde und ich wollen nicht gefunden werden«, flüsterte sie mit einem Lächeln. »Könnt ihr unsere Verfolger nicht ein wenig in die Gegenrichtung locken?«

Einige der Wesen schossen davon, andere flatterten weiterhin auf der Lichtung umher, und Leána fragte sich, ob sie ihr auch tatsächlich zugehört und sie verstanden hatten. Doch verdutzte Rufe in der Nacht und ein reiterloses Pferd, das wenig später unweit von ihr davonstürmte, zeigten ihr, dass die Nachtfeen ihrem Wunsch nachgekommen waren.

»Hoffentlich hat sich der Soldat nicht verletzt«, murmelte sie und trabte davon. Jetzt galt es, ihre Freunde wiederzufinden.

»Denkst du, deine Mutter wird sehr wütend sein, falls uns die Soldaten aufspüren und zurück nach Northcliff bringen?«, erkundigte sich Siah bei Toran. Auf einer Anhöhe hatten sie angehalten. Von hier aus würden sie zumindest rasch bemerken, wenn sich Verfolger näherten, waren jedoch von Steinen und dichtem Gebüsch geschützt.

»Ich lasse mich nicht einfangen«, knurrte er und stocherte wütend mit einem Stock in der Erde herum. »Es war vereinbart, dass ich diese Reise mache – nur etwas anders geplant.«

»Leána wird sie sicher ablenken.« Zögernd legte Siah ihre Hand auf Torans Arm, verharrte atemlos, und ihr Herz schlug höher, als sie Torans Finger auf ihren spürte.

»Ja, meine liebe Cousine ist eine Meisterin in derartigen Dingen. Aber sag, Siah, weshalb wolltest du nicht, dass wir in den Wald reiten?«

»Nur ein Gefühl«, behauptete sie, wollte ihm nicht mehr verraten und senkte beschämt ihre Augenlider.

»Siah, wenn du …« Weiter kam Toran nicht, denn die Zweige vor ihnen bewegten sich. Schon gab er ihr ein Zeichen, sitzen zu bleiben, erhob sich selbst und zückte seine Klinge. Angespannt warteten sie ab, Torans Schwert bereit zum Schlag, auch Siahs Hand wanderte zu ihrem Dolchen. Sie hasste es zu töten, und einen Soldaten aus Northcliff würde sie niemals umbringen. Daher hoffte sie inständig, es würde Toran gelingen, den Soldaten lediglich zu betäuben.

Noch einmal knackte es, eine schemenhafte Gestalt wurde sichtbar. Toran hob die Arme, wollte offenbar mit der flachen Seite seines Schwertes zuschlagen, da ertönte eine zynische Stimme.

»Steck das Ding weg, Prinzchen!«

»Kayne!«, stieß Toran hervor. »Verflucht noch mal, ich hätte dich beinahe bewusstlos geschlagen!«

»Hättest du nicht, ihr wart so laut, man hat euch auf eine halbe Meile reden hören.«

Das war selbstverständlich maßlos übertrieben, deshalb knirschte Toran lautstark mit den Zähnen. Siah konnte sich vorstellen, wie sehr es ihn ärgerte, dass Kayne sich ihnen unbemerkt nähern konnte.

»Hast du was gejagt?«, fragte er nun.

Statt einer Antwort knallte Kayne ihm zwei tote Moorhühner vor die Füße und legte Leánas Bogen bedächtig auf einen Stein.

»Und wie hast du uns gefunden?«

»Ich bin ein Zauberer«, erwähnte Kayne nur. »Wo ist Leána?«

»Ach, *das* weiß der große Zauberer wohl nicht«, feixte Toran.

»Junge, jemanden wie dich in die Geheimnisse einer verschärften Wahrnehmung einzuweihen würde eine halbe Ewigkeit dauern!« Ein schabendes Geräusch, schon glomm eine winzige Flamme auf, und nachdem Kayne einige Worte gemurmelt hatte, fingen die ersten Zweige, die Siah und Toran aufgeschichtet hatten, Feuer.

»Hat dir eigentlich schon mal jemand gesagt, dass du verdammt arrogant bist?«, regte sich Toran auf.

»Dann befinde ich mich ja in bester Gesellschaft, Eure Hoheit!«

Siah konnte Toran sogar verstehen, gelegentlich verhielt sich Kayne in der Tat nicht sehr höflich, aber wenn man seine Geschichte bedachte, konnte sie auch sein Verhalten nachvollziehen. Sie mochte alle beide, auf ihre Art, und wusste, dass es Leána ebenso ging.

Selbst im Licht des kleinen Feuers konnte Siah erkennen, wie Toran rot anlief, und sie wünschte sich Leána zurück, denn der war es schon immer auf bewundernswerte Weise gelungen, die Kabbeleien der beiden zu beenden.

»Durch dein Feuer wird man uns entdecken«, behauptete Toran wütend.

»Wird man nicht, es brennt rauchlos, und sofern du dich dazu herablassen könntest, weiteres trockenes Holz zu suchen, könnten wir sogar ein warmes Abendessen haben.« Kayne neigte den Kopf. »Es sei denn, du hältst es wie Murk und schlingst alles roh hinunter.«

Toran erhob sich, seine Kieferknochen waren angespannt. »Gut, ich sehe mich um«, knurrte er.

»Aber nicht so laut wie eine Trollhorde!«, riet Kayne.

Diesmal ersparte sich Toran eine Antwort, und Siah machte sich daran, die Moorhühner zu rupfen.

»Weshalb müsst ihr eigentlich ständig streiten?«, fragte sie.

»Was weiß ich. Wir sind eben selten der gleichen Meinung und …« Kayne sprach nicht weiter, erhob sich ruckartig, und ehe Siah sichs versah, schoss ein silberblauer Energieblitz aus seinen Händen – genau in die Richtung, in die Toran gerade stapfte. Sie hielt die Luft an, auch Toran zuckte zurück. Im selben Augenblick ertönte ein unterdrückter Schrei aus dem Gebüsch, und sie stürzten beinahe gleichzeitig los.

Toran war als Erster dort und zerrte einen Mann in einem schmuddeligen braunen Umhang in den Lichtkreis.

»Das war kein Soldat aus Northcliff«, stellte er überflüssigerweise fest.

»Er hatte einen Dolch dabei.« Mit spitzen Fingern zeigte Kayne ihnen die schartige Waffe.

»Was er wohl wollte?«, überlegte Siah.

»Ich vermute, nichts Gutes.« Toran fuhr sich durch die Haare. »War das nun ein Plünderer, der uns zufällig gefunden hat, oder …«

»Nicht erschrecken, ich bin es«, hörten sie da Leána rufen. Nur wenige Augenblicke später stand sie vor ihnen und sah überrascht auf den Mann.

»Wir könnten ihn befragen, oder ist er …«

»Toran, das hätte auch ein Soldat aus Northcliff sein können«, tadelte Kayne ihn, »den hätte ich nicht töten wollen.«

»Natürlich nicht«, brummte Toran.

»Wir sollten besser weiterreiten«, schlug Leána vor. »Am Ende treiben sich hier noch mehr Verfolger herum. Aber sag, Kayne, wo hast du diesen Zauber gelernt?«

»Das tut doch nichts zur Sache.«

»Jetzt komm schon! Hat Nordhalan dich das gelehrt?«

»Nordhalan«, höhnte er. »Viel mehr als ein Kochfeuer zu entzünden hat er mir nicht gezeigt.«

»Du tust Nordhalan Unrecht«, widersprach Leána. »Er war stets sehr um dich bemüht und …«

»Er hat mir keinen einzigen Angriffszauber beigebracht.«

»Und wer war es dann?« Leána hatte ihre Hände in die Hüften gestützt. »Dimitan?«

»Der erst recht nicht!«

»Jetzt sag schon, Kayne!«

»Tena«, gab er grummelnd zu.

»Tena?«, entfuhr es Toran.

»Glaubst du etwa im Ernst, du wärst der Einzige gewesen, den sie zum Mann gemacht hat?«, provozierte ihn Kayne.

Siah hielt die Luft an und bemerkte, wie sich Torans Gesichtsfarbe erneut überaus eindrucksvoll verfärbte. Sie war nicht davon ausgegangen, dass er noch niemals ein Mädchen gehabt hatte, aber an Tena hätte sie auch nicht gedacht.

»Armer kleiner Toran von Northcliff«, zog ihn Kayne weiter auf. »Hat dir die schöne Zauberin das Herz gebrochen?«

»Blödsinn«, presste er zwischen den Zähnen hervor, dann schnaubte er abfällig. »War ja klar, dass sie einem Sprössling von Samukal Darakann nicht widerstehen kann.«

»Schluss jetzt mit den Kindereien«, unterbrach Leána die beiden energisch, trat das kleine Feuer aus und sagte bestimmt: »Gehen wir zu den Pferden und sehen zu, dass wir weiterkommen.«

Schnell ritten sie durch die Nacht, und wenngleich sie auch den einen oder anderen Schatten für einen Verfolger hielten, so blieben sie doch auf ihrem Weg weiter nach Süden unbehelligt.

Kapitel 12

Der Stein von Alahant

Es dämmerte bereits, und Leána betrachtete den großen Felsobelisken, vor dem die Bewohner des nahe gelegenen Dorfes Blumen und andere Opfergaben niedergelegt hatten. Sie verehrten und fürchteten den Stein von Alahant zugleich. Hier war sowohl Atorian der Erste aus der anderen Welt zu ihnen gekommen als auch Leánas Vater Darian. Gleichzeitig hatte es sich bei diesem Weltenportal um jenen Ort gehandelt, an dem Samukal Dämonen beschworen und nach Albany gebracht hatte.

Ein schwaches Glühen, ähnlich der pulsierenden Glut glimmender Kohle, ging von dem Stein aus. Eine Reaktion, die durch Leána ausgelöst wurde. Dieser magische Ort spürte, dass sie eine Portalfinderin war, eine Magiekundige, die jederzeit Übergänge in andere Welten öffnen konnte. Hätten Nordhalan, Zir'Avan und Lharina diesen Übergang nicht durch ihre Magie verschlossen, hätte sich dank Leána nun ein Portal aufgetan. Nachdenklich biss sie in einen verschrumpelten Apfel.

»Wie es wohl in der anderen Welt aussieht?« Kayne hatte sich ebenfalls etwas zu essen geholt und ließ sich neben sie ins Gras plumpsen.

»Du kannst meine Gedanken lesen«, seufzte sie und lehnte ihren Kopf an seine Schulter, woraufhin er sich kurz versteifte, anschließend jedoch seinen Arm um sie legte.

»Ich habe Va…, ähm, Darians Geschichten immer gemocht.«

»Ich auch.« In Erinnerung an ihre glückliche Kindheit versunken spielte Leána an dem Stiel ihres Apfels herum. »Flugzeuge, die wie Drachen am Himmel fliegen, diese riesigen Städte und Straßen, die das ganze Land durchziehen – sicher hat er da gewaltig übertrieben, um uns Kinder zu beeindrucken!«

»Ja«, lachte Kayne, »vor allem die Stadt, in der er zuletzt gelebt hat – London –, müsste ja annähernd so groß gewesen sein wie das gesamte Dunkelelfenreich. So etwas gibt es doch gar nicht!«

»Ich wünschte, es würde uns gelingen, das Portal zu öffnen«, murmelte Leána.

»Du kannst das Weltenportal nicht öffnen!« Toran kam vom Bach zurück und warf ihnen die gefüllten Wasserbeutel zu. »Nordhalan und Lharina würden sich eher die Zunge abbeißen, als etwas zu verraten, und Zir'Avan lebt ohnehin nicht mehr. Also könnte er seinen Bann gar nicht rückgängig machen.«

»Aber jetzt droht doch von diesem Portal keine Gefahr mehr.« Leána runzelte die Stirn, warf den Rest des Apfels ins Gebüsch und zog jenen Anhänger unter ihrem Hemd hervor, den ihr Vater ihr geschenkt hatte. Etwa fünf Finger maß er im Durchmesser, und die ovale Silberplatte war mit Runen und verschlungenen Knotenmustern verziert. In der Mitte schimmerte ein leuchtend roter Rubin. Nur mit diesem Amulett war es ihm möglich gewesen, nach Albany zu reisen, denn schon früher hatten längst verstorbene Magier das Portal so verzaubert, dass nur jemand mit magischen Fähigkeiten hindurchreisen konnte. »Was wäre, wenn ich Ururgroßvater Ray'Avan frage? Vielleicht gibt es einen geheimen Diomárzauber, der den Bann wieder aufhebt.«

»Schlag dir das aus dem Kopf.« Kayne stupste auf ihre Nase. »Dein Ururgroßvater kann sich an manchen Tagen kaum noch daran erinnern, wo sich die Höhle befindet, in der er haust, da wird es ihm schwerlich gelingen, einen derart komplizierten Zauber auszuführen.«

»Weshalb nicht?« Leána verschränkte die Arme vor der Brust. »Ray'Avan verfügt über ein großes Wissen, selbst wenn er es nicht immer abrufen kann. Und ich habe schon länger über etwas nachgedacht!«

»So wie deine Augen funkeln, kann das nur ein riesengroßer Blödsinn sein«, scherzte Toran.

Leána bewarf ihn mit einem Erdklumpen. »Wollt ihr jetzt hören, was ich zu sagen habe, oder nicht?«

»Niemals würden wir uns das entgehen lassen!« Übertrieben huldvoll neigte Kayne sein Haupt.

»Ihr seid unmöglich!«

Auch Siah gesellte sich zu ihnen. In der Hand hielt sie unzählige Kräuter. »Sollen wir ein Feuer machen? Dann koche ich uns eine Suppe, oder denkt ihr, es ist zu gefährlich?«

Abwägend neigte Toran den Kopf von rechts nach links und hielt einen Finger prüfend in die Luft. »Es regt sich kaum ein Lüftchen«, antwortete er dann. »Das Dorf ist weit genug entfernt, und bei Nacht traut sich niemand hierher. Wenn wir genügend trockenes Holz finden, das nicht raucht, sollte es kein Problem sein.«

»Möge das Wort seiner Majestät von den Geistern des Waldes erhört werden!«

Torans Miene verschloss sich, und Leána zwickte Kayne in den Arm.

»Ist doch wahr!«, verteidigte sich Kayne. »Aber gut, ich werde ja auch nicht gesucht.«

»Darauf würde ich nicht mein letztes Silberstück verwetten«, brummte Toran, dann blinzelte er, warf seinen Kopf in den Nacken und fuhr sich theatralisch über das Gesicht. »Mein armer, armer Junge. Sicher wurde er von Räubern entführt!«

Toran hatte Elysias schrille Stimme und ihr Augenklimpern derart treffend nachgemacht, dass Leána losprustete. Doch ein Blick auf Kayne ließ Leána innehalten.

»Also was ist, soll ich euch von meinen Gedanken erzählen?«

»Ich bin mir nicht sicher, ob wir das wirklich hören wollen«, meinte Siah.

»Sagt mal, was habe ich eigentlich für seltsame Freunde?«, erregte sich Leána.

Aber Toran zwinkerte Siah nur zu. »Wir kennen dich eben, werte Cousine!«

»Pff!« Leána strich sich eine dunkle Locke aus dem Gesicht. »Ohne mich hättet ihr sicher nur halb so viel Spaß«, verkündete sie im Brustton der Überzeugung, doch dann überging sie die Frotzeleien, denn schon seit einer Weile spukte ihr eine – zugegebenermaßen verrückte – Idee im Kopf herum.

»Nehmen wir mal an, uns würde es irgendwie gelingen, das Portal zu öffnen, dann könnten wir uns Vaters alte Welt anschauen und …« Sie beobachtete, wie Siahs Augen sich weiteten, »möglicherweise sogar ein Portal in die Welt finden, aus der die Elfen ursprünglich nach Albany kamen. Ihr wisst doch, wie sehr sich Lharina wünscht, dass ihr Volk wieder erstarkt. Die Elfen sind bei uns beinahe ausgestorben, in ihrer Urheimat mag es noch sehr viele geben!«

»Sicher wissen wir das«, stimmte Toran zögernd zu. »Aber das Portal liegt im Süden, ist verschüttet, zerstört, niemand kann dorthin gelangen!«

»Das kann ja alles stimmen«, rief Leána aufgeregt aus, »aber es könnte doch sein, dass in der anderen Welt noch eines existiert. Nordhalan behauptet doch immer, jene wäre eine Parallelwelt zu Albany, und auch wenn sie sich mittlerweile völlig anders entwickelt hat, könnte dort ein Portal existieren, das in die Elfenwelt führt.«

»Na, ich weiß nicht«, zweifelte Siah und erschauderte. »Ich könnte mir nicht vorstellen, durch so ein Portal zu reisen. Denkt nur an die Dämonen!«

»Wir wollen doch keinen beschwören«, schimpfte Leána.

»Na, wer weiß, vielleicht mache ich das ja!« Voller Zynismus zog Kayne seinen linken Mundwinkel in die Höhe. »Ich bin ja schließlich der Sohn des *bösen* Samukal!«

»Verdammt, hör doch auf, dich ständig selbst zu beschuldigen!«, beschwerte sich Leána. »Keiner von uns hat dich jemals auch nur verdächtigt, irgendetwas Böses getan zu haben.«

Der anklagende Blick, den Kayne Toran zuwarf, sagte alles, aber Leánas Cousin räusperte sich lediglich und gab vor, plötzlich sehr an Siahs Kräutern interessiert zu sein und roch aufmerksam daran.

»Wie auch immer.« Kayne sprang geschmeidig auf. »Das Portal lässt sich nicht öffnen, daher sind alle Spekulationen hinfällig.«

»Dennoch lässt mich der Gedanke, zu Ray'Avan zu reisen, nicht los«, beharrte Leána und legte dann nachdenklich einen Finger an die Lippen. »Oder wir versuchen, um den Kratersee herumzukommen, und suchen hier in Albany nach dem Elfenportal. Ohne Pferde sollte uns das gelingen.«

»Dort im Süden ist alles zerstört, Leána, die Drachen haben das schon viele Male bestätigt«, wandte Kayne ein. »Nordhalan hat erzählt, sie hätten versucht, die alten Portale ausfindig zu machen, auch auf dem Festland, das jenseits des Meeres von Albany liegt. Dort gibt es nichts als Ödland, Krater und Steine.«

»Wir könnten uns selbst davon überzeugen. Vielleicht treffen wir unterwegs auf Davaburion, manchmal fliegt er vom Norden nach Anmhorán. Dann könnte ich ihn fragen, ob er uns an die Südküste unseres Landes fliegt.«

»Ich fliege garantiert auf keinem Drachen!«, rief Siah aus.

Auch Kayne winkte lediglich ab und verkündete: »Ich suche jetzt mal Feuerholz.«

»Die Drachen werden sich kaum mit den Fantasien einer kleinen Nebelhexe abgeben, Cousinchen«, scherzte Toran, aber Leána ging der Gedanke auch während der ganzen Nacht nicht aus dem Sinn. Sie wusste, wie traurig Lharina häufig war. Während der vergangenen zwanzig Sommer hatte es bei den Elfen keine Nachkommen gegeben – nicht ungewöhnlich für dieses langlebige Volk. Doch dadurch, dass viele junge und kampffähige Elfen während des Dämonenkrieges gestorben waren, waren nun nur noch Alte oder sehr junge Elfen übrig, und das Fortbestehen dieses edlen Volkes war tatsächlich bedroht.

Der Raum der Spelunke war von Qualm und flackerndem Fackellicht erfüllt. Keiner der Männer zeigte sein Gesicht, sie hielten es in den Tiefen ihrer Kapuze verborgen.

»Konntet ihr sie aufspüren?« Der Mann, den sie nur als den Bärtigen kannten, denn stets spitzte seine imposante Gesichtsbehaarung unter seiner Kapuze hervor, trommelte nervös mit den Händen auf dem Tisch herum.

»Wir hatten sie schon beinahe erwischt«, wagte Lored, ein Mann, der östlich von Northcliff lebte, zu sagen.

»Beinahe ist nicht genug!« Der Bärtige rammte seinen Dolch in den abgewetzten Holztisch. »Wir brauchen den Prinzen.«

»Und die Nebelhexen«, grummelte ein betagter Lord mit schlohweißem Haar. Er besaß kaum Land, denn man hatte ihm wegen seiner Loyalität zu Fehenius und später zu Samukal den größten Teil seiner Besitztümer weggenommen. »In den Tagen von Fehenius hätte es so etwas nicht gegeben.« Er spuckte auf den Boden. »Nebelhexen, Mischlinge, wo man nur hinblickt.«

»Sehr richtig.« Der Bärtige schlug ihm auf die Schulter, woraufhin der alte Mann aufstöhnte. »Diese Brut muss vernichtet werden.« Verschwörerisch beugte sich der Bärtige vor. »Ich hörte, Ihr seid mit der Vermählung Eures Enkels nicht einverstanden gewesen.«

»Nein, diese Frau ist eine Schande. Mich würde nicht einmal wundern, wenn sie sogar eine Nebelhexe in ihrer Familie hätte. Sie hat meinen Enkelsohn verhext!«

»Gut.« Der Bärtige beugte sich weiter vor und reichte dem alten Lord unter dem Tisch ein Säckchen. »Mischt der jungen Frau jeden Tag etwas davon unter ihr Essen. Bald wird sie krank werden. Fordert von Northcliff eine Nebelhexenheilerin an …«

»So eine Brut will ich nicht in meinem Haus haben«, polterte der Alte.

»Schweig!« Ein weiteres Säckchen wanderte zu dem Lord. »Lasst sie ihre Kunst anwenden, aber mischt der Kranken von diesem Pulver etwas in ihr Mahl. Innerhalb kurzer Zeit wird sie die Reise ins Reich des Lichts antreten, und Ihr könnt die Nebelhexe beschuldigen, sie vergiftet zu haben.«

»Das ist … ein guter Plan«, brummte der Alte.

Der Bärtige erhob sich. »Und die restlichen von euch suchen weiter nach dem Prinzen. Wenn es euch gelingt, nebenbei eine Nebelhexe zu töten und dabei den Verdacht auf einen Troll zu lenken, so soll dies auch kein Schaden sein.«

»Ich hasse Nebelhexen«, murrte Lored. Schon sein Vater hatte das getan und dessen Vater davor. Viele Sommer und Winter hatte er seinen Hass verbergen müssen, doch durch Zufall – oder Schicksal – hatte er nach und nach Gleichgesinnte gefunden. Und so hielten sie regelmäßig Treffen ab. Stets an anderen Orten, und sie waren sehr darauf bedacht, unter sich zu bleiben. Sie wollten die alte Ordnung wiederherstellen. Diese vermaledeiten Mischlinge sollten nicht weiter Albanys Antlitz beschmutzen.

Die Reise führte die vier Gefährten während der nächsten Tage weiter in Richtung Kratersee. Wenn sie Soldaten aus Northcliff in der Ferne sahen, versteckten sie sich, und auch von Dörfern und Tavernen hielten sie sich fern. Da der Frühsommer Albany mit viel Sonnenschein und milden Tagen verwöhnte, war es durchaus angenehm, im Freien zu nächtigen.

Heute kämpften sie sich durch ein Moorgebiet, das am südöstlichen Ende des Elfenreiches lag.

»Hätten wir die Straße benutzt, wären wir schon beinahe am Rannocsee«, schimpfte Toran und schlug dabei nach einer der zahllosen Mücken, die hier dem Reisenden das Leben schwer machten.

»Ja, Samukals Straße hat so einiges für sich«, bemerkte Leána mit einem Seitenblick auf Kayne. Doch der zog lediglich die Stirn kraus und ritt stur voran.

»Die Reisen von Süd nach Nord müssen sehr lang und beschwerlich gewesen sein, bevor diese Hauptverbindungsroute gebaut wurde«, stimmte auch Siah zu.

»Ja, Samukal hat die Straße, Abwassersysteme und sogar diese Heizöfen für das einfache Volk bauen lassen. Mein Vater war wahrlich ein Held!«

»Wir versuchen nur, auch das Gute in ihm zu sehen«, warf Leána ein. »Jetzt fühl dich doch nicht ständig angegriffen!«

»Ich wäre froh, meine Eltern überhaupt einmal getroffen zu haben«, fügte Siah traurig hinzu. »Selbst wenn sie nicht perfekt gewesen wären.«

»Ihr habt ja recht«, räumte Kayne ein. »Nur manchmal wünschte ich wirklich, ich wäre … irgendwer anderes. Ein einfacher Soldat oder ein Bauer.«

»Kayne hinter dem Pflug«, lachte Leána. »Das kann ich mir schwer vorstellen.«

So angenehm ihre Reise begonnen hatte: in dieser Nacht setzte ein Orkan ein, und der Regen durchnässte die vier Gefährten bis auf die Haut. Mit weit über die Köpfe gezogenen Kapuzen führten sie ihre Pferde am Zügel, denn der Boden war morastig geworden, und Zweige peitschten ihnen teilweise bis ins Gesicht.

»Leána, hast du noch immer keine Höhle entdeckt?«, schrie Toran ihr schon zum wiederholten Male zu, doch abermals musste sie verneinen. In dem dichten Regen und der Düsternis des Waldes konnten selbst Leánas Dunkelelfenaugen kaum etwas erkennen, und langsam wurde ihr wirklich unbehaglich zumute, denn die Bäume knarrten und bogen sich bedrohlich. Es war nur eine Frage der Zeit, bis einer von ihnen umstürzen würde.

»Wir sollten uns bis zur Straße durchschlagen«, meinte Kayne, als sie sich kurz ausruhten.

Die Gesichter ihrer Freunde zeigten Erschöpfung, und auch Leána fühlte sich mittlerweile ausgelaugt.

»Gut, lasst uns ein Dorf finden. Irgendjemand wird uns sicher Unterschlupf gewähren.«

»Und wenn man uns erkennt?«, gab Toran zu bedenken.

»Das müssen wir riskieren!« Ein splitterndes Geräusch ließ sie zusammenfahren, und schon polterte unweit von ihnen ein Baum auf die Erde. Prompt scheuten die Pferde, Maros wäre um ein Haar durchgegangen, hätte Kayne nicht beherzt in die Zügel gegriffen, als Leána von den Füßen gerissen wurde.

»Na los!«, schrie er gegen den Wind, der in den Baumwipfeln toste.

Leána hielt sich wirklich nicht für verweichlicht, sie glaubte sogar, ausdauernder und zäher als viele Männer zu sein, aber heute kam auch sie an ihre Grenzen. Immer wieder krachten nun Äste oder ganze Bäume auf die Erde, und der Sturm riss ihnen, sobald sie den Schutz des Waldes verließen, die Luft zum Atmen regelrecht von den Lippen. Sich zu orientieren wurde zunehmend schwierig, da Mond und Sterne nicht zu sehen waren, also konnte sich Leána lediglich auf ihren Instinkt verlassen. Sie glaubte, dass sie nicht allzu weit von der großen Straße entfernt sein konnten, aber ganz sicher war sie sich nicht.

»Dort vorne!«, brüllte Kayne plötzlich.

Leána wischte sich das Wasser aus den Augen und erkannte nun, was Kayne meinte. Ein verheißungsvolles Leuchten in der Dunkelheit. Vielleicht ein Dorf oder eine der Postreiterstationen, die es entlang der Straße gab. In stummem Einvernehmen schwangen sie sich wieder auf ihre Pferde und trabten das letzte Stück über den aufgeweichten Boden. Tatsächlich handelte es sich um eine Postreiterstation. In einem Unterstand drängten sich mehrere angebundene Pferde, und auch die vier brachten ihre Reittiere dort vor dem Unwetter in Sicherheit.

»Sieh zu, dass du dich benimmst, Maros!« Leána gab ihm einen Klaps auf die Kruppe, dann stellte sie sich vor ihre Freunde. »Wir sollten nacheinander hineingehen. Falls man uns sucht, wird man nach drei oder vier Reisenden Ausschau halten.«

»Vielleicht bleibe ich besser draußen.« Siah nieste. »Ich falle zu sehr auf.«

»Niemand wird dich für etwas anderes als eine zierliche Frau halten. Außerdem ist es heutzutage völlig normal, dass Nebelhexen Tavernen betreten«, erwiderte Leána und schob sie energisch vorwärts. »Du gehst zuerst mit Toran.«

»Weshalb sollen wir …«

»Weil ich die Älteste bin und entscheide«, sagte Leána einfach.

»Ich bin älter«, wandte Siah vorsichtig ein.

»Jetzt geht schon«, forderte Kayne sie auf und trat unruhig von einem Bein aufs andere. »Sonst stehen wir noch die ganze Nacht hier herum.«

Die beiden entfernten sich, und Leána und Kayne kauerten sich fröstelnd in einen der Unterstände.

Düster starrte Kayne in den peitschenden Regen, und auch Leána wünschte sich mit einem Mal zurück auf die Burg oder in die Hütte ihrer Eltern.

»Ich befürchte, so etwas gehört zu einem Abenteuer dazu«, scherzte sie.

Kayne brummte lediglich vor sich hin, und nachdem sie eine Weile gewartet hatten, eilten auch sie zu dem hölzernen Gebäude, das so wie alle Postreiterstationen gebaut war. Auf der rechten, nun geschlossenen Seite befand sich der Lagerraum voller Briefe und Waren. Daneben gab es einen Schankraum, über dessen Tür eine Laterne im reißenden Wind schaukelte.

»Wenn wir Glück haben, vermieten sie sogar Zimmer«, meinte Kayne. Er stieß die Tür auf, und zusammen betraten sie den Gastraum, wo sich eine Vielzahl von Männern sowie einige Frauen drängten. Ein alter Mann spielte – bedauerlicherweise wenig melodisch – in der Ecke auf seiner Geige. Vorsichtshalber gingen die beiden nicht zu Siah und Kayne, die es sich an einem Tisch nahe dem Feuer bequem gemacht hatten.

»Seine Majestät spielt mit seiner neu gewonnenen Freiheit«, stellte Kayne fest, nachdem er zwei Krüge dunkles Bier für sich und Leána geholt hatte. »Er hätte lieber eine schummrige Ecke aussuchen sollen so wie wir.«

Leána entledigte sich ihres nassen Umhangs und hängte ihn über einen der freien Stühle. »Müsst ihr euch eigentlich immer gegenseitig provozieren und schlechtmachen?« Missbilligend schüttelte sie den Kopf. »Toran hält sich doch ganz gut, und ich muss gestehen, ich hätte auch lieber einen Platz am Feuer.«

»Hm«, grummelte Kayne nur, nahm einen kräftigen Schluck und legte Leána dann seine Hände auf die Schultern. Er murmelte etwas, und Leána zuckte verdutzt zurück, als ihr mit einem Mal richtiggehend warm wurde. Von ihren Kleidern stieg Dampf auf, und kurz darauf waren sie trocken.

Staunend wandte sie sich Kayne zu. »Das ist ein nützlicher Zauber! Wie hast du ihn ausgeführt?«

»Ein einfacher Wärmezauber.« Auch seine Kleidung begann nun zu dampfen.

»Hast du das von Nordhalan oder Dimitan gelernt?«

»Dimitan. Das hielten sie offenbar für ungefährlich – bei einem wie mir«, antwortete er bitter.

»Kayne«, sie streichelte ihn am Arm. »Ich glaube, du darfst das nicht alles auf deine Herkunft beziehen. In der Grundausbildung zum Zauberer lernt man kaum etwas wirklich Spektakuläres. Es geht eher darum, seine Gaben zu erkennen und seine Sinne zu schärfen.« Sie lächelte ihn an. »Bei mir hat es nicht einmal zu diesem Wärmezauber gereicht. Wie es aussieht, verfüge ich über keine andere Magie, als Portale zu finden und zu öffnen.«

»Das ist aber trotz allem eine beeindruckende Gabe«, entgegnete Kayne nachdenklich.

»Du solltest den beiden ebenfalls helfen«, verlangte Leána mit einem Kopfnicken in Richtung ihrer Freunde.

Doch Kayne streckte nur seine langen Beine behaglich aus. »Toran von Northcliff kann auch am Feuer trocknen.«

»Du Ekel!« Leána musterte ihn strafend, doch Kayne bewegte sich nicht, sondern widmete sich seinem Bier.

Das Unwetter zehrte gehörig an den Nerven des Bärtigen. Eigentlich hätte er schon längst zurück im Norden sein müssen – man würde ihn vermissen. Doch zumindest diese Nacht wollte er im Trockenen verbringen. Er band das Pferd im Unterstand an und eilte zur Gaststube. Vielleicht würde er ja hier etwas in Erfahrung bringen. Niemand beachtete ihn, als er mit gebeugten Schultern zum Tresen ging, wo er sich gewärmtes Bier und Eintopf bestellte. Das Gejaule, das von der Geige des Musikers ausging, löste bei ihm Kopfschmerzen aus, doch als sich eine dunkelhaarige junge Frau dem Tresen näherte, war das rasch vergessen.

»Habt Ihr noch Zimmer?«, erkundigte sich das auffallend hübsche Mädchen bei der rundlichen Wirtin, deren Apfelwangen vor Anstrengung gerötet waren. Gerade eben stellte sie ein neues Tablett mit Bierkrügen auf den Tisch.

»Bei diesem Wetter ist beinahe alles ausgebucht«, bemerkte sie bedauernd. »Doch wenn es dir nichts ausmacht, auf dem Boden zu nächtigen, könntest du mit einer der Postreiterinnen und dieser jungen Dame«, sie deutete zum Feuer, »ein Zimmer teilen. Es ist nur eine kleine Kammer im ersten Stockwerk, am Ende des Ganges, und dahinter liegt unsere Besenkammer. Also werden wir euch schon in aller Früh wecken, wenn wir mit dem Putzen beginnen.«

»Das macht mir nichts aus, ich möchte ohnehin früh aufbrechen.«

Hingebungsvoll kratzte sich die Wirtin den Kopf mit den blonden Ringellöckchen. »Kannst du ein Kupferstück aufbringen?«

Ein Grübchen bildete sich auf der Wange der jungen Frau. »Das kann ich. Und es macht mir auch nichts aus, das Zimmer zu teilen. Habt Ihr auch noch einen Schlafplatz für einen Mann?«

Energisch schüttelte die Wirtin ihren Kopf. »Nein! Selbst der letzte Platz hier im Gastraum ist belegt. Er muss sich draußen ein Nachtlager suchen, so leid es mir tut. Gerade erst habe ich mir von diesem jungen Kerl, der dort drüben am Feuer sitzt, noch einen Schlafplatz abschwatzen lassen. Aber nun ist es genug! Wir können die Männer ja nicht stapeln!« Als eine Windböe gegen die Holzwände drückte, zuckte sie zusammen. »Die Götter müssen erzürnt sein, nur weiß ich nicht, was ihr Missfallen erweckt haben könnte.«

»Vielleicht wollen die Sturmgeister sich nur ein wenig austoben«, scherzte das Mädchen.

Als sie an ihm vorbeiging, senkte der Bärtige rasch den Kopf, und eine große Unruhe machte sich in ihm breit. Er kannte sie, das war Leána von der Nebelinsel, Tochter von Darian von Northcliff. Sein Blick flackerte durch den Raum. Sicher hielt sich auch Toran von Northcliff hier auf – sie waren ja gemeinsam aufgebrochen. Zunächst konnte er den jungen Prinzen nicht ausmachen, und der Mann, der neben Leána in dieser finsteren Ecke saß, war zu kräftig für Toran. Doch dann fiel der Blick des Bärtigen auf eine schlanke Gestalt, die nahe beim Feuer saß, neben ihr eine ungewöhnlich kleine blonde Frau.

»Siah, die Nebelhexe«, flüsterte er und nahm einen tiefen Zug aus seinem Krug. In seinen Lenden regte sich etwas. Dieses entsetzliche Unwetter stellte sich nun als Fügung des Schicksals heraus. Heute hatte er Gelegenheit, Toran zu entführen – und die beiden Nebelhexen zu töten.

Kapitel 13

Gefahr im Dunkeln

»Die nette Wirtin hat mir ein Zimmer versprochen«, teilte Leána Kayne mit, nachdem sie sich wieder zu ihm gesetzt hatte, und kicherte dann, »sogar mit Siah, weil wir, abgesehen von einer Postreiterin, die einzigen weiblichen Übernachtungsgäste sind.«

»Und was ist mit mir?«

»Du musst im Freien schlafen. Wie es aussieht, hat Toran dir den letzten Schlafplatz in der Gaststube weggeschnappt«, erklärte sie leichthin, prostete ihm zu und beobachtete amüsiert über den Rand des Bierkruges hinweg, wie sich seine Miene verfinsterte.

»Dann habe ich wohl mal wieder das Nachsehen!« Er knallte seinen Krug auf den Tisch. »Das Zeug schmeckt auch wie Trollpisse. Wir sollten Edur eine Nachricht schicken, damit er eine Probe von Horacs Bier hierher liefern lässt.«

»Ich gehe davon aus, du sprichst aus deinem reichhaltigen Wissensfundus, was das Trinken von Trollpisse betrifft?«

Hätte Leána ihn nicht so lange gekannt, sie hätte bei seinem finsteren Gesicht sicher Angst bekommen. Zumindest die junge Schankmaid, die gegrillte Moorhuhnschenkel anpries, eilte sofort weiter und fragte lieber am Nachbartisch nach.

»Kayne.« Leána schubste ihn behutsam an. »Du musst nicht draußen schlafen«, lenkte sie ein, nachdem sie ihn noch eine kurze Weile hatte zappeln lassen.

»Ach, soll ich vielleicht ein paar Postreiter wegzaubern?«

»Das wäre ebenfalls eine Möglichkeit«, sagte sie lachend. »Nein. Siah wird nichts dagegen haben, wenn du mit uns in einem Raum schläfst.«

»Und die Postreiterin?«, grummelte er.

»Wir warten einfach, bis sie schläft, und brechen vor dem Morgengrauen auf.«

»Du sagst so etwas immer so leichthin, Leána.«

»Na und?« Schmunzelnd prostete sie ihm zu. »Meistens gelingen meine Pläne ja auch.« Sie nahm einen kräftigen Zug. »Im Übrigen finde ich, das Bier schmeckt gar nicht so übel.«

Zweifelnd linste er in ihren Krug, nahm ihn ihr ab, trank und bemerkte dann bitter: »Wahrscheinlich haben sie mir irgendeinen abgestandenen Rest gegeben – wem auch sonst.«

»Armer kleiner Kayne – oder soll ich wieder Horac der Zweite sagen?« Sie streichelte ihm über die Haare, doch er stieß ihre Hand ungeduldig weg.

Das Essen war durchaus genießbar gewesen, das dunkle Bier süffig. Der Abend schritt weiter voran, und schließlich bezahlte der Bärtige.

»Einen Schlafplatz bekommt Ihr nicht!«, erinnerte ihn die Wirtin.

»Brauche ich auch nicht.«

»Lebt Ihr in der Nähe?«, wollte sie neugierig wissen. Eine Unart dieser Zunft, jedoch auch gelegentlich von Nutzen, wenn man etwas in Erfahrung bringen wollte.

»Nein, aber ich bin es gewohnt, im Freien zu nächtigen. Ein Felsvorsprung genügt mir.«

»Oh, ein richtiger Naturbursche. Ihr seid sicher jemand, der anpacken kann.«

Irritiert spürte er, wie ihre dicken Finger über seinen Arm fuhren, und zog diesen rasch weg. Der Bärtige war üppigen Frauen durchaus nicht abgeneigt, aber die Wirtin gedachte er in dieser Nacht nicht zu beglücken. Er hatte Besseres zu tun.

»Ein Mann muss tun, was ein Mann tun muss.« Hastig erhob er sich, verließ gebeugten Hauptes den Schankraum und betrat den düsteren Gang, der zum Postlager und den Schlafräumen führte. Vor der Tür atmete er kurz durch, wich in den Schatten zurück, als ein Postreiter die Treppe hinabkam. Einige Atemzüge verharrte er, wartete, bis der Mann verschwunden war, dann hastete er die Stiege hinauf. Wiederholt sah er sich um, befürchtete, entdeckt zu werden, doch noch vergnügten sich die Gäste unten in der Gaststube. Nur eine einzige Kerze brannte hier oben, wo sich die Zimmer befanden. Ganz am Ende fand er eine schmale Tür. Sie war nicht verriegelt. An der Kerze entzündete der Bärtige eine kleine Fackel, die er stets bei sich trug, und betrat den Raum. Im Inneren standen zwei Betten, wobei auf einem von ihnen ein graublauer Postreiterumhang lag. Das andere war frei. Eine weitere Tür bestätigte seine Vermutung – hierbei handelte es sich um das Zimmer, welches die Wirtin den Nebelhexen zugewiesen hatte, denn dahinter gab es eine Kammer, in der Besen, Putzlumpen, Eimer und Seife gelagert wurden. Viel Platz bot sie nicht, doch der Bärtige quetschte sich hinein. Rasch löschte er seine Fackel und wartete.

In Gedanken spielte er schon einmal durch, was er in dieser Nacht zu tun gedachte, und seine Erregung stieg mit jedem Atemzug. Sobald als möglich wollte er die Postreiterin im Schlaf ermorden. Der Bärtige wusste, wie man lautlos tötete. Leána würde er zunächst bewusstlos schlagen, die andere Nebelhexe langsam und qualvoll töten und sich dann Darians Tochter annehmen. Ein leises Wimmern entstieg seiner Kehle, denn diese Vorstellung erregte ihn derart, dass er glaubte, zerbersten zu müssen. Seit seiner frühesten Kindheit hasste er Nebelhexen abgrundtief, auch wenn er dies stets zu verbergen gewusst hatte. Seitdem Kaya und Darian von Northcliff regierten, musste man sich als Adliger anpassen, wenn auch nur zum Schein. Aber Darians Tochter, die die Vorzüge der Rasse der Menschen mit jenen der Dunkelelfen auf derart betörende Art und Weise vereinte, hatte schon früher ein Feuer in seinen Lenden entfacht. Zumindest einmal musste er sie haben – denn seine Saat in ihrem Inneren würde mit ihrem Tod ohnehin dahinscheiden.

»Es wundert mich, dass noch niemand diesen Geiger aufgespießt hat«, beschwerte sich Kayne, nachdem der Musiker nach einer leider viel zu kurzen Pause erneut mit seinem Katzenjammer begonnen hatte.

»Ich habe auch bereits mit dem Gedanken gespielt, ein Stück meines Umhangs zu opfern und es mir in die Ohren zu stopfen.« Leána schnitt eine Grimasse. »Du hast nicht zufällig bei Nordhalan gelernt, wie man einen hoffnungslos schlechten Geiger verschwinden lässt?«

»Bei Nordhalan nicht.« Kayne erhob sich ruckartig und schlenderte dann scheinbar ziellos auf den Geiger zu.

»Kayne, mach jetzt bloß nichts, was Aufmerksamkeit erregt«, murmelte Leána und befürchtete schon das Schlimmste.

Doch Kayne stellte sich neben den Kamin, ignorierte Toran und Siah, die sichtbar aufgeschreckt waren, und rieb sich die Hände, so als würde er frösteln. Der Geiger saß unmittelbar vor ihm auf einem Hocker und fiedelte hingebungsvoll eine alte Weise. Ein Unwissender hätte es vermutlich für einen Funken gehalten, der dem Feuer entwich, doch Leána bemerkte sofort, dass der winzige silberblaue Blitz direkt aus Kaynes Hand geschossen kam. Nur einen Lidschlag später gaben die Saiten des Geigers einen noch schrägeren Ton von sich, schnellten ihm beinahe ins Gesicht und kräuselten sich schließlich klingend zu einer Spirale. Der Geiger stieß einen erschrockenen Ruf aus, von den Gästen waren jedoch erleichterte Seufzer zu vernehmen. Betrübt starrte der Musiker auf sein Instrument und schlurfte schließlich zum Tresen. »So viele Ersatzsaiten habe ich nicht bei mir«, jammerte er zur Wirtin gewandt.

»Mein lieber Bruder, wir werden es verkraften – wenn auch schwerlich.«

»Er ist der Bruder der Wirtin«, erzählte Leána Kayne, nachdem dieser wieder neben ihr saß.

»Deshalb hat sie ihn noch nicht hinausgeworfen.«

»Wie hast du das gemacht?«, erkundigte sich Leána neugierig.

Achselzuckend betrachtete Kayne seine Hände. »Für einen Moment habe ich große Energie in diese Saiten gelenkt, daraufhin sind sie zerborsten.«

»Auch ein Trick von Tena?«

»Einer, der sich bislang als einer der nützlichsten herausgestellt hat.«

»Hast du noch …«

»Ich habe die Sache mit Tena beendet«, unterbrach er sie ungeduldig. »Wenn es öffentlich geworden wäre, hätte es nur alle daran erinnert, dass sie eine Affäre mit Samukal hatte.«

»Ich habe Tena schon lange nicht mehr gesehen«, sagte Leána bedauernd. »Ich mag sie nämlich, habe sie schon immer gemocht, selbst wenn sie einige, sagen wir mal, zweifelhafte Dinge getan hat.«

»Du scheinst dich gerne mit zweifelhaften Personen abzugeben«, merkte er selbstironisch an.

»Vielleicht ist das mein Schicksal.« Sie drückte ihm einen Kuss auf die Wange. Langsam wurde Leána schläfrig und war froh, als sich mehr und mehr Gäste zurückzogen. Sie erkannte auch die Postreiterin, die mit ihnen das Zimmer teilen würde, eine burschikose Frau mit kinnlangem Haar, die vermutlich einige Sommer mehr als Leána gesehen hatte.

»Wir warten noch kurz, bis sie schläft, dann gehen Siah und ich hinauf.« Leána holte ein Stück Pergament und einen Kohlestift aus ihrem Bündel. »Ich schreibe ihr eine Nachricht, was wir vorhaben.« Mahnend hob sie einen Finger. »Und kein Geunke, dass das ohnehin nicht gelingt.«

»Ich bin ja schon still.« Mit ebenfalls kleinen Augen lehnte sich Kayne zurück und streckte seine langen Beine aus.

Leána schlängelte sich durch die Männer, die nach und nach

begannen, ihre Decken auf dem Boden auszubreiten, und steckte Siah unauffällig den Zettel zu. Zurück an ihrem Tisch traf sie auf die Wirtin, die auf Kayne einredete. »Dieses Bier dürft Ihr noch austrinken, junger Mann, dann müsst Ihr aber wirklich gehen!«

»Selbstverständlich, edle Dame«, versicherte Kayne mit einem unverschämt charmanten Lächeln, welches das Rot auf den Wangen der Wirtin noch verstärkte.

»Mit Schmeicheleien ergattert Ihr auch keinen Schlafplatz!« Die Wirtin stolzierte davon, warf jedoch noch einen Blick über die Schulter.

»Du kannst ja die Frauen betören«, scherzte Leána, »ein völlig neuer Wesenszug an dir!«

»Es muss nur die Richtige sein.«

»Nun gut, Wirtinnen von Albany seid gewarnt – Kayne ist auf Freiersfüßen!«

»Lästermaul«, knurrte Kayne.

Nach einer Weile erhob sich Siah, ging langsam auf die Tür zu und schlüpfte hinaus. Toran legte sich auf einen der wenigen freien Plätze, die es noch gab, und Leána machte sich daran, Siah zu folgen.

»Wir sehen uns bald, Kayne«, flüsterte sie und bahnte sich ihren Weg. Die Stufen knarrten leise, und im schummrigen Licht fand Leána nach kurzem Suchen das von der Wirtin beschriebene Zimmer. Aus den anderen drang hier und da noch eine leise Unterhaltung oder auch Schnarchen.

Behutsam öffnete Leána die Tür und vernahm sogleich Siahs Stimme. »Komm rein, sie schläft bereits.« Tatsächlich ertönten aus dem Bett links neben der Tür tiefe Atemzüge.

Endlich hatte er das dritte Mal das Öffnen der Tür vernommen, und nun hörte er auch, gedämpft durch das Holz, die Unterhaltung von zwei jungen Frauen.

»Die Postreiterin ist beinahe auf der Stelle eingeschlafen.«

»Bestimmt hat sie zu tief ins Bierglas geschaut.«

Kurzes Schweigen, dann sagte eine der beiden: »Vielleicht können wir morgen einem der Postreiter eine Nachricht nach Northcliff mitgeben, damit sich meine Eltern und Kaya keine Sorgen machen.«

»Das wäre sicher gut.«

»So, jetzt müssen wir nur noch warten, bis Kayne kommt.«

Kayne? Der Bärtige zuckte zusammen, konnte es im letzten Augenblick noch verhindern, dass ein Besen umkippte, und verharrte mit pochendem Herzen. Wenn Kayne dabei war, musste er seinen Plan ändern. Seine Gedanken rasten. Falls er den jungen Mann umbrachte, konnte es Ärger geben. Sollte er darauf verzichten, die Nebelhexen zu ermorden? Dieser Gedanke machte ihn rasend, denn schon zu lange hatte er seine Triebe zurückgehalten, nur ab und zu ein Mitglied dieses abartigen Volkes auf unauffällige Art und Weise verschwinden lassen. Aber er wollte es endlich öffentlich tun, ein Zeichen setzen. Ein Zeichen, dass die Tage der Mischwesen gezählt waren.

Vielleicht kann ich die beiden sofort töten, rasch verschwinden und Toran entführen. Sein Herz raste, schlug schmerzhaft gegen seinen Brustkorb. *Ist das zu riskant? Sollte ich besser warten, bis auch Kayne schläft, ihn ebenfalls bewusstlos schlagen? Wird man mir das verzeihen, wenn ich dafür den Prinzen von Northcliff liefere?* Der Bärtige atmete tief durch. Es war noch nicht alles verloren, in dieser Nacht würde sich ein lang gehegter Wunsch erfüllen.

»Wohin wollen wir morgen aufbrechen?«, erkundigte sich Siah im Flüsterton bei ihrer Freundin. Gerade hatte sich die Postreiterin gerührt, sich jedoch lediglich mit einem Grunzen auf die andere Seite gedreht. Auch Leána hielt es für sinnvoll, sich nur ganz leise zu unterhalten.

»Ich weiß nicht, der Sturm hat ja nachgelassen, aber falls es weiterhin so stark regnet, sollten wir zusehen, dass wir eine Höhle finden, wo wir warten können.«

»Gute Idee.«

Leána hatte neben Siah auf dem Bett gesessen, aber nun löschte sie die Kerze an der Wand, schnappte sich eine der Decken und legte sich auf den Boden.

»Ich kann dort unten schlafen«, bot Siah sogleich an.

»Weshalb denn?«

»Na ja, du bist größer.«

»So ein Blödsinn, Siah, aber um dich zu beruhigen – sobald Kayne kommt, müssen wir beide uns ohnehin das Bett teilen. Andernfalls steigt die Postreiterin am Ende auf unseren grantigen Zauberer, und seinen Tobsuchtsanfall möchte ich allen Anwesenden ersparen.«

Siah gluckste unterdrückt. »Manchmal ist es wirklich nicht einfach mit ihm.«

»Nein, aber ich kann ihn irgendwie verstehen.« Leána drehte sich auf die Seite, und auch wenn sie eigentlich hatte warten wollen, bis Kayne hier war, um nicht aus dem Schlaf gerissen zu werden, bemerkte sie, wie ihre Augenlider schwer wurden.

Die Gedanken rasten durch den Kopf des Bärtigen, seine Hand klammerte sich um den Dolch. Für ein Schwert wäre in dem winzigen Raum kein Platz. Eben noch hatte er das unverständliche Geflüster der beiden Mädchen vernommen, aber nun waren sie still.

Sicher wartet Kayne, bis alles tief und fest schläft und schleicht sich dann hinauf. Die Wirtin wird noch eine Weile beschäftigt sein. Ich sollte meine Tat sogleich ausführen, Toran schnappen und verschwinden. Nervös fuhr er sich über seine bauschige Gesichtsbehaarung. *Hoffentlich sind die Männer im Schankraum zu betrunken, um mitzubekommen, wie ich den Jungen hinausschaffe.* Mit einer Hand spielte er an dem Fläschchen mit Betäubungsmittel herum. Wenige Atemzüge von dem Pflanzenextrakt, das er von einem 'Ahbrac in Ilmor erstanden hatte, würden genügen, um Toran außer Gefecht zu setzen. Er straffte seine Schultern, genoss noch einen Moment lang die Vorfreude. Dann näherte sich seine Hand der Tür.

Kapitel 14

Südwärts

Ein leises Knarren weckte Leána aus ihrem Schlummer. Benebelt glaubte sie, etwas in ihrem Rücken aus Richtung der Besenkammer gehört zu haben, doch da öffnete sich die Eingangstür einen Spaltbreit, und das Geräusch war vergessen.

»Die Ladys erlauben, dass ich eintrete?«, vernahm sie Kaynes geflüsterte Worte.

»Ausnahmsweise«, antwortete sie hochnäsig und erhob sich. Sie rüttelte Siah an der Schulter. »Kayne ist hier.«

Leána erkannte, wie Kayne sich durch den Spalt quetschte.

»Siah und ich schlafen gemeinsam in dem Bett. Du kannst es dir auf dem Boden bequem machen.«

»Bequem? Ich …«

Da öffnete sich die Tür noch einmal – diesmal ruckartig; es war die Wirtin, eine Fackel in der Hand, die ihr wutverzerrtes Gesicht grotesk beleuchtete.

»Du Rüpel!«, schrie sie und schlug mit einem Kerzenhalter auf Kayne ein. Dieser konnte nicht ausweichen, torkelte gegen Leána, die wiederum zu Siah aufs Bett fiel.

Die Postreiterin fuhr kerzengerade in die Höhe, hielt auch schon ein kurzes Schwert in der Hand.

»Was soll dieser Tumult?«

Die Gastwirtin war wie von Sinnen. »Was fällt dir ein, in das Zimmer der Frauen zu schleichen, du Unhold! Hättest du dich im Gang ausgestreckt, ich hätte vielleicht darüber hinweggesehen! Aber nein, du musst bei unbescholtenen jungen Damen eindringen, du Wüstling. Weißt du eigentlich, was Kaya von Northcliff mit solchen wie dir tut?«

»Aua! Jetzt hör doch auf!«, schimpfte Kayne, hielt die Hände vor seinen Kopf, um diesen zu schützen.

»Das würde dir so passen!«

»Wirtin!« Leána hatte sich aufgerappelt, quetschte sich an Kayne vorbei und hielt den Arm der Wirtin fest. »Lasst es gut sein, er gehört zu mir.«

Die massige Frau stutzte. »Habt ihr den Bund geschlossen?«

Leána räusperte sich. »Nein, aber …«

»Ich betreibe doch kein Hurenhaus!«, kreischte sie. »Wir sind hier nicht in Ilmor!« Nun schlug sie abwechselnd auf Kayne und Leána ein. »Verschwindet, auf der Stelle. So etwas gibt es in meiner Station nicht.«

»Siah«, quietschte Leána, »nimm unsere Sachen!«

Schon hatte sich die kleine Nebelhexe ihren Weg ins Freie gebahnt und warf Leána ihr Bündel zu. Ein heller Blitz ließ Leána vermuten, dass Kayne nun Magie eingesetzt hatte. Die Wirtin kreischte noch lauter als zuvor, und Leána presste eine Hand vor den Mund, als zuerst Kayne aus dem Raum geschossen kam, anschließend die Wirtin – mit wild abstehendem, leicht angesengtem Haar.

»Wüstlinge, Huren! Diebe und Zauberer«, brüllte sie.

Überall öffneten sich Türen. Männer, teilweise nur in Untergewändern, blinzelten verschlafen in den Gang.

In großen Sätzen sprang Leána die Treppe hinunter. »Kayne, Siah, macht die Pferde fertig, ich hole Toran«, rief sie.

Blaues Feuer fackelte am Fuße der Treppe auf, und Kayne stürmte mit einem entschuldigenden Achselzucken an ihr vorbei.

Zum Glück hielt dieses – imaginäre – Feuer ihre Verfolger auf und gab Leána die Gelegenheit, Toran zu wecken. Ohne Rücksicht auf Verluste trat sie auf die Männer am Boden, ignorierte Schimpfen und Fluchen und rüttelte ihren Cousin an der Schulter.

»Steh auf, sofort!«

»Was ist denn?«, brummelte er.

»Keine Zeit für Fragen!« Sie ergriff sein Bündel, packte ihn an der Hand und zerrte ihn ins Freie. Dort fiel noch immer dichter Regen. Zumindest warteten Siah und Kayne mit den Pferden direkt vor der Tür.

In rasendem Galopp stürmten sie Samukals Straße hinab. Zunächst mussten sie einige Meilen zwischen sich und das Gasthaus bringen, bevor sie wieder im Unterholz verschwinden konnten.

Die Schreie und das Gepolter waren verstummt, und der Bärtige konnte lediglich erahnen, was sich gerade eben abgespielt hatte. Vor Wut bebend wartete er in der Finsternis der Besenkammer. Aller Wahrscheinlichkeit nach waren seine Opfer nun fort, geflohen, und das wegen der übertriebenen Moralvorstellungen dieser dämlichen Wirtin!

Vorsichtig spähte er durch den Schlitz und erkannte, wie die Postreiterin sich wieder ins Bett legte. Sein so schön ersonnener Plan war dahin. Jetzt würde er die Spur von Leána und ihren Freunden erneut mühsam aufnehmen müssen, und wie gut diese verfluchten Nebelhexen darin waren, ihre Fährte zu verwischen, das war weithin bekannt.

»Verdammt noch mal, jetzt habe ich vergessen, die Kerze zu löschen«, grollte die Postreiterin, stand, nur in ein langes Hemd gekleidet, auf und tapste zur Wand.

Da stieß der Bärtige die Tür zur Besenkammer auf, war mit wenigen Schritten bei der Postreiterin und hielt ihr den Mund zu. Ihre Augen weiteten sich, sie wand sich, um ihm zu entkommen, doch der Bärtige war geübt darin zu töten.

»Ich werde die Flamme für dich löschen, und nicht nur die der Kerze.«

Seite an Seite preschten die vier Freunde über die Handelsstraße in Richtung Süden, ließen Gasthäuser und kleine Dörfer, die sich entlang dieser Hauptverbindungsstrecke gebildet hatten, hinter sich. Schließlich zügelte Leána ihren Hengst, auch wenn dieser rebellierte, denn er hatte diese Jagd spürbar genossen. Allerdings mussten sie auf die anderen Rücksicht nehmen, die keine so ausdauernden Tiere besaßen.

»Dort vorne ist es zu felsig, und man kann uns leicht entdecken. Besser wir verschwinden im Wald«, schlug Leána vor.

»Kann mir endlich mal jemand sagen, weshalb wir mitten in der Nacht über die Handelsstraße reiten, als wären sämtliche 'Ahbrac aus dem Unterreich hinter uns her?«, beschwerte sich Toran.

»Ich glaube, Kayne hätte sich vorher sogar einen 'Ahbrac anstelle der Wirtin gewünscht«, kicherte Leána.

»Ich habe überall blaue Flecken.« Kayne rieb sich die Schulter.

»Wenn du Rüpel auch einfach in das Zimmer unbescholtener junger Ladys eindringst«, flötete Leána.

»Habt ihr gesehen, wie sie knallrot angelaufen ist?«, steuerte Siah lachend bei. »Ich dachte schon, ihr Kopf platzt gleich.«

»Ah, die Wirtin hat den guten Kayne also erwischt!« Toran grinste hämisch. »Hat der Herr Zauberer wohl nicht richtig aufgepasst?«

»Der *Herr Zauberer* hat euch alle aus dem Schlamassel herausgebracht«, stellte Kayne klar und drehte seinen Kopf in die Richtung, aus der sie gekommen waren. »Ich glaube, ich habe im Gasthaus einen Soldaten aus Northcliff entdeckt, Leána.«

»Vermutlich haben auch sie Schutz vor dem Unwetter gesucht«, mutmaßte Siah.

»Es beginnt zu dämmern.« Toran gähnte herzhaft. »Dann müssen wir wohl mal wieder ohne ausreichend Schlaf auskommen.«

»Du kannst ja zurück nach Hause reiten, in deine schöne, trockene und warme Burg, dann brauchen wir uns wenigstens keine Gedanken machen, ob wir Spuren hinterlassen oder nicht«, zog Kayne ihn auf.

»Die beiden sind unmöglich«, stöhnte Leána zu Siah gewandt und verdrehte die Augen. »Unsere Spuren bereiten mir allerdings tatsächlich Sorgen. Auf dem aufgeweichten Waldboden kann jeder unsere Fährte leicht aufnehmen.«

»Dafür müssten die Soldaten aber erst einmal wissen, wo wir die Straße verlassen haben«, wandte Siah ein.

»Das stimmt schon.« Leána kaute auf ihrer Unterlippe herum. »Trotzdem kann uns ein geübter Spurenleser rasch aufspüren – und alle Northcliffsoldaten sind darin ausgebildet. Kayne, kannst du einen Verschleierungszauber wirken?«

Seine Miene verfinsterte sich. »Nein.«

»Ah, dann hat dir die gute Tena also doch nicht so viel beigebracht wie gedacht«, warf ihm Toran natürlich postwendend an den Kopf.

»Offensichtlich mehr Nützliches als dir, denn dich habe ich während der letzten Monde nicht einmal mit einer Küchenmagd in deiner Kammer verschwinden sehen! Oder hast du am Ende doch noch die blonde Denira beglückt? So sehnsüchtig wie sie dich anschmachtet, glaube ich allerdings kaum.«

Toran schnappte nach Luft, seine Gesichtsfarbe wechselte zu einem höchst ungesunden Rotton, und er schielte verlegen zu Siah, doch sofort ging er auf Angriff. »Samukal soll ja auch in allen möglichen Betten zu finden gewesen sein!«

»Was dem *edlen* Atorian von Northcliff selbstverständlich völlig fremd war!«

»Siah, das müssen wir uns nicht antun!« Leána ließ Maros antraben und suchte gemeinsam mit ihrer Freundin den besten Pfad. Das Geplänkel der beiden Streithähne geriet in den Hintergrund, war jedoch trotz des raschen Rittes noch nicht völlig verstummt, als Leána abrupt anhielt.

»Könnt ihr mal für zwei Atemzüge den Mund halten?«, rief sie nach hinten.

»Weshalb? Dieser unverschämte Kerl beleidigt meinen Vater«, beschwerte sich Toran.

»Ich befürchte, hier steht der eine dem anderen in nichts nach«, entgegnete Leána gelassen, woraufhin Siah zustimmend nickte. »Aber ist den Herren vielleicht entgangen, dass dort vorne eine große Trollrotte lagert?«

Die beiden sahen erst sich an, dann starrten sie angestrengt geradeaus.

»Wir sollten sie besser umreiten«, schlug Siah vor.

»Nein, eben nicht.« Leána ritt langsam weiter.

»Weshalb denn?«, wunderte sich auch Kayne. »Trolle im Frühsommer zur Paarungszeit sollte man besser in Ruhe lassen.«

»Hast wohl Angst, dass sich einer von ihnen an dir vergreift – angeblich graut denen ja vor gar nichts«, griente Toran.

»Wenn ihr nicht endlich aufhört, werde ich euch beide den Trollen als Frühstück anbieten«, giftete Leána.

Jetzt hatten auch die Trolle bemerkt, dass sich jemand näherte. Ein besonders großer Waldtroll mit grüner Haut und den dieser Trollgattung üblichen Hauern im Gesicht erhob sich, ebenso wie seine zehn Begleiter. Er fasste seinen imposanten Speer, an dem zahlreiche kleine Knochen als Verzierung hingen, und trat vor.

»Freunde von König Murk«, erklärte Leána in Trollsprache und verneigte sich vor dem Anführer.

Dieser senkte seinen Speer – ein gutes Zeichen –, und auch die anderen Trolle setzten sich grummelnd wieder hin.

»Freunde – nicht essen«, brummte der Troll und schlug sich auf die Brust. »Unrak, Anführer von Waldtrollen in Mitte von Albany.«

»Grüß dich. Ich bin Leána. Kannst du Menschensprache?«
»Nö.«

Sie drehte sich kurz zu ihren Freunden um, die zögernd näher gekommen waren. »Er versteht euch leider nicht, aber sie stellen keine Gefahr für uns dar.«

»Na wenigstens etwas.« Kayne nahm seine Hand vom Schwertknauf.

»Unsere Spuren«, wandte sich Leána erneut an den Anführer. »Könnt ihr die verwischen?«

Kurz drehte sich Unrak zu seinen Gefährten um. Er redete so schnell und grollend mit ihnen, dass es selbst Leána schwerfiel, etwas zu verstehen. Lediglich »Spuren«, »weg«, »Murk« und »Belohnung« verstand sie.

Schließlich kam Unrak auf sie zugestampft, ein wahrlich beeindruckendes Exemplar von einem Waldtroll. »Schick zwanzig Trolle. Machen Spuren weg.«

Das bezweifelte Leána, denn hier waren, Unrak eingeschlossen, nur elf Trolle zu sehen, und tatsächlich setzten sich lediglich fünf von ihnen in Bewegung und trampelten mit ihren breiten Füßen auf den Hufspuren herum.

»Pferd essen – für Lohn?« Unraks wurstartiger Finger, der in einer spitzen Klaue endete, deutete auf Maros.

»Nein!«, rief Leána sofort empört aus, woraufhin unzufriedenes Gemurmel ausbrach.

»Oh, oh«, vernahm sie von Toran, der die Worte sicher nicht verstanden, jedoch auch so mitbekommen hatte, worum es ging.

»Unrak will Lohn«, beharrte der Troll, seine wulstigen Augenbrauen zogen sich bedrohlich zusammen, und Speichel rann aus seinem halb geöffneten Maul.

Hastig kramte Leána in ihrem Bündel, förderte ein Stück Käse, etwas Brot und ein Stück geräucherten Schinken zutage. Dies warf sie dem Troll zu, der den Käse misstrauisch beäugte, hineinbiss und gleich wieder ausspuckte. »Pah! Nichts für Troll!« Brot und Schinken verschlang er mit einem Happen.

»Unrak nicht satt! Pferd!«

Schon kam er näher, und Maros, der entweder Unraks Absicht oder Leánas Unruhe spürte, stieg auf die Hinterbeine.

»Maros ist Freund! Nicht essen!«, rief Leána aus.

Der Troll verharrte, kratzte sich am Hinterkopf, aus dem nur wenige braune Borsten sprossen und nickte dann. »Gut Freund. Hat Name, nicht essen. Dann den da.« Er zeigte auf Torans

Pferd, und nachdem Leána auch diesen als Freund bezeichnete, auf die beiden anderen. Am Ende war der Troll mehr als unzufrieden, stapfte auf der Stelle herum und knurrte wütend.

»Ich sag Murk, er soll Bier liefern lassen – viel Bier!«, kam ihr dann die rettende Idee.

»Viel Bier?« Schlagartig wandelte sich Unraks Miene, und mit etwas gutem Willen konnte man das Grinsen, das Hauer und Reißzähne entblößte, sogar als freundlich interpretieren. Zumindest tat Leána dies, Kayne hingegen trieb seinen Hengst vor sie und hielt das Schwert drohend ausgestreckt. »Sag ihnen, ich bin ein Zauberer, wenn sie dich nicht in Ruhe lassen, werden sie es bereuen.«

»Kayne, hör auf, alles ist in Ordnung«, versicherte sie ihm hastig, denn die Trolle wurden wieder unruhig.

»Alles gut, Kayne versteht Trollsprache nicht«, erklärte sie.

»Dummer Mensch! Trollsprache leicht!«, knurrte Unrak, dann leckte er sich die Lippen. »Wann Bier?«

»Vier Vollmonde von heute«, sagte sie, denn dann würden sie wieder in Northcliff sein. Vielleicht konnte sie sogar vorher eine Nachricht an Murk schicken lassen.

»Vier Monde. Gut.« Unrak hielt seine Hand hoch und streckte alle fünf Finger aus, woraufhin Jubel ausbrach.

Nun gut, fünf Monde sind auch in Ordnung, dachte Leána und grinste innerlich.

»Bier zum Uzrapuk«, verlangte Unrak.

»Was ist der Uzrapuk?«, wollte Leána wissen.

»Heiliger Trollort. Geheim.« Unrak machte ein wichtiges Gesicht, und Leána zuckte mit den Schultern. Murk würde schon wissen, wo das war.

Sie verneigte sich. »Danke, Unrak. Wir ziehen weiter.«

»Unrak macht alle Spuren weg.« Noch einmal warf er einen bedauernden Blick auf die Pferde, bevor er seinen Kumpanen bedeutete, sich wieder zu setzen. Hier und da vernahm sie ein euphorisches »Bier!«.

Auf ihrem Weiterritt erzählte sie ihren Freunden in allen Einzelheiten, was sich zugetragen hatte.

»Das war mal wieder ein typischer Leána-Plan«, stöhnte Kayne. »Nur um unsere Spuren zu verwischen, wären wir um ein Haar unsere Reittiere losgeworden – oder am Ende selbst im Kochtopf gelandet.«

»Blödsinn!«, widersprach Leána. »Schon lange wurden keine Menschen mehr von Trollen überfallen.«

Unsicher wiegte Toran seinen Kopf hin und her. »Hm, manchmal gab es durchaus Zweifel, ob Wanderer, die zu weit ins Trollgebiet vorgedrungen und nie wieder nach Hause gekommen waren, nicht von einer Trollrotte gefressen wurden.«

»Ach was, Murk hat sein Volk unter Kontrolle«, behauptete Leána.

»Vielleicht die Waldtrolle«, wandte Kayne ein, »aber manche Bergtrollrotten der Ostküste haben sich ihm noch immer nicht unterworfen – wissen Gerüchten zufolge nicht einmal, dass Murk der neue König ist, obwohl das schon über zwanzig Sommer zurückliegt.«

»Wie auch immer«, wiegelte Leána ab. »Das hier waren Waldtrolle, und durch das Bier haben sie sich besänftigen lassen.«

»Dann sieh aber auch zu, dass du Murk rechtzeitig benachrichtigst, sonst gibt es Ärger«, warnte Siah.

»Aber sicher doch!« Fröhlich pfeifend ritt Leána weiter und freute sich, dass nun niemand ihrer Spur folgen konnte.

Kapitel 15

Bedrohung

»Darian!«

Er stöhnte auf, als ihn der Trainingsstock mit voller Wucht an der Schulter traf.

»Ihr solltet Euch nicht ablenken lassen – von nichts!«, rügte Nal'Righal ihn postwendend, und Darian brauchte sich nicht umzudrehen, um das breite Grinsen auf Aramias Gesicht zu sehen. Sie hatten sich entschlossen, heute am Training der Northcliffsoldaten teilzunehmen, und Darian musste sich zähneknirschend eingestehen, während der Zeit auf der Nebelinsel in dieser Beziehung nachlässig geworden zu sein.

»Ich weiß, Nal, aber meine Königin hat gerufen.« Tatsächlich stand Kaya auf der Mauer und machte ungeduldige Zeichen.

Lediglich die linke Braue des Dunkelelfenausbilders wanderte in die Höhe. »Selbst dies verzeiht keine Unachtsamkeit, denn tot könnt Ihr Eurer Königin nicht dienen.«

Seufzend hob Darian die Schultern, verneigte sich vor Nal'Righal und hastete die Stufen hinauf zu Kaya, die mit einem abgerissenen Stück Schriftrolle in der Hand wedelte.

»Gerade traf ein Botenvogel aus dem Süden ein. In einer der Postreiterstationen wurde eine Postreiterin ermordet«, rief sie ihm aufgeregt entgegen.

»Das ist bedauerlich, aber musst du deswegen ...« Er rieb sich die Schulter, doch Kaya unterbrach ihn.

»Der Soldat, der die Nachricht verfasst hat, sagt, die Wirtin schwört Stein und Bein, es wäre Kayne gewesen.«

»Kayne?« Nun wurde Darian hellhörig.

»Und Leána und Siah wurden ebenfalls gesehen.« Sie starrte auf das Schriftstück, so als würde sie nach Zeilen suchen, die ihr zuvor entgangen waren. »Von Toran ist nicht die Rede, aber ich bin mir sicher, er war bei ihnen.«

»Das ist ja eine seltsame Sache. Wo soll sich das alles zugetragen haben?«

»An der Straße, etwa auf Höhe des südlichen Elfenreiches.«

»Dann sind sie rasch gereist.«

»Darian, ich habe ein ungutes Gefühl!«

»Kayne ermordet doch keine Postreiterin!«, beteuerte Darian. »Und weder Leána noch Siah würden dies dulden. Die Wirtin muss sich geirrt haben.«

Kaya schloss kurz die Augen und atmete tief durch. »Der Soldat hat Kayne eindeutig erkannt, den Mord jedoch nicht beobachtet.«

Tröstend drückte er Kayas Arm. »Sicher wird sich alles aufklären.«

»Ich hatte mich ohnehin schon gewundert, dass man Kayne gar nicht mehr zu Gesicht bekommt«, schimpfte Kaya. »Aber wenn er mit Toran und Leána unterwegs ist … Ich weiß nicht, das gefällt mir nicht.«

»Was ist mit Kayne?« Elysias schrille Stimme ertönte von unterhalb der Mauer, auf der sie standen. Mit gerafften Röcken kam sie die Treppe hinaufgeeilt.

»Was tust du noch immer auf der Burg?«, fragte Kaya kalt.

»Meine restlichen Sachen holen.« Beleidigt strich sie sich ihr Haar zurück. »Es dauert eine Weile, bis eine Edeldame ihren Hofstand umgesiedelt hat. Und nun sprich, welche Neuigkeiten gibt es von meinem Sohn?«

»Wusstest du, dass er fort ist? Mit Leána, Siah und Toran?«

Elysia reckte lediglich arrogant ihr Kinn, doch an der Art, wie sie nervös mit einer Haarlocke herumspielte, erkannte Darian, dass Kaya richtiglag.

»Der arme Junge wurde von dieser Drachenbrut ...« Beinahe schon ängstlich blickte sie in den Himmel, so als könnten die Drachen sie hören. »... er wurde von ihnen beschämt. Da ist es nur sein gutes Recht, dass er für eine Weile von hier fortgeht. Schließlich ist er nun ein erwachsener Mann!«

»Was hat er vor?« Drohend kam Kaya auf Elysia zu, sodass diese zurückwich. Nicht zu Unrecht, denn selbst wenn Kaya ein paar Sommer mehr gesehen hatte, war sie doch auch heute noch eine Kriegerin, die sich regelmäßig in Kampfkünsten übte. Ganz im Gegensatz zu der dürren Elysia, die sich lediglich um eine perfekt sitzende Frisur und hübsche Kleider scherte.

»Was soll er denn vorhaben?«, rief sie mit unnatürlich hoher Stimme.

»Dein Sohn hat eine Postreiterin ermordet!«, schleuderte Kaya der verhassten Frau ins Gesicht.

Diese quietschte erschrocken auf. »Nein, das glaube ich nicht. Und wenn, dann wird sie es verdient haben.«

»Darian, da siehst du es, sie traut ihm einen Mord zu.«

»Kaya!« Kopfschüttelnd fasste er sie am Arm und führte sie ein Stück fort.

»Nichts ist erwiesen, und Kayne, Toran und die Mädchen sind Freunde – und das schon seit einer langen Zeit.«

Kaya fuhr sich über das Gesicht. »Ich traue diesem Zauberersspross einfach nicht über den Weg. Wenn doch nur Hauptmann Sared endlich Nachricht schicken würde.«

»Er ist ein gewissenhafter Hauptmann«, bemühte sich Darian, seine Freundin zu besänftigen, »wenn jemand Toran findet, dann er.«

»Vermutlich«, stimmte Kaya zu. Voller Unruhe schritt sie auf und ab. »Ich lasse Botenvögel in Dörfer und Postreiterstationen südlich und westlich von dort schicken, wo der Mord geschehen ist. Sie sollen Kayne aufspüren, und ich reite los und befrage ihn persönlich!« Nun hatte sie ihr Kinn entschlossen vorgereckt, aber Darian wiegte zweifelnd den Kopf.

»Wenn das bekannt wird, wird das Volk beunruhigt sein, Kaya. Die Königin von Northcliff, die Kayne eines Mordes beschuldigt – das gibt einen Skandal. Zudem würde es Torans Ehre kränken, wenn du ihn wegen dieser Sache sofort nach Hause holst. So schrecklich das für die Postreiterin war, es könnte jeder gewesen sein.«

Darian sah Kaya an, wie sehr es in ihr arbeitete. Sie lehnte sich gegen die Mauer und verschränkte die Arme vor der Brust.

»Lass Mia und mich nach Süden reiten«, bot Darian an. »Das wird niemandem auffallen, denn alle werden denken, wir reisen zurück auf die Nebelinsel. Schick ruhig deine Botenvögel, wir befragen Kayne.«

»Nun gut«, antwortete Kaya nach kurzem Zögern. »Aber wenn es auch nur einen winzigen Zweifel an Kaynes Unschuld gibt, dann bringst du Toran zurück zu mir – und Kayne in den Kerker.«

»Gut, es ist nur …« Darian wurde unterbrochen, als Torgal angerannt kam. Er hielt ein kleines Holzschwert in der Hand und atmete heftig.

»Mutter hat gesagt, Nal hätte dich so richtig heftig erwischt!«, rief er und sah dabei recht begeistert aus.

»Erinnere mich nicht an meine Schmach«, knurrte Darian, hob den Kleinen auf den Arm und blickte Kaya an. »Könnte er so lange hierbleiben?«

»Selbstverständlich!«

»Wo wollt ihr denn hin?«, erkundigte sich Torgal sogleich.

»Ach weißt du, junger Mann, deine Mutter und ich möchten mal eine Weile allein sein und dachten, du könntest dich zusammen mit den Kindern auf der Burg im Schwertkampf und Bogenschießen üben.«

»Ich darf bei Tante Kaya bleiben!«, freute sich Torgal, obwohl Darian schon befürchtet hatte, der Kleine könnte in Tränen ausbrechen, wenn sie ohne ihn fortritten. »Wie lange, zwei Monde?«, fragte er mit funkelnden Augen, aber Darian stupste ihn auf die Nase. »Ich hoffe, wir sind in zehn bis vierzehn Tagen zurück.« Er wandte sich Kaya zu. »Wenn wir an jeder Station die Pferde wechseln, sollten wir nicht mehr als drei oder vier Tage bis zu der besagten Postreiterstation benötigen.«

»Ja, diese Straße war eines der wenigen guten Dinge, die dieser …« Mit einem Blick auf Torgal verstummte Kaya, streckte die Arme aus, und der Kleine ließ sich sogleich von ihr auf den Arm nehmen. »Wir machen uns eine schöne Zeit, Torgal.«

»Reitest du mit mir aus, Tante Kaya?«

»Selbstverständlich!«

»Und darf ich ein großes Pferd reiten?« Er warf Darian einen verschmitzten Blick zu, aber der schmunzelte nur. Sollte Torgal ruhig ein paar unerlaubte Dinge tun, Kaya würde schon auf ihn achten.

»Nun, warum nicht«, sagte Kaya und ging mit Torgal auf dem Arm davon, während Darian zu Aramia hinabeilte, um ihr zu erzählen, was er vorhatte.

Auch die Tage nach dem Zusammentreffen mit den Trollen brachten in diesem Teil des Landes Sturm und heftigen Regen. Zum Glück fand Leána eine verlassene Bärenhöhle, sodass sie dort Unterschlupf finden konnten. Sie vertrieben sich die Zeit damit, Geschichten aus ihrer Kindheit zu erzählen, Pläne zu schmieden und stritten darum, wer auf die Jagd gehen oder Wasser holen sollte. Doch es war nur das gutmütige Geplänkel von jungen Leuten, und Toran und Kayne hielten sich sogar mit ihren Frotzeleien ein wenig zurück.

Drei Tage nach ihrer Flucht aus der Postreiterstation saß Leána mitten in der Nacht am Feuer. In der dunkelsten Zeit übernahm meist sie die Nachtwache, da sie eventuelle Gefahren einfach schneller erkennen konnte. Es machte ihr auch nichts aus, nein, sie liebte die Stille der Nacht, die gedämpften Geräusche, das Licht der Sterne und des Mondes.

Doch heute zeigten sich weder Mond noch Sterne. Dichter Regen prasselte vom Himmel, nicht einmal das Blätterdach konnte ihn vollständig zurückhalten. Daher war Leána froh um diese Höhle und das Feuer, das ein Mindestmaß an Behaglichkeit verschaffte. Sie musste an ihre Zeit im Unterreich denken. Dort herrschten meist gleichbleibende Temperaturen; Regen, Schnee und Wind kannte man nicht. Zu Anfang war das befremdlich gewesen, doch sie hatte sich daran gewöhnt, sogar das Gefühl, so weit unter der Erde unter all dem Gestein zu leben, schreckte sie nicht. Ihr Vater konnte dies überhaupt nicht verstehen. Seitdem er und Aramia Ururgroßvater Ray'Avan um Hilfe gebeten hatten, war er nicht mehr in Kyrâstin gewesen. Er sagte immer, er könne auch heute noch die Last auf seiner Brust spüren, wenn er an seine Reise ins Unterreich zurückdachte. Gut, er hatte sich damals verlaufen, war beinahe gestorben, aber Leána fand die Welt unterhalb der Berge, Seen und Hügel von Albany trotz allem faszinierend. Vermutlich lag das auch einfach an ihrem Erbe. Schon seit einer Weile bewegte sich Siah, die unweit von ihr auf ihrer Decke lag, unruhig hin und her, während die jungen Männer tief und fest schliefen. Kayne schnarchte ein wenig, und Leána überlegte sich schon, ob sie ihm zum Spaß ein paar kleine Steine in die Nase stecken sollte. Der Gedanke daran brachte sie zum Kichern. Aber da fuhr Siah mit einem Mal aus dem Schlaf. Sie keuchte hektisch, tastete nach ihren Dolchen.

»Siah, was ist denn?« Sofort sprang Leána auf und ging zu ihr. Ihre Freundin bebte am ganzen Körper.

»Er ... will uns umbringen ...«, stammelte sie, war augenscheinlich noch nicht völlig im Hier und Jetzt.

»Du hast geträumt.« Tröstend nahm Leána Siah in den Arm, bemerkte dann aber bestürzt, dass Tränen über ihre Wangen rannen. »War es so schlimm?«

Siah nickte, fuhr sich über die Augen, versuchte wohl, sich zusammenzureißen, doch ihre Stimme bebte. »Er wollte uns töten und Toran entführen!«

»Wer?« Leána runzelte die Stirn.

»Ein Mann, ich weiß nicht, wer es war, ich konnte nur einen Schatten erkennen. Aber es war in dieser Postreiterstation.«

»Siah, das war ein schlimmer Traum.«

»Manche Träume sind … anders … Sie sind wahr«, flüsterte die kleine Nebelhexe.

»Wie meinst du das?«

»Leg dich hin, Leána, ich halte Wache«, lenkte Siah nun ab und wollte aufstehen, doch Leána hielt sie am Arm fest und bemerkte dabei, wie sie zitterte.

»Warte, was ist los? Du bist seit einer Weile schon … seltsam. Hat das mit deinen Träumen zu tun?«

»Ach was.« Sie machte sich los, aber Leána wollte jetzt nicht aufgeben.

»Sind es diese Träume, die irgendwie anders sind? Hattest du sie schon öfters?«

»Ach, Leána, weshalb kann man vor dir nichts verbergen?«, jammerte sie.

»Weil du meine beste Freundin bist. Jetzt sprich schon!«

»Aber du sagst es niemandem«, verlangte sie.

»Natürlich nicht. Was ist los?«

Siah setzte sich im Schneidersitz auf den Boden, legte ihre Fingerspitzen aneinander und begann zu erzählen.

»Der erste Traum liegt schon eine ganze Weile zurück. Weißt du noch, als das eine Dorf an der Südküste der Nebelinsel von der Flutwelle zerstört wurde?«

»Ja, es war fürchterlich«, erinnerte sich Leána. »Fünf von uns wurden in den Tod gerissen.«

»Zwei Nächte zuvor habe ich von genau so einer Flutwelle geträumt«, flüsterte Siah. »Esra, Wiron – ich kann mich an ihre Gesichter erinnern, wie sie im Meer versunken sind, Leána.«

»Das mag sein, aber so etwas …«

»Warte«, unterbrach die kleine Nebelhexe sie. »Ein Mal hätte man es als Zufall abtun können. Aber ich habe letzten Winter im Traum gesehen, wie sich Toran beim Schwertkampf verletzt – nur drei Tage später kam eine Nachricht von Kaya, dass ...«

Jetzt wurde Leána misstrauisch. »Und derartige Träume kamen häufiger vor?«

»Ja.« Siah schlang ihre Decke um die Schultern, so als müsse sie sich vor dieser Gabe schützen. »Eine Weile hat es aufgehört, doch kurz bevor Kayne«, sie senkte ihre Stimme, »auf die Geisterinseln ging, habe ich geträumt, dass ihn die Drachen abweisen. Und kürzlich von einer Bedrohung im Wald. Diese Art von Träumen fühlt sich anders an – realer, so als würde ich direkt dabeistehen, jedoch nichts dagegen unternehmen können.«

»Gut, das ist wohl eher eine Art Vision. Aber dieser Traum von dieser Nacht – da hast du ja von etwas geträumt, das schon zurücklag.«

»Oder davon, dass wir in das Gasthaus zurückkehren und ermordet werden«, hauchte sie.

»Schon wegen Kayne gehen wir unter keinen Umständen zurück«, sagte Leána lachend, wurde jedoch kurz darauf ernst. »Diese Gabe – du solltest Nordhalan davon erzählen.«

Sofort machte Siah ein abweisendes Gesicht. »Nein, das will ich unter keinen Umständen!«

»Weshalb denn nicht? Du magst Nordhalan doch. Er ist ein hervorragender Lehrer und weiß sicher, mit deiner Gabe umzugehen.«

»Ich will nicht auf den Geisterinseln ausgebildet werden«, sagte Siah leise und traurig. »Ich fühle mich dort nicht wohl – unter all diesen Zauberern. Ich bin keine von ihnen. Ich will das nicht.«

»Ach, Siah!« Noch einmal nahm Leána sie in den Arm. »So lange haben alle gerätselt, welche besondere Begabung du wohl hast, dabei hast du sie nur vor allen verborgen.«

»Leána, ich möchte keine Zauberin sein.« Erst der wehmütige Blick in Torans Richtung ließ Leána ein Licht aufgehen, und sie drückte Siah tröstend an sich.

Der Mord an der Postreiterin hatte dem Bärtigen nur wenig Befriedigung verschafft. Zunächst hatte er in den Wäldern nach Spuren gesucht, doch das war beinahe aussichtslos, denn dieser vermaledeite Regen und der Sturm machten jegliche Verfolgung zu einer Tortur.

Schließlich gab er auf, reiste in Richtung Norden und traf sich in einem der Dörfer mit einem Mitglied seiner geheimen Vereinigung. Der Bauer hatte eine Nebelhexe, einen Mischling aus Mensch und Elfe in seinem Keller gefangen. Nachdem der Bärtige sich an ihr vergangen und sie hinterher ermordet hatte, fühlte er sich etwas besser. Was seinen Auftrag betraf – Selfra hatte schon so lange gewartet, sie würde sich noch eine Weile in Geduld üben müssen. Und so zog er sich zurück.

Im Norden von Albany war das Wetter gnädiger gewesen, doch je weiter Darian und Aramia über die Poststraße nach Süden ritten, umso ungemütlicher wurde es. Die Pferde, die an den Stationen vermietet wurden, waren ausdauernd und gehorsam, dennoch vermisste Darian sein Pferd, das er in der ersten Nacht in einem der Dörfer zurückgelassen hatte. Dieses hier hatte einen harten Galopp, der Sattel war alles andere als bequem, und Darian beschlich das ungute Gefühl, sich die gesamte Haut von Oberschenkeln und Hintern wund geritten zu haben. Während einer kurzen Rast an einer der Tränken, die es entlang der Handelsstraße gab, ließ er sich ächzend aus dem Sattel gleiten. Sein Umhang, wenn auch dank gewachster Wolle halbwegs dicht, triefte vor Nässe.

»Ich sag's dir, Mia«, stöhnte er, »man mag mir mein Alter nicht ansehen, aber ich glaube, heute spüre ich es!«

»Mein lieber Darian, ich habe beinahe zweihundert Sommer mehr gesehen als du. Ich hege eher den Verdacht, du bist seit dem Ende der Dämonenkriege einfach bequem geworden.«

»Das mag schon sein«, gab er widerwillig zu. »Aber lass uns zumindest eine Weile rasten.«

Seine Gefährtin bedachte ihn mit einem strafenden Blick. »Wir sollten noch mindestens bis Mitternacht reiten, dann können wir morgen gegen Mittag an der Postreiterstation sein, in der der Mord geschehen ist.«

Sosehr er sich wünschte, rasch vorwärtszukommen und diese ominöse Angelegenheit zu klären, jetzt fühlte er sich schlicht und einfach müde und zerschlagen. Mit beneidenswerter Geschmeidigkeit sprang Aramia aus dem Sattel, stellte sich hinter ihn und massierte seine verkrampften Schultern.

»Jetzt komm schon, Darian, sonst suche ich mir statt dir doch noch einen unbeugsamen Dunkelelfenkrieger.«

Empört drehte sich Darian um, aber das schelmische Glitzern in ihren Augen versicherte ihm, dass sie ihn nur aufziehen wollte. »Untersteh dich, Aramia von Northcliff.« Er küsste sie leidenschaftlich, doch sie schob ihn lachend von sich.

»Ich bin keine Northcliff.«

»Noch nicht, aber bald!«

»Nun gut, dann zeig mir, dass du genauso gut reiten wie küssen kannst.« Sie rannte zu ihrem Pferd, und Darian schwang sich ebenfalls in den Sattel.

Noch lange hatte Leána in dieser Nacht und auch während des beginnenden Tages über Siah und diese geheimnisvolle Gabe nachgedacht. War es ihr tatsächlich möglich, die Zukunft zu sehen? Sie konnte Siahs Bedenken verstehen und vor allem ihre Sorge, was das für eine eventuelle Beziehung mit Toran heißen mochte. Die beiden verstanden sich ausgesprochen gut, und Leána war sich sicher, auch ein tiefer gehendes Interesse in Torans Blick wahrgenommen zu haben, wenn er die kleine Nebelhexe heimlich beobachtete.

Nur gab es in Northcliff seit alten Tagen ein Gesetz: Eine Königin von Northcliff durfte keine Zauberin sein, niemand, der über Magie gebot, da dies zu viel Macht für einen Menschenkönig gewesen wäre und das Volk in Angst gelebt hätte, es könnte durch Magie manipuliert werden. Aus diesem Grund war auch Leánas Vater zurückgetreten, denn wie seine Mutter, Königin Adena, besaß er die Fähigkeit, die Sprachen der meisten Wesen von Albany zu beherrschen – streng genommen eine Form von Magie. Nachdem Atorian überraschend wieder aufgetaucht war, hatte Darian ihm gerne den Thron überlassen, da er sich selbst nie als Herrscher gesehen hatte. Eigentlich war diese Regelung sinnvoll, bewahrte sie das Land doch vor ungleichen Machtverhältnissen. Andererseits gab es aber seit Langem Bestrebungen, ebendiese Gesetze zu ändern, denn auch die Elfenkönigin Lharina gebot über Magie, war eine Seherin, vielleicht Siah nicht einmal unähnlich, obwohl Lharina die Visionen auch am Tage während des Wachzustandes überkamen. Vor einiger Zeit hatte Leána einmal ein Gespräch zwischen ihrem Vater und Kaya belauscht, und die hatten die Hoffnung gehegt, dass Toran entweder Lharina oder eine junge Dunkelelfe der 'Righal heiraten würde. Ein Bund des Blutes zwischen Northcliff und einem der beiden Reiche würde den Menschen von Nutzen sein. Toran und Lharina mochten sich, das wusste sie, von Liebe konnte da jedoch keine Rede sein, und auch für ein Dunkelelfenmädchen hatte Toran bisher kein Interesse gezeigt, denn die waren ihm – wie er es ausdrückte – zu kompliziert, und ihr übersteigertes Ehrgefühl konnte er nicht nachvollziehen.

Sollte aus Toran und Siah tatsächlich ein Paar werden, wäre das ein Skandal – allerdings würde es den Nebelhexen zu neuem Ansehen verhelfen. Vor allem da Kaya sich eine Bindung mit Elfen oder Dunkelelfen wünschte, sah Leána für eine Zukunft von Toran und Siah grundsätzlich nicht allzu schwarz. Ein weiblicher Nachfahre würde unweigerlich eine Nebelhexe mit Begabung zur Magie werden und somit Siah nicht unähnlich. Leána wollte alles für die beiden tun, falls aus ihren bisherigen zarten Banden tatsächlich die große Liebe werden sollte.

Ein lautes Platschen ertönte, und Kayne kam mit einem Stapel Feuerholz auf den Armen in die Höhle gestapft. Dort schüttelte er sich wie ein Hund und ließ die Holzstücke vor Toran, der gerade sein Schwert polierte, auf den Boden fallen. »So, das nächste Mal bist aber du dran!«, verlangte er.

»Ach, Kayne, du machst das so gut, ich will dir die Freude nicht verderben«, erwiderte Toran grinsend.

»Verzogenes Bürschchen, ich bin nicht dein Diener!«

»Ich kann mich nicht daran erinnern, dass du in Northcliff jemals selbst Feuerholz geholt hast«, stellte Toran klar. »Das hätte Muttilein auf keinen Fall erlaubt. Du hättest dir ja die zarten Zaubererfingerchen schmutzig machen können.«

Ein wütender Ausdruck zeigte sich auf Kaynes Gesicht, und er stürmte wieder zur Höhle hinaus. »Dann könnt ihr ja auf meine Zaubererfingerchen verzichten und das Holz selbst trocknen.« Schon war er im strömenden Regen verschwunden, und Leána rollte mit den Augen.

»Jetzt geht das wieder los! Toran, kannst du nicht endlich aufhören, ihn mit Elysia aufzuziehen. Du weißt genau, wie sehr ihn das verletzt.«

»Du kannst die dürre Viper doch selbst nicht ausstehen«, sagte ihr Cousin grinsend und ohne eine Spur von Schuldbewusstsein.

»Männer! Oder eher kleine Jungen.« Leána räumte das triefnasse Holz zur Seite. »Es wird Zeit, dass wir weiterreiten, sonst fangen die beiden wieder an, sich an die Gurgel zu gehen.«

»Wäre vermutlich besser, bald aufzubrechen«, stimmte Siah zu.

»Siah, soll ich auch deine Dolche schärfen?«, rief Toran zu den Mädchen herüber.

Sofort überzog ein sanftes Rot Siahs Wangen. »Sehr gerne!«

Sie ging zu ihm, und Leána musste schmunzeln, denn die beiden waren wirklich niedlich, wie sie sich diese scheuen verliebten Blicke zuwarfen.

Leána begann, aus dem verbliebenen kalten Kaninchenfleisch von gestern und ein paar wilden Rüben eine Suppe zu kochen. Lächelnd beobachtete sie die Feuergeister, winzige Elementarwesen in roten und orangefarbenen Flammengewändern, die ihren Reigen aufführten. Doch sie plumpste vor Schreck auf ihr Hinterteil, als die Wesen plötzlich ein Gesicht in den Flammen bildeten, das sie nur allzu gut kannte.

»Leána, hörst du mich?«, wisperte eine Stimme, die zwar nicht zu ihrer Mutter gehörte, das Gesicht zeigte jedoch haargenau Aramias Züge.

»Ja, was ist denn?«, flüsterte Leána zurück.

Ein Seufzen ertönte. »Wunderbar! Wir sind an der Postreiterstation, aus der ihr kürzlich«, das Flammengesicht verzog sich zu einem Grinsen, »so spektakulär geflohen seid. Ihr müsst wieder herkommen, Leána.«

»Weshalb?«, fragte sie misstrauisch. »Lasst uns doch unsere ...«

»Leána, eine Postreiterin wurde ermordet, und man verdächtigt Kayne.«

»Was?«, schrie Leána auf, und Toran rief: »Sag mal, sprichst du schon mit deiner Suppe? Davon wird sie auch nicht besser.«

Doch Leána winkte ab und starrte erneut ins Feuer. »Das darf doch nicht wahr sein.« Ihr kam Siahs Traum in den Sinn, selbst wenn der mit einer Postreiterin nichts zu tun gehabt hatte, trotzdem schauderte sie. »Kayne war es nicht!«

»Das denken wir auch, aber wir müssen euch kurz sehen, damit Kaya beruhigt ist.«

»Gut«, gab sie nach, »wir sind nur etwa einen Tagesritt von euch entfernt. Wir sollten uns aber nicht direkt an der Station treffen. Wir kommen zu einer Quelle im Wald.« Leána beschrieb ihrer Mutter genau, wann sie von der Straße abbiegen und welchen Weg sie einschlagen musste, um sie zu finden.

»Danke, mein Schatz.« Die Feuergeister verteilten sich wieder, und Leána stand nachdenklich auf.

»Wir müssen aufbrechen«, sagte sie und erklärte ihren Freunden, was Aramia ihr mitgeteilt hatte.

Kapitel 16

Angeklagt

Eigentlich hätte Kaya in ihrem Arbeitszimmer sitzen und Anträge von Lords, Anklageschriften und Ähnliches durchsehen müssen, doch dafür fand sie keine Ruhe. Stattdessen stand sie vor dem Portrait von Atorian von Northcliff, dem Mann, mit dem sie eine so tiefe Liebe verband, dass diese bereits über zwei Leben hinweg bestand.

»Ich hoffe, du wachst aus dem Reich des Lichts über unseren Sohn«, flüsterte sie, und ihre Finger strichen über sein markantes Antlitz, wobei sie leicht zitterten. Manch einer behauptete, die Trauer um einen geliebten Menschen würde irgendwann nachlassen, Kaya hingegen hatte den Eindruck, sie vermisste Atorian mit jedem Sommer, der verging, nur umso mehr.

Sie vernahm ein Knarren von der Tür zum Thronsaal, und so zog Kaya ihre Hand zurück und drehte sich um.

»Meine Königin, Lord Petres erbittet eine Audienz«, verkündete die Wache.

»Er soll eintreten«, antwortete Kaya, selbst wenn sie im Augenblick keine große Lust verspürte, den Lord zu sehen.

Mit erhobenem Kopf betrat der Lord den Thronsaal. »Königin Kaya, ich bin hocherfreut, dass Ihr mich empfangt.« Zunächst verneigte er sich, nur um ihr danach einen Kuss auf die Hand zu hauchen. »Ein Lichtblick an diesem unangenehmen Tag!« Er zog ein Taschentuch aus seiner Hosentasche und putzte sich seine markante Adlernase.

Tatsächlich rasten schon seit dem frühen Morgen Regen-

und Sturmwolken über die Burg, und man sprach von zahlreichen Überschwemmungen im Süden.

»Nehmt Platz.« Kaya deutete zur großen Tafel und machte anschließend eine Handbewegung zu einer der Dienerinnen, die abwartend in der Tür stand. »Ein Glas heißer Wein wird Euch aufwärmen.«

»Den könnte ich gut gebrauchen.«

Der hochgewachsene Lord setzte sich an die lange Tafel, Kaya nahm an der Stirnseite Platz und beobachtete, wie sich Lord Petres mit düsterer Miene die Wange kratzte.

»Welch garstiger Ausschlag«, entfuhr es ihr, doch dann räusperte sie sich. »Ihr solltet unseren Hofzauberer aufsuchen.«

»Diesen miesepetrigen Glatzkopf?« Lord Petres schüttelte sich. »Nein danke.«

Über die offenen Worte des Lords musste Kaya schmunzeln. Wenige würden es wagen, einen Zauberer zu kritisieren.

»In Culmara gibt es zudem eine in Heilkunst ausgebildete Nebelhexe.«

Spöttisch zog er einen Mundwinkel in die Höhe. »Nur eine lästige Kleinigkeit, die bald vergehen wird.«

»Ihr müsst wirklich keine Vorbehalte gegen Nebelhexen haben«, versicherte Kaya und wunderte sich, weshalb auch nach der langen Zeit viele noch immer deren Dienste scheuten.

»Habe ich nicht«, versicherte Lord Petres eine Spur zu schnell, dann beugte er sich zu ihr vor. »Sagt, habt Ihr Neuigkeiten von Eurem Sohn?«

»Woher wisst Ihr, dass er verschwunden ist?«

»Man hört es, sofern man sich für die Belange Ihrer Majestät interessiert.« Sein Blick wanderte auf eine beinahe schon anzügliche Art und Weise über Kaya. Schon lange wusste sie, dass er offen um sie werben würde, falls sie ihm eindeutige Zeichen machte. Ihr gefiel Lord Petres. Er war nur wenig jünger als sie selbst, ein attraktiver, selbstbewusster Mann; aber dennoch zögerte sie. Sie hatte das Gefühl, Atorian zu betrügen, selbst wenn ihr das niemand offen vorwerfen würde. Zudem war Lord Petres auch nicht ganz leicht zu durchschauen. So manch einer zweifelte an seiner Loyalität Northcliff gegenüber.

»Gestern Abend fand ein Empfang für Lord Egmont und seine Tochter statt«, versuchte sie nun abzulenken. »Denira wird als Hofdame in Northcliff bleiben. Hat Euch meine Einladung nicht erreicht?«

»Doch, hat sie.« Erneut kratzte er sich an der Wange. »Nur war ich … verhindert.« Als Kaya fragend den Kopf neigte, fügte er hinzu: »Verwandtenbesuche.«

Sie hatte gar nicht gewusst, dass Petres Verwandte in der Nähe von Northcliff hatte, doch er beugte sich wieder vertraulich zu ihr. »Ich sehe, Ihr macht Euch Sorgen um den jungen Prinzen. Kann ich Euch behilflich sein?«

»Nun, Toran befindet sich mit seinen Freunden auf einer Reise durch Albany«, antwortete sie zögernd. »Er ist etwas früher aufgebrochen als verabredet.«

»Junge Leute!«, lachte Lord Petres. »Sie tun selten das, was man von ihnen erwartet. Prinz Toran ist ein herausragender Schwertkämpfer. Sicher geht es ihm gut.«

Seine graublauen Augen blickten sie aufrichtig an, und für einen Moment verspürte Kaya den Wunsch, ihm ihr Herz auszuschütten.

»Es fällt schwer, seine Kinder ziehen zu lassen, wenn sie erwachsen sind.«

»Mag sein. Mir war es leider nicht vergönnt, das zu erleben.«

»Verzeiht!«, rief Kaya erschrocken aus. »Ich wollte Euch nicht an dieses tragische Ereignis erinnern.« Der Lord hatte den Kopf gesenkt, und Kaya legte ihm eine Hand auf den Unterarm. Vor guten zehn Sommern waren sowohl Petres' Gemahlin als auch sein vierzehn Sommer alter Sohn bei einem verheerenden Unwetter im Süden gestorben, als ein Baum auf ihre Kutsche gefallen war. Seitdem lebte Petres auch in Culmara, wohl um den Erinnerungen zu entfliehen.

Jetzt blickte er auf. »Ich weiß, wie Ihr Euch fühlt. Den Partner, mit dem man den Bund vor den Göttern eingegangen ist, im Reich des Lichts zu wissen, ist nicht leicht zu ertragen.« Wie es die Sitte verlangte, verneigte er sich nach Westen.

»Nein, ist es nicht«, antwortete sie heiser.

»Ich würde Euch gerne helfen, diesen Schmerz zu lindern und …«

Sie wurden unterbrochen, als Stimmen vor der Tür laut wurden. Eilig zog Kaya ihre Hand zurück, strich sich ihr Kleid glatt, und da öffnete die Wache.

»Hauptmann Sared. Er behauptet, Ihr wolltet ihn sogleich nach seiner Rückkehr sprechen.«

»Ja, das ist richtig.«

Sie hatte kaum ihr letztes Wort ausgesprochen, da kam der Hauptmann bereits hereingestürmt. Wasser rann von seinem Umhang, die Stiefel starrten vor Dreck, und er sah abgekämpft und erschöpft aus.

»Sared, hättet Ihr Euch nicht zumindest säubern können, bevor Ihr vor Eure Königin tretet?« Abschätzig blickte Lord Petres auf die Pfütze am Boden.

Der Hauptmann verzog keine Miene, sondern verneigte sich lediglich vor Kaya.

»Der Schmutz stört mich nicht im Geringsten«, verteidigte Kaya Sared. »Setzt Euch, Hauptmann, auch Euch soll Wein gebracht werden.«

»Meine Königin.« Er senkte seinen Kopf und deutete unauffällig auf Petres.

»Ihr könnt sprechen, Lord Petres ist eingeweiht.«

Für den Bruchteil eines Atemzugs hob sich die rechte Augenbraue des Hauptmanns, aber dann tat er, wie ihm geheißen. Ächzend ließ er sich gegenüber von Petres nieder. Wieder einmal fiel ihr die Ähnlichkeit zwischen den beiden Männern auf, die nicht nur von dem seit einigen Wintern in Mode gekommenen kurzen Bart herrührte, der Kinn und Oberlippe bedeckte.

Sie beide waren über sechs Fuß groß, von schlanker, durchtrainierter Statur, wobei Petres' Schultern eine Spur kräftiger waren. Den markanten Nasen nach hätten sie Brüder sein können, aber während Sared der perfekt beherrschte Soldat war und für seine militärischen Pflichten lebte, zeichnete sich Petres durch Redegewandtheit, gepflegte Kleidung und ein Gespür für politische Entwicklungen aus.

»Meine Männer konnten die Spur von Prinz Toran eine Weile verfolgen, doch plötzlich war sie verschwunden. Wir sind ausgeschwärmt, dennoch konnten wir ihn nicht ausfindig machen.«

»Habt Ihr von dem Vorfall in der Postreiterstation gehört, Sared?«

Fragend runzelte der Hauptmann seine Stirn. »Meint Ihr den Mord an der Postreiterin? In Culmara wird über nichts anderes gesprochen.«

»Wie bedauerlich«, bemerkte Lord Petres, auch wenn das etwas beiläufig klang.

»Man hat Leána und Kayne dort gesehen, und ich vermute, auch Toran war bei ihnen. Aramia und Darian kümmern sich darum«, versicherte ihm Kaya sogleich.

»Kayne ist mit ihnen auf Reisen?«, erkundigte sich Lord Petres gedehnt.

»Ja«, antwortete sie knapp. Ihren Widerwillen gegenüber Samukals Nachkommen wollte sie nicht allzu deutlich zeigen.

»Soll ich erneut nach Süden aufbrechen, Königin Kaya?«, fragte Sared. »Habt ihr von der Anschuldigung gegen Kayne gehört ...«

»Habe ich«, unterbrach sie ihn hastig. »Aramia und Darian vertraue ich in dieser Angelegenheit.« Nachdenklich legte sie die Fingerspitzen aneinander. »Dennoch möchte ich, dass Ihr nach Süden reitet und Toran sucht. Selbst wenn nichts an den Anschuldigungen sein sollte, wünsche ich, dass Ihr versucht, den Prinzen zu finden und aus dem Hintergrund zu beschützen, ohne dass er es bemerkt.« Ohne eine weitere Nachfrage salutierte Sared.

»Nun gehe ich mich säubern.« Der Anflug einer Provokation lag in seinem Blick, als er sich auch vor Lord Petres verneigte und dann aus dem Raum marschierte.

»Sagt, um welch eine Anschuldigung geht es?«, wollte der Lord nun wissen.

Kaynes Miene war derart düster und verschlossen, dass sicher selbst der grimmigste Bergtroll vor ihm davongelaufen wäre, und Toran wetterte ununterbrochen vor sich hin, während sie durch den Regen ritten. »Meine Mutter wird darauf bestehen, dass ich nach Northcliff zurückkehre. Alles ist verdorben, die ganze Reise, ich habe nicht einmal den Rannocsee gesehen, geschweige denn Ilmor und …«

»Sag mal, hast du keine anderen Sorgen?«, fuhr Kayne ihn an, und Leána glaubte zu erahnen, wie er sich fühlte.

»Du hast die Postreiterin doch nicht getötet, also ist ja alles nur ein Missverständnis«, bemerkte Toran.

»Wie naiv kann jemand eigentlich sein?«, brach es aus Kayne heraus. »Ich bin Samukals Nachfahre, allein das macht mich schon zu einem Schuldigen!«

»Kayne«, versuchte Leána einzulenken. »Wir alle können deine Unschuld bezeugen.«

»Das wird auch nichts nützen«, schnaubte er.

»Na hör mal!« In dem Versuch, ihn aufzumuntern, streckte sich Leána auf ihrem Pferd. »Ein Prinz von Northcliff, ich als Darians und Aramias Tochter und Siah, eine der angesehensten Nebelhexen von der Nebelinsel – wer bitte sollte sonst noch für dich sprechen, dessen Stimme mehr Gewicht hat.«

Siah lächelte Kayne ermutigend zu. »Leánas und Torans Wort hat Gewicht, das stimmt schon«, bemerkte die kleine Nebelhexe.

Doch Kayne sagte nichts und zog sich nur die Kapuze weiter ins Gesicht.

Bald fanden sie die verabredete Stelle, an der Darian und Aramia bereits warteten. Sofort sprang Leána aus dem Sattel und umarmte ihre Eltern. Toran hingegen wirkte furchtbar angespannt, und Kaynes Gesicht war ohnehin eine starre Maske.

»Darian, Aramia«, sagte er lediglich knapp und nickte ihnen zu.

»Kayne, Leána hat dir sicher schon erzählt, was man dir vorwirft«, mutmaßte Darian.

»Und?«, fragte er herausfordernd. »Seid ihr hier, um mich in den Kerker nach Northcliff zu bringen?«

Darian trat zu ihm, fasste ihn an der Schulter. »Sag uns, was geschehen ist.«

»Nichts. Ich habe nichts von einer toten Postreiterin bemerkt.«

»Wir alle nicht«, bekräftigte Leána, und ihre Freunde nickten nachdrücklich. »Wie ist diese dumme Wirtin nur darauf gekommen?«

»Das wissen wir nicht«, gab ihre Mutter zu. »Sie war nur äußerst aufgebracht und behauptete, Kayne hätte sie angegriffen und habe auch die Postreiterin auf dem Gewissen.«

Leána fiel sehr wohl auf, wie ihr Vater in Kaynes Gesicht forschte, und ihr Freund blickte grimmig in die Gegend.

»Kayne hat uns lediglich die Flucht ermöglicht«, versicherte Leána. »Ganz bestimmt hat er niemanden verletzt.«

»Niemals hätte Kayne eine unschuldige Postreiterin ermordet«, ergriff Toran unverhofft das Wort.

Sie bemerkte den Muskel, der in Kaynes Gesicht zuckte, und auch sie wunderte sich ein wenig, als ihr Cousin sich neben Kayne stellte. »Ihr könnt meiner Mutter sagen, ich bürge für ihn!«

Wenngleich Leána diese Worte überraschten, machten sie sie sehr glücklich. Ein zaghaftes Lächeln erhellte Kaynes Züge, und er nickte Toran voller Dankbarkeit zu. So oft die beiden sich auch kabbelten, wenn es darauf ankam, hielten sie zusammen.

»Nun gut, Toran, ich denke, das wird Kaya überzeugen.«

Noch einmal drückte Darian Kaynes Schulter. »Ich hätte dir das im Übrigen ohnehin nicht zugetraut.«

»Dann können wir ja jetzt weiterreiten«, freute sich Leána.

»Möchtest du nicht noch mit deinen alten Eltern essen?«, fragte ihr Vater anklagend. Als er einige geräucherte Würste, Käse und Fladenbrot aus seinen Taschen herauszauberte, weiteten sich besonders Torans Augen.

»Also ich würde für mein Leben gerne mit meinem alten Onkel speisen!«

»Frecher Kerl!«, schimpfte Darian gutmütig und versetzte ihm einen spaßhaften Klaps auf den Hinterkopf.

Nach einem flüchtigen Blick zu Kayne, der ihr versicherte, dass er einverstanden war, setzte sich auch Leána auf einen der Steine. Sie teilten ihre Mahlzeit, Leána und ihre Freunde erzählten abwechselnd von ihrer Reise, Leána warf Toran jedoch einen warnenden Blick zu, als er mit breitem Grinsen vom Stein von Alahant begann und davon, dass sie gern Darians alte Welt sehen wollte.

»Glaubt mir, so berauschend ist die Welt jenseits des Steins nicht«, beteuerte er und legte seinen Arm um Aramia. »Schon seit ewigen Zeiten habe ich nicht mehr daran gedacht, was gewesen wäre, wenn ich dort geblieben wäre. Ich bin in Albany mehr als glücklich.«

»Wohin wollt ihr denn noch reisen?«, erkundigte sich ihre Mutter, wobei sie sich an Darians Schulter schmiegte.

»Du willst uns wohl aushorchen?«, fragte Toran mit vollem Mund.

»Mein lieber Neffe, ich interessiere mich lediglich für eure Pläne!«

»Hm«, grummelte er. »Richtung Süden.«

»Ihr könntet am Walkensee eine Rast einlegen und später zum Rannocsee reiten. Einige der alten Hütten, in denen wir zu Zeiten des Dämonenkriegs gehaust haben, müssten sogar noch stehen.«

»Ich kann mich daran erinnern«, sagte Leána nachdenklich. »Besonders an das Training mit Großvater Zir'Avan.«

»Er wacht aus dem Reich des Lichts über dich, mein Schatz«, versicherte Aramia ihr und streichelte zärtlich ihren Unterarm.

Eine Weile erzählten Darian und Aramia abwechselnd von ihren Erlebnissen am Rannocsee. Die meisten Geschichten kannte Leána bereits, dennoch hörte sie sie gerne. Aber vor allem Toran lauschte voller Faszination, und als sie aufbrachen, war der Tag bereits weit fortgeschritten.

»Ich wünsche euch eine wundervolle Zeit, und hinterlasst an einer der Postreiterstationen gelegentlich eine Nachricht, dass es euch gut geht«, bat Aramia zum Abschied.

»Ich befürchte, der gute Kayne wird dort nicht mehr allzu gern gesehen sein«, scherzte Toran und fing sich einen Seitenhieb von Leána ein.

Sowohl Darian als auch Aramia küssten Leána noch einmal auf die Wange, bevor sie zu ihren Pferden gingen, die nicht weit entfernt angebunden standen.

Auch die vier Freunde stiegen wieder in die Sättel. »Nun gut, auf zum Rannocsee!«, rief Leána gut gelaunt aus, drehte sich dann aber noch einmal zu ihren Eltern um. »Könntet ihr Murk die Nachricht überbringen, dass er spätestens in vier Monden eine Ladung Bier zum Uzrapuk bringen lässt.«

»Vier Monde!«, witzelte Toran und versuchte, den grollenden Trolltonfall nachzuahmen. Dabei hielt er fünf Finger in die Höhe.

»Ich weiß nicht, was es damit auf sich hat«, bemerkte Aramia. »Und ich bin mir auch nicht sicher, ob ich es tatsächlich wissen möchte.«

»Eher nicht«, kicherte Siah.

»Aber gut, wir lassen ihm eine Nachricht zukommen«, versprach Leánas Mutter, dann sprengten sie davon.

Kapitel 17

Am Walkensee

In deutlich ausgelassenerer Stimmung setzten die vier Freunde ihren Weg fort. Nun mussten sie nicht mehr so sehr auf Verfolger achten, konnten sich auch in die Nähe von Dörfern wagen und dort sogar um Unterkunft bitten. Leána hatte den Eindruck, dass Kayne die Anschuldigung noch immer beschäftigte, aber sie bemühte sich, ihn nach allen Regeln der Kunst aufzuheitern. Zumindest reduzierten sich die ewigen Streitereien zwischen den beiden jungen Männern für einige Tage auf ein erträgliches Maß, nachdem sich Toran so für Kayne eingesetzt hatte.

»Ich schätze, wir werden noch zwei Tage bis zum Rannocsee brauchen, zumindest, falls wir uns beeilen.« Leána hielt eine Hand vor die Augen, um sich vor dem grellen Sonnenlicht zu schützen, und blickte angestrengt auf die Karte.

Stöhnend krempelte Toran seine Hemdsärmel hoch. »Erst schüttet es tagelang, und jetzt werden wir beinahe geröstet. Ich bin dafür, wir legen an dem nächsten See eine Rast ein. Seid ihr einverstanden?«

Siah nickte sogleich, bei Kayne hatte sie den Eindruck, er wolle aus alter Gewohnheit widersprechen, doch dann hob er die Schultern.

»Gut, ich denke, wir könnten alle ein Bad gebrauchen.« Er zupfte an seinem Hemd herum, das bereits eine Reihe von Schweiß- und Schmutzflecken aufwies.

»Stimmt, du stinkst wie ein Troll! Bei unserer nächsten Begegnung mit ihnen werden wir keine Schwierigkeiten haben, weil sie denken, einer von ihnen reist mit uns.«

»Sehr witzig, Toran. Auch deinen Duft würde ich als wenig königlich bezeichnen.«

»Nicht schon wieder streiten!«, stöhnte Leána.

»Wir streiten doch gar nicht«, riefen beide wie aus einem Munde, sahen sich kurz an und brachen in Gelächter aus.

»Männer!«, rief Leána nicht zum ersten Mal. »Nun gut, dann lasst uns zum Walkensee reiten.«

Voller Vorfreude auf ein paar entspannte Tage an dem ruhigen See trieb Leána ihr Pferd an.

Sie ritten bis zur Mittagszeit, legten eine Rast in einem der kleinen Fischerdörfer am Nordufer ein und folgten anschließend dem Weg durch dichtes Buschland. Leána hatte eine ganz bestimmte Stelle auserkoren, die sie seit ihrer Kindheit kannte. Es handelte sich um eine versteckte Bucht mit hellem Sand, wo man wunderbar den Tag verbummeln und angeln konnte. In der Nähe befand sich eine verlassene Hütte. Dort würden sie bei schlechtem Wetter Unterschlupf finden, denn auch wenn es im Augenblick nicht danach aussah, änderte sich das Wetter in Albany rasch.

»Habt ihr mitbekommen, wie der eine Fischer Leána angestarrt hat und dabei vom Steg ins Wasser gekippt ist?«, fragte Siah und kicherte.

»Nein, da war ich gerade Brot kaufen«, beschwerte sich Toran. »Der Herr Zauberer war sich ja zu fein dafür.«

»Der Herr Zauberer hat dafür die Wasserbeutel aufgefüllt«, stellte Kayne richtig.

»Sicher ist der Junge nicht meinetwegen in den See gefallen«, behauptete Leána.

»Du hättest eben nicht dein Hemd ausziehen und dich an der Wasserstelle waschen dürfen«, meinte Kayne. »Kein Wunder, wenn dem armen Kerl die Augen aus den Höhlen quellen.«

»Also bei uns auf der Nebelinsel ist das ganz normal.« Leána rümpfte die Nase. »Da stört das niemanden. Und schließlich war ich ja nicht nackt! Ich hatte noch mein Unterhemd an.«

»Ha! Ich weiß!«, rief Toran aus. »Der Wind kam aus Kaynes Richtung, deshalb ist der Junge umgekippt, nicht wegen Leána.«

»Unverschämter Bengel«, knurrte Kayne.

»Denkt ihr, er hat einen von euch erkannt?«, fragte Siah, wohl eher, um die beiden davon abzuhalten, sich schon wieder in die Haare zu kriegen.

»Glaube ich kaum.« Toran deutet nach vorne. »Ist das die Hütte, von der du gesprochen hast?«

Leána kniff ihre Augen zusammen. »Mag sein.«

»Wer zuerst dort ist!« Schon hatte Toran seinem Pferd die Beine an den Bauch gepresst, und der Hengst sprengte davon.

In wilder Jagd näherten sie sich einer einsamen Holzhütte, deren Dach bei näherem Hinsehen zur Hälfte eingefallen war.

»Wahrlich komfortabel«, bemerkte Kayne, nachdem sie alle abgestiegen waren und die Behausung beäugt hatten. Nun schleuderte er eine faulige Holzlatte ins Gebüsch.

»Beim letzten Mal war sie noch dicht.«

»Wie alt warst du denn damals, Leána?«

»Hm, vielleicht elf. Wir hatten Murk im Trollgebiet an der Grenze zum Zwergenreich besucht und dann ein paar Tage am See verbracht.«

»Ist doch egal.« Siah betrat die Hütte. »Die rechte Hälfte sieht noch bewohnbar aus, es gibt trotz des Regens der letzten Tage keine Wasserpfützen. Sicher können wir es uns gemütlich machen.«

»Gut so, Siah.« Leána legte ihrer besten Freundin eine Hand auf die Schulter. »Wir sind nicht so verwöhnt und eingebildet wie die beiden edlen Herren!«

»Wir hatten lediglich an euer Wohlbefinden gedacht«, behauptete Toran.

»Richtig!«, bestätigte Kayne.

»Eluana sei Dank – sie sind sich einmal in ihrem Leben einig!«, rief Leána mit einem Blick zum Himmel aus. »Selbst wenn es ausgemachter Blödsinn ist, was sie von sich geben, denn wir Nebelinselbewohner sind alle sehr viel härter im Nehmen als die Bewohner von Northcliff.«

»Na, dann stell das mal unter Beweis.« Grinsend reichte Toran ihr den kläglichen Überrest eines halb verrotteten Besens. »Kayne und ich gehen solange Holz suchen, damit wir es heute Nacht zumindest warm haben.«

»Herzlichen Dank. Soll ich jetzt die Hausdame spielen?« Naserümpfend hielt Leána den Besenstiel in die Höhe.

»Weshalb denn nicht? Besser, als schwere Stämme durch die Gegend zu schleppen.« Beherzt nahm Siah ihr das Kehrgerät ab und begann den Boden zu fegen. Dabei wirbelte sie so viel Staub und altes Laub auf, dass Leána husten musste.

»Ich kümmere mich um die Pferde«, rief sie und machte, dass sie hinauskam. Sie hatten ihre Reittiere noch gar nicht abgesattelt, sondern lediglich an den Bäumen festgebunden. Daher nahm Leána ihnen nun Zaumzeug, Sattel und Gepäck ab und band sie an ihren Lederhalftern fest. Später würden sie lange Seile spannen, damit sich die Pferde frei bewegen konnten.

»Ich denke, wir sollten nachts mehrere Feuer entzünden, damit wir Bären und Wölfe von den Pferden fernhalten«, sagte Leána zu Siah, als sie mit dem Gepäck zur Hütte kam. Der Boden sah mittlerweile schon halbwegs sauber aus, und Siah legte gerade die überdachte Hälfte mit Heidekraut und Moos aus.

»Gibt es hier viele Raubtiere?«

»Ja, ich glaube schon. Die Berge des Zwergenreichs sind nicht fern, und dort tummeln sich so einige Braunbären sowie Wölfe.«

»Ich glaube kaum, dass sie sich an unseren Pferden vergreifen«, wandte Siah ein, »schließlich gibt es genügend Wild in den Wäldern.«

»Das schon«, stimmte Leána zu, »aber gerade Maros erschreckt sich leicht, und wenn er die anderen mitzieht, können wir unsere Reise zu Fuß fortsetzen.«

»Na gut, dann müssen sich Toran und Kayne eben noch ein wenig ins Zeug legen.«

Am Abend knisterte ein Feuer vor der kleinen Hütte. Im Inneren sah es direkt behaglich aus mit den Schlafstätten aus Heidekraut und Moos. Die vier jungen Leute saßen im Kreis um die Feuerstelle und hielten ihre zuvor gefangenen Fische über die Glut.

»Ich glaube, ich könnte den ganzen Sommer hier verbringen«, seufzte Siah und legte sich mit einem Stück Brot in der Hand auf ihre Decke.

Toran kostete währenddessen von seinem Lachs, fluchte leise und pustete hektisch auf seine Finger.

»Nicht so gierig.« Kayne grinste hämisch und legte seinen Fisch wohlweislich zur Seite, damit er abkühlte.

»Also ich möchte schon noch weiter durch Albany reisen«, erklärte Toran sogleich.

»Ich ebenfalls, aber ein paar Tage an diesem traumhaften See sollten wir uns in jedem Fall gönnen.« Leána verspeiste genüsslich ihr Abendessen und beobachtete durch die Baumwipfel hindurch, wie die ersten Sterne am Himmel erschienen. Bald war Neumond, die Himmelsscheibe zeigte sich heute nur als schmale Sichel.

Noch lange unterhielten sich die Freunde in dieser Nacht, tauschten Geschichten aus und lachten miteinander.

Der Bärtige hatte die Neuigkeiten vernommen. Darian und Aramia hatten – wie nicht anders vermutet – Kayne für unschuldig befunden. Die Königin würde nicht zufrieden sein, jedoch auch nichts gegen den jungen Mann unternehmen. Zumindest ein Gutes hatten diese Nachrichten; falls er den Gerüchten Glauben schenken konnte, hatten sich die vier gar nicht so weit von dem Gasthaus entfernt, deshalb hörte sich der Bärtige auf der Handelsstraße und in den umliegenden Dörfern um.

»Vier junge Leute haben vor einigen Tagen bei uns Brot gekauft«, erklärte ein junger Fischer mit heiserer Stimme. Seine knallrote Nase sprach von allzu häufigem Genuss von Morscôta oder Bier.

»Haben sie erzählt, wohin sie wollten?«

Vage deutete der Mann in Richtung des Sees. »Nö.«

»Wie sahen sie denn aus?«

»Weiß nicht.«

Die gleichgültige, dümmliche Miene des Mannes machte den Bärtigen wütend. Dennoch ließ er sich nichts anmerken und griff in seine Hosentasche. Er zog eine Silbermünze daraus hervor und spielte beiläufig damit herum. Sofort zeigte sich ein gieriges Glitzern in den Augen des Fischers, und er kratzte sich angestrengt am Kopf. »Mein Bruder meinte, eines der Mädchen sei auffällig hübsch gewesen.«

»Kannst du sie etwas genauer beschreiben?«, fragte der Bärtige ungehalten und fügte in Gedanken hinzu: *Gleich kratzt er sich die gesamte Haut vom Kopf.*

»Schwarzes Haar, hat er gesagt.« Der Fischer kaute auf seiner Unterlippe herum, dann lachte er triumphierend. »Ha! Und blaue Augen, ja blaue Augen, die haben meinem Bruder besonders gefallen. Ich mag ja keine blauen Augen, aber ...«

»Wohin sind sie aufgebrochen?«, unterbrach ihn der Bärtige scharf.

»Ähm, also, am Ostufer des Sees entlang, hat er, glaube ich, gesagt. Ja, mein Bruder, der ist sogar in den See gestürzt ...«

Ohne weiter auf das Gebrabbel zu achten, warf der Bärtige dem Mann die Silbermünze vor die Füße.

Schwarzes Haar, blaue Augen, das ist ungewöhnlich. Sicher handelte es sich hier um Leána, die Nebelhexe. Eilig machte sich der Bärtige auf den Weg, suchte im Wald nach Spuren und fand nach einer Weile im noch immer feuchten Waldboden die Abdrücke von mehreren Pferden.

»Kommt, lasst uns zum See gehen«, schlug Leána nach dem Frühstück am nächsten Morgen vor.

»Ich habe meine Kleider noch gar nicht gewaschen«, stimmte Siah zögernd zu und griff nach ihrem Bündel.

»Ich bin dabei und freue mich schon auf ein Bad.« Unternehmungslustig ergriff auch Toran seine Sachen.

»Ob du dich dazu überwinden kannst, deinen königlichen Hintern in so einen eiskalten See zu halten, möchte ich bezweifeln«, scherzte Kayne, der seine Decke zusammenlegte und ihn dabei zweifelnd musterte.

»Da setze ich auf den großen Herrn Zauberer.« Toran verneigte sich spöttisch, versetzte Kayne einen Klaps auf den Hinterkopf und rannte hinaus. »Du kannst den See ja für uns aufheizen!«

»Kindskopf«, brummte Kayne. »Was denkt er eigentlich, was man mit Zauberei alles bewirken kann oder sollte? Würde ich den gesamten See magisch erwärmen, hätte das fatale Folgen für Fische und andere Tiere, außerdem …«

»Jetzt komm schon, Kayne.« Leána zwinkerte ihm zu. »Toran hat über so etwas sicher nicht nachgedacht.«

»Das tut er selten.« Auch Kayne verließ die Feuerstelle und schlenderte mit Leána und Siah zum sandigen Ufer.

»Na, Kayne, was sagst du jetzt?« Toran stand bis über die Hüfte im Wasser, tauchte nun unter und kam wenige Augenblicke später prustend wieder an die Oberfläche.

»Ich bin beeindruckt.« So wie Kayne das sagte, klang das recht zynisch, und nach einem kurzen Blick auf Leána und Siah entledigte er sich seines Hemdes, seiner Schuhe und Socken und ging mitsamt seiner Hose aus braunem Stoff ins Wasser.

Leána zog sich ebenfalls bis auf ihr Unterhemd aus, das ihr bis zu den Oberschenkeln reichte, und hielt ihren Fuß in die kleinen Wellen, die ans Ufer plätscherten.

»Ihh!«, kreischte sie auf. »Das ist ja eisig.«

»Na komm schon, du hartgesottene Nebelhexe«, zog Toran

sie auf und konnte es sich natürlich nicht verkneifen, sie vollzuspritzen.

»Na warte!« Schon hechtete sie in den See und hielt kurz die Luft an, als das eisige Wasser sich um ihren Körper schloss.

»Siah, was ist mit dir?«, rief Toran der kleinen Nebelhexe zu, die am Ufer kniete und das Geschirr ihres morgendlichen Frühstücks säuberte.

»Nein, ich bleibe hier und wasche noch unsere Kleidung.«

»Die kann warten, jetzt komm schon!«

»Nein, wirklich nicht.«

»Jetzt stell dich nicht so an und komm zu uns, Siah!« Toran wischte sich die feuchten Haare aus der Stirn. »Wenn man erst mal drinnen ist, ist es gar nicht so schlimm. Oder, Leána?«

»Lass sie«, sagte Leána leise.

»Warum denn? Siah ist doch sonst nicht so zimperlich.«

»Los, Toran, Kayne, wer zuerst auf der kleinen Insel ist, darf sich heute Abend von den anderen bedienen lassen!« In großen Zügen schwamm Leána davon, und ihre beiden Begleiter mussten sich ordentlich ins Zeug legen, um sie einzuholen. Am Ende siegte Kayne mit einem winzigen Vorsprung vor den anderen. Schwer atmend ließen sie sich auf der kleinen Insel, die eine knappe halbe Meile vom Ufer entfernt lag, auf die warme Erde sinken. Leánas Brust hob sich ebenso heftig wie die der beiden jungen Männer. Bis sie wieder zu Atem gekommen war, blickte sie hinauf in die Wipfel der alten Weiden, deren Äste teilweise sogar den Boden berührten. Inselchen wie diese waren in zahlreichen Seen von Albany zu finden, und Leána wusste, dass sie früher häufig als Rückzugsmöglichkeiten genutzt worden waren, wenn sich die Menschen von Trollen, Dunkelelfen oder anderen Plünderern bedroht gefühlt hatten.

»Jetzt sag schon, Leána, weshalb will Siah nicht schwimmen gehen?« Toran drehte sich zu ihr und stützte sich auf seinen Unterarm. Kleine Wasserperlen glitzerten auf seiner beinahe haarlosen Brust.

Leána zögerte, denn sie wusste nicht, ob es ihrer Freundin recht war, wenn sie darüber sprach. Andererseits würde Toran jetzt nicht lockerlassen, dafür kannte sie ihn zu gut.

»Ihr müsst mir versprechen, das für euch zu behalten und Siah nicht damit aufzuziehen.«

»Ich schwöre!« Mit einer übertriebenen Geste legte Toran seine Hand aufs Herz und nickte nachdrücklich.

Leána boxte ihn auf den Oberarm. »Das ist nicht lustig!«

»Schon gut, Leána«, warf Kayne ein. »Du weißt doch, wenn wir etwas versprechen, halten wir es auch.«

»Also gut.« Sie seufzte tief, zwirbelte an einer nassen Haarsträhne herum und begann zu erzählen. »Siah fürchtet sich vor dem Wasser.«

»Was?«, lachte Toran auf. »Sie ist auf einer Insel aufgewachsen und hat Angst …«

»Kannst du nicht einfach zuhören, ohne deine dämlichen Kommentare abzugeben?«, schimpfte Kayne.

Toran holte zu einer Entgegnung Luft, aber Leána nickte Kayne dankbar zu. »Genau, lass mich doch einfach ausreden.«

»Hm«, grummelte Toran.

»Siah hat seit ihrer frühesten Kindheit panische Angst vor dem Wasser. Lilith hat erzählt, man habe sie halb erfroren an der Küste der Nebelinsel gefunden. Damals war sie winzig, sicher nicht einmal einen Sommer alt, und sie gehen davon aus, dass ihre Eltern sie ertränken wollten.«

Die Gesichter der beiden jungen Männer zeigten Entsetzen.

»Das ist ja furchtbar«, stieß Toran hervor. »Wenn ich das gewusst hätte …«

»Dann hättest du den Mund gehalten.« Auch Kayne schüttelte fassungslos den Kopf. »Wie kann man einem kleinen Kind nur so etwas antun.«

»Leider war es, bevor mein Vater und Kaya regiert haben, nur allzu oft üblich, Mischlingskinder zu töten. Ich bin froh, dass wir Fehenius' Herrschaft nicht mehr miterleben müssen!«

»Die arme Siah.« Toran richtete sich auf und starrte hinüber zum Ufer.

»Immer wieder haben wir versucht, ihr die Angst vor dem Wasser zu nehmen«, fuhr Leána fort. »Bevor ich die Eichenpfade entdeckt habe, hätte sie nicht einmal die Nebelinsel verlassen, selbst wenn bei Ebbe das Wasser kaum bis über die Sprunggelenke der Pferde reicht. Und auch bei Nordhalan auf der Geisterinsel möchte sie sich nicht ausbilden lassen.«

»Weil Schwimmen im westlichen Meer zur Grundausbildung gehört«, ergänzte Kayne.

»Richtig.«

»Ich muss mich bei ihr entschuldigen.« Toran sprang auf und wollte ins Wasser zurück, aber Leána hielt ihn an seinem Arm fest.

»Siah spricht nicht gerne darüber, am besten lässt du die Sache auf sich beruhen.«

»Ist gut.« Mit einem Hechtsprung verschwand Toran in den Fluten, während Kayne und Leána noch am Ufer der Insel sitzen blieben.

Nachdenklich kritzelte Kayne mit einem Stock in der Erde herum. »Manchmal hat Toran wirklich das Einfühlungsvermögen eines Bergtrolls.«

»Er konnte das ja nicht wissen«, verteidigte Leána ihren Cousin. »Außerdem ist er noch jung, aber ich glaube trotzdem, dass er eines Tages ein guter König wird.«

»Hm, aber ich ...«

Eine Bewegung im Wasser erregte Leánas Aufmerksamkeit. Sie schirmte ihre Augen gegen die Sonne ab und rief begeistert: »Eine Seeschlange!«

Gerade erhob sich eine mindestens fünfzig Fuß lange, grüngrau schillernde Kreatur aus dem Wasser und verursachte dabei gewaltige Wellen. Kurz tauchte ihr verhältnismäßig kleiner, rundlicher Kopf auf, dann war er schon wieder verschwunden, der spitze Schwanz peitschte in der Luft, bevor auch er im Wasser versank.

»Bist du schon einmal mit einer Seeschlange geschwommen, Kayne?«

»Nein.« Er lachte leise auf. »Wenn ich mir jedoch das Glitzern in deinen Augen betrachte, hast du es schon getan.«

»Ja, habe ich, und es ist faszinierend, besonders wenn man mit ihr auf Tauchgang geht!«

»Leána, warte, du kannst doch nicht im Ernst ...«

Sie hörte nicht auf Kaynes Warnung, sondern sprang in den Walkensee und hielt mit kräftigen Schwimmzügen auf die Stelle zu, an der die Seeschlange abgetaucht war.

Hoffentlich kommt sie noch einmal an die Oberfläche, dachte Leána, denn Seeschlangen bekam man nur selten zu Gesicht. Diese Wesen galten als äußerst gutmütig, aber scheu, und die zahlreichen Seen von Albany waren durch Kanäle miteinander verbunden; manche reichten gar bis ins Unterreich der Dunkelelfen, und so verschwanden Seeschlangen häufig so schnell, wie sie an die Oberfläche kamen.

Doch heute hatte sie Glück. Nur wenige Meter von ihr entfernt erhob sich der Kopf des Tieres aus dem Wasser. Die kugelrunden, dunklen Augen wandten sich Leána zu.

»Hab keine Angst, ich tue dir nichts«, rief sie atemlos, verharrte auf der Stelle, um die Seeschlange nicht zu erschrecken. Eine Nebelhexe auf ihrer Heimatinsel hatte die Seeschlangen studiert und Leána erklärt, dass man das Vertrauen der scheuen Kreaturen gewinnen konnte, wenn man leise brummende Geräusche machte und sich nur ganz sachte im Wasser bewegte. Und genau das versuchte Leána nun. Die Seeschlange beobachtete sie abwartend, der zierliche Kopf ragte bewegungslos aus dem Wasser. Die sich kräuselnde Oberfläche des Sees jedoch verriet ihr die Aufregung des Tieres. Der lange Körper schlängelte unruhig hin und her, und immer wieder wurden die Zacken sichtbar, die ihren Rücken zierten. Da diese nach oben spitz zulaufenden Auswüchse noch recht klein waren, war sich Leána sicher, dass es sich um ein junges Tier handelte. Bei älteren Exemplaren waren ausgeprägte Hornplatten am Rücken zu sehen, deshalb bezeichneten viele Bewohner von Albany diese Art auch als Seedrachen, selbst wenn sie mit ihren geflügelten Namensvettern nichts gemein hatten und sich rein von Pflanzen ernährten.

Vorsichtig näherte sich Leána dem Tier, intensivierte ihre Brummgeräusche. Nun öffnete die Seeschlange ihr gewaltiges Maul und stieß ebenfalls ein leises Brummen aus, das in Leánas Unterbauch ein Kitzeln verursachte. Plötzlich schwamm die Schlange langsam auf sie zu. Aufregung erfasste Leána, doch sie wich nicht zurück. Stattdessen streckte sie ihre Hand aus, strich über den glatten, kühlen Hals, dann schlossen sich ihre Finger um eine der winzigen Zacken.

»Darf ich mit dir schwimmen?«

Sofort schoss das Wesen los, und Leána jauchzte auf, als sie sich rasend schnell auf die Mitte des Sees zubewegten.

Die Hufabdrücke von mehreren Pferden waren deutlich zu erkennen. Der Bärtige folgte ihnen. Der Weg führte ihn durch unwegsames, unbewohntes Gelände. Wo im Namen der Götter wollten die vier hin? Als sich die Spur an einem felsigen Abschnitt verlor, stieß er einen derben Fluch aus, band sein Pferd an und suchte den Boden ab. Er war so konzentriert, dass er beinahe zu spät das Surren einer Klinge bemerkte. Doch er besaß einen guten Instinkt, hervorragende Reflexe, und so duckte er sich, warf sich nach links und entging knapp einer zischenden Dunkelelfenklinge. Beinahe im gleichen Atemzug hielt auch er seine Waffe in der Hand.

»Gib mir dein Gold, dann wirst du leben«, zischte sein Gegner mit den unordentlichen langen Silberhaaren und der dunklen Haut.

Der Bärtige wusste genau, dass dies eine leere Versprechung war. Dieser Dunkelelf – seiner heruntergekommenen Erscheinung nach handelte es sich um einen Anhänger der 'Ahbrac – würde ihn so oder so ermorden.

Mit Dunkelelfen kannte sich der Bärtige aus. Daher bemühte er sich, ruhig zu bleiben, beobachtete den Gegner, während er sich zunächst nur auf seine Verteidigung konzentrierte und zurückwich. Rasch fiel ihm auf, dass die Augen des 'Ahbrac unnatürlich glänzten, seine Bewegungen fahriger waren, als es normalerweise bei diesem beherrschten und perfekt in der Kriegskunst ausgebildeten Volk der Fall war. Daher schloss der Bärtige, dass sein Kontrahent einen der Pilze des Unterreichs geraucht hatte, die bei den einfacheren Vertretern dieses Volks recht beliebt waren.

Dies wusste er für sich auszunutzen, täuschte seine Unfähigkeit im Umgang mit der Klinge mit einigen plumpen Hieben vor. Seine eigene abgerissene Kleidung machte die Finte perfekt. Doch als er zur Seite torkelte und der 'Ahbrac mit einem Grinsen im Gesicht angriff, riss der Bärtige im letzten Moment seine Klinge herum, stieß zu, direkt in den Unterleib des Dunkelelfen. Dessen Augen weiteten sich entsetzt, und ein gurgelnder Schrei entstieg seiner Kehle, als der Bärtige sein Schwert zurückzog.

»Marvachân, nimm mich in deine Hallen auf«, keuchte der Dunkelelf, während er zusammenbrach.

Zynisch lachend beugte sich der Bärtige über ihn. »Einen einfältigen Versager wie dich wird euer Gott des Krieges sicher nicht bei sich willkommen heißen.«

Der Dunkelelf presste eine Hand auf die Wunde. »Doch, das wird er!« Seine Augen glänzten fiebrig. »Ich war auf der Spur des Sohnes der Mörderin von Kaz'Ahbrac und …«

Der Bärtige erstarrte, zuckte nach vorne und zerrte den Sterbenden in die Höhe. »Wo ist Toran?«

Wasser spritzte nach allen Seiten, als Kayne aus dem See gerannt kam. Er hielt geradewegs auf Toran und Siah zu, die sich angeregt miteinander unterhielten, jedoch verstummten, als Kayne hektisch in Richtung des Gewässers deutete.

»Wusstet ihr, dass Leána völlig von Sinnen ist?«

»Weshalb?« Verwundert kniff Toran seine Augen zusammen, stand auf, und dann entstieg ein erstauntes: »Oh!« seinem Mund.

Siah hatte sich ebenfalls erhoben, ihre Hand krallte sich in Torans Arm. »Was tut sie denn?«

»Sie schwimmt mit einer Seeschlange«, brauste Kayne auf. »Ich wusste ja, dass Leána nur so vor irren Ideen strotzt, aber das hier!«

»Holt sie aus dem Wasser«, hauchte Siah und war mit einem Mal so blass, dass Kayne befürchtete, sie könnte umfallen.

»Sie hat gesagt, sie hätte das schon zuvor gemacht«, versuchte er die kleine Nebelhexe zu beruhigen, denn jetzt wusste er um Siahs Furcht vor dem Wasser.

»Leána ist verrückt, aber ihr geschieht sicher nichts.« Fürsorglich legte ihr Toran einen Arm um die schmalen Schultern, aber Siah schien dennoch wie erstarrt. Auch Kayne wurde heiß und kalt zugleich, während er beobachtete, wie Leána wieder und wieder mit der Seeschlange untertauchte, nur um kurz darauf in rasender Geschwindigkeit und weit entfernt aus dem Wasser zu schießen.

Nachdem sich Leána und die Seeschlange wieder etwas mehr dem Ufer näherten, hegte er die leise Hoffnung, sie könnte genug von diesem Irrsinn haben. Doch erneut tauchte die Schlange in die Fluten. Kayne konnte Leánas Freudenschrei noch kurz vernehmen, dann waren sie fort.

Voller Unruhe lief er am Ufer hin und her. Seine Augen suchten den See ab, er wartete, dass sich das Wasser bewegte, darauf, einen schimmernden Leib zu entdecken, doch nichts geschah. Die Wasseroberfläche blieb ruhig, lediglich am Ufer plätscherten ein paar einsame Wellen.

»Wo bleibt sie denn?«, jammerte Siah.

»Wer weiß, wohin das Vieh mit ihr abgetaucht ist. Am Ende zerrt sie Leána bis ins Unterreich«, murrte Toran.

Kayne stieß ihn mit dem Ellbogen an, auch wenn er selbst schon das Schlimmste befürchtete. Angestrengt kniff er die Augen zusammen, glaubte, ungefähr auf der Hälfte zum jenseitigen Ufer aufsteigende Blasen zu entdecken, eine leichte Bewegung der Wasseroberfläche. Es glitzerte; vermutlich ein Sonnenstrahl, der hinter einer der wenigen weißen Wolken am Himmel hervorspitzte. Nun hoffte Kayne, Leána würde endlich auftauchen, doch er wurde enttäuscht.

»Kayne, wie lange kann jemand mit Dunkelelfenblut die Luft anhalten?«, erkundigte sich Toran.

»Woher soll ich das wissen, verdammt noch mal?«, fuhr Kayne ihn an. Als er sah, wie furchtsam die Augen des jungen Mannes aufgerissen waren, tat es ihm beinahe leid. Doch er selbst machte sich die größten Sorgen.

Bange Momente vergingen. Kayne spürte, wie sein Herz schmerzhaft gegen seine Rippen pochte. Was war geschehen? Wohin waren Leána und die Seeschlange verschwunden? Wie lange konnte Leána noch unter Wasser bleiben? Seine Gedanken rasten, dann hielt er es nicht mehr aus, und er stürzte sich in den Walkensee.

»Kayne, was tust du denn?«, schrie Toran ihm hinterher.

»Ich suche sie!«

Kapitel 18

Das Geheimnis des Walkensees

So rasch Kayne konnte, hielt er auf die Stelle zu, an der er Leána das letzte Mal gesehen hatte. Das Schwimmen war anstrengend, die Strecke weiter, als er zunächst vermutet hatte. Doch im Augenblick konnte er nur daran denken, dass Leána noch immer nicht an die Oberfläche zurückgekehrt war.

Leána, bitte, jetzt komm schon, flehte er stumm, zwang sich, noch einmal alle Kraft in seine Schwimmzüge zu legen. Er passierte die kleine Insel, hielt sich nach rechts und war endlich in der Mitte des Sees angelangt. Er war völlig außer Atem, doch er gönnte sich keine Pause, holte tief Luft und tauchte hinab in das eisige Wasser. Ob dies die richtige Stelle war, konnte er nur vermuten.

Beim Walkensee handelte es sich um einen lang gezogenen, schmalen, dafür aber ausgesprochen tiefen See, womit er exakt den Beschreibungen von Dimitan, dem Hofzauberer, entsprach, der Kayne unterrichtet hatte. Zahlreiche tiefe Schluchten sollten diesen Bergsee durchziehen, die noch niemals ein Mensch erforscht hatte. Das Wasser war trüb, Kayne konnte kaum etwas erkennen. Zudem musste er sich vor Strömungen in Acht nehmen. Als ihm die Luft ausging, schwamm er an die Oberfläche, doch er tauchte sofort wieder hinab, suchte verzweifelt nach einem Lebenszeichen von Leána.

Er streckte seine Hände aus und versuchte, sich auf seine Fähigkeiten zu konzentrieren. *Geister des Wassers, Hüter des Sees, helft mir, Leána zu finden!*

Die Angst um ihre Freundin krallte ihre eiskalte Hand um Siahs Herz – und mittlerweile fürchtete sie auch um Kayne. Ihr Mund war trocken, als hätte sie seit Tagen nichts getrunken. Wie erstarrt beobachtete sie, wie Kayne wieder und wieder hinabtauchte.

»Ich helfe ihm.« Toran machte sich von ihr los, und auch wenn Siah ihn am liebsten zurückgehalten hätte, wusste sie, sie musste ihn gehen lassen. Sollte Leána tatsächlich irgendwo bewusstlos im Wasser treiben, mussten die beiden sie so schnell wie möglich finden. Zu gern hätte Siah ihren Freunden geholfen, doch ihre Furcht vor dem kalten, bedrohlichen Nass konnte sie einfach nicht überwinden. Zu tief steckte sie in ihr. Als kleines Mädchen hatte sie sich sogar gefürchtet, zu nah an einen der kleinen Bäche der Nebelinsel zu treten. Nie hatte sie mit Leána und den anderen Kindern an den Klippen spielen wollen, denn das Meer machte ihr noch mehr Angst als alles andere. Sie atmete tief ein und aus, um möglichst ruhig zu bleiben. Vielleicht war Leána einfach weiter südlich oder nördlich mit der Seeschlange am Ufer aufgetaucht und würde zu Fuß zu ihnen zurückkehren. An diese Hoffnung klammerte sie sich, während die Zeit quälend langsam verstrich. Endlich erspähte sie zwei Gestalten, die sich dem Ufer näherten. Sie erkannte Torans Haarschopf, und wie er jemanden unter den Armen gefasst hinter sich herzog.

»Siah, hilf mir!«

Sie überwand ihre Angst, stapfte zumindest bis zur Hüfte ins kalte Wasser und zerrte gemeinsam mit dem sichtlich erschöpften Toran Kayne ans Ufer.

Dieser zitterte am ganzen Körper, war unnatürlich blau im Gesicht und bekam offenbar kaum Luft. Toran drehte ihn auf die Seite und klopfte ihm auf den Rücken, während Siah eine Decke holte und sie ihm überlegte.

»Ruhig atmen, Kayne«, beschwor Toran ihn.

Kayne spuckte einen Schwall Wasser aus, keuchte und prustete, dann legte er seinen Kopf auf das sandige Ufer. Doch kurz darauf richtete er sich wieder auf.

»Weshalb ... hast ... du mich ... rausgeholt ... Idiot«, presste er hervor, wobei seine Lippen bebten.

»Weil du sonst ertrunken wärst! Wir haben keine Ahnung, wo Leána abgeblieben ist.«

»Muss ... wieder rein ...« Kayne wollte aufstehen, aber seine Beine knickten unter ihm weg.

Toran sah nicht weniger abgekämpft aus und kniete sich neben ihn. Fröstelnd schlang er sich die Arme um den Oberkörper. »So leid es mir tut, Kayne, aber Leánas Schicksal liegt nicht mehr in unseren Händen.«

Hatte dieser verdammte Dunkelelf die Wahrheit gesprochen und tatsächlich den Lagerplatz von Toran und den anderen ausgemacht? War er auf dem Weg zu seinem Auftraggeber gewesen? Dunkelelfen sprachen nur die Wahrheit, wenn es ihrem Zweck diente – besonders Anhänger der 'Ahbrac. Andererseits war er stolz auf seine Leistung gewesen, und Stolz war etwas, was bei Dunkelelfen ebenfalls zählte. Den genauen Lagerplatz hatte der Dunkelelf nicht mehr beschreiben können. Irgendwo am Ostufer in der Nähe einer Sandbucht. Was die jungen Leute dort suchten, war dem Bärtigen schleierhaft. Dort gab es nichts außer Wildnis, nichts, was den jungen Thronerben eigentlich interessieren sollte. Doch der Bärtige konnte es sich nicht leisten, dieser Spur nicht nachzugehen. Nachdem er einige verräterische Hufabdrücke in einem sumpfigen Gebiet fand, ließ er sein Pferd zurück, bahnte sich zu Fuß seinen Weg am Seeufer entlang und hielt Ausschau nach einer verfallenen Hütte.

Zitternd und voller unbändiger Wut saß Kayne am Ufer des Walkensees. Er wusste einfach nicht, was er noch tun sollte, war bis zur totalen Erschöpfung getaucht. Ohne Toran wäre auch er ertrunken, wie er sich insgeheim eingestehen musste. Es war ihm nicht gelungen, die Wassergeister zu beschwören, und wieder einmal verfluchte er Nordhalan, der ihn seiner Meinung nach nicht gut genug ausgebildet hatte.

Siahs Versuche, ihnen Hoffnung zu verleihen, Leána würde vielleicht bald zu Fuß auftauchen, mit ihrem typischen frechen Lächeln und einem abenteuerlichen Glanz in ihren Augen, zeigten bei ihm keine Wirkung. Er konnte nicht an Leánas Rückkehr glauben. Vor allem nicht, als die Sonne weiter und weiter nach Westen wanderte.

»Soll ich unseren Proviant herholen?«, fragte Siah irgendwann, nachdem sie alle nur stumm auf die Wasseroberfläche gestarrt hatten. »Wenn Leána kommt, wird sie hungrig sein.«

»Leána kommt nicht, sie ist ertrunken, das weißt du so gut wie ich.« Kayne stand auf und suchte wütend seine Sachen zusammen. »Wir müssen nach Northcliff reiten und es ihren Eltern sagen.«

»Was redest du denn?«, regte sich Toran auf. »Niemand kann mit Sicherheit sagen, dass sie nicht mehr lebt!«

»Toran!« Kayne fasste ihn an den Schultern und drehte ihn brutal in Richtung des Sees. »Sie ist seit dem späten Morgen verschwunden. Nirgends ein Zeichen von ihr. Sie hätte doch zumindest irgendwo Feuer gemacht, vielleicht versucht, einen Elementargeist zu uns zu schicken, uns irgendein Zeichen gegeben.«

»Ich … das … sie ist nicht tot!«

Kayne bemerkte, wie Toran mit den Tränen kämpfte, und ihm selbst ging es nicht anders. Dennoch wollte er sich seine Trauer jetzt nicht anmerken lassen. Er würde um sie weinen, später, allein, nicht jetzt, nicht vor den anderen.

»Wir gehen.«

»Nein, wir gehen nicht! Wir warten auf Leána.« Toran hielt ihn an seinem Hemd fest, und als er sich losmachen wollte, verpasste ihm der junge Prinz sogar einen Schlag – wenn auch einen halbherzigen – auf die Schläfe.

»Bist du nicht mehr ganz bei Sinnen …«, setzte Kayne an, doch da lenkte ihn Siahs Schrei ab.

»Seht nur!«

Sein Blick folgte ihrem ausgestreckten Finger, und tatsächlich – in der Mitte des Sees bildeten sich erneut diese kleinen Blasen. Sogleich breitete sich ein Schimmern in den letzten Strahlen der Sonne aus, verschwand aber kurz darauf. Ein dunkler Kopf tauchte aus dem Wasser auf, dann der Körper einer Seeschlange, die – Kayne hielt die Luft an – eine kleinere Gestalt auf ihrem Rücken trug. Die Seeschlange hielt auf das Ufer zu, und wenig später stand eine tropfende, keuchende und strahlende Leána vor ihnen.

»Ihr werdet nicht glauben, was ich erlebt habe!«

Das Herz des Bärtigen begann höher zu schlagen, als er in der Ferne vier Pferde erkannte, die unweit einer kleinen Hütte grasten. Als eines der Tiere alarmiert seinen Kopf hob, fluchte der Bärtige unterdrückt, denn das verdammte Vieh hatte ihn sicher gewittert. Mit geblähten Nüstern trabte der ungewöhnlich gefärbte graubraune Hengst bis ans äußerste Ende seiner notdürftig gefertigten Umzäunung und starrte genau in seine Richtung. Daher zog er sich weiter ins Unterholz zurück. Er musste vorsichtig sein, sich aus einer anderen Richtung nähern. Von den vier jungen Leuten war im Augenblick nichts zu sehen, aber er war seinem Ziel ein großes Stück näher. Erregung erfasste ihn, bald konnte er die Nebelhexen nehmen und Toran ausliefern. Vielleicht in der Nacht, vielleicht wenn sie schliefen.

»Verdammt noch mal, Leána, wo warst du denn?« Weinend umarmte Siah ihre Freundin, Toran redete wirr auf sie ein, und Kayne stand nur einfach stumm da.

»Ihr könnt euch nicht vorstellen, was mir passiert ist!« Energisch machte sich Leána los. »Ich bin mit der Wasserschlange getaucht, bis auf den Grund, dann war dort dieses Leuchten …«

»Leána, geht es dir gut?«, unterbrach Kayne sie mit einem Mal. Seine Stimme klang unnatürlich tonlos, seine Augen spiegelten eine große Furcht wider, und erst in diesem Moment wurde Leána bewusst, was sie ihren Freunden überhaupt angetan hatte. Es war bereits Abend, und die drei mussten sich entsetzliche Sorgen gemacht haben.

»Kayne, es tut mir leid!« Sie schlang ihre Arme um seine Hüfte. »Ja, mir geht es gut.«

»Wo warst du denn so lange?«, wollte Toran wissen. »Wir haben dich gesucht, Kayne wäre beinahe selbst ertrunken, so oft ist er nach dir getaucht.«

Gerührt streichelte sie über seine wirren Haare, dann fasste sie die beiden jungen Männer an den Händen. »Kommt, wir setzen uns, ich habe unglaublichen Hunger, und jetzt erzähle ich euch, was ich entdeckt habe.«

»Wo im Namen sämtlicher Götter hast du gesteckt?«, schrie Kayne sie nun an, doch seine Wut – die sie ihm ohnehin nicht verübeln konnte –, prallte einfach an ihr ab. Viel zu aufgeregt war sie wegen ihrer Entdeckung.

»Ich war in der anderen Welt! Ich bin mir beinahe sicher, es war jene Welt, in der mein Vater aufgewachsen ist.«

Kapitel 19

Im Bann der Tiefe

Ein paar Atemzüge lang genoss Leána das ungläubige Staunen ihrer Freunde, dann drückte sie die drei nacheinander mit sanfter Gewalt auf den Boden und ignorierte ihren knurrenden Magen.

»Ich bin mit der Seeschlange hinabgetaucht, und plötzlich war da dieses Leuchten. Ich wollte sie dazu bewegen umzudrehen, doch sie hielt darauf zu. Dann erfasste mich ein helles Licht, blendete mich so sehr, dass ich die Augen schließen musste.« Leána blies ihre Wangen auf. »Beinahe wäre mir die Luft ausgegangen, aber schon fühlte ich, dass es wieder nach oben ging. Mit einem Mal ist die Schlange wieder aufgetaucht, und ich fand mich mitten im See wieder, nur hat es im Gegensatz zu hier in Strömen gegossen, und die Berghänge waren in Nebel gehüllt.«

»Und wie kommst du darauf, dass das die andere Welt war?«, erkundigte sich Kayne misstrauisch.

»Warte, das wollte ich doch gerade erzählen.« Mit einem Handtuch trocknete sie sich beiläufig ihre Haare ab, nickte Siah dankbar zu, als diese ihr eine Decke umlegte, und fuhr schließlich fort: »Die Seeschlange war wieder abgetaucht, also bin ich zum Ufer geschwommen, da mir wirklich kalt war. Zunächst kam mir alles halbwegs vertraut vor. Ein Strand aus Kies, der Wald, aber dann hörte ich ein eigenartiges Geräusch.«

Ihre Freunde beugten sich gespannt vor.

»Ich bin dem Geräusch gefolgt und landete an einer befestigten Straße, und dann habe ich sie gesehen …«

»Was?«, drängte Toran.

»Autos! Diese seltsamen Gefährte, von denen mein Vater uns immer erzählt hat«, rief Leána aus. »Sie sind groß, einige stinken, und sie bewegen sich tatsächlich ohne Pferde!«

»Das kann doch nicht sein!« Kayne schüttelte den Kopf. »Abgesehen davon, dass du unglaubliches Glück hattest, weder ertrunken noch in einer feindlichen Welt gelandet zu sein, in der du sofort umgebracht wirst – wie ist es möglich, dass neben dem Portal von Alahant noch ein weiteres in Darians alte Welt existiert?«

»Woher soll ich das denn wissen?« Ungeduldig winkte Leána ab. »Aber ich bin mir sicher, ich habe dieses Portal gefunden, und je mehr ich darüber nachdenke, umso weniger abwegig ist es.« Sie schlug die Beine unter und blickte ihre Freunde nacheinander an. »Vater hat doch oft von Nessie erzählt, dieser Legende von dem Monster im Loch Ness. Schon früher hat er vermutet, dass dieses vermeintliche Monster eine Seeschlange ist, die in vergangenen Zeiten, vielleicht damals, als die brennenden Steine vom Himmel fielen und weite Teile von Albany überflutet waren, hinüber in die andere Welt gelangt ist und sich dort fortgepflanzt hat. Nur glaube ich nach meinem Erlebnis, es sind immer Seeschlangen aus Albany gewesen, die gelegentlich durch ein im Wasser verborgenes Portal hinübergelangen.«

»Leána, ich weiß nicht«, zweifelte Siah, »wer sagt dir denn, dass das tatsächlich Darians alte Welt ist?«

»Wo bitte sonst soll es diese Autos geben?«

»Die könnten doch auch in anderen Welten existieren«, warf Toran ein.

»Vielleicht, aber es sieht alles beinahe genauso aus wie hier bei uns in Albany, und das ist das, was sowohl Vater als auch Nordhalan berichtet haben.« Triumphierend deutete Leána nach Süden. »Außerdem hat Vater mir von einem alten Schloss am Ufer des Sees erzählt, und ich habe es entdeckt!«

»Das kann Zufall sein«, brummte Kayne.

»Aber sag, wie bist du zurückgekommen?«, wollte Siah wissen.

»Puh, das war nicht ganz einfach«, gab Leána zu. »Die Schlange war fort, aber ich wollte zu euch zurück. Also bin ich zu der Stelle geschwommen, an der ich an die Oberfläche gekommen bin. Ich musste mehrfach tauchen, bis ich das Leuchten des Portals entdeckt habe. Zum Glück entstand eine Art Sog, der mich förmlich durch das Portal gezogen hat – und plötzlich war auch die Schlange wieder da, sodass ich mich an ihr festhalten konnte.«

»Das war aber verdammt gefährlich.« Kayne fuhr sich über das Gesicht.

»Ja, mag schon sein«, gestand Leána. »Aber alles ist gut gegangen. Und wisst ihr, was das Beste ist?«

Fragend schauten die drei sie an.

»Wir können jetzt tatsächlich das Elfenportal suchen!«, freute sich Leána.

Als ihre Gefährten nicht reagierten, verdrehte sie die Augen. »Wir tauchen durch das Portal in die andere Welt und suchen nach dem Elfenportal im Süden.«

Siah wurde kreidebleich, Kayne schüttelte den Kopf, nur Toran stieß hektisch hervor: »Du bist völlig von Sinnen!«

»Jetzt seid doch nicht so langweilig«, schimpfte sie. »Das ist mit Sicherheit das allergrößte Abenteuer, das ihr euch vorstellen könnt! Wir können Vaters alte Welt kennenlernen, Lharina den Weg zu ihrem Volk ebnen und …«

»Ich kann das nicht!« Siahs Augen drohten aus ihren Höhlen zu quellen, daher nahm Leána sie eilig in den Arm.

»Siah, wenn du nicht mitkommen möchtest, kann ich das verstehen, allerdings ist es sehr viel weniger schlimm, als man vielleicht meinen möchte, und dank mir öffnet sich das Portal ja jederzeit. Du kannst aber auch in Albany warten, bis wir zurück sind.« Sie lachte leise auf. »Vielleicht wäre das sogar ganz gut, denn dann könntest du von der Postreiterstation aus Nachricht an unsere Eltern senden, damit sie sich nicht sorgen.«

»Aber diese Sorge wäre sicher nicht unbegründet«, wandte Siah ein.

»Vater hat erzählt, in dem Teil seiner alten Welt, den man dort Schottland nennt, würden die Menschen nicht einmal Waffen tragen.« Leána zog ihre Nase kraus. »Es gibt keine gefährlichen Wildtiere, ganz sicher keine 'Ahbrac, und niemand weiß, wer Toran ist. Wenn man es so sieht, ist es dort sogar ungefährlicher als hier.«

»Das nenne ich wieder einmal Leána-Logik«, stöhnte Kayne.

Ungeduldig winkte sie ab. »Toran, Kayne, was ist mit euch? Ihr habt noch gar nichts gesagt. Kommt ihr mit?«

Die jungen Männer sahen sich stumm an, zuckten beinahe gleichzeitig die Schultern, und Leána lachte. »Für feige hätte ich euch eigentlich nicht gehalten. Aber gut, ich kann auch allein gehen …«

»Nein!«, riefen sie wie aus einem Munde, doch Toran wandte sich Siah zu. »Aber wir können Siah nicht einfach allein lassen.«

»Siah, was meinst du?«, fragte Leána mit hochgezogenen Augenbrauen.

»Auf keinen Fall komme ich mit!«, rief sie energisch aus. »Zudem denke ich wirklich, es wäre besser, jemand bleibt hier und verständigt im Notfall Nordhalan oder einen anderen Zauberer, falls ihr verschollen bleibt.«

Leána zwirbelte mit der Hand an einer ihrer langen Haarsträhnen herum und dachte angestrengt nach. »Ich habe eine Idee.«

»Ohh jeeh«, machte Toran den alten Horac nach, aber Leána warf nur einen Erdklumpen nach ihm.

»Toran schreibt einen Brief an seine Mutter, in dem steht, dass es uns gut geht. In einem zweiten Brief bitte ich Jel'Akir, zu dir zu reisen, Siah. Ihr versteht euch doch ganz gut, oder?«

»Ja, schon«, stimmte Siah zu.

»Mit Jel hast du eine fähige Dunkelelfenkriegerin an deiner Seite, mit der du dich vor nichts zu fürchten brauchst, und ihr könnt ebenfalls umherreisen oder auch hierbleiben, so wie du eigentlich ohnehin wolltest.«

»Aber wir sind zu viert auf diese Reise gegangen«, widersprach Toran. »Ich finde es nicht richtig, Siah jetzt zurückzulassen.«

»Das ist schon in Ordnung«, versicherte sie ihm, bevor sie eine Grimasse schnitt. »Schließlich könnt ihr nichts dafür, dass ich Wasser zum Fürchten finde.«

»Hättest du nicht ein Portal an Land entdecken können, Leána?«, schimpfte Toran.

»Wäre mir auch lieber gewesen«, gab Leána zu und wandte sich dann an Siah. »Was denkst du? Wärst du einverstanden, eine Weile mit Jel umherzureisen, bis wir wieder zurück sind? Du müsstest nur die Briefe zur nächsten Postreiterstation bringen.«

»Ich kann das gerne tun, aber wie weiß ich denn, ob ihr vielleicht in der anderen Welt in Gefahr seid? Wann soll ich Nordhalan und euren Eltern Bescheid geben?«

»Ein oder zwei Monde musst du uns schon Zeit geben«, überlegte Leána laut. »Schließlich müssen wir ja erst nach Süden gelangen und das Elfenportal in der anderen Welt finden.«

»So lange!«, rief Siah erschrocken aus.

»Wären wir von hier aus an die Südküste gereist und hätten uns auf die Suche gemacht, wäre es auch nicht schneller gegangen.«

»Ja, das stimmt schon.« Toran kratzte sich am Kopf. »Aber vielleicht bleibe ich doch besser hier.«

»Du hast wohl Angst?«, provozierte ihn Kayne.

»Nein, es geht mir um Siah!«, schoss er zurück. »Wir sollten zumindest warten, bis Jel eingetroffen ist.«

»Also allein bis zu einer Postreiterstation zu kommen und dort zu warten, das schaffe ich ja wohl noch«, rief Siah aus. »Geht nur, ich möchte euch euer Abenteuer nicht verderben.«

»Gut! Dann gehe ich jetzt los, hole unser restliches Gepäck, Proviant und Kräuter aus der Hütte, und Toran kann währenddessen einen Brief schreiben.« Aus ihrem Bündel zog sie eine Feder, ein kleines Tintenfässchen und etwas Pergament.

»Ich helfe dir.« Kayne erhob sich ebenfalls, und gemeinsam kehrten sie zur Hütte zurück.

Ungeduldig wartete der Bärtige in seinem Versteck, verscheuchte mehrfach lästige Baumgeister und zwei kleine Kobolde, die seinen Proviant stehlen wollten. Beinahe wäre er eingedöst, doch da vernahm er eine helle Stimme und erkannte zwei Personen, die sich der Hütte näherten. Was sie genau sagten, konnte er nicht verstehen.

Kayne und Leána, dachte er und runzelte missmutig die Stirn. Hätte es nicht nur Toran sein können? Das hätte sein Vorhaben erheblich vereinfacht. Gespannt beobachtete er, wie die beiden Decken und Bündel aus der Hütte holten. Als sie zu den Pferden gingen, glaubte er schon, sie wollten weiterziehen, doch dann streichelte Leána lediglich ihren Hengst, und die beiden entfernten sich.

Vielleicht wollen sie ja nur den Abend am See verbringen, überlegte der Bärtige. Er würde hierbleiben und abwarten.

»Siah kann die Pferde in einem der nächsten Dörfer auf eine Weide stellen. Gegen ein Silberstück wird jeder gerne dazu bereit sein«, redete Leána auf dem Rückweg fröhlich auf Kayne ein. Als dieser lediglich brummte, stieß sie ihn mit dem Ellbogen an.

»Was ist, freust du dich gar nicht, die Welt zu erkunden, von der Darian so viel erzählt hat? Schließlich war auch Samukal ...«

»Was Samukal in der anderen Welt getrieben hat, möchte ich gar nicht wissen«, blaffte Kayne sie an.

»Dann denk doch daran, wie glücklich Lharina sein wird, wenn wir die Elfen gefunden haben.«

»Wer weiß, ob wir sie überhaupt finden.«

»Jetzt sei doch nicht so pessimistisch.« Leána schürzte die Lippen. »Wenn ihr euch nicht traut, kann ich auch alleine reisen.«

»Das würde dir so passen. Nein, nein, wir müssen dich begleiten, vor allem, um die andere Welt vor dir zu beschützen.«

Leána holte zu einer empörten Entgegnung Luft, blieb jedoch ruckartig stehen und zog Kayne hinter einen Baum. »Sieh nur, sind die beiden nicht niedlich?«

Gerade küsste Toran Siah und streichelte ihr behutsam über die Haare.

»Deshalb wollte er also nicht mit.«

»Merkst du das jetzt erst?«, lachte sie.

»Zumindest war mir nicht klar, ob er es ernst mit ihr meint.«

Schließlich ließen Toran und Siah wieder voneinander ab, und Leána und Kayne gingen zu ihnen und packten zunächst ihre Sachen. Natürlich würde alles feucht werden, aber zumindest Liliths Kräuter waren in einem wasserdichten Beutel aus geöltem Leder verstaut.

»Am besten übernachtest du hier, Siah, und bringst die Pferde morgen in das Dorf. Auf der Handelsstraße ist es nicht weit bis zur nächsten Postreiterstation«, schlug Leána vor.

»Wir sollten erst im Morgengrauen in die andere Welt aufbrechen«, warf Toran ein, woraufhin Leána missmutig die Stirn runzelte. Sie wollte sofort los, konnte es nicht mehr abwarten.

»Mir macht es nichts aus, hier allein zu schlafen«, versicherte Siah.

»Eine Nacht hin oder her macht doch keinen Unterschied«, drängte Toran.

»Ja, von mir aus«, gab Leána nach.

Also entzündeten sie ein Feuer, Leána schrieb in aller Ruhe ihren Brief an Jel, bevor sie gemeinsam aßen und sich danach hinlegten. Doch sie alle wälzten sich lange hin und her und fanden keine Ruhe.

Mitten in der Nacht schlich der Bärtige zum Seeufer. Es dauerte eine Weile, bis er das kleine, nur noch schwach glimmende Feuer entdeckt hatte. Dort lagen sie, alle vier. Sollte er es wagen, zwei von ihnen im Schlaf zu töten und Toran zu schnappen? Schon machte er einen Schritt nach vorne, vernahm aber kurz darauf gedämpfte Stimmen. Sein Herzschlag beschleunigte sich. Die jungen Leute schliefen also noch gar nicht. Gereizt wartete er ab, doch wie es aussah, wollte sich bei keinem von ihnen ein wirklich fester Schlaf einstellen. Zudem war der Himmel heute sternenklar, und es würde ihm schwerfallen, sich auf dem Sand und Kies am Ufer lautlos zu bewegen. Weit nach Mitternacht zog sich der Bärtige zurück, um sich zur Ruhe zu legen. Er musste auf einen besseren Moment warten.

Die Dämmerung war noch nicht einmal richtig über den Rand der Welt gekrochen, als Leána aufsprang. Sie hatte die ganze Nacht kein Auge zugetan. Kayne war ebenfalls schnell auf den Beinen, nur Toran mussten sie gewaltsam wachrütteln.

»Siah, ich danke dir dafür, dass du uns hilfst.« Leána nahm ihre Freundin in die Arme. »Pass gut auf dich auf und grüß Jel von mir.«

»Passt nur ihr auf euch auf«, schniefte Siah. Sie ließ sich kurz von Kayne, dann deutlich länger von Toran umarmen und wischte sich über die Augen. »Wenn ihr ertrinkt, könnt ihr was erleben!«

»Dann würden wir wohl in eine völlig andere Welt geraten als geplant«, scherzte Leána, wurde jedoch kurz darauf ernst. »Man wird wirklich von dem Portal angezogen. Und auch wenn es unangenehm ist, so lange die Luft anzuhalten, ist es zu schaffen. Wir sollten uns an einem Seil aneinanderbinden, um sicherzugehen, dass wir es auch alle gemeinsam passieren.«

Toran und Kayne machten sich daran, sich an dem Seil festzubinden. Während Leána ihrem Cousin seine Furcht genau ansah, bemühte sich Kayne um eine äußerst entspannte Miene.

»Ich lasse mein Schwert nicht zurück«, betonte er jedoch, »selbst wenn Darian gesagt hat, dort wäre es nicht üblich, eine Waffe zu tragen. Die Zeiten mögen sich geändert haben.«

»Mir wäre das ebenfalls nicht recht«, stimmte Toran zu und strich über das Heft der schlanken Klinge, die eigens für ihn in Kyrâstin gefertigt worden war und die er trug, seitdem er sechzehn war.

»Also gut«, meinte Leána, wobei sie ihren Reiterbogen aus dunklem Holz in die Hand nahm. »Dann nehmen wir unsere Waffen mit und sehen uns zunächst um.« Sie verstaute Sehne und Pfeile in einem wasserfesten Beutel und hoffte, alles würde die Reise durchs Wasser gut überstehen. Den Bogen ließ sie sich von Kayne auf den Rücken binden, packte ihr Bündel und stieg mit ihren Freunden in das kalte Wasser. Es gestaltete sich als äußerst anstrengend, mit Waffen und Proviant zu schwimmen. Als sie in der Mitte des Sees ankamen, war nicht nur Leána gewaltig außer Atem.

»Ich tauche als Erste hinab und führe euch«, schlug sie vor.

»Sofern wir in dieser trüben Brühe überhaupt etwas erkennen«, brummte Kayne.

»Das Leuchten des Portals wird bald erscheinen.«

Leána holte tief Luft und schwamm hinab in das von Algen und Schlick durchsetzte Wasser. Bündel und Kleidung zogen sie ohnehin in die Tiefe, daher war es nicht allzu schwierig, rasch hinunterzutauchen.

Falls das hier nicht die richtige Stelle ist, werden wir unsere Bündel und Waffen abschnallen müssen, dachte sie, als ihr langsam die Luft ausging. *Sonst kommen wir nie an die Oberfläche.*

Sie verstärkte ihre Bemühungen, weiter abzutauchen, spürte jedoch ein Rucken hinter sich. Vermutlich wollte Kayne andeuten, dass sie nicht mehr lange suchen konnten.

Beinahe hätte Leána aufgegeben, aber da erkannte sie links von sich ein Schimmern. Sie drehte ab, spürte erneut einen Ruck, doch da war er schon, dieser Sog, dieses Prickeln von Magie. Wie von einer starken Strömung erfasst rasten sie nun auf einen unterirdischen Felsen zu, den ein silbern und golden funkelndes Portal überstrahlte.

Kapitel 20

Die andere Welt

Mit aller Kraft mühte Leána sich, an die Oberfläche zu gelangen. Das gespannte Seil hinter ihr zeigte ihr, dass es ihren beiden Freunden schwerfiel, ihr zu folgen. Aber endlich durchbrach sie die Wasseroberfläche. Nieselregen schlug ihr ins Gesicht. Genau wie in Albany war auch in dieser Welt der Morgen noch sehr jung. Nur ein dünner heller Streifen im Osten kündete davon, dass der Tag bald anbrechen würde.

Hustend und japsend tauchte Kayne neben ihr auf, kurz darauf Toran. Er spuckte Wasser, seine Augen waren geweitet, seine Lippen bebten.

»Verdammt, was war das denn? Ich dachte, ich ertrinke!«

»Wir müssen erst mal aus dem Wasser raus!« Leána schwamm los, hielt auf das Ufer zu, das sie in der Dämmerung nur schemenhaft erkennen konnte. Aber leider wurden sie alle drei von einer Strömung erfasst und mussten hart darum kämpfen, das Land zu erreichen. Völlig erschöpft zog sich Leána ans Ufer, Toran und Kayne folgten ihr. Zunächst blieb sie ein paar Atemzüge auf den Steinen liegen, rang nach Luft und rappelte sich schließlich auf. Schnell löste sie das Seil.

Oberhalb von ihnen erhoben sich die grauen Gemäuer des alten Schlosses, das sie schon beim ersten Mal gesehen hatte.

»Kannst du vielleicht diesen Trocknungszauber anwenden, Kayne?«

»Gleich – ich versuche es.« Stöhnend richtete er sich auf, öffnete mit zitternden Händen den Knoten des Seiles und legte

Leána seine Hände auf die Schultern. Er schloss die Augen, und kurz darauf spürte sie Wärme, die jedoch nur einen Moment später versiegte.

»Tut mir leid, ich ... muss mich kurz ausruhen.«

»Schon gut.« Leána fror erbärmlich, war zu Tode erschöpft, aber ihr war klar, dass es Kayne ähnlich ging und er so keinen Zauber wirken konnte.

»Kommt, wir suchen Schutz in dem Schloss, denn in dem kalten Wind werden wir nur krank.«

Toran machte keine Anstalten, sich zu erheben, und so zog ihn Leána energisch an der Hand, bis er endlich aufstand. Langsam kletterten sie zu dem alten Gemäuer hinauf.

»Wer wohnt denn in solch einer Ruine?«, fragte Toran.

»Ich würde vermuten, hier wohnt niemand mehr.« Misstrauisch spähte Kayne in einen leeren Raum, dem das Dach fehlte. »Zumindest hat es aufgehört zu regnen, und die Mauern werden uns vor dem Wind schützen.«

»Sind die Menschen dieser Welt so arm, dass sie es sich nicht leisten können, ihre Festung zu erhalten?« Toran kauerte sich in eine Ecke und versteckte die Hände unter den Achseln.

»Auch bei uns in Albany gibt es verlassene Ruinen«, wandte Leána ein.

»Aber diese Festung ist doch durch den See im Rücken perfekt zu verteidigen und die Grundmauern solide«, wunderte sich Toran. »Weshalb sollte man sie aufgeben?«

Kayne lehnte mit geschlossenen Augen an der Mauer, und Leána kramte in ihrem Bündel. Alles triefte vor Nässe, das Essen war größtenteils ungenießbar bis auf ein Stück Käse, das sie nun Kayne in die Hand drückte. »Sieh zu, dass du wieder zu Kräften kommst, damit du uns trocknen kannst.«

»Wie die edle Dame befiehlt«, murmelte er müde.

»Zumindest sind Liliths Kräuter unversehrt geblieben«, freute sich Leána. »Tja, gelegentlich sind selbst Urs und Frinn für etwas gut.« Lächelnd strich Leána über den Lederbeutel. Die beiden hatten diese wasserdichten Beutel erfunden – selbstverständlich nicht ohne in der ersten Zeit, als sie die Dichtigkeit geprüft hatten, die unmöglichsten Dinge in die Beutel zu legen – und zu zerstören.

Frierend warteten sie in dem alten Gebäude auf den Morgen. Die Kälte kroch ihnen in die Knochen, nagte an ihnen wie ein gefräßiges Biest. Sehnlichst wünschte sich Leána die ersten Sonnenstrahlen herbei und warf Kayne immer wieder hoffnungsvolle Blicke zu. Sie wollte ihn allerdings nicht drängen, denn Druck wäre seinen magischen Fähigkeiten wenig zuträglich. Endlich erhob sich Kayne und lächelte ihr zaghaft zu.

»Ich versuche es noch einmal.«

Wieder spürte sie seine Hände, die Wärme, die sich nach und nach in ihr ausbreitete und auf wundersame Weise die Kälte aus ihrem Körper vertrieb. Eingehüllt in eine Glocke aus fast schon heißer Luft beobachtete sie erstaunt, wie Dampf von ihren Kleidern aufstieg und sie allmählich trocknete. Auch ihre erstarrten Glieder erwärmten sich nun und wurden rasch wieder beweglich.

»Kayne, du bist unglaublich!« Spontan drückte sie ihm einen Kuss auf die Wange.

Er nickte ihr erschöpft zu und ging zu Toran, um auch bei ihm den Zauber anzuwenden. Leána befürchtete schon, Kayne könne nicht mehr genügend Kraft aufbringen, um sich selbst zu helfen, denn er war kreidebleich im Gesicht und seine Hände zitterten. Aber sie irrte sich – kurz darauf stand er ebenfalls in trockenen Sachen vor ihnen.

»Wir sollten auf die Jagd gehen, um uns etwas zu essen zu besorgen. Anschließend sehen wir uns um«, schlug Toran vor, offenbar neugierig geworden.

Gemeinsam gingen sie einen mit feinen Steinen geschotterten Weg entlang, als ihnen ein Mann in seltsamer Gewandung entgegenkam. Er trug einen in Falten liegenden karierten Rock, helle Wollsocken reichten ihm bis an die Knie, und ein Obergewand mit silbernen Knöpfen schützte ihn vor dem Wind. Er wirkte nicht minder erstaunt.

»Wir hatten doch Dudelsackspieler gebucht, keine Schwertkämpfer! Und weshalb seid ihr überhaupt schon hier?« Verwundert blickte er auf seinen Arm, an dem er ein Schmuckstück trug, das Leána noch niemals zuvor gesehen hatte. »Es ist noch nicht einmal acht Uhr, und wir öffnen doch erst um neun!«

Leána hatte ebenso wenig Ahnung wie Toran oder Kayne, wovon der Mann sprach, aber sie konnte sich daran erinnern, dass man in dieser Welt die Zeit in bestimmten Abschnitten maß – ihr Vater nannte es Stunden – und dieser Sitte große Bedeutung zugewiesen wurde.

»Hat euch Rachel reingelassen?«

Nachdem Leána nichts Besseres einfiel, nickte sie.

»Nun gut, ich bin Richard«, fuhr der Mann fort. »Wenn ihr schon einmal hier seid und euch umgezogen habt, könnt ihr auch gleich mitkommen.« Er nickte zurück in Richtung der Ruinen. »Schwertkampfvorführungen kommen ebenfalls gut an, nur hätte ich zumindest gedacht, die Jungs würden Kilts oder Belted Plaids tragen.«

»Was redet der Mann denn?«, flüsterte Toran Leána zu. »Er spricht in der Sprache der Gelehrten, die uns Nordhalan und Onkel Darian beigebracht haben.«

Dank ihres Sprachtalents, ein Erbe von ihrem Vater, war Leána das gar nicht aufgefallen. Einige Begriffe kannte sie nicht, dennoch wusste sie im Großen und Ganzen, was der Mann hatte ausdrücken wollen.

»Würdet ihr mir zumindest eure Namen verraten?«, fragte Richard nun lachend.

»Entschuldige bitte.« Leána verneigte sich leicht. »Ich bin Leána, das sind Kayne und Toran.«

»Dann begrüße ich euch herzlich in Urquhart Castle!« Misstrauisch beäugte er sie. »Ich hoffe, eure Agentur hat diesmal versierte Schwertkämpfer geschickt. Die letzten waren ein Graus.«

»Wir alle wissen mit unseren Waffen umzugehen«, versicherte Leána ihm, fragte sich jedoch, was eine Agentur sein sollte.

»Du auch?« Richard riss die Augen auf, dann zupfte er an ihrem Hemd herum. »Na, in einem hübschen mittelalterlichen Kleid hättest du mir aber besser gefallen.«

»Fass sie nicht an!« Schon hatte er Kaynes Dolch an der Kehle liegen, aber Richard lachte nur.

»Gute Einlage, Junge, das kannst du in die Show einbauen.« Bei dem Versuch, Kaynes Dolch wegzuschieben, schnitt er sich in den Finger. »Verdammt, das Ding ist ja scharf!«

»Was würde es für einen Sinn machen, wenn er das nicht wäre?«, knurrte Kayne, nur klang das in der ihm wenig vertrauten Sprache eher unbeholfen und abgehackt als bedrohlich. Zu Ehren von Atorian dem Ersten lernten alle Adligen, Zauberer und vor allem die Northclifferben jene Sprache, die Darian als Englisch bezeichnete. Nur wurde sie selten benutzt, und so würde es Toran und Kayne im Gegensatz zu Leána schwerfallen, sich flüssig zu unterhalten.

»Bist wohl nicht aus Schottland, Laddie.« Richard sog an seinem Finger. »Du aber schon, nicht wahr, Lass?«

»Hm«, antwortete Leána nur und zog Kayne auf die Seite.

»Ich sagte doch, hier trägt man normalerweise keine Waffen. Halte dich zurück. Notfalls kann ich mich auch selbst verteidigen.«

»Also, Leute, tut mir den Gefallen und verwendet nur stumpfe Schaukampfwaffen, sonst könnte es Ärger geben«, redete Richard weiter auf sie ein. »Der erste Bus kommt gegen neun an, und dann sollt ihr zu jeder vollen Stunde eine viertelstündige Einlage bieten. Mittagessen bekommt ihr von uns, und wenn ihr wollt, könnt ihr auch einen Hut aufstellen.« Aus einem Beutel, den er über dem Rücken trug, zog er zu Leánas Verwunderung ein verknittertes braunes Stoffgebilde heraus, das der Form nach einem Topf ähnelte und außen herum eine breite Krempe aufwies.

»Ich weiß, die Agenturen bezahlen meist nicht viel. Aber die Touristen sind recht spendabel, sofern ihr eine gute Vorstellung bietet!«

»Danke.« Verwundert nahm sie das Ding an sich und betrachtete es fragend.

»Am besten stellt ihr den Hut direkt an den Weg.« Richard deutete nach links. »Wenn die Leute sich nicht zu weit an euch heranwagen müssen, geben sie mehr.«

Auch wenn Leána nicht den Funken einer Ahnung hatte, was der Mann meinte, stellte sie den ominösen Hut auf den Weg.

»Na gut. Habt ihr schon gefrühstückt?«

»Nein, wir sind tatsächlich hungrig«, wagte nun Toran zu sagen.

Richard hob die Arme. »Gut, ich bringe euch gleich etwas. Macht's euch einfach auf den Mauern bequem.« Eiligen Schrittes entfernte er sich.

»Was hatte das denn zu bedeuten?« Kayne betastete den Hut und drehte ihn in der Hand hin und her. »Und weshalb trägt er einen Rock?«

»Ich glaube, das war früher hier Tradition«, erinnerte sich Leána. »Vater hat mir mal von Kriegern der alten Tage erzählt, die in Röcken, sogenannten Kilts, gekämpft haben.«

»Den Begriff hat Darian verwendet«, stimmte Toran zu.

»Wir sollten zusehen, dass wir verschwinden«, schlug Kayne vor.

»Nein, er bringt etwas zu essen«, protestierte Toran und räusperte sich. »Es wäre unhöflich, ihn stehen zu lassen.«

»Und was soll der Blödsinn mit dem Schwertkampf, den wir irgendwelchen Menschen vorführen sollen?«

»Ist doch egal.« Leána war schon wieder guter Dinge und ließ ihre Beine von der maroden Mauer baumeln. »Wir alle sind gut darin. Weshalb sollten wir unsere Kunst nicht zeigen, wenn wir dafür ein Mittagessen bekommen?«

»Ich habe kein gutes Gefühl dabei«, bemerkte Kayne.

Lange dauerte es nicht, bis Richard wieder bei ihnen war. In einer ausgesprochen bunten Kiste transportierte er Brot, Käse und Becher, wie sie Leána noch niemals gesehen hatte. Auch Toran und Kayne drehten diese Becher mit der schwarzen Flüssigkeit darin in der Hand herum.

»Milch und Zucker stehen hier drin«, erklärte Richard. »Guten Appetit!«

Leána nahm ein Stück Brot und etwas Käse – das kannte sie zumindest und ließ es sich schmecken.

Toran hingegen nippte vorsichtig an der schwarzen Flüssigkeit und spuckte diese sogleich in hohem Bogen wieder aus.

»Was ist das für ein entsetzliches Gebräu?«, rief er entrüstet in Albanys Sprache.

»Ist der Kaffee so schlecht?« Richard nahm Toran den Becher ab, trank davon, hob jedoch kurz darauf verwundert die Schultern. »Möchtest du lieber Tee?«

»Das wäre besser.«

Seufzend machte sich Richard erneut auf den Weg, nicht ohne sich noch einmal kopfschüttelnd umzudrehen.

»Schmeckt dieses Getränk so furchtbar? Vater hat mir häufig erzählt, er würde Kaffee vermissen.« Leána roch daran, nahm einen winzigen Schluck und verzog ebenfalls das Gesicht. »Das ist bitter!«

»Er sprach von Milch.« Suchend blickte Kayne in die Kiste. »Möglicherweise schmeckt es damit besser.«

Leána hob eine Schachtel in die Höhe, auf der eine Kuh aufgemalt war. »Kann ja nur hier drinnen sein.« Im Inneren gluckerte es, als sie die Schachtel bewegte.

»Und wie kommt man an die Milch heran?«, überlegte Toran.

Kurz entschlossen zog Leána ihren Dolch und schnitt in die Schachtel. »Hier!« Freudig goss sie etwas davon in die schwarze Brühe, kostete erneut und nickte anerkennend.

Die beiden taten es ihr gleich, aber Toran konnte im Gegensatz zu Kayne keinen Gefallen an diesem Getränk finden.

Auch den von Richard gebrachten Tee beäugte er, als würde er ein wildes Tier vor sich haben, lächelte jedoch erleichtert, nachdem er gekostet hatte.

»Kräuter!«

»Was habt ihr denn mit der Milchpackung angestellt?«, knurrte Richard unterdessen, als er selbst Milch in seinen Kaffee gießen wollte und durch den langen Riss die Hälfte verschüttete. Schließlich zog er ein kleines schwarzes Kästchen hervor. »Ich bin dann oben an der Kasse. Falls ihr etwas braucht, ruft mich an. Meine Nummer habt ihr ja von der Agentur, oder nicht?«

Da Leána nicht wusste, was sie antworten sollte, nickte sie erneut und sah dem Mann nach. »Eine seltsame Welt!«

»Da hast du recht. Aber sie wissen es, Würste zuzubereiten.« Toran biss in eine fingerlange Wurst und kaute genüsslich.

Die drei Freunde verspeisten ihr üppiges Frühstück und blickten auf, als sie Stimmen hörten. Kurz darauf kam Richard abermals angeeilt. »Die ersten Besucher sind da.« Hastig räumte er die Überreste des Frühstücks fort. »Bringt euch in Position. Wer kämpft zuerst?«

»Toran und Kayne«, bestimmte Leána.

»Herzlichen Dank«, brummte Kayne.

»Stellt euch einfach vor, ihr würdet mit Nal oder Sared trainieren«, flüsterte sie in ihrer Sprache.

Sie wich zurück, als sich eine wahre Flut an Menschen den Weg hinabwälzte. Sie alle trugen ungewöhnliche, teils äußerst farbenfrohe Kleidung. In den Händen hielten viele von ihnen eigenartige Kästchen, die sie mal hierhin, mal dorthin drehten, um dann wieder mit den Fingern darauf herumzutippen.

»Herzlich willkommen in Urquhart Castle am Loch Ness«, rief Richard nun. »1230 wurde es erbaut und lange Zeit von den MacDonalds bewohnt. Unsere jungen Freunde wollen euch heute mit einer Vorführung im Schwertkampf unterhalten und zeigen, wie es in alten Tagen hier zuging. Viel Spaß!«

Richard machte eine einladende Handbewegung, und nachdem sich Toran und Kayne kurz angesehen hatten, begannen sie mit dem Schwertkampf. Zunächst griff überwiegend Toran an, dann Kayne, und letztendlich zeigte jeder Angriff und Verteidigung. Die Zuschauer stießen erstaunte Rufe aus. Viele klatschten in die Hände, und als Kayne Toran schließlich mit einer geschickten Aktion entwaffnet hatte, jubelten viele von ihnen.

Auch Richard klatschte begeistert, kam zu ihnen und legte den beiden jungen Männern jeweils eine Hand auf die Arme.

»Das war fantastisch! Sehr viel besser, als ich erwartet hatte.« Nun drehte er sich zu den Zuschauern um. »Verehrtes Publikum, unsere jungen Freunde würden sich über eine kleine Spende freuen.« Er deutete auf den Hut, und zahlreiche Menschen griffen in ihre Taschen, ließen Münzen und manch einer auch ein Stück Papier hineinfallen. Dann gingen sie weiter und schlenderten durch die Ruinen.

Richard blickte auf das Artefakt an seinem Arm. »Um zehn ist die nächste Vorführung.« Damit eilte er davon.

»Wie es aussieht, sind sie zufrieden mit dem, was wir getan haben«, stellte Kayne fest.

Toran ging und holte den Hut. Neugierig ließ er seine Finger durch die Münzen fahren. »Vielleicht können wir uns davon Kleidung kaufen, so wie diese Menschen sie tragen. Sonst fallen wir wohl sehr auf!« Mit gerümpfter Nase hielt er einen bemalten Papierschein in die Höhe. Er zeigte eine Frau mit einer Krone auf dem Kopf, außerdem waren die Zahl 10 sowie weitere Zahlen und Schriftzeichen abgebildet. »Diesem Spender hat es offenbar nicht gefallen. Das ist ja ganz hübsch bemalt, aber was sollen wir damit?«

»Vielleicht kann man damit zumindest ein Lagerfeuer entzünden«, überlegte Kayne.

Lange hatte Siah zu der Stelle gestarrt, an der ihre drei besten Freunde verschwunden waren. Sie versuchte, die Panik niederzuringen, denn wenn sie daran dachte, wie tief sie hinab zum Grund des Sees getaucht waren, erfasste sie pures Grauen. Ob es wirklich klug war, die drei gehen zu lassen, wusste sie nicht. Aber andererseits – wer hätte Leána abhalten können, wenn sie sich erst einmal etwas in den Kopf gesetzt hatte?

Plötzlich fühlte sie sich einsam. Ihre Freunde waren gegangen, und sie hatte keine Ahnung, ob und wann sie sie jemals wiedersehen würde. Dieser Gedanke schnürte ihr die Kehle zu, und so riss sie sich gewaltsam von dem See los und ging zu den Pferden. Es war noch früh am Morgen, und die vier dösten unter den Bäumen.

»Maros, ich rate dir, dich zu benehmen«, drohte Siah dem imposanten Hengst. Sie setzte sich auf ihre Stute, nahm Maros' Zügel in die linke Hand, die der beiden anderen in die rechte und hoffte, heil am nächsten Gehöft anzukommen. Anschließend würde sie zur Postreiterstation reiten und entweder dort oder hier am See auf die Dunkelelfe Jel warten. Der aufsteigende Morgennebel umhüllte sie sanft wie ein Seidentuch und dämpfte die Tritte der Pferde, als Siah sich nach Westen aufmachte.

Im Laufe des Tages führten Leána, Kayne und Toran abwechselnd ihre Kunst mit dem Schwert vor. Zum Glück zeigte ihnen Richard immer wieder, wann sie mit der nächsten Darbietung beginnen sollten, denn keiner von ihnen konnte mit der sonderbaren Zeiteinteilung dieser Welt umgehen. Besonders wenn Leána einen der Männer besiegte, tobte die Menge, und der Hut füllte sich. Das Mittagessen, Suppe und Brot, war schmackhaft, auch wenn es abermals in Behältnissen aus einem eigentümlichen Material serviert wurde, und als die Sonne weiter in Richtung Westen wanderte, kam Richard zu ihnen.

»Ich bin mehr als zufrieden mit euch! Wenn wir mal wieder eine Vorführung brauchen, buchen wir euch erneut. Fahrt ihr heute noch nach Hause?«

»Eher nicht«, brummte Kayne.

»Wo übernachtet ihr denn?«

Suchend sah er sich um. »Wir suchen uns ein geschütztes Plätzchen.«

»Dann übernachtet ihr im Zelt?«

»Nein, haben wir nicht dabei.«

»Soll ich euch eine Pension empfehlen?«, fragte Richard, doch Leána schüttelte den Kopf.

Was meint er denn jetzt wieder?, dachte sie. »Nein danke, wir kommen zurecht. Vielen Dank für das Essen.«

»Ihr könnt doch nicht im Freien schlafen!« Richard wirkte ausgesprochen entsetzt bei diesem Gedanken.

»Weshalb nicht?«, fragte Toran verdutzt.

Kurz stutzte Richard, dann kratzte er sich am Kopf. »Mairi Matheson, sie vermietet ganz in der Nähe des Visitor Centres in Drumnadrochit Zimmer. Dort findet ihr sicher was. Es sind nur etwa zwei Meilen zu Fuß die Straße entlang. Sagt ihr einen schönen Gruß von Richard, dann macht sie euch einen guten Preis.« Er kaute kurz auf seiner Unterlippe herum, griff in die schwarze Ledertasche, die an seinem Gürtel hing, und zog einen jener Papierfetzen hervor, die auch schon in dem Hut gelegen hatten. Wieder war diese Frau mit der Krone zu sehen, nur diesmal die Zahl 50. »Ihr wart wirklich gut, ich denke, wenn ihr diesen kleinen Bonus bekommt, hat mein Boss nichts dagegen.«

Leána wusste nicht, was sie erwidern sollte, und ihre Freunde wirkten ebenfalls unschlüssig. Mit einem vorsichtigen Lächeln nahm sie den bunten Papierfetzen an sich. »Gut, Drumnadrochit, Mairi Matheson, vielen Dank«, wiederholte sie und bedeutete ihren Freunden, ihr zu folgen.

Richard klopfte ihnen nacheinander auf die Schulter und stapfte in Richtung Seeufer.

»Also, ich gehe davon aus, bei diesem Drumnadrochit handelt es sich um eine Stadt. Wollen wir sie uns ansehen?«

Ihre Begleiter nickten einstimmig, und so eilten sie den Weg entlang, jedoch stockten, als sie auf einer steinigen Fläche eine Vielzahl an teils riesigen bunten Gefährten erblickten.

»Das sind Autos«, flüsterte Leána.

Ein kleineres Gefährt mit nur zwei Rädern verursachte einen entsetzlichen Lärm, nachdem ein Mann, der zuvor einen runden Helm auf den Kopf gesetzt hatte, sich darauf schwang.

Sogleich zog Kayne sein Schwert, stellte sich in Kampfposition hin, aber der Fremde winkte nur und brauste davon.

»Zieht er gegen jemanden in den Krieg?« Torans Augen waren weit aufgerissen.

»Ich glaube nicht«, antwortete Leána unsicher.

Sie folgten der Straße und zuckten jedes Mal zusammen, wenn eines dieser lauten Gefährte an ihnen vorüberrauschte.

»Seht euch nur diese seltsamen Behausungen an«, staunte Toran, nachdem sie die ersten Häuser erreichten. »Ist das schon Drumnadrochit?«

»Das war noch nicht einmal eine viertel Meile«, stellte Kayne richtig.

Daher wanderten sie weiter, bis sie auf ein metallenes Gebilde stießen, auf dem in großen Lettern Drumnadrochit geschrieben stand.

»Wir sollten uns tatsächlich andere Kleidung besorgen«, sagte Leána, nachdem mehrfach Menschen stehen geblieben waren und sie verwirrt anstarrten.

»Könnt Ihr mir sagen, ob es in diesem Dorf einen Schneider gibt?«, wandte sich Toran mutig an eine ältere Dame.

»Einen Schneider?« Sie blinzelte ihn an. »Nein, den gibt es nicht.«

»Wie weit ist das nächste Dorf entfernt, in dem wir neue Kleider kaufen können?«, wollte Leána wissen.

»Ach, ihr wollt Kleider kaufen«, lachte die Dame und deutete mit ihrem Stock die Straße entlang. »Dort oben bei den Souvenirläden gibt es einen Outdoorshop.«

»Was auch immer das sein mag.« Leána nickte ihr freundlich

zu, dann machten sie sich unter befremdlichen Blicken auf den Weg.

Toran, Leána und Kayne wussten nicht, wo sie zuerst hinsehen sollten. Alles war so fremd, aufregend und ungewohnt. Nach einer Weile fanden sie auch die Behausungen, die von der netten älteren Dame beschrieben worden waren. Seltsame Waren wurden hier angeboten. Bunte Stofftiere, die Seeschlangen ähnelten, bemalte Tassen, Stoffe, alles äußerst farbenfroh, vieles davon sinnlos. Vielleicht aber erschloss sich Leána der Nutzen dieser Waren einfach nicht. Riesige Glasscheiben waren in den Fenstern zu finden. In Albany verfügte kaum jemand über Glas, denn es war aufwendig herzustellen und sehr kostbar. Doch hier war es zuhauf zu finden. Endlich entdeckten sie auch ein Geschäft, in dem jene Hosen, Jacken und Hemden feilgeboten wurden, in denen die Menschen dieser Welt umherliefen.

Seltsame, aber freundliche Blicke trafen sie, als sie eintraten.

Eine junge Frau mit blonden Locken trat zu ihnen. »Seid ihr die Schausteller vom Urquhart Castle?«, erkundigte sie sich. »Heute waren schon einige Touristen hier, die ganz begeistert von der Darbietung waren. Sie muss überraschend echt gewirkt haben.«

Leána lächelte lediglich. »Kannst du uns Kleider verkaufen?«

»Natürlich! Was braucht ihr denn? Mein Name ist Emma.«

»Alles, was man hier so trägt«, entgegnete Leána unsicher. »Und dann noch Wechselkleidung.«

Ein wenig verdutzt blickte Emma sie schon an, begann dann jedoch, unter fröhlichem Geplapper Hosen, Hemden und Jacken herauszusuchen. Sie forderte Leána sowie Kayne und Toran auf, die Sachen hinter einem Vorhang anzuziehen.

Leána musste grinsen, als sie sah, wie die beiden an ihren Kleidern herumnestelten. Sie selbst kam sich seltsam vor in der grünen Hose, die sich jedoch weich an ihre Beine schmiegte. Die braune Bluse passte ebenfalls gut, nur der Stoff der schwarzen Jacke kam ihr befremdlich vor. Er fühlte sich ganz glatt an.

»Die Jacken halten den stärksten Regen ab«, erzählte Emma begeistert. »Braucht ihr auch Wanderschuhe?«

Sie blickte auf Leánas geschnürte Lederstiefel, aber sie schüttelte den Kopf. »Nein danke, ich denke, das ist nicht nötig.«

»Gut, dann suche ich euch noch eine zweite Garnitur raus und lege alles an die Kasse.« Geschäftig eilte Emma davon.

Toran und Kayne betrachteten sich kritisch in einem Spiegel.

»Ich sehe aus wie ein Narr«, grollte Kayne. Missmutig zupfte er an seiner schwarzen Hose herum, auf die zahlreiche Taschen aufgenäht waren.

»Das ist ja kein Unterschied zu sonst«, entgegnete Toran frech.

»Nicht wieder streiten!«, warnte Leána. »Ich finde, ihr seht ungewohnt, aber sehr gut aus. Unsere Stiefel können wir unter den Hosenbeinen verstecken.«

»Wenn du meinst.« Kayne drehte sich vor dem Spiegel hin und her und schien nicht wirklich überzeugt zu sein.

»Braucht ihr noch etwas, oder wollt ihr bezahlen?«, rief Emma, wobei sie auf die zwei Kleiderberge vor ihr auf dem Tisch deutete.

»Wir haben alles, denke ich«, sagte Leána. »Toran, du hast die Münzen eingesammelt.«

Ihr Cousin eilte herbei, kramte mit angestrengtem Blick die beachtliche Menge an Münzen aus seinem Bündel und legte die seltsamen Papierscheine zur Seite.

Mit gerunzelter Stirn stapelte Emma die Geldstücke auf und sagte schließlich: »Das reicht nicht. Wollt ihr nicht lieber mit Karte zahlen?«

»Eine Karte?« Toran zog seine Nase kraus. »Wir haben nur eine von Albany. Wenn du sie im Tausch gegen diese Kleider möchtest?«

Stirnrunzelnd beobachtete Emma, wie Toran jenes zerknitterte und abgegriffene Exemplar hervorholte, das Leána von ihrem Vater geschenkt bekommen hatte.

»Sehr witzig! Eine EC- oder Visakarte meinte ich natürlich«, stellte Emma richtig, und Leána kam nicht umhin zu bemerken, dass sie nun verärgert wirkte.

»So etwas besitzen wir nicht«, entgegnete Leána.

»Wir haben Gold!« Stolz reichte ihr Toran eine Münze aus Albany, die sie in ihrer Welt in jedem Fall alle mit den edelsten Stoffen eingekleidet hätte.

»Gold – bist wohl ein Spaßvogel!« Emma murmelte noch etwas vor sich hin, nahm die zerknüllten Papierfetzen mit dem Bild der älteren Dame darauf und hielt sie in die Höhe. »Habt ihr nicht noch ein paar Scheine?«

»Haben wir.« Toran zog einige weitere Exemplare hervor. »Sind die am Ende wertvoll?«

»Sag mal, willst du mich verarschen, oder kommst du aus dem tiefsten Dschungel?« Die zuvor so freundliche Emma machte ein verbissenes Gesicht.

Leána holte auch noch den Schein hervor, den Richard ihr zuvor gegeben hatte.

»Also für die Hosen, die Bluse und die beiden T-Shirts reicht es«, stellte Emma säuerlich fest. »Eine günstigere Jacke kann ich euch auch noch geben, dann habt ihr noch zwanzig Pfund übrig.«

»Zwanzig Pfund?« Verdutzt bemerkte Leána, wie Emma mit einem der Scheine herumwedelte.

»Ihr werdet ja auch noch was essen wollen.«

»Ja, schon«, gab Toran kleinlaut zu.

»Also, wollt ihr die Sachen jetzt oder nicht?«

»Wir nehmen sie.« Leána zog ihre Jacke aus, und ihre Freunde entledigten sich ebenfalls dieser Kleidungsstücke.

Emma kramte zwischen den Jacken herum. »Wer will die Jacke?«

»Leána soll sie bekommen«, antwortete Kayne sogleich, und Toran nickte zustimmend.

»Ihr seid wohl echte Gentlemen!« Spöttisch grinste Emma zu ihnen hinüber, drückte Leána eine andere Jacke in die Hand und tippte auf einem eigentümlichen Gerät herum, auf das viele Zahlen und Symbole aufgemalt waren.

Sie reichte Toran den Papierschein mit der Zwanzig darauf und einige kleine Münzen. »Einen schönen Urlaub wünsche ich euch«, sagte sie und wandte sich ihren nächsten Kunden, einem jungen Pärchen, zu.

Als Leána durch die Tür trat, hörte sie, wie sie murmelte: »Die hatten ja wirklich ein Rad ab!«

Verwirrt verließen die drei den Laden.

»Diese Dinger sind hier wertvoller als Gold aus Albany?«, regte sich Toran draußen auf und drehte den Schein hin und her.

»Offenbar hat uns Darian nicht alles erzählt«, bemerkte Kayne.

»Vater hat manchmal von *Geld* erzählt, aber ich bin stets davon ausgegangen, dass es sich dabei um Münzen handelt, wie sie in Albany üblich sind«, erinnerte sich Leána.

»Ging mir auch so«, stimmte Toran zu. »Aber zumindest fallen wir jetzt nicht mehr auf.«

»Sollen wir nun bei dieser Mairi schlafen?«, wollte Leána wissen.

»Die wird aber ebenfalls diese seltsamen Scheine haben wollen«, gab Toran zu bedenken. »Es regnet nicht, wir können im Wald übernachten.«

»Gut, ich bin einverstanden. Kayne?«

Dieser betrachtete gerade ausgesprochen fasziniert, wie ein Kind mit einer überdimensionalen grünen Seeschlange im Arm vorbeimarschierte.

»Selbstverständlich können wir draußen nächtigen«, antwortete er zerstreut.

Mit ihren neuen Kleidern, Waffen und ihre Kleidung aus Albany gut in ihre Bündel und Decken verstaut, schlenderten die drei jungen Leute durch die Ortschaft. Hier war einiges geboten. Wahre Massen an Besuchern bevölkerten die Straßen, quetschten sich in überfüllte Läden und redeten lautstark miteinander. Immer wieder hielten die riesenhaften Gefährte an, die dreißig bis vierzig Menschen fassen konnten, und nicht nur Leána blieb dann fasziniert stehen.

»Vielleicht können wir mit einem dieser Gefährte in den Süden reisen«, schlug sie vor, nachdem sie sich in einem Geschäft etwas Seltsames zu essen gekauft hatten, das der Verkäufer als Fish and Chips bezeichnet hatte. Leána konnte sich dunkel daran erinnern, dass ihr Vater einmal davon erzählt hatte, also musste es genießbar sein.

»Hm, diese kleinen Stäbe schmecken hervorragend!«, rief Toran gerade. »Und unter der Kruste findet man tatsächlich einen Fisch!«

»Schön.« Über Torans jugendliche Begeisterung musste sie schmunzeln, aber ihr ging es ja nicht viel anders. Diese Welt faszinierte und verwunderte sie gleichermaßen. Niemals hätte sie gedacht, dass sie sich so sehr von Albany unterschied. Als kleines Mädchen war sie für eine kurze Weile in einer fremden Drachenwelt gewesen. Auch dort war vieles befremdlich gewesen. Die anderen Lichtverhältnisse, fremde Tiere und Gerüche. Aber damals hatte Leána alles mit kindlicher Neugierde hingenommen. Jetzt war sie erwachsen, hinterfragte und bewertete vieles. So war es ihr unverständlich, als sie beobachtete, wie andere Menschen, die ein ähnliches Mahl wie sie zu sich genommen hatten, die Schachteln, Messer und Gabeln in eine der stinkenden Tonnen warfen, die ihr schon zuvor aufgefallen waren.

»Wenn später jemand all diese Sachen abspülen muss, wird er sich ekeln«, überlegte sie laut. »Ob sie Sklaven dafür haben?«

Weder Toran noch Kayne hatten eine Antwort darauf. Besonders Letzterer begutachtete interessiert eines der zweirädrigen Gefährte, das unweit von ihnen abgestellt worden war.

»Wie es wohl ist, auf solch einem Ding zu reiten?«

»Ich möchte das lieber gar nicht ausprobieren.« Leána rümpfte die Nase. »Diese Gefährte sind laut, stinken und erreichen eine unglaubliche Geschwindigkeit. Wenn ich nur daran denke, wie sie vorhin an uns vorbeigebraust sind …«

»Und das sagt jemand, der das verrückteste Pferd in ganz Albany reitet«, erwähnte Toran lachend.

»Das ist etwas anderes. Maros denkt zumindest mit. Aber diese Dinger leben ja offensichtlich nicht.« Sie stand auf und berührte vorsichtig das blanke, glänzende Metall.

»Ich finde sie faszinierend«, widersprach Kayne, und Toran nickte zustimmend.

»Kommt, wir suchen uns ein Lager für die Nacht«, bestimmte Leána schließlich.

Schon den ganzen Tag war der Bärtige unruhig und ärgerte sich über sich selbst. Wie hatte er nur so fest schlafen und nicht mitbekommen können, dass die vier aufgebrochen waren? Die Pferde waren fort. Allerdings befanden sich noch ein Schwert, zwei Messer und zahlreiche Pfeile in der alten Hütte, was ungewöhnlich war. Waren sie vielleicht gar nicht weitergezogen, sondern nur auf einem Ausflug? Zunächst hatte er die Spur der vier Pferde verfolgt, diese jedoch auf einem Felsplateau verloren. Schließlich hatte er sich entschlossen, sich in den umliegenden Dörfern umzuhören – schließlich mussten die vier Nahrungsmittel besorgen – und später hierher zurückzukommen. Sicher würde niemand so gute Waffen und Ausrüstungsgegenstände einfach zurücklassen. Er gab seinem Pferd die Sporen und ritt in nördliche Richtung.

Kapitel 21

Eine abenteuerliche Reise

Die Nacht hatten sie in einem Wäldchen verbracht und machten sich nach einer kurzen Morgenwäsche am Bach auf den Weg zurück zum Dorf.

»Ich bin hungrig«, beschwerte sich Toran.

»Wild habe ich bisher kaum gesehen. Fische gab es nicht in dem Bach, und Beeren scheinen hier nirgends zu wachsen«, antwortete Kayne. »Dir fehlt wohl Brigas Frühstück – direkt ans königliche Bett serviert.«

»Du hast auch Hunger, ich höre deinen Magen bis hierher knurren«, entgegnete Toran. Er griff in seine Tasche und begutachtete die Münzen. »Ob sie noch einmal für Fish and Chips reichen?«

»Das Zeug hat mir ganz schön schwer im Magen gelegen«, bemerkte Leána. »Ich möchte das am frühen Morgen nicht essen.«

»Ich schon.« Toran steuerte auf den nächstbesten Laden zu.

»Das ist eine Bäckerei, Toran«, rief Leána ihm hinterher.

Kurz stutzte er und hob dann die Schultern. »Ist doch ebenfalls gut!« Schon war er im Inneren verschwunden.

»Mich wundert es, dass in Albany seinetwegen noch keine Hungersnot ausgebrochen ist.«

»Als du so alt warst wie er, hast du auch immer die Burgküche geplündert«, erwähnte Leána augenzwinkernd.

Es dauerte nicht lange, bis Toran mit strahlendem Gesicht und einer großen Tasche aus dem Laden kam. In einer Hand hielt er ein Stück Kuchen.

»Seht nur, was ich alles gekauft habe! Pasteten, Kuchen und …« Er hielt ein grellbuntes Stück Gebäck in die Höhe. »Was auch immer das ist.«

Leána und Kayne kosteten einige von Torans Eroberungen, aber Leána war das meiste zu süß, und Kayne brummte, er hätte lieber Brot und Schinken. Doch Toran stopfte alles in sich hinein.

Leána prüfte den Stand der Sonne, die heute nur sehr zaghaft zwischen den Wolken hervorspitzte. »Sofern die Karte von Albany auch nur ansatzweise mit den Gegebenheiten dieser Welt übereinstimmt, haben wir viele Hundert Meilen bis in den Süden vor uns.«

»Kannst du nicht einen Eichenpfad finden?«, fragte Toran mit vollem Mund.

»Selbst wenn ich einen entdecke, wie soll ich denn wissen, wie es dort unten im Süden aussieht?«, wandte Leána ein.

»Stimmt, das ist zu gefährlich.« Kayne starrte angestrengt auf die Landkarte.

»Und wie kommen wir dann in den Süden?« Schon wieder steckte sich Toran ein Kuchenstück in den Mund.

Ein Mädchen, sie mochte in etwa in Torans Alter sein, schlenderte an ihnen vorüber. Ihre feuerroten Haare hatte sie zu einem Pferdeschwanz gebunden. »Hi!«, rief sie fröhlich.

»Guten Tag«, grüßte Kayne, während Toran sie auffällig anstarrte.

Leána nickte ihr zu, dann fiel ihr ein Schild in ihrer Hand auf. London – stand in großen Buchstaben darauf.

»London? Willst du nach London?«, fragte Leána aufgeregt.

»Ja, ich hoffe, dass mich einer der Busse ein Stück mitnimmt.« Sie deutete auf eines jener Gefährte, in das gerade eine Gruppe von schätzungsweise vierzig alten Leuten drängte.

»London«, wandte sich Leána an Toran und Kayne. »Das ist dort, wo Vater gelebt hat – und es liegt weit im Süden.«

»Kommt doch einfach mit«, schlug die Rothaarige vor und streckte ihre Hand aus. »Ich bin Julie.«

Leána starrte auf die Hand, ergriff sie vorsichtig und beobachtete, wie Julie sie grinsend schüttelte. »Habt ihr auch Namen?«

»Ja, verzeih. Ich bin Leána, das sind Toran und Kayne.«

»Na gut, los' geht's!« Sie stapfte voran, ihr Pferdeschwanz wippte lustig und fiel über die gewaltige Tasche, die mit zwei Riemen auf ihrem Rücken befestigt war.

»Worauf warten wir?« Toran hastete ihr nach, und auch Leána und Kayne beeilten sich mitzukommen.

Julie stand bereits bei einem bärtigen Mann und redete wild gestikulierend auf ihn ein. Dieser sah zunächst etwas griesgrämig aus, aber als eine alte Dame ihn mit ihrem Stock anstieß und sagte: »Nun nehmen Sie die jungen Leute schon mit. Wir zahlen schließlich genug für diese Reise, und es sind noch Plätze frei!«, nickte er und verschwand die Treppen hinauf.

»Der Busfahrer nimmt uns bis nach Manchester mit«, rief Julie erfreut.

»Busfahrer – Manchester«, wiederholte Toran angestrengt und starrte noch immer fasziniert auf Julies Haare.

»Ihr kommt wohl nicht aus Großbritannien«, vermutete sie.

»Nein, nicht direkt«, antwortete Leána ausweichend.

»Wir kommen aus Albany«, plapperte Toran drauflos und streckte sich. »Ich bin Prinz Toran von …«

Kayne stieß ihn hart in die Seite, während Julie zunächst stutzte und dann laut loslachte. »Du bist also ein Prinz.« Sie zwinkerte ihm zu und wischte einen Kuchenkrümel von seiner Wange. »Offenbar ein Schokoladenprinz! Aber wenn ihr aus Albanien seid, ist es euch dann nicht zu kalt in Schottland?«

Toran funkelte Kayne wütend an, doch dieser beachtete ihn nicht. »Kalt? Nein, es ist angenehm«, antwortete er rasch.

»Also los, dann steigen wir in dieses Gefährt«, schlug Leána vor, bevor Toran noch mehr ausplauderte.

»Man nennt es bei uns einen Bus!«, erklärte Julie langsam und deutlich und hüpfte die Stufen empor.

»Toran«, legte Kayne sogleich los. »Wir hatten vereinbart,

nicht zu verraten, woher wir kommen! Nur weil du die Kleine beeindrucken möchtest ...«

»Habt ihr ihre Haare gesehen?«, fragte Toran nur.

»Jetzt geh in diesen ... Bus ... und überleg, bevor du etwas sagst«, schimpfte Leána. »Und denk an Siah!«

Sofort lief Toran knallrot an und stieg eilig ins Innere des Busses.

Fasziniert fuhren Leánas Hände über den weichen Stoff, mit dem die eng beieinanderstehenden Stühle bezogen waren. Die alten Leute grüßten freundlich, und der Fahrer bellte ihnen zu: »Dort in der Mitte sind zwei Reihen frei, dort könnt ihr euch hinsetzen.«

Julie saß bereits auf einem der Stoffsitze, und Toran ließ sich neben sie plumpsen. Leána und Kayne machten es sich in der Reihe vor ihnen bequem. Ebenso wie Julie verstauten sie ihre Sachen in einem Fach oberhalb der Sitze.

In diesem Moment setzte sich das Gefährt in Bewegung. Leána entfuhr ein verdutzter Laut, und Kayne hielt sich am Vordersitz fest. Erstaunlich schnell rollte das Gefährt die Straße entlang. Gebäude, Bäume und Wiesen rauschten nur so an ihnen vorüber.

»Möchtest du vielleicht ans Fenster?«, fragte Julie hörbar amüsiert, und als Leána sich umdrehte, erkannte sie, wie Toran sich mit großen Augen weit bis über Julies Sitz beugte.

»Ja, das wäre ... sehr freundlich«, stammelte er.

Auch für Leána war dies eine befremdliche Erfahrung. So rasch war sie seit ihrem Flug auf dem Drachen nicht mehr gereist, und das lag weit in ihrer Kindheit zurück.

Stumm betrachtete sie die vorbeiziehende Landschaft und lauschte nur beiläufig, wie Julie Toran von ihrer Reise durch Schottland erzählte, und er – erfreulicherweise hielt er sich diesmal zurück, was auch an seiner Unsicherheit bezüglich der Sprache dieses Landes liegen mochte – von dem Schloss am See berichtete, das sie besucht hatten.

Aber das Gespräch der beiden geriet in den Hintergrund. Zu sehr faszinierte Leána diese Reise.

Auf einmal legte sich Julies Hand auf ihre Schulter.

»Leána, ich glaube, deinem Cousin geht es nicht gut.«

Erst jetzt bemerkte sie, dass es hinter ihr sehr still geworden war. Sie drehte sich um und sah, wie Toran kreidebleich seinen Kopf gegen die Scheibe legte. Eine Hand presste er auf seinen Magen, die andere gegen den Mund.

»Toran, was hast du denn?«

»Mir ist ... so ... schlecht«, stöhnte er und würgte heftig.

»Hat dieser Bus eine Toilette?«, erkundigte sich Julie hektisch bei einer der alten Damen.

»Ja, dort hinten«, versicherte sie mit einem mitleidigen Blick auf Toran.

Leána hatte zu Anfang selbst ein eigenartiges Gefühl in der Magengegend verspürt, das sich jedoch bald verflüchtigt hatte. Nun stand sie auf. »Komm, Toran, ich kenne diesen Begriff, ich glaube, sie meint einen Abtritt«, flüsterte sie ihm in ihrer Sprache zu.

Es dauerte eine Weile, bis er sich aufgerappelt hatte, dann schwankte er vorwärts. Leána befürchtete schon, er könnte sich auf der Stelle übergeben. Julie ging voran und hielt an einer winzigen Tür an, zog an der Klinke und schnitt anschließend eine Grimasse. »Leider besetzt.«

Torans Gesichtsfarbe nahm eine immer ungesundere Färbung an. Er konnte sich offenbar kaum noch auf den Beinen halten und klammerte sich stöhnend an einen der Sitze.

»Können Sie sich bitte beeilen?« Julie trommelte gegen die Tür, und aus dem Inneren ertönte ein: »Tut mir leid, dauert noch etwas!«

»Verdammt!« Julie sah sich nervös um, und da rief ein alter Herr nach vorne: »Hallo, James, könnten Sie den Bus bitte stoppen? Dem jungen Mann hier ist übel, und die Toilette ist besetzt. Nicht dass es ein Unglück gibt.«

Von vorne ertönte ein lautstarkes Fluchen, doch kurz darauf verlangsamte sich die Fahrt, und der Bus hielt an.

Die Tür öffnete sich – wie Leána schien, auf magische Weise. Toran stürzte hinaus und verschwand hinter dem nächsten Busch. Leána machte sich daran, ihm zu folgen, drehte sich jedoch um, als sie lautes Gebrüll hörte.

Mit wutverzerrtem Gesicht stellte James, der Busfahrer, ihre Sachen auf die Straße. »Schon am Morgen saufen und dann meinen Bus vollkotzen! So haben wir aber nicht gewettet! Seht zu, dass ihr eine andere Mitfahrgelegenheit bekommt.«

»Niemand hat gesoffen«, empörte sich Julie, während Kayne die Sachen zusammenpackte.

»Bitte, James, nehmen Sie uns mit«, bettelte die Rothaarige. »Ich muss wirklich dringend nach Hause!«

Der Busfahrer kratzte sich am Kopf. »Aber der Kerl«, er deutete zu dem Busch, aus dem noch immer würgende Geräusche zu hören waren, »kommt mir nicht mehr rein.«

»Macht's euch was aus, wenn ich allein weiterfahre?«, fragte Julie verlegen. »Ich muss unbedingt nach London und …«

»Schon gut«, antwortete Leána. »Wir finden einen anderen Weg.«

»Dann gute Reise!« Gemeinsam mit dem Busfahrer stieg das rothaarige Mädchen ein, und kurz darauf setzte sich das Gefährt in Bewegung.

»Toran, können wir dir helfen?«, rief Leána.

»Nein«, erfolgte kurz darauf die stöhnende Antwort. »Ich … sterbe gerade.«

Leána verzog mitleidig den Mund, während Kayne trocken bemerkte: »Er hätte nicht all diese süßen Sachen in sich hineinschlingen sollen.«

»Vermutlich nicht«, seufzte Leána.

Wenig später kam Toran endlich zu ihnen gewankt. Noch immer ging er gebeugt, sein Gesicht war fahl. Wortlos reichte Kayne ihm einen Wasserbeutel, woraufhin sich Toran den Mund ausspülte. Stöhnend ließ er sich einfach an den Rand der Straße sinken.

»In solch ein Dämonengefährt steige ich nicht mehr ein. Können wir bitte ein Pferd kaufen oder zu Fuß gehen?«

Leána streichelte ihm den Rücken. »Das war nur, weil du viel zu viel gegessen hast.«

»Bitte sprich nicht von *Essen*.«

»Zu Fuß benötigen wir eine halbe Ewigkeit«, stellte Kayne klar. »Und für Pferde würden sie sicher wieder diese seltsam bemalten Scheine haben wollen.«

»Vielleicht suche ich doch einen Eichenpfad«, überlegte Leána. »Vater hat mir das Haus, in dem er in London gelebt hat, gut beschrieben. Wenn wir Glück haben, gibt es dort in der Nähe eine magische Eiche.«

»Wenn du meinst«, stimmte Kayne zögernd zu, während Toran zwar noch reichlich blass, aber dennoch nachdrücklich nickte.

»Nun gut, ich versuche mein Bestes«, erwiderte Leána, obwohl ihr schwante, dass das keine einfache Aufgabe werden würde.

Die Soldaten von Northcliff saßen nach einem späten Frühstück noch immer in der Taverne, in der sie sich jeden Abend trafen, und spielten Karten. Draußen goss es mal wieder in Strömen, und so hatten sie einstimmig beschlossen, noch ein wenig zu warten.

»Ein Troll mit Steinkeule ist mehr wert als ein Zwerg!«, beschwerte sich Edmon.

»Jeder weiß, Zwerge sind die besseren und klügeren Kämpfer!«, wandte Welfred ein.

»Aber dieser Zwerg besitzt nicht einmal eine Waffe.« Wild deutete die schwielige Hand seines Kumpans auf die Karte, auf der ein rothaariger, finster dreinblickender Zwergenkrieger abgebildet war. »Außerdem ...«

»Sei still, Edmon«, zischte Welfred.

»Ich lass mich doch nicht bescheißen und ...«

Welfred krallte seine Hand in die seines Freundes, erhob sich und nahm Haltung an.

»Hä, was'n los?«

»Wir haben jetzt ganz andere Probleme als Zwerge oder Trolle. Dort kommt Hauptmann Sared.«

Und so war es. Abgekämpft, schmutzig und völlig durchnässt durchquerte der Hauptmann mit langen Schritten den Raum. Schon seit Tagen hatten sie ihn nicht mehr gesehen. Einzeln oder in kleinen Gruppen hatte er sie überall entlang der Handelsstraße nach Prinz Toran suchen lassen.

Jetzt baute er sich vor ihnen auf, strich sich die nassen Haare aus dem Gesicht und musterte sie mit dem ihm eigenen kühlen und abschätzenden Blick.

»Weshalb seid ihr nicht ausgeschwärmt?«, wandte er sich mit ruhiger, aber dennoch beißender Stimme an die Männer.

Welfred spürte, wie Schweißperlen seinen Rücken hinabrannen, Edmon neben ihm trat unruhig von einem Bein aufs andere, und auch die übrigen Kameraden wirkten ertappt.

»Das Wetter, Hauptmann«, ergriff schließlich Edmon das Wort. »Wir wollten den nächsten Schauer abwarten.«

Mit zwei Schritten war Sared bei ihm, wischte mit einer beiläufigen Handbewegung die Karten vom Tisch. »Das Wetter abwarten – was meinst du, was ich während der letzten Tage getan habe? Das Wetter abgewartet?«

»Nein ... aber ...«, stammelte Edmon.

Doch Sared stellte sich nun vor Welfred, und der brauchte all seine Beherrschung, um nicht wegzusehen. »Was gibt es zu berichten? Habt ihr eine Spur des jungen Prinzen oder des Mörders?«

»Nein, Hauptmann.«

»Es gab keine weiteren Morde«, plapperte Edmon nun aufgeregt weiter. »Vielleicht ist er ja in die Berge zu den Trollen verschwunden und kehrt nicht zurück.«

»Denkst du das?«, fragte Sared gefährlich leise, woraufhin Edmon die Schultern zuckte. »Hervorragend. Du wirst sofort in die Berge aufbrechen und nach dem Mörder suchen.«

Edmon öffnete den Mund, schloss ihn wieder und verneigte sich schließlich. Welfred sah ihm genau an, wie sehr er sich fürchtete, denn ganz allein in die Berge zu ziehen war nicht ungefährlich.

»Ihr schwärmt auf der Stelle aus«, fuhr Sared fort. »Jeden Morgen kurz nach Sonnenaufgang, und ich will keinen hier vor Sonnenuntergang sehen, habt ihr das verstanden?«

»Jawohl, Hauptmann«, erklang es einstimmig von den Männern.

»Königin Kaya hat uns aufgetragen, ihren Sohn zu beschützen. Solltet ihr eine Spur von ihm finden, schickt Nachricht an diese Taverne und heftet euch an seine Fersen, bis die anderen eintreffen.«

»Und der Mörder der Postreiterin?«, wagte einer der Männer einzuwenden.

»Befragt die Leute, wo auch immer ihr hinkommt. Eure Königin erwartet, dass der Mörder gefasst wird!« Damit rauschte Sared aus dem Raum.

»Immer korrekt und im Dienste ihrer Majestät«, höhnte Edmon, als sie gemeinsam hinaus in den Regen gingen. »Ich wette, er würde Kaya nur zu gerne auch in ihrem Gemach über ihre Trauer hinweghelfen.«

»Glaubst du wirklich, Sared hat etwas anderes als sein Kriegshandwerk und sein Pflichtbewusstsein im Sinn?«, gab Welfred zu bedenken.

»Er ist auch nur ein Mann!« Zornig zurrte Edmon den Sattel seines Pferdes fest. »In jedem Fall geht mir seine Korrektheit gehörig auf die Nerven.«

»Vermutlich will er nur verhindern, dass Lord Petres den Mörder vor ihm findet, denn dann hätte der bei Königin Kaya einen Stein im Brett.«

»Petres?«, hakte Edmon nach.

»Ich habe vernommen, der soll ebenfalls losgeritten sein und seine Krieger ausgesendet haben.«

»Jetzt wird mir einiges klar.« Edmon lachte bitter auf. »Hier geht es um einen Wettstreit um den Platz im Gemach der Königin, und es ist wie immer – wir einfachen Männer müssen alles ausbaden.«

Kapitel 22

Der Eichenpfad

Über einsame Hochmoore, teils an Straßen und Bächen entlang, wanderten Leána, Toran und Kayne und orientierten sich dabei am Stand der Sonne, um nach Süden zu gelangen. Die Karte aus Albany war ihnen kaum von Nutzen. Abgesehen vom Walkensee, der hier Loch Ness hieß, gab es nur wenige Landmarken, die ihnen vertraut waren. Sie alle wunderten sich, wie wenig Wald es in dieser Welt gab, bedeckten doch dichte und viele Tausende Sommer alte Waldgebiete Albany.

Trotzdem hatte diese Reise etwas Spannendes. Sie mussten über zahlreiche Mauern und seltsame Zäune aus Draht klettern, an denen man sich leicht die Hose aufriss. Schafe und Kühe bevölkerten die unbebauten Landstriche, jedoch zeigten sie größtenteils ungewöhnlich kurzes Fell, und die Hörner waren weniger ausgeprägt als bei den Tieren von Albany.

»Es gibt so wenige Heidefeen und Baumgeister«, stellte Leána während der abendlichen Rast im Schutze eines Wäldchens fest. Nur ein einziger der grünen Naturgeister war kurz zu ihnen herabgeflogen und sofort wieder verschwunden.

»Ist doch nicht so schlimm.« Toran hatte seinen Appetit wiedergefunden und verspeiste hemmungslos die Reste seines verhängnisvollen Frühstücks.

Kayne hingegen war ausgezogen, um im nahe gelegenen Bach Fische zu fangen.

»Nordhalan sagt immer, lebenslustige Elementargeister und Artenvielfalt sind ein Zeichen für ein intaktes magisches Gleichgewicht. Hier scheint das nicht der Fall zu sein. Nicht einmal Gnome sind uns im Wald begegnet.«

Seufzend streckte Toran seine langen Beine aus. »Ich bin froh, nicht auf freche Kobolde oder unverschämte Gnome achten zu müssen, die mir mein Abendessen stehlen.«

»Wenn ich an dein Erlebnis im Bus denke, wäre ein Kobold, der etwas von dem Kuchen gestohlen hätte, gar nicht schlecht gewesen«, erinnerte ihn Leána augenzwinkernd.

Toran brummte jedoch nur, legte die Arme unter den Kopf und blickte in den Himmel. »Sieh nur!«, rief er mit einem Mal. »Es gibt sogar Drachen, obwohl Darian immer behauptet hat, er hätte sie nicht gekannt, bevor er nach Albany kam!«

Leána hielt sich eine Hand vor die Augen, sah hinauf in den Himmel und fand nach einer Weile weit entfernt am Firmament das, was Toran vermutlich meinte.

»Das ist kein Drache«, flüsterte sie. »Ich glaube, es ist das, was wir ihm nie geglaubt haben, dass es tatsächlich existiert – ein Flugzeug!«

Toran richtete sich kerzengerade auf, verfolgte die Flugbahn des Objektes und nickte schließlich. »Du hast recht, er sprach von einem weißen Streifen, den sie hinterlassen. Unglaublich! Da muss trotz allem starke Magie am Werke sein!«

»Laut Vater nicht«, gab Leána zu bedenken, selbst wenn sie sich nicht vorstellen konnte, wie dieser mächtige Himmelsvogel dort oben bleiben konnte, ohne abzustürzen.

Bald waren die Flugzeuge vergessen, denn Kayne kehrte mit zwei Bachforellen zurück, die sie über dem Feuer brieten. Ähnlich wie in Albany wurde es zu dieser Jahreszeit auch hier fast nicht dunkel. Leise unterhielten sie sich über die Erlebnisse der vergangenen Tage, lauschten dem Wind, der durch die Wipfel fuhr und schlummerten irgendwann ein.

Ein strammer Marsch durch menschenleere Gebiete brachte die Freunde weiter nach Süden. »Wir sollten uns wirklich Pferde besorgen«, schlug Toran vor, nachdem sie ein mooriges Gebiet mühsam durchquert hatten.

»Und wie sollen wir die bezahlen?« Leána wischte sich eine verschwitzte Haarsträhne aus den Augen.

Toran zuckte mit den Achseln. »Wir könnten sie ausleihen.«

»Stehlen trifft es wohl eher.« Kayne zog seine Augenbrauen in die Höhe. »Seht, seht, der zukünftige König von Albany entwickelt schurkische Energien.«

»Wenn es nach dir ginge, soll ich mich doch nicht wie ein zukünftiger König benehmen«, plusterte Toran sich sofort auf, doch dann lächelte er süffisant. »Wie wäre es denn, wenn uns der Herr Zauberer ein paar von diesen bemalten Scheinen zaubert?«

Nachdenklich kratzte sich Kayne das stoppelige Kinn. »Mag sein, dass es mir gelingt.«

Toran riss die Augen auf, aber Leána schlug Kayne auf den Arm. »Wir wollen niemanden in dieser Welt betrügen! Entweder wir versuchen es noch einmal mit einem Bus …«

»Nein!«, schrie Toran jedoch sogleich.

»… oder ich finde einen Eichenpfad.« Suchend blickte sie sich um. »Es gibt wenig Wald hier. Aber es müssen doch auch Eichenpfade existieren, verdammt!«

»Bislang haben wir nur wenige Elementarwesen gesehen«, warf Kayne ein. »Mag sein, dass die Menschen auch die magischen Eichen gefällt und damit die Orte der Magie entweiht haben.«

»Weshalb sollten sie das tun?«, fragte Toran ungläubig.

Kayne hob die Schultern. »Aus Gier, aus Unwissenheit. Darian erzählte häufig, wie skrupellos die Bewohner dieser Welt mit ihrer Natur umgehen.«

»Dort hinten liegt ein Waldstück, lasst uns unser Glück versuchen. Die Richtung stimmt zumindest«, schlug Leána vor.

In diesem verwachsenen Hain, der sich malerisch über einen Hügel erstreckte, waren deutlich mehr alte Bäume zu finden. Von Moos überwucherte Felsen und zu Boden gestürzte Bäume erschwerten das Vorwärtskommen, Leána jedoch freute sich über diese Abwechslung in der Landschaft. Hier und da nahm sie sogar das Huschen eines Baumgeistes wahr.

»Kannst du eine Spur von Magie spüren?«, erkundigte sich Leána bei Kayne.

»Nein, und ich fühle mich irgendwie …«, er zögerte, bevor er weitersprach, »ich weiß nicht, wie ich es ausdrücken soll. Aber ich habe den Eindruck, meine Magie ist hier weniger stark als in Albany. Wenn ich nach ihr greife, ist es, als taste ich ins Leere.«

»Geht mir genauso«, stimmte Leána zu.

»Ich fühle mich wie immer.« Toran kickte mit dem Fuß einen losen Stein ins Unterholz.

»Aber nur so lange, bis eine Kuchenbäckerei oder ein Bus in der Nähe sind«, zog Kayne ihn auf.

»Sehr lustig.« Torans Blick verfinsterte sich, dann legte er eine Hand auf den Bauch. »Ich bin übrigens hungrig.«

»Welch seltenes Vorkommnis!«, stöhnte Kayne, doch bevor Toran etwas erwidern konnte, fuhr er fort: »Auch heute haben kaum Rehe unseren Weg gekreuzt. Vielleicht kannst du ein Kaninchen schießen, Leána?«

Sie legte ihre Hand an den Bogen, dann nickte sie. »In der Abenddämmerung werden sie herauskommen.«

»Ansonsten befürchte ich, müssen wir eines der Schafe … leihen, wie Toran so schön sagen würde«, fügte Kayne hinzu.

Dies gefiel Leána überhaupt nicht, aber sie machte sich selbst Gedanken über die Beschaffung von Nahrungsmitteln. »Aber dann legen wir ihnen zumindest ein Silberstück an eines ihrer Tore. Irgendetwas muss Silber oder Gold hier doch auch wert sein.«

»Einverstanden.« Kayne stapfte weiter voran durch das dichte Unterholz.

Wegen der dräuenden Wolken, die im Laufe des Tages aufgezogen waren, wurde es heute bald dunkel. Eine Weile wanderten sie noch weiter und überlegten schon, wo sie Schutz vor dem drohenden Regen suchen sollten, als Leána ein Kribbeln in ihrem Inneren wahrnahm. Neugierig ließ sie ihren Blick schweifen. Ein kleiner Bach plätscherte zu ihrer Linken, rechts erstreckte sich sanft ansteigendes Land mit vielen Büschen.

»Ich komme gleich wieder!« Mit wenigen Schritten hatte sie den Hügel erklommen, und da erkannte sie es – eine in der Mitte gespaltene Eiche, mächtig, mit dicker Borke und Misteln, die hoch oben in den Zweigen wuchsen.

Leána rannte zurück. »Toran, Kayne«, rief sie atemlos. »Ich habe einen Eichenpfad gefunden!«

Die beiden – offenbar hatten sie mal wieder gestritten – wandten sich ruckartig zu ihr um und beeilten sich, ihr zu folgen.

»Du hast recht«, flüsterte Kayne. »Ich kann die Magie dieses Ortes spüren.«

Toran sparte sich eine Antwort, wartete jedoch angespannt ab.

»Leána, bist du dir sicher, dass du dir dieses Herrenhaus in London genau vorstellen kannst?«, fragte Kayne eindringlich.

»Ja, schon …« Sie merkte selbst, dass sie nicht sehr überzeugt klang. »Vater hat so oft davon erzählt, und ich habe es sogar als kleines Mädchen gemeinsam mit ihm gezeichnet.«

»Und was ist, wenn es dort keine magische Eiche gibt?«, forschte Toran nach.

»Dann wird sich der Eichenpfad entweder nicht öffnen oder uns an eine Stelle in der Nähe des Herrenhauses bringen, wo ebenfalls eine Eiche steht.«

»Ich weiß nicht, ob wir das riskieren sollen.« Kayne fuhr sich durch die Haare.

»Wo bleibt dein Abenteuersinn?«, feixte Toran.

»Nein, Dummkopf, aber wenn wir versehentlich noch weiter im Norden herauskommen, verlängert sich unsere Reise. Aber gut.« Kaynes Mund verzog sich zu einem zynischen Grinsen, und in diesem Moment erinnerte er Leána ungemein an Samukal. »Wir können ja auch einen Bus nehmen.«

»Aufhören!«, schimpfte sie. »Sollten wir an einer falschen Stelle herauskommen, können sowohl Kayne als auch ich uns diese Eiche vorstellen, und wir gehen einfach zurück. Oder etwa nicht?«

»Ja, das ist richtig«, grummelte Kayne.

»Dann lasst es uns versuchen.« Unternehmungslustig ging Leána auf den mächtigen Baum zu, genoss die Magie, die sie durchströmte. Ein intensives Prickeln breitete sich von ihrem Scheitel bis zu den Fußsohlen hin aus, und schon begann die Umgebung zu verschwimmen. Gemeinsam mit ihren Freunden trat sie direkt auf den Baum zu, versuchte, sich an das Bild zu erinnern, das sie gemeinsam mit ihrem Vater gemalt hatte.

»Leána, denk daran ...«, vernahm sie Kaynes Stimme hinter sich und war für einen winzigen Augenblick abgelenkt.

Doch im selben Moment wurde sie wie durch einen Tunnel gezogen – und plötzlich schlugen ihr Regentropfen ins Gesicht. Der Wind heulte, als wäre er von Tausenden Dämonen beseelt. Es war so düster, dass man kaum etwas erkennen konnte.

»Wo sind wir denn hier gelandet?«, schrie Kayne ihr von hinten zu.

»Ich weiß nicht!« Leána riss sich die Jacke von der Hüfte, schlüpfte hinein und beobachtete, wie Toran und Kayne sich ihre Umhänge überwarfen. Graue Felsen erhoben sich überall um sie herum. Bis auf einen winzigen Eichenschössling war kaum Vegetation zu erkennen. Das kam manchmal vor, wenn ein alter Baum starb, dann markierte ein neuer, unscheinbarer Schössling den magischen Pfad. Solange eine Eiche darauf wuchs, bestand Hoffnung für diese Wege.

»Das sieht aber nicht aus wie das London, das Darian uns beschrieben hat«, brüllte Toran aus Leibeskräften, dennoch fiel es Leána schwer, ihn zu verstehen.

»Ich weiß auch nicht. Vielleicht erstreckt sich in der Nähe von London solch eine Bergkette«, antwortete sie hoffnungsvoll. »Sollen wir auf den Gipfel steigen und uns umsehen?«

»Bei diesem Unwetter?« Schon jetzt rann Wasser über Kaynes Gesicht. »Wir sollten besser umdrehen!«

»Damit bin ich einverstanden.« Sofort wandte Toran sich um, eine Windböe erfasste ihn und – er trat direkt auf die winzige Eiche.

Selbst wenn Leána es nicht direkt sah, konnte sie förmlich spüren, wie das zerbrechliche Pflänzchen barst. Das Prickeln, die Magie, die ihr Innerstes erfüllte, versiegte.

Kapitel 23

Schattenschwingen

»Du dummer, trampelnder Narr!«, schrie Kayne und schubste Toran gegen die Bergwand. Er kniete sich nieder, nahm den abgebrochenen Eichenschössling in seine Hand und blickte zu Leána auf. Für einen Moment ließ der Sturm nach, so als würden selbst die Windgeister um den verlorenen Eichenpfad trauern und aus Respekt schweigen.

»Er hat ihn zerstört! Viele Sommer werden vergehen, bis sich aus den Wurzeln eine neue Eiche bildet und die Magie dieses Ortes mit der der Eiche verbindet. Vielleicht ist dieser Pfad für immer verloren.« Er klang genauso traurig, wie Leána sich fühlte, und Toran zog die Schultern ein.

»Es tut mir leid, das wollte ich nicht!«

»Nicht einmal Murk oder seine Bergtrollfrau wären so dumm gewesen«, schäumte Kayne.

»Kayne, hör auf, Toran hat das nicht absichtlich getan«, versuchte Leána ihn zu beschwichtigen, auch wenn sie sich selbst über ihren Cousin ärgerte.

»Lasst uns lieber einen Unterschlupf für die Nacht finden!« Ohne eine Antwort abzuwarten, schritt Leána voran und kämpfte gegen den wieder aufkommenden Sturm. Einen Pfad gab es hier nicht, und sie musste aufpassen, an dem steilen Hang nicht auszugleiten. Weiter und weiter stiegen sie hinauf, doch das Wetter wurde immer schlimmer. Beißend kalter Wind und Regen peitschten in ihre Gesichter, für Leána fühlte es sich an, als würden unsichtbare Hände sie mit Nadelspitzen traktieren.

Schließlich hielten sie an einer Einkerbung im Berg an, wo sie dem Orkan zumindest nicht völlig hilflos ausgeliefert waren.

»Seid ihr sicher, dass wir nicht in einer ganz anderen Welt gelandet sind?«, fragte Toran mit bebenden Lippen. »Hier könnte man fast meinen, ein kreischender Dämon will den Berg aus seiner Verankerung reißen.« Kopfschüttelnd spähte er in die Finsternis, die sie umgab, während die Naturgewalten unvermindert weitertobten.

»Eichenpfade enden nicht in anderen Welten«, stellte Kayne klar.

»Das Wetter kann ja nicht ewig so bleiben.« Leána zog ihren Wasserbeutel hervor und trank.

Lange kauerten sie an diesem Steilhang, doch es wurde nur noch dunkler. Wind und Regen brausten unablässig um sie herum.

»Wir sollten einen besseren Platz zum Ausruhen suchen. Leána, kannst du uns führen?«, fragte Kayne.

»Ich kann es zumindest versuchen.« Sie stand auf und machte sich auf den Weg – wohin, wusste sie selbst nicht.

Weiter und weiter kletterten sie durch die einsame Bergwelt, während die Nacht vollständig hereinbrach. Wind und Regen ließen nicht nach, im Gegenteil. Häufig mussten sie mehrere Atemzüge lang verharren, um nicht von einer Böe in die Tiefe gerissen zu werden.

»Wir sollten uns besser aneinanderbinden«, schrie Leána gegen den Wind an. »Ihr könnt sicher die Hand vor Augen nicht mehr sehen und erst recht nicht, wohin ihr tretet. Die Gefahr, dass ihr stürzt, ist einfach zu groß.«

»Wenn einer von uns abrutscht, reißt er die anderen mit in die Tiefe«, gab Kayne zu bedenken, und Toran nickte nachdenklich. »Besser wir halten uns nur am Seil fest, und du sagst uns, wenn schwierige Stellen kommen.«

»Gut«, stimmte Leána zu.

Toran holte das Seil aus seinem Bündel, und so setzten sie ihren Weg fort. Inständig hoffte Leána, eine Höhle oder einen ähnlichen Unterschlupf zu finden, doch dies schien es in dieser feindlichen Bergwelt nicht zu geben. Nicht einmal einen Felsüberhang fand sie, der sie vor dem Schlimmsten schützen würde. Aber selbst für Leánas Dunkelelfenaugen war es schwierig, durch Nebel, Regenschleier und Dunst überhaupt etwas zu erkennen. Jeder einzelne Schritt war ein Kampf, ein Ringen mit den Elementen, und mehrfach glitten ihre Füße auf den Steinen aus.

Ein Rauschen über ihrem Kopf ließ Leána plötzlich verharren.

Zunächst glaubte sie, es handle sich um eine erneute boshafte Böe, die sie in die Tiefe reißen wolle. Aber es klang anders, ähnlich dem Schlagen von Flügeln, auch wenn sie das nicht mit Sicherheit sagen konnte, nicht bei diesem tosenden Wind.

»Hast du das gehört?«, keuchte Kayne.

»Ja, aber was war das?«

»Ich weiß es nicht.« Völlig sinnlos wischte er sich mit dem Ende seines Umhangs über das Gesicht. »Wenn es keine Drachen in dieser Welt gibt, muss es ein sehr großer Vogel gewesen sein.«

»Und der fliegt bei diesem Unwetter?«

»Das kann ich dir nicht sagen, Leána.«

»Vielleicht war es eines dieser Flugzeuge oder doch ein Dämon.« Toran zog die Schultern ein. »Gibt es denn nirgends in diesen verfluchten Bergen einen Unterschlupf?«

»Wenn du nicht die Eiche zertrampelt hättest ...«

»Kayne, hör auf, das bringt doch nichts.« Noch einmal warf Leána einen Blick hinauf in die Höhe. »Solange es uns nicht angreift, ist mir egal, was es ist.«

Sie kletterte weiter voran, völlig ahnungslos, wo sie sich überhaupt befanden. Leána sehnte den Morgen herbei. Dann würden auch ihre Freunde die Umgebung wieder besser erkennen können und das Unwetter vielleicht endlich nachlassen. Leána glaubte, noch nie in ihrem Leben die tröstende Wärme morgendlicher Sonnenstrahlen so sehr vermisst zu haben wie in dieser Nacht.

Da riss sie ein Schrei aus ihren Gedanken. Laut und durchdringend, durch die Berge und den Regen seltsam verzerrt, hallte er von den Felswänden wider. Leána rutschte aus, krallte sich im letzten Moment an einem Felsen fest. Mit klopfendem Herzen hielt sie inne und lauschte.

»Leána, ist alles in Ordnung?«, erklang Kaynes Stimme kurz darauf neben ihrem Ohr.

»Was ist nur in diesen Bergen?«, flüsterte sie.

»Toran, du gehst jetzt in der Mitte«, bestimmte Kayne. »Sollte uns etwas angreifen, erkennt Leána es vielleicht als Erstes, und ich kann nach hinten absichern.«

»Du kannst aber auch nicht im Dunkeln sehen, unsere Waffen nützen überhaupt nichts.« Mittlerweile hatte sich ein beinahe schon kläglicher Unterton in Torans Stimme geschlichen, selbst wenn er sich um Haltung bemühte.

Daher drückte Leána seine Hand.

»Aber ich kann ihn warnen. Kayne ist im Augenblick unsere beste Waffe gegen – was auch immer.«

Angespannt setzte Leána ihren Weg fort. Dabei achtete sie ständig auf bedrohliche Geräusche, doch außer Sturm und Regen vernahm sie nichts Ungewöhnliches mehr. Trotzdem blieb dieses unangenehme Ziehen in ihrem Nacken, das Gefühl, das etwas, von dem sie nicht einmal wusste, was es war, sie beobachten oder gar angreifen konnte.

»Achtung, hier ist nur ein schmaler Grat«, rief Leána irgendwann nach hinten. »Aber weiter vorne könnte ein tiefer Spalt im Fels sein. Vielleicht können wir dort auf den Morgen warten.«

Behutsam tastete sie sich mit klammen Händen Schritt für Schritt an der Felswand voran. Im Augenblick hatte der Wind ein wenig nachgelassen, doch Leána wusste, dass er – gleich einem lauernden Tier – jeden Augenblick wieder über sie hinwegfegen würde. Rasch schob sie sich auf dem schmalen Grat weiter, bis sie endlich einen breiteren Pfad erreichte, der ihren Füßen einigermaßen Halt bot.

»Sehr gut, Toran!« Sie hielt ihrem Cousin die Hand hin, der sie ergriff und mit einem großen Schritt sicheren Boden betrat.

In diesem Augenblick fuhr eine neue Böe durch den Einschnitt zwischen den Bergen, riss Leána und Toran fast von den Füßen. Sie klammerten sich aneinander fest, stützten sich gegenseitig, um nicht das Gleichgewicht zu verlieren. Ein verzerrter Schrei ertönte hinter ihnen, Leána spürte einen Ruck am Seil, doch dieses erschlaffte kurz darauf.

»Kayne«, flüsterte sie entsetzt.

Kapitel 24

Verloren im Dunkel

Die Briefe waren auf dem Weg nach Northcliff, Siah zum Walkensee zurückgekehrt. Nun saß sie ganz allein in der alten Hütte und machte sich Sorgen um ihre Freunde. Wie mochte es ihnen dort, jenseits des Portals, ergehen?

Draußen knackte es, und die kleine Nebelhexe zuckte zusammen. Sie war noch niemals gern allein gewesen, selbst wenn sie das selten zugab. Doch in der Postreiterstation hatte sie auch nicht bleiben wollen. Zu viele Menschen hatten sie neugierig angestarrt, und so war sie nach drei Tagen wieder aufgebrochen. Sie wünschte sich zurück in ihr Dorf auf der Nebelinsel, dorthin, wo sie aufgewachsen war.

Siah warf noch ein Holzscheit ins Feuer und beobachtete, wie winzige Feuergeister ihren Tanz aufführten.

»Sicher sitzen die drei jetzt in einer Taverne und haben den größten Spaß«, sagte Siah zu sich selbst. Sie war nicht neidisch, aber sie vermisste die drei – und ganz besonders Toran.

»Wir müssen ihn suchen!«, schrie Toran voller Panik.

Wieder und wieder hatten sie Kaynes Namen gebrüllt, aber keine Antwort erhalten.

»Es geht beinahe senkrecht in die Tiefe!« Gewaltsam hielt Leána ihren Cousin fest, auch wenn sie selbst am liebsten hinabgeklettert wäre. Doch nun tobte der Orkan wieder mit unverminderter Kraft durch den Einschnitt in den Bergen.

Wer weiß, wie tief er gestürzt ist, was, wenn er ... Sie konnte diesen Gedanken nicht einmal weiterdenken, und ihre Kehle war wie zugeschnürt.

»Wir müssen warten, bis zumindest der Sturm nachlässt«, presste sie mühsam hervor, versuchte dabei, ihre düsteren Gedanken und die Sorge um Kayne zu unterdrücken.

Toran kauerte sich an den Felsen, und Leána setzte sich schweigend neben ihn. Die Zeit erschien ihr endlos, ja es war, als hätte sie sich zu einem dunklen Tuch aus Kälte, Regen und Wind verflochten, das sie einhüllte und zu ersticken drohte. Das Wetter wollte und wollte sich nicht bessern, und Leána fragte sich, ob die sonderbaren Artefakte, mit denen die Menschen hier die Zeit maßen, nun stillstanden. Dann kreisten ihre Gedanken wieder um Kayne. Was war mit ihm geschehen? War er tot, oder lag er irgendwo dort unten in der Finsternis, schwer verletzt, sein Körper zerschmettert vom Sturz oder zerfetzt von einer unbekannten Kreatur?

Am liebsten wäre Leána aufgesprungen und hätte ihn gesucht, doch das war unvernünftig, das wusste sie. Wenn sich noch einer von ihnen verletzte, waren sie völlig verloren. Wo im Namen der Götter waren sie überhaupt herausgekommen? War die Idee, das Elfenportal zu finden, vielleicht doch irrsinnig gewesen? Hatte sie ihre Freunde in eine tödliche Gefahr gebracht? Sie machte sich die schwersten Vorwürfe und vergrub den Kopf in den Knien.

Mit dem ersten Morgenlicht ließ der Regen nach, auch wenn der Sturm noch immer tobte, so hatte er doch merklich an Kraft verloren. Sofort tasteten sich Leána und Toran zurück auf den Felsgrat. Erst jetzt konnte Leána richtig erkennen, dass sie sich inmitten einer einsamen, urtümlichen Bergwelt befanden. Dräuende Wolken hingen über den hohen Gipfeln, und direkt unter ihnen war ein zerklüftetes Tal zu erkennen.

»Wo ist Kayne?« Torans Stimme klang ungewöhnlich dünn, aber auch Leána konnte ihn nicht ausmachen.

»Wir müssen diesen Abhang hinunterklettern. Er war nicht

weit hinter dir, also muss er irgendwo in dem Tal sein.« Sie hangelte sich Schritt für Schritt den Felshang hinab.

Immer wieder rutschte sie ab, musste sich an kleinen Spalten im Fels festhalten. Sie bemühte sich, langsam und umsichtig zu klettern, auch wenn sie am liebsten einfach möglichst schnell hinabgerutscht wäre.

Schließlich hatten sie den Talkessel erreicht und machten sich müde, durchnässt und erschöpft auf die Suche nach Kayne. Wieder und wieder schrien sie seinen Namen, teilten sich auf, und Leána suchte zwischen Felsbrocken und in den vielen unübersichtlichen Senken. Ängstlich wanderte ihr Blick in die Höhe. Konnte Kayne solch einen Sturz überhaupt überlebt haben? Und was war das für eine Kreatur gewesen, deren Schrei sie gehört hatten? Ein riesiger Raubvogel, der ihn am Ende geholt hatte? Eine eisige Faust krallte sich um ihr Herz und drückte so fest zu, dass sie das Gefühl hatte zu ersticken.

Nicht weit entfernt plätscherte ein Bach, und Leána wollte kurz ihren Durst stillen. Daher eilte sie auf das Gewässer zu und erstarrte, als sie direkt neben dem Bach, halb von einem Felsen verborgen, einen Körper liegen sah.

Sie stürzte vorwärts, kniete sich neben Kayne. Er lag mit dem Kopf auf der Erde, und als sie ihn behutsam umdrehte, flehte sie stumm: *Bitte atme!*

Sein Gesicht war zerkratzt und blutig, und als sie sich mit klopfendem Herzen über ihn beugte, stöhnte er leise.

Dankbar drückte Leána ihn an sich. »Toran!«, schrie sie aus Leibeskräften. »Er lebt! Wir sind hier am Bach.«

»Kayne, kannst du mich hören?« Sie wischte ihm das Blut von der Stirn und schob sein T-Shirt hinauf.

»Das sieht nicht gut aus!« Keuchend stand Toran neben ihnen und betrachtete mit verzogenem Gesicht Kaynes aufgeschürfte und geschwollene Seite, die sich blau verfärbt hatte.

»Wahrscheinlich ist er irgendwo dort hinuntergerollt und wollte sich zum Bach schleppen«, vermutete Leána.

Als sie seine Prellungen berührte, krümmte er sich zusammen, seine Augenlider flatterten, und schließlich sah er sie mit verschleiertem Blick an.

»Kayne, wir sind hier, alles wird gut«, versuchte sie ihn zu beruhigen. »Toran, hol Wasser!«

Ihr Cousin tat wie ihm geheißen, während Kayne sich mühsam aufrichtete. Er hustete, spuckte einen Schwall Blut aus, und Leána stützte ihn erschrocken, als er wieder umzukippen drohte.

»Ganz ruhig, Kayne, du bist abgestürzt, leg dich besser wieder hin.«

»Was ich …« Er keuchte schwer, umklammerte seine Seite und ließ sich stöhnend gegen einen Felsen sinken. »Verdammt … wo sind wir?«

»Irgendwo in den Bergen.« Leána hielt ihm den von Toran gefüllten Wasserbeutel an die Lippen, und Kayne trank ein paar Schlucke. »Das Portal, der Eichenpfad, kannst du dich erinnern?«

Als Kayne nickte, war Leána erleichtert. Zumindest hatte er keinen Gedächtnisverlust erlitten.

»Deine Rippen, das tut sehr weh, oder?«

Er presste die Lippen zusammen und nickte nur.

»Denkst du, sie sind gebrochen?«

Kayne tastete sich vorsichtig ab und verzog das Gesicht. »Kann sein, vielleicht aber auch nur geprellt.« Erneut wollte er aufstehen, aber Leána drückte ihn an den Schultern zurück. »Bleib sitzen, wir wissen nicht, was dir fehlt. Wir können Hilfe holen.«

»Hier?« Kayne sah sich um und schnitt eine Grimasse. »Bestenfalls einen Troll, und der würde mich als willkommene Mahlzeit betrachten.«

»In dieser Welt gibt es keine Trolle.« Leána kramte in dem Beutel und förderte eine Wurzel zutage. »Die hilft gegen Schmerzen. Du musst sie kauen. Leider haben wir keinen Topf dabei, sonst könnten wir dir noch einen Tee aufbrühen und Umschläge um deine Rippen machen.«

»Also«, sagte Kayne entschlossen, »wir müssen eine menschliche Behausung erreichen.«

Mit Torans Hilfe gelang es ihm schließlich aufzustehen. Allerdings fragte sich Leána, wie er einen anstrengenden Marsch durch die Berge überstehen sollte. Mit dem linken Fuß konnte er kaum auftreten, vermochte nur gebeugt dahinzuhumpeln, wobei er seine rechte Seite umklammerte.

Zumindest schaffte er es, mit Torans Unterstützung den Abhang hinaufzuklettern. Doch am Ende war sein Gesicht schweißüberströmt, und er lehnte mit geschlossenen Augen an der Felswand.

Noch einmal suchte Leána in Liliths Kräutern nach etwas, das sie ihm geben konnten.

»Er hat sicher innere Verletzungen«, flüsterte Toran ihr zu. »Er sieht gar nicht gut aus.«

»Ich weiß«, zischte sie und hielt dann ein Bündel mit getrockneten Kräutern in die Höhe. »Wenn wir hieraus einen Sud herstellen, heilen laut Lilith auch schwere innere Verletzungen innerhalb weniger Tage, aber dafür brauchen wir einen Topf und eine Feuerstelle. Außerdem muss Kayne sich vor allem ausruhen und in ein Bett legen.«

»Ob es hier irgendwo ein Dorf gibt?« Toran sah sich um und wirkte dabei so besorgt, wie Leána sich fühlte. Dennoch wollte sie ihn beruhigen.

»Sicher. Hier muss es Siedlungen geben.«

»Kayne?« Sie trat zu ihm und streichelte ihm sanft über die Wange. »Hilft die Wurzel? Du weißt, wir müssen weiter.«

Er nickte und stolperte auf Toran gestützt voran. In der Felswand tat sich bald ein Einschnitt auf, dem sie folgten. Links und rechts von ihnen ragte grauer Stein in die Höhe, und der Wind rauschte laut in ihren Ohren. Nach einer Weile erreichten sie einen Trampelpfad, und Leána hegte die Hoffnung, dass dieser sie zu einer Siedlung führen würde. Der Wind hatte inzwischen die letzten Regenwolken fortgeblasen, und die Sonne ließ diese basaltfarbenen Berge in den schönsten Farben funkeln. Kleine Bergseen schimmerten in einem solch intensiven Blau, als würden in ihren Tiefen Tausende Diamanten liegen. Hätte sich Leána nicht so viele Sorgen um Kayne gemacht, sie hätte den Anblick genossen. Die Gegend erinnerte sie an die Bergkette der Nebelinsel, und sie fragte sich, ob sie in dem Moment, als Kayne sie beim Betreten des Eichenpfades kurz abgelenkt hatte, vielleicht versehentlich an ihre Heimat gedacht hatte.

Immer wieder mussten sie kurze Pausen einlegen, und auch wenn es Kayne nicht zugeben wollte, befürchtete Leána, er würde jeden Moment zusammenbrechen.

»Sieh nur, dort ist das Meer«, munterte sie ihn auf, nachdem sie sich nach einer Weile mit Toran abgewechselt hatte und Kayne auf sie gestützt voranwankte. Weiße Schaumkronen tanzten auf den Wellen, und man konnte die Brandung bis hierher hören.

»Wunderbar«, presste Kayne hervor.

»An der Küste leben meist Menschen. Fischer, Farmer, bestimmt finden wir ein Dorf.«

»Hm.«

»Ich gehe voraus«, schlug Toran vor. »Vielleicht entdecke ich einige Behausungen und kann euch dann führen.«

Leána nickte, und sofort spurtete Toran los. Sie selbst folgte langsam mit Kayne. Sie hoffte inständig, dass die Sonne ihre nassen Kleider trocknen würde, aber der Wind blies noch immer kalt von der Seite her.

Wenn Kayne sich zumindest mit diesem Zauber trockene Kleider verschaffen könnte, dachte sie. Aber in seinem Zustand war es aussichtslos, einen Zauber zu wirken, das war auch ihr klar. Daher versuchte sie ihm Mut zuzusprechen, ihn an schwierigen Stellen zu helfen, doch sie sah, wie sich sein Gesicht immer wieder vor Schmerz verzog, auch wenn er sich nicht beklagte.

Sie folgten einem kaum erkennbaren Schafs- oder Wildpfad, der sich um einen hoch aufragenden Felsen herumwand, und Leána zuckte zusammen, als – geblendet durch das gleißende

Sonnenlicht – jemand auf sie zugerannt kam. Auch Kayne spannte sich an, doch es war nur Toran.

»Musst du uns so erschrecken?«, schimpfte Kayne zwischen zusammengepressten Zähnen hindurch.

Toran grinste nur halbherzig, und Leána half Kayne, sich an einen Felsen zu lehnen. Dann kreiste sie ihre verspannten Schultern.

»Dort vorne wird der Pfad breiter und ist sogar befestigt!«, berichtete Toran. »Häuser konnte ich nicht entdecken, aber ich bin mir sicher, er wird häufig benutzt und führt bestimmt zu einem bewohnten Gebiet.«

»Das ist doch wunderbar.« Leána lächelte Kayne zu.

»Komm, ich helfe dir«, bot Toran an.

Mühsam wankten die beiden voran. Glücklicherweise behielt Toran recht. Nach dem nächsten Hügel schlängelte sich ein Weg durch deutlich ebeneres Heideland, eine Art Hochplateau, in der Ferne konnte man eine weitere Bergkette sehen. Nun kamen sie endlich rascher vorwärts. Immer wieder rannte Leána ein Stück voraus.

»Verdammt, irgendwann muss doch ein Dorf kommen«, fluchte sie und sah sich nach allen Seiten um. Die Mittagssonne stand hoch am Himmel, der Pfad führte nun bergab, und Kayne fiel es offenbar mit jedem Schritt schwerer zu gehen.

»Toran, ich löse dich ab.«

»Geht schon«, behauptete ihr Cousin, auch wenn sein Gesicht ähnlich schweißüberströmt war wie das von Kayne.

Daher fackelte Leána nicht lange, legte Kaynes Arm auf ihre Schulter und bemühte sich, ihn dort anzufassen, wo es am wenigsten schmerzhaft für ihn war.

Nun atmete Toran doch erleichtert auf und schaute sich um. »Man könnte beinahe meinen, wir sind bei euch auf der Nebelinsel, Leána.«

»Ja, habe ich mir auch schon gedacht«, gab sie zu. »Es sieht ein wenig aus wie die Gegend, die der Culahan bewacht.«

»Dann hat unsere liebe Leána wohl mal wieder nicht aufgepasst«, presste Kayne hervor.

»Falls es hier auch einen Berggeist wie euren Culahan gibt, könnten wir ihn befragen, wohin der Pfad führt«, überlegte Toran.

»Der wird sich kaum einem kleinen, über Eichen trampelnden Prinzen zeigen.«

»Kayne, es tut mir wirklich leid!«

»Mach dir nicht in deine königlichen Hosen. Ich werde schon nicht gleich sterben.«

»Das will ich aber auch meinen!«, rief Leána. »Kannst du weiter?«

»Ich bin voller Tatendrang.«

Leána ließ sich von Kaynes Frotzeleien nicht täuschen. Sicher wollte er nur seine zunehmende Schwäche überspielen und seine Freunde beruhigen. Sein Atem ging rasselnd, und immer wieder musste er kurz anhalten. Zum Glück folgte ein flacheres, nur sanft abfallendes Stück des Weges. Von hier aus konnte man schon wieder das Meer erkennen, also befanden sie sich wohl tatsächlich auf einer Insel.

»Leána, ein Haus! Ich habe ein Haus gesehen!«, rief Toran, der mal wieder ein Stück vorausgelaufen war.

»Wirklich?« Sie streichelte Kayne, der mit halb geschlossenen Augen neben ihr herwankte, über die verschwitzten Haare. »Gleich haben wir es geschafft.«

»Ich gehe voraus. Vielleicht finde ich jemanden, der uns helfen kann!«, schrie Toran und spurtete abermals los.

»Toran – wo wir herkommen …« Sie seufzte tief und beendete den Satz leiser: »… soll geheim bleiben.«

»Er wird es verderben, und wir landen in solch einer … Anstalt, von der Nordhalan erzählt hat«, stieß Kayne hervor, dann holte er tief Luft und umklammerte mit verzogenem Gesicht seine Seite. »Ich sollte … doch besser gleich die Reise ins Licht antreten … das … erspart mir einiges.«

»Blödmann«, sagte Leána gutmütig und fuhr mit einer Hand über seinen Rücken. »Das lässt du schön bleiben, und falls wir in solch eine Anstalt geraten sollten, brauchen wir jemanden wie dich, um freizukommen. Also halte durch.« Sie schnallte sich ihr Bündel, in dem Kaynes Schwert und ihr Bogen verborgen waren, ab und versteckte alles in einer Felsspalte.

»Die Menschen würden sich vermutlich über unsere Waffen wundern. Besser sie bleiben hier und ich hole sie später.«

»Hm«, knurrte er und ließ sich von ihr weiterführen.

Tatsächlich wurde bald ein See sichtbar, hinter dem sich ein paar vereinzelte Häuser zeigten. Eines lag nahe einer Straße, die sie bald, nachdem sie ein Tor passiert hatten, erreichten. Hier kamen sie noch einmal schneller voran und gelangten bald zu dem Gehöft. Neben dem größeren Haupthaus waren drei weitere Gebäude zu sehen. Seltsame Gerätschaften standen davor, aber die nahm Leána nur am Rande wahr. In der Ferne erkannte sie Toran, der wild gestikulierend auf einen kleinen, wohlbeleibten Mann einredete, der nun auf krummen Beinen auf sie zugeilt kam. Er trug eine braune Hose, ein kariertes Hemd, und sein rundliches Gesicht mit den leichten Hängewangen war gerötet, als er vor ihnen stand.

»Mein Gott, Laddie, was ist denn mit dir geschehen?«, fragte er in einem grollenden Akzent. »Los, Lassie, ich helfe ihm. Mein Name ist Kirk.«

Nachdem Kirk offenbar sie meinte, ließ Leána Kayne los, und der kleine Bauer mit dem freundlichen Gesicht führte ihn das letzte Stück zum Haus.

»Er soll sich erst mal hinlegen, dann rufe ich einen Krankenwagen«, bestimmte Kirk, öffnete die Tür zu einem kleinen Raum, der einen hölzernen Schrank und ein Bett am Fenster beherbergte.

Ganz offensichtlich mit den Kräften am Ende ließ sich Kayne auf das Bett sinken, rollte sich stöhnend zusammen und drehte ihnen den Rücken zu. Leána setzte sich neben ihn und blickte zu Kirk auf. »Was sollen wir denn mit einem Wagen? Darf er nicht hierbleiben?«

»So habe ich das nicht gemeint«, verwirrt kratzte sich der Bauer am Kinn, »aber der Junge muss in ein Krankenhaus!«

Lautlos formte Toran das letzte Wort, und auch Leána musste kurz nachdenken, aber dann erinnerte sie sich. »Nein, das ist nicht nötig, wir haben selbst Heilkräuter dabei. Darf ich Eure Feuerstelle benutzen?«

»Feuerstelle? Du kannst den Herd nehmen«, brummte Kirk und sah mit einem Mal sehr misstrauisch aus. »Aber allein mit Kräutern wirst du nichts ausrichten können. Wir sollten …«

Die Tür wurde ruckartig aufgestoßen, und ein schwer atmender Mann, er mochte in Kaynes Alter sein, trat ein.

Eilig wischte er sich eine verschwitzte dunkelblonde Haarsträhne aus dem Gesicht. »Soll ich Gordon holen?«

»Michael, wo kommst du denn her?«, fragte Kirk verwundert. »Warst du nicht bei den Schafen …«, der ältere Mann stockte kurz, »… hattest du am Ende wieder …«

»Nicht jetzt, Vater.« Michaels Gesicht verschloss sich, seine blauen Augen blieben kurz an Leána haften, dann sah er seinen Vater fragend an.

»Ein Arzt sollte ihn in jedem Fall untersuchen«, brummte Kirk, dann wandte er sich erklärend an Leána. »Gordon, einer unserer Nachbarn hier in Kilmarie, ist Arzt. Der sollte einen Blick auf deinen Freund werfen.«

»Ein Arzt, das ist doch ein Heiler, nicht wahr?«, erkundigte sich Leána, die sich über Michael wunderte. Seine Augen klebten förmlich an ihr.

»Richtig«, stimmte Kirk zu.

»Das kann nicht schaden.« Leána lächelte vorsichtig. Weder sie noch Toran waren sonderlich gut in Heilkunde bewandert. Selbstverständlich wussten sie das Nötigste, um sich oder ihren Freunden bei kleineren Verletzungen zu helfen, aber an Liliths oder Nordhalans Wissen reichte das bei Weitem nicht heran.

»Ich hole Gordon.« Schon stürmte der kräftige junge Mann aus der Tür.

»Komm, ich zeige dir die Küche. Michael wird bald zurück sein. Leider hat der Sturm der letzten Nacht die Stromleitungen mal wieder lahmgelegt, und das Telefon funktioniert nicht!«

Telefon – auch davon hatte Leána schon gehört. Man sollte damit mit weit entfernten Menschen sprechen können.

»Woher wusste Michael, dass wir hier sind?«, erkundigte sich Leána.

Kirk räusperte sich, fuhr sich über sein stoppeliges Kinn und brummte etwas in sich hinein. »Jemand wird euch gesehen und es ihm erzählt haben.«

Irgendetwas sagte Leána, dass das nicht stimmte, aber was auch immer hinter Michaels offenbar überraschendem Auftauchen steckte, war jetzt nicht so wichtig.

Kirk führte sie in eine unaufgeräumte, aber gemütliche Küche mit einem wuchtigen Holztisch in der Mitte. Auf einem Eisenherd köchelte ein Topf, den er rasch zur Seite schob und ihr einen leeren gab.

»Hier, tu, was du nicht lassen kannst. Kräuter werden nicht schaden, aber ich mache mir wirklich Sorgen um deinen Freund.«

»Ich auch.« Sie biss sich auf die Lippe, woraufhin Kirk ihre Schulter streichelte.

»Das wird schon, Lassie, er ist jung und kräftig.«

»Ich heiße Leána.«

»Ein hübscher Name.« Damit eilte Kirk aus dem Raum.

Leána suchte vergeblich nach einer Wasserstelle, wie sie in Burgen und Herrenhäusern zu finden waren. Eine gebogene Stange aus Metall über einem Becken erinnerte sie an die Wasserpumpe bei ihnen auf der Nebelinsel, nur leider konnte sie keine Pumpe finden. Nachdem sie neugierig an den Knöpfen rechts und links herumgedreht hatte, begann Wasser zu fließen.

»Na also«, seufzte sie zufrieden, ließ den Topf volllaufen und setzte die Kräuter auf. Gewissenhaft wählte sie schmerzstillende Heilpflanzen aus, aus denen sie einen Tee brauen wollte. Jene, die laut Lilith auch innere Verletzungen heilen würden, gab sie in einen separaten Topf.

Gerade hatte sie alles vorbereitet und legte den Deckel auf den Topf, als Toran hereinkam. Tränen glitzerten in seinen Augenwinkeln.

»Was ist denn?«, fragte sie erschrocken. »Ist etwas mit Kayne?«

»Nein, ich habe ihm geholfen, seine nassen Sachen auszuziehen. Er schläft jetzt. Aber … das ist alles meine Schuld«, stammelte er, setzte sich an den Tisch und versteckte sein Gesicht in den Händen. »Wäre ich nicht auf die Eiche getrampelt …«

»Toran!« Sie setzte sich neben ihn und zauste seine Haare. »Dann kannst du genauso gut sagen, alles ist meine Schuld, weil ich die verrückte Idee hatte, überhaupt hierherzukommen, oder weil ich mich nicht richtig konzentriert habe, als wir auf dem Eichenpfad waren.«

Er schluckte lautstark und sah zu ihr auf. »Ich könnte mir nicht verzeihen, wenn er nicht wieder gesund wird.«

»Ich mir auch nicht. Aber noch sind wir nicht am Ende, und Liliths Kräuter haben doch noch beinahe jedem geholfen.«

»Ich wünschte, Siah wäre hier«, flüsterte er. »Sie kennt sich viel besser in Kräuterkunde aus als wir.«

»Ja, das stimmt.« Leána legte ihren Kopf an Torans Schulter. Ihr war klar, dass er Siah nicht nur wegen ihrer Kräuterkenntnisse herbeisehnte.

Da dem Bärtigen keine Neuigkeiten bezüglich vier junger Leute und deren Pferde zu Ohren gekommen waren, hatte er sich entschlossen, zurück zur Hütte am See zu gehen. Bedacht und ohne ein Geräusch zu verursachen schlich er durchs Unterholz. Sein Pferd hatte er in gebührendem Abstand zurückgelassen. Behutsam bog er Büsche und Zweige zur Seite. Alles war still, ruhig und verlassen. Doch da – ein Schnauben. In einiger

Entfernung graste die kleine Schimmelstute dieser Nebelhexe. Doch wo im Namen der Götter waren die anderen?

Der Bärtige pirschte sich an die Hütte heran, spähte durch einen Schlitz im Holz und erkannte die kleine blonde Nebelhexe, die leise vor sich hinsummend in einem Topf rührte.

War sie allein? Ganz allein und schutzlos? Die Männlichkeit des Bärtigen begann sich zu rühren, seine Hände wurden feucht.

Sollte er sie ...

Rasch schüttelte er den Kopf. Sein Auftrag war es, Toran zu finden. Doch der war nicht hier.

Hatten sich die vier am Ende getrennt?

Seine Brust hob und senkte sich schwer. Er umklammerte seinen Dolch. Er würde aus der Nebelhexe herausbekommen, wo sich der Prinz von Northcliff befand – sie würde sprechen, da war er sich sicher. Lautlos schlich er um die Ecke der Hütte herum und näherte sich der ahnungslosen jungen Frau.

Kapitel 25

Gefahren

Leána saß an Kaynes Bett, Toran hatte sich einen Stuhl aus der Küche mitgenommen, und nun warteten sie auf das Eintreffen des versprochenen Heilers. Kayne bewegte sich etwas, stöhnte leise, und Leána beugte sich über ihn.

»Wie geht es dir?«

Er antwortete nicht, seufzte nur tief. Daher reichte sie ihm eine Tasse Tee, von der er vorsichtig trank. »Du solltest noch etwas von der Wurzel kauen, der Sud braucht eine Weile«, schlug sie vor, und er folgte ihrem Rat.

In diesem Moment kam Kirk in Begleitung eines Mannes, der etwa fünfzig Sommer und Winter gesehen haben mochte. Sein schmales Gesicht mit dem Bart an der Oberlippe verlieh ihm einen strengen Eindruck.

An Leána gewandt, fragte er: »Versteht er meine Sprache?«

»Das meiste schon. Er heißt Kayne.«

»Ihr beide verlasst jetzt den Raum«, wies er Leána und Toran an, und sein Tonfall ließ keinen Zweifel daran, dass sie zu gehorchen hatten. »Ich untersuche ihn.«

»Ich kann doch nicht ...«, protestierte Leána, aber Kirk schob sie sanft hinaus.

»Gordon weiß, was er tut. Lass ihn nur machen.«

Unruhig standen sie vor der Tür, hörten gedämpfte Stimmen, aber als Kayne gequält aufschrie, konnte Leána nichts mehr halten. Sie stürmte hinein, packte Gordon, der über Kayne gebeugt dastand, an der Schulter und schleuderte ihn zu Boden.

Mit weit aufgerissenen Augen starrte der Mann sie an und schnappte empört nach Luft.

»Kayne, was hat er mit dir getan?« Ihr Freund krümmte sich im Bett zusammen und hielt sich die Rippen.

»Bist du von Sinnen, Mädchen?«, polterte der Arzt, rappelte sich auf und strich sich die Kleider glatt. »Ich habe ihn nur abgetastet.«

»Stimmt das?«

Als Kayne nickte, verneigte sie sich betreten vor Gordon. »Dann bitte ich um Verzeihung.«

»Hm.« Gordon hob das Kinn. »Ich gehe davon aus, ihr seht jetzt ein, dass er dringend in einem Krankenhaus behandelt werden muss. Ich befürchte Rippenbrüche und innere Verletzungen.«

»Schneidet man mich … dort auf?«, presste Kayne hervor.

Gordon hob die Augenbrauen. »Sofern es nötig ist, werden die Ärzte operieren.«

»Leána!« Mit Panik im Blick ergriff er ihre Hand und schüttelte den Kopf.

Auch Leána wurde nun unwohl zumute, sie konnte Kayne gut verstehen. Schon als Kinder hatten sie alle durch ihren Vater von der Unsitte gehört, dass man in dieser Welt Menschen zu heilen versuchte, indem man sie aufschnitt. Lilith hielt gar nichts davon. Sie billigte es lediglich, die Haut etwas zu öffnen, um einen Pfeil oder einen Armbrustbolzen zu entfernen, doch mehr erachtete die kleine Heilerin als primitiv und somit inakzeptabel. Leána war da der gleichen Meinung. Nun musste sie an die Geschichte denken, die Darian schon öfters erzählt hatte. Sein Bruder Atorian, Torans Vater, war während einer gemeinsamen Reise schwer gestürzt, und Darian hatte nicht daran geglaubt, dass er mit gebrochenem Rücken und inneren Verletzungen überleben würde. Aber dank Lilith war alles geheilt, er hatte sogar ein paar Monde später reiten können und war auch in der Lage gewesen, sein Schwert wieder zu führen. Oft hatte Darian betont, er hätte nicht geglaubt, dass Atorian in der Welt jenseits des magischen Portals wieder vollständig genesen wäre.

»Das ist nicht nötig. Wir können Kayne selbst behandeln«, erwiderte Leána daher bestimmt.

»Du bist wohl Ärztin?« Spöttisch wanderte der Blick des Heilers über sie, und er zog eines der kleinen Kästchen hervor, das Leána nun schon häufiger gesehen hatte. »Ich rufe einen Krankenwagen. Alles andere wäre grob fahrlässig.«

»Er braucht das nicht! Wir haben wirksame Heilkräuter.«

»Heilkräuter, du liebe Güte!«, höhnte er. »Gehört ihr am Ende so einer Sekte an, die sich nicht schulmedizinisch behandeln lässt?«

»Ich weiß nicht, wovon Ihr sprecht, aber ich werde nicht zulassen, dass jemand Kayne aufschneidet!«

»Hysterisches Weibsbild!« Gordon tippte wild auf dem Kästchen herum, hielt es sich ans Ohr und sagte kurz darauf: »Gordon Miller hier. Wir brauchen einen Krankenwagen nach Kilmarie. Ein junger Mann ist beim Klettern abgestürzt und hat höchstwahrscheinlich schwere innere …« Weiter kam er nicht, denn Leána schlug ihm das Kästchen aus der Hand.

»Ich sagte doch, wir brauchen das nicht!«

»Nun ist es aber genug, junge Dame«, brüllte der Mann, und Kirk, der in der Tür stand und mit Toran alles beobachtet hatte, riss seine Augen weit auf.

»Ich werde jetzt einen Krankenwagen rufen …« Missmutig strich er über das Kästchen und fluchte dann leise.

»Nichts dergleichen wirst du tun.« Leána zog ihr Messer aus dem Stiefel und hielt es dem Mann an die Kehle.

»Leána, was tust du denn da?«, keuchte Kirk.

»Bist du völlig übergeschnappt?« Gordon hielt seine Hände schützend vor sich und ließ sich von Leána aus dem Raum drängen. »Du bist ja gemeingefährlich!« Als sie das Messer senkte, gewann er etwas von seiner Fassung zurück. »Ich sage dir eins, wenn du dich nicht besinnst, kannst du deinen Freund spätestens morgen auf dem Friedhof besuchen!«

»Nein, er wird wieder gesund«, sagte sie selbstbewusst.

Gordon verließ fluchtartig das Haus, drehte sich dabei immer wieder um und schüttelte den Kopf.

Zurück in dem kleinen Raum fasste Kirk sie am Arm, ließ sie dann jedoch eilig wieder los und wich beinahe schon verschreckt zurück.

»Ich weiß wenig von Albanien, und falls du etwas missverstanden und dich bedroht gefühlt hast …«

Eilig steckte sie ihr Messer wieder weg. »Es tut mir leid, wenn ich Euch erschreckt habe«, betonte sie. »Nur«, sie wusste nicht, wie sie Kirk begreiflich machen sollte, dass Liliths Medizin das Beste für Kayne war, »Kayne darf wirklich nicht in eines eurer Krankenhäuser gebracht werden.«

»Gordon ist ein guter Arzt, du solltest auf ihn hören. Wenn dein Freund sich durch den Sturz innere Verletzungen zugezogen hat, kann das rasch lebensgefährlich werden.«

»Wir wissen, was für Kayne gut ist.«

Besorgt fuhr sich Kirk über seine Halbglatze. »Ich weiß nicht. Ich habe kein gutes Gefühl dabei.« Noch immer schielte er furchtsam auf ihren Hosenbund, aus dem der Griff des Messers herausragte.

Leána trat auf Kirk zu und lächelte ihn an. »Niemals würde ich einem so freundlichen und hilfsbereiten Mann wie Euch ein Leid antun.« Um ihre Worte zu unterstreichen, reichte sie ihm ihr Messer. »Nehmt es an Euch, falls Ihr Euch dann besser fühlt.«

Kirk schluckte laut hörbar. »Ein junges Mädchen, das so schnell mit dem Messer ist, habe ich noch nie gesehen.« Vorsichtig grinsend hob er die Schultern. »Ich weiß auch nicht weshalb, aber ihr seid mir sympathisch.« Leánas Messer behielt er dennoch, wirkte nun aber deutlich entspannter.

»Kayne, die Kräuter werden noch bis zum Nachmittag köcheln müssen.«

»Nach dem Tee wird es mir sicher besser gehen«, versicherte er schläfrig. »Danke, Leána.« Er nahm ihre Hand, und kurz darauf fielen ihm die Augen zu.

»Wir haben Kräuter von der besten Heilerin ganz Alba…«

Leána trat Toran gegen den Fuß und ergänzte: »Albaniens!«

»Genau«, seufzte er.

»Eigentlich hatte ich mir Albanier immer dunkelhäutiger vorgestellt«, brummelte Kirk. »Zumindest du sprichst sehr gut Englisch, Lassie.«

»Danke, aber bitte sagt, Kirk, was bedeutet dieses Lassie?«

»Das heißt Mädchen in unserer alten Sprache«, erklärte Kirk. »Also, solltet ihr es euch anders überlegen mit dem Krankenwagen, dann sagt Bescheid. Ich bringe euch ein paar trockene Kleider, falls es recht ist. Nicht dass ihr auch noch krank werdet.«

»Danke, Kirk.« Leána lächelte ihm zu und seufzte, als er aus dem Raum verschwunden war.

»Denkst du, wir können Kayne mit Liliths Kräutern wirklich helfen?«, wollte Toran wissen.

»Besser, als wenn dieser Gordon oder sonst jemand ihn aufschneidet«, entgegnete Leána, auch wenn sie sich selbst nicht sicher war.

»Dem hast du's ganz schön gegeben«, bemerkte Toran grinsend.

»Ich hatte vergessen, dass man in dieser Welt nicht so rasch auf Waffen zurückgreift.« Sie ergriff eine Hand von Kayne und flüsterte ihm liebevoll ins Ohr: »Du schaffst das schon, kleiner Bruder.«

Siahs Gedanken kreisten um Toran. Wo mochte er gerade sein? Welch fantastische Dinge würde er zu Gesicht bekommen? Und wenn er zurückkam, würde er sich dann am Ende wirklich zu ihr bekennen? Ein kleines Lächeln zauberte sich auf ihre Lippen, und sie rührte gedankenverloren in dem Eintopf herum. Konnte es überhaupt eine gemeinsame Zukunft für eine Nebelhexe und einen Prinzen aus Northcliff geben? Noch vor einigen Sommern und Wintern wäre das ausgeschlossen gewesen. Heutzutage hingegen war vieles denkbar. Wie immer, wenn sie an Toran dachte, breitete sich ein warmes Gefühl in ihrem Inneren aus und sie begann, von einem Leben mit ihm zu träumen.

Ein Baumgeist flog vor ihr Gesicht, und sie betrachtete ihn schmunzelnd. »Was tust du denn hier?«

Nun flatterte er aufgeregt gegen ihre Stirn, und als sie ihn fortschob und aufstand, erkannte sie einen Schatten, der die Öffnung zur Hütte verdunkelte.

Instinktiv wollte sie zu den Wurfmessern greifen. Die lagen jedoch dummerweise in ihrem Bündel nahe der Tür.

Nachdem der Kräutersud endlich fertig war, hatte Leána diesen sorgsam abgegossen, denn davon musste Kayne mehrmals am Tag eine Tasse voll zu sich nehmen. Die Kräuter zerstampfte sie zu einer Paste und legte sie auf lange Stoffbahnen, die Kirk ihnen freundlicherweise gegeben hatte. Das alles wickelte sie mit Torans Hilfe um Kaynes Oberkörper und ließ ihn anschließend wieder schlafen. Schlaf war die beste Medizin, das betonte Lilith stets, und einige der Kräuter in dem Sud wirkten ohnehin schlaffördernd. Dass Kayne leichtes Fieber bekommen hatte, machte ihr etwas Sorgen, war jedoch nicht ungewöhnlich. Sein Körper kämpfte gegen die Verletzungen an, wie Lilith immer zu sagen pflegte. Letztendlich konnten sie nur abwarten und hoffen, dass alles gut ging.

Kirk hielt sein Versprechen und brachte ihnen Kleider. »Die Jeans und der Pullover sind von meiner Tochter. Sie kommt nur noch alle paar Jahre aus Amerika her. Aber sie hat in etwa deine Statur.« Er hielt Toran eine blaue Hose und ein schwarzes Kleidungsstück hin. »Das hier ist von Michael, wird dir vermutlich zu kurz sein, aber zumindest ist es trocken. So«, er schnippte mit den Fingern, »und nun zeige ich euch das Badezimmer.«

»Bleibst du bei Kayne, während ich mich wasche?«, fragte Leána, als Kirk ihr ungeduldig winkte.

»Selbstverständlich.«

Über hölzerne Treppenstufen erreichten sie einen Raum, der Leána an eine der neueren Errungenschaften der Nebelinsel erinnerte. Ihr Vater hatte auf einen Baderaum in ihrem kleinen Steinhaus bestanden. Der Badezuber war hier jedoch – im Gegensatz zu ihrem in Albany – nicht aus Stein, sondern aus einem glänzenden Material angefertigt worden. Zudem gab es einen Abtritt. Ungewöhnlich geformt, aber deutlich erkennbar.

»Du musst das Wasser kurz laufen lassen, bis es warm wird«, erwähnte Kirk, drehte an dem silbernen Metallteil, über das sich Leána schon in der Küche gewundert hatte, und ließ sie allein zurück.

Sie genoss es, ihre kalten und erschöpften Glieder in dem warmen Wasser auszustrecken, und wäre am liebsten gar nicht mehr herausgekommen, aber dann dachte sie an ihren Cousin, schwang sich aus dem Zuber, trocknete sich eilig ab und zog sich an. Die blaue Hose war ausgesprochen eng, schmiegte sich jedoch überraschend bequem an ihre Beine. Der Pullover wärmte gut und war nur an den Armen ein klein wenig zu lang. Gerade wollte sie die Tür öffnen, als sie geflüsterte Worte vernahm. Ein gewöhnlicher Mensch hätte sicher nichts verstanden, aber Leána verfügte über schärfere Sinne.

»… stell dir nur vor, dann hat das Mädchen Gordon mit einem Messer bedroht.«

»Gordon ist ein arroganter Kerl, den hätte ich so manches Mal gerne mit der Mistgabel aufgespießt.« Die Antwort kam von einer weiblichen Stimme, und Leána musste grinsen.

»Das mag sein, aber er ist ein guter Arzt. Vielleicht sollten wir zusehen, dass wir den Jungen in ein Krankenhaus verfrachten und …«

»Papperlapapp, Kirk. Die Gastfreundschaft gebietet es uns, sie hier zu behalten, und du hast selbst gesagt, sie sind dir sympathisch. Hätte uns Gefahr durch die jungen Leute gedroht, hätte Michael das sicher gespürt und ...« Den Rest konnte Leána nicht verstehen, sie hörte Schritte auf dem knarrenden Boden, dann war alles still.

Es tat Leána wirklich leid, den netten Mann verschreckt zu haben, und sie wollte alles dafür tun, dass er Kayne hier behielt. Als sie die Treppe hinabsprang, kam ihr Kirk entgegen.

»Wir haben für heute Abend einige Gäste eingeladen«, erklärte er und wirkte beinahe verlegen. »Ich hoffe, wir stören euren Freund nicht, aber es ist mein Geburtstag und die Einladungen haben wir schon lange verschickt. Du und dein Cousin seid selbstverständlich eingeladen, mit uns zu essen.«

»Euer Geburtstag?« Spontan umarmte Leána den kleinen Mann, und auch wenn er sich kurz versteifte, lachte er darauf. »Dann wünsche ich Euch alles Gute für die kommenden Sommer und Winter.« Sie biss sich auf die Lippe. »Wir haben kein Geschenk für Euch!«

»Das macht doch nichts, Lassie«, versicherte Kirk. »Ihr konntet ja kaum wissen, dass euer Freund abstürzt, und vorher ein Geschenk besorgen.«

»Das ist wahr«, gab sie nachdenklich zu, wühlte jedoch in ihrem Bündel herum und förderte eine kleine Goldmünze zutage. »Ich glaube, diese Münzen sind hier nichts wert, aber ich möchte Euch Eure Gastfreundschaft vergelten.«

Die Augen des Bauern weiteten sich. »Ist das am Ende echtes Gold?«

»Man kennt es hier also doch?«

»Selbstverständlich kennen wir Gold, nur diese Prägung ...« Er betrachtete das Knotenmuster und das Schwert in der Mitte – das Zeichen von Northcliff – äußerst interessiert. »Die ist mir nicht vertraut.« Doch dann schüttelte er sich. »Wie auch immer. Das ist viel zu viel für etwas Essen und ein Bett. Du wirst dir übrigens ein Zimmer mit dem anderen jungen Mann teilen müssen, wir haben nicht so viel Platz«, fügte er bedauernd hinzu.

»Das macht nichts«, beruhigte Leána ihn. »Toran ist mein Cousin, und einer von uns wird ohnehin bei Kayne bleiben, bis es ihm besser geht. Aber sagt, wäre eine Silbermünze angemessener?« Sie hielt eine weitere Münze aus Albany in die Höhe.

Kirk schüttelte den Kopf. »Habt ihr denn kein Geld bei euch?«

»Das haben wir schon ausgegeben«, erklärte sie kläglich.

Der Bauer schloss ihre Hand um die Münze und lächelte sie freundlich an, wobei sein rosiges Gesicht noch rundlicher wirkte. »Wir werden sehen, wie lange ihr bei uns wohnt. Vielleicht kann uns dieser Toran ein wenig auf der Farm zur Hand gehen, denn wir haben ohnehin überlegt, einen Arbeiter für den Sommer einzustellen. Mehr Bezahlung verlangen wir nicht von euch.«

»Ihr seid ein guter Mensch, Kirk.«

»Und du bist ganz bezaubernd, aber das haben dir sicher schon viele gesagt.«

Leána musste schmunzeln. »Danke«, antwortete sie lediglich. Sie mochte diesen Mann, denn obwohl er sie nicht kannte und Leána in seinem Haus den Heiler mit einer Waffe bedroht hatte, verhielt er sich ihnen gegenüber nach wie vor höflich.

Sie nickte Kirk noch einmal zu, danach zeigte sie Toran das Badezimmer. Sie selbst setzte sich an Kaynes Bett und wäre beinahe eingenickt, als ihr Cousin zurückkam. Sie musste lachen, denn Toran waren seine geliehenen Kleider viel zu kurz.

»Möchtest du ein wenig schlafen?«, erkundigte er sich. »Neben dem Baderaum liegt ein Zimmer, das wir als Schlafstätte benutzen können. Ich bleibe solange bei Kayne.«

»Gut, aber weck mich, wenn du müde wirst. Und Toran«, sie deutete auf das Bett, »versteck dein Bündel mit dem Schwert besser darunter. Niemand trägt hier eine Waffe. Ich habe Schwert und Bogen auch zurückgelassen und werde es später holen.«

»Ist in Ordnung«, versprach Toran.

Tatsächlich spürte sie eine bleierne Müdigkeit in sich und schleppte sich nun die Treppe hinauf. Mitsamt den Kleidern ließ sie sich auf das breite Holzbett fallen, wickelte sich in die Decke und schlief sofort ein.

»Wo sind deine Freunde?« Die Stimme des Mannes klang heiser und irgendwie gepresst.

Siah überlegte fieberhaft, was sie tun, wie sie fliehen sollte.

»Sie ... kommen bald zurück«, log sie und hoffte, der Mann würde sich davon abhalten lassen, ihr etwas anzutun.

Doch er kam näher. Lauernd, vorsichtig. In einer Hand hielt er einen Dolch. Sein Gesicht war von einem struppigen Bart bedeckt, sodass sie kaum etwas von seinen Zügen erkennen konnte. Lediglich die gebogene Nase war auffällig, seine Augen starrten sie an, wirkten glasig – und lüstern. Siah versteifte sich und bemühte sich, ihre Angst niederzuringen. Der Mann wischte sich seine schwielige Hand an seiner abgerissenen und schmutzigen Kleidung ab.

»Wollt Ihr Gold, Silber?« Sie deutete auf ihr Bündel, in der Hoffnung, ihn so von sich ablenken zu lassen. »Nehmt Euch, was Ihr braucht.«

»Ich will kein Gold«, knurrte der Mann, und mit einer Schnelligkeit, die seine massige Figur Lügen strafte, war er bei ihr. Mit brutaler Gewalt packte er sie an den Schultern und drängte sie gegen die Hütte.

»Wo ist Toran von Northcliff?« Er brachte sein Gesicht direkt an ihres.

Toran, dachte Siah. *Er will Toran.* Und da, geboren aus ihrer nackten Angst, erwachte ihre Gegenwehr. Sie streckte sich, sah ihm furchtlos in die Augen. »Das werde ich Euch niemals verraten.«

»Niemals!« Er lachte höhnisch auf und riss ihre Bluse mit einer Handbewegung auf.

Siah schnappte nach Luft.

»Wir werden sehen, wann dieses *niemals* endet.«

Sie trat um sich, versuchte, an ihm vorbeizukommen, aber er war stark, viel zu stark für eine kleine Frau wie sie. Mühelos warf er sie zu Boden und zerrte ihr die Kleider vom Leib.

»Nein, nicht! Aufhören!«, schrie Siah voller Panik, wusste jedoch, dass niemand sie hören oder ihr zu Hilfe eilen würde. Als der Mann seine Hose aufschnürte, schloss sie die Augen.

»Leána!« Torans leise Stimme riss sie aus ihrem tiefen Schlaf. Benommen richtete sie sich auf und blickte in das Gesicht ihres Cousins.

Er gähnte lautstark und rieb sich die Augen. »Möchtest du zum Essen kommen? Ich habe Kayne noch einmal seinen Kräutersud gegeben, und Kirk hat gesagt, die Suppe wäre fertig.«

»Wie lange habe ich denn geschlafen?« Sie blickte zum Fenster hinaus, konnte jedoch keine Sonne sehen. Leichter Nieselregen fiel vom Himmel und bildete einen dunstigen Schleier, durch den man die Landschaft kaum erkennen konnte.

»Es ist schon Abend.«

»Toran!«, schimpfte sie und erhob sich ruckartig. »Weshalb hast du mich nicht geweckt?«

»Du hast so tief geschlafen.«

Liebevoll verwuschelte sie ihm die Haare. »Möchtest du dich nicht hinlegen? Ich kann dir später etwas bringen.«

»Nein, ich kann so hungrig, wie ich bin, nicht schlafen.« Wie auf Kommando knurrte sein Magen, und Leána musste lachen. »Du bist noch schlimmer als Murk!«

»Zumindest esse ich keine Pferde.«

»Erfreulicherweise nicht.«

Sie sprangen die Treppe hinab, und aus der Küche schallte ihnen fröhliches Stimmengewirr entgegen. Um den großen Tisch und einen weiteren kleineren drängten sich insgesamt an die zwanzig Männer und Frauen. Zwei kleine Kinder spielten auf dem Boden mit bunten Steinen.

Kirk sprang sofort auf. »Das sind unsere beiden unerwarteten Gäste Toran und Leána. Sie kommen aus Albanien.«

Leána lächelte höflich, während Toran auf die köstlich duftenden Fleischstücke und die Kartoffeln auf dem Tisch schielte. Sie stieß ihn heimlich in die Seite und zischte in ihrer Sprache: »Halt dich zurück! Du bist hier nicht in Northcliff, und die anderen wollen auch noch etwas abhaben.«

»Ist ja schon gut.«

»Setzt euch!«

Sofort rutschten die Leute zusammen, Kirk brachte noch zwei Stühle und stellte Teller und Besteck vor sie.

»Sprecht ihr Englisch?«, erkundigte sich eine blonde Frau neben Leána.

Sie nickte. »Ja.«

Sogleich begann Catherine, wie sie sich nannte, Leána darüber auszufragen, wie es ihr in Schottland gefiel, und Leána versuchte, so gut wie möglich zu antworten, ohne zu viel von sich preiszugeben. Zum Glück war Toran damit beschäftigt, seinen knurrenden Magen zu besänftigen, sodass er keine verfänglichen Antworten geben konnte.

Bald belegte Maureen, die sich als Kirks Frau vorstellte, Leánas Sitznachbarin mit Geschichten über den gefallenen Preis für Rindfleisch in Beschlag, und so konnte auch Leána von Fleisch, Bohnen und Kartoffeln kosten. Das Essen war schmackhaft zubereitet, auch der Wein war vorzüglich.

»Hast du schon gemerkt, wie dich dieser Michael dauernd anstarrt?«, flüsterte Toran ihr irgendwann zu.

Unauffällig schaute sie in die Richtung, in die er nickte. Tatsächlich stand er neben dem halbhohen Schrank, auf dem die Getränke aufgebaut waren. Als er ihren Blick bemerkte, gab er eilig vor, eine Flasche entkorken zu wollen, ließ diese jedoch versehentlich fallen und fluchte lautstark.

»Ich glaube, du hast einen Verehrer.« Toran grinste breit und lud sich noch einmal Kartoffeln auf den Teller.

Nachdem noch genügend übrig war und alle anderen schon gegessen hatten, rügte Leána ihren Cousin nicht.

»Vielleicht hat er ja dich angesehen«, zog sie ihn auf.

»Haha!« Verschwörerisch beugte sich Toran zu Leána hinüber und senkte seine Stimme, auch wenn dies eigentlich gar nicht nötig gewesen wäre, da er in den Worten von Albany sprach. »Ich habe vorhin, als ich an der Küche vorbeiging, etwas Seltsames belauscht.«

»Was denn?«

»Ich konnte nur Ausschnitte hören, weil sie so leise geredet haben.«

»Es liegt nicht zufällig eher daran, dass du Nordhalans und Vaters Unterricht nicht genügend Aufmerksamkeit gewidmet hast?«, neckte sie ihn grinsend und bemerkte dabei, wie dieser Michael sie verstohlen beobachtete. Die muskulöse Statur hatte er von seinem Vater, und auch wenn sein Gesicht kantig wirkte, war er nicht unattraktiv. Irgendetwas Unnahbares, Geheimnisvolles haftete seinen ernsten Zügen an, oder vielleicht war es auch eher seine Körperhaltung. Er verhielt sich nicht so unbeschwert wie die anderen Menschen hier.

»Sehr lustig«, beschwerte sich Toran. »Willst du es jetzt hören oder nicht?«

»Gut, sprich!«

»Also, sie murmelten, dass Michael in den Bergen war, hatte wohl irgendetwas mit Schafen zu tun.«

»Und?«

»Michael behauptete, er hätte gesehen, dass jemand kommen würde, der Hilfe braucht!«

Nun stutzte Leána. »Dann denkst du, er hat uns schon in den Bergen beobachtet?«

»Das weiß ich nicht, diese Gerätschaft, die Wasser so unglaublich schnell zum Kochen bringt, hat mit einem Mal ein abartiges Geräusch verursacht, und ich konnte nichts mehr verstehen. Ich konnte kurz darauf nur noch hören, wie Kirk tröstend gesagt hat: *Wir alle dachten, es würde nicht mehr mit dir geschehen, aber mach dir keine Gedanken, es ist in Ordnung.*«

Leána wusste nicht so recht, was sie davon halten mochte. Hätte Michael sie schon in den Bergen gesehen, hätte er ihnen doch gleich helfen und den Weg zeigen können. Aber dann wurde sie abgelenkt. Ein leises Knarren kündigte einen weiteren Gast an.

»Ah, Rob, setz dich zu uns!«

Als sie keine Antwort hörte, drehte sich Leána um. In der Tür stand ein junger Mann mit dunklem Haar, das ihm feucht über die Ohren bis zum Kinn hing. Mittelgroß und schlank füllte er die niedrige Tür aus, musste den Kopf sogar etwas einziehen, um nicht am Türstock anzustoßen. Seine Kleidung ähnelte der von Kirk. Zweckmäßig, ein wenig abgewetzt, eher unauffällig.

Als er den Kopf wandte und sein Blick Leána traf, stockte ihr der Atem. Derart intensive Augen hatte sie selten in ihrem Leben gesehen. Dunkel waren sie, doch im Kontrast dazu zog sich ein hellblauer Rand um die Pupillen herum, die von innen zu leuchten schienen. Rasch schaute Leána zur Seite, da sie ihn nicht allzu auffällig anstarren wollte. Plötzlich hatte sie das Gefühl, jemand würde sie ansprechen, auch wenn sie aus dem Gemurmel nichts Eindeutiges vernahm.

»Ja?«, sagte sie und drehte sich um. Doch niemand antwortete ihr. Oder war es nur ein Blick gewesen, den sie gespürt hatte? Michael und Rob standen an dem niedrigen Schrank und luden ihre Teller voll, aber von ihnen hatte sie offenbar niemand angesprochen. Sie beobachtete, wie Kirk zu Rob ging und mit ihm sprach, woraufhin Rob wild gestikulierte. Kirk hob bedauernd die Schultern, dann nickte er. Noch einmal sah dieser seltsame junge Mann Leána an, bevor er mit seinem Teller aus der Tür verschwand.

Offenbar hatte sich nun Michael ein Herz gefasst. Mit einer Flasche Wein kam er zu ihnen.

»Ich bin Michael, Kirks Sohn, vorhin hatten wir kaum Zeit, uns vorzustellen«, sagte er mit einer ruhigen und angenehm dunklen Stimme. »Möchtest du noch etwas trinken?«

»Nein danke«, lehnte Leána ab, während Toran ihm grinsend sein Glas hinhielt.

»Ich schon, herzlichen Dank!«

Michael lächelte verhalten, und Leána erhob sich. »Vielen Dank für das vorzügliche Mahl, aber ich möchte jetzt nach unserem Freund sehen und ihm etwas zu essen bringen. Außerdem bin ich müde.« Sie zog ihren Cousin am Ohr. »Du etwa nicht, Toran?«

»Doch, ich ziehe mich gleich zurück.«

Sichtlich enttäuscht ließ sich Michael auf Leánas Stuhl nieder. Gerne hätte sie mehr über ihn erfahren, aber tatsächlich wollte sie zu Kayne und war außerdem nach wie vor erschöpft. Sicher würde sich auch morgen noch Gelegenheit zu einem Gespräch ergeben. Sie füllte etwas Suppe in eine kleine Schüssel und nahm auch ein Stück Brot mit, dann verließ sie den Raum.

Kayne war wach, als sie sein Zimmer betrat.

»Ich habe dir etwas zu essen mitgebracht.«

»Besser nicht«, lehnte er ab.

»Ein wenig Suppe würde nicht schaden.«

Mühsam richtete er sich auf, nahm jedoch nicht mehr als ein paar Löffel zu sich.

»Mehr kann ich nicht bei mir behalten, befürchte ich.«

Tröstend streichelte sie ihm über die Haare. »Geht es dir noch nicht besser?«

»Doch, aber ich bin so müde.«

»Dann schlaf noch etwas. Später erneuere ich die Umschläge.« Sie reichte ihm noch einmal den Becher mit dem Sud, woraufhin Kayne das Gesicht verzog.

»Davon wird mir noch übler, als mir ohnehin schon ist.«

»Aber es hilft. Na los!« Sie ließ ihn nicht aus den Augen, bis er getrunken hatte, und half ihm dann wieder, sich hinzulegen.

Es dauerte nicht lange, bis er eingeschlafen war. Dann nahm auch sie sich eine Decke vom Stuhl und rollte sich auf dem Boden zusammen.

Die Waffen, schoss es ihr durch den Kopf, doch sie verwarf den Gedanken, noch einmal aufzustehen. Alle waren gut verpackt und würden in der Felsspalte auf sie warten.

Ihren Körper hatte dieser brutale Mann mit dem struppigen Bart gebrochen. Wieder und wieder hatte er sie genommen, sie geschlagen und schließlich in die Ecke der Hütte geworfen wie ein Stück Abfall. Ja, als Abfall, Abschaum und Missgeburt hatte er sie bezeichnet, wenn sein Atem ihr Ohr gestreift hatte. Siah fühlte sich beschmutzt, beschämt, und das Einzige, was sie am Leben hielt und sie diese Scham ertragen ließ, war das Wissen, dass sie ihre Freunde nicht verraten hatte.

Nun saß der grausige Mann am Eingang zur Tür. Der Blick, den er ihr immer wieder zuwarf, war ein stummes Versprechen auf weitere Qualen. Fieberhaft überlegte Siah, wie sie sich retten konnte. Irgendwann musste er doch schlafen. Sie war klein und leise. Vielleicht konnte sie sich an ihm vorbeischleichen und ungesehen im Wald verschwinden. Oder wollte er sie weitere Tage hier festhalten? Wenn das der Fall war, würde er es mit Jel'Akir zu tun bekommen. Etwas, das sie sich von ganzem Herzen wünschte. Die Dunkelelfe würde kurzen Prozess mit diesem Kerl machen und das, was von ihm noch übrig war, an Kaya abliefern. Wie Kaya mit Vergewaltigern verfuhr, war in Albany bestens bekannt.

Diese Gedanken waren es, an die Siah sich klammerte. Zudem überlegte sie fieberhaft, wo sie den Mann schon einmal gesehen hatte. Irgendetwas an ihm kam ihr bekannt vor. Waren es seine Augen oder eher seine Art, sich zu bewegen? Vielleicht die Stimme? Er hatte eine Ausbildung als Krieger genossen, das sah man ihm an, doch das traf heutzutage auf viele Männer zu. Wer wollte, konnte sich von den Northcliffsoldaten unterrichten lassen, sei es, um sein Dorf oder sein Landgut zu schützen.

Als sich der Mann erhob, raffte Siah eilig ihre zerfetzten Kleider zusammen, auch wenn sie wusste, dass ihr das nichts nützen würde. Doch der Kerl warf ihr lediglich einen Wasserbeutel hin.

»Trink.«

»Könnt Ihr mich nicht endlich gehen lassen?«, wagte sie zu fragen, nachdem sie ein paar eilige Schlucke genommen hatte.

Sie bereute es auf der Stelle, denn der Mann beugte sich zu ihr hinab, seine Augen funkelten irr.

»Du hast mir noch nicht gesagt, wo Toran und seine Freunde sind.«

»Ich weiß es nicht«, wimmerte sie, als er schon wieder nach ihrem nackten Arm griff und fest zudrückte. »Wir haben uns gestritten, und dann sind sie fortgeritten«, log sie so wie viele Male zuvor.

»Du lügst, du bist eine Hure, so wie all diese widerwärtigen Mischwesen.«

Brutal zerrte er sie in die Höhe, presste seinen Unterleib gegen sie und stöhnte auf, als sich seine Männlichkeit regte. Als er seine Hose abermals öffnete, riskierte Siah einen verzweifelten Fluchtversuch. Sie duckte sich, sprang zur Seite und hechtete auf den Ausgang zu, nackt wie sie war. Ein Knurren ertönte hinter ihr, und der Mann packte sie am Arm.

Siah schrie auf, sie trat um sich, setzte alles auf eine Karte. Wutverzerrt war die Miene des Mannes, als er sie zu Boden warf. Er würde sie wieder nehmen, diesmal vermutlich noch brutaler, das war ihr klar. Sie schlug nach ihm, kratzte und bekam seinen Bart zu fassen, riss daran, und ihre Augen weiteten sich, als der Mann aufbrüllte, denn ein Teil seiner Gesichtsbehaarung hatte sich wie von Zauberhand gelöst. Gerötete Haut kam darunter zum Vorschein.

»Ihr seid …« Den Satz konnte Siah nicht beenden, denn ein Dolch sauste auf ihre Brust zu.

»Damit hast du dein Schicksal besiegelt, Nebelhexe!«

Toran, Leána, Kayne, dort wo ihr seid, wird er euch niemals finden. Dieser Gedanke war ihr letzter Trost, als ein scharfer Schmerz ihre Brust explodieren ließ und Dunkelheit sich über sie senkte.

Kapitel 26

Geheimnisse

Still war es in dem Haus geworden, als Leána aufwachte, nur Kayne stöhnte leise im Schlaf. Sie setzte sich neben ihn und legte ihm ein kühles Tuch auf die heiße Stirn.

»Hoffentlich wird es nicht schlimmer«, murmelte sie.

Er drehte sich zu ihr und sah sie aus fiebrigen Augen an. »Leána ist wunderbar ... Immer hat sie zu mir gehalten. Niemandem vertraue ich so wie ihr.«

»Alles ist gut, Kayne, ich bin ja hier.«

»Ich bin ein Zauberer ... möchte Teil der Diomár sein. Niemand wird mir als Samukals Sohn jemals trauen.«

»Pst, mach dir jetzt darüber keine Gedanken.«

Er drehte sich ein wenig, stöhnte gequält auf und fasste auf einmal nach Leánas Hand.

»Bitte bleib bei mir ... Lass mich nicht auch noch im Stich!«

»Natürlich bleibe ich bei dir.« Leána quetschte sich zu ihm auf das schmale Bett und streichelte seinen Kopf, bis seine Atemzüge wieder ruhig und gleichmäßig wurden. Da er sie so fest umklammert hielt, blieb sie bei ihm liegen; und auch wenn das nicht die gemütlichste Position war, schlummerte Leána irgendwann wieder ein.

Am Morgen war Kaynes Fieber gesunken, und obwohl jede Bewegung für ihn ganz offensichtlich noch eine Qual war, war Leána der festen Überzeugung, dass er sich auf dem Weg der Besserung befand. Mit Torans Hilfe erneuerte sie die Verbände, gab ihm von dem Sud und etwas Brot dazu.

»Ich glaube, dem Jungen geht es tatsächlich besser«, wunderte sich Kirk, als er mit seiner Frau zu ihnen kam. Er kratzte sich an seiner Halbglatze. »Möglicherweise war es doch nicht so schlimm, wie wir dachten.«

»Oder unsere Kräuter zeigen Wirkung«, meinte Leána augenzwinkernd.

»Kräutersud für innere Verletzungen – das solltest du dir patentieren lassen, Mädchen«, scherzte Maureen mit ihrer tiefen Stimme.

Darauf wollte Leána besser nicht eingehen.

»Komm doch frühstücken. Dein Cousin schläft noch, hat wohl zu viel Wein erwischt.« Kirk grinste sie an.

»Ich hoffe, er hat sich nicht danebenbenommen!«

»Nein, nein, der Junge ist drollig«, erklärte er. »Hat mit einem ungeheuer charmanten Lächeln verkündet, mein Essen würde *grausig* schmecken!« Maureen schüttete sich vor Lachen aus, während Leána die Schamesröte in die Wangen stieg.

»Das hat er ganz sicher nicht so gemeint! Er hat nie besonders gut aufgepasst, wenn wir die Sprache dieser Wel…, ähm, wenn wir Englisch gelernt haben. Ich vermute, er hat einfach die Worte verwechselt.«

»Das ist mir vollkommen klar«, beteuerte Maureen. »Aber wir haben uns köstlich amüsiert! Toran ist niedlich, ich könnte ihn glatt adoptieren. Wie schade, dass er seinen Vater nie kennengelernt hat.« Die kräftige Frau mit dem kurzen blonden Haar schüttelte betrübt den Kopf.

In der Küche saß Michael bereits am Tisch und nickte ihr zu.

»Hat er noch mehr erzählt?«, hakte Leána nach und hielt die Luft an.

»Spannende Sachen, sein Vater wäre König gewesen und er würde in einer alten Burg leben. Hätte Bedienstete und …« Lachend winkte Maureen ab. »Er hatte einiges an Wein zu sich genommen.«

»Richtig«, antwortete Leána und stieß erleichtert die Luft

wieder aus. Sie nahm sich vor, noch einmal ein ernstes Wörtchen mit Toran zu sprechen.

»Ihr habt doch nicht tatsächlich noch einen König in Albanien, der euer Land regiert, oder?«, erkundigte sich Maureen interessiert.

»Nein, es ist eher so …« Leána rang nach Worten. »Also Toran und ich stammen von einem alten Adelsgeschlecht ab, und er hat Anrecht auf den Königsthron.« Das war zumindest nicht ganz gelogen und Maureen sichtlich beeindruckt.

»Nun gut, andere Länder, andere Sitten. Ich bin leider nie aus Schottland herausgekommen.«

»Unsere Geschichten über die Geister der Cuillins haben ihm jedenfalls zugesagt«, fügte Kirk hinzu.

»Kann ich mir vorstellen«, antwortete Leána mit dünner Stimme.

»Da wandert ihr jungen Leute und habt keine Ahnung, dass man unsere Berge Cuillin Hills nennt«, schimpfte Maureen spaßhaft. »Und ihr hattet tatsächlich nicht einmal ein Zelt dabei bei diesem Unwetter?«

»Nein, leider nicht.«

»Und euer sonstiges Gepäck? Ihr könnt ja kaum nur diese Stoffsäcke bei euch gehabt haben.«

Mehr hatten wir nicht, dachte Leána. Laut sagte sie: »Das ist in eine Felsspalte gefallen, als Kayne abgestürzt ist.«

»Hm«, brummte Maureen nachdenklich. »Irgendwie seid ihr drei ein wenig sonderbar. Aber lassen wir es gut sein. Alles, was nun zählt, ist, dass Kayne bald wieder auf den Beinen ist. Wir haben kürzlich geschlachtet, ich werde ihm eine Rinderbrühe kochen!«

»Das wäre sehr freundlich«, bedankte sich Leána, erleichtert darüber, dass Maureen nicht weiter nachbohrte.

»Kann ich euch bei irgendetwas helfen?«, fragte Leána beim Frühstück.

»Du könntest Michael später beim Ernten der Beeren zur

Hand gehen«, schlug Maureen vor, woraufhin ihr Sohn eilig nickte. »Normalerweise sagt er ja immer, Beeren anzubauen sei Zeitverschwendung, schließlich könne man alles im Supermarkt kaufen.«

»Ist ja auch so«, grummelte Michael.

»Was ich selbst anbaue, ist nicht mit irgendwelcher Chemie verseucht«, belehrte ihn seine Mutter postwendend. Auch wenn Leána nicht wirklich verstand, worüber sie sich unterhielten, bemerkte sie an seinem Gesichtsausdruck, dass er das schon öfters zu hören bekommen hatte.

»Frische Beeren sind etwas Köstliches«, sagte Leána.

»Na also, ein junges Mädchen mit Herz und Verstand!«, freute sich Maureen, steckte sich noch ein Stück gebratenen Speck in den Mund und erhob sich nun.

»Gut, ich werde heute mit Rob aufs Festland aufbrechen und die Holzlieferung abholen. Kirk, hast du die Einkaufsliste fertig gemacht?« Vertraulich beugte sie sich zu Leána. »Ich komme so selten von der Insel, da werden wir bei meiner Schwester in Inverness übernachten und endlich mal wieder ausgiebig durch die Läden ziehen.«

»Die Liste muss hier irgendwo sein.« Kirk zog eine Schublade auf und suchte darin herum.

»Ständig verlegt er alles«, flüsterte Maureen Leána zu, und sie musste über die beiden schmunzeln. Sicher lebten sie schon lange zusammen – zumindest für Menschenverhältnisse.

Michael hatte bislang nur zugehört und alles beobachtet. Nun schnappte er sich zwei Metallschüsseln.

»Kommst du mit raus, Leána?«

»Ja, sehr gern.«

Die Sonne schien mittlerweile wieder, und sie begannen, Himbeeren und schwarze Johannisbeeren zu ernten. Dabei ließ Leána ihren Blick schweifen und sah zu, wie Maureen ein großes Auto mit einem Anhänger aus einer der Scheunen fuhr. Sie stellte es ab und verschwand noch einmal im Haus.

»Ist Rob eigentlich dein Bruder?«, erkundigte sich Leána bei Michael.

»Nein, er ist unser Farmhelfer.« Der junge Mann streckte seinen Rücken durch. »Er ist stumm und ein merkwürdiger Kerl, finde ich, auch wenn wir uns gut verstehen. Wohnt dort hinten in dem alten Haus.« Er deutete auf ein niedriges, mit schwarzen Schindeln gedecktes Gebäude. Eine gute halbe Meile entfernt schmiegte es sich in die grünen Hügel. »Rob geht kaum unter Leute. Das liegt aber einfach daran, dass er wegen seiner Behinderung unsicher ist. Er ist stumm, weißt du.«

»Oh, nein, das wusste ich nicht«, erwiderte Leána, erinnerte sich jedoch nur allzu gut an seine intensiven Augen, denn die hatten sie sogar bis in ihre Träume verfolgt.

»Ein abgefahrenes Piercing oder wie auch immer man das Ding nennen will, trägt er am Arm.« Michael deutete auf seinen linken Oberarm. »Ein silbernes Ding, so groß wie eine Zweipfundmünze. Wollte aber nie verraten, wo er das hat machen lassen.«

»Ach wirklich?« Leána hatte keine Ahnung, wovon Michael überhaupt sprach. Sie hatte gedacht, Rob gehöre zur Familie.

»Was arbeitest du denn zu Hause in Albanien?«, fragte Michael interessiert und riss sie damit aus ihren Gedanken über den stummen Farmhelfer. »Das ist doch ein recht armes Land, nicht wahr? Oder bist du noch auf der Universität?«

Ihr Vater hatte ihr davon erzählt, wie es war, sich an einer Universität Wissen anzueignen, daher glaubte sie, es wäre am sichersten, das zu behaupten. »Ich bin ...« Sie dachte scharf nach und erinnerte sich an das Wort. »Studentin, ja. Und Toran und ich haben Glück. Unsere Eltern sind nicht arm.«

»Und Kayne – ist er ...« Michael stockte. »Ist er dein Freund?«

Die Art, wie er das fragte, ließ Leána vermuten, dass er wissen wollte, ob sie ein Paar waren. Sie wollte nicht zu viel preisgeben, aber auch nicht lügen. »Wir sind wie Geschwister aufgewachsen – dachten lange Zeit sogar, wir hätten den gleichen Vater.«

»Ach so!«

»Aber ich bin jemandem versprochen.«

Jetzt kann ich diese leidige Geschichte mit Nal tatsächlich noch für meine Zwecke benutzen, dachte sie, auch wenn sie sich ein wenig schämte.

»Oh, bist du.« Michael hob seine rechte Augenbraue, spannte die Schultern an und widmete sich erneut den Beeren.

Hatte Michael tatsächlich Interesse an ihr als Frau, oder war er nur neugierig? Wie auch immer, es war wichtig, ihm keine falschen Hoffnungen zu machen. *Wenn du wüsstest, dass Nal ein Dunkelelf ist*, überlegte sie und schmunzelte in sich hinein.

»Sag, Michael, woher wusstest du damals, dass du den Arzt holen musst?«, nahm sie das Gespräch wieder auf.

Sie erkannte, wie er sich versteifte. Er hob seine Schüssel auf, die noch nicht vollständig gefüllt war, und brummte: »Manchmal habe ich Vorahnungen.« Damit lief er in Richtung Haus.

Leána hatte den Eindruck, dass ihm dies peinlich war. »An Visionen ist doch nichts Schlimmes, Michael«, rief sie ihm deshalb nach, doch er drehte sich nicht einmal um.

Irgendetwas war seltsam an ihm, auch wenn Leána Michael auf seine zurückhaltende Art nett fand.

Mit einem Mal spürte sie ein Kribbeln im Nacken, drehte sich reflexartig um – und da stand Rob direkt hinter ihr. Er betrachtete sie, und sie fragte sich, wie er sich unbemerkt so nah an sie hatte heranpirschen können. Ihre feinen Sinne hätten sie eigentlich warnen müssen.

»Was ist?«, fragte sie etwas unfreundlicher als beabsichtigt, da sie sich über sich selbst ärgerte.

Rob runzelte die Stirn, griff in die Mitte des Himbeergebüschs und förderte eine besonders große und reife Himbeere zutage, die er ihr reichte.

»Danke«, stammelte sie und legte sie in ihre Schale.

Doch Rob schüttelte energisch den Kopf, nahm sie wieder heraus und hielt sie Leána vor den Mund. Verwundert nahm sie die Frucht, und während sie diese auf der Zunge zergehen ließ, schloss sie genießerisch die Augen. Als sie die Augenlider wieder hob, war Rob verschwunden. In diesem Moment glaubte sie, niemals etwas Köstlicheres gegessen zu haben.

Während der folgenden zwei Tage schlief Kayne viel, erholte sich jedoch rasch, sodass seine Freunde endlich aufatmen konnten. Wieder einmal hatten Liliths Kräuter ein Leben gerettet, da war sich Leána sicher. Von Kirk wusste sie, dass sich der Arzt noch mehrfach nach Kayne erkundigt hatte und nun steif und fest behauptete, er hätte sich mit seiner Diagnose getäuscht und es könne sich lediglich um geprellte Rippen gehandelt haben. Seiner Meinung nach können keine Kräuter dieser Welt schwere Verletzungen heilen. Vielleicht nicht Kräuter dieser Welt, aber jene aus Albany, doch das wussten nur Leána und ihre Freunde.

Am vierten Tag nach ihrem Eintreffen in Kirks Haus schaffte es Kayne sogar, mit Torans und Michaels Hilfe ein paar Schritte zu gehen.

Gemeinsam mit den beiden ließ sich Leána auf einer kleinen Bank vor dem Haus nieder. Noch immer schien die Sonne und spendete eine angenehme Wärme.

»Ich muss unsere Kühe auf die andere Weide treiben«, entschuldigte sich Michael.

»Wir können dir helfen«, bot Leána sogleich an. Zu gerne wollte sie noch einmal mit ihm über seine Visionen sprechen. Vielleicht verfügte er ja über unausgebildete magische Kräfte, und das war interessant.

»Nein, bleibt nur hier, Toran kann meinem Dad und Rob später helfen, das Holz abzuladen. Und morgen beim Ausbessern des Daches.« Gestern waren Maureen und Rob mit einer großen Ladung Holz eingetroffen, der Anhänger stand noch immer vor der Scheune.

»Also gut.« Toran verschränkte die Arme vor der Brust und hielt sein Gesicht in die Sonne.

»Verwöhnter, fauler kleiner Königssohn, jetzt geh schon mit ihm«, knurrte Leána in ihrer Sprache, aber Toran brummte nur vor sich hin.

Michael nickte ihnen noch einmal zu, dann ging er raschen Schrittes in Richtung der Hügel.

»Kayne, wie fühlst du dich?« Leána betrachtete ihren Freund. Er sah noch immer ungewöhnlich blass aus, hatte abgenommen und war selbst von den wenigen Schritten schon erschöpft.

»Ich habe eine vage Ahnung davon bekommen, was Nassàr damit meint, wenn er sagt, er käme morgens kaum noch aus dem Bett.«

Leána lächelte ihn an und legte ihre Hand auf seine. »In ein paar Tagen bist du genesen, dann kannst du mit solchen Erfahrungen warten, bis du über neunzig bist.«

»Kayne ist ein Zauberer, wahrscheinlich wird er sich erst wie Nassàr fühlen, wenn er zwei- oder dreihundert ist«, wandte Toran altklug ein.

»Ja, ein Zauberer.« Sie musste daran denken, wie Kayne im Fieber gesprochen hatte. Wollte er tatsächlich Mitglied der Diomár werden? Zuvor hatte er noch niemals erwähnt, Teil dieses mächtigen Zaubererbundes werden zu wollen. Aber jetzt, da Toran dabei war, wollte sie ihn lieber nicht fragen.

»Stellt euch nur vor, Michael hat mir vorhin seinen magischen Kasten gezeigt«, erzählte Toran nun begeistert. »Man nennt ihn Computer und kann damit alles Mögliche an Wissen abfragen, braucht nicht einmal ein Buch und kann sich per Schrift mit anderen Menschen unterhalten, die weit entfernt leben!«

»Tatsächlich?« Kayne öffnete ein Augenlid.

»Ja, möchtest du es sehen, Kayne?«

»Später vielleicht.«

»Wir sollten das in Albany auch einführen. Dann könnte ich mich mit Siah unterhalten, selbst wenn sie auf der Nebelinsel ist.«

»Vater hat manchmal davon erzählt«, erinnerte sich Leána.

»Aber er sagte auch immer, es sei gut, dass das meiste in Albany so bleibt, wie es war. Der technische Fortschritt hat in dieser Welt auch vieles zerstört und Leid gebracht.«

»Was soll denn falsch daran sein, wenn man Wissen in solch einem Kasten speichert?«, protestierte Toran. »Dort geht es nicht so leicht verloren wie in einem Kopf, und man muss nicht alles im Gedächtnis behalten.«

»Fauler Kerl«, brummte Kayne.

Schon holte Toran Luft, schloss jedoch den Mund wieder. Leána wusste, wie sehr sich Toran über Kaynes Besserung freute, und selbst wenn die beiden nun hin und wieder stritten, so hielt er sich doch zurück. Nach wie vor machte er sich große Vorwürfe wegen der Eiche.

Nachdem Kayne seine Medizin zu sich genommen hatte, brachten sie ihn zurück ins Bett. Leána und Toran halfen Kirk dabei, den Hühnerstall auszumisten, und als der Abend dämmerte, schlug der ältere Mann vor, endlich mit dem Holz zu beginnen.

»Ich muss noch Kaynes Verband wechseln«, sagte Leána. »Toran, hilf doch bitte beim Abladen.«

»Von mir aus«, murrte er.

»Komm, Lad, später gibt es Maureens guten Lammeintopf, und dann können wir es uns am Feuer gemütlich machen«, versprach Kirk.

»Lammeintopf!« Sofort eilte Toran auf das Gefährt zu.

Kirk lachte laut auf. »Er muss seiner armen Mutter die Haare vom Kopf fressen!«

»Wenn er zu viel isst, können wir auf die Jagd gehen und etwas zu euren Nahrungsvorräten beisteuern«, meinte Leána.

Kirk stutzte, doch dann schüttelte er den Kopf. »Nein, nein, ihr arbeitet gut, das ist schon in Ordnung. Ich freue mich, wenn ein junger Mann so viel Appetit hat. Bei eurem anderen Freund hapert es ja noch ein wenig daran.«

»Ja, leider«, seufzte Leána. Sie fragte sich, wann Kayne wieder reisefähig sein würde. Da sie sich noch immer Vorwürfe machte, zog sie es sogar in Erwägung, den Plan, das Elfenportal zu finden, aufzugeben und gleich nach Albany zurückzukehren. Vermutlich wäre es das Vernünftigste. Aber Leána wollte Lharina so gern eine Freude machen, immerhin ging es ja um das Volk der Elfen. Doch nun lief sie ins Haus, wechselte Kaynes Verband und freute sich, dass die Schwellungen zurückgingen.

»Möchtest du später mit zum Abendessen kommen?«

Er zögerte kurz und schüttelte dann den Kopf. »Ich weiß nicht, was mit mir los ist, aber ich könnte nur noch schlafen.«

»Du musst dich erholen, das ist ganz natürlich. Ich bringe dir später etwas zu essen.«

»Es tut mir leid, dass ich unsere Reise so aufhalte.«

»Kayne!« Sie lachte laut auf. »Wir sind alle unendlich froh, dass du überhaupt noch lebst. Und wie es mir scheint, sind wir hier zunächst in Sicherheit.«

»Ja, Kirk und seine Familie sind wirklich freundlich.« Er gähnte und drehte sich auf die linke Seite.

Leise verließ Leána den Raum. Drüben in der Küche wurde bereits gegessen. Sie setzte sich zu den anderen und ließ sich den Eintopf schmecken. Nach einer Weile ging die Tür auf, und Rob kam herein. Er schöpfte Eintopf in einen Teller und drehte wieder um, nur ganz kurz schweifte sein Blick über Leána.

»Rob, setz dich doch zu uns«, bat Kirk. »Es war eine lange Autofahrt.«

Zunächst schüttelte er den Kopf, aber als Maureen ihn nachdrücklich zu einem der freien Stühle schob, ließ er sich doch darauf nieder.

»Rob hat wirklich gut gearbeitet«, dröhnte Maureen. »Man sieht es ihm nicht auf den ersten Blick an, aber er hat Kraft für drei.«

»Ja, unser Rob ist ein hervorragender Farmer«, stimmte Kirk zu, dann kicherte er. »Nur die Schafe haben noch immer Angst vor ihm.«

Kurz hob Rob den Kopf, und seine Zähne blitzten weiß, als er ein Lächeln andeutete. Wieder trafen Leána diese ungeheuer intensiven Augen, und ein kribbeliges Gefühl breitete sich in ihrer Magengrube aus. Eigentlich stellte er keine auffällige Erscheinung dar. Durchschnittlich groß, eher sehnig als muskulös, und seine dunklen Haare hatten einen seltsamen Schnitt. Das Gesicht wirkte schmal unter den Zotteln, die weder wirklich lang noch kurz waren. Dennoch konnte Leána nicht aufhören, ihn zu betrachten. Rob allerdings wandte sich wieder seinem Essen zu.

»Als Rob vor einigen Jahren hierherkam, wollte ich ihn zum Schafescheren mitnehmen«, erinnerte sich Michael und schüttelte schmunzelnd den Kopf. »Es hat drei Tage gedauert, bis wir die aufgescheuchte Herde wieder aus den Bergen herabgetrieben hatten.«

»Weshalb fürchten sich die Schafe vor dir?«, wollte Leána wissen.

Rob wandte ihr sein Gesicht zu und hob dann die Schultern.

»Das konnten wir auch noch nicht herausfinden«, sagte Kirk. »Aber nachdem sich die Tierzucht ohnehin kaum noch lohnt, ist das auch kein Problem.«

»Weshalb denn nicht?« Toran biss mit Appetit in ein Stück frisches Brot.

»Die Preise für Wolle sind schon seit Jahrzehnten im Keller, und die für Fleisch sind auch nicht viel besser.«

»Hm, das ist bedauerlich.«

»Nun gut, möchtet ihr eine Geschichte aus der Gegend hören? Von Geistern und Dämonen?« Dabei sah Kirk derart enthusiastisch aus, dass es beinahe schon rührend anmutete.

»Kirk!«, schimpfte Maureen. »Die jungen Leute möchten sicher lieber fernsehen oder eines dieser Computerspiele spielen!«

Toran schien davon nicht abgeneigt, aber Leána lächelte Kirk an. »Ich möchte die Geschichte sehr gerne hören. Und Toran auch. Nicht wahr?«

Dieser brummelte etwas, dann nickte er jedoch.

Mit ihren Gläsern in der Hand gingen sie ins Wohnzimmer, wo ein Feuer im offenen Kamin prasselte. Leána setzte sich in einen der gemütlichen weichen Sessel, Toran auf die große Sitzgelegenheit, die hier als Sofa bezeichnet wurde. Kirk war gerade dabei, den widerstrebenden Rob hineinzubugsieren. »Nun bleib doch ein wenig bei uns, draußen schüttet es. Du wirst klatschnass sein, ehe du dein Haus erreichst.« Tatsächlich ging in diesem Augenblick ein heftiger Schauer nieder.

Rob beantwortete Kirks Einladung zunächst mit einigen abwehrenden Gesten, nahm jedoch schließlich neben dem Kamin Platz. Seine Augen glänzten im Licht des Feuers, und wenn Leána in sie blickte, war es, als würde sich die Welt um sie herum auflösen und sich zu einer verschwommenen Düsternis wandeln, in der ihr das Licht dieser sonderbaren Augen den Weg wies. Leána riss sich los. Wie schon beim letzten Mal war sie von Robs Ausstrahlung fasziniert. Doch auch Michael zog ihre Aufmerksamkeit auf sich, wie er mit einem Glas in der Hand auf dem Sessel saß. Die Schatten der Flammen warfen seltsame Muster auf sein Gesicht, und er schien über irgendetwas nachzudenken. Aber nun wandte sie sich endgültig ab, denn Kirk ging mit einer Flasche umher und goss eine goldgelbe Flüssigkeit in kleine Gläser ein.

»Talisker, achtzehn Jahre alt«, erklärte er stolz.

»Ist das Morscôta?«, fragte Toran, nachdem er daran gerochen hatte.

»Whisky – wir nennen ihn auch das Wasser des Lebens.« Kirk prostete ihnen zu und trank genüsslich einen Schluck. »Wird hier auf der Insel gebraut.«

»Dann gibt es hier also auch …«

»Sag bloß nicht Zwerge«, zischte ihm Leána ins Ohr.

»Ja, hier gibt es eine Destillerie. Wenn Michael Zeit hat, fährt er euch sicher mal hin; dort werden Touren angeboten.« Kirk setzte sich auf dem breiten, wuchtigen Sofa zurecht.

»Unsere Berge, die Cuillin Hills, sind uralt, und viele Legenden ranken sich um sie. Legenden von Riesen, von Helden und Kriegern. Aber eine, die wird nur in meiner Familie von Generation zu Generation weitergegeben«, sagte er geheimnisvoll.

»Und wir dürfen sie hören?« Torans Augen weiteten sich, und Maureen schmunzelte in sich hinein.

»Ja«, erklärte er und beugte sich mit verschwörerischem Blick nach vorne. »Ich mag euch und zähle euch nun, da wir in geselliger Runde den goldenen Wassern des Lebens frönen, zu unseren Freunden.«

»Das ist wunderbar, wir mögen euch auch sehr.« Leána lächelte ihn an.

»Wenn sie lächelt, strahlt der ganze Raum.«

Leána fuhr zu Michael herum. Hatte er das gesagt?

Sicher, denn seine Wangen röteten sich, bevor er sich eilig seinem Whisky widmete.

Leána erwiderte nichts dazu, sondern lauschte nun wieder Kirk.

»Zahlreiche Schlachten sind in diesen Bergen geschlagen worden«, erzählte Kirk, und seine Augen begannen zu leuchten. »Verfeindete Clans haben gegeneinander gekämpft, Krieger aus fremden Ländern wollten unser Land erobern, aber stets haben wir sie zurückgeschlagen.«

»Dann seid ihr gute Krieger!«, rief Toran begeistert aus.

Kirk deutete mit dem Whiskyglas in Torans Richtung. »Das waren wir in alten Tagen. Heutzutage herrscht ja glücklicherweise in weiten Teilen unserer Welt Frieden.«

»Nur leider nicht überall«, ergänzte Maureen betrübt. Sie hatte damit angefangen, an einem Socken zu stricken. Leise klapperten die Nadeln zu Kirks Erzählung, unterlegt nur vom beständigen Knistern des Kaminfeuers.

»Dennoch gehen auch böse Mächte in unseren Bergen um. Und man munkelt, der Geist der Cuillin Hills fordert in regelmäßigen Abständen ein Opfer. Früher war es das Blut eines

Kriegers, heutzutage muss so manch ein argloser Wanderer dort sein Leben aushauchen.«

Toran sah Leána erschrocken an, daher räusperte sie sich vorsichtshalber. »Denkt ihr, der Berggeist wollte Kayne als Opfer haben?«, erkundigte sich Toran.

»Das wäre möglich.« Kirk wiegte seinen Kopf hin und her. Dann hob er gemahnend einen Finger. »Aber da ist noch etwas. Etwas Geheimnisvolles!« Er ließ seinen Blick über die Zuhörer gleiten, sodass Leána eine Gänsehaut bekam.

»Was?«, hakte sie neugierig nach. »Was ist es?«

Zufrieden, als hätte er nur auf diese Frage gewartet, nickte Kirk und fuhr fort. »Meine Familie berichtet auch von einem Schatten, der durch die Berge zieht. Flügel soll er haben, viel größer als die eines Adlers tragen sie einen mächtigen Körper durch die Luft. Niemand weiß, ob dieses Wesen von guter oder böser Gesinnung ist. Doch in manchen Mondnächten sah man es sogar schon über dem Meer fliegen. Ein Fischer, der meinte, in einer Nacht aufs Meer hinausfahren zu müssen, soll seinen Schatten gesehen haben. Vom Mond auf die stille Oberfläche des Ozeans geworfen glitt er über das Wasser.«

»Was ist mit dem Fischer geschehen?«, wollte Toran wissen. »Konnte er die Kreatur sehen? Oder wurde er gar von ihr getötet?« Torans Augen klebten förmlich an Kirk, der – wie Leána fand – ein hervorragender Geschichtenerzähler war.

»Weder noch. Der arme Mann wagte aus Angst nicht einmal aufzusehen. Lediglich das Rauschen gewaltiger Schwingen und den peitschenden Wind hatte er gespürt.«

Ruckartig wandten sich Leána und Toran einander zu. Leána vermutete, auch er erinnerte sich an das Schlagen von Flügeln, das sie vernommen hatten.

»Könnte es sich um einen Dämon handeln?«, flüsterte Toran.

»Das wissen wir nicht. Ich selbst glaube, einmal einen Schatten gesehen zu haben, als ich auf der Suche nach einem verirrten Schaf in den Bergen war. Nebel war aufgezogen, und selbst wenn ich mein ganzes Leben in der Gegend verbracht habe, konnte ich den Heimweg nicht finden. Große Angst verspürte ich, als ich das Schlagen der Flügel vernahm, das kann ich euch sagen. Wie flüssiges Eis kroch sie in meine Knochen, schien sie von innen heraus zum Bersten bringen zu wollen. Doch ich verharrte an Ort und Stelle, denn ich war auch fasziniert. Der Schatten kreiste über mir, dann flog er ganz langsam davon, und ich folgte ihm – so fand ich wieder nach Hause. Heute bin ich der Überzeugung, er wollte mir nichts Böses.«

»Oder du warst ihm einfach zu alt und zu zäh«, fügte Maureen trocken hinzu, woraufhin ihr Mann leise lachte.

»Auch das wäre möglich.«

Leána überlegte, ob an dieser Legende nicht doch etwas Wahres sein konnte. Schließlich hatte sie auch hier schon Baumgeister und Heidefeen gesehen, selbst wenn es sehr wenige waren. Vielleicht konnte der Geist der Berge, eine Art Culahan, hier die Gestalt eines geflügelten Wesens annehmen.

»Wenn man einer noch älteren Legende unserer Familie Glauben schenkt«, fügte Kirk hinzu, »ist es gar nicht so ungewöhnlich, dass mir das Wesen nichts getan hat. Der Legende nach wird in jeder dreizehnten Generation ein Kind geboren, das eine besondere Verbindung zu dem Geisterwesen hat und mit ihm in Kontakt treten kann. Ja, sie können gar Freunde werden, und es soll dem Menschenkind möglich sein, das Geisterwesen zu bitten, über die Familie zu wachen, jedoch nur zu dem Preis, dabei nach und nach selbst zu einem Schattenwesen zu werden.«

Ruckartig fuhr Leána zu Michael herum, aber der ließ sich nichts anmerken. Hatte am Ende dieses Geisterwesen sie in den Bergen gesehen und Michael gewarnt?

»Und, seid ihr die dreizehnte Generation?«, fragte Leána atemlos.

Michael sah eigentlich aus wie ein ganz normaler junger Mann, dennoch durfte man sich nicht täuschen lassen.

»Das sind alles nur Geschichten!«, behauptete Maureen im

Brustton der Überzeugung. »Kein Mensch weiß, wann diese Rechnung begonnen wurde. Märchen gab es schon immer in den Highlands, die haben die kalten und langen Nächte verkürzt.«

Mittlerweile glaubte Leána fest an einen wahren Kern dieser alten Legenden. Sie drehte sich zum Feuer, erhaschte einen Blick in Robs unergründliches Gesicht.

»Hast du ihn auch schon gesehen, diesen Berggeist?«

Robs Augenbrauen zogen sich zusammen, als hätte sie eine unsinnige Frage gestellt. Kaum merklich schüttelte er schließlich den Kopf und erhob sich rasch. Dann nickte er Kirk und Maureen zu, ehe er aus dem Raum verschwand.

»So lange hat er selten bei uns gesessen«, murmelte Kirk.

»Macht vielleicht unser hübscher Besuch«, vermutete Maureen augenzwinkernd.

»Mutter! Mach sie nicht verlegen«, schimpfte Michael.

»Leána ist das gewohnt«, versicherte Toran. »Sie ist ja auch meine allerhübscheste Cousine.« Er beugte sich zu ihr hinüber und drückte ihr einen Kuss auf die Wange.

»Du hast ja nur die eine!« Leána schmunzelte und stand nun ebenfalls auf.

»Vielen Dank für die Geschichte, Kirk. Ich werde Kayne jetzt etwas von dem Eintopf bringen, falls ich darf.«

»Selbstverständlich. Ich hoffe, er isst alles auf!«

»Darian!« Schnellen Schrittes und in Reitkleidung kam Kaya auf Darian und Aramia zu. Die beiden sahen gerade ihrem kleinen Sohn zu, wie er vom Pferd aus mit seinem Kinderbogen auf eine Zielscheibe aus Stroh schoss und diese ganz knapp verfehlte.

Einer der jüngeren Soldaten aus Northcliff, der einen Narren an Torgal gefressen hatte, unterrichtete ihn eifrig und wies ihn nun an, sich beim Zielen nicht zu weit aus dem Sattel zu beugen. Torgal versuchte es erneut – und traf.

»Darian!«

»Was ist denn, Kaya?« Darian wandte sich von Torgal ab und trat der Königin entgegen. Er befürchtete schlechte Neuigkeiten, entspannte sich jedoch, als er ihr gelöstes Gesicht erblickte.

»Ich habe Nachricht von Toran, es geht ihnen allen gut.«

»Das habe ich doch gleich gesagt«, freute er sich.

»Dann kannst du deinen Hauptmann auch endlich zurückrufen«, forderte Aramia, wobei sich ihre Stirn missbilligend kräuselte.

»Woher weißt du das? Das war ein geheimer Auftrag.«

»Schon seit geraumer Zeit ist Hauptmann Sared nicht mehr auf der Burg. Und sonst weicht er doch kaum von deiner Seite.«

Ertappt spielte Kaya mit dem Band herum, das ihr Hemd zusammenhielt. »Der Hauptmann hat einiges zu tun. Er soll den Mörder der Postreiterin ausfindig machen.«

»Das hättest du einem der anderen Soldaten überlassen können«, stellte Aramia fest, dann zwinkerte sie Kaya zu.

»Unsere Kinder werden erwachsen, ob es uns gefällt oder nicht. Und wie du siehst, schicken sie zuverlässig Nachricht.«

»Ich weiß«, brummte Kaya. »In Ordnung, ich werde einen Boten nach Süden schicken, der Sared nach Hause beordert.«

»Wunderbar.« Darian musterte sie von oben bis unten. »Wolltest du mit uns ausreiten?«

»Gerne ein anderes Mal.« Ihre Wangen röteten sich ein wenig. »Lord Petres hat ebenfalls Nachricht geschickt. Leider konnte auch er nichts über die tote Postreiterin in Erfahrung bringen, doch einige Männer hat er freundlicherweise trotzdem weiterhin abgestellt. Er selbst ist zudem mit seinen Geschäften weiter im Süden fertig und möchte auf die Burg kommen. Er bat mich um einen Ausritt.«

»Welcher Art diese Geschäfte wohl waren?«, murmelte Aramia.

Darian musste schmunzeln, denn seine Gefährtin hatte nie einen Hehl daraus gemacht, dass sie Petres nicht sonderlich mochte. Heuchelei lag ihr nicht. Wenn ihr jemand nicht behagte, zeigte sie das auch. Bis sie und Kaya so etwas wie Freunde geworden waren, hatte es ebenfalls eine lange Zeit gedauert.

So als hätte Petres geahnt, dass sie von ihm sprachen, kam er aus einem der Seitengänge der Burg, sprach jedoch aufgebracht mit Dimitan, der ein mehr als griesgrämiges Gesicht zog – was jedoch keine Seltenheit darstellte.

Ungehalten kratzte sich Petres an der Wange. »Wozu hält sich Königin Kaya einen Hofzauberer, wenn er nicht einmal einen simplen Ausschlag heilen kann?«

»Euer Ausschlag ist nicht simpel«, schnarrte Dimitan und stellte eine überlegene Miene zur Schau. »Geht zu der Nebelhexe in Culmara, die kennt sich besser in Heilkunde aus.«

»Nebelhexe!«, schnaubte er abfällig, verneigte sich jedoch eilig, als er Aramia erblickte.

»Welch angenehme Erscheinung an diesem tristen Tag«, schmeichelte er und küsste kurz darauf Kayas Hand.

»Bislang fand ich den Tag nicht ungewöhnlich trist«, stellte Aramia fest, wobei sie in den Himmel deutete. Dann ließ sie ihren Blick auf eine Art über Petres wandern, die selbst Dimitans arrogante Miene stümperhaft erscheinen ließ. »Mag sein, dass sich dies noch ändert.« Sie funkelte Petres an, der sich ein wenig unsicher räusperte und es offenbar vorzog, sich an Kaya zu halten und ihr seinen Arm anbot. »Ich habe die Pferde satteln lassen.« Wieder kratzte er sich gereizt an der Wange, wo die Haut gerötet war, und stolzierte schließlich mit der Königin davon.

Darian stieß seine Gefährtin leicht in die Seite. »Petres tut Kaya gut.«

»Arroganter adliger Schmierlappen.«

»Ich bin auch adelig«, stellte Darian mit hochgezogenen Augenbrauen klar.

Aramia küsste ihn. »Du warst immer anders, Darian von Northcliff. Außer dir ist mir noch kein Adliger begegnet, mit dem ich mich eingelassen hätte.«

»Na, da bin ich aber beruhigt. Ich denke, jetzt können wir auf die Nebelinsel zurückkehren. Leána und den anderen geht es gut, außerdem habe ich Heimweh!«

»Ich ebenfalls.« Mit einem Mal war alles Wilde und Kriegerische von Aramia gewichen, etwas, das ihn schon immer an ihr fasziniert und verwundert hatte. Weich und liebevoll schmiegte sie sich an ihn. »Lass uns noch heute Abend den Eichenpfad benutzen«, sagte sie mit verheißungsvoller Stimme.

Nachdem Leána am Morgen Kayne sein Frühstück gebracht hatte, ging sie hinaus, wo schon kräftig auf dem Dach der alten Scheune gearbeitet wurde. Rob und Michael standen oben und hämmerten neue Latten auf den Giebel, während Toran und Maureen ihnen von unten neues Holz heraufreichten.

Michael erzählte mit seiner angenehm dunklen Stimme etwas, woraufhin Rob lautlos lachte.

»Ich helfe euch«, rief Leána zu ihnen hinauf.

»Das ist nichts für ein Mädchen«, bestimmte Maureen.

»Doch, ich habe so etwas schon sehr oft getan.«

»Leána ist ein halber Kerl«, stimmte Toran frech zu.

»So sieht sie allerdings nicht aus. Aber gut, dann kann ich mich ums Essen kümmern.« Maureen klopfte sich die Hände an ihrer ausgewaschenen Hose ab und eilte auf das Haus zu.

»Mittagessen klingt gut.«

»Toran!«, stöhnte Leána.

Sie arbeiteten den ganzen Tag lang, und Leána staunte, wie geschickt sich besonders Rob auf dem Dach bewegte. Mehrfach befürchtete sie, er könne abstürzen, aber der stumme Mann balancierte mit traumwandlerischer Sicherheit über die schmalen Balken. Michael und Rob arbeiteten Hand in Hand, und man bemerkte, wie gut sie aufeinander eingestimmt waren.

Nach getaner Arbeit waren alle müde, doch es war ein lauer Abend, und so setzten sie sich ins Freie. Kirk und Michael brieten Fleisch und Kartoffeln über einem Grillrost, den sie über zwei Steine gelegt hatten. Maureen tischte eine Unmenge an

Salaten, eingelegtem Gemüse und frischem Brot auf. Heute war sogar Kayne mit hinausgekommen. In einem bequem gepolsterten Stuhl saß er neben Leána und genoss die ruhige Abendstimmung. Die untergehende Sonne legte ein rötliches Licht über die dunklen Berge. Wie in Blut getaucht muteten die Gipfel an und erinnerten Leána frappierend an die Berge ihrer Heimatinsel.

»Man mag heute kaum glauben, wie gefährlich diese Berge sind«, sagte Kayne, während er an einem Stück Brot kaute.

»Wild und gefährlich, einer der letzten Rückzugsorte dieser Welt.«

Leána blickte auf und nickte Michael beipflichtend zu, aber der war schon wieder damit beschäftigt, das letzte Stück Fleisch vom Grill zu nehmen.

In einvernehmlichem Schweigen beendeten sie ihr Mahl, als die ersten Sterne am Himmel zu leuchten begannen. Der schwere Rotwein, den Maureen aus ihrer Vorratskammer beigesteuert hatte, machte Leána ein wenig schläfrig. Leicht duselig beobachtete sie den Mond, der über den östlichen Bergen aufging.

»Wenn die Nacht hereinbricht, legt sich ein ganz besonderer Zauber über dieses Mädchen, man könnte beinahe meinen ...«

Leána hob den Kopf, blickte direkt in Robs Augen. Sie war verwirrt. Sie hätte schwören können, er hätte das gesagt, aber er war doch stumm. Oder war es Michael gewesen? Doch die Stimme hatte anders geklungen.

»Leána, ich wünschte, du könntest mich verstehen.«

Nun sprang sie auf. »Was hast du gesagt, Michael?«

»Nichts, was meinst du denn?« Er blinzelte sie verwirrt an.

»Du hast gesagt, du wünschtest, ich könnte dich verstehen.«

Er kratzte sich am Hinterkopf. »Äh, nein.«

Du hörst mich? Wie kann das sein? Leána stockte der Atem. Wieder wandte sie sich zu Rob um. Seine ungewöhnlichen Augen bohrten sich in ihre, hielten sie regelrecht gefangen. Seine Kiefermuskeln waren angespannt, eine Faust ballte sich. Erst jetzt wurde es ihr wirklich bewusst – er hatte gar nicht mit Worten gesprochen, sondern in ihrem Kopf.

Dank ihres besonderen Sprachtalents war es Leána möglich, auch telepathisch zu kommunizieren, mit Davaburion oder Aventura, den Drachen von Albany beispielsweise; ähnlich verhielt es sich mit einigen Elementargeistern, auch wenn die nicht immer antworteten. Die Drachen hatten ihr beigebracht, wie sie ihre Gedanken vor anderen verbergen konnte, was sie in der Regel auch aus Gewohnheit tat. Doch nun öffnete sie diese geistige Barriere.

Rob?, fragte sie unsicher.

Sein Keuchen hörte sie bis zu sich herüber. Er fuhr sich über das Gesicht, machte zu Michael einige eilige Zeichen und rannte davon.

Kapitel 27

Rätselhafte Ereignisse

Leána war völlig durcheinander, bekam nur am Rande mit, wie sich die anderen über Robs hektischen Aufbruch wunderten.

»Er hat dich angestarrt«, bemerkte Kayne neben ihr missmutig.

»Wer?«, fragte sie zerstreut.

»Na, der stumme Farmhelfer. Dieser Michael übrigens auch.«

Ist Rob wirklich stumm?, fragte sie sich.

»Lass sie doch, das schadet mir ja nicht.«

Kayne setzte sich zurecht und rieb sich dann die Seite. »Wir sollten bald aufbrechen.«

»Dafür müsstest du aber zumindest bis zum Haus gehen können, ohne noch bleicher zu werden als eine Banshee bei ihrem Todeslied«, stellte sie mit einem Augenzwinkern klar. »Ansonsten müssen wir wieder so einen Bus besteigen, und das könnte Toran dir übel nehmen.«

»Wir sollten nach Hause gehen«, brummte Kayne.

»Ja, vielleicht, aber auch dazu musst du reisefähig sein.«

»Wird nicht mehr lange dauern«, behauptete er.

»Das wäre schön.« Leána hatte im Augenblick anderes im Sinn. »Kayne, ich bin gleich wieder da.« Ohne eine weitere Erklärung lief sie zum Haus, aber als sie sich außer Sichtweite wähnte, rannte sie hinter die Hütte und in die Richtung, in die sie Rob hatte gehen sehen.

Möwen kreisten am sich rasch verdunkelnden Abendhimmel,

ein Kaninchen flitzte über die Weide, und zunächst wollte Leána schon aufgeben. Aber da sah sie eine menschliche Silhouette, die reglos auf einem Stein saß. Zögernd ging sie voran, konnte bald Rob erkennen und glaubte gar, seine Wangen feucht schimmern zu sehen, doch er wandte den Kopf ab. Dennoch trat sie näher, berührte ihn sanft an der Schulter.

Weshalb kann ich dich hören und die anderen nicht?

Es ist so lang her, so unendlich lange, vernahm sie seine zittrige Stimme in ihrem Inneren.

Wer bist du, Rob?

Das möchtest du gar nicht wissen. Er drehte sich zu ihr um und hätte das sicher nicht getan, wenn er geahnt hätte, dass sie im Dunkeln sehen konnte. Tränen standen in seinen Augen, die ihr plötzlich so viel älter vorkamen, als es sein Äußeres glauben machte. So viel weiser und von einer unglaublichen Trauer erfüllt.

Ich muss jetzt gehen. Flüchtig berührte er ihre Hand, ein prickelndes Gefühl, seine Hände so sanft und kräftig zugleich. Er ließ sie stehen, verschwand wie ein Schatten in den Hügeln, und sie blieb mit ihren Fragen zurück.

»Wie lange ist Rob schon bei euch?«, wollte Leána am nächsten Morgen wissen, während sie Maureen beim Jäten des Unkrauts half.

»Seit knapp fünf Jahren«, antwortete sie. »Kirk war beim Fischen am Loch Scavaig, und Rob tauchte auf einmal auf, hat ihm geholfen, sein Boot an Land zu bringen und den unerhofft reichen Fang zu tragen. Da hat Kirk, so wie er nun einmal ist, den jungen Mann gleich zum Essen eingeladen. Sehr zurückhaltend war Rob gewesen, misstrauisch, beinahe schon scheu. Kirk fragte ihn, ob er hierbleiben und ein wenig für ihn arbeiten wolle, denn Michael war zu dieser Zeit noch zur Ausbildung fort. Rob stellte sich als zuverlässige Hilfe heraus und ist seither bei uns geblieben.«

»Und wo kam er her?«

»Das hat er nie verraten. Er kann ja nicht sprechen, der arme Kerl. Manchmal schreibt er etwas auf. Zumindest kann man sich in Zeichensprache mit ihm verständigen, und bislang hat er uns nie enttäuscht.« Maureen lachte auf. »Ich würde mein ganzes Geld auf dem Tisch liegen lassen und die Hand dafür ins Feuer legen, dass Rob es nicht nimmt. Er braucht wenig. Ein Dach über dem Kopf, etwas zu essen, und wenn wir ihm neue Kleider aus der Stadt mitbringen, ist ihm das sogar unangenehm.«

»Er hat noch nie versucht zu sprechen?«

»Wir vermuten, er ist von Kindheit an stumm. Sicher hat er Schlimmes durchgemacht. Vielleicht haben ihn seine Eltern verstoßen. Das würde einiges erklären.« Maureen zögerte. »Michael hat ihn einmal gesehen, wie er sich im Bach wusch. Auf seiner Brust hat er tiefe Narben. Wir gehen davon aus, er wurde von seinen Eltern misshandelt.«

»Das wäre ja furchtbar!« Leána musste an die verstoßenen Mischlingskinder aus Albany denken. Konnte Rob am Ende ein Mischling aus verschiedenen Rassen sein? Auch die Trollmischlinge konnten zu Anfang immer nur für alle anderen unverständliche Laute von sich geben. Doch an Rob war nichts Trollhaftes. Im Gegenteil, er wirkte eher feingliedrig.

Vielleicht ein Halbelf, überlegte Leána. *Aber gibt es hier Elfen? Und falls ja, weshalb ist er dann stumm? Oder kann er die Elfensprache sprechen, aber nicht die der Menschen?*

Hat er am Ende etwas mit dem geflügelten Schattenwesen in den Bergen zu tun? Oder mit Michael und dieser Familienlegende?

Eine prickelnde Aufregung erfasste sie, und am liebsten hätte sie alles stehen und liegen gelassen und Rob gesucht. Doch sie beendete ihre Arbeit, unterhielt sich kurz mit Kayne und rannte erst dann zu Robs kleinem Steinhaus. Sie klopfte an die Tür, doch er antwortete nicht. Daher spähte sie zum Fenster hinein, aber er war nicht da. Suchend sah sie sich um und wanderte über das gesamte Farmgelände – vergeblich.

Anstatt gemütlich zu Hause in ihrer Hütte vor dem Feuer zu sitzen und zu beobachten, wie die letzten Sonnstrahlen hinter den westlichen Hügeln der Nebelinsel verschwanden, hockten Darian und Aramia im Thronsaal von Northcliff.

Überraschend waren Edur und sein Onkel Horac eingetroffen, Letzterer regte sich gerade fürchterlich auf.

»Ohh jeeh! Ein alter Zwerg wie ich kann doch nicht mehr umziehen«, beschwerte er sich. »Seit meine Mutter mich – möge Urghan, der Erdvater, über sie wachen – auf Albanys Boden geboren hat, lebe ich im nördlichen Zwergenreich!« Hastig nahm er einen Schluck Bier aus dem großen Steinkrug. »Unser König ist ein Narr! Ich habe gleich gewusst, dass das nix wird, wenn er an die Macht kommt!«

»Horac, habe ich das alles richtig verstanden?« Kaya erhob sich von ihrem Thron und begann, in dem weitläufigen Saal auf und ab zu gehen. Ihr dunkelblauer Umhang raschelte leise, als er über den Steinboden glitt. »König Hafran beordert plötzlich sämtliche Zwerge des Nordreiches zurück nach Süden?«

»Ihr habt es erfasst!« Horac prostete ihr zu.

Auch Darian war es schwergefallen, den wie immer unzusammenhängenden und wirren Reden des alten Zwerges zu folgen.

»Welche Beweggründe sollte er denn für so eine Umsiedlung haben?«

»Ohh jeeh, Beweggründe! Nicht immer gibt es sinnvolle Beweggründe bei diesem arroganten, krummbeinigen …« Horac unterbrach sich selbst, schielte in seinen Krug und schimpfte: »Schon wieder leer! Da wir gerade von Bier sprechen, schon vor über einhundert Sommern hatte ich Hafrans Vater angeboten, dass er mein Bier aus dem Norden kauft, denn seines taugt nix, das wusste ich schon immer, aber nein …«

»Onkel Horac«, unterbrach Edur ihn, der bisher geschwiegen hatte. »Wir sprachen nicht von Bier, sondern von unseren Schwierigkeiten mit Hafran!«

»Habe ich dir nicht beigebracht zu schweigen, wenn ein Älterer spricht?« Horac drohte mit seinem dürren Finger. »Vorlaut wie dein Cousin Dimpel, aus dem ist auch nix geworden – nun gut. Der Vater war ein Säufer, was soll dann aus dem Sohn werden?«

»Meister Horac, Eure Familienangelegenheiten in allen Ehren«, versuchte Kaya ihn zurück zum Ursprungsthema zu bringen. »Doch diese Sache mit Hafran gefällt mir nicht.«

»Ich glaube«, schaltete sich Edur ein, »schon seit dem Dämonenkrieg sind Hafran unsere guten Beziehungen zu Northcliff und den Elfen ein Dorn im Auge. Er möchte uns wieder mehr unter seiner Kontrolle haben. Schon mehrfach hat er uns Zwergen aus dem Norden weitläufige Höhlen im südlichen Zwergenreich angeboten.«

»Und dafür sollt ihr Grottná und das fruchtbare Land im Norden aufgeben?«, wunderte sich Kaya.

»Ich sag doch, wenn die Kornfelder des Nordens nicht mehr genutzt werden, wird das gar nix mehr mit unserem Bier und gutem Morscôta«, jammerte Horac.

Mit dem Rücken zu seinem Onkel verdrehte Edur die Augen, und Darian musste lachen. Alle Zwerge liebten gutes Bier und Morscôta, aber im Augenblick gab es tatsächlich Wichtigeres.

Bei seiner Ankunft in Albany, vor beinahe dreißig Sommern und Wintern, hatte er sich ebenfalls gewundert, dass sich das Volk der Zwerge in Nord und Süd aufgeteilt hatte. Aber mittlerweile wusste er, dass vor unerdenklich langen Zeiten, bevor Meteoriteneinschläge diese Welt beinahe ausgelöscht hatten, der gesamte Norden Zwergenland gewesen war. Nach dieser Naturkatastrophe waren die Ländereien neu aufgeteilt worden, in Menschen-, Zwergen- und Elfenland. Die meisten Waldtrolle führten ein Nomadenleben, Bergtrollrotten hielten sich überwiegend im äußersten Osten auf, manche auch an der Grenze zum Zwergenreich, wo der amtierende Trollkönig zu hausen pflegte. Auf den fruchtbaren nordöstlichen Teil von Albany hatten die Zwerge nicht verzichten wollen und auch darauf bestanden, die Schiffslinie zu den Dracheninseln zu unterhalten, was ihnen die anderen Völker nicht abgeschlagen hatten, denn die Zwerge verstanden sich hervorragend auf den Bau von Booten. Die Zwerge des Nordens und jene, die in Hôrdgan lebten, hatten sich im Laufe der Jahrhunderte sehr unterschiedlich entwickelt. Jene des Südens beharrten auf ihren Traditionen, lebten größtenteils unter der Erde oder in den unwirtlichen Bergen des Südostens. Die Nordzwerge hingegen betrieben – ähnlich den Menschen – Ackerbau und Viehzucht, hatten sich mit Menschen und Elfen angefreundet und waren für vieles offener. Gelegentlich ließen die Zwerge von Hôrdgan es noch immer durchblicken, dass es einst ihr Reich gewesen war, in dem sich nun alle Völker aufhielten.

»Seitdem der Kreis von Borogán zerstört und die Hüter der Steine tot sind, haben sich die Schifffahrten stark reduziert«, unterbrach nun Edur Darians Gedanken. »Die meisten setzen aus dem Elfenreich zu den Geisterinseln über oder benutzen gleich die Eichenpfade, so sie der Magie kundig sind oder sich von einem Zauberer begleiten lassen. In diesem Punkt muss ich Hafran sogar recht geben. Der Handel, wie sie ihn mit den Hütern der Steine betrieben haben, ist beinahe zum Erliegen gekommen.«

»Hafran recht geben!« Horac schlug mit der Faust auf den Tisch, doch dann schüttelte er die Hand aus. »Verdammt, jetzt habe ich mir sicher alle Knochen gebrochen. Ohh jeeh, nur wegen diesem Narren von einem König, der in seiner stinkenden unterirdischen Stadt, dem vermaledeiten Hôrdgan, sitzt und …«

»Horac, bitte!«, stöhnte Darian, was Aramia leise zum Kichern brachte.

Verwirrt blinzelte der Zwerg, hörte mit seinem Gezeter auf und zog die Nase hoch. »Ich bin grundsätzlich dagegen, dass man Hafran recht gibt.«

»Ja, Onkel!«

»Maron, würdest du bitte neues Bier für Meister Horac holen?«, wandte sich Kaya an eine der Dienerinnen, die wartend neben der langen Tafel stand.

»Eine kluge Entscheidung«, raunte Darian Aramia zu.

»Anders bekommt man Horac auch kaum zum Schweigen«, antwortete sie flüsternd.

Kaya raffte ihren langen Rock und setzte sich wieder, legte die Fingerspitzen aneinander und blickte Horac auffordernd an.

»Und was erwartet ihr nun von Northcliff?«

»Nehmt Eure ... ohh jeeh ...« Unbehaglich sah er sich um. »... gruseligen, kriegerischen Dunkelelfen und tretet diesem Fusel trinkenden Narren gehörig in den Hintern.«

Nun stutzte Kaya sichtlich, und Edurs Gesichtsfarbe wechselte zu einem recht dunklen Rotton. »Onkel Horac, möchtest du der armen Magd nicht beim Tragen der Bierkrüge zur Hand gehen?« Als Horac den Mund öffnete, ergänzte er: »Nicht dass sie noch etwas verschüttet.«

»Oh, in der Tat, das wäre eine Schande!« Auf seinen kurzen, für einen Zwerg ungewöhnlich dünnen Beinen eilte Horac hinaus, und ein allgemeines Aufatmen war zu vernehmen, als sich die Tür zum Thronsaal mit einem lauten Knall schloss.

»Kaya, bitte verzeih.« Edur kannte sie schon seit der Zeit, als sie noch nicht Königin gewesen war, und nun, da sie unter sich waren, wechselte er zum persönlichen Du, was sein Onkel niemals gutgeheißen hätte. »Horac hat das ein wenig ungeschickt formuliert. Wir werden selbstverständlich alles daransetzen, unsere Schwierigkeiten selbst zu lösen, und ich werde in den nächsten Tagen nach Hôrdgan reisen und versuchen, Hafran umzustimmen. Nur falls es zum Äußersten kommt und er seine Zwergenarmee dazu einsetzt, uns aus unserer Heimat zu vertreiben, können wir dann auf die Soldaten von Northcliff zählen?«

Eine Weile schwieg die Königin, und Darian konnte sich vorstellen, was in ihr vorging. Er selbst hätte mit einer Entscheidung, die auch Northcliff rasch in eine prekäre Lage manövrieren konnte, gezögert.

»Du weißt, ich riskiere einen Krieg mit Hafran und seinen Zwergen im Süden, wenn ich euch meine Armee zur Seite stelle.«

»Das ist mir bewusst, und wie gesagt …«

»Warte, Edur.« Kaya hob die Hand und streckte ihre Schultern. »Wir liegen nicht in direktem Streit mit Hafran, sind keine Freunde, aber auch nicht verfeindet.«

Edurs rote Augenbrauen zogen sich zusammen, und er neigte seinen Kopf. An seinen geballten Fäusten erkannte Darian, wie angespannt er war. Für ihn und sein Volk ging es um viel.

»Unser vorrangiges Bestreben muss es sein, einen Krieg mit Hafran zu verhindern. Dies sollte auch im Interesse des Zwergenvolkes sein, dem nicht daran gelegen sein kann, sich selbst zu dezimieren.« Kaya legte eine Pause ein, und nun durchbrach Aramias scharfe Stimme die Stille.

»Aber unsere Freunde im Stich zu lassen, diejenigen, die …«

»Aramia, ich war noch nicht fertig.«

Darian legte Aramia beschwichtigend eine Hand auf den Arm, als sie zu einer Erwiderung ansetzen wollte. Dennoch stand sie ruckartig auf, ihre Augen funkelten. Nach wie vor war es ihr Dunkelelfenerbe, das immer wieder zum Vorschein kam.

»Selbstverständlich werde ich die tapferen Streiter nicht vergessen, die Darian und …«, Kayas Blick wanderte zur Wand, »Atorian in ihrem aussichtslosen Kampf zu Hilfe gekommen sind. Die Zwerge des Nordens waren eine große Unterstützung in der Schlacht gegen Dal'Ahbrac. Sollte es zum Äußersten kommen, wird euch Northcliff zur Seite stehen, nur bitte ich euch inständig – zügelt euer kämpferisches Zwergentemperament und bemüht euch um eures Volkes willen um eine friedliche Einigung. Was die fehlenden Handelseinkünfte angeht, so wird Lharina sicher nichts dagegen haben, wenn künftig wieder die Zwerge statt der Elfen die Zauberer auf den Geisterinseln beliefern, selbst wenn die Route eine längere ist. Mag sein, dass das Hafran ein wenig gnädiger stimmt.«

Edur erhob sich und verneigte sich tief. »Ich danke dir vielmals, Kaya. Mehr hatte ich nicht erwartet!«

»Und versucht, den Streit um das bessere Bier außen vor zu lassen«, riet Darian.

Aramia hatte sich wieder gesetzt und sich bei Kayas Worten spürbar entspannt.

»Notfalls werde ich Horac in seiner Höhle einmauern«, versprach Edur und schnitt eine Grimasse.

Letzterer kam nun, wie nicht anders zu erwarten, laut schimpfend in den Thronsaal, in den Händen jeweils zwei Krüge mit Bier und einer sichtlich verzweifelten Magd hinter sich. »Ohh jeeh, vorsichtig, das ist das gute Bier aus dem Norden, nicht Hafrans Fusel!«

Kapitel 28

Offene Fragen

Den ganzen Tag über hatte Leána Rob nicht zu Gesicht bekommen, aber ihre Überlegungen kreisten pausenlos um das seltsame Phänomen, dass sie seine Gedanken in ihrem Kopf hören konnte.

Beim Abendessen war Rob nicht zugegen, was keine Seltenheit war, denn meist aß er in seinem kleinen Haus.

»Rob bat mich vorhin um ein paar freie Tage«, erzählte Michael, während er sich von der Suppe bediente.

»Das hat er ja seit einer halben Ewigkeit nicht mehr getan«, wunderte sich Maureen. »Das konntest du ihm wohl kaum ausschlagen, schließlich hat er das mehr als verdient.«

»Selbstverständlich habe ich ihm freigegeben.«

»Wann kommt er denn zurück?«, fragte Leána traurig und bemerkte sehr wohl Kaynes scharfen Seitenblick.

»Ich denke, in zwei oder drei Tagen sollte er wieder hier sein. Ich habe ihm nämlich gesagt, dass dann die neuen Ziegel für das Dach geliefert werden.«

»Bis dahin werden wir nicht mehr da sein«, erklärte Kayne mit fester Stimme. »Schließlich wollen wir eure Gastfreundschaft nicht weiter strapazieren.«

»Ach was«, Maureen machte eine ungeduldige Handbewegung, »kurier du dich nur gut aus. Deine Freunde sind uns eine große Hilfe.« Ihr Mundwinkel zuckte. »Besonders Toran. So wenig Nahrungsmittel haben wir in den letzten Jahren selten weggeworfen.«

Er war gerade dabei, akribisch die Reste der Suppe mit seiner letzten Scheibe Brot aus dem Teller zu wischen.

Als er die Blicke der anderen bemerkte, zuckte er verlegen mit den Schultern. »Nordhalan sagt immer, ich bin noch im Wachstum!«

»Damit wird dieser Nordhalan sicher recht haben.« Gutmütig klopfte ihm Maureen auf die Schulter und reichte ihm eine kleine Heidelbeerpastete. »Es ist mir eine Freude, wenn es dir schmeckt!«

»Kommt ihr mit hinaus?«, fragte Leána ihre Freunde.

Toran sicherte sich eine weitere Pastete und nickte. Auch Kayne erhob sich. Seine Bewegungen wirkten noch ein wenig steif und angestrengt, aber es wurde mit jedem Tag besser.

Langsam schlenderten sie den Weg in Richtung Meer entlang. Eine leichte Brise wirbelte Leánas lange Haare auf.

»Könntet ihr euch vorstellen, dass in Robs Adern Elfenblut fließt?«, sprach Leána endlich aus, was ihr auf der Seele lag.

»Elfenblut?«, fragte Toran verdutzt.

»Was hast du nur immer mit diesem Rob?«, schimpfte Kayne hingegen.

Leána hielt an, nahm jeweils eine Hand der beiden und sagte ernst: »Ich kann ihn verstehen, mich mit ihm verständigen. In Gedanken.«

»Was?« Nun staunte Toran, und Kayne schien es nicht anders zu gehen.

»Wie kann das denn sein?«

»Das weiß ich eben nicht. Ich habe ihn schon mehrfach gehört, dachte aber immer, es ist jemand anderes, der etwas sagt. Dabei waren es Robs Gedanken. Es ist ähnlich wie bei den Drachen.«

»Dann ist er vielleicht ein Drache«, ulkte Toran.

»Jetzt sei nicht albern. Er ist eindeutig ein Mensch!«, erwiderte Leána barsch. »Aber vielleicht trägt er das Blut einer anderen Rasse in sich.«

»Er hat keine spitzen Ohren, soweit ich das erkennen konnte.« Langsam setzte Kayne seinen Weg fort.

»Bei vielen Halbelfen kommen die Ohren nicht wirklich zur Geltung«, wandte Leána ein.

»Für jemanden mit Zwergenblut ist er zu groß, für einen Halbtroll zu schlank«, sinnierte Toran vor sich hin. »Die düstere Ausstrahlung eines Dunkelelfen könnte er haben, auch die geschmeidigen Bewegungen. Aber nein, irgendwie sehen die anders aus.« Dann legte er den Kopf schief und betrachtete Leána. »Bei dir würde allerdings auch niemand auf einen Anteil Dunkelelfenblut schließen.«

Kayne blieb ruckartig stehen, vermutlich etwas zu ruckartig, denn er hielt sich mit verzogenem Gesicht die Seite. »Schon gut«, versicherte er, als Leána ihn besorgt am Arm fasste. »Bis auf sehr wenige Ausnahmen erkennt man Halbtrolle oder Halbzwerge auf Anhieb. Elfen- oder Dunkelelfenblut wäre denkbar, aber irgendwie glaube ich es nicht. Was ist, wenn er in Wirklichkeit ein Culahan ist, ein Berggeist?«

»Wie kommst du denn darauf?« Toran rümpfte die Nase.

»Er verhält sich eigenartig, lebt in der Nähe der Berge. Kirk hat euch doch von dieser Legende erzählt, das hat mich gleich misstrauisch gemacht.«

»Stimmt, da hat Rob seltsam dreingeblickt«, erinnerte sich Leána.

»Nur weil jemand seltsam schaut, ist er nicht gleich ein Berggeist. Wie oft guckt Kayne merkwürdig oder düster durch die Gegend, und niemand würde ihn für einen …«

»Verdammt, Toran, jetzt halt doch mal den Mund!«, fuhr Kayne ihn an. »Leána, was denkst du?«

»Ich weiß nicht«, antwortete sie zögernd. »Noch nie habe ich davon gehört, dass ein Berggeist Menschengestalt angenommen hätte. Aber wir sind hier in einer anderen Welt. Grundsätzlich könnte das möglich sein. Schließlich verschmilzt unser Culahan auf der Nebelinsel auch mit dem Fels und nimmt nur feste Gestalt an, wenn er es für nötig hält. Mag sein, dass er sich auch in einen Menschen verwandeln könnte.«

»Na also!«, triumphierte Kayne.

»Ja, von mir aus.« Toran kickte einen Stein durch die Gegend. »Sicher könnt ihr euch aber nicht sein.«

»Ich frage ihn, sobald er wieder hier ist.«

»Leána, wir wollten doch abreisen.« Kayne hielt sie am Arm fest.

»Ich muss es wissen!«

»Sollte er ein Berggeist sein, musst du auf dich aufpassen«, entgegnete Kayne. »Man weiß nie, was Elementarwesen vorhaben.«

»Er will mir nichts Böses«, beteuerte Leána. »Er wirkte so … traurig.«

»Na, Cousinchen, du wirst dich doch nicht in einen Berggeist verlieben?« Ein mehr als breites Grinsen stand auf Torans Gesicht.

»Wenn ich jetzt könnte, würde ich dich für diesen Blödsinn verprügeln«, knurrte Kayne.

»Wie gut, dass du das nicht kannst.« Lachend rannte Toran zurück in Richtung Haus.

»Kindskopf.« Kayne sah Toran hinterher, dann strich er über Leánas Wange. »Was ist eigentlich los mit dir? Warum interessiert dich dieser Rob so sehr?«

Nachdenklich blickte sie zu Boden und sog die Luft ein. So unscheinbar Rob äußerlich betrachtet auch wirkte, innerlich haftete ihm eine ausgesprochene Faszination an. Sobald Leána die Augen schloss, tauchten die seinen vor ihr auf und sahen sie mit dieser unergründlichen Traurigkeit an. »Ich möchte nur Robs Geheimnis lüften«, sagte sie dann einfach.

»Manche Geheimnisse sollten besser nicht gelüftet werden. Komm, lass uns zurückgehen.«

In der Dämmerung stand Jel'Akir auf den Zinnen der Burg von Northcliff. Das Licht des Tages, das in ihren Augen schmerzte, verging allmählich. Dennoch war sie von der Sonne fasziniert, von ihrer Kraft, ihrer Wärme, ihrer lebensspendenden Energie, die alles zum Wachsen brachte. Jel hatte einen Brief von Leána erhalten. Einen seltsamen, rätselhaften Brief, und schon am Morgen hatte sie bei Nal'Righal um Erlaubnis gebeten, nach Süden zu reisen. Bei Einbruch der Dämmerung wollte er ihr seine Entscheidung mitteilen.

Im Schatten des alten Gemäuers machte sie sich auf den Weg zum Burgtor. Ein paar wenige Bedienstete waren noch unterwegs, aber die bemerkten Jel nicht, wie sie belustigt feststellte. Diese kurzlebige Rasse war der ihren unterlegen. Trotzdem mochte Jel sie, zumindest einige von ihnen. Ganz besonders mit Leána verband sie eine tiefe Freundschaft. Zwar trug Leána das Blut der Dunkelelfen in sich, zum größeren Teil jedoch war sie menschlich. Königin Kaya achtete die junge Dunkelelfe ebenfalls, denn diese hatte Mut bewiesen, und auch mit Toran hatte sich seit Kurzem so etwas wie Freundschaft entwickelt. Deshalb wollte sie nun unbedingt aufbrechen, denn wenn es Leánas Wunsch war, Siah zu beschützen, würde Jel diesem Folge leisten.

Die große, kräftige Gestalt von Nal'Righal zeichnete sich gegen das Mondlicht ab. Jel nahm Haltung an, eine Hand ans Schwert, die andere hinter dem Rücken, so wie es sich für eine in Ausbildung befindliche Dunkelelfe gehörte.

»Ausbilder Nal'Righal«, grüßte sie förmlich.

»Jel'Akir.« Sie glaubte einen leichten Spott bei der Erwähnung ihres Familiennamens zu erahnen, und ihre Hand krallte sich um den Schwertgriff. Für Dunkelelfenverhältnisse hatte ihre Familie noch nicht sehr lange das Ansehen ihres Volkes zurückerlangt. Ihr Bruder Bas hatte eine Weile in Ilmor an der Oberfläche gelebt, ausgestoßen, eines Kriegers nicht würdig. Doch nachdem er Darians Leben gerettet hatte, hatte Leánas Großvater Zir'Avan für die vom Blute der 'Akir gesprochen und ihnen wieder zum Status einer angesehenen Familie verholfen. Nur leider war dies noch nicht in das Bewusstsein aller Dunkelelfen vorgedrungen, besonders nicht in das von Nal, einem Abkömmling der Herrscherfamilie, einem vom Blute der 'Righal.

So sehr sich Jel auch anstrengte, so oft sie ihre Mitschüler übertrumpfte, stets hatte Nal etwas an ihr auszusetzen. Leána behauptete immer, Jel bilde sich das ein, aber sie war sich sicher, er hielt sie nach wie vor für minderwertig und nicht würdig, von einem Còmhraghâr-Krieger wie ihm unterrichtet zu werden.

Nals kalte, berechnende Augen musterten sie, seine Gesichtszüge hatten eine noch größere Härte angenommen, als sie ihm ohnehin schon zu eigen war. Jel jedoch verzog keine Miene. Alles andere hätte sie entehrt. Jedes Zurückweichen, jedes Zeichen von Furcht hätten ihr und ihrer Familie Schande bereitet.

»Dein Anliegen war, dass ich dich nach Süden entsende.« Jedes seiner Worte durchschnitt die Luft wie ein Streich seines Schwertes.

»So ist es.«

»Was ist der Grund dafür?«

Das hatte sie ihm schon am Morgen gesagt, dennoch antwortete sie erneut mit den gleichen Worten. »Ein Freundschaftsdienst.«

»Eine Angelegenheit der Dunkelelfen?«

»Man könnte es so bezeichnen.« Sie sah ihm direkt in die Augen, blinzelte nicht einmal. Leána stammte von den 'Avan ab, also handelte es sich im weitesten Sinne um eine Dunkelelfenangelegenheit.

»Du willst von mir eine Entscheidung, doch noch immer weigerst du dich, mir Einzelheiten zu berichten?« Die meisten Schüler wären bei diesen harschen Worten und Nals Blick zurückgewichen, hätten alles verraten oder ihre Bitte zurückgezogen, so aber nicht Jel.

»Ja.«

»Du bist meine Schülerin, zu Gehorsam verpflichtet, und ich befehle dir ...«

»Es würde mich entehren, etwas zu verraten, über das mich ein Freund gebeten hat zu schweigen«, fiel sie ihm ins Wort.

Für diese Unterbrechung und den anmaßenden Unterton in der Stimme, den Jel sich nicht verkneifen konnte, hätte Nal sie nach den Gesetzen der Dunkelelfen sogar töten können.

Und tatsächlich blähten sich seine Nasenlöcher, eine Ader an seinem Hals zuckte. »In Kyrâstin wäre dein Dasein verwirkt gewesen, Jel'Akir. Aber wir befinden uns an der Oberfläche. Ich wurde angewiesen, mich den Sitten der Menschen anzupassen, solange ich hier bin«, zischte er. Er stellte sich direkt vor sie, und nun konnte sie nur noch seinen Hals mit der pochenden Schlagader sehen. »Wärst du nicht die *keravânn* von Leána von Northcliff, ich hätte mich darüber hinweggesetzt.« Mit der Spitze seines Dolches, den er urplötzlich in Händen hielt, hob er ihr Kinn an, zwang sie, in seine kalten Augen zu blicken. Quälende Momente verstrichen, während Jel nur die kalte Spitze des Dolches auf ihrer Haut spürte.

»Dennoch spricht Mut aus deinen Taten«, sagte er nun überraschend. »Geh und tu deiner Ehre Genüge.« Er reichte ihr eine versiegelte Schriftrolle. »Übergib dieses Schriftstück Leána. Du wirst es nicht lesen!« Ohne ein weiteres Wort oder ihre Reaktion abzuwarten, wandte er sich ab, verschwand in der Dunkelheit; ein tödlicher Schatten, von dem viele hier sicher nicht einmal wussten, *wie* gefährlich er wirklich war. Auch Jel atmete erleichtert auf, sie drehte die kleine Schriftrolle in der Hand hin und her. Niemals wäre sie auf den Gedanken gekommen, das Siegel zu brechen. Nal'Righal hätte sie auf der Stelle enthauptet – und das zu Recht. Was mochte er Leána mitteilen? Oder handelte es sich um eine Nachricht von Kaya? Das Wachssiegel der 'Righal sprach von einer persönlichen Mitteilung. Doch dann wanderten ihre Gedanken zurück zu ihrer Aufgabe. Sie hatte alles bei sich, was sie benötigte, ihr Schwert, ihr kleines Bündel, und so verließ sie die Burg von Northcliff. Sie grüßte die menschlichen Wächter, die sie nicht bemerkten, bis sie direkt vor ihnen stand, und winkte Bel'Tavin fröhlich zu, der auf den Zinnen Wache hielt.

Konnte Kayne tatsächlich recht haben, und Rob war ein Berggeist in Menschengestalt? Auch nach zwei Tagen war er nicht zurück, und Leána fand kaum noch Schlaf. Selbst tagsüber verfolgten sie nun Robs Augen, und es machte sie wahnsinnig, dass er untergetaucht war. Sicher lag es an ihr. Er wollte ihr aus dem Weg gehen, verhindern, dass sie sein Geheimnis lüftete. Andererseits war sie, wenn sie ihn richtig verstanden hatte, die Einzige, die ihn seit langer Zeit hören konnte. Diese Tatsache war in Robs Welt vermutlich vollkommen neu, und er musste diese erst einmal verkraften. Unruhig wälzte sie sich in dem Bett herum. Seitdem es Kayne besser ging, teilten er und Toran sich den Raum, und Leána war ganz froh, jetzt allein zu sein.

Sie verschränkte die Hände hinter dem Kopf und blickte zum Fenster hinaus, wo der Mond sich schon wieder merklich zu füllen begann. Die Suche nach dem Elfenportal war für sie in den Hintergrund geraten, aber Rob beschäftigte sie unablässig.

Ich kann sowieso nicht schlafen, sagte sie zu sich selbst und zog ihre Sachen an. Sie öffnete das Fenster und sprang hinaus. Kühle Nachtluft empfing Leána, und sie schlenderte durch die Hügel. Schon als Kind hatte sie immer diese nächtliche Atmosphäre geliebt, die Stille, die Dunkelheit, die sie wie ein weiches Tuch einhüllte und beschützte. Ihr Vater hatte das nie wirklich verstehen können, oft mit ihr geschimpft, wenn sie heimlich aus ihrer Kammer geklettert war, um mit Vhin, der Fledermaus, zu spielen oder auf nächtliche Streifzüge zu gehen. Natürlich hatte er sich nur Sorgen um sie gemacht, was sie heute verstand. Ihm fehlte das Dunkelelfenblut, und so hatte Leána in dieser Beziehung eher auf das Verständnis ihrer Mutter bauen können, auch wenn ansonsten Darian meist ihre Missetaten gedeckt oder verharmlost hatte. Lächelnd musste sie an die beiden denken. Sie hatte wirklich großes Glück mit ihren Eltern. Viele ihrer Freunde auf der Nebelinsel waren Waisen oder – schlimmer – von ihren Eltern verstoßen worden. Ob Siah noch am Walkensee wartete? Hoffentlich ging es ihrer Freundin gut.

Als eine kleine Nachtfee an ihr vorbeischwebte, musste sie lächeln. »Euch gibt es hier auch. Weshalb sollen dann nicht auch Elfen in den verborgenen Winkeln dieser Welt existieren?«

Leána fand Gefallen an dieser Vorstellung. Und sollte dem tatsächlich so sein, konnte sie vielleicht einige überreden, mit nach Albany zu kommen, und Lharinas Volk würde nicht aussterben. Sie seufzte und blickte versonnen hinauf zum voller werdenden Mond. Wolkenfetzen jagten davor vorüber, ihre Schatten am Boden glichen huschenden Schemen. Ziellos schlenderte sie an einem Waldstück vorbei, bahnte sich ihren Weg durch teils sumpfiges, teils von Heidekraut überwachsenes Gelände und hätte an einem kleinen Fluss beinahe umgedreht. Aber dann entdeckte sie einige größere Steine, die sie trockenen Fußes über das Wasser bringen würden. Zu ihrer Linken lag nun ein See, der von mehreren Bachläufen gespeist wurde. Das Wasser glitzerte im Mondlicht, und ein paar Wassergeister vereinten sich zu einem durchsichtigen, schemenhaft erkennbaren Wasserpferd. Da Leána ihrem Spiel weiter zusehen wollte, erklomm sie frohen Mutes einen Hügel und bemerkte mit einem Mal erstaunt ein magisches Prickeln in ihrem Inneren. War hier ein Eichenpfad? Oder am Ende gar ein Portal in eine andere Welt? Neugierig umrundete sie ein Dornengebüsch und fand sich plötzlich mitten in den Überresten eines Steinkreises wieder.

Nein, ein Eichenpfad begann hier nicht, auch öffnete sich kein magisches Portal. Aber Magie pulsierte trotz allem durch die alten Steine, von denen nur noch drei aufrecht standen. Leána konnte es deutlich fühlen, dieses leichte Kribbeln auf ihrer Kopfhaut, das sanfte Pulsieren in ihren Fingerspitzen. Was mochte wohl der Zweck dieser Steine sein? Vielleicht um ein Orakel zu beschwören wie auf den Geisterinseln, oder war dies ein Ort, an dem in alten Tagen Könige geweiht worden waren? Auch in Albany gab es einige Steinkreise und Monolithen. Manche bekannt und zu Feierlichkeiten häufig genutzt, andere beinahe vergessen. Doch seitdem die Zauberer wieder anerkannt waren, bemühte man sich darum, an diesen alten Stätten Rituale und Feste durchzuführen, so wie es in früheren Tagen der Fall gewesen war. Durchströmt von diesem wunderbar belebenden Gefühl der Magie setzte sich Leána an einen dieser verwitterten Steine. Sie schloss die Augen, fühlte sich sicher und geborgen, hier an einem der Zentren der Magie.

»Es ist besser, wenn manch ein Geheimnis nicht gelüftet wird, Leána von der Nebelinsel.«

Rob stand dicht hinter ihr, sie konnte seinen Atem in ihrem Nacken spüren, seine kräftigen Arme umfassten sie, hielten sie fest, und sie verspürte eine Geborgenheit, wie es noch niemals zuvor bei einem Mann der Fall gewesen war.

»Du kannst mir vertrauen, ich werde dein Geheimnis hüten«, versicherte sie, drehte sich zu ihm um und versank in seinen Augen. Darin erblickte sie die Silhouette der Cuillins, das schimmernde Meer und sich selbst, so wie Rob sie sah.

Zärtlich strich er über ihre Wange und ...

Etwas kitzelte sie an der Nase, und Leána schrak aus ihrem Traum. Ein wunderbarer und sehr intensiver Traum, der ein wohliges Gefühl in ihrem Inneren zurückließ. Die Morgendämmerung tauchte das Land in ein sanftes, unwirkliches Licht, und als Leána den Kopf nach links wandte, erkannte sie Rob, der neben einem der Monolithen stand. Doch sein Gesicht war, anders als in ihrem Traum, kühl und abweisend.

Was tust du hier? Verfolgst du mich?

»Ich kam schon in der Nacht hierher«, rechtfertigte sie sich laut. »Außerdem bin ich dir keine Rechenschaft schuldig. Oder gehört der Steinkreis etwa dir?«

Sein linker Mundwinkel zuckte, und beinahe hatte sie den

Eindruck, er würde schmunzeln. Jetzt, da sie ihn genauer betrachtete, fielen ihr die Schatten unter seinen Augen auf, und seine Gesichtsfarbe war ungesund blass.

Wo warst du denn so lange?, fragte sie in Gedanken.

Du kannst in den Worten der Menschen sprechen, ich verstehe sie. Kurz hielt er inne. *Ich hatte Dinge zu tun.*

Leána erhob sich, ging auf ihn zu. Das erste Sonnenlicht fing sich in seinem dunklen Haar, verursachte dort glitzernde Reflexionen. Er starrte sie an, schloss die Augen, und seine Brust hob sich so, als müsse er etwas sehr Zähes einatmen.

»Rob, bist du ein Halbelf?«, fragte sie leise.

Nun riss er die Augen wieder auf. *Wie kommst du denn auf so einen Gedanken?*

»Du hast gesagt, ich kann in den Worten der Menschen sprechen. Also gehe ich davon aus, du bist keiner – oder zumindest nicht völlig menschlich.«

Nur wenige glauben heute noch an Elfen.

»Bist du denn einer?«

Ein trauriges Lächeln überzog sein schmales Gesicht. *Nein.*

Sie trat näher an ihn heran, legte ihm vorsichtig eine Hand auf den Unterarm, woraufhin er zurückzuckte.

»Du kannst es mir verraten, denn auch ich trage nicht nur Menschenblut in mir.« Vielleicht war es nicht klug zu verraten, wer sie war und woher sie kam, aber Rob war anders als die Menschen dieser Welt, die sie bisher getroffen hatte, und dass er hierher zu dem Steinkreis gekommen war, war sicher auch kein Zufall.

Woher stammst du?, fragte Rob, und seine Worte hallten mit einer gewissen Schärfe in ihrem Kopf wider.

»Aus Albany, Dunkelelfenblut fließt durch meine Adern.«

Albany. So viel Trauer und so viel Schmerz legte Rob in dieses eine Wort. Er torkelte zurück, lehnte sich gegen den Monolithen und schlug die Hände vor das Gesicht.

»Du kennst Albany«, sagte Leána sanft.

Ja. Aber sag ... Er stockte. *Wenn du Dunkelelfenblut in dir trägst, dann bist du eine ...*

»Eine Nebelhexe, richtig«, ergänzte sie selbstbewusst.

Verbannt man euch Mischlinge nun schon in andere Welten? Sind deine Freunde ebenfalls Mischwesen?

Leána lachte laut auf. »Nein, sind sie nicht. Und ich wurde auch nicht verbannt, denn vieles hat sich in Albany geändert.« Sie legte den Kopf schräg. »Ich weiß nicht, wie lange du nicht mehr dort warst.«

Statt einer Antwort presste Rob lediglich die Lippen aufeinander, und Leána fuhr fort: »Wir kamen freiwillig hierher. Nun, einiges entwickelte sich anders, als wir geplant hatten. Aber bitte verrate mir jetzt, was du bist. Ein Berggeist, ein Culahan, so wie Kayne vermutet?«

Es ist besser, wenn manch ein Geheimnis nicht gelüftet wird, Leána von der Nebelinsel.

Das Gleiche hatte er auch in ihrem Traum gesagt.

»Du kannst mir vertrauen, ich verrate niemandem, wer oder was du bist.«

Hier geht es nicht um mein Wohlergehen, sondern um deine Sicherheit. Wir gehen jetzt zurück zur Farm.

Am liebsten hätte Leána aus ihm herausgeschüttelt, was er verbarg, aber Rob schritt stur voran.

Wie sieht es heute in Albany aus?

»Wenn du mir nichts von dir enthüllst, weshalb sollte ich dir dann von Albany erzählen?« Den Blick starr geradeaus gerichtet stapfte sie über den moorigen Boden neben ihm her.

Ein Lachen ertönte in ihren Gedanken. *Du bist also eine sture Nebelhexe. Nun, das mag an deinem Dunkelelfenblut liegen. Sicher könnte man dich foltern, ohne dass du etwas preisgibst.*

»Ist es das, was du möchtest? Mich foltern?« Abrupt hielt sie an und stellte sich ihm entgegen. »Du kannst es gerne versuchen, aber es würde dir schlecht bekommen!«

Niemals könnte ich einem solch bezaubernden Wesen wie dir Gewalt antun! So als wäre ihm das versehentlich herausgerutscht, räusperte er sich und setzte eilig seinen Weg fort.

Leána war furchtbar verwirrt. Sie wurde aus Rob einfach nicht schlau.

Geh du zuerst ins Haus, schlug Rob vor, als das Farmgebäude in Sicht kam, *sonst könnten die anderen auf seltsame Gedanken kommen.*

»Welche Gedanken denn?«, fragte Leána herausfordernd.

Das weißt du besser als ich. Er zwinkerte ihr zu und verschwand in der Scheune.

»Was bildet der sich eigentlich ein?«, schimpfte sie, kletterte in ihr Zimmer und setzte sich aufs Bett. »Macht Andeutungen über Albany, kann mit mir kommunizieren und kennt Nebelhexen. Aber von sich gibt er nichts preis!«

»Rob ist wieder hier«, erzählte Kirk beim Frühstück. »Ich habe ihn vorhin gesehen, als ich die Hühner gefüttert habe.«

»Das ist ja wunderbar«, freute sich Maureen.

»Ja, ganz toll.« Missmutig rührte Leána in ihrem Tee herum.

»Hast wohl schlecht geschlafen, Cousinchen«, vermutete Toran.

»Sicher nicht schlechter als ich«, brummte Kayne. »Ich dachte schon, die geprellten Rippen sind eine Strafe, aber Torans Geschnarche übertrumpft alles.«

»Ich schnarche nicht!«, empörte sich Toran.

»Ja, und Murk ist eine Elfe.«

Leána stieß ihn mit dem Fuß an. Auch wenn die beiden älteren Leute nur schmunzelten, so mussten Toran und Kayne ja nicht in aller Öffentlichkeit über Wesen aus Albany sprechen.

»Leána, Toran, könnt ihr heute Rob und Michael mit den restlichen Ziegeln helfen?«, erkundigte sich Kirk und rieb sich den Rücken. »Ich befürchte, ich habe einen Hexenschuss!«

»Welche Hexe hat auf Euch geschossen?« Mit wildem Blick sah Toran sich um. »Leána und ich könnten sie erledigen.«

Maureen, Kirk und Michael brachen gleichzeitig in Gelächter aus, und Maureen wischte sich mit dem Ärmel ihres karierten Hemdes über die Augen. »Toran, du bist zu drollig!«

»Das ist ein Begriff, der verwendet wird, wenn man einen plötzlichen scharfen Schmerz im Rücken verspürt«, bemühte sich Kirk um eine Erklärung.

»Aha.« Verwirrt blickte Toran um sich. »Dann hat niemand auf Euch geschossen.«

»Nein, Junge, ganz sicher nicht.« Ächzend erhob sich Kirk.

»Ich würde mich ebenfalls gerne nützlich machen«, erwähnte Kayne missmutig.

»Das musst du nicht«, widersprach Maureen, aber Kirk kratzte sich am Hinterkopf.

»Kayne, du bist ein junger Mann und kennst dich sicher mit Computern aus. Unser Rechner müsste dringend mal wieder auf den neuesten Stand gebracht werden!«

Entsetzt riss Kayne die Augen auf, und auch Leána fragte sich, wie er sich nun aus der Affäre ziehen sollte. Vor einigen Tagen hatte ihm Toran ganz aufgeregt Michaels Computer gezeigt, aber Kayne war das Ding ebenso suspekt gewesen wie Leána.

»So leid es mir tut, aber da kann ich nicht behilflich sein. Ich könnte ... Kartoffeln schälen, falls Euch das hilft.«

»Kartoffeln, nun, das ist auch gut«, brummelte Kirk und wirkte ebenso verdutzt wie Michael.

»Ist Albanien wirklich so rückständig, dass ihr nicht einmal Computer und Mobiltelefone habt?«

»Michael, das ist unhöflich!«, wies ihn seine Mutter zurecht.

»Natürlich gibt es die«, behauptete Leána. »Nur ... also ... unser Englisch ist nicht so gut, als dass wir mit diesen«, sie rang nach Worten, »Dingen hier bei euch wirklich gut umgehen könnten.«

»Ach so.« Michael wirkte regelrecht erleichtert, und Leána hörte, wie er murmelte: »Das erklärt auch, weshalb Toran mir meine ganzen Programme durcheinandergebracht hat.«

»Jetzt aber raus an die Arbeit.« Maureen nickte Kayne anerkennend zu. »Und du kannst mir in der Tat helfen. Die Bohnen müssen geputzt werden.«

»Kayne beim Bohnenputzen – das muss ich unbedingt Siah erzählen«, lachte Toran.

Während des ganzen Tages, als sie draußen arbeiteten, ließ Rob sich nichts anmerken. Er sprach nicht in Leánas Gedanken hinein, antwortete nicht einmal, als sie ihn etwas fragte. Nur hin und wieder streifte sie sein Blick, wenn er sich unbeobachtet wähnte. Leána war wütend. Sie wollte unbedingt Robs Geheimnis ergründen und konnte sich nicht vorstellen, weshalb er sich seiner Herkunft wegen so in Schweigen hüllte.

»Geschafft«, seufzte Michael, nachdem er die letzten Ziegel auf dem Scheunendach platziert hatte.

»Was meint ihr, wollen wir zur Belohnung heute Abend in den Pub fahren? Donnerstag gibt es immer Livemusik in Elgol.« Erwartungsvoll sah er Leána an, aber die zögerte.

»Ich weiß nicht.«

»Ein Pub, das ist doch eine Art Taverne, nicht wahr?« Torans Augen strahlten. »Ich finde, wir sollten uns das ansehen!«

»Rob, kommst du auch mit?«, fragte Leána herausfordernd, aber der schüttelte energisch den Kopf.

»Wenn so eine hübsche junge Dame einen fragt, kann man doch nicht Nein sagen.« Grinsend schlug Michael dem etwas größeren Rob auf die Schulter. »Na komm schon, du warst schon lange nicht mehr mit mir abends etwas trinken.«

Abwehrend hob Rob eine Hand.

Komm mit oder ich verrate ihm, dass du kein Mensch bist, drohte Leána in Gedanken.

Ruckartig richtete sich Rob auf, Leánas Antwort schien ihn wie ein Stromschlag getroffen zu haben. *Das wagst du nicht, denn du bist ebenfalls keiner, und glauben würde dir auch niemand.*

Wütend verschränkte sie die Arme vor der Brust. *Das werden wir ja sehen.*

»Was ist denn mit euch los?«, fragte Michael arglos. »Es sieht aus, als wolltet ihr euch mit Blicken töten!«

Beinahe gleichzeitig entspannten sich Leána und Rob.

Ein wenig spöttisch verneigte Letzterer sich nun.

»Na prima, dann treffen wir uns gegen neun vor dem Haus.« Pfeifend ging Michael davon.

»Hast du mit ihm gesprochen?«, flüsterte Toran Leána zu.

»Ja, und dieser sture Mistkerl will mir nicht verraten, wer oder was er ist. Aber er kennt Albany.«

»Tatsächlich? Weißt du was?« Gut gelaunt legte er Leána einen Arm um die Schulter. »Wir füllen ihn heute Abend gehörig ab. Vielleicht wird er dann etwas aufgeschlossener.«

»Ach, Toran.« Liebevoll verwuschelte sie ihm die Haare.

Kayne lag auf seinem Bett und übte schon seit einer ganzen Weile, die Kerze am Fenster durch seine Magie zu entzünden und wieder zu löschen. Langsam, aber sicher kehrten seine Kräfte zurück, in jeder Hinsicht. Er hasste es, nicht völlig gesund und im Besitz seiner Magie zu sein. Dieser Sturz hatte ihm mehr zugesetzt, als er zugegeben hatte, und in manchen Momenten hatte er tatsächlich befürchtet, hier in dieser fremden Welt die Reise ins Licht antreten zu müssen.

Jetzt wollte er weiter, entweder zurück nach Albany oder mit Leána und Toran das Elfenportal suchen. *Wenn ich mich nur durch Magie selbst heilen könnte*, dachte er, zog das Hemd hoch und betrachtete seinen in den unterschiedlichen Grün- und Blautönen schillernden Oberkörper. *Aber das können angeblich nur die ältesten und weisesten Magier, sicher können es auch die Diomár. Mir würden sie das niemals beibringen!* Er atmete tief durch, versuchte, sich nicht in seine Wut hineinzusteigern, denn ihm war durchaus bewusst, dass es mehr als schwierig war, Magie einzusetzen, wenn man geschwächt war. Zudem besaß er selbst kein außergewöhnliches Talent im Bereich der Heilkunde. Das fand man eher bei Nebelhexen, gelegentlich auch bei Elfen.

»Ob ich jemals herausfinde, *was* meine Begabung ist?«, fragte er sich laut und verschränkte die Arme hinter dem Kopf. Er konzentrierte sich, ließ die Kerzenflamme ein Stück in die Höhe schweben und beobachtete die winzigen Feuergeister, die auf seinen Befehl hin auseinanderstoben.

In diesem Moment ging die Tür auf. Er stieß erleichtert die Luft aus, als er Leána erkannte.

Ein verschmitztes Lächeln erhellte ihre anmutigen Züge. »Gut, dass Maureen dir nichts von ihrem Blaubeerkuchen gebracht hat. Sie wäre in Ohnmacht gefallen.«

Mit einer Handbewegung brachte Kayne die Feuergeister zum Verschwinden und setzte sich auf die Bettkante.

»Toran wird ihn ohnehin schon ganz allein vernichtet haben«, vermutete Kayne.

Lachend ließ sich Leána neben ihm nieder. »Michael möchte heute Abend mit uns in eine Art Taverne fahren. Als Belohnung für die harte Arbeit. Kommst du mit?«

Er zog seine Augenbrauen zusammen. »Ich habe nicht hart gearbeitet.«

»Kayne, niemand nimmt dir das übel.«

»Nein, besser nicht. Wenn ich längere Zeit sitze, fühle ich mich wie Nassàr, der nicht mehr aus seinem Lehnstuhl hochkommt.«

Behutsam legte sie ihm eine Hand auf die verletzte Seite. »Das verstehe ich. Wir werden dir alles erzählen.«

»Das wäre schön.« Wieder einmal betrachtete er fasziniert das dunkle Blau ihrer Augen. Menschen, oder auch Nebelhexen, mit schwarzem Haar und blauen Augen waren sehr ungewöhnlich. Aber Leána war ohnehin etwas Besonderes.

»Dann werde ich Michael bitten, dir ein Buch auszuleihen, und du machst es dir hier gemütlich.«

Mit einem lauten Krachen flog die Tür auf, und Leána und Kayne grinsten sich gleichzeitig an, als Toran mit einem dicken Stück Blaubeerkuchen in der Hand eintrat.

»Und, kommst du mit, Kayne?«

»Nein, ich bleibe hier, während ich so lange beim Bohnenputzen gesessen habe, dachte ich schon, meine Rippen brechen durch.«

Toran hob die Schultern. »Gut, dann trinken eben Rob und ich deinen Anteil mit.«

Kayne setzte sich kerzengerade auf. »Rob kommt auch mit?«

»Ja, Leána konnte ihn überreden.«

»Dann begleite ich euch doch besser. Schließlich wissen wir noch immer nicht, wer er wirklich ist.«

»Blödsinn, Kayne, du ruhst dich noch ein paar Tage aus. Sicher werden wir noch einmal so eine Taverne besuchen, und wenn du ganz wiederhergestellt bist, macht das auch viel mehr Spaß.« Sie hauchte ihm einen Kuss auf die Wange und verließ den Raum. »Ich ziehe mich rasch um.«

»Toran.« Kayne fasste seinen Freund am Arm. »Pass nur auf Leána auf!«

»Sonst sagst du immer, sie soll auf mich aufpassen«, entgegnete er grinsend.

»Nimm das bitte ernst!« Diesmal drückte Kayne fest zu. »An diesem Rob ist etwas ausgesprochen seltsam.«

»Ist ja schon gut.« Unwirsch machte sich Toran los und zog die Hose aus dem Schrank, die sie am Loch Ness gekauft hatten. »Heute werden wir ihm sein Geheimnis schon entlocken!«

Kapitel 29

Robs Geheimnis

Gespannt wartete Leána draußen vor dem Haus. Sie fragte sich, was der Abend bringen mochte. Fröhlich miteinander plaudernd traten kurz darauf Toran und Michael ins Freie.

»Na, das nenne ich mal ein Wunder!« Michael lachte auf. »Normalerweise muss man immer ewig auf die Mädchen warten, bis sie geschminkt und frisiert sind, und du bist schon fertig.«

Verwirrt betrachtete Leána in der Fensterscheibe ihre langen Haare, die sie sich zu einem Pferdeschwanz gebunden hatte. »Ich habe sie gekämmt, das reicht doch.«

»Stimmt, Schminke hast du wirklich nicht nötig.« Wieder einmal sah Michael sie mit großer Bewunderung an.

»Nal würde dich kaum wiedererkennen«, meinte Toran und deutete auf ihre enge Jeans und die leichte Bluse, die ihren Körper umschmeichelte.

»Dann sollte ich das zu Hause auch tragen«, murmelte sie.

»Bist du nicht glücklich mit deinem ... Verlobten?«, erkundigte sich Michael.

»Das ist schon ein finsterer Kerl, das sage ich dir!«, erzählte Toran.

»Toran!«, schimpfte Leána.

»Wenn er gewalttätig ist, solltest du ihn abschießen!«, stellte Michael ernst fest.

»Nal erschießen!« Toran blies die Wangen auf. »Das könnte schwierig werden, er ist der beste Krieger, den ich kenne. Außerdem dachte ich, das sei hier bei euch gar nicht üblich.«

»Toran, steig in dieses Auto!« Energisch schob Leána ihn zu dem großen grünen Wagen, der neben der Scheune abgestellt war. Michael hingegen gluckste vor sich hin.

»Mit Abschießen meinte ich, sie solle sich von ihm trennen, nicht dass sie ihn gleich erschießen soll. Wo bleibt denn Rob?« Michael trommelte auf das grüne Blech.

»Soll ich ihn holen?«, bot Toran an.

»Nein, falls er einen Rückzieher gemacht hat, wird ihn niemand überreden können. Dafür kenne ich ihn inzwischen zu gut.«

Ich glaube kaum, dass du ihn wirklich kennst, dachte Leána.

»Setzt euch doch schon mal in den Landrover«, meinte Michael. Beinahe liebevoll strich er über die Tür. »War eines der letzten Modelle, die sie gebaut haben, und ist nun schon ganz schön betagt, das gute Stück. Frisst mir beinahe die Haare vom Kopf bei diesen Spritpreisen, aber ich mag ihn!«

»Spritpreise?«, wiederholte Toran, aber Leána stieß ihn in die Seite. Was auch immer das sein mochte, sicher würde es auffallen, wenn sie den Begriff nicht kannten.

»Sag Bescheid, falls dir schlecht wird«, mahnte sie.

»Du verträgst das Autofahren nicht? Dann setz dich besser vorne hin«, sagte Michael.

Ihre Aufmerksamkeit wandte sich nun Rob zu, der endlich von seiner Hütte aus auf sie zugeschlendert kam. Rasch versicherte sie sich, dass sie ihre Gedanken vor ihm verbarg, denn sie musste feststellen, dass er ausgesprochen gut aussah. Die kinnlangen Haare hatte er frisiert und offenbar sogar etwas geschnitten, er trug eine ähnliche Hose wie sie, nur nicht so eng anliegend, ein weißes Hemd und eine schwarze Jacke, die, wie sie vermutete, aus Leder gefertigt war.

Flüchtig huschte sein Blick über sie, dann kletterte er in das Auto.

Während der Fahrt bestürmte Toran Michael mit Fragen und ließ sich genau erklären, wie man ein solches Gefährt steuerte.

Leána und Rob saßen hinten, der junge Mann beachtete sie jedoch nicht und starrte zum Fenster hinaus.

Rob, wohin fahren wir?, sprach sie zu ihm in Gedanken, aber er antwortete nicht.

Nach einer kurzen Fahrt über schmale, holprige Straßen stoppten sie vor einem kleinen strohgedeckten Haus, vor dem bereits eine Reihe anderer Gefährte parkten. Allesamt waren sie weniger kantig und nicht so groß wie Michaels Auto, wie Leána feststellte.

»Das sieht ja beinahe aus wie bei euch auf der Nebelinsel«, flüsterte Toran Leána in ihrer Sprache zu, nachdem sie ausgestiegen waren. Auch sie hatte bislang noch kein mit Stroh oder Schilf gedecktes Haus gesehen, dieses hier schien eine Ausnahme zu sein. Aus dem Inneren drangen laute Stimmen und fröhliche Musik.

»Na los, rein mit euch!«

Der Schankraum war zum Bersten gefüllt. Drei Musiker standen in der Ecke und sorgten ordentlich für Stimmung. Einige Leute saßen um Tische herum, andere quetschten sich an den Tresen.

»Kommt mit.« Michael bahnte sich seinen Weg durch die Menge, während Leána und Toran sich neugierig umsahen. Irgendwie schafften sie es, sich einen Stehplatz zu ergattern. Michael kam kurz darauf mit einigen Gläsern zurück, die er ihnen reichte.

»Dunkles Bier!«, freute sich Toran und genehmigte sich einen tiefen Schluck.

»Auf unsere erfolgreiche Arbeit.« Michael prostete ihnen zu. »*Slàinte mhath*, so sagt man in unserer alten Sprache. Meine Eltern kommen für den heutigen Abend auf.«

»Das ist sehr freundlich.« Aus dem Augenwinkel heraus beobachtete Leána Rob, der irgendwie fehl am Platz wirkte. Mit düsterer Miene hielt er sein Bierglas fest, während alle um ihn herum sich amüsierten. Toran ließ sich sofort anstecken, klatschte mit, und als ihn ein blondes Mädchen nach vorne zu jenen zerrte, die trotz des Platzmangels sogar noch tanzten, folgte er ihr sogleich.

»Könnte sein, dass dein Cousin heute eine Eroberung macht«, rief Michael ihr ins Ohr. »Ist ja auch ein gut aussehender Junge, er wird den schottischen Mädchen gefallen.«

»Ja, leider«, antwortete sie mit gerunzelter Stirn.

»Warum, hat er schon ein Mädchen bei euch zu Hause?«

»Das hat er, und sie ist eine meiner besten Freundinnen.«

»Oh, oh.«

»Ich hoffe, er schlägt nicht nach meinem Onkel, denn dem hat man nachgesagt, er würde keine Frau verschmähen«, erzählte sie. »Zumindest, bis Onkel Atorian Torans Mutter getroffen hat.«

»Hat sie nicht wieder geheiratet?«

Leána schüttelte den Kopf.

Atorian von Northcliff?, hörte sie da Rob verwundert in ihrem Inneren.

Ach, der hohe Herr spricht wieder mit mir?

Toran kann unmöglich der Sohn von Atorian sein. Der war schon tot, als ich ... Rob verstummte, und Leána blickte ihn herausfordernd an.

Tja, dann haben wir offenbar beide etwas, das wir gerne wissen wollen.

Rob drehte sich abrupt um und drängte sich an den Tresen.

»Gefällt es dir?« Michael wippte im Takt mit, und Leána nickte geistesabwesend. Diese Taverne war gemütlich, die Leute gut gelaunt, aber ihr ging einfach zu viel anderes im Kopf herum.

Irgendwann war sie es leid, sich über den geheimnisvollen Rob den Kopf zu zerbrechen, und so tanzte und klatschte sie zum Takt der Musik und sang hier und da sogar ein Stück des Textes mit. Zu Leánas Erleichterung schien Toran keine ernsteren Absichten mit dem hübschen blonden Mädchen zu haben, stattdessen setzte er sich bald zu Rob an den Holztresen und zwinkerte ihr zu. Sie bezweifelte, dass er mehr herausbekommen würde als sie selbst. Trotzdem bemühte er sich nach Kräften, und das fand Leána rührend. Immer wenn sie zurückblickte, sah sie, wie er wild gestikulierend auf Rob einredete und dieser ihm hin und wieder einen Zettel hinschob, auf dem sich wohl die Antwort befand.

Als die Musiker eine Pause machten, quetschte sie sich zu den beiden durch und bestellte ein Glas Wasser. Vor Toran und Rob hingegen hatte sich bereits eine Vielzahl an leeren Gläsern aufgestaut, und Torans schwerer Zunge zufolge war darin Alkohol gewesen.

»Jetzt sag schon, Rob«, lallte Toran. »Leána gibt sowieso nicht auf, das tut sie niemals.«

Robs Blick traf sie. Klar und durchdringend, aber sie stillte nur hastig ihren Durst und schlängelte sich ins Freie. Hier drinnen war es stickig, und sie brauchte dringend frische Luft.

»Möchtest du auch eine«, fragte sie ein Schotte mittleren Alters, kaum dass sie vor die Tür getreten war. Dabei hielt er ihr ein kleines Röhrchen hin. Bei näherem Hinsehen erkannte sie ein ähnliches Teil in seiner Hand, das glomm und einen eigentümlichen Geruch verbreitete.

»Nein danke.«

Äußerst interessiert musterte er sie. »Machst wohl Urlaub hier.«

Leána lächelte unverbindlich, doch da kam Toran zur Tür hinausgestolpert. »Ha! Kayne, der wird Augen machen, Leána«, grölte er und wedelte mit einem Papierfetzen herum. »Ich hatte doch recht!«

»Was ist mit Kayne?« Vorsichtshalber zog sie ihn ein wenig von den anderen fort. Selbst wenn er in der Sprache von Albany redete, musste es ja nicht gleich jeder hören können.

»Er ist ein Elf!« Triumphierend reckte Toran eine Hand gen Himmel.

»Toran«, stöhnte Leána. »Jeder kann erkennen, dass Rob menschliche Gestalt hat.«

»Aber er hat es zugegeben.«

»Und wie genau soll das vonstattengegangen sein?«

»Ich habe ihn ganz direkt gefragt: Rob, bist du ein Halbelf? Und da hat er genickt!«

Sie verdrehte die Augen und gab ihrem sturzbetrunkenen Cousin einen gutmütigen Klaps auf den Hinterkopf. »Na, dann ist ja alles klar. Du wartest hier, ich hole Michael und Rob. Du gehörst dringend ins Bett.«

»Ein Halbelf!« Kopfschüttelnd eilte sie zurück in den Pub. »Als würde er das zugeben, wenn es so wäre. Noch niemals habe ich davon gehört, dass Elfen ihre Gestalt wandeln können. Lediglich ...« Sie stutzte. Vielleicht handelte es sich bei Rob ja um einen Mischling, der genau wie eine der Nebelhexen ihrer Heimatinsel eine beliebige Gestalt annehmen konnte. Doch auch diesen Gedanken verwarf sie wieder, denn nur die weiblichen Mischlinge verschiedener Rassen verfügten über magische Fähigkeiten. Bei einem Mann war das noch niemals vorgekommen.

»Der Kerl bringt mich noch um den Verstand«, maulte sie vor sich hin.

Sie fand Michael und Rob, die einträchtig in ihre Biergläser schauten, und tippte Michael auf die Schulter.

»Können wir fahren? Toran ist völlig betrunken.« Sie warf Rob einen vorwurfsvollen Blick zu, aber der verzog keine Miene.

»Selbstverständlich.« Michael leerte sein Glas, verabschiedete sich kurz von einigen der anderen Gäste, und gemeinsam mit ihr und Rob steuerte er auf das Auto zu. An den Reifen gelehnt schnarchte Toran tief und fest.

»Ich hoffe, er kann sein Bier bei sich behalten.« Michael hievte den Schlafenden auf den Rücksitz.

Unbeschadet erreichten sie das Gehöft, und Michael gelang es sogar, Toran halbwegs wach zu rütteln. »Ich begleite ihn nach oben«, bot er an. »Gute Nacht.«

»Gute Nacht«, antwortete Leána, während Rob nickte.

»Wie konntest du es zulassen, dass Toran sich dermaßen betrinkt?«, schimpfte sie, als die beiden außer Hörweite waren.

Ich bin nicht seine Kinderfrau.

»Nein, aber ein Elf!«, höhnte sie.

Elfen vertragen offensichtlich deutlich mehr als kleine Königssöhne, die sich für erwachsen halten.

»Hat Toran von seiner Herkunft erzählt?«

Das hat er. Viele Generationen nach Atorian, der aus dieser Welt stammte, gab es offenbar einen weiteren Atorian und dessen Bruder ist dein Vater.

»Hervorragend! Nun hast du alles aus ihm herausgequetscht!«

Rob grinste spitzbübisch. *Er wollte mich betrunken machen, aber das ist bei mir nicht so einfach.*

»Dann bist du offenbar etwas ganz Besonderes.« Wütend wandte sie sich ab. »Weißt du was, Rob, es ist mir egal, wer du bist.« Sie wollte bereits losstürmen, aber da packte er sie am Arm und hielt sie mit seinen Augen gefangen. Im Mondlicht erschienen sie ihr mit einem Mal noch viel faszinierender als jemals zuvor, aber das Letzte, was sie im Moment wollte, war, ihn faszinierend zu finden.

Ich habe mir nur einen kleinen Spaß mit deinem Cousin erlaubt, teilte er ihr mit, diesmal ganz sanft, die Worte streichelten regelrecht ihre Seele. *Dich würde ich niemals anlügen.*

»Wie meinst du das?«, fragte sie verwirrt, versuchte, sich von ihm zu lösen, aber seine Hand war so warm auf ihrer von der Nachtluft gekühlten Haut.

Sie nahm all ihren Willen zusammen, riss ihren Arm aus seiner Umklammerung und reckte das Kinn in die Höhe.

»Rob, ich bin weder betrunken noch dumm! Also lass die Spielchen.«

Das ist mir völlig klar. Er sah hinauf in den klaren Nachthimmel. *Begleitest du mich ein Stück?*

»Ich bin müde und habe keine Lust auf irgendwelche albernen Kindergeschichten.«

Komm mit mir, dann werde ich dir verraten, wer ich bin, Leána von Northcliff. Es ist angebracht, jetzt, da ich weiß, wer ihr seid.

In Leánas Innerem tobten widerstrebende Gefühle. Sie war wütend auf Rob und zugleich neugierig auf das, was er ihr vielleicht gleich offenbaren wollte. Doch niemals hätte sie zuerst gefragt, dafür war sie viel zu stolz. Daher stapfte sie stumm neben ihm her, bemühte sich, ihn nicht einmal anzusehen, und auch Rob sprach nicht zu ihr. Irgendwann bemerkte sie, dass er den Weg zum Steinkreis eingeschlagen hatte.

Zu meiner Zeit, begann er unvermittelt, *waren Nebelhexen geächtet. Ich bin froh, dass sich das geändert hat.*

»Sprich nur weiter, ich bin ganz Ohr«, entgegnete sie nicht ganz ohne Sarkasmus.

Ein tiefes Seufzen entstieg Robs Kehle. *Ich bin kein Elf, das sagte ich bereits, aber ich wusste, du wirst mir nicht glauben, was ich bin, wenn du es nicht mit eigenen Augen siehst. Bleib hier bei diesem Stein stehen.*

Mit gerunzelter Stirn beobachtete Leána, wie Rob in die Mitte des Kreises trat. Er streckte seine Arme gen Himmel. Ein Summen ging von den Monolithen aus, jener, an den sie sich gelehnt hatte, vibrierte förmlich. Robs Gestalt nahm sie plötzlich nur noch verschwommen wahr, sie pulsierte, dehnte sich aus. Leána hielt die Luft an, konnte gar nicht glauben, was vor sich ging. Nur wenige Lidschläge verstrichen, die ihr jedoch wie eine Ewigkeit vorkamen, und mit einem Mal stand vor ihr ein gewaltiges Wesen.

Kapitel 30

Enthüllungen

Selten in ihrem Leben hatte sich Leána derart sprachlos gefühlt. Ihr Verstand suchte nach einer logischen Erklärung für die außergewöhnliche Verwandlung, die Rob gerade vollzog. War er vielleicht ein mächtiger Zauberer und täuschte ihre Sinne lediglich mit einer Illusion?

Vor ihr stand ein Drache. Ein mächtiger Drache mit grünem Körper und schwarzen Flügeln.

Ich bin Robaryon, geboren auf der Dracheninsel in Albany und vor vielen Sommern und Wintern verstoßen von meinem Volk.

»Du … du kannst kein echter Drache sein«, stammelte Leána. Wie in Trance ging sie auf ihn zu, Rob behielt sie im Blick. Seine Augen hatten die gleiche ungewöhnliche Färbung wie zuvor; dunkel, schwarzblau wie die tiefsten Seen von Albany und umgeben von einem hellblauen Rand. Nur waren seine Pupillen nun, wie bei allen Drachen, vertikal ausgerichtet und erinnerten an Schlitze, die einen aufzusaugen schienen.

Zögernd streckte sie eine Hand aus, glaubte, nein hoffte beinahe, ins Leere zu greifen, doch sie spürte kühle, glatte Hornplatten, so, wie sie es auch von Davaburion oder Aventura kannte. Im Antlitz der Nacht waren die großen grünen Schuppen so dunkel, dass es aussah, als stünde vor ihr ein schwarzer Drache. Nur ein dumpfer Schimmer des Sternenglanzes lag auf dem mächtigen Körper, wie silbriger Reif, der von einer frostigen Nacht kündete.

Völlig perplex schaute sie zu diesem gewaltigen Wesen auf.

Glaubst du mir nun, Leána? Zu gerne würde ich dir zeigen, wie ich meine schwarzen Flügel in den Himmel trage, doch bei dieser sternenklaren Nacht wäre dies zu gefährlich. Menschen könnten mich sehen.

Die Drachengestalt verschwamm, und ein paar Atemzüge später stand Rob vor ihr. *Nun kennst du mein Geheimnis.*

Er strich sich die Haare aus dem Gesicht und lächelte sie schüchtern, fast ängstlich an, so als fürchte er ihre Antwort.

Doch zu einer solchen war sie gar nicht imstande. »Was ... weshalb ...«, brachte sie lediglich über die Lippen.

Rob fasste Leána am Arm, führte sie zu einem der umgestürzten Steine und bat sie, sich zu setzen. Er selbst ließ sich neben ihr nieder.

Schon als ich dich das erste Mal sah, habe ich etwas an dir wahrgenommen, das dich von anderen Menschen unterscheidet«, begann er zu erzählen. Ich ..., er stockte, *habe es zunächst auf etwas anderes geschoben, doch irgendwann bemerkte ich auch eine schwache Form von Magie an deinem Freund Kayne. So wie seine Genesung fortschritt, so wurde auch das Flimmern der Magie in ihm nach und nach stärker. Ich fürchtete, man hätte euch von Albany hierhergeschickt, um mich zu prüfen, zu überwachen ... oder vielleicht gar zu töten.*

»Wie kommst du denn darauf?«, empörte sich Leána. »Und weshalb wurdest du überhaupt verstoßen?«

Betrübt senkte er den Blick. *Das erzähle ich dir später. In jedem Fall habe ich euch sehr genau beobachtet und versucht herauszubekommen, was ihr von mir wollt. Ich war verwirrt, muss ich gestehen. Toran ist ein unbeschwerter, manchmal etwas unbedacht handelnder junger Mann. Kayne eher misstrauisch, und seine magischen Kräfte scheinen stark zu sein. Und du ... ich konnte mir keinen Reim darauf machen, weshalb du mir verrätst, eine Nebelhexe zu sein.*

Atemlos hörte Leána ihm zu, versuchte, sich nicht allzu sehr von seinen faszinierenden Augen einlullen zu lassen.

Ich verließ die Farm für eine Weile, in der Hoffnung, mir über vieles klar zu werden, und auch um zu sehen, ob ihr mir folgt – oder mich verfolgen lasst. Doch auch das war nicht der Fall.

»Und dann kam Toran und wollte dich befragen«, sagte Leána leise.

Ein Lachen ertönte in ihrem Inneren. *Das ist richtig, und ich muss sagen, ich mag deinen Cousin, nur mangelt es ihm noch an Erfahrung und Umsicht, die er als zukünftiger König von Albany brauchen wird.* Rob nahm Leánas Hand, und als sie ihm diese entzog, wirkte er traurig.

Zunächst bemühte sich Toran, mich mit einigen Tricks zum Sprechen zu bringen. Er versuchte, mich mit Alkohol zu betäuben, doch auch wenn meine eigentliche Gestalt die eines Menschen ist, so sind mir glücklicherweise manche Eigenschaften der Drachen zu eigen, und ein Drache müsste wohl fässerweise Bier oder Morscôta zu sich nehmen, bis seine Sinne benebelt sind. In jedem Fall löste sich statt meiner seine Zunge, und er plauderte alles Mögliche aus. Sofern es nicht eine ganz gemeine und ausgeklügelte Finte war, um mich zu täuschen, nun blickte er Leána durchdringend an, *dann hat er die Wahrheit gesprochen. Ihr seid keine Gefahr für mich.*

»Du hast ernsthaft geglaubt, wir kommen hierher und Kayne verletzt sich absichtlich? Dann versuche ich seit Tagen, etwas aus dir herauszuquetschen, setze Toran auf dich an, damit du denkst, er will dich betrunken machen, täuscht seine eigene Betrunkenheit aber nur vor, um dich in Sicherheit zu wiegen?« Sie lachte hell auf. »Das ist absurd!«

Wir Drachen denken gelegentlich um sieben Ecken herum, und manchmal sehe ich Verschwörungen, wo es gar keine gibt.

»Dies würde auch auf Dunkelelfen zutreffen«, entgegnete sie mit einem vorsichtigen Lächeln, das Rob erwiderte.

Wie gesagt, inzwischen bin ich mir sicher, ihr seid nicht meinetwegen hier. Nur, jemandem wie mir eine Nebelhexe zu schicken, von überwiegend menschlichem Blut, das ist etwas, was ich meinem Volk durchaus zutrauen würde.

»Und was sollten sie damit bezwecken?«

Mich quälen oder mich prüfen ...

»Weshalb prüfen?«

Ob ich mich noch immer zum Volk der Menschen hingezogen fühle, denn dafür wurde ich verbannt.

»Das kann doch nicht sein.« Verwirrt rieb sich Leána die Schläfen. »Niemand wird dafür verbannt, weil er mit einem anderen Volk befreundet ist. Aventura und Davaburion sind meine Freunde, und das stört weder Menschen noch Drachen!«

Aventura. Ein verträumter Ausdruck trat in seine Augen. *Sie erblickte Albanys Sterne wenige Monde nach mir. Davaburion hingegen ist mir nicht bekannt.*

Erstaunt sah Leána Rob an, musterte seine Gesichtszüge, die auf einen Mann von knapp dreißig Sommern schließen ließen.

»Rob, wie alt bist du?«, fragte sie dann gespannt.

Es geschah zu Zeiten von Federan von Northcliff, dass ich geboren wurde.

»Federan.« Leána blies ihre Wangen auf. »Sofern ich in Nordhalans Unterricht nicht geschlafen habe, müsste das der Ururgroßvater meines Großvaters Jarredh gewesen sein.«

Das mag sein, stimmte Rob zu, *Federan war der Enkel von Atorian dem Ersten.*

»Dann bist du uralt«, staunte sie, betrachtete ihn, als würde sie ihn zum ersten Mal sehen. Doch wie ihr schon zuvor aufgefallen war, spiegelten lediglich seine Augen diese lange Lebensspanne und sein trauriges Schicksal wider.

Das liegt im Blickwinkel der einzelnen Völker, entgegnete er.

»Aber Rob, ich verstehe nicht, weshalb du verbannt wurdest!«

Nun starrte er auf den Boden. *Deinen Äußerungen entnehme ich, dass Freundschaften zwischen Drachen und Menschen in diesen Tagen in Albany nicht ungewöhnlich sind. Zu meiner Zeit war dies noch anders. Wir Drachen waren die weisen Bewahrer der Magie, die sich wenig um das kurzlebige Volk scherten und nur mit den Hütern der Steine kommunizierten, die wir noch am ehesten für ebenbürtig hielten.*

»Ganz schön arrogant«, murmelte sie, woraufhin Robs Schultern leicht zuckten.

Ich stimme dir zu, junge Nebelhexe, und auch mir gefiel dies nicht.

Ich versuchte, mich mit den Menschen zu verständigen, doch nur wenige waren dazu in der Lage. Man verurteilte mich für mein Interesse an ihnen, die Ältesten wollten es mir gar verbieten. Aber ich war anders, Leána, schon immer. Und ich …

Sie hörte, wie er laut schluckte, und aus einem Impuls heraus berührte sie ihn sanft an der Schulter. Die Trauer in seinem Gesicht rührte sie.

Ich verliebte mich in ein Mädchen aus Albany, eine Hüterin der Steine. Ich liebte sie so, wie nur ein Drache lieben kann.

Ein Prickeln fuhr über Leánas gesamten Körper, und sie glaubte gar, einen Funken dieser vergangenen Liebe in sich zu spüren.

»Und dafür wurdest du verbannt?«, hauchte sie.

Rob biss sich auf seine Unterlippe und nickte lediglich.

Apophyllion, unser Ältester, der Herr des Nordens, duldete unsere Verbindung nicht. Er strafte mich, wollte mich auf der nördlichsten Dracheninsel festhalten, aber ich konnte immer wieder entkommen, flog zurück zu Merina.

»Merina.« Leána spürte, wie Tränen in ihr aufstiegen. Sie fühlte die Trauer, die noch immer in Rob war, und diesmal war sie es, die seine Hand nahm.

»Sie ist schon lange tot, nicht wahr?«

Das ist sie, aber ein Drache vergisst niemals. Niemals, Leána. Rob atmete tief ein und wieder aus. *Die Ältesten sperrten mich in eine Höhle, bis Merina ins Reich des Lichts ging. Als ich wieder frei war, flog ich fort, wandte mich wegen dieser Grausamkeit von den Meinen ab. Ich ging nach Osten, doch dort war alles zerstört, und ich fand kaum etwas zu jagen, vermisste Albanys Wesen und letztendlich auch mein Volk, denn nicht alle waren so wie die ältesten Drachen. Nachdem einige Sommer und Winter ins Land gezogen waren, kreiste ich wieder über den Inseln im Norden, und die Drachen nahmen mich erneut auf.*

Gespannt beugte sich Leána vor, hing förmlich an Robs Lippen, denn sie ahnte, dass dies nicht alles sein konnte – schließlich hatte er erwähnt, er wäre verbannt worden.

Sie wollten, dass ich für den Fortbestand unserer Art sorge, mich an Aventura binde.

Leána hielt die Luft an. Rob war also der Gefährte der faszinierenden roten Drachin gewesen.

Du musst wissen, Leána, der Bund eines Drachen muss nicht für ewig halten, wenn sich herausstellt, dass die Liebe keinen Bestand hat. Aber zumindest bis ein neuer junger Drache das Licht von Albany erblickt hat, hätte ich bei ihr bleiben müssen.

»Du wolltest Aventura nicht?«, vermutete Leána.

Nein, stimmte Rob zu, *sie ist von großer Schönheit, Klugheit und Anmut, aber ich verspürte keine Liebe zu ihr. Was ich suchte, fand ich hingegen nach einigen Sommern erneut bei einer jungen Hüterin der Steine. Ihr Name war Irelia.* Nun atmete Rob tief ein und stieß die Luft heftig wieder aus.

Dinge sind vorgefallen, über die ich jetzt nicht sprechen möchte. Aber der Rat der Drachen verbannte mich hierher in diese von Menschen beherrschte Welt, in der die Magie fast versiegt war und noch immer ist. Wenn ich mich den Menschen schon derart verbunden fühlte, so sollte ich für das Fortbestehen dieser Rasse sorgen, indem ich das Gefüge dieser Welt mit meiner angeborenen Drachenmagie festige.

»Weshalb ist die Magie hier so schwach?«, wollte Leána wissen.

Rob hob seine Schultern. *Zum einen gibt es hier kaum noch Menschen mit magischen Fähigkeiten, denn diese Gabe stirbt aus. Zum anderen haben Drachen und andere magische Wesen diese Welt größtenteils verlassen. Womit es genau begann, kann ich nicht sagen. So alt bin ich nun auch wieder nicht.*

»Meine Eltern glaubten, hier gäbe es gar keine Drachen«.

Müde schüttelte Rob den Kopf. *In jeder Welt muss es mindestens einen Drachen geben, denn sonst ist sie dem Untergang geweiht. Es mögen noch einige Sommer und Winter vergehen, aber letztendlich stirbt jede Welt ohne die Träger der Magie. Magie ist es, die alles durchdringt und die die gewaltige Macht der Schöpfung durch uns transformiert.*

»Und du bist der Letzte?«

Es gibt einen weiteren in den Anden, antwortete er knapp.

»Wie gelingt es dir, menschliche Gestalt anzunehmen?«

Das ist mein Fluch, antwortete er bitter. *Ein uralter Drache, noch älter als Apophyllion, wirkte einst diesen Zauber. Meine Strafe für meine Liebe, die ich den Menschen entgegenbringe, ist, ein Leben in Menschengestalt führen zu müssen. Am Tage bin ich größtenteils meiner Magie beraubt und unfähig, in den Worten der Menschen zu kommunizieren. Sie waren sich wohl sicher, dass es hier niemanden gibt, der der Gedankensprache der Drachen mächtig ist. Von Mitternacht bis Sonnenaufgang ist es mir möglich, meine wahre Gestalt anzunehmen, damit kehrt auch meine Magie zurück, und ich kann mit meinen Kräften dabei helfen, das magische Gleichgewicht dieser Welt aufrechtzuerhalten. Viele Sommer und Winter lebte ich allein in den wilden Bergen der Karpaten, in einsamen Steppen oder verlassenen Tälern. Doch mich zog es immer wieder hierher zurück, in jenes Land, das Albany am meisten ähnelt.*

»Kommen daher die Legenden von Michaels Vorfahren? Ist er tatsächlich der junge Mann aus der dreizehnten Generation, der dich um Hilfe bitten kann?«

Ein Schmunzeln huschte über Robs Gesicht. *Die meisten Mythen und Legenden haben einen wahren Kern. Manch einer von Michaels Vorfahren mag mich oder auch einen anderen Drachen über diese Berge fliegen gesehen haben. Und ja, ich habe Kirk und auch seinen Ahnen hier und da geholfen, denn ich mag das Wesen der Menschen hier. Alles andere jedoch ist der Fantasie der Hochländer entsprungen.*

»Und was ist mit Michael?«, hakte Leána nach. »Nach Kirks Geschichte dachte ich wirklich, er wäre ein Berggeist oder hätte zumindest etwas mit ihm zu tun.«

Michael ist ein besonderer Mensch, gab Rob zu, *hin und wieder hat er Eingebungen, kann häufig Unwetter oder Gefahren vorhersagen. Ihm macht diese Gabe Angst, denn sie hat schon die eine oder andere Frau verschreckt, in die er sich verliebt hatte. Deshalb redet er auch nicht darüber. Ich gehe davon aus, einer seiner Vorfahren war ein Zauberer, ein Druide, wie man sie in diesem Teil der Welt nannte. Michael und ich sind Freunde geworden mit den Jahren, er hat mir einiges anvertraut, und ich habe ihm, so gut es ging, versucht zu helfen und versichert, an seinen Visionen sei nichts Schlechtes. Aber sprechen kann er mit mir genauso wenig wie einer seiner Vorfahren oder sonst jemand, den ich in dieser Welt traf. Du bist die Erste.*

Aus purer Verzweiflung habe ich mir angewöhnt, mit mir selbst zu sprechen, und meine Gedanken nicht mehr verborgen, da es bisher nicht nötig war. Deshalb konntest du mich wohl auch versehentlich hören.

»Ich verstehe deine Verbannung nicht.« Leána sprang auf. »Was ist denn so schlimm daran, wenn du mit einem Menschen eine Partnerschaft eingehst? Ihr schadet doch niemandem! Oder wurde deine Liebe am Ende nicht erwidert?«

Doch, das wurde sie. Und vielleicht waren sie auch deshalb so zornig. Wir sind die Bewahrer der Magie und dürfen uns an niemanden einer anderen Rasse binden. Unser oberstes Ziel muss es sein, den Fortbestand der eigenen Art zu sichern. Denn die Liebe von Mensch und Drache kann nur in geistiger, nicht in körperlicher Form bestehen, und so konnten wir beide nicht für den Erhalt unserer Art sorgen.

»Die Zeiten haben sich geändert, Rob«, sagte Leána eindringlich. »Apophyllion ist nicht mehr am Leben, so wie die meisten Drachen der Dracheninseln. Ich denke nicht, dass es Davaburion stören würde, wenn ein einziger Drache sich nicht fortpflanzt und ...« Sie stockte, denn nun konnte Rob ja beide Gestalten annehmen, aber sie führte ihre Gedanken nicht weiter aus.

Fragend legte Rob seinen Kopf schief. *Erzähl mir von Albany, Leána. Wie ist es heute dort?*

»Als ich noch ein kleines Mädchen war, gab es einen menschlichen Zauberer, der sich mit einem finsteren Magier der Dunkelelfen einließ. Sie beschworen Dämonen aus der Zwischenwelt.«

Rob stieß die Luft zwischen den Zähnen aus und nickte gespannt.

»Dieser Zauberer und sein Dunkelelfenmeister löschten mithilfe der Dämonen die Drachen auf den Inseln beinahe aus, zerstörten den Kreis von Borogán, und Apophyllion gab sein Leben, schuf ein Tor in die vergessene Urheimat der Drachen, damit zumindest einige von ihnen fliehen konnten. Unter ihnen waren auch Aventura, Turmalan und Smaragonn.«

Welch schändliche Tat!, Rob war ergriffen.

»Ja, nur leider trat das ein, was du bereits angedeutet hattest. Auch in Albany versiegte die Magie allmählich, und das wurde Samukal, dem Zauberer, letztendlich zum Verhängnis. Die Dämonen wandten sich gegen ihn, und er wechselte schließlich auch die Seiten und schloss sich am Ende sogar meinem Vater und seinen Verbündeten an.« Leána holte tief Luft. »Er rettete ihm das Leben, und ich weiß, in ihm war nicht nur Schlechtes. Für eine Weile habe ich in ihm sogar einen Großvater gesehen.«

Nicht immer ist das schlecht, was schlecht zu sein scheint, erwiderte Rob in ihren Gedanken, wechselte jedoch sogleich das Thema. *Ist Albany denn nun dem Untergang geweiht?* Gespannt richtete sich Rob auf. *Sag, seid ihr deshalb hierhergekommen?*

»Nein, Rob, meinem Vater, seinem Bruder und ihren Freunden gelang es, die Dämonen zu besiegen.« Sie zuckte mit den Schultern. »Ich bin eine Portalfinderin, ich konnte das vergessene Drachenportal auf der Insel der Riesen ausmachen und brachte Aventura und drei weitere Drachen zurück.«

Das ist dir gelungen? Große Bewunderung stand in Robs Augen.

»Ja«, antwortete sie und war beinahe ein wenig verlegen. »Ich war noch ein Kind, und man sagt …«

Nichts kann einen Drachen mehr rühren als die Tränen eines Kindes. Seine Finger strichen über ihre Wangen, und jedes einzelne von Leánas Haaren stellte sich an ihren Unterarmen auf. *Auch ich hätte dir nichts abschlagen können, selbst jetzt nicht.*

Leána schluckte schwer. »Ich bin kein Kind mehr.«

Das sehe ich, dennoch bist du für das Empfinden meiner Art noch unbeschreiblich jung.

Sie räusperte sich, löste sich mit Gewalt von Robs Augen.

»Wie auch immer. Die meisten Völker leben heute im Einklang miteinander, und ich bin mit Davaburion befreundet. Er ist der neue Herr des Nordens. Ich könnte für dich sprechen. Vielleicht gestattet er dir, wieder nach Hause zurückzukehren!«

Für einen Augenblick glomm Hoffnung in Robs Augen auf, aber dann ließ er ihre Hand los und schüttelte den Kopf. *Das geht nicht, und sie dürfen es auch niemals erfahren …*

»Was dürfen sie nicht erfahren?«

Seine Augen trafen erneut ihr Innerstes, und auch wenn er jetzt nichts sagte, glaubte sie zu erahnen, was in ihm vorging.

Reglos verharrte die Jägerin auf dem untersten Ast des Baumes. Es war Nacht, doch der Morgen konnte nicht mehr fern sein. Das Opfer nahm die Jägerin nicht wahr, stand auf der Lichtung und ahnte nichts von seinem Schicksal. Schlank und anmutig war sie, braunes Fell spannte sich über schlanke Muskeln, wurde vom Licht der Sterne beschienen, die bald schon im Angesicht des neuen Tages verblassen würden. Ein paar Schritte und sie stand direkt unter dem Ast. Einen Moment schloss Jel ihre Augen, dann ließ sie sich fallen, und ehe die Hirschkuh auch nur reagieren konnte, bohrte sie den Dolch in deren Hauptschlagader. Ein kurzes Zucken, dann lag das Tier am Boden.

Jel verneigte sich zur Erde hin, schnitt sich eilig in den Arm und vermischte ihr Blut mit dem der Hirschkuh.

»Ich danke dir, Marvachân, Gott des Krieges, und auch dir, Eluana, Mondgöttin.« Sie legte eine Hand auf ihr Herz, neigte ihr Haupt zum sinkenden Mond. Wie Jel wusste, hatte ihr Volk in alten Tagen auch die Mondgöttin angebetet, damals, als sie noch an der Oberfläche gelebt hatten. Seitdem die Dunkelelfen aus dem Unterreich zurückgekehrt waren, waren einige von ihnen dazu übergegangen, erneut der Mondgöttin zu huldigen. Zuvor hatten ihre Gebete und Opfer nur dem Kriegsgott ihres Volkes gegolten. Beim Wiederentdecken der Oberfläche jedoch waren viele ihres Volkes vom Leuchten des Silbermondes fasziniert gewesen. Das Licht, das einen so außerweltlichen Schimmer auf die meist silbergrauen Haare der Dunkelelfen zauberte, rief rasch die Erinnerung an die alte Gottheit hervor.

Jel wandte sich vom Sternenhimmel ab und, wie schon so viele Male zuvor, nahm das Tier aus, legte die Innereien ehrfürchtig auf einen Stein – sollten Wildtiere oder Gnome dies für sich nehmen. Dann briet sie so viel, wie sie als Proviant mitnehmen wollte, und legte den Rest des Fleisches an die Tür einer Hütte. Eine Lebenseinstellung der Dunkelelfen war es, nichts zu verschwenden, denn besonders im Dunkelelfenreich gab es Nahrung nicht gerade im Überfluss. Sich dabei um Menschen zu sorgen war hingegen nicht unbedingt die Art der Dunkelelfen, aber Jel war schon häufiger mit Leána unterwegs gewesen, und sie mochte deren Art zu denken. So schenkte Jel den Rest ihres Fleisches diesem armen alten Mann, der sicher nicht mehr in der Lage war, selbst auf die Jagd zu gehen, und zog weiter.

Leise plätscherten die Wasser des Walkensees ans Ufer. Ein Wolf mit seinen Jungen trabte an den Kiesstrand, und die Tiere stillten dort ihren Durst. Jel musste lächeln, fühlte sie sich doch mit diesen Jägern der Nacht verbunden. Auch sie waren tödlich und scheu und von einer wilden Anmut. Selbst wenn Jel sich noch nicht allzu gut an der Oberfläche auskannte, so bereitete es ihr doch keine Schwierigkeiten, den Ort zu finden, den Leána in ihrem Brief beschrieben hatte. Die Hütte war in Sichtweite, als sie Siahs Pferd fand. Es hatte sich losgerissen, das Halfter hing der Stute zerfetzt am Hals.

Leise näherte Jel sich dem Tier. Zunächst hob es alarmiert den Kopf, blieb jedoch stehen. Die wenigsten Dunkelelfen wussten viel mit Pferden anzufangen, aber Jel mochte sie, selbst wenn sie bislang noch keine herausragende Reiterin war. Behutsam befreite sie die Stute von ihrem Halfter.

»Hat Siah dir nicht genügend zu fressen gegeben?«, murmelte sie und klopfte das Tier am Hals, bevor sie in langen Sätzen zu der Hütte eilte. Sicher schlief Siah noch, und Jel gedachte, im

Freien zu warten, denn sie wollte Leánas kleine Nebelhexenfreundin nicht erschrecken und aus dem Schlaf reißen. Doch als sie sich an einem Baum unmittelbar vor der Hütte niederließ, wehte der Wind einen Geruch an ihre empfindliche Nase, der ihr nur allzu bekannt vorkam – Blut.

Sofort sprang sie auf die Füße, hatte mit dem gleichen Atemzug ihr Schwert in der Hand. Es handelte sich nicht um das Blut eines Tieres, sondern um menschliches, das nahm Jels empfindliches Riechorgan sogleich wahr. Ohne einen Laut zu verursachen, schlich sie zur Tür, ihre Sinne waren zum Zerreißen gespannt. Etwas knackte im Gebüsch. Jel bewegte sich nicht, verharrte atemlos.

Doch es war nur eines jener geflügelten Himmelswesen, das die Menschen als Vögel bezeichneten. Offenbar hatte sich das Tier in seinem Nest bewegt. Schritt für Schritt tastete Jel sich voran. Als sie die Leiche der kleinen Nebelhexe auf dem Boden liegen sah, schlug sie die Hand vor den Mund. Nur einen Moment später machte sich Entsetzen, Ekel und Zorn in ihr breit. Wie die Lava, die aus der Quelle des Ewigen Feuers von Kyrâstin sprudelte, bahnten sich diese Gefühle ihren Weg durch Jels Adern. Sie rammte ihr Schwert in den gestampften Lehmboden.

»Bei Marvachân, ich werde dich rächen, Siah. Wer dir dies angetan hat, soll siebenmal qualvoller sterben, als du es getan hast!«

Kapitel 31

Der Drache

Nach Robs Geständnis wusste Leána überhaupt nicht, was sie denken sollte. Sie saß einfach nur da, starrte diesen Drachen in Menschengestalt an, der sie auf eine geheimnisvolle Art berührte.

Was hältst du nun von mir, jetzt, da du weißt, was ich bin? Selbst in Gedankensprache klang das atemlos und unsicher. Die dunklen Augen blickten Leána fragend an, doch drückten sie zugleich auch eine große Furcht aus. Ganz sicher war es die Furcht vor dem, was sie nun sagen könnte.

»Ich weiß nicht, Rob, ich … ich bin gerade entsetzlich verwirrt. Und ich kenne dich erst seit Kurzem.« Ruckartig stand sie auf und verließ den Steinkreis. Nur einen Moment später war Rob an ihrer Seite.

»Ich möchte jetzt allein sein«, bat sie.

Sein rechter Mundwinkel hob sich, deutete ein Lächeln an, und er blieb zurück. Sie wusste, er war enttäuscht. Ohne sich umzudrehen, ging Leána davon, rannte zurück zu der kleinen Farm, aber ihren verwirrenden Gefühlen entkam sie nicht.

»Nie wieder! Nie wieder werde ich Alkohol trinken.« Stöhnend umklammerte Toran beim Frühstück seinen Kopf.

»Darf ich dich bei Gelegenheit daran erinnern?«, erkundigte sich Kayne mit einem breiten Grinsen.

»So, Junge, jetzt isst du erst mal etwas.« Maureen stellte ihm einen Teller hin, auf dem Speck, Bohnen und Eier dampften.

Angeekelt schob er den Teller weit von sich. »Nein, ich werde auch nie wieder etwas essen.« Er ließ seinen Kopf auf die Tischplatte sinken.

»Toran hat keinen Hunger! Das ist ein legendäres Ereignis und sollte in den Chroniken festgehalten werden.« Ungerührt zog Kayne den Teller an seinen Platz und begann, mit sichtlichem Appetit zu frühstücken. »Ich vermute, Rob wird es nicht viel besser gehen«, meinte Kayne zu Leána gewandt.

Die hatte das Gespräch nur am Rande mitbekommen. »Rob?«, fragte sie gedankenverloren.

»Sofern Toran nicht gnadenlos versagt hat, wird Rob nun ebenfalls einen kräftigen Brummschädel haben.«

»Und alles umsonst«, jammerte Toran. »Er hat mir nur Blödsinn erzählt – oder besser gesagt aufgeschrieben.«

Wenn du wüsstest, was er tatsächlich ist, dachte Leána, aber sie verriet nichts. Schon die ganze Zeit hatte sie aus dem Fenster gespäht, gehofft, dass Rob herkommen würde, aber dies war nicht der Fall gewesen. Allerdings wusste Leána auch, dass es nicht am Alkohol lag.

»Toran, trink eine ordentliche Tasse starken Kaffee«, drängte Maureen, doch Toran blies die Wangen auf, schüttelte den Kopf und wurde daraufhin grün im Gesicht.

»Dieses braune … Gebräu macht es ja nur noch schlimmer!«

»Dann legst du dich am besten wieder ins Bett.«

»Hm.« Toran erhob sich und schwankte zur Tür hinaus.

Kayne hingegen lehnte sich grinsend zurück und kaute genüsslich. »Das ging ja gründlich daneben.«

»Ja, irgendwie schon.« Nachdenklich rührte Leána in ihrer Teetasse.

»Hast du auch zu viel getrunken?«, wollte Kayne wissen.

»Nein, weshalb?«

Behutsam streichelte er über ihre Wange. »Du bist so ruhig und in dich gekehrt. Ist alles in Ordnung?«

»Natürlich.« Sie straffte die Schultern, setzte ein Lächeln auf und behauptete: »Nun, ein wenig viel von diesem dunklen Bier habe ich mir durchaus gegönnt. Wir sollten Horac etwas davon mitbringen, vielleicht kann er es nachbrauen.« Sie lachte laut auf. »Ohh jeeh, aber sicher wird das nix!«

So wie Kayne sie nun anblickte, hegte sie die Vermutung, er wusste genau, dass sie ihre gute Laune nur spielte. Dennoch bohrte er nicht weiter nach, wofür sie ihm in diesem Moment dankbar war.

»Kirk wollte mich später mit seinem Auto mitnehmen«, erzählte Kayne. »Er sprach von einem *Supermarkt*. Heute fühle ich mich richtig gut.« Er streckte seine Arme über den Kopf. »Ich denke, ich werde ihn begleiten. Möchtest du auch mitkommen?«

»Nein.« Leána starrte schon wieder zum Fenster hinaus. »Ich bleibe besser bei Toran.« Sie deutete ein Lächeln an. »Aber du kannst mir später erzählen, wie dieser Supermarkt aussah. Es freut mich, dass es dir wieder gut geht.«

Kayne beendete sein Frühstück, und auch Leána stand bald auf. Sie brachte das Geschirr zu Maureen, und die stellte es in diesen mysteriösen Schrank, aus dem man es nur kurze Zeit später gesäubert wieder zurückbekam. Dies war eine Errungenschaft, die sicher Anklang bei den Küchenhilfen in Northcliff finden würde, aber Leána traute sich nicht zu fragen, wie eine solche Gerätschaft funktionierte. Als Maureen nicht da gewesen war, hatte Leána schon nachgeschaut, ob es möglicherweise kleine Feen oder Kobolde waren, die Maureen auf irgendeine Art und Weise dazu gebracht hatte, in dem dunklen Schrank das Geschirr blitzsauber zu putzen, aber sie hatte keines dieser Wesen entdeckt. Ihre Gedanken wandten sich jedoch wieder Rob zu, der gerade mit einer Schubkarre über die Wiese fuhr und hinter der Scheune verschwand.

Sofort eilte Leána hinaus, winkte Michael zu, der in einem Gemüsebeet arbeitete, und schlenderte dann in Robs Richtung, der inzwischen Holz hackte. Mit kräftigen Hieben schlug er mit seiner Axt auf die großen Holzscheite ein.

Du kannst sie in der Scheune aufstapeln, teilte er ihr in Gedanken mit und deutete auf die offene Scheunentür, wo dieses zu gewaltigen Rollen gepresste Heu gelagert wurde, über das Leána sich bereits gewundert hatte.

Sie tat, was er von ihr verlangte, beobachtete ihn aber immer wieder neugierig. Nichts deutete darauf hin, dass er eigentlich kein Mensch war, und ein Teil von ihr wollte es nach wie vor nicht glauben.

»Ah, du hilfst Rob, das ist wunderbar!« Kirk kam um die Ecke und stellte ihnen einen Korb mit Flaschen und etwas zu essen hin. »Ich fahre jetzt mit Kayne nach Broadford.« Der alte Mann lachte. »Bestimmt wird er mehr erwarten als eine kleine Siedlung, eine Tankstelle und einen Supermarkt, aber er war ganz wild darauf, mich zu begleiten.«

»Ich bin mir sicher, es wird aufregend für ihn«, erwiderte Leána.

»Rob, hast du Stift und Zettel dabei, falls du Leána etwas mitteilen möchtest?«

Rob nickte, in ihrem Kopf vernahm sie jedoch ein: *Das wird nicht nötig sein, Kirk.*

Noch einmal winkte der Bauer ihnen zu, dann waren sie wieder allein. Sie arbeiteten eine ganze Weile hart und machten erst zur Mittagszeit Pause. Rob reichte ihr Brot sowie ein Stück Käse und betrachtete sie stumm.

»Weshalb kannst du eigentlich nicht in der Menschensprache reden? Du hast Menschengestalt, isst und trinkst wie ein Mensch, du hast dich ihnen über die vielen Sommer und Winter hinweg angepasst und denkst sogar in ähnlichen Worten. Dann müsstest du ja auch sprechen können!«

Ich habe es versucht, aber es gelang mir nicht. Er fasste sich an die Kehle, und eine Art Fauchen kam aus seinem Mund. *Ich weiß nicht, wie ich die Worte formen soll.*

»Hm.« Nachdenklich kaute Leána an dem Brot, dann wechselte sie in die Gedankensprache.

Die Worte formen sich in deinem Inneren, du musst sie über deine Lippen hinauslassen. So! Sie dachte *Rob* und formte das Wort mit ihren Lippen.

Er bemühte sich sichtlich, aber lediglich ein würgendes Geräusch kam über seine Lippen. Leána entwich ein Kichern, doch sie schlug rasch eine Hand vor den Mund. *Verzeih, ich wollte dich nicht beleidigen!*

Doch statt verstimmt zu sein, zuckte er mit seinen Schultern. *Du hast recht, es klingt entsetzlich und erinnert mich an einen Bergtroll, der in den letzten Zügen liegt.*

Ich glaube, du kannst es trotzdem lernen, Rob. Bislang hast du ja noch niemanden gehabt, der dir beibringen konnte, die Menschensprache zu sprechen. Ich kann beides, deine Gedanken hören und sprechen, also weshalb solltest du die Menschensprache nicht auch erlernen können?

Du möchtest es mich lehren? Erwartungsvoll hallten Robs Worte in ihrem Kopf wider, und sie glaubte, ein leichtes Zittern seiner Hand wahrzunehmen, als er sie auf ihr Bein legte.

Ja. Solange ich hier bin, könnte ich das tun.

Seine dunklen Wimpern senkten sich, und in diesem Moment vernahm Leána ein Räuspern. So wie Rob zurückzuckte, hatte auch er Maureen nicht bemerkt.

»Na, ihr beiden versteht euch offenbar auch ohne Worte«, sagte sie augenzwinkernd. »Wenn man euch so sieht, könnte man gar meinen, ihr könnt die Gedanken des anderen lesen.«

Wenn sie wüsste, wie recht sie hat, erklang Robs Antwort in ihrem Kopf.

Leána lächelte ihn zustimmend an.

»Ich wollte nur fragen, ob ihr noch Hunger habt.« Maureen spähte in den Korb. »Aber wie es aussieht, seid ihr versorgt.« Sie drehte sich um und ging wieder davon.

Man beobachtet uns hier. Möchtest du heute Nacht mit mir über die Berge fliegen, Leána? Ich denke, die Wolken werden uns ausreichend Schutz bieten.

Ja!, stimmte sie impulsiv zu und fragte sich im gleichen Atemzug, ob das wirklich klug war. Dennoch faszinierte sie der Gedanke, auf einem Drachen durch die Nacht zu fliegen, ungemein. Trotzdem beschäftigte sie etwas, und Rob sah es ihr offenbar an, denn sein linker Zeigefinger fuhr sanft über ihre Wange.

Was ist, Leána, traust du mir nicht?

»Doch … es ist nur …« Sie stockte kurz und nahm dann all ihren Mut zusammen. »In der Nacht, als wir durch die Cuillins gewandert sind, haben wir das Schlagen mächtiger Flügel vernommen, kurz bevor Kayne abgestürzt ist.«

In der Nacht, bevor ihr zu Kirks Farm kamt, tobte ein heftiges Unwetter, erinnerte sich Rob. *Ich wurde selbst davon überrascht, denn manchmal ändert sich das Wetter in den Bergen innerhalb kürzester Zeit. Ich befürchtete bereits, ich müsste mich in meine Menschengestalt zurückverwandeln, da es zu gefährlich wurde zu fliegen.* Mit einem Mal riss er die Augen auf, fasste sie fest am Arm und blickte sie erschrocken an. *Leána, ich hatte nichts mit Kaynes Absturz zu tun. Und hätte ich gewusst, dass ihr schutzlos durch die Dunkelheit irrt, ich wäre euch zu Hilfe geeilt!*

»Du kanntest uns doch damals nicht einmal«, wandte sie misstrauisch ein. »Du hättest uns dein wahres Wesen nicht sehen lassen.«

Nein, räumte er ein, *damit hast du recht. Dennoch habe ich euch nicht wahrgenommen. Es ist ausgesprochen schwierig für einen Drachen, derartigen Stürmen zu trotzen. Es tut mir leid, aber ich konnte damals nicht auf andere Wesen achten, die ebenfalls um ihr Leben kämpften.*

Leána beobachtete ihn genau, konnte jedoch keine Lüge in seinen Augen erkennen, nur Bedauern, ihnen nicht geholfen zu haben, und daher ließ sie es auf sich beruhen.

Den restlichen Tag arbeiteten sie tatkräftig, und auch Toran kam am Nachmittag aus dem Haus. Noch immer war er bleich, aber zumindest halbwegs wiederhergestellt. Kayne kehrte zurück und erzählte Leána beim Abendessen verwundert von einer riesigen Halle, in der unglaublich viele Lebensmittel lagerten, von Autos und einem Ort, wo man ihnen eine Flüssigkeit einfüllte, mit der diese pferdelosen Wagen fahren konnten.

Das alles bekam Leána lediglich am Rande mit, denn sie fieberte der Nacht entgegen.

Unruhig wartete sie in ihrem Zimmer und kletterte hinaus, als sie vermutete, dass Mitternacht näher rückte. Rob hatte recht gehabt, denn immer wieder schoben sich Wolken vor Mond und Sterne und warfen ihre Schatten auf das nächtliche Land.

Beinahe kam Leána sich vor wie damals, als sie als kleines Mädchen verbotenerweise das Haus verlassen hatte, um im Mondlicht zu spielen. Aufregung machte sich in ihr breit, und es wunderte sie nicht, dass Rob bereits mit verschränkten Armen in der Tür stand.

Du bist gekommen.

»Ja! Können wir fliegen?«, fragte sie freudig.

Ein wenig müssen wir noch warten, denn nur von Mitternacht bis zum Morgengrauen kann ich meine Drachengestalt annehmen. Aber wir sollten ohnehin in Richtung der Berge gehen, damit uns niemand entdeckt.

Seite an Seite stiegen sie die Hügel hinauf, aber diesmal nahm Rob nicht den Weg zum Steinkreis, sondern führte sie über Weiden bis in die Berge zu einem verlassenen Tal.

Sie beobachtete Robs wundersame Verwandlung, stand ehrfürchtig vor seiner Drachengestalt, die sich plötzlich in der Dunkelheit vor ihr erhob. Der gewaltige Drache legte sich flach auf den Boden, und sofort kletterte Leána auf seinen Rücken. Sie spürte, wie sich die Muskeln des Tieres anspannten, als er seinen Körper aufrichtete. Dann stieß er sich mit einem so heftigen Ruck von der Erde ab, dass Leána gegen die Zacken an seinem Rücken gepresst wurde. Mit einigen mächtigen Flügelschlägen katapultierte er sich hoch hinauf in die Lüfte und flog mit ihr über die Berge. Aus dieser Perspektive faszinierte Leána diese urtümliche Landschaft, welche die Menschen hier die Cuillins nannten, noch viel mehr als aus der Ferne. Hoch ragten die Gipfel über dem Land auf, zerklüftet, uralt, noch älter, als selbst Rob sein konnte. Auf frappierende Weise ähnelte diese Gegend der Nebelinsel von Albany, und doch war sie in eine andere Vegetation gekleidet. Während es auf der Isle of Skye, wie die Nebelinsel in dieser Welt genannt wurde, zahlreiche Dörfer, Straßen und im Süden beinahe ausschließlich Wald gab, war die Nebelinsel deutlich weniger besiedelt, jedoch bedeckten unzählige Haine deren Norden. Der Drache neigte sich leicht zur Seite, änderte die Richtung und flog nun über das Meer. Leána blinzelte die Tränen weg, die der Wind ihr in die Augen trieb, und sah nach unten. Als Rob schließlich dicht über der Wasseroberfläche hinwegglitt, konnte sie sogar Delfine und Wale erkennen.

Das ist meine Welt, Leána.

Sie ist wundervoll. Sie konnte es sich nicht verkneifen, über seine blanken Schuppen zu streicheln. Schon einige Male war sie mit Drachen geflogen und war davon begeistert gewesen. Mit Rob hingegen war es noch etwas anderes. Sie hatte beinahe das Gefühl, seinen Freiheitsdrang, seine Liebe zu den Lüften, zum Schweben über dem Land selbst zu spüren.

Schließlich drehte er wieder ins Landesinnere ab und flog über die Bergkette der Cuillins hinweg. Heftiger Wind traf den Drachen von der Seite, doch Rob gelang es mühelos, die Turbulenzen auszubalancieren. An einem Wasserfall landete er schließlich auf dem steinigen Grund.

Steig ab.

Während des Fluges war Leána kalt geworden, und sie rieb sich die Oberarme. Rob verwandelte sich zurück in seine Menschengestalt und legte die Arme um sie.

Zunächst wollte sie ihn zurückweisen, aber er verströmte solch eine angenehme Wärme, dass sie ihn gewähren ließ. Sie musste zugeben, seine Nähe gefiel ihr sogar. Stark und zärtlich zugleich hielt er sie umfangen, und sie lehnte sich unwillkürlich an ihn.

»Dieser Ort ist faszinierend«, flüsterte sie.

Mehrere Kaskaden ergossen sich in ein großes Becken. Silbern leuchtete das Wasser, und die Kieselsteine funkelten, wenn der Mond hinter den Wolken hervorkam.

Die Menschen nennen diesen Ort Fairy Pools. Robs Atem streifte ihren Hals, und sie schloss die Augen. *Sie wissen gar nicht, wie viel Wahrheit in dieser Bezeichnung steckt.*

Als Leána die Augen wieder öffnete, entdeckte sie tatsächlich einige der dunklen, durchscheinenden Nachtfeen, die im Mondlicht über dem Wasser schwebten und ihre Tänze aufführten.

»Nein, das wissen sie nicht. Sie können bei Nacht nicht sehen so wie ich, leider.« Leána drehte sich zu Rob um, und wieder trafen sie seine Augen, von denen ein Leuchten ausging, ein Licht, in dem sie sich sonnen wollte.

Das ist noch etwas, das uns verbindet. Du bist eine ganz besondere Frau, Leána. Seine Hand streichelte über ihre Wange, so zärtlich und doch voller unterdrückter Energie und Leidenschaft, die ihr einen Schauer über den Rücken trieb und ihr Herz schneller schlagen ließ. Robs Lippen näherten sich den ihren, und nun vergaß sie alle Vorsicht, alle Zweifel und jegliche Vernunft. Sie umarmte Rob, küsste ihn. Einen kurzen Moment schien er zu zögern, vielleicht weil er sich plötzlich unsicher war, vielleicht auch weil ihn die Intensität dieser Berührung überwältigte. Dann jedoch erwiderte er ihre Küsse. Er drückte sie fest an sich, streichelte ihren Körper, hob sie schließlich hoch und legte sie behutsam auf einen moosbedeckten Felsen.

Langsam öffnete er ihre Bluse, hielt kurz inne, musterte sie abwartend, aber Leána zog ihn zu sich herab. Sie spürte, wie sein Körper bebte, dann ließ er seiner Leidenschaft freien Lauf. Ungehalten entledigten sie sich ihrer Kleider, küssten sich wild. Leána fühlte ein Feuer durch ihre Adern pulsieren, wie sie es noch niemals zuvor verspürt hatte. Als sich ihre Körper vereinten, war es für sie wie ein Rausch, und für einen Moment musste sie an die Ewigen Feuer von Kyrâstin denken, welche die Dunkelelfen so sehr verehrten. Sie hatte das Gefühl, genau diese Urkraft würde sie und Rob durchdringen, sie vereinen und mit sich an einen geheimen Ort entführen, den nur sie kannten.

Nach diesem Rausch der Leidenschaft lagen sie erschöpft und von der Dunkelheit der Nacht umschlossen da. Leána konnte sehen, wie sich Robs glatte Brust gleichmäßig hob und senkte. Sie lag ganz dicht an ihn geschmiegt, ihren Kopf auf seiner Schulter, und er streichelte sanft ihren Rücken.

Selbst wenn das ein Fehler war, so ist es ein Fehler, den ich immer wieder begehen würde.

»Weshalb sollte es ein Fehler sein?« Sie wandte den Kopf und blickte in seine melancholischen Augen.

Es ist mir nicht vergönnt zu lieben, und du musst nach Hause zurück. Es ist ...

Sie legte ihm eine Hand auf die Lippen und musste schmunzeln, als ihr klar wurde, wie überflüssig diese Geste war. »Nicht jetzt, nicht in dieser Nacht, Rob. Zerstör nicht den Zauber des Augenblicks. Wir werden einen Weg finden.«

Den gibt es nicht, aber ich liebe dich, Leána. Wieder umarmte er sie, und sie wunderte sich erneut, wie viel Hitze und Kraft er auch in seiner Menschengestalt verströmte.

Komm. Er erhob sich, zog sie an der Hand in die Höhe und führte sie zu einem der kleinen Becken, in die das Wasser strömte.

»Das ist eiskalt«, protestierte sie, als er sich hineingleiten ließ und ihr die Hand entgegenstreckte.

Nicht mit mir. Für einen Moment sprang er wieder hinaus, wurde zum Drachen und ließ eine Feuerfontäne darauf niedergehen. Erneut in Menschengestalt zog er sie sanft ins Wasser, umschloss sie mit seinen Armen und küsste sie noch einmal. Diesmal zärtlich und ohne zu fordern.

An meiner Seite wird dir nie wieder kalt sein.

Sie versuchte, nicht über das nachzudenken, was sie beide in ihrer Zukunft erwartete, tauchte in das erwärmte Wasser ein, ließ sich von Robs starken Armen auffangen und genoss einfach seine Nähe.

Als sie später dicht nebeneinander am Rand des Felsenpools saßen, berührte Leána jene seltsame kleine Silberscheibe an Robs linkem Oberarm, von der schon Michael gesprochen hatte. Zunächst versteifte sich Rob, dann nahm er ihre Hand und küsste die Fingerspitzen. *Nicht*, bat er sie in Gedanken, und so schwieg sie. Auch zu den Narben, die seine Brust bedeckten, sagte sie nichts.

Erst kurz vor der Morgendämmerung flogen sie zurück. Rob küsste sie noch einmal vor seiner Hütte, und am liebsten wäre sie mit ihm gegangen. Zurück in ihrem Bett fühlte sie sich entsetzlich einsam und fragte sich, wie alles weitergehen mochte.

An Schlaf war für Leána nicht mehr zu denken, daher ging sie in die Küche und versuchte sich daran, das Frühstück zuzubereiten. Sie hatte Maureen genau beobachtet und drehte an den gleichen Knöpfen, wie sie es getan hatte. Als sich die große Pfanne tatsächlich erwärmte, freute sich Leána. Der Schrank, in dem die Lebensmittel gekühlt wurden, war für sie ebenfalls noch immer ein Wunder, und sie fragte sich, woher diese Kälte kam.

»Wozu nur all dieses durchsichtige Zeug ist?« Mit spitzen Fingern entnahm sie den geschnittenen Speck seinem Behältnis und warf es, so wie Maureen es tat, in eine der Tonnen.

Sie brühte Kaffee und Tee auf und war richtig stolz, als Maureen mit verstrubbelten Haaren hereinkam und sie verdutzt anblickte.

»Du bist aber früh wach. Und Frühstück hast du auch schon gemacht!«

»Ich konnte nicht mehr schlafen.«

»Das ist ausgesprochen nett von dir.« Maureen gähnte, trank von dem Kaffee, hustete jedoch kurz darauf. »Ganz schön stark, meine Liebe!«

»Schmeckt er nicht?«

»Doch, doch«, versicherte Maureen und goss einen ordentlichen Schuss Milch hinein.

Leána bemerkte sehr wohl, dass sie das Gebräu nur trank, um ihre Gefühle nicht zu verletzen, und sie musste schmunzeln.

»Möchtest du Rob vielleicht auch etwas von dem Speck bringen?«, fragte Maureen. »Wenn wir Gäste haben, kommt er leider noch viel seltener zu uns herüber als sonst. Sehr schade. Er ist so ein netter junger Mann.«

Er ist weder jung noch wirklich ein Mensch, dachte Leána und überlegte, was Maureen wohl sagen würde, wenn sie erfuhr, dass Rob eigentlich ein alter Drache war. Sicher würde sie das nicht glauben, und sofern sie es mit eigenen Augen sehen würde, vermutlich in Ohnmacht fallen.

»Du magst ihn auch, nicht wahr?«

»Wie bitte?« Ertappt blickte Leána auf.

»So wie du gerade lächelst, hast du über ihn nachgedacht.« Die kräftige Frau zwinkerte ihr zu.

»Ähm, ja … nein … Ich bringe ihm den Speck.« Eilig verließ Leána die Küche, verfolgt von Maureens unterdrücktem Lachen.

Leána fragte sich, ob Rob überhaupt schon wach war, aber als sie an die Tür klopfte, öffnete er sogleich.

Ein Strahlen stand in seinen Augen, und er zog sie rasch hinein, stellte den Teller mit Speck unbeachtet auf den Tisch und küsste sie.

Leána hatte das Gefühl, Tausende kleiner Heidefeen würden in ihrer Brust herumflattern. Sie versank in diesem Kuss, der ein Feuer in ihren Lenden entfachte. Als Rob seine Lippen von ihren löste, musste sie erst einmal tief durchatmen. Er nahm ihre Hand, führte sie zum Bett und blickte sie gespannt an, dann fuhr er sich über die Lippen.

Leána legte den Kopf schief. »Was ist?«

Er stieß die Luft heftig aus, atmete noch einmal ein. »Leána.«

»Ja, das ist mein Name, aber was …« Sie stockte, denn mit

einem Mal wurde ihr bewusst, dass dieses Wort nicht in ihrem Kopf entstanden, sondern über Robs Lippen gekommen war. Sanft und dunkel, voller Leidenschaft hatte er ihren Namen gesagt.

Habe ich es richtig ausgesprochen?, fragte er, nun wieder in der Sprache der Drachen. Mit geweiteten Augen sah er sie erwartungsvoll an.

»Rob ... weshalb ... wieso?« Gerührt fuhr sie ihm über die glatt rasierte Wange. »Weshalb kannst du auf einmal sprechen?«

»Ich ... weiß nicht ... Worte ... kamen ... plötzlich hier heraus.« Er legte eine Hand auf seine Brust, und auch wenn seine Aussprache abgehackt und ein wenig unbeholfen wirkte, so hatte seine Stimme doch einen schönen Klang. Tief, warm und besonders, als er Leánas Namen gesagt hatte, hatte viel Gefühl in seiner Stimme mitgeschwungen. Sie spürte, wie ihr Tränen in die Augen stiegen, und als er nun wieder in ihren Gedanken sprach, liefen sie die Wangen hinab.

Es ist, als hättest du die Mauer zerbrochen, die mich davon abhielt, Menschenworte über meine Lippen kommen zu lassen. So lange habe ich mit meinem Schicksal gehadert, meine menschliche Gestalt als Strafe angesehen. Aber sie ist keine Strafe, sie ist ein Geschenk! Er wischte ihre Tränen fort, nahm Leána in seine Arme. *Ich dachte, die geistige Liebe tief in deinem Inneren, die Drache und Mensch verbinden kann, ist die Erfüllung allen Seins. Aber sich auch körperlich mit dir vereinen zu können, das ist ... wundervoll.*

»Sprich in Menschenworten, Rob«, forderte sie ihn auf.

»Klingt es nicht ... entsetzlich ... wie ... ein sterbender Troll?«

»Nein!« Leána lachte laut auf, umarmte ihn noch einmal glücklich. »Wenn du genügend übst, wirst du bald ebenso sprechen wie ich oder Toran und Kayne.« Sie zögerte und neigte den Kopf. »Darf ich ihnen sagen, wer du wirklich bist? Ich vertraue den beiden, und sie werden nichts verraten, wenn ich sie darum bitte.«

Rob rückte ein Stück von ihr ab, runzelte die Stirn und schwieg eine Weile.

Ich möchte dir meine Welt zeigen, Leána, teilte er ihr schließlich mit. *Und ich möchte Teil von deiner werden.*

Sie boxte ihm auf den Unterarm. »Du sollst in Worten sprechen.«

»Verzeih, es ist ... ungewohnt und ... mühsam«, stieß er unmelodisch hervor, dann holte er tief Luft. *Sag es ihnen.*

»Wunderbar, Rob.« Sie küsste ihn auf die Wange und lehnte sich dann an ihn. Plötzlich kam ihr eine Idee. »Kennst du in dieser Welt ein Elfenportal? Fall es existiert, muss es weit im Süden liegen.«

Nachdem er nicht antwortete, blickte sie zu ihm hinüber. Erschrocken von seiner starren, ja sogar hasserfüllten Miene richtete sie sich auf. »Was hast du denn?«

Die Portale – ihr magisches Leuchten verlischt, sobald ich mich ihnen nähere. Er krempelte sein Hemd hoch, und sein Finger strich über die münzgroße Silberplatte. Wieder bewunderte Leána diese filigrane Arbeit, den eingeprägten Drachen, die verschlungenen Linien, die Mondsichel und Sonne miteinander verbanden und den Drachen einschlossen. *Diese verzauberte Silberplatte hat mir Apophyllion von einem menschlichen Zauberer ins Fleisch brennen lassen.* Bitterkeit sprach aus seinen Worten. *Verdammt sollte ich sein, mich niemals wieder als vollwertiger Drache fühlen. Lediglich bei Nacht ist es mir vergönnt, mein wahres Wesen zu zeigen. Ich bin gebunden an diese Welt, unfähig, durch eines der Portale zu treten. Sie ist mein Gefängnis.*

»Dann könntest du gar nicht mit zurück nach Albany«, flüsterte Leána bedrückt.

Das könnte ich aus vielen Gründen nicht, sagte er sanft und streichelte traurig über ihr Haar.

Ihre Finger berührten das Silberamulett. »Das war sicher sehr schmerzhaft.«

Andere Dinge haben mehr geschmerzt. Er erhob sich ruckartig.

Ich kenne einige magische Stätten im Süden Englands. Wenn du möchtest, kann ich sie dir zeigen.

»Ja, das wäre wunderbar«, antwortete Leána zerstreut, denn ihr ging jetzt etwas anderes durch den Kopf. »Rob, ich bin eine Portalfinderin. Meine Magie ist stark. Vielleicht reicht sie sogar aus, um deinen Bann aufzuheben.«

Das glaube ich nicht, entgegnete er müde. *Sag, weshalb suchst du das Elfenportal?*

Nun erzählte Leána Rob von ihrer Freundin Lharina, der Herrin der Elfen, und der Drache in Menschengestalt lauschte interessiert.

Ein lauer Wind strich über die Nebelinsel und kühlte die Gesichter derer, die auf dem Feld arbeiteten, auf angenehme Weise. Darian wendete Heu und beobachtete mit einem Schmunzeln, wie Lilith die Zwillinge Urs und Frinn mit der Heugabel davonjagte. Die beiden hatten gerade bei ihrem wilden Spiel einen der Heureiter umgeworfen, und nun lagen sowohl das Holzgerüst als auch das mühsam aufgegabelte Heu wieder auf dem Boden.

Die beiden rothaarigen Jungen, die dank ihres Kobold- und Zwergenblutes deutlich kleiner als Lilith waren, nahmen die Beine in die Hand und rannten auf die Hügel zu.

Irgendwann gab Lilith ihre Verfolgungsjagd auf und rief Darian zu: »Kannst du nach dem Botenvogel sehen? Er krächzt schon den halben Morgen lang!«

Das hatte Darian noch gar nicht bemerkt, aber tatsächlich saß auf dem Dach von Liliths Hütte ein Rabe. Zum Zeichen, dass er verstanden hatte, eilte Darian los, betrat die kleine Holzhütte und stieg in das Obergeschoss hinauf. Er öffnete die Dachluke und nahm behutsam die kleine Lederrolle vom Bein des Vogels. »Kaya schickt dich also«, murmelte er, entrollte das Papier und las die hastig niedergeschriebenen Worte. Die Buchstaben waren schwer zu entziffern, Wasser musste darauf getropft sein, oder – Tränen. Und plötzlich setzte Darians Herzschlag für einen Moment aus. Die Welt um ihn herum verschwamm zu verzerrten Schemen. Er torkelte zurück, hielt sich an einem der niedrigen Dachbalken fest und las wieder und wieder die Nachricht.

»Darian, ich habe frisches Quellwasser geholt«, erklang Aramias Stimme von unten. »Sicher bist du durstig. Lilith hat Urs doch noch erwischt und ihm eine gehörige Abreibung verpasst.«

Darian löste sich aus seiner Erstarrung, kletterte wie in Trance die Stiege hinab.

»Der kleine Kerl ...«, erzählte Aramia weiter, hielt ihm einen Becher hin, stutzte jedoch, als er ihr das Gesicht zuwandte. »Darian, was hast du denn?«

Er hatte das Gefühl, ein dicker Felsbrocken würde auf seiner Brust liegen. Seine Kehle war wie zugeschnürt. Mit zitternder Hand reichte er Aramia die Nachricht.

»Siah wurde tot aufgefunden. Sie wissen nicht ... die Pferde von Leána, Kayne und Toran ...«

»Was!«, schrie Aramia auf, entriss ihm das Blatt. Ihre Augen weiteten sich, dann schlug sie eine Hand vor den Mund, starrte ihn entsetzt an.

»Siah«, flüsterte sie. Darian umarmte sie, spürte, wie sie zitterte, und ihm selbst erging es nicht besser. »Darian, was ist mit ihnen?«

»Ich weiß es nicht. Ihre Pferde waren nicht dort. Vielleicht waren sie gar nicht dabei, oder sie jagen den Mörder.« Darian konnte nicht klar denken. Die Angst um Leána übermannte ihn.

Ruckartig machte sich Aramia von ihm los. Tränen rannen über ihre Wangen, aber dennoch war ein kämpferischer Ausdruck in ihr Gesicht getreten. »Wer hat Siah das angetan? Sicher ist Leána ihnen auf der Spur! Ich werde versuchen, sie durch die Feuergeister zu erreichen.« Schon stürmte sie aus dem Raum, ihr schwarzes Haar wehte hinter ihr her.

»Hätte Leána nicht schon längst eine Nachricht geschickt und uns um Hilfe gebeten?«, flüsterte Darian in die Stille. Erneut las er den Brief und schloss die Augen. Leána durfte nicht tot sein, das war einfach undenkbar. Doch auch die Tatsache, dass die liebenswerte Siah nicht mehr am Leben war, war für ihn ein bitterer Schlag.

Kayne hatte angeboten, die Hecke hinter dem Gemüsebeet zu schneiden, obwohl sowohl Kirk als auch seine Frau vehement versucht hatten, ihm das auszureden. Für leichte Arbeiten hielt er sich durchaus wieder stark genug. Selbst wenn ihm seine Freunde versicherten, dass es in Ordnung sei, er fühlte sich nicht gut dabei, wenn andere für ihn arbeiteten und er faul herumlag.

Für Toran hätte es sicher kein Problem dargestellt, wenn er andere für sich arbeiten lässt, dachte er mit einem Schmunzeln, während er die Heckenschere wieder und wieder betätigte. Der hatte nämlich am gestrigen Abend einen sogenannten Fernseher entdeckt. Erstaunlicherweise waren in dieser schmalen, langen Kiste Menschen in den unterschiedlichsten Lebenslagen zu sehen – und immer neue, wenn man auf ein kleines Kästlein drückte. Kayne war diese Maschine suspekt, und es entbehrte für ihn jeglichen Sinns, sich diese, wie Michael es nannte, Filme anzusehen, aber Toran war begeistert und gar nicht mehr davon wegzubekommen.

»Ich bin mir wirklich ziemlich sicher, dass sich zwischen den beiden etwas anbahnt«, vernahm Kayne Maureens kräftige Stimme. Als er zwischen den Blättern hindurchspähte, erkannte er die Bäuerin, wie sie mit ihrem Sohn Bohnen erntete.

»Das würde mich aber sehr wundern. Eine Frau wie Leána – sie könnte doch jeden Mann haben.«

Wovon sprachen die beiden nur? Kayne lauschte gebannt.

»Dir würde sie wohl ebenfalls gefallen?«

»Leána ist etwas ganz Besonderes.« Michaels Stimme klang ausgesprochen sehnsüchtig, und Kaynes Hand krallte sich um die Heckenschere. »Sie mag keine Schönheit sein, wie man sie im Fernsehen sieht, keines dieser übertrieben schlanken und perfekt gestylten Models. Nein, sie ist natürlich, fröhlich und lustig. Und wenn sie lächelt ... Hast du dieses niedliche Grübchen gesehen, Mutter?«

»Oh, Michael, dich hat es ja schwer erwischt!«

»Nein, Blödsinn! Ich mag sie, aber ich mache mir keine falschen Hoffnungen, denn sie wird kaum hierbleiben und ist zudem verlobt. Aber dass sie mit Rob eine Urlaubsaffäre beginnt, passt irgendwie auch nicht zu ihr. Zu ihm erst recht nicht.«

Rob! Kayne knirschte mit den Zähnen und bearbeitete wütend die dichte Hecke. Was hatte Leána mit dem Kerl zu schaffen? Die letzten Tage über hatte er sie kaum zu Gesicht bekommen, und wenn, dann war sie so ruhig und in sich gekehrt gewesen. Konnte sie sich ernsthaft in diesen stummen Farmhelfer verliebt haben? Hektisch stutzte Kayne die restlichen Äste und hielt sich am Ende keuchend die Rippen. Er hatte es übertrieben, denn im Augenblick fühlte es sich an, als würde ihm jemand einen Dolch in die Seite jagen.

Er ging um die Ecke und setzte alles daran, aufrecht stehen zu bleiben, als Michael und Maureen in sein Blickfeld kamen. »Ich bin fertig, die Äste sammle ich nachher zusammen.«

»Danke, Kayne.« Maureens Blick schweifte besorgt über ihn. »Jetzt geh aber hinein und ruh dich aus.«

Kayne nickte und bemühte sich, nicht zu humpeln, als er auf das Haus zuging. Im Inneren wischte er sich den Schweiß von der Stirn und lehnte sich einen Moment gegen die kühle Wand.

»Verflucht noch mal, so muss sich ein Greis fühlen«, murmelte er und suchte Toran auf. Der saß, eine Schüssel mit diesen eigentümlichen gewürzten Kartoffelscheiben auf dem Schoß, noch immer in Michaels Zimmer und stierte auf den Fernseher.

»Sieh nur, Kayne, das sind Ritter. Sie tragen gewaltige Rüstungen!«

Tatsächlich galoppierte in diesem Augenblick ein völlig vermummter Mensch mit einem Pferd über den Bildschirm und stieß einen anderen mit einer Lanze von seinem Reittier.

Stöhnend ließ sich Kayne neben Toran auf das dunkelblaue Sofa sinken.

»Was für ein Schwachsinn! Kein Mensch kann sich so bewegen. Jeder Dunkelelf könnte ihn mit Leichtigkeit enthaupten. Rüstung hin oder her.«

»Dort gibt es aber keine Dunkelelfen«, entgegnete Toran mit vollem Mund. »Es ist ein Film aus dem *Mittelalter*«, erklärte er wichtig. »So sollen die Menschen dieser Welt vor vielen Hundert Sommern gekämpft haben.«

»Dann wundert es mich, dass sie nicht ausgestorben sind.« Erleichtert streckte Kayne seine Beine aus. »Hast du Leána heute schon gesehen?«

»Nein.« Erneut wandte Toran seinen Kopf dem Fernseher zu.

»Toran, jetzt lass doch diese blödsinnige Kiste …«

In diesem Augenblick schwang die Tür auf, und Leána kam hereingestürmt. Ihre Wangen waren gerötet, ihre Augen leuchteten. Kurz blickte sie auf den flimmernden Kasten, schüttelte verdutzt den Kopf und setzte sich dann direkt vor ihnen auf den Boden, wobei sie die Beine unterschlug.

»Toran, schalt das Ding aus.«

»Nein, das ist spannend!«, protestierte er.

»Weshalb sehen sich die Menschen dieser Welt so etwas an, anstatt sich selbst im Kampf zu messen?«, wunderte sich auch Kayne.

»Das ist doch jetzt gleichgültig.« Leána drehte sich um, drückte wild auf den Tasten herum, bis das Bild endlich verschwand.

»Leána!«, schimpfte Toran.

»Sei ruhig und hör mir zu. Ich weiß, wer Rob wirklich ist.«

Rob – schon wieder dieser Kerl, dachte Kayne und bemerkte, wie Zorn in ihm aufstieg. Gleichzeitig spürte er eine gewisse Neugierde, denn Leána machte ein wichtiges Gesicht.

»Wir hatten alle unrecht«, erklärte sie, woraufhin ihr Cousin fragend den Mund verzog. Allerdings war er noch immer mehr mit dem Kästlein beschäftigt und drückte hektisch darauf herum, ohne dass etwas passierte.

»Toran!« Leána sprang auf, entriss ihm das Gerät mit den vielen Tasten und schleuderte es in die Ecke. »Rob ist ein Drache!«

Toran schaute ähnlich verdutzt, wie Kayne sich fühlte, dann grinste er breit. »Ja, klar doch!«

»Es ist mein Ernst.« Erneut ließ sich Leána auf dem Boden nieder, ihre blauen Augen funkelten wie das nächtliche Meer von Albany, wenn die Sterne ihr Licht darauf sandten. »Rob heißt in Wirklichkeit Robaryon; er ist ein Drache in Menschengestalt. Er wurde von seinem Volk verflucht und in diese Welt verbannt.«

Was Leána ihnen nun erzählte, mutete wie eine der wirrsten Legenden ihres Ururgroßvaters Ray'Avan an. Kayne konnte kaum glauben, was er da hörte, und auch Toran hielt überraschend lange den Mund, stellte gar sein Essen zur Seite und riss die Augen weit auf.

»Das ist unfassbar«, stieß er am Ende hervor. »Und er will uns ernsthaft in den Süden bringen? Wir sollen auf einem Drachen reiten? Das wünsche ich mir schon seit einer Ewigkeit!«

Kayne sah das alles deutlich weniger enthusiastisch. War dieser Rob tatsächlich nur der Liebe wegen hierher verbannt worden, oder steckte etwas anderes dahinter? Wie es aussah, war Leána verliebt, Toran voller jugendlichem Tatendrang. Aber sollten sie ihr Leben einem solchen Wesen anvertrauen?

»Ja, er kennt die magischen Stätten des Südens. Wenn wir wollen, können wir schon heute Nacht aufbrechen«, erzählte Leána begeistert.

»Es gelingt mir nicht, ich kann sie einfach nicht erreichen!« Aramia schlug ihre Hände vor die Augen, ihre Schultern zuckten, und ehe Darian bei ihr war, sprang sie auf und verteilte mit dem Fuß die Holzscheite ihres Lagerfeuers in alle Richtungen.

»Mia.« Er umarmte sie beruhigend. »Vielleicht haben sie einfach kein Lagerfeuer gemacht, reiten nachts oder …«

Ruckartig machte sich Aramia von ihm los, und ihr Gesicht spiegelte hoffnungslose Wut wider. »Oder sie liegen alle drei tot und verscharrt in einer Grube, vielleicht sind sie auch in der Hand dieses irren Mörders und …«

»Nicht, Mia.« Erneut drückte er sie an sich, streichelte über ihr seidiges Haar. Er war genauso verzweifelt, wusste nicht mehr ein und aus und konnte nicht schlafen. Aramia und er waren über den Eichenpfad aufs Festland gereist und nun auf dem Weg zum Walkensee, dorthin, wo Siah ermordet worden war. Sie wollten sich mit Kaya treffen, und er mochte sich gar nicht ausmalen, wie sich ihre Freundin jetzt fühlte. Zumindest konnten sie sich gegenseitig ein wenig Trost spenden, Kaya hingegen war ganz allein.

Aramia holte tief Luft, wischte sich über die Augen und schluckte kräftig.

»Du hast recht. Leána lässt sich nicht so einfach fangen.«

»Eben.« Zärtlich fuhr Darian über Aramias feine Gesichtszüge. »Sie ist eine Kriegerin, außerdem würden Kayne und Toran sie mit ihrem Leben verteidigen.«

»Ich hoffe nur, das mussten sie nicht wirklich.«

In stummem Einvernehmen verließen sie ihren Lagerplatz, und Aramia ritt voran durch die Nacht. An Schlaf war ohnehin nicht zu denken.

Kapitel 32

Aufbruch

Zu viert saßen sie in Robs kleiner Hütte. Während Torans Augen vor Abenteuerlust funkelten, hatte Kayne die Arme vor der Brust verschränkt und machte ein abweisendes Gesicht.

»Ich könnte die ... Frasers bitten«, sagte Rob mit noch immer etwas unsicheren Worten in der ihm fremden Menschensprache, »mir einige Tage freizugeben. Dann fliegen wir nach Süden, um das Elfenportal zu suchen.«

»Du weißt doch auch nicht, wo es ist«, sagte Kayne unfreundlich.

»Aber Rob kennt viele magische Stätten. Mit ihm haben wir sehr viel bessere Möglichkeiten, fündig zu werden«, wandte Leána ein. »Jetzt komm schon, lass es uns versuchen.«

»Du kannst auch hierbleiben, Kayne, falls dir die Reise zu anstrengend ist«, bot Rob an. »Ein Ritt auf einem Drachen ist durchaus eine körperliche Herausforderung.«

»Selbstverständlich komme ich mit!« Kaynes Miene verdüsterte sich. »Ich werde Leána ganz bestimmt nicht allein auf einem«, er grinste hämisch, »sogenannten Drachen fliegen lassen.«

Leána bemerkte, wie Rob sich anspannte, und er sagte nur zu ihr: *Der junge Zauberer hat eine Art an sich, die mir nicht gefällt.*

Leána deutete ein Kopfschütteln an. *Ärgere dich nicht, Rob*, bat sie. *Kayne ist beunruhigt, und da geizt er nicht mit seinem Zynismus, aber das ist nur so, weil er sich und auch Toran und mich schützen will.*

Rob schnaubte und musterte Leánas Freunde. »Entscheidet euch.«

»Es ist doch bereits entschieden oder etwa nicht?« Kayne erhob sich ruckartig, verzog kurz den Mund und stürmte dann aus der Hütte.

»Was der wieder hat«, regte sich Toran auf. »Hätte er besser Nordhalans Unterricht gelauscht, könnte er selbst das Portal finden.«

»Das ist Blödsinn, Toran, und das weißt du selbst.« Leána warf ein Kissen nach ihm, das ihr Cousin grinsend auffing.

»Also, Rob, dann sprechen wir mit den Frasers. Ich bin schon gespannt, wie du als Drache aussiehst!«

»Wenn Rob euch die Gegend zeigen möchte, könnt ihr auch unser altes Auto nehmen«, bot Kirk an, als sie nach dem Abendessen gemeinsam am offenen Feuer saßen. Draußen lag ein breites Regenband über dem Land, der Wind rüttelte an Fenstern und Türen.

»Das wird nicht nötig sein«, versicherte Leána. »Wir nehmen einen … Bus.«

»Bus!« Bei diesem Wort stöhnte Toran auf, und Leána musste schmunzeln.

Wenn er sich auf meine Flügel übergibt, werde ich ihn fressen, drohte Rob, woraufhin Leána losprustete. Die anderen starrten sie verwirrt an, nur Kayne presste die Lippen aufeinander.

»Wie lange wollt ihr denn fortbleiben?«, erkundigte sich Michael. »Müsste ich nicht das Vieh aus den Bergen holen, würde ich euch begleiten.«

»Bei den Schafen wäre Rob ohnehin keine Hilfe«, erklärte Maureen lachend.

»Ich würde als Schaf auch davonlaufen, wenn ich befürchten müsste, in der nächsten Nacht von ihm gefressen zu werden«, grummelte Kayne in der Sprache von Albany.

Leána warf ihm einen giftigen Blick zu, während Rob sich lässig in seinem Sessel zurücklehnte.

»Was hast du gesagt, Junge?«, hakte Kirk nach.

»Nichts, schon gut«, antwortete Kayne. »Ich meinte nur, wenn ich etwas besser in Form wäre, könnte ich helfen.«

»Ihr habt in den letzten Tagen so viel gearbeitet.« Maureen lächelte sie nacheinander an. »Ich werde euch vermissen, wenn ihr fort seid. Ich nehme an, ihr fliegt von Edinburgh nach Hause?«

»Fliegen – genau«, lachte Toran und zwinkerte Rob zu.

Der verzog jedoch keine Miene; Kirk holte unterdessen eine Flasche Whisky hervor. »Zum Abschied sollten wir noch einmal einen edlen Tropfen trinken.«

»Ich hoffe, euch ergeht es gut in eurer Heimat«, sagte Maureen besorgt.

»Danke, das wird es«, versicherte Leána.

Toran griff sogleich nach einem der bauchigen Gläser.

»Wie war das mit deinem Versprechen, nie wieder etwas zu trinken?«, spottete Kayne.

Doch Toran winkte ab. »Kirk hat recht, wir sollten unseren Abschied feiern.«

Am nächsten Morgen waren alle Sachen gepackt, und Leána bemerkte gerührt, dass Tränen in Maureens Augen standen. Sie und Kirk hatten Leána und ihren Freunden sogar die geliehenen Kleider überlassen und reichlich Proviant eingepackt. Ihre Waffen konnten sie später aus der Felsspalte holen.

»Sollen wir euch wirklich nicht bis zur Bushaltestelle fahren?«, fragte Kirk noch einmal.

»Nein, es regnet ja nicht mehr, ein kleiner Marsch wird uns nicht schaden.« Leána deutete zum Fenster hinaus. Der Himmel war zwar wolkenverhangen, aber tatsächlich hatte selbst der Nieselregen aufgehört.

»Nun gut.« Er umarmte jeden von ihnen, und auch Maureen drückte sie der Reihe nach an ihre Brust. Michael indes trat lächelnd auf Leána zu.

»Vielleicht kommt ihr ja mal wieder nach Schottland. Falls

du Lust hast, kannst du uns eine E-Mail schreiben«, sagte er schüchtern.

Erst gestern hatte Rob ihnen die Bedeutung von E-Mails erklärt. Es wäre nur fair gewesen, wenn Leána Michael gesagt hätte, dass sie nicht schreiben würde, denn das war von Albany aus unmöglich. Aber sie wollte den jungen Mann auch nicht verletzen, und eine plausible Ausrede hatte sie ohnehin nicht parat.

»Vielleicht werden wir das«, erwiderte sie daher nur.

Rob nickte mit dem Kopf in Richtung Tür, und so gingen sie hinaus. Die Frasers winkten ihnen noch hinterher, und Leána tat es nun leid, sie verlassen zu müssen.

»Sie waren nett«, sagte auch Toran, während er in seinem Bündel wühlte. »Maureen hat mir sogar Muffins eingepackt!«

»Dann ist der Tag ja gerettet«, entgegnete Kayne trocken.

»Ich habe ihnen eine kleine Goldmünze und etwas Silber in meinem Zimmer gelassen«, erzählte Leána.

»Das ist gut, ich habe ebenfalls etwas zurückgelassen«, erklärte Kayne mit einem Lächeln. »Sie waren so gastfreundlich, das muss man ihnen vergelten!«

»Wir gehen in Richtung der Berge«, sagte Rob, nachdem sie ihre Waffen aus dem Versteck geholt und eine Weile gewandert waren. »Ein Tal führt zu einem verborgenen Strand. Dort warten wir auf die Nacht.«

Bald erkannte Leána den Pfad wieder, den sie sich vor vielen Tagen so mühsam entlanggeschleppt hatten. Bis jetzt war sie neben Rob hergegangen, hatte sich mit ihm unterhalten und mit ihm die Aussprache einiger Worte geübt. Es war faszinierend, wie schnell er lernte, doch nun ließ sie sich zu Kayne zurückfallen, der als Letzter über den steinigen Pfad wanderte.

Er erwiderte ihr Lächeln zaghaft, und als sie seine Hand nahm, runzelte er die Stirn.

»Es ist viel geschehen, seitdem du abgestürzt bist.«

»Allerdings! Und ich weiß auch nicht, weshalb wir unbedingt in die Berge zurückkehren müssen«, antwortete er missmutig.

»Rob möchte sich fernab der Dörfer verwandeln, das ist doch nur sinnvoll. Außerdem hat er gesagt, wir gehen nicht in die Berge, sondern warten an einem einsamen Strand.«

»Leána.« Kayne blieb stehen und sah ihr in die Augen. »Ich weiß nicht, ob wir ihm trauen können.«

»Weshalb denn nicht? Rob …«

»Es ist doch seltsam«, unterbrach Kayne sie mit gedämpfter Stimme. »Er lebt hier, wir treffen ihn rein zufällig, er erkennt mich als Zauberer, dich als eine der wenigen, die der Sprache der Drachen mächtig ist, und als er zudem erfährt, dass Toran der zukünftige König von Albany ist, gibt er sich zu erkennen. Und – o Wunder – mit einem Mal kann der arme stumme Mann auch noch sprechen.«

»Was willst du damit sagen?« Leána stemmte die Hände in die Hüften.

»Dass er etwas verbirgt oder irgendetwas von uns will. Wahrscheinlich zurück nach Albany.«

»Er hat gesagt, er kann nicht zurück nach Albany«, stellte Leána richtig, »und dass er sprechen kann …« Sie spürte, wie ihre Wangen zu glühen begannen. »… das kam tatsächlich ganz plötzlich.«

»Wach auf, Leána!« Er rüttelte sie an den Schultern. »Er kann dir sonst was erzählen, so geblendet wie du von ihm bist.«

Unwirsch machte sie sich los. »Ich bin nicht geblendet, und jetzt komm weiter.« Sie stapfte los, ignorierte die Zweifel, die Kayne in ihrem Inneren gesät hatte.

Selbstverständlich war einiges an Robs Geschichte undurchsichtig, aber sie glaubte einfach nicht, dass er sie angelogen hatte.

»Unser Zusammentreffen kann nur Zufall gewesen sein«, sagte sie mit Bestimmtheit, während sie den letzten Hügel erklommen. Sie bemerkte sehr wohl, dass Kayne bei Weitem nicht seine alte Kondition zurückhatte, denn er keuchte heftig. »Die Frasers haben schließlich bestätigt, dass Rob schon lange bei ihnen lebt.«

»Vielleicht hat er ihr Gedächtnis manipuliert. Drachen gebieten über starke Magie, und zu was sie alles in der Lage sind, weiß niemand genau«, stieß er hervor, und Leána verdrehte die Augen. »Das Geräusch schlagender Flügel damals in den Bergen, das war Rob! Weshalb hat er uns nicht geholfen?«

»Damals tobte ein Unwetter, er hat uns einfach nicht gesehen, das hat er mir erzählt.«

»Der Kerl lügt! Sicher war alles von ihm geplant.«

»Das macht keinen Sinn. Nein, unser Zusammentreffen war Zufall – oder Schicksal.«

»Schicksal!«, höhnte Kayne.

»Ich denke, viele Dinge sind vom Schicksal vorherbestimmt! Soll es wirklich nur reiner Zufall gewesen sein, dass Zauberer ausgerechnet meine Mutter geschickt haben, um meinen Vater nach Albany zu holen? Kaya, die in ihrem früheren Leben Lorana gewesen war, trifft auf Atorian ...«

»Ach ja«, unterbrach er zynisch. »Und was ist mit Samukal, der meine Mutter ohne ihr Wissen geschwängert hat? Oder die Tatsache, dass Nal'Righal dich als deine zukünftige Gemahlin ansieht?«

»Na ja, das vielleicht nicht«, räumte sie ein.

»Dann sind also nur die guten Dinge vorherbestimmt? Könnte man doch fast meinen, oder?« Er schüttelte den Kopf und wirkte nun sehr verstimmt. »Denk doch nur an Atorian, der genau in dem Augenblick getötet wurde, als sein Glück perfekt schien. Er war kurz davor, Albanys Thron zu besteigen, und Kaya war endlich wieder an seiner Seite. Nein, Leána. Wenn überhaupt, dann gibt es Vorhersehung nur für die dunkle Seite. Die guten Dinge, die uns widerfahren, sind nur die Fehler, die dem Bösen unterlaufen.«

Leána sah ihn irritiert an. Zynismus war eine Sache, doch Kaynes Worte eben entsprangen reiner Verbitterung.

»Das klingt düster«, sagte sie leise.

»So ist die Welt nun einmal«, entgegnete er ungerührt.

»Kayne, ich weiß nicht, und jetzt hör bitte damit auf.« Sie beschleunigte ihre Schritte und ließ ihn einfach hinter sich zurück. Das war zwar nicht sonderlich höflich, aber sie wollte sich jetzt nicht weiter mit Kayne auseinandersetzen. Dennoch wusste sie von nun an, dass es in Kaynes Seele dunkler aussah, als sie bislang angenommen hatte.

Der Pfad wand sich weiter den Berg hinauf, anschließend schlängelte er sich an einem Abhang entlang. In der Ferne konnte man bereits einen Sandstrand ausmachen, trotzdem mussten sie noch eine Weile über steiniges Gelände klettern und einen Bach überqueren, bis sie ihn erreicht hatten. Der weiße und schwarze Sand, der sich miteinander vermischte, bildete einen interessanten Kontrast zum tiefen Blau des Meeres. Hohe Klippen rahmten das weitläufige Ufer ein, und eine stetige, nach Salz und Seetang riechende Brise wehte den Gefährten entgegen. Die Rufe der Seevögel hallten von den Felsen wider, wurden untermalt von den träge ans Ufer plätschernden Wellen. Nicht weit entfernt erspähte Leána ein Haus.

»Manchmal wird es an Besucher der Insel vermietet«, erklärte Rob in diesem Augenblick, »momentan ist es jedoch verlassen.«

Toran machte es sich auf einem Stein bequem und packte erst einmal seinen Proviant aus. Rob beobachtete ihn mit einem Schmunzeln, und Leánas Blick wanderte zu Kayne, der in einiger Entfernung mühsam angestapft kam. Da sie ein schlechtes Gewissen plagte, rannte sie zu ihm und fasste ihn am Arm.

»Komm, ich helfe dir.«

»Ich komme schon zurecht«, schnaubte er.

»Kayne, es tut mir leid«, lenkte sie ein. »Bitte akzeptiere, dass ich Rob sehr gernhabe.«

»Dann solltest du akzeptieren, dass ich ihm misstraue.«

Kayne war einer ihrer besten Freunde, und Leána hätte sich gewünscht, er wäre Rob gegenüber offener und freundlicher. Aber wenn dies nicht der Fall war, so konnte sie das auch nicht ändern. »Versuch doch bitte, ihm eine Chance zu geben.« Als

Kayne den Mund öffnete, schüttelte sie den Kopf. »Und ich verspreche, ein wenig vorsichtiger zu sein, schließlich kenne ich ihn tatsächlich noch nicht lange.« Sie zwinkerte ihm zu. »Liebe macht blind, wie man so schön sagt. Das ging dir doch sicher auch schon so, oder nicht?«

»Hm, mag sein«, gab er widerwillig zu, stellte jedoch eine äußerst grimmige Miene zur Schau.

Endlich hatten sie zu den anderen aufgeschlossen.

»Geht es dir gut, Kayne?«, erkundigte sich Rob.

»Ja, ganz wunderbar.« Ächzend ließ er sich neben Toran auf den Stein sinken und beachtete Rob nicht mehr.

Rob hob lediglich eine Augenbraue, dann blickte er in den grauen Himmel. »Wir müssen bis Mitternacht warten, danach fliegen wir.«

Den Tag verbrachten sie gemütlich am Strand. Leána bemühte sich, ein wenig zwischen Kayne und Rob zu vermitteln, denn eigentlich hätten sie sich doch verstehen müssen. Sie waren beide mehr oder weniger von ihrem eigenen Volk geächtet, wurden misstrauisch beäugt, auch wenn die Ausmaße bei Rob noch drastischer waren, hatte man ihm doch einen Teil seiner Existenz als Drache genommen. Dennoch sprachen Kayne und Rob kaum miteinander, lediglich prüfende Blicke warfen sie sich zu, wenn sie glaubten, der andere achte nicht darauf. Toran hingegen bemühte sich, mit beiden gut auszukommen. Das hatte Leána schon immer an ihrem Cousin gemocht. Vorurteile kannte er kaum.

Nachdem sie schon lange nicht mehr mit ihrem Bogen geübt hatte, nutzte sie die Zeit und schoss einige Pfeile auf Treibholz, welches sie am Fuß eines sanften Hügels aufstellte. Pfeil um Pfeil verließ surrend die Sehne, und fast alle fanden ihr Ziel. Rob beobachtete sie eine Weile, und nachdem sie gemeinsam die Pfeile wieder eingesammelt hatten, fasste er sie an der Hüfte und küsste sie auf die Stirn.

Als Drache muss ich mich vor dir in Acht nehmen. Du könntest einen von uns mit deinen Fähigkeiten vom Himmel holen.

»Dann solltest du dich besser bemühen, mich nicht zu verärgern«, scherzte sie und fuhr über den Dunkelelfenbogen. Sie liebte diese Waffe, und erst jetzt fiel ihr auf, wie sehr sie es vermisst hatte, sie regelmäßig zu benutzen. Als sich schließlich die Abenddämmerung über das Land senkte, sammelten Toran und Leána Treibholz zusammen und entzündeten ein kleines Feuer. Kayne murmelte einen Spruch, woraufhin ein silberner Blitz seiner Hand entwich, und kurz darauf tanzten Feuergeister über dem Holz. Kayne beschwor die feurigen Wesen weiterhin, ließ sie ein Feuerrad bilden, größer und imposanter, als es eigentlich hätte sein müssen. Leána war durchaus klar, dass er ein wenig vor Rob angeben wollte, doch der reagierte nicht und starrte nur unbeteiligt in Richtung der Berge.

»Woher weißt du, wann du dich verwandeln kannst?«, fragte Kayne irgendwann unfreundlich.

»Ich spüre es«, antwortete Rob knapp.

»Aha, dann hoffe ich, du wirst es bald spüren.« Kayne verschränkte die Arme vor der Brust, ließ seinen Kopf gegen den Fels sinken, an dem er saß, und schloss die Augen.

»Wohin fliegen wir zuerst?«, wollte Toran wissen.

»Zu den magischen Orten des Südens«, klärte ihn Rob auf. »In Albany befanden sich Portale in dem von den Göttern zerstörten Süden des Landes«, gab Leána das Wissen der Elfe Lharina wieder. Rob blickte sie an, und Leána nickte. »Das Elfenportal von Albany soll sich unweit der Küste befunden haben, und tatsächlich kenne ich einige von Magie erfüllte Stätten dieser Welt, auf die diese Lage zutreffen könnte.«

»Lharina würde sich so sehr freuen, wenn wir das Weltentor finden.« Toran kratzte sich an der Wange. »Aber sag, könnten wir uns nicht auch London ansehen? Mein Onkel, also Leánas Vater, hat so viel davon erzählt. Ich würde gerne wissen, was davon der Wahrheit entspricht.«

»Wenn ihr das möchtet.« Rob warf Leána einen fragenden Blick zu, und die nickte.

»Das wäre wunderbar!«

»London ist eine riesige Stadt. Ich müsste mich ein ganzes Stück außerhalb auf unbewohntem Land verwandeln. Wir müssen darauf hoffen, uns im Nebel verbergen zu können.«

»Ich möchte das Haus sehen, in dem Darian gewohnt hat«, sprudelte Toran los. »Und diese Universität, an der er Aramia kennengelernt hat. Außerdem hat er von den vielen Menschen erzählt, die dort leben. Rob, stimmt das tatsächlich?«

»Zuerst suchen wir das Portal«, bestimmte Rob. »Und später können wir uns immer noch diese riesige Stadt ansehen.«

»Wenn wir das Portal gefunden haben, werden wir höchstwahrscheinlich hindurchgehen, die Elfen besuchen und keine Zeit für einen Ausflug in die Stadt haben«, gab Kayne mit scharfer Stimme zurück.

Sowohl Leána als auch Toran stutzten.

»Auch wieder wahr«, stimmte Toran zu.

»Also wollt ihr zuerst die Stadt erkunden?«, fragte Rob.

»Wir möchten nur einen kurzen Blick darauf werfen.« Leána lächelte Rob an. »Mein Vater hat uns so viel über das Londoner Nachtleben erzählt. Dies ist etwas, das ich mir nicht vorstellen kann, dennoch schwärmte Vater manchmal davon.«

Rob zuckte mit den Schultern. »Nun gut, ich schlage vor, wir fliegen in dieser Nacht in den Süden, sehen uns eine magische Stätte an, ob sie nun ein Portal hat oder nicht – danach bringe ich euch nach London.«

»Und wenn es sich tatsächlich um das Elfenportal handelt?«, wandte Kayne ein.

Leána trat zu ihm und verwuschelte ihm die Haare. »In diesem Fall haben wir Glück, aber es wird auch noch am folgenden Tag dort stehen, und wir können zunächst in die große Stadt gehen.«

Ungeduldig strich sich Kayne die Haare glatt und fuhr sich über seinen Stoppelbart. »Von mir aus.«

Voller Spannung warteten sie auf Mitternacht. Schließlich

war es so weit. Rob entfernte sich ein paar Schritte von ihnen – und die gleiche wundersame Wandlung setzte ein, die schon Leána so verblüfft hatte. Toran blieb der Mund offen stehen, und Kayne murmelte: »Ich dachte wirklich, er macht uns etwas vor.«

Nun stand der grünschwarze Drache in seiner ganzen Pracht vor ihnen, schlug ungeduldig mit den Flügeln und sagte zu Leána in seiner Sprache: *Steigt auf, es ist ein langer Flug.*

Nacheinander kletterten sie auf Robs breiten Rücken, versuchten, es sich auf den blanken Schuppen so bequem wie möglich zu machen. Zum Glück konnte man sich an den spitzen Stacheln festhalten. Ganz vorne saß Toran, der sich mit beiden Händen an einem der vielen kurzen Hörner festkrallte, die Robs gesamten Hals bis zum Schulteransatz zierten. Leána klammerte sich an Toran, und Kayne hatte seine Arme um ihre Hüfte gelegt. So hofften sie, den Flug heil zu überstehen. Torans Augen leuchteten, als er sich zu Leána umdrehte.

»Siah wird mir das nicht glauben!«

»Siah wird uns so einiges nicht glauben«, spekulierte Leána.

Und schon katapultierte sich Rob mit einigen zunächst recht unbeholfenen Flügelschlägen in die Lüfte. Es ruckte und zuckte unter ihnen, deshalb mussten sie sich gut festhalten. Doch schon bald hatte Rob seine Flughöhe erreicht und glitt elegant zwischen den Wolken dahin. Die Landschaft, so sie denn einen Blick darauf erhaschen konnten, raste unter ihnen entlang. Toran stieß einen Freudenschrei aus.

Wenn er nicht ruhig ist, werde ich ihn hinunterwerfen, drohte Rob.

Leána lachte laut auf. *Das wirst du nicht, denn er ist mein Cousin. Er freut sich, Rob, und als ich das erste Mal auf einem Drachen geritten bin, konnte ich auch nicht an mich halten.*

Menschen, brummte er.

So faszinierend der Ritt auf einem Drachen auch war, mit der Zeit wurde es unbequem, kalt, und immer wieder flogen sie durch dichte Wolkenschichten und Sprühregen.

Jedes Mal, wenn Leána sich umdrehte, erkannte sie, dass sich Kaynes Gesicht mehr und mehr anspannte, auch sein Griff um ihre Hüfte wurde zunehmend fester.

Rob, können wir eine Pause einlegen?, sprach sie daher zu ihm, als der Wind noch einmal auffrischte und durch ihre nassen Kleider fuhr. *Ich glaube, Kayne hält nicht mehr lange durch.*

Wir sind gleich an unserem Ziel angekommen. Haltet euch fest!

»Festhalten!«, schrie Leána ihren Freunden zu, und kurz darauf schraubte sich der Drache in die Tiefe. Leána glaubte, ihre Gedärme gleich ausspucken zu müssen, und auch Toran stieß einen entsetzten Schrei aus. Doch schon erkannte sie in einiger Entfernung das Meer, offenes Weideland, Felder, bald auch Häuser und Straßen. Mond und Sterne spendeten heute kaum Licht, und Leána fragte sich, wie es sich für Kayne und Toran anfühlen mochte, durch diese alles verschlingende Dunkelheit zu fliegen. Der Wind riss an ihren Haaren, sie konnte kaum atmen und musste sich an Robs zackigem Rücken und an Toran festhalten. Als sie schließlich landeten, riss die Wolkendecke zumindest ein wenig auf. Sie befanden sich auf einer Wiese, unweit von ihnen standen zwei vergleichsweise kleine Monolithen und ein in der Mitte hohler Stein in Form einer Scheibe.

»Was für ein Flug«, stöhnte Toran, ließ sich hinabgleiten und schwankte ein wenig.

Auch Leána fühlte sich etwas steif. Mehr Gedanken machte sie sich aber um Kayne, der reichlich blass im Gesicht war und sich zusammenkrümmte, als er auf die Erde sprang.

»Kayne, was ist los?«, fragte sie erschrocken und fasste ihn am Arm.

Doch er schüttelte den Kopf. »Schon gut ... geht gleich wieder.«

»Du hättest doch bei den netten Frasers bleiben sollen.« Toran betrachtete ihn besorgt und half ihm, sich auf einen Stein zu setzen.

Kayne atmete tief durch, rieb sich die Seite und blickte sich dann um. »Ein magischer Ort, das kann ich spüren. Aber sollte nicht ein Portal erscheinen, wenn du in der Nähe bist, Leána?«

Vor ihren Augen verwandelte sich Rob zurück in seine Menschengestalt. »Es mag an mir liegen«, erklärte er. »Ich entferne mich ein Stück.«

Kayne blickte ihn fragend an, aber Leána wusste, was er meinte. Sie beobachtete, wie Rob langsam davonschlenderte, und fuhr mit der Hand über die alten Steine. Doch auch nachdem Rob außer Sichtweite war, zeigte sich kein magisches Leuchten. »Lharina sprach von elfischen Zeichen, die in den Stein eingemeißelt waren und das Portal bezeichneten.« Leána betrachtete die Steine ganz genau. »Hier sehe ich nichts.«

Ächzend stand Kayne auf. »Das mag in dieser Welt anders sein, oder Wind und Regen haben sie im Laufe der vielen Sommer und Winter verblassen lassen.« Er seufzte tief und hielt sich an einem der Felsen fest.

»Gut, hier ist also kein Portal.« Leána konnte die Magie spüren, die an diesem Ort pulsierte. Nicht so stark und durchdringend, wie sie es aus Albany kannte, aber dennoch vorhanden. Wahrscheinlich war dies in alten Tagen ein Ritualort gewesen, jetzt vergessen und in Mythen und Legenden versunken. Aber in eine andere Welt gelangte man von hier aus nicht.

Nun kehrte auch Rob zurück. Er machte ein erwartungsvolles Gesicht, aber Leána schüttelte den Kopf.

»Leider ist das nicht die Stelle, die wir suchen.«

»Dieser Ort ist als Man an Toll bekannt. Früher war dies ein Steinkreis«, erzählte Rob. »Die Menschen erhalten ihre heiligen Orte leider nicht mehr.«

»Das ist traurig.«

»Und was machen wir jetzt?«, fragte Toran.

»In der Nähe gibt es noch einige weitere magische Orte, und auch der Kreis der neun Jungfrauen ist nur einen kurzen Flug weit entfernt«, schlug Rob vor. »Noch bleibt ein wenig Zeit bis zur Dämmerung, wir könnten rasch hinfliegen.«

Aus Kaynes Richtung kam ein Stöhnen, und Leána streichelte ihn am Arm. »Du kannst hier mit Toran warten.«

Auch ihr Cousin schien davon nicht abgeneigt zu sein und zog Brot und Wurst aus seinem Bündel.

»Nein, allein mit …« Kayne beendete seinen Satz nicht. »Ich begleite euch.«

»Bleib besser hier.« Mit einem bedauernden Achselzucken reichte Toran ihm seinen Beutel. »Ich gehe mit den beiden. Du könntest Feuer machen, dann haben wir es warm, wenn wir zurückkommen.«

»Na gut«, stimmte Kayne zu.

Also verwandelte sich Rob noch einmal, und sie flogen über das nächtliche Land. Auch der Kreis der neun Jungfrauen gab nicht das preis, was Leána sich erhofft hatte, ebenso wenig wie die anderen Steinkreise und Monolithen, zu denen Rob sie brachte. Leána wunderte sich, wie viele magische Stätten es hier im Süden gab, und sie fragte sich, ob das in Albany einst ebenso gewesen war.

Die ersten Strahlen der Morgendämmerung brachen durch die Wolken, als sie wieder bei Kayne und Toran waren. Rasend schnell verwandelte sich Rob, ein Flimmern, ein flappendes Geräusch, dann trat er in Menschengestalt auf sie zu.

»Was passiert eigentlich, wenn du noch in der Morgendämmerung fliegst?«, erkundigte sich Toran und nahm etwas von der Suppe, die Kayne zubereitet hatte.

»Ich stürze ab«, sagte Rob einfach.

»Ist dir das schon passiert?«

»Ja.« Er stellte eine verschlossene Miene zur Schau und setzte sich auf den Boden.

Gemeinsam verspeisten sie ihr Frühstück; das kleine Feuer vertrieb die Kälte des langen Fluges aus Leánas Innerem kaum, trotzdem war es schön, in die Flammen zu blicken.

»Dann müssen wir wohl bis zur Nacht warten, ehe wir nach London fliegen können«, überlegte sie.

»Nein.« Rob zog einige dieser bunten Papierscheine aus seiner Hosentasche. »Wir können fahren.«

Neugierig streckte Toran seine Hand nach den Geldscheinen aus. »Verwandeln sich diese Dinger mit dir?«

»Alles, was ich bei mir trage«, bestätigte Rob. »Die Menschen dieser Zeit legen viel Wert auf dieses bedruckte Papier. Lange konnte ich das nicht verstehen, und ich selbst benötige kaum etwas davon. Die Frasers versorgen mich mit Unterkunft und Nahrung, und so konnte ich einiges davon sammeln. Nun können wir es gemeinsam ausgeben.«

»Was man davon wohl alles erwerben kann?« Fasziniert betrachtete Toran die Scheine.

»Vieles«, versicherte Rob mit einem Lächeln. »Kayne, kannst du weiterlaufen? Wenn wir zur nächsten Ortschaft wandern, rufe ich uns ein Taxi – das ist die moderne Form einer Kutsche, und die bringt uns nach London.«

»Selbstverständlich kann ich gehen«, gab Kayne unfreundlich zurück.

»Ein … Taxi? Ist das so etwas wie ein … Bus?«, erkundigte sich Toran.

»Ihr habt doch Autos gesehen, ein Taxi ist ein Auto, das von einem Chauffeur gefahren wird, vergleichbar mit einem Kutscher.« Schmunzelnd deutete Rob auf die geräucherte Wurst. »Du solltest weniger essen – falls dir das Fahren in einem solchen Wagen nicht bekommt.«

Etwas wehmütig betrachtete Toran die Wurst und steckte sie wieder weg. »Die Fahrt in Michaels Auto hat mir auch nichts ausgemacht. Kannst du diese Dinger eigentlich selbst steuern, Rob?«

»Ich habe es gelernt – ich hatte ausreichend Zeit.«

»Ich würde es auch gerne einmal versuchen«, überlegte Toran laut.

»Dann würden wir allerdings Liliths Kräuter doch noch brauchen können, befürchte ich«, stellte Kayne trocken fest.

»Lästermaul!«, schimpfte Leána gutmütig, während Toran diesmal nicht auf die Provokation einging.

»Jetzt kommt, ich möchte London sehen!«

»Eure Waffen werdet ihr zurücklassen müssen«, ermahnte Rob sie.

Weder Leána noch den beiden anderen behagte dies, aber schließlich versteckten sie Schwerter, Dolche und Leánas Bogen unter Felsen in einem Gebüsch. Nur ihr Messer im Stiefel behielt Leána vorsichtshalber bei sich.

Sie wanderten zum nächsten Dorf. Rob klopfte an einem Haus und erkundigte sich höflich, ob man ihnen ein Taxi rufen könne. Er gab den älteren Leuten einen der Scheine, und die luden Leána und ihre Freunde sogar noch auf eine Tasse Tee in ihrem Rosengarten ein, um die Wartezeit zu überbrücken.

Es dauerte nicht lange, bis ein schwarzes Auto hielt. Rob erhob sich, und Leána bewunderte mal wieder seine geschmeidige Art, sich zu bewegen, und jetzt, da sie wusste, dass er eigentlich ein Drache war, erschien ihr das auch als ganz natürlich. Etwas von der Anmut dieses Volkes blieb mit der Verwandlung erhalten. Ein wenig ärgerte es sie, dass sie kaum noch mit Rob allein war. Sie sehnte sich nach seinen Zärtlichkeiten, seinen Küssen. Sie schloss die Augen und seufzte leise, als sie sich neben Rob auf den Rücksitz quetschte und er ihre Hand in seine nahm.

Ein Seitenblick auf Kayne zeigte, wie sehr er ihre Zuneigung zu Rob missbilligte. Toran saß schon neben dem Fahrer, einem Mann mittleren Alters mit Schnurrbart.

»Wo wollt ihr denn hin?«

»Nach London!«, rief Toran sogleich.

»Puh.« Der Mann kratzte sich am Kopf. »Das wird aber teuer. Wir werden gut und gerne sechs Stunden unterwegs sein – je nach Verkehrslage.«

»Wir haben genügend Geld!« Er zog Robs Geldbündel hervor, woraufhin sich die Augen des Fahrers weiteten.

»Na, wenn das so ist! Ich bin Murdo.« Der Wagen setzte sich

in Bewegung, und unterwegs unterhielt sie Murdo mit lustigen Geschichten von seiner Tätigkeit als Taxifahrer. Wenn er nicht sprach, dann summte er fröhlich zu den Liedern, die aus einem Gerät ertönten, bei dem es sich, wie Rob Leána flüsternd erklärte, um ein Radio handelte.

Zunächst erschien Leána die Landschaft nicht einmal ungewöhnlich. Natürlich gab es sehr viel mehr Straßen, Steinmauern oder Zäune als in Albany, aber die Dörfer waren verhältnismäßig klein. Doch ab der Mittagszeit änderte sich so einiges. Der Verkehr wurde dichter, mehr und mehr Autos, Busse und riesige Lastwagen bevölkerten die breiter werdenden Straßen. Haus reihte sich an Haus, und diese Gebäude ragten teilweise unglaublich hoch in den Himmel. Leána und ihre Freunde kamen aus dem Staunen nicht mehr heraus, und Rob erklärte ihr das meiste in Gedankensprache zu dieser Welt. Dies wollte sie erst später an ihre Freunde weitergeben. Zu gewaltig waren die Eindrücke, als dass sie sie nun in raschen Worten ihren Gefährten hätte erzählen können.

»Wo soll ich euch denn rauslassen?«, fragte Murdo, nachdem sie weiter und weiter in diese riesenhafte Stadt eindrangen.

Rob beugte sich zwischen den Sitzen vor. »Setzen Sie uns in der Nähe des Towers ab!«

Ihr Fahrer nickte, steuerte das Taxi mit bewundernswerter Gelassenheit durch den dichten Verkehr und hielt schließlich vor einer aus Stein erbauten Brücke an, die sich über einen breiten Fluss spannte. Rob nahm Toran die Geldscheine ab, reichte Murdo einige davon, dann verließ er als Erstes das Auto. Leána wusste gar nicht, wo sie zuerst hinsehen sollte. Diese gigantische Brücke, die Festungsanlage in der Nähe, die vielen Menschen, die umherhasteten. Sie war völlig überwältigt.

»Kommt.« Er fasste Leána an der Hand und führte sie durch das Gewimmel. Vor der Festungsanlage blieb er stehen. »In diesem Gebäude wurden so einige Feinde der englischen Könige hingerichtet«, erzählte Rob.

»Tatsächlich?« Toran schirmte mit der Hand seine Augen gegen die Sonne ab. »Diese Festung ist gigantisch, es müssen also viele Verbrecher dort ihr Dasein fristen.«

»In diesem Teil der Welt wird niemand mehr hingerichtet«, erwiderte Rob.

»Nicht?«, fragte Toran entsetzt. »Aber wie verfährt man dann mit Vergewaltigern und Mördern?«

»Man sperrt sie ein.«

Er blies die Wangen auf. »Dann benötigt man in der Tat eine riesige Festung. Mutter würde das nicht zulassen!«

»Die Regierung in diesem Land hat eine andere Gesinnung. Es gibt zwar ein Königshaus, aber das erlässt keine Gesetze mehr.«

»Und das lässt sich die Königsfamilie gefallen?«, stieß Toran mit weit aufgerissenen Augen hervor.

»Es ist eine andere Welt, Toran.« Rob schlug ihm auf die Schulter und schob ihn weiter.

Er führte sie durch diese laute, pulsierende Stadt. Allein die zahlreichen Gerüche und unterschiedlichsten Geräusche waren beeindruckend, aber gleichzeitig auch erschreckend, und von der überwältigenden Geräuschkulisse war nicht nur Leána verschreckt. Immer wieder bemerkte sie, wie auch Toran und Kayne zusammenzuckten. Geschäft reihte sich an Geschäft. Es gab so viele Tavernen, dass die drei jungen Leute aus Albany nur die Köpfe schütteln konnten. Straßenmusiker führten ihre Kunst vor, Menschen hasteten umher, ohne sich nach dem anderen umzudrehen. Viele schienen mit sich selbst zu sprechen, aber Rob meinte, sie würden telefonieren. Schon bald war Leána völlig erschöpft.

»Können wir einen ruhigeren Ort suchen?«, bat sie Rob.

Der streichelte ihr sanft über die Wange. »Mich überfordern diese Städte ebenfalls. Ich bringe euch zu einem Park.« Suchend sah er sich um und schlug dann den Weg durch weitere Straßen ein, die allerdings weniger hektisch wirkten als die Einkaufsstraßen, in denen sich Besucher aus aller Herren Länder gedrängt hatten.

Bald erkannte Leána dichtes Grün und atmete auf, als sie auf den Wegen unter den Schatten spendenden Bäumen umherschlenderten.

»Das ist aber kein richtiger Wald«, stellte Toran fest und riss die Augen weit auf, als ihnen ein kräftiger Mann entgegenkam. Er ging leicht vornübergebeugt und machte seltsam zuckende Bewegungen, während seine Lippen lautlose Worte formten.

»Welcher Rasse gehört er an?«, flüsterte Toran Rob zu. »Nicht einmal ein Dunkelelf hat so nachtschwarze Haut! Seine Statur entspricht ohnehin eher der eines Waldtrolls.«

Beruhigend legte Rob ihm eine Hand auf die Schulter. »Das ist ein ganz normaler Mensch, einige von ihnen sind sehr dunkelhäutig.«

»Und weshalb zuckt er so?«, fragte Kayne kritisch. »Ist er nicht bei Sinnen? Ich habe das schon zuvor bei einigen Menschen bemerkt.«

Ein breites Grinsen entblößte Robs weiße Zähne. »Ihr seht diese dünnen Schnüre, die aus ihren Ohren kommen? Damit hören sie Musik.«

Toran schüttelte den Kopf. »Eigenartig. Ich würde lieber gemeinsam mit anderen schöner Musik lauschen oder dazu tanzen, anstatt zuckend durch die Bäume zu wanken.«

»Wie gesagt, es handelt sich um eine andere Welt, Toran«, sagte Rob lachend. »Hier würde man dich für irre halten, wenn du mit Schwert und Pferd durch den Park galoppierst.«

»Kein einziger Baumgeist«, stellte Leána traurig fest, nachdem sie es sich unter einer mächtigen Linde bequem gemacht hatten.

»Elementargeister mögen keine Städte«, erklärte Rob. »Viele gibt es ohnehin nicht in dieser Welt.«

»Würde es mehr geben, wenn sich hier weitere Drachen ansiedeln würden?«, wandte sich Kayne an Rob.

»Das wäre gut möglich.«

»Weshalb schickt dein Volk dann nicht noch mehr Drachen?«

»Das kann ich dir nicht sagen.« Rob sprang auf. »Ich besorge etwas zu essen.« Schon eilte er den Weg entlang.

»Immer weicht er aus, wenn man von den Drachen spricht«, beschwerte sich Kayne.

»Er wurde verstoßen. Du sprichst doch auch nicht gern über Samukal – schon gar nicht vor einem Fremden«, stellte Leána richtig.

Kaynes Miene verfinsterte sich. »Er hat etwas zu verbergen, das spüre ich.«

»Und wenn schon«, seufzte Toran. Er streckte seine Beine aus und lehnte den Kopf gegen den dicken Baumstamm.

»Ja, ja, Hauptsache, er bringt etwas zu essen mit«, lästerte Kayne.

Leána verwuschelte ihm die Haare. »Toran ist eben nicht so schwarzseherisch wie du. Rob hat sich nichts zuschulden kommen lassen, und er zeigt uns einiges von dieser Welt. Das wollten wir doch.«

»Von mir aus können wir wieder gehen. Diese Stadt ist mir zu laut und zu hektisch.«

»Kayne wünscht sich wohl in Mamas ruhigen Südflügel in der Burg von Northcliff zurück.« Toran grinste breit, dann schlug er sich mit gespieltem Entsetzen auf den Mund. »Oh, sie lebt ja gar nicht mehr im Südflügel, sondern in Fehenius' altem Haus!«

»Toran!«, rief Leána. »Jetzt lass das doch!«

»Das stört mich nicht.« Betont gelangweilt verschränkte Kayne die Arme vor der Brust und schloss die Augen.

Zu Leánas Erleichterung wurden sie ohnehin abgelenkt, als Rob zurückkam. Auf den Armen balancierte er einige dieser seltsamen Verpackungen und auch Becher mit Getränken.

»Jetzt helft ihm lieber, statt zu streiten«, schlug sie vor.

Toran erhob sich, während Kayne demonstrativ sitzen blieb.

»Und ich soll verzogen sein«, grummelte der junge Prinz.

»Ich kuriere meine kaputten Rippen aus – und wem habe ich die zu verdanken, Toran?«

»Die beiden sind unmöglich«, lachte Leána und nahm Rob eine der Verpackungen ab.

»Fish and Chips!«, rief Toran.

»Ich bin erfreut, dem Prinzen von Northcliff dieses Festmahl servieren zu können«, spottete Rob gutmütig.

»Das ist wirklich schmackhaft!« Offenbar hatte Toran den Streit mit Kayne schon vergessen, gab ihm seine Packung und verspeiste seine Portion.

»Ich habe gesehen, heute Abend findet ein Rockkonzert statt«, erzählte Rob. »Möchtet ihr euch das ansehen?«

»Sofern du die Güte hättest, uns zu erklären, um was es sich dabei handeln soll?«, fragte Kayne, betrachtete kritisch ein durchweichtes Stück der geschnittenen Kartoffeln, die sie hier Chips nannten, und legte es schließlich zur Seite.

»Das ist eine bestimmte Musikrichtung. Laut, mitreißend, vielen jungen Menschen gefällt das.«

»Ich will es sehen«, sagte Toran sogleich.

Leána nickte ebenfalls, und Kayne hob gelangweilt die Schultern. Sicher wollte er nur nicht zugeben, dass er neugierig war.

»Gut.« Rob legte den Kopf schief und fasste Leánas Hand. »Begleitest du mich ein Stück?«

Sie bemerkte, wie Kayne mit dem Essen innehielt und Rob wütend anstarrte. Doch Leána nickte und sagte beschwichtigend: »Wir sind bald zurück.«

Sie verschwand mit Rob zwischen den Bäumen, ignorierte Kaynes Blick, der sich in ihren Rücken zu bohren schien. Hinter einer dicken Pappel hielt Rob an, legte sein Essen auf den Boden und zog Leána an sich. Dann küsste er sie mit einer Leidenschaft, die ihr den Atem raubte.

Ich habe das so vermisst, sagte er in ihren Gedanken.

Schauer liefen über Leánas gesamten Körper, und hätten sie sich nicht in einem gut besuchten Park befunden, sie hätte sich Rob auf der Stelle hingegeben. Doch so begnügten sie sich nur mit feurigen Küssen und zärtlichen Berührungen. Sie genoss es, von seinen starken Armen umfangen zu werden, und hatte das Gefühl, in seinen ungewöhnlichen Augen versinken zu müssen. Leidenschaft und Liebe las sie heraus, aber auch diese seltsame Trauer schimmerte in diesem Spiel aus dunklem Braun und Blau. Zumindest erahnte sie nun, wie alt diese Traurigkeit sein musste und wie lange er sie schon mit sich herumtrug.

Daher zog sie ihn näher zu sich heran, wollte ihn für eine Weile vergessen lassen, was ihm widerfahren war, und streichelte über seine weichen Haare, die ebenso schwarz waren wie ihre eigenen.

»Leána, ich liebe dich schon jetzt viel zu sehr«, flüsterte er in ihr Ohr.

Kapitel 33

Verfolgt

»Bei sämtlichen Göttern! Diesen Lärm ertrage ich nicht länger!«, brüllte Kayne Leána ins Ohr. Inmitten einer Horde aus schreienden, grölenden und größtenteils hoffnungslos betrunkenen Menschen hatten sie eine ganze Weile dieser sogenannten Rockband gelauscht. Während Leána und Toran sich ein wenig von der berauschten Stimmung hatten mitreißen lassen, war Kaynes Miene immer griesgrämiger geworden.

So sehr Leána diese neue Erfahrung anfangs genossen hatte, so sehr schmerzte der Lärm nun ihre feinen Ohren. »Gut, lass uns gehen!«, schrie sie zurück, zerrte Toran kurzerhand mit sich, und bald standen sie abseits der Menschenmenge.

»Mir hat das gefallen«, beschwerte sich Toran. »Ich werde ein solches *Konzert* zu meinem nächsten Geburtstag in Northcliff veranstalten lassen.«

»Kaya wird begeistert sein«, entgegnete Kayne säuerlich.

»Du musst ja nicht kommen.« Toran trank den letzten Schluck von seinem Bier und verzog den Mund. »Wenn Horac das Zeug trinken müsste, würde er den Brauer in die tiefsten Katakomben des Unterreichs verbannen und einem Mhortarra vorwerfen.«

»Und das zu Recht«, stimmte Kayne zu. Er klopfte sich auf sein rechtes Ohr und schüttelte dabei den Kopf. »Diese Musiker übrigens ebenfalls.«

»Ich fand diese Musik jedenfalls interessant«, widersprach Leána. »Allerdings bin ich jetzt froh, der Menschenmenge entkommen zu sein.«

Je mehr sie sich von dem Festplatz entfernten, desto dunkler und ruhiger wurde es. Nur hier und da kam ihnen ein Pärchen entgegen oder eine Gruppe junger Leute, die sich vermutlich noch einmal ins Getümmel stürzen wollte.

»Wir müssen uns einen ruhigen Platz für die Nacht suchen«, schlug Kayne vor.

»Wir sollten uns besser ein Zimmer nehmen.« So wie Rob das sagte, wusste Leána genau, was er im Sinn hatte, und ein wohliger Schauer durchfuhr sie.

»Ist doch nicht nötig, das Wetter ist gut«, meinte Toran unbedarft.

»Sehe ich auch so«, stimmte Kayne zu.

»Dort, hinter dem Gebüsch könnte es gehen!« Schon rannte Toran los, und Leána verdrehte die Augen.

Sie folgten Toran über den trockenen Rasen.

Wir sollten versuchen, sie zu überreden, teilte ihr Rob mit. *Ich möchte mit dir allein sein.*

Und ich mit dir, gab sie zu. *Sprich du mit Toran, der lässt sich am ehesten überzeugen.*

Daraufhin beschleunigte Rob seine Schritte, ging an Kayne vorbei, und Leána wollte gerade zu Letzterem aufschließen, als ihre Aufmerksamkeit auf etwas anderes gelenkt wurde. Ein Stück vor ihnen seitlich auf dem Weg konnte sie eine junge blonde – und zudem äußerst spärlich bekleidete – Frau ausmachen. Auf unglaublich hohen Schuhen stöckelte sie den Kiesweg entlang, aber mit einem Mal sprangen zwei Männer hinter einem Baum hervor. Leána blieb stehen, beobachtete kurz, was geschah, dann rannte sie los.

Einer der beiden Kerle hatte die Blonde ergriffen, der andere machte sich an ihrer Bluse zu schaffen.

Im Laufen schnappte sich Leána einen Ast.

»Hört sofort damit auf!«, schrie sie den Männern entgegen. Die Frau wimmerte und zappelte, die beiden Kerle lachten jedoch nur.

»Willst wohl die Nächste sein?«

Leána erkannte, wie der Blick des größeren, ausgesprochen muskulösen Mannes über sie wanderte.

»Eher nicht.« Sie richtete sich hoch auf, packte den Knüppel fester. »Lasst sie auf der Stelle los, sonst werdet ihr es bereuen!«

Die beiden Kerle lachten höhnisch auf. »Sehr witzig, Kleine. Bist verdammt hübsch. Was meinst du, Edgar, wollen wir lieber sie nehmen?«

In düstere Gedanken versunken schlurfte Kayne hinter Rob und Toran her, die miteinander sprachen. Dieser verdammte Drache wollte sich ein Zimmer mit Leána teilen, und Kayne wusste nicht, wie er das verhindern sollte, schließlich war Leána erwachsen und konnte tun, was sie wollte.

»Wo ist Leána?«, fragte Rob, nachdem er den Platz erreicht hatte, an dem Toran bereits seine Decke ausgebreitet hatte.

Verwirrt drehte sich Kayne um. »Gerade war sie noch hinter mir.«

Leise fluchend lief Rob los, und nach einem Augenblick des Zögerns rannte Kayne hinter ihm her.

Es dauerte nicht lange, bis sie eine Gruppe Menschen entdeckten, und Kayne erkannte auch Leánas Stimme.

»Das ist meine letzte Warnung, sonst könnt ihr euch auf etwas gefasst machen!«

»Was ist denn …?« Rob wollte bereits weiterrennen, aber Kayne hielt ihn zurück, denn im Licht der Sterne sah er, dass Leána gar keine Hilfe benötigte. Sie rammte einem der Männer ihren Stock in den Magen, wirbelte herum und trat mit einer blitzschnellen Bewegung dem zweiten zwischen die Beine. Trotzdem riss sich Rob los und stürmte vorwärts.

Langsam ging auch Kayne näher und beobachtete, wie Rob Leána kurz an sich drückte.

»Mir ist nichts geschehen«, versicherte sie ihm und ging zu der weinenden Frau, die auf dem Boden kauerte.

Rob hingegen zerrte einen der Kerle, der sich am Boden krümmte, in die Höhe. Bei dem Geräusch, das aus Robs Kehle kam, stellte sich jedes einzelne Haar an Kaynes Körper auf, und der Fremde musste Todesängste ausstehen, als Robs Gestalt zu flimmern begann. Auch Leána warf kurz einen Blick zurück und stutzte.

»Nie wieder wirst du eine Frau belästigen«, stieß Rob grollend hervor.

»Nein, nein, niemals ... Es tut mir leid ... der Alkohol«, wimmerte er, und als Rob ihn zu Boden stieß, krabbelte er hektisch davon, packte seinen stöhnenden Freund am Ärmel und zog ihn in die Höhe. »Nichts wie weg! Das ist ein Freak!«

Rob wollte offenbar zu Leána gehen, aber Kayne hielt ihn auf.

»Lass sie, sie tröstet das Mädchen.« Robs Kieferknochen spannten sich an, und Kayne blickte ihm provozierend in die Augen. »Deine Vorstellung wäre im Übrigen gar nicht nötig gewesen. Mit diesen zwei lächerlichen Gestalten wird eine Nebelhexe leicht fertig.«

»Du hättest sie wohl nicht verteidigt«, stieß Rob hervor.

»Wenn es nötig gewesen wäre mit meinem Leben!« Abschätzig wanderte Kaynes Blick über den Drachen in Menschengestalt. »Irgendwelche Drachenspielchen habe ich nicht nötig.«

Unwirsch machte sich Rob von ihm los. »Das sind keine Spielchen«, zischte er. »Ich bin ein Drache, kein Schoßtier. Und ich kämpfe für die, die ich liebe.« Damit ging er mit großen Schritten davon, und Kayne versetzte es einen Stich, als er Leána von hinten umarmte. Die blonde Frau tupfte sich gerade die Augen ab und bedankte sich bei Leána und Rob.

»Auch ich kämpfe für die, die ich liebe«, murmelte Kayne. »Dafür muss man kein Drache sein.«

Selbstverständlich hatten sie die verstörte junge Frau nach Hause gebracht und waren danach in ein Hotel gegangen. Dieses riesige Gebäude verunsicherte Leána, aber jetzt lag sie neben Rob, der tief und fest schlief. Die arme Alice tat ihr noch immer leid; die Kerle, die sie belästigt hatten, hingegen nicht. Beinahe hätte Leána laut gelacht, als sie daran dachte, wie überrascht die beiden gewesen waren, als sie sie niedergeschlagen hatte. Eilig presste sie eine Hand vor den Mund, um Rob nicht zu wecken, und betrachtete ihn. Wie er den einen Angreifer bedroht hatte, war beängstigend gewesen. Behutsam fuhr sie mit der Fingerspitze über das Silberplättchen an seinem Arm. Er war so fremd für sie, ein völlig anderes Wesen, auch wenn er die meiste Zeit menschlich wirkte. Aber vielleicht war diese Andersartigkeit ja auch genau das, was sie an ihm reizte. Vorsichtig stand sie auf, wusch sich im Badezimmer und zog sich an. In diesem Gebäude fühlte sie sich eingesperrt, daher wollte sie etwas frische Luft schnappen – so frisch, wie es in einer derart großen Stadt eben ging. Stille erwartete sie in den Gängen des Hotels, sicher schliefen alle Gäste noch tief und fest. Der Mann am Eingang nickte ihr verschlafen zu, als sie an ihm vorüberging und hinaustrat. Zu dieser frühen Zeit herrschte wenig Verkehr, zu Fuß war niemand unterwegs, und das Licht des Morgens erhellte den Himmel nur ganz spärlich. Die Arme um den Körper geschlungen schlenderte Leána durch die Straßen und bestaunte die Bauwerke dieser fremdartigen Welt. Hier also hatte ihr Vater so lange gelebt – und er hatte mit seinen Ausführungen nicht übertrieben, wie sie und Kayne als Kinder stets gedacht hatten.

Mit einem Mal hatte sie das Gefühl, beobachtet zu werden. Sie drehte sich um, aber da war niemand. Daher ging sie weiter, doch die Empfindung, Blicke im Rücken zu spüren, blieb. So oft sie auch über die Schulter spähte, konnte Leána nichts erkennen, doch ihr Unbehagen verstärkte sich – eine instinktive Ahnung, dass etwas nicht stimmte. Daher drehte sie um, wollte – so es denn eine Gefahr gab – dieser ins Gesicht sehen. Sie zog das Messer vorsichtshalber aus ihrem Stiefel und ging festen Schrittes voran. Ein dicker Mann kam aus einer Seitengasse und redete laut vor sich hin. Sicher sprach er mit einer weit entfernten Person, so wie das viele Menschen hier mit diesen sogenannten Mobiltelefonen taten, aber er beachtete sie nicht und eilte die Straße entlang. Als Leána an einer schmalen, finsteren Seitengasse vorbeiging, erhaschte sie links von sich eine Bewegung. Irgendjemand verschwand sehr hastig in einem Hauseingang. Sie blieb stehen, überlegte, was sie tun sollte. Wer auch immer das gewesen war, hatte er sie verfolgt? Oder war das reiner Zufall gewesen? Nach der Sache im Park hielt sie einen Verfolger für nicht ganz ausgeschlossen. Offenbar gab es auch in dieser Welt Schurken. Aber nun ging sie zurück zu Rob, und das Gefühl, beobachtet zu werden, kehrte auch nicht zurück – zumindest nicht in diesem Moment.

»Welch einen Sinn macht es, wenn Siah die Pferde der anderen zu einem Bauern bringt und dann allein hierher zurückkommt?« Darian blickte in die müden und verzweifelten Gesichter von Kaya, Aramia und Nordhalan – und er erkannte nur ein Spiegelbild von sich selbst. Sie hatten sich am Walkensee getroffen und zerbrachen sich jetzt schon so lange die Köpfe über den Verbleib von Leána, Kayne und Toran, kamen jedoch zu keinem Ergebnis. Die drei schienen wie vom Erdboden verschluckt.

Ganz Albany war rebellisch gemacht worden. Patrouillen durchforsteten mittlerweile jeden noch so abgelegenen Winkel, und auch an das Unterreich hatte Kaya Nachricht senden lassen.

»Es gab keine Erpressungsversuche, keine Morddrohungen«, überlegte Nordhalan laut, wobei er sich über seinen langen silberschwarzen Bart strich. »Mein Gefühl sagt mir, sie sind am Leben.«

»Aber wo verdammt noch mal sind sie nur!« Kaya sprang von dem Findling auf, auf dem sie gesessen hatte, und ging ruhelos auf und ab. Gemeinsam mit den Soldaten aus Northcliff suchten sie den Walkensee ringförmig nach Spuren ab. Auch heute

Abend waren sie wieder zum Ufer zurückgekehrt und starrten auf die aufgewühlte Oberfläche, als könnten sie dort eine Antwort auf ihre vielen Fragen finden.

»Königin Kaya.« Lautlos, wie es die Art der Dunkelelfen war, trat Jel'Akir zu ihnen und verneigte sich. Für ihr Volk war sie von eher kleiner Statur, ihre Haare schimmerten in einem dunklen Grau, das man im ersten Moment für schwarz halten konnte. Jels Augen zeigten eine ähnliche Färbung und zeugten zudem von Wissbegierde und Klugheit. »Wenn Ihr es erlaubt, werde ich die nächtliche Suche anführen.«

»Natürlich, Jel.« Kaya machte eine müde Handbewegung, woraufhin die schlanke Dunkelelfe zwischen den Büschen verschwand.

Darian erhob sich. »Ist Lilith schon aufgebrochen, Mia?«

Seine Gefährtin nickte. »Sie bringt Siahs Asche auf die Nebelinsel und kommt dann zurück, um bei der Suche zu helfen.« Er bemerkte die Träne, die sich aus Aramias Augenwinkel löste, und musste selbst schlucken.

»Kommt, lasst uns sehen, ob Hauptmann Sared eine Spur gefunden hat.«

Gemeinsam mit Kaya machten sie sich auf den Weg zu dem provisorischen Zeltlager. Feuer glommen in der Dämmerung, und Ersatzpferde warteten auf neue Reiter. Diejenigen, die sich nicht gerade ausruhen durften, patrouillierten und behielten das Lager im Auge. Darian spürte eine bleierne Müdigkeit, wusste jedoch, dass er erneut keinen Schlaf finden würde, wenn er sich hinlegte.

Tatsächlich vernahmen sie schon von Weitem ein lautes Streitgespräch.

»Wenn Ihr Eure Männer nicht weiter ausschwärmen lasst, findet Ihr niemals eine Spur!«

»Erklärt mir nicht, wie ich meine Arbeit zu machen habe«, erfolgte der nüchterne Kommentar, und nun erkannte Darian auch den Hauptmann von Northcliff. Er stand einem etwa gleich großen Mann gegenüber, und dieser drehte Darian nun seine markante Adlernase zu – Lord Petres.

Auf der Stelle wandelte sich die verbissene Miene des Lords in eine äußerst erfreute. »Königin Kaya, es ist mir eine Ehre, Euch meine Dienste zur Verfügung zu stellen.« Er eilte zu ihr, küsste ihre Hand und betrachtete sie mitleidig. »Selbstverständlich bin ich sogleich aufgebrochen, als ich von Torans Verschwinden hörte.«

»Selbstverständlich«, hörte Darian Sared knurren.

Doch sofort stellte der Hauptmann wieder seine gefasste Miene zur Schau und straffte die Schultern.

»Euer Hauptmann sollte den Suchradius bis zum Zwergenreich ausweiten, sonst finden wir den Mörder nie!«

»*Wir*«, der Hauptmann betonte dieses Wort ganz besonders, »werden den Mörder auf unsere Art finden. Und sofern wir ins Zwergenreich eindringen, könnte König Hafran das in der momentanen Lage als Bedrohung ansehen.«

»Das ist leider richtig«, stimmte Kaya zu und rieb sich die Schläfen. »Besonders nach der Sache, die Edur uns erzählt hat.«

»Sared, wenn Ihr Männer ins Zwergenreich entsendet, dann nur einzelne Späher, die sich nach Spuren umsehen.«

»Möglicherweise handelt es sich bei dem Verbrecher sogar um einen Zwerg«, spekulierte Petres. »Vielleicht will Hafran Northcliff provozieren!«

»Ein Zwerg, der eine Nebelhexe schändet und ermordet? Macht Euch nicht lächerlich, Petres.« Aramias Augen verengten sich.

»Die Zwerge brachten Mischlingen noch niemals großes Verständnis entgegen«, widersprach er mit beleidigtem Tonfall und blickte Zuspruch suchend zu Kaya, die jedoch schwieg.

»Etwas, das das kleine Volk mit Euch gemein hat«, bemerkte Sared hingegen nüchtern wie immer.

Sofort plusterte sich der Lord auf, warf einen vorsichtigen Seitenblick auf Aramia und begann, sich zu rechtfertigen. »Ich habe nichts gegen Nebelhexen, im Gegenteil, sie sind ...«, er räusperte sich, »beachtliche Wesen ... nur ...«

»Möchtet Ihr sie sicher auf der Nebelinsel verwahrt wissen«, beendete Aramia trocken den Satz, aber ihre Augen sprühten Funken, und der Lord wich einen Schritt zurück.

»Das habe ich niemals gesagt.«

»Schon gut, Lord Petres«, lenkte Kaya ein. »Viele fürchten die Nebelhexen, aber nur, weil sie zu wenig über sie wissen. Unsere Bemühungen, dem Volk die Furcht vor Magie zu nehmen, tragen leider nur langsam Früchte.«

Der hochgewachsene Lord lächelte ihr zu, nahm noch einmal ihre Hand und hauchte einen Kuss darauf. »Das Volk bemüht sich zu lernen.«

»Ich begebe mich besser auf die Suche, statt Reden zu schwingen.« Sared salutierte und eilte davon.

»Königin Kaya, gestattet Ihr es mir, mit Euch zu speisen und Euch am Morgen auf Eurem Ritt zu begleiten?«

Kurz zögerte Kaya, dann nickte sie Petres zu. »Es wäre mir eine Ehre. Lasst Euch zu essen geben, ich selbst bin nicht sehr hungrig.«

»Ich bestehe darauf, dass Ihr mich begleitet.« Er fasste sie am Arm und geleitete sie mit sanftem Nachdruck zu den Kochfeuern.

»Ich möchte darauf wetten, dass er nicht nur das Abendessen mit Kaya teilen möchte«, brummte Darian.

»Das denke ich auch. Und Sared würde das nur zu gern verhindern.«

»Sared?«, wunderte sich Darian.

»Hast du es nicht bemerkt?«

»Was?«

Lachend strich sie ihm über die Haare. »Männer! Sared hat ebenfalls Interesse an Kaya.«

»Denkst du wirklich?«

»Ja.« Aramia ließ sich an einem der Feuer nieder, und Darian tat es ihr gleich. »Ich muss sagen, weder Petres noch Sared wären nach meinem Geschmack, aber für Kaya könnte es gut sein, wieder einen Partner zu haben.«

»Sared!« Darian schüttelte den Kopf und konnte sich kaum vorstellen, dass der stets so beherrschte Hauptmann sich tatsächlich in Kaya verliebt haben könnte. »Nun gut, er mag Seiten an sich haben, die uns verborgen sind.«

»Hauptmänner sind meist sehr korrekt, aber trotzdem war mir Torgal lieber«, sagte Aramia, dann schmunzelte sie und legte ihren Kopf auf Darians Oberschenkel, »und selbst Nassàr mit seinem ewigen Genörgel.«

»Das stimmt, andererseits ist Sared ein herausragender Krieger und hat sich als äußerst zuverlässig herausgestellt.«

Aramia blieb ihm eine Antwort schuldig, aber als er den Kopf ein wenig drehte, bemerkte er, dass sie ganz unvermittelt eingeschlafen war. »Schlaf nur, Mia, das ist gut«, flüsterte er und angelte nach seinem Umhang, um sie zuzudecken.

»Können wir diese entsetzlich laute Stadt heute verlassen?«, fragte Kayne beim Frühstück.

Sie aßen in einem großen Saal mit zahlreichen Tischen, und Toran stand schon zum zweiten Mal am Büfett und lud sich den Teller voll.

»Du hast heute Nacht nicht gut geschlafen, oder?«, erkundigte sich Leána, denn Kayne trug dunkle Ringe unter den Augen.

»Es war laut, es war heiß, und wenn man das Fenster aufmacht, kann man nicht einmal die Sterne sehen«, beschwerte er sich.

»Wir fahren später aufs Land, und heute Nacht verwandle ich mich. Dann können wir weiter nach dem Elfenportal suchen«, schlug Rob vor.

»Gut«, stimmte Leána zu, und Kayne nickte grimmig.

»Was ist mit dem Haus, in dem Onkel Darian gelebt hat?«, protestierte Toran. »Ihr wolltet es doch sehen!«

»Kennst du die Adresse, Leána?«, fragte Rob.

Die schüttelte den Kopf. »Nein. Vater erzählte nur von einem Herrenhaus, das in einem großen Park steht.«

»Das trifft auf zahlreiche Häuser in den vornehmen Teilen Londons zu«, gab Rob zu bedenken. »Wir könnten tagelang suchen.«

»Dann lasst uns das Haus vergessen«, schlug Kayne vor. »So wichtig ist es auch wieder nicht.«

»Ich würde trotzdem gerne noch ein wenig in London bleiben«, widersprach Toran und straffte die Schultern. »Schließlich ist es gut für die Bildung eines zukünftigen Königs, die Hauptstadt einer anderen Welt besser kennenzulernen.«

Rob schmunzelte, während Leána ihren Cousin in die Seite boxte. »Du hast doch weniger Interesse an der Kultur dieser Welt als an ihren Tavernen.«

Toran ließ sich lediglich zu einem Schnauben herab und schaufelte mit düsterer Miene seine Mahlzeit in sich hinein.

Kapitel 34

Glastonbury Tor

Nachdem sie ihre Sachen zusammengepackt hatten, folgten sie Robs Vorschlag und fuhren mit dem Taxi aufs Land hinaus. Noch einmal konnten die drei jungen Leute diese gewaltige Großstadt mit ihren architektonischen Kunstwerken bewundern. Westminster Abbey, Big Ben, Buckingham Palace und all die anderen prächtigen Gebäude waren wirklich beeindruckend. Besonders als sie den Königspalast passierten, drückte Toran seine Nase an der Autoscheibe platt.

»Imposant, aber schlecht zu verteidigen«, murmelte er.

»So wie ich mich an die Burg von Northcliff erinnern kann, ist die tatsächlich strategisch besser gelegen«, stimmte Rob zu. »Ist sie noch immer so prächtig anzuschauen?« Ein verträumter Glanz trat in seine Augen. »Hoch über dem Nordmeer thronend, die Wellen, die sich an seinen Mauern brechen, und die mächtigen Türme, die sich in den Himmel erheben und den Stürmen trotzen?«

»Das ist sie«, versicherte Leána, legte ihren Kopf an seine Schulter und sagte in Gedankensprache: *Eines Tages wirst du sie wieder sehen!*

Rob lächelte nur traurig, aber Leána hatte sich fest vorgenommen, etwas für ihn zu tun. Selbst wenn er sie nicht begleiten wollte, so würde sie vor die Drachen von Albany treten, um mit ihnen zu sprechen. Schon einmal hatte sie die Herren des Feuers überzeugt, es würde erneut gelingen.

Den Tag verbrachten sie in einem Wäldchen, viele Meilen außerhalb von London, und gegen Mitternacht verwandelte sich Rob in seine Drachengestalt. Dank des Nebels, der gegen Abend aus den Gräsern aufgestiegen war, war es ihnen möglich, recht tief zu fliegen. Mehrfach konnte Leána magische Schwingungen wahrnehmen, ob nun durch Steinkreise oder andere besondere Orte verursacht, nur ein Portal fanden sie auch heute nicht.

Im Westen gab es doch eine ganze Reihe magischer Stätten, sagte Leána in Gedanken zu Rob, *wollen wir es noch einmal dort versuchen?*

Der Morgen ist nicht mehr fern, antwortete er. *Aber ein Stück können wir noch fliegen.*

Er drehte nach links ab, und seine Flügel peitschten mit brachialer Gewalt durch die Lüfte.

»Sollte er nicht bald landen?«, schrie Kayne irgendwann hinter ihr, und tatsächlich glaubte auch Leána, das erste Morgenlicht im Osten wahrnehmen zu können.

Aber just in diesem Moment, als sie über einem hohen Turm schwebten, der auf einem Hügel erbaut war, spürte sie es: starke magische Energie. Nebelgeister tanzten unter ihnen, durchscheinend, sphärisch, und ein silbern und goldenes Leuchten erschien genau über diesem Turm. Ein untrügliches Zeichen dafür, dass sich hier gerade der Weg in eine andere Welt öffnete.

Abrupt hielt Rob mit seinem Flügelschlag inne und ging in einen etwas langsameren Gleitflug über.

Ein Portal, schossen ihr seine Gedanken durch den Kopf. *Weshalb erscheint es, wenn ich …*

»Rob, wir sinken!«, schrie Toran mit hörbarer Panik in der Stimme.

Und tatsächlich glitten sie gefährlich nahe auf die Turmspitze zu. Hastig katapultierte sich Rob erneut in die Lüfte.

Tut mir leid, Leána, ich kann nicht hindurchfliegen, teilte er ihr voller Bedauern mit. Er schwenkte ab und landete auf einem nebelbedeckten Feld, wo er sogleich seine Menschengestalt annahm, nachdem seine drei Reiter abgestiegen waren.

»Leána, dort war ein Weltenportal!«, rief Kayne aufgeregt, und Leána lachte ihn freudig an.

Rob kam auf sie zu, schüttelte sich kurz und streckte seine Schultern. »Ich verstehe nicht, weshalb sich das Portal geöffnet hat, obwohl ich bei euch war.«

»Ist doch völlig gleichgültig, vielleicht ist meine Magie einfach stärker als dein Bann.« Leána drückte Rob einen freudigen Kuss auf die Wange und rannte den Berg hinauf. »Lasst uns sehen, was das für ein Portal ist!«

Sie achtete nicht darauf, ob ihre Freunde folgten, denn ein Prickeln hatte sie erfasst. Durch die zähe Nebelsuppe hastete sie den grasbewachsenen Hügel hinauf und konnte die Nebelgeister spüren, die den Turm umtanzten. Funkelndes Silberlicht, durchdrungen von einem Goldton, formte sich zu einem Bogen. Doch wenn Leána gedacht hatte, er würde den ganzen Turm überragen, so musste sie nun feststellen, dass er sich einige Schritte dahinter befand. Sehr viel niedriger als dieses Bauwerk, nur etwa in Kopfhöhe von Leána flogen die Nebelgeister einen wilden Reigen und zeigten so das Portal in eine andere Welt an.

Heftiges Keuchen ertönte hinter ihr, eine Hand hielt sie an der Schulter fest.

»Warte, Leána, du kannst nicht einfach hindurchtreten«, stieß Kayne hervor.

Sie war ganz verzaubert, so wie damals als Kind, als sie ihr erstes Portal entdeckt hatte.

Nun blickte sie sich zu ihrem Freund um. »Vielleicht ist das hier das Elfenportal. Lass uns nachsehen!«

»Nordhalan hat uns immer davor gewarnt! Wir könnten in einer feindlichen Welt herauskommen.« Kaynes Blick glitt über das vor ihnen aufragende Bauwerk, das im Licht des Weltenportals sandfarben schimmerte. »Ich kann nirgends an diesem Turm elfische Schriftzeichen erkennen, so wie Lharina sie beschrieben hat. Zudem tragen wir nicht einmal Waffen.«

»Ja, das stimmt schon«, gab Leána widerwillig zu. Sie wäre so gerne durch das Portal getreten. Ihre Neugierde konnte sie kaum zügeln.

Kayne untersuchte das Gemäuer des Turmes genauer, und auch Rob und Toran traten nun zu ihnen.

Kopfschüttelnd näherte sich Rob dem Portal, das noch immer in einem magischen Licht glomm.

»Siehst du, du könntest mit mir nach Albany kommen«, flüsterte Leána ihm ins Ohr, als er den Arm um sie legte.

»Ist es das Elfenportal?«, fragte Toran gespannt.

»Keine Elfenrunen«, erwiderte Kayne.

»Dieser Turm, manche Menschen nennen ihn statt Glastonbury Tor auch St. Michaels Tower, ist, wenn man die Geschichte dieser Welt betrachtet, noch nicht sehr alt«, erklärte Rob. »Alle magischen Übergänge werden von sehr viel älteren Steinen markiert, aus Tagen, die sogar lange vor der Zeit liegen, in der Atorian der Erste hier lebte.«

Trotz allem faszinierte Leána dieses Gebäude. Gewaltig ragte der Turm in den Himmel. Er hatte kein Dach, war aus hellem Stein errichtet und sprach von großer Baukunst. Staunend sah sie sich um. Der Turm erhob sich auf einem hohen Hügel, dessen terrassierte Hänge grasbewachsen waren. An diesem Morgen lag Nebel über dem Land, doch Glastonbury Tor ragte daraus hervor.

»Es ist, als würden wir auf einer Insel in einem Meer aus Nebel treiben«, sagte Leána leise zu Rob. Die Magie dieses Ortes durchflutete sie und schien ihre Gefühle für Rob noch zu verstärken. Als er ihr in die Augen blickte, fühlte sie sich ihm so unglaublich nah, so verbunden wie noch nie zuvor.

Liebevoll strich er ihr eine vom Nebel feuchte Haarsträhne aus der Stirn. »Die Menschen bezeichneten diese Insel als Avalon, denn in alten Tagen war sie von Wasser und Sumpf umgeben. Ich war schon einmal hier, habe Magie gespürt, doch niemals gedacht, dass an diesem Ort ein Portal sein könnte. Man brachte diese Insel mit König Artus, eurem Atorian dem Ersten, in Verbindung, und man glaubte, er sei hier in eine andere, bessere Welt hinübergegangen.«

»Unser Vorfahre?« Toran trat zu ihnen. »Er kam doch durch das Portal am Stein von Alahant!«

»Legenden sind häufig nicht ganz klar, nicht immer entsprechen sie der Realität.« Rob kniff die Augen zusammen, starrte auf das magische Portal. »Dennoch entspringt ihnen mitunter ein Funke Wahrheit. Hier gibt es einen Übergang in eine andere Welt.«

»Lasst uns doch hinübergehen und die andere Seite erkunden«, drängte Leána. »Wir haben Rob bei uns, er ist ein Drache, was soll denn da passieren?«

»Jetzt hat er Menschengestalt, da ist er kaum mehr von Nutzen als Toran oder ich«, entgegnete Kayne scharf.

Leána spürte, wie Rob sich anspannte, und auch sie ärgerte Kaynes abfällige Antwort.

»Er hat recht«, entgegnete Rob jedoch gelassen. »Zum einen bin ich mir nicht sicher, ob ich tatsächlich hindurchtreten kann – denn das wäre ein Wunder! Zum anderen lichtet sich der Nebel, und die Menschen, die rund um den Hügel leben, könnten uns beobachten. Wir sollten die Nacht abwarten und uns von dem Tor entfernen.«

Nur ungern wollte Leána noch warten, aber tatsächlich vertrieb eine leichte, angenehme Brise nach und nach die Nebelschwaden und gab den Blick auf Weideland und Häuser frei, die sich am Fuße des Berges befanden. Was Rob sagte, war nicht von der Hand zu weisen, und sicher war es besser, das Portal bliebe von den Menschen unbemerkt. Daher riss sich Leána von den Nebelgeistern los, und kurz darauf verblasste auch das Portal.

»Du bist unglaublich, Leána«, hauchte Rob ihr ins Ohr.

Sie stiegen einen befestigten Weg hinab, und bald erreichten sie die ersten Häuser. Hier und da war schon Licht in den Fenstern zu sehen. Ein alter Mann tapste verschlafen in Morgenmantel und Filzpantoffeln mit seinem ebenso betagten Hund die Straße entlang.

»Du hast wirklich keine verborgenen Elfenrunen aufspüren können, Kayne?«, wollte Leána wissen, während sie beiläufig die kleinen Häuser betrachtete, die hier dicht an dicht standen, teils mit liebevoll gestalteten Vorgärten.

»Nein, habe ich nicht. Aber wir sollten später noch einmal genauer danach suchen.«

»Der Hügel ist alt«, erzählte Rob, während sie durch die Straßen schlenderten. »Früher soll dort eine Befestigungsanlage gestanden haben, bevor man die Kirche errichtet hat, deren Ruinen man nun noch sieht.«

»Was soll eine *Kirche* sein?«, erkundigte sich Toran.

»Ein Ort, an dem die Menschen ihren Gott anbeten. St. Michaels Tower war eine solche Kirche. Man hat in dieser Welt viele derartige Bauwerke errichtet.«

»Du scheinst viel zu wissen, Drache«, stellte Kayne provokativ fest. »Aber dass es hier ein Portal gibt, war dir offenbar unbekannt.«

»Nun, junger Zauberer«, entgegnete Rob, ebenfalls mit einer Spur von Herausforderung in der Stimme, »wie ich sagte, ohne Leána bleiben mir die magischen Wege normalerweise verschlossen.«

Kayne schnaubte und schritt weiter voran, während Rob lediglich die Schultern hob.

»Es mag sein, dass dort in alten Tagen ein Steinkreis oder ein Monolith stand. Möglicherweise sogar eine Burg. Vielleicht haben sie den Hügel weiter aufgeschichtet und auf den Ruinen der Festung diese Kirche erbaut.«

»Vielleicht«, überlegte Toran laut. Doch dann schien der magische Hügel bei ihm auch schon vergessen. »Eine Bäckerei!

Rob, hast du noch Geld? Dann können wir unsere Morgenmahlzeit zu uns nehmen!«

Schmunzelnd nickte Rob, und so betraten sie das kleine Geschäft mit dem Gastraum, in dem es verführerisch nach frischem Gebäck duftete. Die Bedienung, eine Frau mit wirren blonden Haaren, eilte herbei, wobei die unzähligen Amulette, die um ihren Hals hingen, laut klapperten. Verdutzt blickte sie die vier an. »Ihr seid aber schon früh auf!«

»Können Sie uns Frühstück bringen?«, fragte Rob. Mit einem Zwinkern zu Toran hin ergänzte er: »Ein großes Frühstück!«

»Ja, selbstverständlich, setzt euch!« Sie deutete auf die leeren Tische, und so nahmen sie am Fenster Platz. Der gesamte Raum war mit Ornamenten wie Pentagrammen, Runen und Tüchern, die verschlungene Muster und Drachen zierten, geschmückt.

»Dieser Ort hier zieht viele spirituelle Menschen an«, erklärte Rob im Flüsterton. »Heiler, Wahrsager, Menschen, die sich für Druiden oder Zauberer halten. Einige sind es tatsächlich, aber die meisten nicht.«

»Seltsam«, wunderte sich Kayne. »Wie kann man sich für einen Zauberer halten, wenn man keiner ist!«

»In dieser Welt ist vieles eigenartig, und die Menschen haben es verlernt, mit Magie umzugehen.« Rob nahm eine Tasse Tee entgegen und nippte davon.

»Ein Tee trinkender Drache«, lästerte Kayne und lehnte sich in seinem Stuhl zurück. »Wenn die Wirtin das wüsste!«

»Ein wahrhafter Zauberer würde sie sicher ebenso beeindrucken«, meinte Rob mit einem angedeuteten Grinsen.

Gerade kam die Frau wieder aus der Küche heraus und balancierte gleich drei dampfende Teller in den Händen.

Sogleich sprang Toran auf und nahm ihr zwei davon ab.

»Oh, du bist aber ein wohlerzogener junger Mann!«, freute sie sich.

»Er hatte nur Angst um sein Frühstück«, brummte Kayne, woraufhin Leána ihm auf den Fuß trat.

Die Tür öffnete sich, und zuerst kamen zwei ältere Damen, anschließend eine junge Frau herein. Letztere trug einen riesigen Rucksack auf dem Rücken, ihre Haare waren zu Hunderten kleinen Zöpfen geflochten und mit bunten Perlen verziert. Seufzend ließ sie sich am Tisch neben Leána und ihren Freunden nieder, studierte die Karte und bestellte schließlich eine Tasse Kaffee.

Leána bemerkte, wie die junge Frau immer wieder zu ihnen herübersah, daher drehte sie sich nach einer Weile zu ihr.

»Bist du auch zu Besuch in Glastonbury?«

»Ja, bin ich. Ich heiße Anne.« Ein Strahlen überzog ihr herzförmiges Gesicht, das von großen grünen Augen beherrscht wurde. Sie freute sich ganz offensichtlich, dass Leána sie angesprochen hatte, und nachdem sich alle vorgestellt hatten, rutschte sie ihren Stuhl gleich in die Lücke zwischen Kayne und Leána.

»Ich darf doch, oder?«

Während Kayne lediglich eine Augenbraue hob, nickte Toran ihr freundlich zu und betrachtete ihre vielen Zöpfe ausgesprochen interessiert.

Eine Weile plauderten sie über ihre Reiseerlebnisse, wobei sich Rob sehr zurückhielt. Anne hingegen sprudelte geradezu vor Begeisterung über, und Leána entging nicht, dass sie Kayne immer wieder Seitenblicke zuwarf, die er allerdings entweder nicht bemerkte oder bewusst ignorierte.

»Ich bin das erste Mal in Glastonbury«, erzählte Anne gerade. »Und das, obwohl ich es mir schon ewig wünsche! Ich lebe in Nord Wales, aber meine Vorfahren sollen aus der Gegend hier stammen und …« Sie senkte ihre Stimmte und sagte geheimnisvoll: »… genau wie meine Mutter und Großmutter bin ich eine Hexe!«

Erwartungsvoll hob sie ihre Augenbrauen, aber Toran brummelte lediglich ein zustimmendes »Aha« und widmete sich einem Stück Schokoladenkuchen, das er bestellt hatte. Rob schmunzelte vor sich hin, und Kayne betrachtete sie von oben bis unten.

»Was du nicht sagst.«

»Nein wirklich«, beschwor sie ihn und machte dann eine ungeduldige Handbewegung. »Ich weiß, in Glastonbury tummeln sich viele Scharlatane, aber ich bin eine Erbhexe. Das liegt bei unserer Familie in den Genen!«

»Erbhexe.« Kayne verdrehte die Augen.

»Nun«, erklärte sie sogleich, als hätte sie auf dieses Stichwort gewartet, »in meiner gesamten Ahnenreihe gibt es Hexen und Zauberer! Und ich habe ihre Magie geerbt.«

»Und was bitte sind deine magischen Fähigkeiten?«, fragte Kayne.

Erneut senkte sie die Stimme und rutschte näher zu ihm heran. »Ich kann bestimmte Schwingungen spüren. Von Geistern und Wesen der anderen Welt.«

»Ach ja? Ich bin schwer beeindruckt.« Kaynes Stimme troff geradezu vor Ironie, und Leána warf ihm einen missbilligenden Blick zu, aber Anne schien überhaupt nicht beleidigt zu sein, sondern sah ihn regelrecht verliebt an.

»Ich könnte mit dir zum Glastonbury Tor gehen. Vielleicht nehme ich dort sogar einen Geist wahr und …«

»Hast du Nebelgeister dort oben gesehen?«, unterbrach er sie gereizt.

Sie zuckte zurück. »Was sollen Nebelgeister sein?«

Er verdrehte abermals die Augen und erhob sich ruckartig. »Ich brauche frische Luft – dringend. Hier sind mir zu viele magische Schwingungen.«

Damit verließ er den Raum, und Anne ließ die Schultern hängen. »Er kann wohl mit Esoterik nicht viel anfangen«, sagte sie bedauernd.

»Mach dir nichts draus«, versuchte Leána sie zu trösten. »Kayne ist manchmal ein bisschen ruppig.«

»Man hat es nicht leicht, wenn man übersinnliche Kräfte besitzt«, seufzte Anne. »Und eine echte Hexe zu sein ist ein hartes Los.«

»Ja, davon kann Leána ein Lied singen«, erwähnte Toran grinsend.

»Bist du am Ende auch eine Hexe?« Anne riss ihre Augen weit auf, aber Leána winkte ab.

»Ich bin ganz normal.« Sie blitzte Toran an, doch der grinste nur umso breiter.

»Sie würde vom Stuhl kippen, wenn sie wüsste, wer wir wirklich sind«, sagte er in der Sprache von Albany.

»Wag das ja nicht auszusprechen«, zischte Leána, während Anne sie verwundert betrachtete.

»Nein, sonst fresse ich dich nämlich heute Nacht doch noch«, ergänzte Rob trocken, woraufhin Toran sich an seinem Kuchen verschluckte.

»Sprecht ihr Gälisch?«, erkundigte sich Anne.

»Nein, unsere Sprache klingt nur so ähnlich«, lenkte Leána ab. »Nun, Anne, es freut mich, dich kennengelernt zu haben. Aber wir müssen jetzt gehen.« Sie machte Rob ein Zeichen, und der bezahlte am Tresen.

»Wollen wir nicht noch etwas gemeinsam unternehmen?«, fragte Anne enttäuscht. »Wir könnten uns die Stadt ansehen.«

»Nun … also …« Leána wusste nicht, wie sie Anne wieder loswerden sollte, ohne unhöflich zu wirken.

»Es gibt hier jede Menge Läden mit Räucherwerk und magischen Amuletten«, sprudelte die junge Frau los und packte ihre Sachen. »Lasst uns doch den Tag zusammen verbringen!«

Hilfe suchend schaute Leána zu Rob, aber der zuckte nur mit den Schultern. Nachdem offenbar niemand Anne abwimmeln wollte oder konnte, traten sie mit ihr ins Freie. Als Kayne mitbekam, dass Anne sich ihnen anschloss, verfinsterte sich sein Gesicht mal wieder derart, dass es Leána an die düstersten Sturmwolken über Northcliff erinnerte. Diesmal hatte sie es offenbar auf Toran abgesehen, dem sie lautstark von ihrer Mutter erzählte, die ständig irgendwelche Rituale durchführte, um die Geister der Ahnen zu besänftigen.

»Wäre ich einer ihrer Geisterahnen, ich wäre ebenfalls erzürnt«, raunte Kayne Leána zu. »Weshalb habt ihr sie nicht zurückgelassen?«

»Wir sind sie irgendwie nicht mehr losgeworden«, flüsterte Leána.

»Soll ich mein Glück versuchen?«

»Anne ist eigentlich ganz nett, ich möchte nicht, dass du sie vor den Kopf stößt!«

»Wie du meinst.«

Im Laufe des Tages begann Leána ihre Aussage zu bereuen, denn auch ihr ging die junge Frau, die beinahe ohne Unterbrechung von Zauberern, Magie und Kultgegenständen redete, bald gehörig auf die Nerven. Anne schleppte sie zu allen möglichen Läden, zu Plätzen, die angeblich magische Orte sein sollen, doch weder Leána noch Kayne oder Rob spürten etwas Derartiges. Als Anne gegen Abend vor einem mit Efeu bedeckten Haus anhielt und verkündete: »Ich habe hier in der Jugendherberge ein Zimmer gebucht. Ich muss mich dort melden und meine Sachen abgeben«, atmeten alle auf. »Wohnt ihr auch hier?«

»Nein!«, rief Toran aus.

»Wollen wir uns später noch treffen?«

»Wir reisen noch heute ab«, erklärte Rob, und Leána, Toran und Kayne nickten einstimmig.

»Das ist aber schade.« Anne umarmte zuerst Leána, dann alle anderen, wobei Kayne ein äußerst widerwilliges Gesicht machte, anschließend ging sie auf die Tür zu. »War schön, euch kennenzulernen. Schreibt mir doch mal, ihr findet mich auf Facebook als Anne Magic Witch.«

Toran nickte verbindlich und verzog den Mund. »Was auch immer das sein soll!«, flüsterte er, nachdem Anne im Haus verschwunden war.

Ein einstimmiges Seufzen entwich den vier Gefährten, und Kayne fuhr sich kopfschüttelnd durch die Haare. »Wie kann ein Mensch so viel und vor allem solchen Blödsinn reden, ohne auch nur Luft zu holen?«

Selbst Toran rieb sich die Schläfen. »Dieses Mädchen war wirklich seltsam.«

»Ich hoffe nur, sie kommt heute Nacht nicht auch auf den Gedanken, auf den Berg zu steigen«, ergänzte Kayne. »Noch einen Vortrag über *echte Hexenkünste* ertrage ich nicht.«

Sie waren rasch die Straße entlanggegangen, und Leána hatte plötzlich das Gefühl, einen Blick im Nacken zu spüren, daher drehte sie sich um. Sie befürchtete schon, Anne könnte ihnen gefolgt sein. Doch da waren nur drei Wanderer, die sich über eine Karte beugten, dennoch glaubte sie, einen Schatten gesehen zu haben, der eilig hinter einer Hausecke verschwunden war. War das Zufall gewesen? Es war wie in London, und Leána blieb stehen.

»Leána, was ist?« Rob berührte sie sanft am Arm.

»Ich weiß nicht, ich dachte, da war jemand.«

»Wer denn?«

»Kann ich nicht sagen.« Fröstelnd rieb sie sich die Arme.

Rob betrachtete sie mit zusammengezogenen Augenbrauen. »Fühlst du dich verfolgt?«

»Ich weiß nicht … irgendwie schon.«

»Hm.« Er fuhr sich über das Gesicht und deutete dann auf Toran und Kayne, die langsam weitergeschlendert waren. »Geh zu ihnen, ich bin gleich zurück.« Ehe sie auch nur anbieten konnte, ihn zu begleiten, war Rob elegant über einen Zaun gesprungen und zwischen den Hecken des nächstliegenden Hauses verschwunden.

Nachdenklich blickte Leána ihm hinterher. Hatte auch er sich verfolgt gefühlt? Drohte ihnen am Ende Gefahr?

»Leána, was ist denn?«, rief Toran von vorne, und sie schloss langsam zu ihnen auf, drehte sich aber immer wieder um. Mit einem Mal hatte sie Angst, Rob könnte nicht wieder zu ihnen zurückkommen, und die Sorge um ihn wuchs mit jedem Atemzug.

»Rob ist nur kurz fortgegangen«, antwortete sie zerstreut, als ihre Freunde sie erneut fragten, was denn los sei.

Bange Augenblicke vergingen, und Leána überlegte schon, ob sie Kayne und Toran bitten sollte, mit ihr nach Rob zu suchen, doch da kam er plötzlich die Straße heraufgerannt.

»Es ist alles in Ordnung«, versicherte er ihr und hielt Toran eine Tasche hin. »Hier, unser Abendessen.«

Leánas Cousin linste hinein und hielt dann mit skeptischem Blick eine dieser seltsamen durchsichtigen Verpackungen in die Höhe.

»Man nennt es ein Sandwich«, sagte Rob.

Toran drehte die Sandwiches eines nach dem anderen in der Hand herum, während Leána dicht bei Rob blieb.

»Ist dir etwas aufgefallen?«

Er schüttelte den Kopf und drückte ihre Hand, aber sie hatte den Eindruck, seine Miene war besorgt. Im Gegensatz zu den letzten Tagen wirkte Rob auf sie nun deutlich angespannter.

»Du hast niemanden gesehen?«, bohrte sie daher nach.

»Nein, nur ein paar Touristen. Und jetzt komm, lass uns am Fuße des Hügels essen. Später kannst du dann versuchen, das Portal noch einmal zu öffnen.« Rob deutete auf die Wiesen. »Wie es aussieht, bildet sich auch heute Nebel. Das ist gut für uns.«

Leána hatte das Gefühl, er verschwieg ihr etwas, verbarg seine Gedanken vor ihr, doch sie konnte ihn ja kaum zum Sprechen zwingen, daher ging sie nun schweigend neben ihm her, beobachtete ihn aber heimlich.

Doch Rob verhielt sich nicht auffällig. Kein verstohlener Blick über die Schulter, keine Anzeichen von Nervosität, trotzdem spürte Leána einfach, dass etwas nicht in Ordnung war, selbst wenn auch sie keine unmittelbare Gefahr entdeckte.

Am Fuße des Hügels verspeisten sie ihre Mahlzeit, legten sich ins weiche Gras und warteten auf den Einbruch der Nacht.

Leána war aufgeregt. Was mochte sie in der anderen Welt erwarten? Würde Rob tatsächlich mit ihnen durch das Portal gelangen, und galt sein Fluch auch dort? Oder würde er in einer anderen Welt die ganze Zeit über ein Drache sein? So viele Fragen, die sie beschäftigten und für die sie keine Antworten fand. Stattdessen blieb nur Unsicherheit in ihr zurück.

Sowohl Toran als auch Kayne rutschten nach einer Weile unruhig hin und her. Kayne erhob sich als Erster.

»Wir können noch einmal nachsehen, ob wir irgendwo elfische Schriftzeichen finden.«

»Ohne Licht?«, gab Toran zu bedenken.

»Leána sieht im Dunkeln, und wir werden uns anderweitig behelfen. Er trat zu einem Gebüsch, brach einen morschen Ast heraus und hielt diesen in der Hand. Nachdem sie den Hügel erklommen hatten, der nun menschenleer in der Dunkelheit lag, erzeugte er mit seinem Feuerstein einen Funken, murmelte einige Worte, und kurz darauf züngelte eine beachtliche Flamme an dem Holz.

»Beeindruckend, junger Zauberer«, sagte Rob.

»Nicht jeder kann Feuer speien«, gab Kayne zurück.

»Ich hatte das durchaus als Kompliment gemeint.«

An Kaynes Gesichtsausdruck erkannte Leána, dass er Rob kein Wort glaubte, aber im Augenblick wollte sie sich nicht um den Zwist der beiden kümmern. Stattdessen trat sie durch die Öffnung in dem Turm, die eine Art Tor bildete. Nachdem sie ein Stück weitergegangen war, spürte sie auch schon das magische Kribbeln.

»Leána, geh nicht weiter«, riet Rob. »Noch ist die Nebelwand zu dünn, und ich kann mich nicht vor Mitternacht verwandeln.«

»In Ordnung«, stimmte sie zu, auch wenn sie ihren Freunden liebend gern bei der Suche geholfen hätte. Toran hatte von

Kayne ebenfalls eine Fackel bekommen und untersuchte nun den Boden des Turmes. Kayne hatte sich auf den Knien niedergelassen, und Rob stieg ein kleines Stück den Hügel hinab – was auch immer er dort suchte.

»Soweit ich mich erinnern kann, müsste sich das Portal an dieser Stelle geöffnet haben«, rief Kayne Leána zu.

Sie spähte zu ihm hinüber. »Ich glaube, es war ein paar Schritte weiter in Richtung Turm.«

Kayne schob sich auf den Knien vorwärts, grub in der Erde und stieß kurz darauf einen leisen Ruf aus. »Hier!«

Instinktiv stürzte Leána vorwärts, hielt sich jedoch zurück, als sie ein starkes Kribbeln in ihrem Inneren spürte und sich der Nebel um Kayne zu verdichten begann. Sie wollte vermeiden, dass er unabsichtlich von dem Portal in die andere Welt katapultiert werden würde, deshalb trat sie zurück und blieb auf Abstand. Ungeduldig beobachtete sie, wie sich Rob und Toran um Kayne versammelten, hörte, wie sie aufgeregt redeten, vernahm etwas von Schriftzeichen und Elfen, und endlich kamen die drei zu ihr.

Kaynes Gesicht strahlte vor Aufregung, und er deutete auf die Stelle, an der er gekniet hatte.

»Ich habe dort sehr starke Energie gespürt und mit den Händen ein Stück der Grasnarbe entfernt.« Er legte seine mit Erde verschmutzten Hände auf Leánas Schultern, und seine Augen leuchteten. »Leána, ich bin auf einen Stein gestoßen, auf dem elfische Schriftzeichen eingemeißelt sind. Alt, verwittert, teilweise kaum noch erkenntlich. Aber sie ähneln jenen, die Lharina dir gezeigt hat.«

Leánas Herz begann schneller zu schlagen, und sie legte eine Hand vor den Mund. »Dann ist dort tatsächlich ein Portal in die Urheimat der Elfen«, flüsterte sie.

»Das ist sehr wahrscheinlich.« Kayne umarmte sie und drückte sie kurz an sich. »Leána, deine verrückten Einfälle sind doch nicht immer so verrückt, wie sie scheinen.«

»Mitternacht ist nicht mehr fern«, erwähnte Rob, woraufhin Kayne Leána losließ.

»Wirst du als Drache durch das Portal fliegen?«, wollte Toran wissen.

»Nein, dafür ist das Portal zu niedrig. Wie es aussieht, wurde der Monolith oder der Steinkreis, der es markiert, tatsächlich mit Erde bedeckt, daher zieht sich das Portal nur einige Fuß weit in die Höhe – viel zu klein für einen Drachen.«

»Nun gut, dann lasst uns warten.« Kayne setzte sich an den Turm und verschränkte die Arme vor der Brust.

Rob nahm Leánas Hand und führte sie ein Stück außer Sichtweite der anderen, dann küsste er sie zärtlich.

»Sollte mir der Zugang verwehrt bleiben, bitte ich dich, nicht hindurchzugehen.«

»Von Elfen droht uns doch keine Gefahr«, widersprach sie.

»Das weißt du nicht. Nicht alle Elfen sind gleich, ebenso wenig wie es alle Menschen, Drachen oder Dunkelelfen sind.«

»Das stimmt schon.« Nachdenklich kaute Leána auf ihrer Unterlippe herum, dann zog sie aus einem Impuls heraus ihr Amulett hervor und streifte es Rob über den Kopf.

»Was ist das?«

Er betrachtete es, strich bewundernd mit den Fingern über das Silber. »Es trägt Magie in sich!«

»Mit diesem Amulett ist mein Vater durch das Portal am Stein von Alahant getreten. Es war für Menschen ohne magische Fähigkeiten verschlossen. Vielleicht wird es auch deinen Bann aufheben.«

»Leána.« Er streichelte über ihre Wange. »Dieses Amulett wurde für etwas ganz anderes erschaffen. Ich denke nicht, dass es wirkt.«

»Nimm es trotzdem, man kann nie wissen.« Sie drückte ihm das Amulett auf die Brust und lehnte sich an ihn. Rob umfasste sie mit beiden Armen, und mit einem Mal wurde ihr wunderbar warm. Am liebsten wäre sie für immer hier stehen geblieben, selbst der Reiz der Elfenwelt verblasste vor der Verlockung, die Rob verströmte.

Aber schließlich rissen Kayne und Toran sie aus ihrer trauten Zweisamkeit. Die beiden diskutierten mal wieder lautstark miteinander, und als Leána sich widerstrebend von Rob löste und zu ihnen trat, erkannte sie, dass Toran sich einen Speer geschnitzt hatte.

»... auf jeden Fall ist es besser, nicht völlig unbewaffnet eine fremde Welt zu betreten.«

»Dieses Ding splittert, wenn ein Dunkelelf es auch nur schräg von der Seite her ansieht«, wandte Kayne ein.

»Glaubst du, es gibt auch Dunkelelfen?«

»Wo Elfen sind, werden auch Dunkelelfen leben.«

»Wer sagt euch eigentlich, dass Dunkelelfen grundsätzlich feindlich sind?«, regte sich Leána auf. Sie stützte die Hände in die Hüften und funkelte ihre Freunde wütend an.

»So wie du gerade vor uns stehst, würde sicher niemals jemand auf diesen Gedanken kommen«, feixte Toran.

Leána schnaubte und entspannte sich etwas.

»Und ich sage nur Nal'Righal«, fügte Kayne hinzu.

»Wie schön, dass ihr euch zumindest dann einig seid, wenn es darum geht, mich zu verspotten«, grummelte sie.

Grinsend legte Toran Kayne eine Hand auf die Schulter. »Wir waren schon immer gute Freunde, nur haben wir eben gelegentlich ... Diskussionsbedarf.«

Kayne nickte nachdrücklich, und Leána hob die Arme gen Himmel. »Verstehe einer die Menschen.«

»Sie sind schwer zu verstehen«, stimmte Rob mit einem Lächeln zu, woraufhin sich Kaynes Miene verfinsterte.

»Du bist zum größten Teil menschlich, Leána.«

»Vielleicht wäre es besser, Rob würde unsere Waffen holen«, überlegte Toran laut.

»Noch eine Nacht warten?« Leána konnte sich mit dieser Vorstellung gar nicht anfreunden.

»Kleine, ungeduldige Nebelhexe«, flüsterte Rob ihr ins Ohr, und sie kicherte leise, als seine Lippen ihren Hals berührten.

»Ich schlage vor«, ergriff Kayne nun wieder das Wort, »Rob und ich gehen voran und erkunden die Lage.«

»Und was ist, wenn euch etwas passiert?« Dieser Gedanke gefiel Leána überhaupt nicht. »Ihr könnt nicht zurück, weil sich das Portal für euch nicht öffnen wird, und Toran und ich stehen hier ohne Waffen.«

»Dann gehe ich mit Leána«, schlug Rob vor. »Ich kann mich von Mitternacht bis zum Morgengrauen jederzeit in einen Drachen verwandeln und sie das Portal öffnen.«

»Nein!«, rief Kayne sogleich aus.

»Gut, dann reise ich eben mit Kayne hinüber.« Leána sah ihre Freunde fragend an.

»Er ist noch ein sehr junger Zauberer«, gab Rob zu bedenken.

»Meine Fähigkeiten gehen über das bloße Feuermachen hinaus«, fuhr Kayne ihn an.

»So kommen wir nicht weiter«, sagte Toran gereizt. »Ich glaube, wenn Kayne und Leána gemeinsam hinübergehen, ist es das Beste. Sollten sie angegriffen werden und sich zurückziehen müssen, so kann Leána das Portal schnell wieder öffnen, während Kayne Magie wirkt.«

»Ich würde dich lieber begleiten.« Rob berührte sachte ihren Rücken.

»Dann wäre Toran allein hier.«

»Na hört mal, ich bin doch kein Kind mehr.« Er kratzte sich am Kopf. »Nur wüsste ich nicht, was ich tun soll, falls euch die Rückkehr verwehrt bleibt.«

»Einen Bus nehmen, zum Loch Ness fahren, darauf hoffen, dass die Weltennebel aufziehen, durch das Portal tauchen und Nordhalan holen«, schlug Kayne mit einem Grinsen vor.

»Jetzt kommt schon, ein Drache, ein Zauberer und eine Nebelhexe – es wird schon nichts geschehen.«

Entschlossen und ohne weiter auf die warnenden Rufe ihrer Freunde zu hören, trat Leána auf die Stelle zu, an der Kayne gegraben hatte. Nur wenige Atemzüge vergingen, dann verdichtete sich der Nebel. Nebelgeister tanzten um sie herum, das Portal spannte sich über dem Boden, erfüllte den Nebel mit hellem Licht, und jetzt konnte Leána sogar erkennen, wie die Schriftzeichen, die in den Stein graviert waren, in einem silbrigen Glanz erstrahlten. Sie trat direkt unter den Bogen – so wie stets von großer Ehrfurcht und diesem Rausch der Magie erfüllt. Für sie war es dann immer, als würden sich heiße Sonnenstrahlen einen Weg durch ihre Adern bahnen. Sie konnte Kayne und Rob hinter sich hören, wie sie leise miteinander sprachen. Kurz schloss Leána die Augen. Vielleicht würde gleich Lharinas sehnlichster Wunsch wahr werden.

Kapitel 35

Ohne Hoffnung

Die Stimmung am Walkensee wurde mit jedem Tag bedrückter. Niemand hatte eine Spur von den drei jungen Leuten gefunden, auch gab es keinen Hinweis, was mit ihnen geschehen war.

Inzwischen war Lilith wieder zurück und half bei der Suche. Siah hatten sie auf der Nebelinsel beerdigt. Sobald etwas über den Verbleib von Leána und den anderen bekannt war, würde eine Trauerfeier stattfinden. Selbst Murk hatte einige Trolle abgestellt, um entlegene Täler zu durchkämmen, ganz Albany war in heller Aufregung. Lediglich ein Fischer wollte einen bärtigen Mann in abgerissener Kleidung getroffen haben, der sich nach den vier Freunden erkundigt hatte. Konnte er Siahs Mörder sein? Rätsel gaben auch die halb verwesten Überreste eines Dunkelelfen auf, die man im Wald gefunden hatte. Ob er etwas mit der ganzen Sache zu tun hatte, blieb fraglich.

Kaya hatte Hauptmann Sared losgeschickt, um neue Erkundigungen einzuziehen, und auch Lord Petres war mit einigen Männern ausgezogen, suchte Kaya jedoch mindestens einmal am Tag auf, um ihr Trost zu spenden.

Darian ging davon aus, dass Petres Kaya mal wieder beeindrucken wollte, aber letztendlich zählte nur, dass Leána, Kayne und Toran gefunden wurden. Er selbst ritt jeden Tag umher, befragte, wen immer er traf, und kehrte manchmal auch erst nach einigen Tagen zurück.

Auf dem Rückweg zum See begegnete Darian Kaya und ihrer Eskorte, die aus nur drei Kriegern aus Northcliff bestand. Sie bahnten sich ihren Weg durch den dichten Wald, der den Walkensee umgab, und stellten sich sogleich schützend vor ihre Königin, gaben den Weg jedoch frei, nachdem sie Darian erkannten.

Kayas Gesichtsausdruck verriet ihm, dass es keine Neuigkeiten gab – zumindest keine guten.

»Darian, hast du etwas gehört?«, rief sie ihm schon von Weitem zu und ließ ihre Fuchsstute antraben.

»Nein, leider nicht.«

Es tat ihm in der Seele weh, wie sie so enttäuscht und verzweifelt ihre Augen schloss und den Kopf schüttelte. Doch plötzlich wurde er abgelenkt. Es war mehr eine Ahnung als eine reale Wahrnehmung. Er vernahm ein Surren, drehte sich um, sah einen Pfeil heranschnellen. Sofort warf er sich von seinem Pferd auf Kaya und riss sie aus dem Sattel. Gemeinsam schlugen sie auf der Erde auf, und Darian stöhnte, als sich ein Stein in seine Schulter bohrte. Die Wachen schrien alarmiert und kamen sogleich angaloppiert.

»Darian ... was ...« Kaya rappelte sich auf, aber da fiel ihr Blick schon auf einen Northcliffsoldaten, der einen Pfeil aus einem der nahe gelegenen Bäume zog.

Kaya riss ihre Augen auf, dann nickte sie Darian dankbar zu.

»Schwärmt aus«, befahl sie.

Rasch zog Darian sein Schwert. Während er Kaya in den Schutz einer Felsformation zog, suchten seine Augen nervös die Umgebung ab. Er glaubte, ein verräterisches Rascheln in den Bäumen zu hören, einen dunklen Schatten aus der Astgabel einer mächtigen Buche gleiten zu sehen, aber vielleicht täuschte auch das abendliche Zwielicht.

»Dort hinten!«, rief er einem der Soldaten zu, der daraufhin wachsam und geduckt auf ein Haselnussgebüsch zuschlich.

»Du solltest mehr Männer zu deinem Schutz abstellen«, sagte er zu Kaya, nachdem es keinen weiteren Angriff zu geben schien. Dennoch starrten sie in den Wald.

Kaya hatte ebenfalls ihre Waffe gezogen, er konnte ihre Anspannung förmlich spüren.

»Das hätte in diesem Fall auch nichts genützt.« Flüchtig streichelte sie seine Wange. »Ich danke dir, mein Freund. Ich befürchte, mit meinen Kriegersinnen ist es in meinem Alter nicht mehr allzu weit her.«

»Du bist müde, so wie wir alle«, versuchte er sie zu trösten.

»Denkst du, es war der Gleiche, der auch Siah ermordet hat und …« Kaya biss sich auf die Lippe, schluckte hörbar.

»Ich weiß es nicht.« Unruhig schweifte Darians Blick durch die Baumwipfel. »Der Pfeil sieht aus wie einer, den auch die 'Ahbrac benutzen. Aber man kann sie leicht nachmachen, wenn man uns auf eine falsche Fährte führen will. Schon einmal wurden Dunkelelfen fälschlich beschuldigt. Ich möchte keine voreiligen Schlüsse ziehen.«

Nachdenklich nickte Kaya und drehte den Pfeil, der für sie bestimmt war, in der Hand hin und her.

»Ich hätte nichts dagegen, Atorian ins Reich des Lichts zu folgen«, sagte sie mit abwesender Stimme, und als Darian zu einer empörten Entgegnung Luft holte, legte sie ihm ihre Hand auf den Arm. »Aber jetzt noch nicht. Toran ist noch nicht alt genug zum Regieren.«

»Das sehe ich ebenso«, bestätigte er voller Nachdruck. »Wir brauchen dich, Kaya, Albany braucht dich.«

»Lass uns zum Lagerplatz gehen, Darian. Ich möchte weitere Männer auf die Suche schicken.«

»Und auch einige Dunkelelfen«, schlug er vor. »Jel wird sicher gerne erneut ausschwärmen.«

»Ja, sie ist eine liebenswerte junge Dunkelelfe«, stimmte Kaya zu.

Dieses unfassbar magische Kribbeln strömte durch Leánas Körper. Intensive, doch sanfte Farben waren überall um sie herum, aber mit einem Mal baute sich eine milchig weiße Scheibe vor ihr auf. Wie eine Wand aus Nebel, der sich verdichtet hatte und Leána den Durchlass verwehrte. Sie hatte das Gefühl, an Ort und Stelle zu treten. Dann spürte sie eine starke Hand, die sie nach hinten riss, und plötzlich stand Leána wieder außerhalb des Portals.

»Was soll das, Kayne?«, schimpfte sie und rieb sich die Schulter.

»Wir können nicht hindurch«, sagte er verwundert. »Ich wollte nur verhindern, dass wir versehentlich in diese ... Zwischenwelt gelangen.« Er räusperte sich und spannte die Schultern an. »Dorthin, wo Samukal damals Dämonen beschworen hat.«

»Stimmt, daran habe ich gar nicht gedacht«, murmelte Leána. »Aber weshalb können wir nicht hindurch? Ich verstehe das nicht. Das Portal hat sich doch geöffnet.«

»Ich vermute, es liegt an mir«, erklärte Rob. »Wenn ihr es noch einmal versuchen wollt, entferne ich mich ein Stück.«

»In Ordnung.« Leána wollte jetzt nicht aufgeben, nicht so kurz vor ihrem Ziel.

Rob stieg ein Stück den Berg hinab, sie selbst schritt erneut mit Kayne auf das Portal zu. Als er zögernd ihre Hand ergriff, lächelte sie ihm zu. Er fühlte sich beruhigend gut an, seine Finger schlossen sich fest und warm um die ihren.

Gemeinsam gingen sie weiter – doch es war wie beim letzten Mal. Sie konnten einfach nicht hindurchtreten, wieder bildete sich diese seltsame Wand, die den Blick in die andere Welt verhinderte.

»Es liegt nicht an Rob«, stellte Leána verwundert fest, als sie wieder am Turm standen, wo Toran gespannt wartete.

»Offenbar nicht.« Kayne rieb sich die Schläfen. »Aber weshalb können wir dann nicht weiter?«

»Rob, du kannst wieder kommen«, rief Toran in die Dunkelheit, woraufhin der herbeieilte.

»Wie ich sehe, konntet ihr das Portal abermals nicht passieren«, wunderte er sich und stellte sich wieder dicht neben Leána.

»Ich verstehe das einfach nicht!«, rief sie verärgert.

»Möglicherweise ist das Portal von der anderen Seite aus verschlossen«, mutmaßte Rob.

»Das wäre eine Erklärung«, stimmte Kayne zu. »Nur aus welchem Grund?«

»Das kann viele Gründe haben.« Rob hob seine Hände zum Himmel. »Atorian der Erste wollte, dass nur noch bestimmte Menschen durch das Portal treten, da er seine Feinde fürchtete. Deshalb ließ er es verzaubern und die Amulette anfertigen.« Er nahm Leánas Amulett vom Hals und reichte es ihr. »Mag sein, dass die Bewohner der Elfenwelt ähnliche Beweggründe haben.«

»Kayne, kannst du nichts dagegen tun?«, fragte Leána ungeduldig.

»Ich wüsste nicht, was! Einen Bann zu lösen übersteigt meine Fähigkeiten. Ich habe selbst das Gefühl, in flüssigem Honig festzukleben, sobald ich durch das Tor gehen will.«

Wütend schnaubte Leána, lehnte sich gegen den alten Turm und starrte auf die Stelle, an der sich das Portal gebildet hatte.

»Wir gehen zurück nach Hause und fragen Nordhalan und die Elfen«, schlug Toran vor. Er nahm Leánas Hand. »Lharina wird mehr als glücklich sein, dass wir das Portal überhaupt entdeckt haben.«

»Vielleicht hast du recht«, sagte sie nachdenklich und wandte sich an Rob. »Können wir gleich losfliegen?«

»Wie die edle Dame befiehlt.« Er entfernte sich ein Stück von ihnen, verwandelte sich innerhalb weniger Augenblicke und stand in seiner Drachengestalt vor ihnen.

Haltet euch gut fest, wir müssen uns beeilen, wenn wir noch vor der Morgendämmerung den See erreichen wollen, teilte er Leána in Gedankensprache mit. *Zunächst müssen wir aber eure Waffen holen.*

Sie übersetzte es für ihre Freunde, und schon erhoben sie sich in die Lüfte und flogen gen Westen.

Kurz glaubte Leána, eine Gestalt nahe dem Turm wahrgenommen zu haben, als Rob sich vom Erdboden abgestoßen hatte, und für einen Moment fragte sie sich, ob das vielleicht Anne gewesen war, und sie musste schmunzeln. Doch dann konzentrierte sie sich darauf, auf Robs Rücken zu bleiben. Bald würde sie wieder in Albany sein, und sie freute sich sogar darauf.

Große Aufregung herrschte am Walkensee, als die Nachricht von dem Anschlag auf Kaya die Runde machte. Überall wurde nun nach dem Attentäter gesucht.

»Welch ein entsetzlicher Haufen Stümper!« Effekthascherisch kam Lord Petres ins Lager galoppiert, sprang aus dem Sattel, bevor sein Hengst auch nur zum Stehen gekommen war, und nahm Kayas Hand. »Königin Kaya, mein Herz begann erst wieder in dem Moment zu schlagen, als ich Euch wohlauf sah!«

»Schwülstiger Aufschneider«, knurrte Aramia neben ihm und biss grimmig in eine geräucherte Wurst – ein Mitbringsel von Edur, denn auch einige Zwerge waren nun eingetroffen.

Belustigt hob Darian eine Augenbraue. »Dann soll ich mich dir also nicht zu Füßen werfen, solltest du eine gefährliche Situation knapp überlebt haben?«

»Nein, deine sonstigen Liebeserklärungen gefallen mir bedeutend besser.« Sie legte ihren Kopf an seine Schulter, und er streichelte ihr über die weichen schwarzen Haare, während er Petres und Kaya weiterhin beobachtete.

»Auf der Stelle werde ich zehn meiner eigenen Männer zu Eurem Schutz abstellen«, tönte Petres und bedachte die Northcliffsoldaten mit wilden Blicken.

»Niemand hätte den Angriff aus dem Hinterhalt erahnen können«, antwortete Kaya. »Und zum Glück war ja Darian zur Stelle.« Sie lächelte ihm zu, während Petres seinen Kopf zu ihm drehte.

»Trotz allem solltet Ihr Euch nun mit weiteren Männern zu Eurem Schutz umgeben. Ich persönlich werde mich als Leibwache zur Verfügung stellen.«

»Die Betonung liegt hier wohl auf *Leib*«, brummte Aramia, was Darian zum Schmunzeln brachte.

»Mia, leg dich ein wenig hin, die Abenddämmerung ist nicht mehr fern, und da wolltest du doch mit Jel auf Patrouille gehen.«

»Das stimmt. Ach, Darian«, sie umarmte ihn fest, »wenn wir nur endlich wüssten, was mit Leána und den anderen geschehen ist.«

Er seufzte tief und blickte hinaus auf das stille Wasser des Walkensees.

Der rasche Flug mit dem Umweg zu ihren Waffen steckte ihnen allen in den Knochen, als sie kurz vor der Morgendämmerung in einem abgelegenen Waldstück am Ufer des Loch Ness landeten. Leána schlang die Arme um den Oberkörper und wippte mit den Zehen auf und ab, in der Hoffnung, warm zu werden. Toran mühte sich fluchend mit dem Feuer ab, und Kayne stellte sich neben sie, nachdem er trockenes Holz herbeigeschleppt hatte. Sie konnte sehen, wie auch er zitterte.

»Ich kann dir meinen Umhang geben«, bot er an und bemühte sich schon, die Kordel zu lösen.

»Du frierst genauso wie ich«, widersprach sie, auch wenn das Angebot verlockend war.

»Kayne, kannst du das verdammte Feuer anzünden?«, rief Toran zu ihnen herüber. »Meine Hände zittern so, dass ich nichts zustande bringe.«

»Einen Zauber zu wirken fällt mir, ehrlich gesagt, im Augenblick ebenfalls schwer.« Er stellte sich hinter Leána, schloss seine Arme um sie und bedeckte sie, so gut es ging, auch mit seinem Umhang.

»Danke, du bist ein Schatz«, seufzte sie.

»Der Drache kann nachher das Feuer entzünden«, schlug Kayne vor. Rob war noch einmal fortgeflogen, um zu jagen, denn sie wollten sich stärken, bevor sie in das kalte Wasser des Sees stiegen.

Die ganze Zeit über überlegte Leána fieberhaft, wie sie Rob dazu überreden konnte, mit ihr nach Albany zu kommen.

Nebel lag über den Bäumen, und auch die Wolken hingen tief. So konnte Leána lediglich an dem kräftigen Flügelschlag hören, dass Rob zurück war. Es dauerte eine Weile, bis er in Menschengestalt zwischen den Baumstämmen auftauchte.

Er hatte sich ein halbes Schaf über die Schulter geworfen, und sie musste schlucken, als sie zu dem Schluss kam, dass er vor wenigen Augenblicken erst die andere Hälfte roh verspeist hatte. Aber gut, Rob war nun einmal ein Drache.

»Na endlich!«, rief Toran ihm schon von Weitem zu. »Kannst du rasch Feuer speien?«

»Als Mensch schwerlich«, wandte Rob ein und beobachtete mit einer hochgezogenen Augenbraue, wie Kayne Leána wieder losließ. »Und wenn ich mich jetzt verwandle, werde ich versehentlich einige Bäume fällen. Hier ist nicht genügend Platz.«

»Ich werde es versuchen«, verkündete Kayne und ging mit großen Schritten zu Toran, der anfing, das tote Tier zu zerlegen. »Die Kälte steckt mir nicht mehr ganz so sehr in den Knochen.«

»Kann ich mit dir sprechen? Allein?«, fragte Rob.

Das war Leána nur recht, und so entfernten sie sich ein Stück. Auf einem umgefallenen Baumstamm setzten sie sich nebeneinander, und als Rob ihre Hand nahm, vertrieb seine Wärme auch das letzte Frösteln.

»Du darfst den Drachen von Albany nicht erzählen, dass du mich getroffen hast«, bat er.

»Weshalb denn nicht, Rob? Sie sind meine Freunde, und ich könnte sie bitten …«

Er schüttelte den Kopf. »Das ist etwas anderes, eine Sache, die ein Mensch nicht nachvollziehen kann. Versprich mir, nichts zu sagen.«

»Willst du denn nicht mit mir in Albany leben?«, fragte sie enttäuscht. Sie war davon ausgegangen, dass sie gemeinsam nach einem Weg suchen würden, der Rob zurück in seine Heimat brachte.

Rob atmete schwer aus, blickte gen Himmel und schüttelte den Kopf. »Nichts würde ich lieber tun, dennoch – es geht nicht. Du hingegen kannst hierherkommen. Jederzeit ist es dir möglich, durch das Portal zu schwimmen, und ich werde auf dich warten.«

»Dann sollen wir …« Sie blies die Wangen auf. »… eine Beziehung über zwei Welten führen? Im Geheimen? Das kann nicht dein Ernst sein!«

»Es ist die einzige Möglichkeit, Leána. Ich liebe dich.«

Sie entzog ihm ihre Hand, stand auf und ging weg. Tränen brannten in ihren Augen, denn sie konnte einfach nicht verstehen, weshalb er nicht einmal versuchen wollte, mit den Drachen zu sprechen. Diejenigen, die ihn damals verurteilt hatten, waren nicht mehr am Leben.

»Leána, komm zurück!«

»Ich muss jetzt allein sein«, sagte sie leise und hörte kurz darauf Rob in ihren Gedanken.

Bitte vertrau mir. Es ist besser, wenn wir uns nur in dieser Welt treffen.

Besser für wen?, dachte sie, verschloss ihre Sinne für Robs weitere Liebesbeteuerungen.

Traurig schlenderte sie durch die dichten Bäume. Sie hatte sich wirklich eine gemeinsame Zukunft mit Rob gewünscht.

Ein paar Rehe auf einer kleinen Lichtung sprangen plötzlich davon, und mit einem Mal trat ein Mann hinter einem der Bäume hervor. Leána blieb überrascht stehen.

»Wohin des Weges mitten in der Nacht?«, erkundigte sich der Mann mit heiserer Stimme. Weißes Haar hing auf seine Schultern herab. Er trug Lederhosen, und ein dicker brauner Pullover schlackerte um seinen ausgemergelten Körper.

Leána wusste nicht weshalb, aber irgendetwas an der Ausstrahlung des Mannes gefiel ihr nicht. Etwas Lauerndes lag in seinem Blick, er bewegte sich wie ein Raubtier, und seine Augen waren kalt und gefühllos.

»Ich bin nur spazieren gegangen. Meine Freunde warten dort hinten.« Sie deutete ein Lächeln an, drehte sich um, aber da legte sich schon eine Hand auf ihre Schulter. Als sie sich losmachen wollte, sauste die Faust des Mannes auf ihre Schläfe zu.

Rob!, schrie sie noch in Gedanken und vernahm: *Der wird dir auch nicht mehr helfen können.* Dann wurde alles um sie herum schwarz.

Dieser Kerl ging ihm gehörig auf die Nerven!

Auch Kayne war es nicht gelungen, das Feuer zu entzünden, Rob hingegen, wenngleich in Menschengestalt, hatte nicht einmal zwei Schläge mit Zunder und Feuerstein benötigt, da waren die ersten Flammen in die Höhe gezüngelt. Nun plauderte er mit Toran über die Jagd und welche Vorteile es hatte, ein Drache zu sein.

Was fand Leána an diesem Drachenwesen? Auch Toran hatte sich von ihm einnehmen lassen – zumindest lobte er das Lammfleisch, das kurz darauf gegart war, in den höchsten Tönen.

»Wie war eigentlich mein Vorfahre Federan?«

»Ein großer Menschenkönig, ich kannte ihn kaum«, antwortete Rob knapp.

Wenn es also um Albany geht, ziert er sich, der Herr Drache, dachte Kayne und spitzte die Ohren.

»Wie viele Drachen haben denn damals in Albany gelebt?«

»Sehr viel mehr als heute.« Wieder klang das für Kayne so, als wäre es Rob unangenehm, darüber zu sprechen. Dann, ohne Vorwarnung, sprang er auf und wandte sich in die Richtung, aus der er kurz zuvor gekommen war.

»Leána, sie ist in Gefahr!«

»Was?«, fragte Toran verwundert.

»Kaum geht es um Drachen und Albany, lenkst du vom Thema ab«, warf Kayne ihm vor, aber Rob fuhr zu ihm herum.

»Ich kann sie in Gedanken hören«, zischte er. »Folgt mir, oder lasst sie im Stich!«

Schon rannte er los. Kayne und Toran sahen sich ratlos an, dann eilten sie ihm hinterher.

Ein kalter Wind streifte Leánas Wange. Sie fröstelte und stellte fest, dass sie auf einem kahlen Felsen lag, über den Sturmböen peitschten. Rings um sie herum ragten dunkle Baumwipfel in die Höhe. Als sie sich aufrappeln wollte, hinderten ihre gefesselten Beine und Hände sie daran.

Der Weißhaarige stand über ihr, Wangen und Nasenspitze waren vom Wind gerötet. Mit einem zynischen Lächeln betrachtete er sie.

»Was willst du von mir?«, zischte sie und zerrte an ihren Fesseln.

»Von dir nichts. Hier geht es um jemand ganz anderen.« Er hielt seine Nase in den Wind, so als würde er wittern, dann erschien ein bösartiges Lächeln auf seinem Gesicht. »Und er wird gleich hier sein.«

Sie riss die Augen auf, als er sich direkt vor ihr verwandelte – in einen gewaltigen weißen Drachen. Das riesige Tier richtete sich vor Leána auf, seinen massigen Körper verunstalteten zahlreiche Narben. Sie spürte den kühlen Luftzug in ihrem Gesicht, als der Drache seine ledrigen Schwingen ausbreitete, und auch diese waren mit Löchern und Rissen übersät, stumme Zeugen der Kämpfe, die er ausgefochten hatte.

»Du ... du bist wie Rob«, stammelte sie.

Der Kopf des Drachen wandte sich ihr zu, seine grünen Augen blitzten gefährlich. Zwei Hörner thronten auf seinem Haupt, eines davon war an der Spitze abgebrochen. *Ich bin nicht wie er. Ich bin nur seinetwegen verdammt dazu, in dieser magielosen Welt zu verharren. Aber heute ist der Tag der Rache gekommen. Endlich! Endlich kann ich ihn töten.*

Rob, pass auf, hier ist ein Drache, versuchte sie Rob in Gedanken mitzuteilen, doch da war es bereits zu spät. In Menschengestalt hastete Rob den Berg hinauf, stand im kalten Wind auf dem Hochplateau, und kurz darauf kamen auch Kayne und Toran.

Dymoros! Dieser Name hallte donnernd in Leánas Innerem wider. Wie ein Todesversprechen, voller Hass und Mordlust. Innerhalb weniger Lidschläge hatte auch Rob Drachengestalt angenommen. Ängstlich blickte Leána nach Osten. Wie lange würde Rob seine wahre Gestalt noch beibehalten können? Und musste sich auch der andere dann in einen Menschen zurückverwandeln?

Geduckt kam Rob näher, sein langer, gezackter Drachenschwanz zuckte nervös hin und her. Er war deutlich kleiner als der andere Drache, der seiner Gestalt nach älter als Rob sein musste. Trotz der Narben stellte er eine äußerst faszinierende und anmutige Erscheinung dar – sehr viel schöner als in seiner Menschengestalt.

Du hast es wieder getan, Robaryon aus Albany, sprach der weiße Drache, und Leána schauderte, als sie die Eiseskälte in seinen Worten vernahm. *Wieder hast du dich mit einem Menschenwesen eingelassen. Diese hier scheint anders zu sein, uns zu verstehen. Aber das ist gleichgültig. Endlich sind meine Tage als dein Wächter gezählt! Endlich kann ich dich zu den Ahnen schicken, die du ...*

Rob brüllte laut auf, für alle hörbar, und Leána erkannte, wie Kayne Toran nach hinten riss, als Robs Schwanz einen Bogen beschrieb und sie beinahe getroffen hätte.

Wir halten das magische Gleichgewicht aufrecht, schleuderte Rob dem anderen in seiner Gedankensprache entgegen, *du darfst mich nicht töten.*

Dann töte ich eben sie. Der Schwanz des Weißen erhob sich in die Lüfte, verzweifelt versuchte Leána sich wegzurollen, aber in diesem Moment stürzte Rob sich auf seinen Gegner. Dieser katapultierte sich mit wenigen Flügelschlägen in die Lüfte. Rob folgte ihm.

Einen Augenblick später waren Toran und Kayne bei Leána. Kayne durchtrennte ihre Fesseln, zog sie in die Höhe, wobei sie die Angst in seinen Augen sehen konnte.

»Geht es dir gut?«

Sie nickte abwesend, konnte jedoch nur auf Rob und den weißen Drachen starren, die sich am Himmel attackierten. Sie schossen aufeinander zu, wichen einander aus, verbissen sich in ihre mächtigen Leiber, nur um sich kurz darauf zu lösen. »Los, wir verschwinden, Leána«, verlangte Kayne nervös und fasste ihre Hand.

»Nein, ich kann nicht!« Sie wusste, ihre Freunde konnten die Drachen nur schemenhaft erkennen, da es noch immer nicht ganz hell war. Sicher hörten sie nur das Schlagen der Flügel und unterdrücktes Gebrüll. Leána wollte nicht weg, sie musste wissen, wie der Kampf ausging.

»Leána, Rob kommt zurecht«, drängte auch Toran. »Wir können ihm ohnehin nicht helfen.«

Nun erhellten hier und da Feuerstöße den Himmel, ließen die Wolken aufleuchten, sodass sie wie zu brennen schienen. Gepaart mit den Schreien der Drachen musste das ein bizarres Schauspiel für jeden Unwissenden abgeben. Leána fragte sich, ob diese Gegend bewohnt war und ob die Menschen das Ereignis am Himmel nur als heftiges Gewitter betrachten würden. Doch nun kam ihr ein anderer Gedanke.

»Kayne, du kannst ihm helfen!«, rief sie aus. »Du musst einen Angriffszauber wirken.«

»Ja, wie damals bei dem Soldaten im Moor«, stimmte Toran zu.

Kayne zog seine Augenbrauen zusammen. »Ich glaube, das ist eine Sache zwischen den beiden.«

»Kayne, bitte!«

Ein Schmerzensschrei ertönte, wer ihn ausstieß, konnte Leána nicht sagen, denn beide Drachen waren nun auch für sie außer Sichtweite, da sie in den hohen Wolkenschichten verschwunden waren. Dann rasten sie plötzlich wieder herab, jagten im Sturzflug nebeneinander her. Immer wieder schossen Flammen aus den gewaltigen Nüstern des weißen Drachen. Rob schlug heftig mit den Schwingen, schwenkte ab und katapultierte sich erneut in die Höhe. Dymoros folgte ihm, auch er schraubte sich in den Himmel und griff Rob von der Seite her an.

»Rob ist viel kleiner, und sobald die Morgendämmerung einsetzt, ist er verloren!« Ängstlich starrte Leána nach Osten, wo bereits ein schmaler Streifen das Nahen des Morgens ankündigte.

Ihr Freund atmete schwer aus, blickte hinauf in den nächtlichen Himmel.

»Ich kann nichts sehen. Ich kann Rob nur erahnen, wenn sie sich ihre Flammen entgegenschleudern. Die Gefahr, ihn zu verletzen, wenn ich Magie wirke, ist zu groß.«

»Kayne, du musst es versuchen!«, rief Lena und wandte sich nach Osten. Sie hatte das Gefühl, der schmale Streifen dort war breiter geworden.

Doch Kayne schüttelte den Kopf. »Ich bin nicht sehr geübt, meine Angriffszauber sind alles andere als stark.«

»Der weiße Drache ist ein großes Ziel«, beschwor ihn Leána.

Sie bemerkte, wie Kayne mit sich kämpfte. Am Himmel hatten sich die Drachen hoch über ihnen ineinander verbissen und torkelten nun erschreckend schnell gen Erde.

Leána krallte ihre Finger in Kaynes Arm, aber bevor Rob und Dymoros auf dem Boden aufschlugen, ließen sie voneinander ab und schraubten sich abermals in die Höhe.

Ein Feuerstoß von Dymoros versengte Robs linken Flügel, und Leána schlug die Hand vor den Mund. »Kayne, ich bitte dich!«

»Gut«, stieß er hervor, »aber nur, wenn das Drachenfeuer den Himmel erhellt. Sonst verletze ich Rob und ...«

Leána nickte atemlos. Sie bemerkte, wie Robs Angriffe zögernder wurden, seine Flügelschläge an Kraft einbüßten.

Rob, sieh dich vor, es wird bald hell, sandte sie ihm in Gedanken eine Nachricht, und auch wenn sie eine flüchtige Berührung in ihrem Geist spürte, so wie ein tröstendes Streicheln, antwortete er nicht. Doch das war auch kein Wunder, denn Dymoros attackierte ihn mit Feuerstößen und biss kurz darauf nach seinem Hals.

Leána bebte am ganzen Körper. Lange würde Rob dem größeren Drachen nicht mehr standhalten können, und das Morgenlicht würde ohnehin sein Schicksal besiegeln. Der Gedanke, Rob könne sich im Würgegriff des weißen Drachen zurückverwandeln, jagte ihr panische Angst ein. Doch Rob gelang es, sich herauszuwinden, indem er seinem Widersacher die Klauen seiner Hinterbeine in den Leib rammte.

Schon wieder spie der Weiße eine Feuerfontäne in Robs Richtung, der sich im letzten Moment absinken ließ, aber Dymoros setzte nach. Das riesige Maul des Weißen öffnete sich, kleine Flammen züngelten aus seinen Nüstern. Er schnappte nach Robs Seite, und Leána war sich sicher, diesmal würde er nicht davonkommen. Allerdings schoss genau in diesem Augenblick eine bläuliche Kugel aus Kaynes ausgestreckten Händen. Samukals Sohn kniff die Augen zusammen, sein Gesicht leuchtete im Widerschein des magischen Feuers. Die Flammen wurden größer, und ein regelrechter Feuerschweif raste auf den weißen Drachen zu. Dieser hatte mit einer solchen Bedrohung wohl nicht gerechnet, drehte im letzten Moment unbeholfen nach links in Richtung Erde ab – und das war der Augenblick, in dem Rob zuschlug. Er stürzte sich von oben auf den anderen Drachen, verbiss sich in seinem Genick. Dymoros brüllte auf, diesmal aus Leibeskräften. Rasend schnell näherten sie sich dem Hügel, und als die Drachen auf den Boden krachten, erschütterte ein Beben den gesamten Berg.

Um ein Haar wären sie alle von den Füßen gerissen worden. Leána schwankte, hielt sich an Toran fest und beobachtete voller Entsetzen das Schauspiel, das sich ihnen bot.

Dymoros musste sich mehrere Knochen gebrochen haben,

zuckte mit Beinen und Flügeln, um wieder aufzukommen. Aber Rob hob noch einmal seinen Kopf, Blut spritzte von seinen nadelspitzen Zähnen, als er erneut zustieß. Das Geräusch berstender Knochen erfüllte die Luft, der ältere Drache bäumte sich ein letztes Mal auf, dann krachte sein Kopf auf die Erde.

Leána hörte, wie Kayne erleichtert seufzte und sich neben einen Felsbrocken sinken ließ.

»So einen starken Angriffszauber kannst du nun aber wirklich nicht von Tena gelernt haben«, sagte Toran mit dünner Stimme, betrachtete Kayne jedoch beeindruckt.

Kayne atmete schwer. »Vielleicht unterschätzt du sie ja – so wie ihr alle mich unterschätzt.«

Auch Leána wunderte sich über Kayne, dennoch ging ihr im Moment anderes durch den Kopf. Sie beobachtete, wie sich die Silhouette des schwarzgrünen Drachen vor dem Nachthimmel erhob und er ein triumphierendes Gebrüll ausstieß. Dann faltete er seine Flügel zusammen, denn das erste Licht des Morgens erfasste Rob, und bevor Leána bei ihm war, hatte er sich in einen Menschen verwandelt.

»Rob!« Leána kniete sich neben ihn, blickte in sein erschöpftes Gesicht und bemerkte, wie er eine Hand auf seine Schulter presste. Das Hemd und die darunter liegende Haut waren verbrannt – was Leána bei genauerem Nachdenken nicht verwunderte, denn Rob hatte ja gesagt, alles verwandle sich mit ihm, also auch die Wunden.

»Toran, schnell! Den Beutel mit den Kräutern!«, rief sie über die Schulter.

»Es ist nicht schlimm.« So schwankend, wie Rob sich jedoch erhob, glaubte sie ihm das nicht.

»Ich habe den Beutel zurückgelassen«, gestand nun Toran bedauernd.

»Kayne, ich danke dir.« Rob nickte Kayne zu, der mit ausdrucksloser Miene noch immer an dem Stein lehnte. »Ich stehe in deiner Schuld. Ohne dich wäre ich nicht mehr am Leben.«

»Weshalb wollte Dymoros dich töten?«, fragte Kayne.

»Es war eine Drachenangelegenheit.« Rob torkelte auf den Abhang zu. »Lasst uns gehen.«

»Und der hier?« Toran deutete auf Dymoros' Körper.

»Dieser Berg liegt weitab von menschlichen Siedlungen. Ich werde später zurückkommen und ihn verbrennen.« Auf Torans fragenden Blick fügte Rob hinzu: »Drachenfeuer kann alles zu Staub werden lassen. Lediglich bei lebenden Drachen, in denen noch ihre Lebensmagie pulsiert, ist das schwieriger.«

»Du musst mit uns kommen«, drängte Leána, wobei sie auf seinen Arm deutete. »Lilith kann das behandeln.«

Rob aber schüttelte den Kopf, streichelte ihre Wange und lächelte traurig. »Das geht nun weniger denn je. Nun bin ich der letzte Drache dieser Welt. Sie wird zerstört, würde ich sie verlassen.«

»Du hättest ihn ja nicht gleich umbringen müssen«, entgegnete Kayne scharf. Eine Spur von Bedauern lag in seinem Blick, als er sich zu dem toten Dymoros umdrehte, und ein Teil von Leána verstand ihn. Selbst wenn der weiße Drache sie entführt hatte, so war er doch in seiner grausigen Schönheit ein faszinierendes Wesen gewesen. In Albany galten die Himmelsgeschöpfe als verehrungswürdig, und man zollte ihnen den größten Respekt.

Doch Rob fuhr zu ihm herum. »Ich bin ein Drache! Er wollte Leána umbringen. Ich töte den, der bedroht, was ich liebe.«

So kalt und hasserfüllt, wie Rob das gesagt hatte, glaubte Leána ihm jedes Wort. Es gefiel ihr zwar, dass er ihr Leben verteidigte, doch erschreckte sie auch die Vehemenz, mit der er dies tat. Leána fragte sich, was tatsächlich zwischen ihm und dem weißen Drachen vorgefallen sein mochte, dass sie sich derart gehasst hatten. Die übrigen Drachen, die sie kannte, lebten in Harmonie miteinander – soweit Leána das beurteilen konnte.

»Damals, als Galavenios starb, ist Albany auch nicht sofort untergegangen. Auch er war der Letzte seiner Art.«

»Das ist etwas anderes.« Rob zog seine Augenbrauen zusammen, schwieg einen Augenblick, bevor er fortfuhr. »Albany ist eine Welt voller Elementarwesen, Zauberer, Elfen und anderer magischer Wesen. Hier ist die Magie ohnehin deutlich schwächer. Ich kann nicht mit euch kommen.« Eindringlich blickte er einem nach dem anderen in die Augen. »Versprecht mir, nicht zu verraten, dass ihr mich getroffen habt – tut dies in eurem eigenen Interesse.«

»In wessen Interesse dies wohl wirklich liegen mag?«, brummte Kayne.

Auch Leána verstand Rob einfach nicht. Jetzt lächelte er sie wieder liebevoll an. »Die Brandwunde wird in meiner Drachengestalt bald heilen. Geht nach Hause, wendet euch wegen des Portals an die Magiekundigen eurer Welt, und wenn ihr hierher zurückkommt, werden wir uns wiedersehen, Leána.«

Da sie kaum glaubte, ihn noch umstimmen zu können, nickte sie betreten und antwortete traurig: »Komm, in unserem Bündel ist eine Salbe von Lilith, die auch bei Verbrennungen hilft.«

Bald hatten sie den Lagerplatz erreicht. Das Lammfleisch war verschmort, das Feuer beinahe heruntergebrannt. Stumm und mit den Tränen kämpfend säuberte und verband Leána Robs Verletzung.

»Eure Lilith muss eine Meisterin ihres Faches sein«, stellte er fest und bewegte seinen Arm vorsichtig. »Der Schmerz ist beinahe völlig versiegt.«

»Du solltest sie kennenlernen«, sagte Leána leise, biss sich dann jedoch auf die Lippe. Sie würde nicht betteln, sich nicht zum Narren machen, wenn Rob nicht mitkommen wollte und ihr obendrein nicht verriet, weshalb.

Daher stand sie nun energisch auf. »Gut, lasst uns aufbrechen.«

Robs forschender Blick machte sie ein wenig nervös, daher vermied sie es, ihm in die Augen zu sehen. In Leánas Adern floss Dunkelelfenblut, und der Stolz dieses Volkes verbot es ihr, ihren Gefühlen nachzugeben und Rob noch einmal zu bitten, sie zu begleiten.

»Am Ufer liegt ein Fischerboot. Ich kann euch bis zu der Stelle rudern, an der sich das Portal befindet.«

Leána nickte und bemühte sich, ihr Lächeln nicht allzu gespielt aussehen zu lassen.

»Komm, Toran, wir suchen dieses Boot«, drängte Kayne.

Dies war ausgesprochen lieb, denn Kayne mochte Rob nicht sonderlich, das wusste Leána, umso mehr rührte sie diese Geste. So blieben ihnen noch ein paar wenige Momente zu zweit.

Rob schloss Leána in seine Arme, und sie genoss seine Wärme und seinen starken Herzschlag. Am liebsten wäre sie hiergeblieben. Doch sie wusste, ohne sie würde sich das Portal nicht öffnen, und sicher konnte sie Rob bald wiedersehen. Daher schluckte sie die Tränen herunter, küsste ihn noch einmal voller Leidenschaft und löste das Amulett von ihrem Hals, bevor sie es Rob umhängte.

Der blickte sie verwundert an.

»Du gibst es mir zurück, wenn ich wieder hier bin und …«, sie schluckte schwer, »… pass gut darauf auf, mein Vater hat es mir geschenkt, es bedeutet mir sehr viel.«

»Ich werde es mit meinem Leben beschützen«, beteuerte er, ließ es unter seinem Hemd verschwinden und nahm sie an der Hand. Seite an Seite schritten sie durch die Bäume.

»Wie konnte der Drache dich finden?«, wollte Leána wissen.

Robs rechte Hand fuhr zu der Stelle, wo das Silberplättchen mit seiner Haut verschmolzen war.

»Dymoros war mein Wächter«, antwortete er. »Kurz vor seinem Tod gestand er mir, dass auch er eine solche Platte trug und durch sie mit mir verbunden war. Hätte ich versucht, durch ein Portal zu fliehen, hätte er es gespürt. Ebenso wie er starke Gefühle an mir wahrnahm …« Kleine Fältchen bildeten sich um seine Augen, als er sie anlächelte. »… und starke Gefühle durchströmen mich, seitdem ich dich kenne.«

»Dann hat er uns bereits in London verfolgt«, vermutete Leána. »Schon dort habe ich mich beobachtet gefühlt.«

»Wir sind ihm entwischt, nur hat er uns in Glastonbury erneut aufgespürt«, bestätigte Rob. »In den vielen Sommern und Wintern zuvor habe ich schon häufiger seine Anwesenheit wahrgenommen. Nur kam ich nie darauf, ob es starke Magie oder meine Gefühle waren, die ihn zu mir führten. Genauso wenig wusste ich, worin seine Aufgabe bestand.«

»Rob, weshalb hasste Dymoros dich?«

Er blieb stehen, legte ihr einen Finger auf die Lippen und küsste sie dann. »Nicht, Leána. Es ist besser, wenn manches unausgesprochen bleibt und im Nebel des Vergessens ruht.«

»Aber ihr seid euch schon vorher begegnet. Du kanntest seinen Namen und …«

Rob schüttelte nur den Kopf und hüllte sich in Schweigen. Dies war alles andere als befriedigend für Leána, aber auch wenn ihr neugieriges Wesen danach verlangte, mehr zu erfahren, versuchte sie, sich in Geduld zu üben. Vielleicht würde Rob ihr eines Tages alles erzählen, wenn sie sich besser kannten.

»Wenn ihr mit einem Zauberer aus eurer Welt hierherkommt, werde ich mich ihm nur in Menschengestalt zeigen«, sagte er mit harschen, beinahe schon unbeteiligten Worten. »Ich werde am Hügel von Glastonbury Tor warten. Solltest du eine längere Zeitspanne benötigen, komme ich hierher zum See.«

»Ist gut«, antwortete sie heiser.

Sie näherten sich dem Ufer des Sees, wo Toran und Rob sich unterhielten. Leána wusste nicht, wie scharf die Ohren eines Drachen waren, aber sie befürchtete, Rob konnte ähnlich gut hören wie sie.

»… du hast schon recht, Kayne, ganz geheuer ist mir dieser Drache auch nicht. Schließlich hat er den Weißen ohne jede Gnade vernichtet, und einen wirklichen Grund für seinen Hass auf ihn hat er uns nicht gegeben.«

In diesem Moment schienen die beiden sie bemerkt zu haben, denn Toran verstummte, kratzte sich verlegen am Kopf und gab vor, sich eingehend mit dem Boot zu beschäftigen.

Rob ließ sich nichts anmerken, aber sie ging davon aus, dass er alles vernommen hatte.

Gemeinsam schoben sie das kleine Holzboot ins Wasser, Toran übernahm das Ruder, und bald hatten sie die Stelle erreicht, an der sie vor vielen Tagen aufgetaucht waren. Noch einmal küsste Rob Leána mit aller Leidenschaft, und in ihr brodelten die heftigsten Gefühle.

»Ich wünsche euch eine gute Heimreise und würde mich freuen, euch wiederzusehen«, sagte Rob.

»Dann auf in den wunderbar warmen Loch Ness«, scherzte Toran, seufzte tief, und ein Lächeln überzog sein jugendliches Gesicht. »Ich brenne darauf, Siah alles zu erzählen. Sie wird staunen!« Er ließ sich zuerst ins Wasser gleiten, prustete, schnappte nach Luft und zog eine Grimasse.

Kayne war der Nächste, und nachdem Rob Leána noch einmal wehmütig über die Wange gestreichelt hatte, verließ auch sie das Boot und band sich an den Strick, den Kayne und ihr Cousin bereits um ihre Körper geschlungen hatten. Die Freude über ihre Heimkehr kämpfte mit dem Gefühl, etwas sehr Wertvolles zurückzulassen.

»Bis bald, Leána«, sagte Rob leise.

»Pass auf dich auf!«

Ich liebe dich, und jeder meiner Gedanken wird dir gelten, bis wir uns erneut begegnen, fügte er noch in Drachensprache hinzu.

Sie holte tief Luft, tauchte hinab in das eisige Wasser und versuchte, sich nur auf das Portal zu konzentrieren. Schon bald erkannte sie das magische Glühen, schwamm mit kräftigen Zügen darauf zu.

Ein Sog erfasste sie – und brachte sie zurück nach Albany.

Kapitel 36

Heimkehr

Nebel hing über dem Walkensee, im Osten brachen die ersten Sonnenstrahlen durch die dichte Wolkendecke, als Leána prustend auftauchte. Sie war froh, als auch die Köpfe von Toran und Kayne kurz darauf erschienen.

»Schnell zum Ufer, sonst friert mir alles ein«, keuchte Kayne mit bebenden Lippen.

Auch Toran klang reichlich verfroren. »Die Damenwelt von Northcliff würde das sicher bedauern«, feixte er.

»Sprich nicht, schwimm!«

Nachdem sie ihr Seil gelöst hatten, schwammen sie mit kräftigen Zügen zum Kiesufer.

Gerade hatten sie Arme und Beine ausgeschüttelt, um die schlimmste Nässe loszuwerden, als sich zwei Gestalten aus dem Dunst schälten.

»Im Namen von Königin Kaya von Northcliff – bleibt stehen und legt eure Waffen nieder!«, ertönte eine herrische Stimme.

Fünf Soldaten wurden sichtbar, einer ergriff sofort Kayne am Arm, ein weiterer Toran, und auch Leána wurde festgehalten.

»Ich bin Toran von Northcliff, ihr Trottel«, schimpfte ihr Cousin. Seine Zähne klapperten jedoch derart, dass ihn wohl niemand richtig verstand, denn der Soldat packte ihn am Genick und drückte ihn zu Boden.

»In diesem Augenblick quetschst du die Nase deines zukünftigen Königs in den Kies«, bemerkte Leána zu ihrem Bewacher gewandt. »Ich bin übrigens Leána von der Nebelinsel.«

Zunächst stutzte der Soldat, dann riss er seine Augen weit auf und ließ Leána so abrupt los, dass er zurücktorkelte und beinahe hingefallen wäre.

»Loslassen, auf der Stelle, das ist Toran von Northcliff«, schrie er seinen Kameraden an.

Auch dieser schrak zusammen, kniete sich vor Toran, der sich nun vor Schmutz starrend erhob, und stammelte verlegene Entschuldigungen.

»Ist ja schon gut«, versicherte Toran, fuhr sich durch die Haare und zupfte an seiner Kleidung herum. »Vermutlich sehen wir alle wenig königlich aus.«

»Prinz Toran, ich geleite Euch augenblicklich zu Eurer Mutter«, versicherte der Krieger.

»Wir können allein nach Northcliff reiten«, sagte Kayne.

»Die Königin befindet sich am See.«

Überrascht blickten sich die Freunde an.

»Weshalb denn das?«, wollte Leána wissen, doch der Soldat schüttelte nur den Kopf und nahm sie – diesmal behutsam und sanft – an ihrem Arm und brachte sie zu Kaya, Darian und Aramia.

Ein sanfter Wind strich über die Nebelinsel, blies Leána Sprühregen ins Gesicht, der sich mit ihren Tränen vermischte.

Die vergangenen Tage kamen ihr wie ein nicht enden wollender Albtraum vor, aus dem sie leider nicht erwachte. Sie konnte und wollte nicht glauben, dass Siah tatsächlich tot war. Das änderte auch die Trauerfeier nicht, die an dem friedlichen Gedenkort in dem kleinen Hain auf der Nebelinsel stattfand, an dem schon viele Generationen von Nebelhexen ihre letzte Ruhe gefunden hatten. Ein kniehoher Stein war neu aufgestellt worden, Siahs Name war darin eingraviert. Dennoch hatte Leána das Gefühl, ihre Freundin müsste jeden Augenblick zwischen den Bäumen auftauchen, dieses freundliche und zurückhaltende Lächeln im Gesicht, das ihr zu eigen gewesen war. Lieder wurden zu Siahs Ehre gesungen, Lilith, Aramia, Darian und zahlreiche andere Nebelinselbewohner hatten bereits einige Abschiedsworte gesprochen, und nun war es an Leána, eine kurze Rede zu halten.

Sie wusste nicht, was sie sagen sollte, Tränen liefen über ihre Wangen, ihre Lippen zitterten.

»Siah war meine beste Freundin«, begann sie mit dünner Stimme. »So lange ich denken kann, war sie immer in meiner Nähe. Stets war sie die Vernünftigere von uns«, auf einigen Gesichtern zeigte sich ein Schmunzeln, als sie fortfuhr, »und wer weiß, wie viel mehr Unsinn Murk und ich angestellt hätten, wenn Siah nicht gewesen wäre. Ihr alle kanntet sie, ihre bescheidene, zurückhaltende Art. Sie hasste Streit und war immer um Harmonie bemüht.« Leána schluckte schwer, blinzelte in die Sonne und beobachtete für einen Moment einige winzige grüne Baumgeister, die in dem Hain tanzten. »Ich hatte elf Sommer und Winter gesehen, als Murk und ich uns eines Nachts in die Vorratskammer schlichen. Es war jener bitterkalte Winter, in dem wir alle nur wenig zu essen hatten. Wir waren hungrig und machten uns über den Vorrat an Honigkuchen her, der für das Fest zur Wintersonnenwende bestimmt gewesen war. Ich brachte Siah einige Stücke, doch sie wollte nichts nehmen, wusch uns gehörig den Kopf und machte sich die schlimmsten Sorgen, dass wir hart bestraft werden würden.« Leána biss sich kurz auf die Unterlippe. »Wie immer machte ich mir keine allzu großen Gedanken, hoffte, einer der Kobolde würde beschuldigt werden. Aber nichts geschah – es wurde nicht einmal bemerkt. Erst zum Winterfest gestand mir Siah, dass sie noch im Morgengrauen zum nächsten Dorf geritten war, dort um Honig und Mehl gebeten und in der Nacht so viele Honigkuchen gebacken hatte, dass Lilith nichts gemerkt hat.«

Ein Blick auf Liliths Gesicht zeigte ihr, wie die Heilerin weinte, lächelte und zugleich den Kopf schüttelte. Aramia nahm sie tröstend in den Arm.

Jetzt konnte Leána nicht mehr weitersprechen, zu sehr übermannten sie ihre Gefühle, daher trat sie zurück. Sie würde Siahs Grab später aufsuchen – allein. Torans Gesicht war eine starre Maske. Seitdem er von Siahs Tod erfahren hatte, war kein Wort mehr über seine Lippen gekommen, und auch heute schüttelte er nur stumm den Kopf, als Nordhalan ihm auffordernd zunickte.

Stattdessen trat nach kurzem Zögern Jel'Akir vor. Sie verneigte sich nach Menschentradition gen Westen, kniete sich dann auf ihr Schwert gestützt vor den Stein.

»Siah, du warst eine gute Gefährtin, stets freundlich und zuvorkommend. Niemand, und am allerwenigsten du mit deinem sanftmütigen Wesen, hat ein solches Schicksal verdient.« Jels dunkle, anmutige Züge spannten sich an. »Im Angesicht aller Geister dieser Insel, deiner Ahnen, die mit dir im Reich des Lichts weilen, Eluana der Mondgöttin und Marvachân, dem Gott des Krieges, gelobe ich, nicht eher zu ruhen, bis ich deinen feigen Mörder gestellt und gerichtet habe!« Ihr wilder Blick in die Runde ließ so manch einen zurückzucken, und Leána bemerkte, wie sich Jels Augen und die von Toran trafen. In seinen stand das gleiche Versprechen, auch wenn er es nicht aussprach – vielleicht jetzt noch nicht aussprechen konnte.

»Wir alle werden dich niemals vergessen, Siah.« Lilith legte einige Sommerblumen vor dem Grabstein nieder, dann wanderten die meisten Trauergäste langsam zurück in Richtung der Siedlung am Meer, wo es Essen geben würde und Geschichten über Siah die Runde machen würden.

Diese Tradition hatte Leána immer gemocht, doch meist waren es alte Nebelinselbewohner gewesen, derer man gedacht hatte, jene, die ihr Leben gelebt hatten, nicht jemand wie Siah, der so gewaltsam herausgerissen worden war.

Toran stand noch immer starr an der gleichen Stelle, und Leána trat zögernd zu ihm.

»Wollen wir gemeinsam gehen?«

»Fass mich nicht an!« Mit einem unglaublichen Hass, den Leána noch niemals zuvor in seinen Augen gesehen hatte, fuhr er sie an. »Alles ist deine Schuld, niemals hätten wir Siah allein lassen dürfen«, brach es nun aus ihm heraus.

Wie ein Dolch bohrten sich diese Worte in Leánas Brust. Sie selbst kämpfte ununterbrochen mit ihren Schuldgefühlen, und dass Toran sie jetzt damit auf derart brutale Weise konfrontierte, ließ all ihre Beherrschung in sich zusammenbrechen. Sie schlug die Hände vors Gesicht, drehte sich um und wollte davonrennen, prallte jedoch gegen jemanden.

Starke Arme hielten sie fest, drückten ihren Kopf gegen seine Schulter. »Nicht, Leána, er meint das nicht so, er weiß nur nicht, wohin mit seiner Trauer«, versicherte Kayne ihr sanft.

»Er hat recht«, schniefte sie, »er hat vollkommen recht. Ich trage die Schuld an Siahs Tod!«

Kayne nahm ihr Gesicht in seine Hände, zwang sie, ihn anzublicken. »Dann tragen Toran und ich genau die gleiche Schuld. Wir alle hätten uns gegen die Reise entscheiden können, aber wir sollten niemand anderem die Schuld geben als jener widerwärtigen Kreatur, die Siah das angetan hat«, stieß er leidenschaftlich hervor. »Wir alle sind keine Kinder mehr, jeder von uns hätte sagen können: Nein, ich bleibe hier. Doch das haben wir nicht. Jel zu Siah zu schicken war ein guter Gedanke, nur leider ist sie zu spät gekommen.«

»Ja, leider.« Es tat Leána gut, sich an Kaynes Schulter auszuweinen, und vielleicht nahm sie erst heute richtig wahr, dass er erwachsen war, ein starker Mann, der sie trösten und sie festhalten konnte. Früher war sie es gewesen, die seine Tränen getrocknet hatte. Sanft streichelten seine Finger über ihre Wange.

»Ich rede mit Toran, er wird bald zur Besinnung kommen. Und wir finden Siahs Mörder, das verspreche ich dir.«

EPILOG

Sturmwolken rasten über den Himmel, verdeckten Mond und Sterne. In seiner Menschengestalt saß Robaryon an den Turm gelehnt, an dem er mit Leána und ihren Freunden das Portal entdeckt hatten. Wie lange mochte es dauern, bis sie zu ihm zurückkehren würde? Gerade einmal zwei Tage waren vergangen, und er hatte das Gefühl, sein Herz müsse bersten, wenn er nur an sie dachte. So lange hatte er keine Liebe mehr für ein sterbliches Wesen empfunden, aber Leána hatte alles zurückgebracht. Die Leidenschaft, die Sehnsucht, das Verlangen. Er schloss die Augen, versuchte, sich an ihre Küsse, ihre Umarmungen zu erinnern. Doch da erregte etwas anderes seine Aufmerksamkeit. Es war eine bestimmte magische Schwingung, wie ein leichtes Beben in seinem Inneren. Schon einige Male hatte er dies wahrgenommen, und tatsächlich erschien kurz darauf ein fahles Leuchten und das magische Portal spannte sich knapp über der Erde.

Schon wieder, und das obwohl Leána nicht in der Nähe ist. Er blickte sich nach allen Seiten um, hoffte beinahe, seine Geliebte könnte überraschend zurückgekehrt sein, aber etwas sagte ihm, dass dem nicht so war.

Eine gewisse Unruhe machte sich in ihm breit, die er nicht einordnen konnte, als er eine Art sphärischer Musik hörte, einen Gesang, den er nicht sofort verstand.

Was ist das?, fragte er sich und trat zögernd näher.

Hilfe, wir benötigen Hilfe, drangen nun Worte an sein Ohr, die direkt aus dem Portal kamen. *Unsere Welt ist am Vergehen, bitte kommt zu uns!*

Das Leuchten erstarb und ließ Robaryon ratlos zurück.

Was hatte das zu bedeuten? Was sollte er tun? Von wem kam dieser Hilferuf? Am Ende tatsächlich von den Elfen?

Seine Hand wanderte zu der Halskette, die Leána ihm überlassen hatte. Die Elfen zu finden war ihr sehr wichtig gewesen, und mussten die Elfen von Albany nicht wissen, dass ihre Verwandten jenseits des Weltentors möglicherweise in Gefahr waren?

Wann würde Leána zurückkehren? Sein Gewissen rang mit seiner Furcht, Albanys Boden noch einmal zu betreten. Kurzerhand fasste er einen Entschluss, von dem er gewiss war, ihn bald zu bereuen, aber er konnte nicht anders. Robaryon verwandelte sich in seine ursprüngliche Gestalt, flog mit kräftigen Flügelschlägen nach Norden zum Loch Ness. Er würde hinab in die dunklen Tiefen dieses Sees tauchen, durch das Portal reisen und Leána suchen – selbst wenn es ihn sein Leben kosten mochte, ja selbst wenn er diese Welt dadurch in große Gefahr brachte.

DANKSAGUNG

Wenn eine bestehende Reihe wie *Weltennebel* eine Fortsetzung bekommt, ist es mal wieder Zeit für eine Danksagung, finde ich. Daher möchte ich mich ganz herzlich beim Goldmann Verlag und allen voran bei meiner Lektorin Vera Thielenhaus bedanken, die immer wieder meine Ideen vorstellt und an meine Weltenmagie glaubt. Auch Kerstin von Dobschütz, die mich diesmal im Lektorat von *Weltenmagie* betreut hat und mit der ich schon beim *Feenturm* und den *Elvancor*-Bänden zusammenarbeiten durfte. Stephan, der wie immer mein erster Testleser war, natürlich auch Oma und Tagesmutter, die mich hin und wieder von meiner kleinen Nebelhexe Mara befreit haben, die Urs und Frinn und Albanys sämtlichen Kobolden in nichts nachsteht. Und natürlich auch Mara, die mich ohne zu quengeln zum Steinkreis auf der Isle of Skye begleitet hat und tapfer durchs Heidekraut gestapft ist.

Und selbstverständlich gilt wieder einmal ein ganz besonderer Dank euch Lesern, Bloggern und Rezensenten, ohne die Leána, Kayne und all die anderen keinen Weg in dieses Buch gefunden hätten.

VERZEICHNIS DER WICHTIGSTEN PERSONEN

Menschen aus Albany

Atorian von Northcliff	Darians toter Bruder
Kaya von Northcliff	Königin über Northcliff
Toran von Northcliff	Kayas Sohn
Elysia von Northcliff	Darians 1. Frau
Kayne	Elysias Sohn
Darian von Northcliff	jüngster Sohn der Königsfamilie
Aramia	Darians Gefährtin (Nebelhexe)
Leána	Tochter von Aramia und Darian (Nebelhexe)
Lord Vrugen und Lady Ruvelia	Adlige aus Rodgill
Lord Egmont	Adliger aus dem Norden
Lady Denira	Tochter von Lord Egmont
Lord Petres	stammt aus dem Süden, lebt jetzt in Culmara
Lord Finlen	alter Lord aus Torvelen
Lady Selfra von Rodvinn	Elysias ältere Schwester
Sared Arlevion	Hauptmann von Northcliff
Nassàr	ehemaliger Hauptmann

Menschen aus Schottland

Kirk Fraser	Bauer von der Isle of Skye
Maureen Fraser	Kirks Frau
Michael Fraser	Sohn von Kirk und Maureen
Rob	stummer Farmhelfer

Zauberer

Dimitan	Hofzauberer von Northcliff
Nordhalan	Oberhaupt der Diomár
Revtan	Zwergenzauberer
Estell	Elfenzauberer
Morthas	Dimitans Schüler
Tah'Righal	dunkelelfischer Zauberschüler
Elora	Mischling aus Troll und Mensch, Schülerin der Diomár

Zwerge

König Hafran	Zwergenkönig aus dem Südreich
Brambur	Zwergenhauptmann
Edur	Zwerg aus dem Nordreich
Horac	Edurs Onkel
Dimpel	Edurs Cousin

Elfen

Lharina	Tochter des Elfenkönigs und Seherin
Tahilán	Elfenwächter

Nebelinselbewohner

Lilith	halb Elfe, halb Gnom; begabte Heilerin und Aramias beste Freundin
Siah	junge Mischlingsfrau
Urs und Frinn	Halbkobolde, Zwillinge von der Nebelinsel
Think und Phred	Zwergenmischlinge

Dunkelelfen

Ray'Avan	Leánas Ururgroßvater
Dun'Righal	Herrscher der Dunkelelfen
Xin'Righal	Herrscherin der Dunkelelfen
Nal'Righal	Ausbilder in Northcliff
Jel'Akir	junge Dunkelelfe in Northcliff, Leánas Freundin

Drachen

Turmalan	Herr des Westens
Smaragonn	Herr des Ostens
Aventura	Herrin des Südens
Davaburion	Herr des Nordens
Dymoros	Drache in unserer Welt

Andere Wesen

Murk	Halbtroll, König der Trolle
Urgha	Trollkönigin
Culahan	Berggeist
Mhortarra	schlangenhafte Wesen des Unterreichs
Farkasz	wolfsartige Wesen des Unterreichs

Begriffe der Dunkelelfen

Còmraghâr	Garde der Dunkelelfen
Keravânn	Weggefährte
Mhargâr	Krieger der Dunkelelfen
Marvachân	Kriegsgott der Dunkelelfen
Ravkadd	Verräter
Kyrâstin	Hauptstadt des Unterreichs

Aileen P. Roberts

Aileen P. Roberts ist das Pseudonym der deutschen Autorin Claudia Lössl. 2009 erschien mit »Thondras Kinder« ihr erstes großes Werk bei Goldmann, danach folgten »Weltennebel«, »Feenturm« und »Elvancor«. Viele ihrer Bücher beschäftigen sich mit Schottland, seinen Mythen und Legenden und der keltischen Kultur. Claudia Lössl lebt mit ihrer Familie in Süddeutschland.

Mehr Informationen zur Autorin und ihren Büchern finden Sie unter www.aileen-p-roberts.de.

Aileen P. Roberts im Goldmann Verlag:

Weltennebel
Das magische Portal. Roman · Das Reich der Dunkelelfen. Roman · Im Schatten der Dämonen. Roman

Weltenmagie
Der letzte Drache. Roman · Das vergessene Reich. Roman

Elvancor
Das Land jenseits der Zeit. Roman · Das Reich der Schatten. Roman

Thondras Kinder
Die Zeit der Sieben. Roman · Am Ende der Zeit. Roman

Außerdem lieferbar
Feenturm. Roman

Alle Bücher von Aileen P. Roberts sind auch als E-Book erhältlich.

Wenn du es wagst, über die Schwelle zu treten, besiegst du den Tod – und findest die Liebe ...

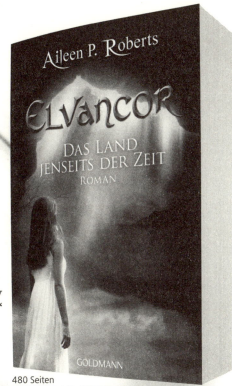

Eine magische Reise zwischen zwei Welten – die neue große Serie von Erfolgsautorin Aileen P. Roberts.

„Aileen P. Roberts schreibt Breitband-Hollywood-Fantasy made in Germany!"
www.denglers-buch-kritik.de

480 Seiten
ISBN 978-3-442-47876-7
auch als E-Book erhältlich

www.goldmann-verlag.de
www.facebook.com/goldmannverlag

Um die ganze Welt der
Romantischen Mystery & Fantasy
bei GOLDMANN kennenzulernen,
besuchen Sie uns doch im Internet unter:

www.goldmann-verlag.de

Dort können Sie
nach weiteren interessanten Büchern *stöbern*,
Näheres über unsere *Autoren* erfahren,
in *Leseproben* blättern, alle *Termine* zu Lesungen und
Events finden und den *Newsletter* mit interessanten
Neuigkeiten, Gewinnspielen etc. abonnieren.

Ein *Gesamtverzeichnis* aller Goldmann Bücher finden
Sie dort ebenfalls.

Sehen Sie sich auch unsere *Videos* auf YouTube an und
werden Sie ein *Facebook*-Fan des Goldmann Verlags!

www.goldmann-verlag.de
www.facebook.com/goldmannverlag